OLIVER KERN
Die Kälte in dir

OLIVER KERN

DIE KÄLTE IN DIR

Roman

LYX
EGMONT

Originalausgabe Dezember 2013 bei LYX
verlegt durch EGMONT Verlagsgesellschaften mbH,
Gertrudenstraße 30–36, 50667 Köln
Dieses Werk wurde vermittelt durch die Literarische Agentur
Thomas Schlück GmbH, 30827 Garbsen.

1. Auflage
Redaktion: Kathleen Weise
Satz: Greiner & Reichel, Köln
Printed in Germany (670421)
ISBN 978-3-8025-9289-8

www.egmont-lyx.de

Für Caro

Prolog

Der Alte war noch dicker geworden. Umständlich quälte er sich aus seinem teuren Mercedes-Geländewagen.

Beinahe zwanzig Jahre war es her, dass er den Mann zuletzt gesehen hatte. Und nun diese zufällige Begegnung.

Er selbst blieb im Auto sitzen, denn er wollte nicht in die Verlegenheit kommen, entdeckt zu werden. Er verspürte noch immer den Drang, sich vor ihm zu verstecken. Selbst nach dieser langen Zeit. Das war beunruhigend, dabei musste er kaum befürchten, wiedererkannt zu werden. Zu viel war seither geschehen, und die Zeit hatte auch sein Äußeres neu modelliert. *Mit den Händen eines irrsinnigen, im Absinth- und Drogenrausch arbeitenden Bildhauers.*

Der Motor lief. Die Heizung war bis zum Anschlag hochgedreht. In die Kälte hinauszugehen war ihm zuwider, obwohl die Blase drückte. Wenn er sich zusammennahm, reichte es noch bis nach Hause. Das bisschen Harndrang war nichts im Vergleich zu dem, was er sonst tagtäglich zu ertragen hatte.

Er griff nach dem Fläschchen mit Augentropfen in der Mittelkonsole und beträufelte damit die brennenden Augäpfel. Nach zweimaligem Blinzeln war das Bild wieder scharf. Er drückte seine Wirbelsäule gegen den beheizten Ledersitz.

Der Dicke hatte endlich beide Füße auf dem Asphalt und zog sich am Türholm in die Senkrechte. Wie alt mochte er jetzt sein? Um die siebzig? Das feiste, gerötete Gesicht wirkte auf die Entfernung faltenlos. Seine Gestalt war nach wie vor imposant, wenngleich der Alte ihm früher größer vorgekommen war.

Größer, Furcht einflößender. Ja, damals hatte er Angst vor diesem Mann gehabt. *Und heute?* Das Alter mochte den Dicken gekrümmt haben, aber womöglich hatte sich auch mit zunehmendem Abstand die Perspektive geändert. Der Erinnerung war nicht immer zu trauen.

Kurz sah der Dicke zu ihm herüber, doch es war bereits zu dunkel, als dass er mehr als einen Schatten hinter dem Steuer hätte erkennen können. Er hingegen stand unter einer der Straßenlampen, die den Rastplatz beleuchteten. Der Maßanzug spannte um seinen Ranzen, trotzdem streckte er den Rücken, als wolle er beweisen, dass die Qualität und Verarbeitung des edlen Zwirns seine Körpermasse im Zaum halten konnte. Watschelnd machte er sich auf den Weg zu dem Toilettenhäuschen.

Es war nicht nur Hass, den er fühlte, gestand er sich ein, während er dem Alten nachblickte. Es war Neid! Vor allem Neid.

Dieses dicke Arschloch besitzt von allem zu viel, selbst von dem, was ich am allernötigsten brauche.

Seine Finger krampften sich um das Lederlenkrad, während dieser kalte Gedanke ihn durchströmte. Er beschloss, den Mann zu töten. Nicht jetzt und hier auf dem Rastplatz an der Autobahn. Später. Es bedurfte keiner Eile. Das Verlangen danach würde anhalten wie die fortdauernde Kälte. Genauso wie der Hass und jede andere erdenkliche Abneigung. Er wusste, wo der Dicke wohnte.

1

Noch bevor Karl Mezger über den Hof ging, wusste er, dass etwas nicht stimmte. Trotzdem benötigte er die halbe Distanz bis zur Scheune, ehe er den Grund für die schleichende Unruhe erkannte. Die Hühner scharrten und pickten in einer Ecke des Innenhofs, die sie sonst tunlichst mieden. Das konnte nur bedeuten, dass der Hund nicht in seiner Hütte lag.

Mezger bahnte sich einen Weg durch das verhalten protestierende Federvieh und beugte sich in den Verschlag. Aus dem dunklen Loch stank es nach Hund. Er zog an der Kette und angelte das leere Halsband hervor.

Der Köter hat es tatsächlich geschafft, sich das Ding über den Kopf zu streifen, dachte er mit einer gewissen Anerkennung.

Ihm war aufgefallen, dass das Gliederhalsband in letzter Zeit recht locker saß. Der Hund war schon alt und in den vergangenen Wochen deutlich abgemagert. Unter dem einst schwarzbraun glänzenden Fell waren nun die Rippen zu erkennen. Er fraß nicht mehr so viel wie früher. Das mochte an den heißen Temperaturen liegen, das war bei Mezger selbst nicht anders. Die Hitze vertrieb den Appetit, weshalb er sich bislang nicht groß den Kopf darüber zerbrochen hatte.

Wer viel säuft, hat weniger Hunger.

Warum sollten sich Mensch und Tier da groß unterscheiden? Es war jedoch nicht zu erwarten gewesen, dass die Töle auf ihre alten Tage stiften ging.

Karl Mezger löste das Halsband von der Kette und ging damit zur Hofeinfahrt. Er trug nur ein Unterhemd und darüber die Latzhose, die er in der Milchküche vom Haken genommen und übergestreift hatte. Seine nackten Füße steckten in alten, verdreckten Gummistiefeln, aus denen der Schweißgeruch nie gänzlich entwich.

Das Tor hatte er am Abend zuvor offen gelassen. In der Hoffnung, dass nachts ein wenig frischer Wind durch den Innenhof fegen würde. Aber die Morgenluft fühlte sich nicht danach an. Blinzelnd blickte er über das Feld, von dem ihn lediglich der schmale Bewirtschaftungsweg trennte, der zum Hof führte. Im Osten schob sich die Sonne rot glühend einen Fingerbreit über die bewaldete Kuppe des Hagbergs. Mezger pfiff in die morgendliche Stille. Aus der Anpflanzung, die im Westen an das Maisfeld grenzte, antwortete ein Eichelhäher.

Nur der Hund schlug nicht an.

»Drecksköter«, fluchte der Bauer und kickte einen Kieselstein über die Straße.

Wehe dem Hund, er hatte Wild gerissen. Wenn Mezger was nicht gebrauchen konnte, dann erneuten Ärger mit dem Forstwirt. Nachdem ihm dieses Frühjahr schon zwei Rehkitze ins Mähwerk geraten waren, hatte die Jagdaufsicht ein Auge auf ihn.

Gähnend sah er zum Wald hinüber, aber auch dort tat sich nichts. Er musste den Mais einbringen, bevor der noch mehr vertrocknete. Im Kopf versuchte er zu überschlagen, wann es zum letzten Mal geregnet hatte. Auf jeden Fall viel zu lange nicht. Dazu kam die Hitzewelle, die schon die zweite Woche anhielt. Selbst zu dieser frühen Stunde fühlte er die drückende Wärme. Der wolkenlose Himmel ließ erahnen, dass Mezger auch heute ordentlich schwitzen würde. Erneut pfiff er auf den Fingern, wartete eine halbe Minute und wandte sich dann wieder der Hofeinfahrt zu.

Im Umdrehen zuckte er zusammen, als wäre er barfuß auf

einen Rechen getreten. Der verfilzte Hund stand hinter ihm, hatte sich angeschlichen wie ein feiges Raubtier, das ihn rücklings anfallen wollte. Doch es war nicht das verdreckte Tier, das sein Blut gefrieren ließ. Es war das, was der Köter im Maul trug und ihm in unterwürfiger Hundeart, von einem leisen Winseln begleitet, vor die Gummistiefel legte. Der Bauer taumelte zurück. Die Gedanken schwirrten ihm durch den Kopf, während sich sein Blick nicht von der aufgedunsenen Hand lösen konnte, die an einem bleichen, fauligen Stumpf hing, aus dem ein Stück des Unterarmknochens ragte.

»Fischer … verdammt!«, fluchte Kristina Reitmeier hinter dem Rücken des Uniformierten, der sich abwandte und ohne erkennbare Reaktion den Flur entlangging. Sie starrte gebannt auf die Speckfalte im Nacken des Leiters der Verkehrsüberwachung, als könne sie den Mann allein durch Willenskraft dazu bewegen, sich wieder nach ihr umzudrehen.

Seine Sohlen erzeugten ein leises Quietschen auf den matten Steinfliesen. Das einzige Geräusch, das Kristina wahrnahm, während sie fieberhaft nach Argumenten suchte, um ihn noch umzustimmen. Das Schreiben von Fischers Dienststelle zitterte zwischen ihren Fingern. Er hatte ihr soeben deutlich gemacht, dass er ihr Vergehen unmöglich ignorieren konnte. Noch schlimmer, er würde ihren Führerschein, den man vor fünf Tagen an Ort und Stelle eingezogen hatte, bis zum Ende des Verfahrens einbehalten. Sie war eine Gefahr für die allgemeine Verkehrssicherheit und hatte nun drei Monate Zeit, über diesen Vorwurf nachzudenken und im besten Fall zur Einsicht zu gelangen. Das waren seine Worte gewesen. *Neunzig Tage!*

Nein, das durfte nicht sein! Es musste einen Weg geben. Sie rannte hinter Martin Fischer her und holte ihn ein, bevor er das Treppenhaus erreichte.

»Hören Sie, Fischer, ohne den Lappen bin ich aufgeschmissen, ich bitte Sie!«, begann sie erneut und wesentlich verzweifelter als noch vor ein paar Minuten. Da hatte sie den Dezernatsleiter im Foyer der Waiblinger Polizeidirektion abgepasst – nachdem am Tag zuvor dieser endgültige Bescheid in ihrem Postfach gelegen hatte –, voller Zuversicht und mit dem charmantesten Lächeln, zu dem sie zu dieser frühen Stunde und unter den gegebenen Umständen fähig war.

»Sie bitten mich?«, fiel er ihr ins Wort, und sein mächtiger Zinken war plötzlich keinen halben Meter von ihrem Gesicht entfernt. Schweißperlen glänzten auf den rot geäderten Nasenflügeln. Seine Augen waren so grau wie sein kurz geschorenes Haar, das als schmaler Kranz über den Ohren seine Glatze einfasste. Sein Atem roch nach Kaffee. Er trug seine Uniform, das kurzärmlige Hemd hatte bereits nasse Flecken unter den Achseln. »Erinnern Sie sich, als ich Sie vor einem halben Jahr um etwas gebeten habe?«

Kristina biss sich auf die Unterlippe. *Verdammt!* Sie konnte nicht sagen, ob ihm ihre zögernde Reaktion ein Lächeln abrang oder ob er eine schmerzliche Grimasse schnitt.

»Ich habe Sie gebeten, sich für die Versetzung meines Sohnes auszusprechen, nachdem vor einem halben Jahr eine Stelle in Ihrer Abteilung vakant war«, half er ihr auf die Sprünge. »Aber Sie haben nicht einmal darüber nachgedacht, habe ich recht?«

»Hören Sie, Fischer, wir steckten damals in einem schweren Fall, ich habe es nicht geschafft …«

Es hatte keinen Sinn, nach einer Entschuldigung zu suchen. Sie hatte es schlichtweg vergessen, verdrängt, was auch immer. Damals war das große Chaos ausgebrochen. Dienstlich wie privat. Doch das würde Fischer alles nicht gelten lassen. Er war in Fahrt gekommen und wollte seinen Frust abladen, das sah sie ihm an.

»Seit vier Jahren pendelt mein Sohn nach Mannheim, ist täglich über drei Stunden unterwegs. Er kann hier nicht wegziehen, wegen seiner Frau, seiner Kinder, dem Haus, das er gebaut hat. Das habe ich Ihnen alles dargelegt, aber ich befürchte, Sie haben nicht zugehört. Darin sind Sie nicht besonders gut, wenn man sich bei den Kollegen so umhört. Und selbstverständlich können Sie nicht verstehen, wie sehr so etwas an einer Ehe zehrt, wie schwierig es ist … Sie sind nicht verheiratet …« Er winkte ab, sah ein, dass das zu weit ging. Die Wut wich trotzdem nicht aus seinem Gesicht. »Ich kann nichts für Sie tun, Frau Oberkommissarin. Sie werden die drei Monate überleben.«

Damit ging er durch die Glastür in das puristische Treppenhaus und nahm jeweils zwei Stufen auf einmal, bis er aus Kristinas Sichtfeld verschwunden war.

Sie zerknüllte den Vollzugsbescheid, während sie ihr blasses Spiegelbild in der Glasscheibe betrachtete. Traurig und gleichzeitig aufgebracht sah sie aus. Und müde. Dabei lag der Tag noch vor ihr.

»Da bist du ja endlich«, begrüßte sie Polizeiobermeister Werner Finckh, den Telefonhörer in der Hand, als sie das Büro betrat. »Ich wollte dich gerade …« Er legte auf und erhob sich von seinem Stuhl.

Die Ungeduld in seiner Stimme ließ erahnen, dass etwas Brisantes passiert war. Doch der Ärger, der in Kristina brodelte, machte sie unempfänglich für das Verhalten ihres Kollegen. Die Hitze der letzten zwei Wochen staute sich im Büro und ließ den Morgen unerträglich werden. Dagegen konnte selbst der eiernde Tischventilator neben Finckhs Computerbildschirm nichts ausrichten.

»Wir haben eine Leiche«, erklärte Finckh sachlich und tat einen Schritt Richtung Tür.

»Wo?«, fragte sie automatisch, ohne den Inhalt der Botschaft wirklich verinnerlicht zu haben.

Drei Monate ohne Führerschein. Dieses Urteil war wie eine undurchdringliche Hülle, die alles andere von ihr fernhielt.

Wie, zur Hölle noch mal, soll ich da meinen Job machen?

»Welzheimer Wald«, antwortete Finckh. Seine hohe Stirn und die Wangen waren gerötet. Kristina vermutete, dass er am Abend zuvor zu lange ungeschützt in der Sonne gewesen war. Auf seiner Terrasse oder im Biergarten?

»Du fährst!«, sagte sie und ging zu ihrem Schreibtisch. Sie holte die Dienstwaffe aus der Schublade und steckte das Halfter an den Gürtel ihrer Jeans. Automatisierte Bewegungsabläufe, die ohne zu denken geschahen.

Eine Leiche!

Für einen kurzen Moment war sie froh, nicht das leichte Sommerkleid zu tragen, das sie gestern Abend in den Flur gehängt hatte, nachdem sie bei einem Glas Wein auf dem Balkon allen Ernstes überlegt hatte, Polizeihauptmeister Jürgen Fischer damit zu bezirzen. Gut, dass sie heute Morgen zur Vernunft gekommen war. Es war unangebracht, mit nackten Beinen um einen Toten herumzuschleichen.

Finckh wartete im Türrahmen und nestelte ungeduldig an der Knopfleiste seines Hemdes. Sein Bauch war im letzten halben Jahr ziemlich gewachsen.

Wieso fiel ihr das jetzt auf? Sie fühlte sich ferngesteuert und konnte ihre Gedanken nicht ordnen. Unbedeutende Reize aus ihrer Umgebung schoben sich in den Vordergrund.

Autofahren bedeutete für sie Freiheit. Lebensqualität. Bisweilen war es besser als Sex.

Jetzt reiß dich zusammen, du hast womöglich einen neuen Fall an der Backe! Einen Mord?

Wo, verdammt noch mal?

Werner Finckh starrte sie erwartungsvoll an. Er war einer der wenigen, die noch nicht im Sommerurlaub waren. Augenblicklich standen noch zwei weitere Beamte der Kriminalkommission K1 zu Verfügung. Der mit Kindern gesegnete Rest war bereits in die schönste Zeit des Jahres geflüchtet. In überfüllte Ferienorte an den Mittelmeerküsten Spaniens oder in schattige Täler des bayerischen Mittelgebirges. Kristina hatte keine Ahnung. Noch waren keine Ansichtskarten eingetroffen.

»Können wir?«, mahnte Finckh und sah demonstrativ auf die Armbanduhr.

Kristina sah die glänzenden Schweißperlen auf seinem haarigen Unterarm.

Alle um mich herum schwitzen … Ich bin meinen Führerschein los … Ein Todesfall im Welzheimer Wald … Der Sommer war noch jung, und sie konnte ihn schon jetzt nicht ausstehen.

Kurz nach halb neun fuhren sie aus der Tiefgarage des Polizeipräsidiums. Raus aus der Stadt. Es war kaum Verkehr. Sommerferien. All jene, die arbeiten mussten, waren früh ins Büro gefahren, um die Stunden zu nutzen, bevor das Sommerhoch und die damit verschmolzene lähmende Trägheit zu mächtig wurden. Ehe der Körper alle Energie darauf verwandte, das Gehirn zu kühlen. Die Hitze hatte begonnen, den Tagesablauf der Menschen zu dirigieren. Schwülfeuchte, süddeutsche Hitze, zäh zu atmen und klebrig auf der Haut. Wer nichts zu erledigen hatte, verweilte in der Kühle seines Hauses oder war dabei, die Tasche fürs Freibad zu packen, um im Chlorwasser Erfrischung zu suchen. Nur das Verbrechen machte keine Ausnahme. Es schlief nicht, und wie es schien, konnte es ihm auch nicht zu heiß sein.

»Was hat die Leitstelle gesagt?«, fragte Kristina.

Werner Finckh, die Augen hinter einer Fliegersonnenbrille verborgen, hob die rechte Braue. »Bist du endlich gelandet? Ich hatte schon befürchtet, dein teilnahmsloses Zombie-Gehabe dauert den ganzen Tag an und ich müsste den Job allein erledigen. Die Hitze? Oder der Führerschein?«

»Konzentrieren wir uns auf den Fall!«, herrschte sie ihn an. Zu forsch, aber sie wollte klarmachen, dass sie das heikle Thema Fahrlizenz nicht zu diskutieren gedachte.

Finckh schüttelte den Kopf, hielt sich aber mit einer Bemerkung zurück. Er hatte gelernt, mit ihrer direkten Art umzugehen. Das gelang nicht jedem im Präsidium.

»Ein Bauer hat heute Morgen die Leiche eines Mannes entdeckt«, berichtete er. »Vielmehr war es sein Hund, soweit ich verstanden habe. Fest steht, dass die Person schon länger tot ist. Ich hoffe, du hast noch nicht gefrühstückt. Die Kollegen, die als Erste vor Ort waren, haben schon ordentlich gereihert.«

»Die Kriminaltechnik ist informiert?«

»So lange, wie du mich hast warten lassen, hätte ich noch jeder Menge anderer Leute Bescheid geben können«, raunzte Finckh.

Sie erinnerte sich, dass er für die kommende Woche Urlaub beantragt hatte. Ferien mit den Enkeln. Hatte er nicht vor Kurzem erzählt, dass er sie mit auf einen Angelausflug nehmen wollte? Sie hütete sich, danach zu fragen, konnte sich jedoch schwer vorstellen, dass zwei Jungs im Vorschulalter Spaß am Fischefangen fanden.

Werner Finckh war jetzt 58 und träumte bereits von der Pensionierung, seit Kristina ihn kannte. Stress war für ihn mit fortschreitenden Dienstjahren mehr und mehr zum Fremdwort geworden. Seine entspannte Einstellung war über die Abteilung hinaus bekannt und wurde ab und an müde belächelt. Es war nicht so, dass er seinen Job schlecht machte. Auf sein kriminalistisches Gespür war Verlass. Aber Kristina war auch klar, er würde auf seinen bereits genehmigten Urlaub ab Montag bestehen, egal was in den Höhen des Schwäbischen Waldes vorgefallen war. Inwieweit sich das auf die bevorstehenden Ermittlungen auswirkte, blieb abzuwarten. Sie hatte kein gutes Gefühl, obwohl sie noch nicht einmal wusste, was sie dort oben vorfinden würde.

Kristina war müde. Seit es so heiß war, schlief sie schlecht. Sie konnte nicht einschätzen, was sie mehr in ihrem Denken und Handeln lähmte – Hitze, Übermüdung oder die unverrückbare Tatsache, den Führerschein verloren zu haben?

Finckh steuerte auf die B29 Richtung Aalen, hinein in das idyllische Remstal, dessen sanfte Hänge zur Flussmündung in den Neckar hin für den Weinbau genutzt wurden. Eine beschauliche Landschaft mit fachwerkgeschmückten Weinorten, Streuobstwiesen und bewaldeten Bergkämmen. Schwäbisch, bodenständig, gemütlich und nur wenige Kilometer von der Landeshauptstadt Stuttgart entfernt. All das machte die Gegend zum perfekten Naherholungsgebiet.

Aber Kristina hatte jetzt kaum ein Auge dafür. Entgegen Finckhs Ungeduldsäußerung vor ihrem Aufbruch legte ihr Kollege keine große Eile an den Tag. *Ein Toter läuft nicht mehr weg*, äußerte er gerne, wenn sie sich dazu genötigt fühlte, ihn anzutreiben.

Selbst auf der vierspurigen Bundesstraße blieb er unter den zulässigen hundertzwanzig Stundenkilometern, und Kristina merkte, wie ihr rechter Fuß sich verbissen gegen das Bodenblech des Dienstwagens stemmte und das nicht vorhandene Gaspedal auf der Beifahrerseite durchtrat. Ungewollt schwappte die Erinnerung an letzten Sonntag in ihre Gedanken.

Die Kollegen der Verkehrsüberwachung hatten sie ganz in der Nähe auf einen Parkplatz an der Bundesstraße 14 gewunken. Nachts um halb elf. Die rote Kelle hatte ihr grell entgegengeleuchtet. In diesem Moment hatte sie nicht einmal gewusst, wie schnell sie gefahren war. Selbst das Radargerät hatte sie nicht bemerkt, das die stark überhöhte Geschwindigkeit erfasste, mit der sie über das verlockend breite und leere Asphaltband geflogen war. Nach einem obligatorischen Abgleich mit der Verkehrssünderkartei in Flensburg entschieden die Uniformierten, die Fahrlizenz gleich an Ort und Stelle einzubehalten. Das Argument, sie sei eine Kollegin, stieß auf taube Ohren. Gut möglich, dass die lautstarke Auseinandersetzung, die sie mit den Polizisten zwischen den parkenden Autos austrug, deren Entscheidung gegen sie erleichterte. Zweifelsohne war auch Häme im Spiel. Kristina wusste, dass man ihr in der Polizeidirektion eine gewisse Ruppigkeit nachsagte, die sie nur mäßig beliebt machte. Die schwäbischen Kollegen, die sie weniger gut kannte, wurden nicht grün mit ihrer forschen bayerischen Art. Sie zeigte meist wenig Ambitionen, sich zu verbiegen. Vermutlich packten die Verkehrsüberwacher deshalb die Möglichkeit beim Schopf, ihr einen Denkzettel zu verpassen. Man nötigte sie schließlich dazu, sich ein Taxi zu rufen, mit dem sie nach dreißig Minuten heftiger Auseinandersetzung zornentbrannt abzog. Ihr 3er-BMW stand bis zu diesem Tag auf dem Parkplatz, weil ihr noch niemand eingefallen war, der ihn für sie abholen konnte. Zumindest niemand, dem sie eingestehen wollte, dass sie die nächsten Monate zu Fuß gehen musste.

Kristina atmete tief durch. Es wäre besser, sich auf das vorzubereiten, was sie in den Wäldern des Schwäbisch-Fränkischen Naturparks erwartete. Die Schmach auszublenden und ihre Gedanken für die bevorstehende Ermittlung zu sammeln. Immer vorausgesetzt, dass der Fall in die Zuständigkeit des Dezernats für Gewaltverbrechen fiel, für das sie seit sieben Jahren arbeitete.

Ein Toter?

Die Ausführungen ihres Kollegen waren dürftig, womit er ihren Anweisungen folgte und vorerst nur oberflächliche Informationen an sie weitergab. Kristina wollte den Fundort der Leiche unvoreingenommen betreten, so wie sie es von ihrem Mentor, Hauptkommissar Albrecht Holle, gelernt hatte. Zu viele im Vorfeld getroffene Spekulationen konnten den ersten Eindruck verfälschen, den sie sich vom Fundort machen wollte.

Eine schmale Straße führte durch den Wald zu einem Landhaus, das einer klassizistischen Villa glich und von einer mannshohen Mauer umgeben war. Einer Mauer, die im Vergleich zum Haus dahinter relativ neu aussah. Das Grundstück lag abgeschieden. Ein Streifenpolizist stand an der breiten Toreinfahrt und ließ Kristina passieren. Dahinter erwartete sie ein beachtliches Anwesen, eingefasst von einem dichten Fichtenwald. Dunkel sah er aus, bedrohlich, trotz des stahlblauen Himmels, der über den schwarzen Wipfeln strahlte. Kristina war in solch einer ursprünglichen Natur groß geworden und mochte den Wald. Das Rauschen in den Bäumen, das Spiel von Licht und Schatten und die Ruhe, die gleichwohl von tausend Stimmen getragen wurde.

Die kiesbedeckte Zufahrt führte zu dem dreistöckigen Gebäude mit einem übertriebenen Eingangsportal und einer gepflegten Grünanlage. Rechts neben dem Haupthaus befand sich eine Doppelgarage mit Giebeldach. Alter Baumbestand und akkurat arrangierte Blumenbeete dominierten den Garten. Bei genauerem Betrachten wurde jedoch ersichtlich, wie sehr die Bepflanzung an der Trockenheit der letzten Wochen litt.

»Wusstest du das?«

Finckh zuckte mit den Schultern. Unter den Achseln hatten sich bereits deutliche Schweißflecken ausgebreitet. Sie hätte ihm erlauben sollen, die Klimaanlage anzuschalten, aber er hatte nicht danach gefragt.

»Die Kollegen meinten nur, es sähe imposant aus.«

»Protzig wäre meine Definition«, gab sie zurück.

Der feine Kies in der Einfahrt knirschte unter den Reifen, als Finckh den Wagen zum Stehen brachte. Beim Aussteigen wehte Kristina heiße Luft entgegen. Würzig und trockener als unten am Fluss. Sie machte für zwei Sekunden die Augen zu und träumte sich in ein toskanisches Pinienwäldchen. Die Illusion war drei Sekunden lang perfekt, dann stieg ihr ein Hauch von Finckhs Rasierwasser in die Nase.

»Ist wirklich alles in Ordnung?«, hörte sie ihn fragen.

Mit leiser Wehmut öffnete sie die Augen, machte sich bewusst, dass sie am Ort eines Verbrechens war, und nahm die Szenerie in sich auf. Noch beschatteten die hohen Fichten den Vorplatz, der mit drei Einsatzfahrzeugen und einem Privatwagen zugestellt war. Kollegen in Uniformen oder weißen Einwegoveralls standen auf der Granittreppe vorm Haus.

Sampo Hietaniemi, der Chef der Kriminaltechnik, winkte ihr zu. Zurückhaltend, wie es seine Art war. Der Finne arbeitete jetzt beinahe zwei Jahre in ihrer Direktion und war ein sehr angenehmer Zeitgenosse.

Auch ein Zugezogener, so wie ich.

Er hatte ihr nie verraten, warum er hiergeblieben war. Sampo war im Rahmen eines europaweiten Austauschprogramms für Kriminologen von Skandinavien nach Süddeutschland gekommen. Ein Programm, das vormals auf sechs Monate angesetzt gewesen war. Danach hatte er sich fest auf die frei gewordene Stelle in der Kriminaltechnologie beworben. Die deutsche Sprache hatte er von seiner Mutter gelernt, die in den Sechzigern längere Zeit in Hamburg gelebt hatte. Das hatte er Kristina eines Tages in der Kaffeeküche erzählt. Mehr Privates hatte sie bislang über den Exoten in der Dienststelle nicht in Erfahrung bringen können. Dabei hatten sie schon zahllose Gespräche geführt. Erschreckend, dass es dabei immer nur um die Arbeit gegangen war.

Sampo löste sich aus der Gruppe und kam ihr entgegen. Auch er steckte in einem Papiereinteiler, um den Fundort der Leiche nicht mit seinem Genmaterial zu verunreinigen. Durch sein hellblondes Haar schimmerte die von der Sonne gerötete Kopfhaut. Sampo versteckte seine eisblauen Augen hinter einer dunklen Sonnenbrille und sah damit bestechend attraktiv aus.

»Verflucht heiß!«, schimpfte Finckh. »Wie hältst du das aus?«

Sampo konnte sich ein Grinsen nicht verkneifen, gab jedoch keine Antwort. »Hinterm Haus«, sagte er stattdessen und wies mit seiner Stupsnase in die Richtung. »Die Pathologin ist bereits zugange.«

»Wem gehört die Hütte?«

»Einem Egon Osswald. Hat hier allein gelebt. Zumindest ist sonst niemand gemeldet. Ob der Besitzer der Villa und der Tote identisch sind, muss noch geklärt werden.«

Kristina und Finckh bekamen Plastikgaloschen, die sie pflichtbewusst über die Schuhe zogen. Sie folgten dem Forensiker um das Hauptgebäude herum. Die heiße Luft wurde von einem süßlichen Geruch durchzogen, kaum dass sie den hinteren Garten betraten. Der Duft des Sommers vermischte sich mit der abscheulichen Note der Vergänglichkeit, die Kristina zu ihrem Bedauern schon viel zu vertraut war. Sie konnte sich nur nicht daran erinnern, den Gestank des Todes außerhalb geschlossener Räume jemals so intensiv wahrgenommen zu haben, noch ehe eine Leiche überhaupt in Sicht war. Finckh neben ihr rümpfte die Nase.

Hinter der Villa waren die Fichten kaum zwanzig Meter

vom Haus entfernt. Knorrig und stumm ragten sie empor. Kein Lüftchen wehte um die Baumkronen. Stille Zeugen des Verbrechens, das neben ihnen verübt worden war.

Vor dem Backsteinwall wuchsen ein paar Büsche auf von Hitze verbranntem Rasen. Rechts stand ein maisgelb gestrichenes, schindelbedecktes Gartenhaus. Die Holzkonstruktion hatte eine Grundfläche von ungefähr fünfundzwanzig Quadratmetern. Auf der Vorderseite schloss es mit einer kleinen, weiß getünchten Veranda ab, auf der ein bequem aussehender Schaukelstuhl stand.

Das kleine Idyll des Landadels.

An der Kristina zugewandten Längsseite stapelte sich Brennholz bis unter den Dachvorsprung. Davor stand ein massiver Holzblock, in den jemand eine Axt geschlagen hatte. Der armlange Stiel ragte wie ein mahnender Finger in die Höhe und lenkte alle Blicke auf sich. Ein Kriminaltechniker sicherte Spuren an dem abgegriffenen Holzschaft.

Die Mordwaffe? Ein eingeschlagener Schädel?

Trotz der stickigen, warmen Luft, die über der künstlichen Lichtung hing, lief Kristina ein Schauder über den Rücken. Der Anblick einer Leiche war niemals erstrebenswert, aber es gab durchaus Abstufungen, was die Erträglichkeit des Grauens anging.

Der Bereich hinter dem Gartenhaus und zur Mauer hin war mit einem Plastikband abgesperrt. Ein Kriminaltechniker machte Fotos von einer Stelle, die Kristina nicht einsehen konnte, weil der Schuppen und zwei Johannisbeersträucher sie verborgen hielten.

Schweigend folgten sie Sampo über den braunen Rasen.

»Das wird nicht schön«, warnte der Finne und hob das Absperrband an, damit Kristina und Finckh darunter hindurchschlüpfen konnten.

Bevor Kristina einen weiteren Schritt auf das von den Kriminaltechnikern gekennzeichnete Terrain machen konnte, tauchte die Pathologin zwischen den Sträuchern auf. Dr. Wuppermann.

Miriam.

Selbst in der Sommerhitze sah sie blendend aus.

Sie hat die Kälte aus ihrer Leichenkammer konserviert und mitgebracht, dachte Kristina. Die Antipathie hatte sich ihrer bemächtigt, seit sie die Telefonnummer der adretten Ärztin im Handy ihres Freundes gefunden hatte. *Ex-Freundes*, korrigierte sie sich. Als sie ihn dazu befragt hatte, hatte er keine plausible Erklärung parat gehabt. Stattdessen war ein lautstarker Streit darüber entbrannt, wieso sie in seinem Telefon herumschnüffelte.

Aber das sollte Kristina nicht mehr interessieren. Es gehörte der Vergangenheit an. *Er gehört der Vergangenheit an!* Außer dem Eintrag in seiner Rufnummernliste hatte ohnehin nie ein ausreichender Verdacht existiert. Warum also benahm sich Kristina nach wie vor so unklug gegenüber der Ärztin?

Weil Miriam Wuppermann niemals ihren Führerschein verlieren würde. Schon gar nicht wegen überhöhter Geschwindigkeit.

Die Pathologin lächelte und blickte ihr direkt in die Augen, während sie sich die Gummihandschuhe von den schlanken Fingern zog und in die Umhängetasche stopfte. »Ich habe mich bemüht, die Lage des Opfers möglichst wenig zu verändern«, gab sie Kristina zu verstehen. »Aber beeilen Sie sich mit der Beschauung, sonst ist bald nichts mehr übrig. Die Maden sind bei diesen Temperaturen besonders effektiv, und nach einer ersten Schätzung war er ihnen bereits zwei, drei Wochen ausgesetzt. Noch ein paar Tage, und wir hätten eine saubere Dekarnation.«

»Nur noch blanke Knochen«, soufflierte Finckh.

»Überrasch mich, Werner«, erwiderte Kristina und sah ihren Kollegen herausfordernd an.

»Es gab da neulich eine Sendung, so eine Dokumentation über eine indische Glaubensgruppe, die ihre Toten den Geiern überlässt.«

»Sie meinen die Parsen«, ergänzte die Pathologin. »Die Dekarnation ist eine für unser Verständnis ungewöhnliche Bestattungsmethode. Diese in Indien verbreitete Religionsgemeinschaft lässt ihre Toten von Tieren, in erster Linie von Geiern, auffressen. Soweit ich mich erinnere, spricht man dabei von Himmelsbestattung. Eine äußerst hygienische Methode, sich der Toten zu entledigen, aber ich bezweifle, dass das hier beabsichtigt war. In Indien schaffen die Aasfresser das in wenigen Stunden. Bei unserem Opfer waren allenfalls ein paar Nager, Insekten und möglicherweise Raben am Werk. Die haben selbst über einen Zeitraum von drei Wochen hinweg nicht alles vertilgen können. Den genauen Todeszeitpunkt erfahren Sie nach dem MRT.«

»Anfang Juli«, raunte Finckh und wischte sich mit einem Taschentuch den Schweiß von der Stirn.

»Alles Weitere, wenn ich mit ihm fertig bin«, wiederholte sich Dr. Wuppermann.

»Können wir davon ausgehen, dass das Opfer der Hausbesitzer ist?«

»Statur und Alter deuten darauf hin«, antwortete Sampo, und Miriam Wuppermann nickte.

»Ein DNA-Abgleich wird uns Sicherheit geben.«

»Sonst irgendeine Auffälligkeit, die Sie jetzt schon loswerden wollen?«, hakte Kristina nach. »Falls für das fachmännische Auge noch was zu erkennen war.«

Sie kannte die Leichenbeschauerin lange genug, um zu bemerken, dass hinter der kühlen Mimik eine latente Unruhe verborgen lag, die kaum wahrnehmbar durch das perfekte, hitzefeste Make-up schimmerte. Wie es schien, hatte selbst Dr. Wuppermann noch nicht alles gesehen, und sie musste darum ringen, diesen absonderlichen Leichenfund rein wissenschaftlich zu interpretieren.

Die Pathologin ließ sich Zeit mit einer Antwort, sah ein paar Sekunden lang den Insekten zu, welche die rosa leuchtenden Blütenkelche einer an der Ummauerung wachsenden Strauchrose umschwärmten.

»Irritierende Verstümmelungen in der Unterleibsgegend. Ich würde sagen, post mortem. Aber ich will nicht vorpreschen, um Ihnen eine voreilige Beurteilung zu ersparen. Sie haben den Bericht im Laufe des morgigen Tages.« Dann wandte sie sich an Sampo. »Ihr könnt ihn einpacken, wenn die Kommissarin ihren Teil gesehen hat.«

Mit diesen Worten griff sie nach ihrem Untersuchungskoffer und verabschiedete sich mit einem knappen Nicken. Sampo und Werner starrten auf das Spiel ihrer Pobacken, die sich deutlich unter dem dünnen Stoff des Sommerrocks abzeichneten.

Kristina rammte Finckh den Ellbogen in die Rippen. »Gleich fallen dir die Augen raus«, prognostizierte sie und erntete einen pikierten Blick ihres Kollegen.

Sampo lächelte schmal und schob die Sonnenbrille zurecht. »Wollen wir«, forderte er die beiden auf.

Vorsichtig, als würde sie vermintes Feindgebiet betreten, umrundete Kristina die Johannisbeersträucher, damit sie endlich um die Ecke des Schuppens blicken konnte. In dieser Sekunde kroch die Sonne gleißend über die Baumwipfel, verdrängte das Stahlblau am Himmel und schmolz die Schatten der Bäume hinweg, die bislang wie ein verschleiernder Umhang über dem Opfer gelegen hatten.

Werner Finckh hinter ihr würgte, noch ehe die Obszönität des Anblicks in Kristinas Gehirn ankam.

»Ist die Axt die Tatwaffe?«

»Vermutlich«, antwortete Sampo und blickte durch seine verdunkelten Brillengläser auf sie herab. »Aber mach dir keine Hoffnung, die Fingerabdrücke sind komplett verwischt, wahrscheinlich unbrauchbar.«

Der Mörder schlug also das Beil zurück in den Hackstock, nachdem er dem Mann nicht nur den Schädel gespalten hatte? Würde jemand, der im Affekt handelte, so etwas tun?

Ihrer Erfahrung nach warf man die Tatwaffe angewidert von sich, nachdem die Erkenntnis über das begangene Verbrechen ins Bewusstsein gesickert war. Danach suchte man unter Schock stehend das Weite oder verständigte die Polizei und stellte sich als reuiger Sünder.

Du bist zu schnell, schimpfte sie sich im Stillen. Das Verlangen nach einer Zigarette überfiel sie hinterrücks und unerwartet. Nach drei Jahren ohne Nikotin kehrte der Wunsch zurück, eine zu rauchen.

Während all der Jahre bei der Mordkommission hatte Kristina kein Opfer vergessen. Bisher war es ihr jedoch stets gelungen, die Kontrolle über das Entsetzen zu behalten. Sie konnte die Szenen menschlicher Abgründe aus ihrem Kopf verbannen, wenn sie das Büro verließ. Doch jetzt war sie unsicher, ob ihr das auch diesmal gelingen würde.

Nachdem die Kriminaltechniker ihre Arbeit erledigt hatten und der Leichnam abtransportiert worden war, wollte Kristina den Tatort ein weiteres Mal aufsuchen. Die erste Besichtigung hatte nur fünf Minuten gedauert. Sie versuchte, es auf die herumwuselnden Kollegen und weniger auf den Anblick der Leiche zu schieben.

Drei Wochen, lautete die Schätzung von Dr. Wuppermann. Erst der Regen, dann die Hitze. Nicht nur die üblichen Kerbtiere hatten sich ausgiebig ins faulige Fleisch gewühlt. Der Wald selbst hatte mitgegessen. Ein Fuchs vielleicht? Ein Marder? Der eine oder andere Vogel? Ratten? Gab es überhaupt Ratten im Wald, oder waren die aus dem Haus gekommen?

Sie mussten das Haus durchsuchen. Jemand von der Kriminaltechnik würde das Schloss knacken, falls in der nächsten Stunde niemand aufgetrieben werden konnte, der einen Zweitschlüssel besaß. Die Ungeduld, die über sie hinwegschwappte, kam Kristina plötzlich schlimmer vor als die Hitze. Sie stand ganz am Anfang ihrer Ermittlung.

Zusammen mit Sampo ging Kristina von der Garage in den Garten. War das der letzte Weg gewesen, den Osswald genommen hatte? Einem Geräusch hinter der Villa folgend, das ihn veranlasst hatte, nicht zuerst ins Haus zu gehen?

Wie viele Spuren das Wetter der letzten Wochen noch am Tatort zurückgelassen hatte, würde sich erst in den nächsten Tagen herausstellen. Die trockene Erde hinter dem Schuppen hatte die Flüssigkeiten, die aus Egon Osswald herausgelaufen waren, in sich aufgesogen. Zurück blieb der Abdruck eines Schattens aus Genmaterial. Dort, wo der Tote mit dem bloßen Rücken an der Wand des Gartenhauses gelehnt hatte. Und die Fliegen, die nach wie vor um die Stelle kreisten, aufgebracht darüber, ihrer Brutstätte beraubt worden zu sein. Als wüssten sie nun nicht mehr, wohin sie ihre Eier legen sollten.

Das Bild der entstellten Leiche hatte sich auf Kristinas Netzhaut eingebrannt. Der voluminöse, aufgedunsene Körper mit den tiefen Wunden und Schwären. Ein toter Körper, der sich bewegte. Der Eindruck wurde hervorgerufen durch die zahllosen Maden, die sich unter der bleichen Haut durch das Fleisch fraßen.

Kristina blinzelte.

Die Stelle war nur einsehbar, wenn man sich durch die Büsche schob. Hatte der Täter sie bewusst gewählt, damit der Mord möglichst lange unentdeckt blieb? Vieles deutete darauf hin, denn es gab keine Schleifspuren.

Kristina ging in die Knie und betrachtete den Abdruck des Körpers an der hellen Wand. Osswald war dort zusammengesackt, nachdem der tödliche Schlag ihn getroffen hatte. Beim Versuch, die Axt abzuwehren, hatte der Metallkeil ihm den linken Unterarm beinahe vollständig abgetrennt. Der Hund des Bauern hatte ohne große Mühe die Extremität unterhalb des Ellbogengelenks abreißen und wegschleppen können. Einmal quer durch das Maisfeld.

Wie lange wärst du hier noch vor dich hin verwest, wenn der Hund nicht deinen Kadaver gerochen hätte?

Wie lange war die Zufahrt schon geöffnet gewesen? Hatte vielleicht jemand zwischenzeitlich das Grundstück betreten und vergessen, das Tor wieder zu schließen? Aber wie konnte derjenige den Toten im Garten übersehen? Es gab Lichtschranken an den beiden Säulen, die das Tor flankierten und es automatisch schlossen. Warum war diese Vorrichtung deaktiviert gewesen?

Kristina merkte, dass sie nicht weiterkam. Sie spürte, wie der Schweiß ihr den Rücken hinunterlief. Unerwartet machte ihr der versteckte Winkel auf diesem großzügigen Grundstück Angst. Eine Angst, die aus dem Wald auf der anderen Seite der Gartenmauer zu ihr herüberstarrte, während sie vor der kaum sichtbaren Kuhle hockte, die der tote Körper in die Erde gedrückt hatte. War der Mörder aus dem Wald gekommen? Wie sportlich musste man sein, um sich über die Mauer zu schwingen?

»Die Wetterkapriolen der letzten Wochen waren aufseiten des Täters und haben das brauchbare Spurenmaterial weitgehend vernichtet«, äußerte Sampo und ließ sie stehen, weil einer der Kriminaltechniker nach ihm rief.

Kristina sah ihm einen Moment lang gedankenversunken nach, bevor sie ihm folgte und sich auf die Treppe des Eingangsportals hockte und die Beine in den verbliebenen Schatten zog, den der hohe Giebel der Villa über ihr warf.

Waren es möglicherweise mehrere Täter? Diese Option musste ebenfalls ins Auge gefasst werden. Eine unendliche Liste von offenen Fragen und Aufgaben schrieb sich in ihrem Kopf fort. Es würde ein langer Tag werden, wenn nicht etwas Unvorhersehbares geschah. Das plötzliche Auftauchen eines Zeugen etwa, der alles beobachtet hatte. Der den Mörder oder zumindest ein Autokennzeichen erkannt hatte. Schwer zu glauben, dass sich jemand zu Fuß in diese Einsamkeit vorgewagt hatte. Es war Donnerstag. Wie viel konnten sie bis zum Wochenende erreichen? Bei einer Spur, die trotz der vorherrschenden Hitze bereits kalt war, weil das Verbrechen drei Wochen zurücklag?

Werner Finckh ließ sich schwerfällig neben ihr auf den Granitstufen nieder. Auch er suchte den Schatten.

»So ein großes Haus …«, sagte sie. »Was für eine Verschwendung, es allein zu bewohnen. Wenn dieses Anwesen nicht so auffällig wäre, könnte man vermuten, er hätte sich hier versteckt.«

Finckh schob die Sonnenbrille über die hohe Stirn. »Die Villa ist rundum verschlossen. Auch die Terrassentüren und der Eingang zum Keller. Das Auto steht in der Garage. Der Tote trug keinen Schlüssel bei sich«, berichtete er. Seine Stimme war weniger polternd als sonst. Durch den Anblick des Gemetzels hatte auch in ihm eine Wandlung stattgefunden. Es kostete ihn Kraft, die Fassung zu wahren. Er sah abgekämpft aus, noch bevor der Tag richtig begonnen hatte. Gut möglich, dass selbst der Polizeiobermeister, der zwanzig Jahre länger im Dienst war als Kristina, noch nie einer solchen Grausamkeit begegnet war.

»Wer hat abgeschlossen?«, fragte sie in den warmen Wind hinein, der über sie hinwegstrich.

Ihr Kollege blätterte in seinem kleinen Notizbuch, als hätte er die Antwort darauf schon auf irgendeiner Seite notiert.

»Warum sitzt er mit nacktem Oberkörper da?«, murmelte Kristina weiter. »Wenn wir davon ausgehen, dass er gerade eben heimkam, den Wagen in die Garage fuhr und auf dem Weg zur Haustür etwas Verdächtiges hörte. Etwas, das ihn bewog, sich unverzüglich nach hinten in den Garten zu begeben, um nach dem Rechten zu sehen. Wenn er dort seinem Mörder begegnete und daher keine Gelegenheit blieb, nochmals ins Haus zu gehen ... Wieso trägt er dann kein Hemd zu seiner Anzughose und den eleganten italienischen Schuhen?«

Ihr Kollege schürzte die Lippen, aber es kam keine Antwort aus seinem Mund. Wo war das Hemd? Wo der Schlüsselbund? War der Täter damit in die Villa eingedrungen, um sie danach wieder zu verschließen?

Vor der Einfahrt hatten sich drei Mountainbiker eingefunden, deren Strecke wohl zufällig vorbeiführte, und die nun gierig an ihren Trinkflaschen sogen, während sie mit langen Hälsen über die Dächer der Einsatzfahrzeuge hinweg hoch zur Villa blickten. Kristina dankte der Einsamkeit, die ihnen bislang weitere Schaulustige erspart hatte. An diesem Ort kam selten jemand zufällig vorbei.

Aber Kristina machte sich nichts vor. Die Kunde eines Verbrechens würde sich trotzdem wie ein Lauffeuer verbreiten. Sehr bald würden sich die Leute aus der Umgebung unten am schmiedeeisernen Tor drängen. Tuschelnd und mit gespielter Entrüstung. Gleichwohl bestürzt darüber, dass das Böse nun auch den Weg an diesen friedvollen Flecken gefunden hatte.

Kristina war gespannt, was die Leute aus den umliegenden Höfen und dem nahen Dorf über den einsamen Bewohner dieses feudalen Hauses zu erzählen wussten. Vielleicht lag in den Aussagen dieser Menschen bereits die Lösung des Falls. Aber wenn Kristina an den Anblick der Leiche dachte, erschien ihr eine schnelle Aufklärung wie Wunschdenken. Nein, sie hatte kein gutes Gefühl. *Ganz und gar nicht.*

Obwohl der Prachtbau annehmen ließ, dass hier einiges zu holen war, schloss Kristina aus, dass der Hausbesitzer einen Einbrecher überrascht hatte. Oder gar jemanden, der im Garten Brennholz klauen wollte. Es war nicht bei einem Axthieb geblieben.

Was hatte sich vor rund drei Wochen hinter dem Gartenhäuschen abgespielt? Warum wurde der Hausbesitzer nicht vermisst? Von niemandem im Dorf, nicht vom Briefträger und auch nicht von den Angehörigen, falls solche überhaupt existierten.

Hat nicht jeder irgendwen, der bisweilen an einen denkt?

In der Zentrale saß bereits jemand am Rechner, um herauszufinden, wer diesem Mann nahestand. Dabei konnten sie objektiv betrachtet noch immer nicht sicher sein, dass der Tote hinter dem Schuppen wirklich Egon Osswald war.

Ich bin zu unstrukturiert, schimpfte sie sich. Ihr fehlte Hauptkommissar Holle. Der Leiter des K1 war wegen eines Schlaganfalls nach wie vor in Reha. Wann oder ob er je zurückkommen würde, konnte im Moment niemand beantworten. Kristina war seine Vertretung, die neue Chefin. Alles lastete auf ihr. Ein Druck, der bislang zu ertragen gewesen war. *Bislang!*

»Sprechen wir mit dem Bauern«, entschied sie und erhob sich. Die Schwerkraft hatte zugenommen. Ihr Mund war trocken. Sie hätte etwas zu trinken mitnehmen sollen.

Ich vertrockne hier wie der Rasen.

Wo steckte Osswalds Gärtner? Im Urlaub? Die Putzfrau? So eine musste es doch geben für den riesigen Kasten.

Das Verlangen nach einem Schluck Wasser wuchs mit jedem Schritt über den sonnenüberfluteten Vorplatz. Der Kies knirschte. Wasser oder eine Zigarette.

Finckh folgte schwer atmend. Der Polizeiobermeister hatte kaum gesprochen, seit sie die Leiche begutachtet hatten. Selbst den Forensikern war anzusehen, dass diese Tat nicht leicht zu verdrängen sein dürfte, wenn sie nach getaner Arbeit in ihr Privatleben zurückkehrten. Es war ein Massaker. Für Kristina sah es aus, als ob Wut und Hass den Täter übermannt hatten.

Oder die Lust am Töten? Der Wahn eines Psychopathen?

Nein, so weit wollte sie nicht vorauseilen.

Der Bauer stand im Schatten eines Holunderbuschs neben einem der Einsatzwagen und hielt sich an einem Pappbecher fest. Seine Körperhaltung zeugte davon, dass er nicht an diesem Ort sein wollte.

Keiner ist freiwillig hier!

Kurz fragte sich Kristina, ob ihm jemand psychologische Betreuung angeboten hatte. Auf den ersten Blick sah er nicht sonderlich mitgenommen aus. Oder er wusste den Schrecken zu verbergen; in seinem runden, wettergegerbten Gesicht unter dem zerzausten, aschbraunen Haarschopf. Er war von schmächtiger, leicht gekrümmter Gestalt, mit einer gewissen Vorsicht im Blick, die man häufiger bei Bewohnern ländlicher Regionen antraf. Orten, die der Gegend glichen, in der Kristina aufgewachsen war. Sie schätzte den Mann auf Mitte vierzig, konnte sich aber auch irren. Vielleicht warteten auf seinem Hof Frau und Kinder auf Neuigkeiten. Würde er beim Mittagessen darüber sprechen, was er entdeckt hatte? Zog er dabei wie beiläufig den Vergleich zum Schweineschlachten, damit sich die Familie ein Bild machen konnte?

Neidisch blickte sie auf den Pappbecher mit Wasser in der Hand des Landwirts. Kräftige Finger, die es gewohnt waren, eine Axt zu schwingen. Er trug eine grüne, verdreckte Latzhose und darunter ein gelbstichiges Feinrippunterhemd. Dazu Gummistiefel.

»Oberkommissarin Kristina Reitmeier«, stellte sie sich vor.

»Karl Mezger«, erwiderte der Bauer, ohne seine freie Hand aus der Hosentasche zu nehmen.

Sie war froh, dass er ihr nicht seine schwielige Pranke entgegenstreckte. »Wie fühlen Sie sich? Ich meine, das war kein schöner Anblick.«

Die Erinnerung an die Leiche weitete seine Augen und er blickte unschlüssig in den Pappbecher. »Geht schon«, brummte er.

»Möchten Sie mit jemandem vom psychologischen Dienst darüber sprechen?«

Er machte den Eindruck, als fühle er sich durch dieses Angebot angegriffen, und schüttelte den Kopf.

Für Kristina ein Zeichen, zum Wesentlichen zu kommen. »Schildern Sie mir bitte, wie Sie den Toten gefunden haben?«

»Mein Hund hat was angeschleppt.«

»Die Extremität konnte sichergestellt werden«, murmelte Finckh in ihrem Rücken. »Also das, was der Hund davon übrig gelassen hat.«

Kristina verdrängte das unappetitliche Bild aus ihrem Kopf und knüpfte an ihre Befragung an. »Sie sind der direkte Nachbar von Egon Osswald?«

Mezger zuckte mit dem Kopf in Richtung des Gehöfts, das in etwa zweihundert Meter Luftlinie auszumachen war. Zwei rote Ziegeldächer, dahinter der Wald mit einem weiten Blick über die Baumwipfel hinweg zu den blaugrün schimmernden Bergrücken, die im klaren Licht den Horizont streiften. Dazwischen lag das Maisfeld, über dem die Hitze flimmerte wie über dem Steppengras einer afrikanischen Savanne.

»Woher wussten Sie, wem der Arm gehörte?«

Mezger zuckte mit seinen spitzen Schultern. »Er hat's mir gezeigt.«

»Der Hund hat Sie zur Leiche geführt?«, hakte Kristina nach, der die Wortkargheit des Bauern schon nach dreißig Sekunden auf den Geist ging.

Vielleicht rede ich besser mit dem Tier?

»Na ja. Er rannte zurück ins Feld, und ich bin hinterher.« Mit dem Zeigefinger wies er durch die Toreinfahrt auf eine Stelle, um anzudeuten, dass er dort zwischen den Maisstauden auf die Straße gelangt war. »Ich hab gesehen, dass das Tor offen stand.«

»Das in der Regel geschlossen ist?«

Wieder hüpften die Schultern. Der Blick des Bauern wanderte ständig zwischen Kristina und Finckh hin und her. Mezger war es gewohnt, essenzielle Dinge mit Männern zu besprechen. Am Stammtisch, auf dem Nutzviehmarkt oder beim Verhandeln um den Milchpreis.

Meine Brüste machen ihn nervös.

Mezger trank den Rest des Wassers aus dem Becher und zerdrückte ihn in seiner Faust. »Meistens ist es zu«, erklärte er nach ein paar Sekunden.

»Wie gut kannten Sie Osswald?«

»Hat sich nicht oft sehen lassen. Auch nicht im Dorf«, fügte Mezger an und schabte mit dem Fuß im Kiesbett der Zufahrt.

»Aber Sie sind sicher, dass der Tote Egon Osswald ist?«

Der Landwirt zog seine schmalen Lippen über die Vorderzähne. »Wer denn sonst?«

»Viel war nicht mehr zu erkennen«, erinnerte Kristina ihn. Und was noch übrig war, lud keinesfalls dazu ein, es länger als eine Schrecksekunde zu betrachten. Trotzdem blieb der Landwirt bei seiner Behauptung.

»Wie lange wohnte er schon hier?«

»Das Haus steht schon, seit ich denken kann. Gehörte mal einem Fabrikbesitzer, der unten in Welzheim Nähgarn herstellte. In den späten Sechzigern war es damit vorbei. Wegen Asien, Sie wissen schon, die arbeiten dort ja für kaum mehr als nichts. Der Garnproduzent, mittlerweile in dritter Generation, suchte nach der Schließung des Werks sein Glück in Indonesien, wie man so gehört hat. Ab da stand der Kasten leer. Lange Zeit dachte ich, das Haus fällt irgendwann zusammen. Osswald hat es von Grund auf sanieren lassen, bevor er eingezogen ist.«

»Wann war das?«

»Dürfte so vor zehn Jahren gewesen sein, als er sich zur Ruhe gesetzt hat, wie die Leute erzählen. Für meinen Geschmack ein bisschen weit draußen für einen alleinstehenden Pensionär.«

»Klingt so, als mochten Sie ihn nicht.«

Zusammen mit dem zerknüllten Pappbecher stopfte der Bauer auch seine zweite Hand in die ausgebeulte Hose. Eine Mischung aus Trotz und Angst darüber, etwas Falsches gesagt zu haben, zeigte sich in seinem Blick. »Ich kannte ihn kaum. Der grüßte nicht mal, wenn man ihn zufällig zu Gesicht bekam.«

»Trotzdem haben Sie den Toten als Egon Osswald identifiziert?«, wiederholte Kristina.

»Ich … wer …?«

»Waren Sie vorher schon auf seinem Grundstück?«

Mezger sah sich um, als hoffe er auf Beistand. »Nachdem er eingezogen war, kaufte er das Brennholz bei mir. Das habe ich dann geliefert. In den letzten Jahren nicht mehr.«

»Warum? Gab es Probleme?«

»Ich war ihm wohl zu teuer.«

»Hatte er eine Putzfrau?«

»Ab und an stand ein Auto vorm Haus. Stuttgarter Kennzeichen. Dabei gibt es genug Frauen im Ort, die sich gerne was dazuverdienen würden«, fügte er an. Ein Vorwurf, der nun zu spät kam.

»Auch Ihre Frau?«

»Warum nicht?«, erwiderte Mezger, der zu seinem Argwohn zurückgefunden hatte.

»Ich werde auch mit ihr sprechen müssen«, erklärte Kristina. »Planen Sie, in den nächsten Tagen in den Urlaub zu fahren?«

Er sah sie an, als hätte sie von ihm verlangt, in eine bodenlose Schlucht zu springen.

»Halten Sie sich bitte vorerst zur Verfügung!«

Kristina versammelte das Team am Einsatzbus. Finckh setzte sich in die offene Schiebetür. Sein Hemd war triefnass, als hätte er unter einem Gartenschlauch gestanden. Die Mannschaft reihte sich erwartungsvoll im Halbkreis um den Bus. Neben Sampo und seinen drei Kriminaltechnikern in ihren Papieroveralls waren noch zwei Kollegen aus Kristinas Abteilung für Gewaltverbrechen dazugestoßen.

Die junge Kommissaranwärterin Sonja Lachenmeier, die seit einem knappen Jahr im K1 war, und Kommissar Ralf Winkler, der etwa seit drei Jahren seinen Dienst für die Kripo tat. Es war der klägliche Rest ihrer Einheit, der nicht im Sommerurlaub war. Die Kinderlosen, gewissermaßen.

Sonja war das Küken des Dezernats. Sie trug wie immer Cargohose und Wanderschuhe, selbst bei diesem Wetter. Vielleicht wollte sie damit ihre zierliche Körpergröße kaschieren. Ralf hingegen war ein Brecher mit Stiernacken und breiter Brust und Oberschenkeln, welche den Knopf seiner hellen Leinenhose zu sprengen drohten.

Kristina wandte sich zuerst an die beiden Neuankömmlinge. »Ihr klappert die umliegenden Höfe ab, und danach fahrt ihr ins Dorf … Wie heißt das Kaff noch mal?«

»Langenberg«, klärte Finckh sie auf.

»Genau! Fangt mit den Läden an. Bäcker, Metzger, Supermarkt, falls vorhanden. Dann die Wirtshäuser. Irgendjemand muss was beobachtet haben. Auf dem Land bleibt nichts verborgen, es gibt keine städtische Anonymität. Jeder kennt jeden. An diesem Klischee muss was dran sein, machen wir es uns zunutze. Und setzt euch mit dem Forstamt in Verbindung und dem Postzusteller. Das gibt es doch nicht, dass keinem der Leichengeruch aufgefallen ist. Je nachdem, wie der Wind stand, muss es rund um die Villa mächtig gestunken haben. Wir treffen uns …«, sie sah auf die Armbanduhr, »… um siebzehn Uhr im Revier, und dann will ich was Brauchbares auf dem Tisch haben! Werner, du fährst zurück in die Dienststelle. Mach Dampf in der Zentrale. Ich will alles, was wir über Egon Osswald haben. Und überprüf gleich seine Telefonanschlüsse.«

Die Aussicht auf die Klimaanlage im Auto verhalf ihm offenbar zu einem Motivationsschub. Er richtete sich auf, und seine Bewegungen wirkten beinahe schwungvoll, während er auf den Dienstwagen zustrebte.

Kristina widmete sich erneut den jungen Kollegen. »Findet jemanden, der mir was über den Pensionär Egon Osswald erzählen kann.« Sie schreckte zusammen, als eine Hand ihre Schulter berührte.

»Das Haus ist jetzt auf«, erklärte Sampo. Seine Mimik zeichnete dabei eine ihm eigene Melancholie, die in ihr gelegentlich das Bedürfnis weckte, ihn in den Arm zu nehmen.

Heute nicht.

Die Putzfrau war da gewesen, nicht nur einmal, wie es schien. Nichts lag herum, kein Staub auf den blanken Oberflächen. Warum hatte die Zugehfrau die Abwesenheit des Hausherrn nicht bemerkt? Hatte sie das Tor offen gelassen?

Kristina schritt durch das Haus. Es war angenehm kühl, was daran liegen mochte, dass Jalousien vor vielen Fenstern das Sonnenlicht aussperrten. Die Einrichtung wirkte kostspielig, aber nicht überfrachtet. Zurückhaltend wie der Bewohner dieser Räume, der laut Karl Mezger keinen Kontakt zu anderen Leuten gesucht hatte. Hohe Stuckdecken, dunkles, eher zweckmäßiges Mobiliar, weiße Wände, ein paar wenige, abstrakte Gemälde, deren Wert Kristina nicht schätzen konnte. Die Küche sah aus, als hätte Osswald sie selten benutzt. Der Mülleimer war leer. Jemand hatte den Abfall in die Garage geschafft.

Dort stapelten sich Pizzakartons, aber auch Schachteln von anderen Lieferanten, die den Hausherrn mit Essen versorgt hatten. Von Junkfood über einen Internet-Fleischversand bis hin zu Feinkost war alles dabei. Dafür gab es im Kühlschrank nichts zu entdecken. Kein abgelaufener Joghurt, keine verschimmelten Tomaten. Wer hatte hier so gründlich aufgeräumt?

Nichts deutete darauf hin, dass jemand unbefugt eingedrungen war, um sich zu bereichern. Fenster und Türschlösser waren unversehrt. Genau wie der Safe, den sie im Büro vorfanden, eingelassen in die Wand hinter einem Bücherregal. Kristina verlor sehr bald die Hoffnung, in der Aufgeräumtheit die Spuren eines Mörders zu finden.

Egon Osswald wurde nach der ersten oberflächlichen Betrachtung seines Reichs nicht greifbarer.

Lange Buchreihen füllten die Regale. Vieles befasste sich mit Wirtschaftsthemen, hinzu kamen Autobiografien, hauptsächlich von Politikern, Ökonomen und Staatsmännern. Kaum triviale Literatur. Eine große Auswahl an klassischer Musik, die akkurat um eine teure Stereoanlage arrangiert war.

Das Einzige, was Kristina aufmerken ließ, war das gerahmte Foto einer jungen Frau auf dem Schreibtisch, der genauso aufgeräumt war wie der Rest des Hauses. Sie setzte sich in den weichen Ledersessel hinter dem Schreibtisch und betrachtete das Bild, ohne es zu berühren. Auch wenn sie Latexhandschuhe trug und es unwahrscheinlich war, dass der polierte Silberrahmen andere Fingerabdrücke als die von Osswald und seiner mutmaßlichen Putzfrau aufwies, wollte sie der Spurensicherung keine unnötige Arbeit machen.

»Wer bist du?«, fragte sie die blonde Frau, die ihr zart entgegenlächelte.

Das Foto war nicht das aktuellste. Eine leicht ausgeblichene Aufnahme, die zehn, vielleicht zwanzig Jahre alt war, wenn man Frisur und Kleidung beurteilte. War sie die Ehefrau? Eine Geliebte? Oder gehörten diese blauen Augen der Tochter?

Wer bist du? Wo bist du?

Es gab immer noch keine Meldung der Dienststelle, was die Familienverhältnisse des Hausherrn anging. Gut möglich, dass die Spurensicherung irgendwo in diesem großzügigen Haus mit seinen vielen Zimmern Anhaltspunkte fand, wer die Unbekannte war und in welchem Verhältnis sie zu Egon Osswald stand.

Kristina zog die oberste Schublade des Schreibtischs auf. Darin lag ein Laptop. Sie stellte ihn vor sich auf den Schreibtisch und öffnete ihn. Der Rechner fuhr hoch und verlangte nach wenigen Sekunden ein Passwort. Frustriert klappte sie den Laptop zu und widmete sich wieder der Schublade. Unter einem Stapel Tankquittungen und Heizöllieferscheinen fand sie die Rechnung einer Gebäudereinigungsfirma aus Stuttgart.

Sampo betrat das Büro und verscheuchte ihre Überlegung.

»Habt ihr was gefunden?«, fragte sie ihn.

»Einen gut gefüllten Weinkeller«, antwortete der Finne trocken.

»Auch etwas, das uns augenblicklich weiterhilft?«

»Das Haus hat eine teure Alarmanlage, ein ausgeklügeltes Schließsystem für Türen und Fenster und eine Videoüberwachung, was natürlich alles nichts nutzt, wenn ein Mord hinten im Garten geschieht. Das System überschreibt sich zudem alle zwei Wochen, womit die Aufzeichnung des Mordes gelöscht sein dürfte. Außerdem liegt eine Pistole im Nachttisch, die zwar seit Längerem nicht benutzt wurde, aber nichtsdestotrotz vorhanden ist. Wenn man das interpretiert, könnte man sagen, dass Osswald Vorsicht walten ließ. Oder aber, ihm machte eine gewisse Angst zu schaffen.«

»Vielleicht brauchte er diese Schutzmechanismen, um die Einsamkeit zu kompensieren, die hier draußen sein Leben bestimmte?«, schlug Kristina vor.

Er zuckte mit den Schultern. »Kann auch sein, dass er seinen Feind erwartete«, murmelte Sampo, dann fiel sein Blick auf den Laptop. »Soll ich mich darum kümmern?«

»Pack ihn ein!«, antwortete Kristina mit einem Lächeln.

Der Kriminaltechniker steckte das Gerät in eine mitgebrachte Papiertüte und verließ das Büro. Kristina überdachte seine Worte. Die Tötung von Egon Osswald war kein Zufall gewesen. Genauso wenig, wie sie wiederum geplant zu sein schien, da die vermeintliche Tatwaffe aller Voraussicht zum Haus gehörte. Wird ein geplanter Anschlag auf ein Leben verübt, bringt der Täter für gewöhnlich sein Werkzeug mit.

Kristina stand auf, zog die Jalousie hoch und sah in den Garten hinaus, aber aus dem gleißenden Licht strahlte ihr keine Einsicht entgegen. Der Mörder hatte eine Menge Vorsprung. Zu viel, um ihn noch zu spüren.

»Kristina!«

Wieder tauchte Sampo im Türrahmen auf. Ein Blick genügte ihr, um zu wissen, dass die Kriminaltechniker etwas Bedeutendes entdeckt hatten. Wortlos folgte sie ihm durch die Räume und die Treppe hinab. Demnach gab es dort unten mehr als einen Weinkeller. Die Luft wurde mit jeder Stufe abwärts kühler. Es roch abgestanden. Der Gang war schmal und feucht, der Putz bröckelte. Die aufwendige Renovierung war unterhalb der Grasnarbe nicht fortgeführt worden. Das wahre Alter des Hauses war hier sichtbar. Nackte Glühbirnen hingen von der Decke. Irgendwo brummte ein Aggregat. Einer der Kriminaltechniker wartete an der letzten Tür am Ende des Ganges.

»Die einzige Tür, die verschlossen war. Darum hat es etwas gedauert«, erklärte er.

Kristina sah sich nach Hietaniemi um, der direkt hinter ihr stand.

»Keine Leiche«, raunte er. »Aber viele Tote.«

2

Polizeidirektor Kurt Retter war pragmatisch. Das konnte Kristina mit Bestimmtheit über ihn sagen, mehr aber auch nicht. Nach sieben Jahren unter seiner Führung wusste sie immer noch nicht, ob er sie mochte. *Oder eben nicht.* Der Blick seiner braunen Augen ruhte auf ihr, nachdem sie vor seinem abgenutzten Schreibtisch Platz genommen hatte, um über die anlaufende Ermittlung zu berichten.

Retter war zweiundsechzig Jahre alt, doch im Gegensatz zu Werner Finckh machte er nicht den Eindruck, seine Pensionierung herbeizusehnen. Kristina konnte sich an keinen Tag erinnern, an dem sie einmal vor ihrem Chef im Büro gewesen wäre. Der schlanke, hoch aufgeschossene Beamte hatte weißes, kurz geschnittenes Haar und einen Walrossschnauzer unter der Hakennase. Früher war er Leistungssportler gewesen. Speerwerfer, wie zwei Schwarz-Weiß-Bilder hinter ihm an der Wand zeigten. Baden-württembergischer Meister – das hatte sie irgendwann aufgeschnappt. Das musste in den Sechzigern gewesen sein. Da er einen Ehering trug, nahm sie an, dass er verheiratet war. Private Worte, die über das obligatorische Erkunden nach dem Befinden hinausgingen, waren in all den Jahren nie gefallen. Gelegentlich hatte sie jedoch den Eindruck, er wisse mehr über sie, als ihr lieb war.

Knapp und präzise schilderte sie den Stand der Ermittlungen, ganz seiner Vorstellung entsprechend, denn was dieser Mann niemals hatte, war Zeit. Viel gab es ohnehin nicht zu berichten. Nur Spekulationen. Auch die Teambesprechung, die vor zwanzig Minuten zu Ende gegangen war, brachte kaum neue Erkenntnisse. Die bislang gesammelten Daten waren vernetzt, alle Beamten, die mit dem Fall betraut waren, konnten darauf zugreifen. Relevante Informationen schickte man umgehend an die Smartphones der Kollegen auf Streife. Die Polizeiarbeit war in den letzten Jahren sehr viel schneller geworden. Doch manchmal reichte das immer noch nicht.

Osswald war geschieden. Die Ex-Frau lebte in Südfrankreich. Finckh hatte sie unter der Telefonnummer, die ihnen vorlag, nicht erreichen können. Man hatte die Behörden vor Ort gebeten, die Frau zu verständigen. Die Scheidung lag nahezu drei Jahrzehnte zurück. Ob weiterhin Kontakt bestanden hatte, würde sich nach einem Gespräch mit der Dame herausstellen. Es gab ein Kind, Louise, die nach der Trennung in der Obhut des Vaters geblieben war. Aber auch die Tochter hatte den Vater verlassen. Vor zwanzig Jahren war sie in die USA ausgewandert. Dort verlor sich ihre Spur, so der aktuelle Ermittlungsstand.

Womöglich sah es am nächsten Tag besser aus, wenn der Autopsiebericht auf dem Tisch lag und die Kriminaltechniker erste Spuren ausgewertet hatten. Die Kollegen Lachenmeier und Winkler hatte bei ihrer Befragung der Bewohner der umliegenden Höfe und im Dorf nichts Entscheidendes in Erfahrung gebracht. Die Leute waren verschlossen und misstrauisch. Womöglich noch mehr, weil es um Osswald ging, den Zugezogenen, der nichts mit den Einheimischen zu tun haben wollte.

Der Briefkasten befand sich unten an der Zufahrt, eingelassen in eine der Säulen des Tors. Der Zusteller ging laut seinen Angaben nie hoch zum Haus. In den letzten drei Wochen war er selten dort gewesen und konnte keine Aussage treffen, ob das Tor die ganze Zeit über offen gestanden hatte.

Offenbar hatte Egon Osswald zu niemandem näheren Kontakt gehabt, und sein Tod schien die Nachbarn nicht sonderlich zu treffen. Seine Zugehfrau hatte wohl auch die Einkäufe erledigt und Paketzustellungen bei der Postfiliale im Dorf abgeholt.

Egon Osswald ging auch nicht in den Wald, der ihn umgab. Weder idyllische Wanderwege, mystische Schluchten, herrliche Aussichtspunkte noch andere Attribute des Schwäbischen Waldes konnten ihn von seinem Anwesen locken, schenkte man den Stimmen der Nachbarn Glauben.

Ihre heißeste Spur war das, was sie im Keller der Villa vorgefunden hatten, und das, was Werner Finckh über die Vergangenheit des mutmaßlichen Opfers ans Licht gebracht hatte.

Vor seinem Ruhestand war Osswald eine Heuschrecke gewesen.

Ein hochkarätiger Manager, der lange Jahre im Aufsichtsrat eines international agierenden Konzerns mit dem nichtssagenden Namen Attpoes Corporation gesessen hatte. Ein Unternehmen, das es sich zur Aufgabe gemacht hatte, europaweit finanzschwache Firmen aufzukaufen, um diese gewinnbringend zu veräußern. Oder durch Misswirtschaft völlig in den Ruin zu treiben, um letztlich die Zerschlagung vor der verzweifelten Belegschaft zu rechtfertigen. Wie viele Mitarbeiter durch diese Geschäftsphilosophie allein in Deutschland, dem Ressort von Egon Osswald, auf der Strecke geblieben waren, konnte zum jetzigen Zeitpunkt noch nicht eingeschätzt werden. Aber die Zahl ging sicher in die Tausende. Tausend Menschen und mehr, die Osswalds Unterschrift schlimmstenfalls um ihre Existenz gebracht hatte.

Und die damit ein Motiv erhielten.

Einziger Schwachpunkt dieser Theorie: Der Ermordete war bereits vor zehn Jahren aus dem Unternehmen ausgeschieden. Warum hätte jemand so lange warten sollen, um Vergeltung zu üben? Es galt zu prüfen, ob jemand nach der Kündigung auf die schiefe Bahn und schließlich in die Mühlen der Justiz geraten war. Hatte die Rache bis zu einer Haftentlassung warten müssen?

Interessant war, dass Attpoes nach dem Ausscheiden des Aufsichtsratsmitglieds Egon Osswald selbst in Schieflage geraten und von einem größeren, noch hungrigeren Konzern geschluckt worden war. Wie Finckh zu berichten wusste, kam es für die Führungsebene von Attpoes noch dicker, denn plötzlich interessierte sich auch die Steuerfahndung für die geschassten Manager. Einzig Osswald war einer Anklage entgangen. Er schaffte zur rechten Zeit den Absprung und rettete damit seinen Kopf, während der Rest der Managementebene zur Kasse gebeten wurde und es teilweise sogar Verurteilungen mit Gefängnisstrafen gegeben hatte. Ließ sich darin der Grund für sein Dahinscheiden finden? Hatte ein Jahrzehnt, nachdem der Richtspruch über seine ehemaligen Aufsichtsratskollegen gefallen war, einer der Verurteilten einen endgültigen Strich unter seine persönliche Rechnung mit Egon Osswald gezogen?

Diese Mutmaßungen brachten eine Unmenge Ermittlungsarbeit mit sich. Das Stuttgarter Dezernat für Wirtschaftsdelikte würde ihre verstaubten Akten rüberschicken. Bestenfalls einen Kollegen abstellen, um Amtshilfe zu leisten – und dann begann die Kleinarbeit.

Aber war das auch die Spur, die sie zum Mörder führen würde? Kurt Retter nickte zu Kristinas Ausführungen. Sie hielt aus ihrem Bericht alle Theorien heraus, die aus Intuition und Gedankenspiel entstanden waren. Ihr Vorgesetzter vertraute auf Fakten und behielt sich vor, sie nicht nach ihrer persönlichen Meinung zu fragen. Zumindest im Moment. Auch wenn Kristina sonst nicht groß etwas in Retters faltiger Mimik zu lesen vermochte – der Fund, den sie in Osswalds Keller gemacht hatten, krauste selbst die hohe Stirn ihres Chefs für eine Sekunde.

»Todesanzeigen«, murmelte er.

»Eine ganze Wand, zugepflastert mit Nachrufen. Außer einem Lehnstuhl war sonst nichts in diesem Kellerraum. Der Sessel war zu dieser Wand hin ausgerichtet. Osswald muss sich davorgesetzt haben, um auf die Namen der Verstorbenen zu starren. Anders kann ich das Szenario nicht interpretieren.«

Retter kratzte sich am Kinn. »Was halten Sie davon?«

Nun nötigte er sie doch dazu, ihre Überlegungen offenzulegen. »Es sind hundertsiebenundfünfzig Todesanzeigen, klassisch, wie man sie aus Tageszeitungen kennt. Er muss sie über Jahre gesammelt haben, da die Papierschnipsel unterschiedliche Grade des Verfalls aufweisen. Viele sind schon extrem vergilbt, andere sehen noch recht neu aus. Auffällig ist, dass etwa die Hälfte der Verstorbenen bereits relativ jung oder im mittleren Alter aus dem Leben schied. Liest man zwischen den Zeilen der Nachrufe, sind wohl viele Suizide dabei. Ich fürchte, wir müssen damit beginnen, die Namen zu überprüfen, solange wir nichts Besseres haben.«

»Egon Osswald hat die Menschen indirekt auf dem Gewissen und kleistert sich deren Nachrufe an eine Wand in seinem Keller? Warum?«

»Ich hoffe, aus Reue. Das Gegenteil wäre impertinent!«, entfuhr es Kristina.

»Und wie in aller Welt soll das vonstattengegangen sein?«, hakte Retter nach.

»Wir werden es herausfinden«, antwortete sie und erhob sich, während Retter an ihr vorbei gegen die Wand starrte.

Man hätte ihr durchaus unterstellen können, sich rausschleichen zu wollen. Kristina blieb ungern länger als nötig im Büro des Polizeidirektors, weil sie sich stets unerwünscht vorkam, selbst wenn er sie zu sich beorderte. Ein Gefühl, mit dem sie nicht allein war.

»Moment noch«, hörte sie Retter sagen, als sie nur noch zwei Schritte von der Tür trennten.

Vorsichtig wandte sie sich wieder ihrem Chef zu.

»Das mit Ihrem Führerschein ist eine dumme Sache.«

Nein, bitte nicht! Ihr Herz schlug schneller. Kristina machte sich auf die Standpauke gefasst. Fischer musste gepetzt haben. Sie hätte den Leiter der Verkehrsüberwachung niemals darum bitten dürfen, den Strafbescheid unter den Tisch fallen zu lassen.

»Dumme Sache«, wiederholte er. »Jetzt, da wir diese Ermittlung haben und ich Ihr Talent nicht im Innendienst vergeuden kann.«

Sein Blick barg etwas, das Kristina als väterliches Bedauern interpretierte. Das war neu.

»Die Brisanz des Falls ist nicht zu unterschätzen. Staatsanwalt Pokorny ist jetzt schon nervös. Er befürchtet, dass der Mord ein gefundenes Fressen für die Presse wird, sobald durchsickert, was wir dort oben in Welzheim gefunden haben. Egon Osswalds gesellschaftliche Position in Politik und Wirtschaft war durchaus gewichtig. Ohnehin verwunderlich, dass noch keine Anfragen an die Pressestelle kamen, ganz abgesehen davon, dass Sie am Tatort unbehelligt geblieben sind.« Er machte eine Pause und strich über seinen Schnauzbart. »Kurz gesagt, ich will ungern Kollegen aus dem Urlaub holen. Und Hauptkommissar Holle ist nach wie vor dienstunfähig. Ich habe niemanden außer Ihnen, Frau Reitmeier.«

Es lag ihr auf der Zunge, ihn zu bitten, den Führerscheinentzug aufzuheben, aber er würde sich über keine Dienstvorschriften hinwegsetzen, daher ließ sie es bleiben.

»Ich arbeite an einer Lösung«, kündigte er an, und sie konnte ihre Überraschung nicht verbergen.

3

Das Klingeln des Handys ließ sie innehalten. Sie hörte damit auf, Daniel das Becken entgegenzustrecken, und er packte ihre Pobacken, damit sie ihm nicht gänzlich entwich. Aber er spürte, dass das durchdringende Fiepen ihren Rhythmus gestört hatte.

»Jetzt geh schon ran«, sagte sie schließlich und hörte endgültig auf, sich zu bewegen.

»Sicher nichts Wichtiges«, erwiderte Daniel in einem letzten Versuch, das unbändige Gefühl des Verlangens zwischen ihnen festzuhalten.

Aber offensichtlich war es für sie dahin. »Hast du nicht gestern Abend gesagt, ein Polizist sei ständig im Dienst?«

Er wusste nicht mehr so genau, was er alles von sich gegeben hatte, nachdem er sie in der aufgeheizten Atmosphäre des stickigen Klubs angesprochen hatte. Die Dienststelle konnte es unmöglich sein, aber ihr das zu erklären, würde weitere wertvolle Zeit in Anspruch nehmen, die er lieber in erregtem Zustand in ihren Armen verbringen wollte.

»Ich hab Urlaub«, raunzte er deshalb angesäuert und verließ den heißen, feuchten Schoß der Blondine, um nach dem elektronischen Störenfried zu suchen.

Die Sonne leuchtete durch die halb heruntergelassenen Rollläden. Wie in den vergangenen Tagen drängte sich die Hitze in Daniels kleine Dachgeschosswohnung. Es würde ein weiterer Freibadtag werden, kam ihm in den Sinn, bevor er nach dem Mobiltelefon griff, das in der Tasche seiner Jeans steckte.

Er kannte die Nummer und war augenblicklich noch genervter. Widerwillig nahm er das Gespräch entgegen.

»Wolf!«

»Guten Morgen«, grüßte sein Chef, Hauptkommissar Linnemann, und schon allein diese zwei Worte waren so übertrieben freundlich, dass Daniel es noch viel mehr bereute, das verfluchte Ding nicht ausgeschaltet zu haben.

In seiner momentanen Situation wäre es das Beste, sich zusammenzunehmen und mindestens genauso zuvorkommend zurückzugrüßen. Stattdessen brachte er nur ein patziges »Was gibt's?« zustande.

»Sie haben wieder einen Job, Wolf«, erwiderte Linnemann, ohne seinen herzlichen Tonfall zu ändern.

Daniel ahnte, dass seine gestrige Eroberung lange Ohren bekam. Sie hatte ihren aufreizenden Körper in die Bettdecke gehüllt und lächelte ihm amüsiert entgegen.

»Sind Sie noch da?«, hörte er Linnemann fragen.

Daniel verzog sich mit dem Handy am Ohr in die Küche und zog die Tür hinter sich zu.

»Darf ich Sie daran erinnern, dass ich bis auf Weiteres beurlaubt bin«, flüsterte er.

»Hören Sie, Wolf«, begann Linnemann, nun wesentlich ernster. »Machen Sie es nicht komplizierter, als es ohnehin schon für Sie ist, und kommen Sie ins Revier!«

»Ist das eine Dienstanordnung?«

»Ich habe bereits viel Geduld mit Ihnen bewiesen, reizen Sie es nicht weiter aus. Zehn Uhr, bei mir im Büro. Sehen Sie es als Ihre letzte Chance!« Mit diesen Worten trennte sein Chef die Verbindung.

Daniel lehnte sich mit dem nackten Hintern gegen die Küchenzeile und starrte auf das Display. Der Schweiß auf seinem Rücken fühlte sich an, als trockne er langsam zu einer salzigen

Kruste. Es war falsch, auf Linnemann sauer zu sein, trotzdem fiel es ihm schwer, dagegen anzukämpfen. Die Misere, in der Daniel saß, hatte er sich selbst zuzuschreiben. Obwohl es nicht gut für ihn aussah, ließ sein Vorgesetzter ihn nicht fallen.

Meine letzte Chance!

Sofort waren seine Gedanken wieder bei Darja. Sie war immer gegenwärtig, da musste er sich nichts vormachen. Er konnte sie verdrängen, für kurze, befreiende Momente sorgen. Sich mit anderen Frauen ablenken. Aber die Parkkralle, die sie um sein Herz gelegt hatte, ließ ihn weder vor noch zurück. Dabei ging es nicht nur um sein Herz. Sie hatte ihm weit mehr genommen.

Er schüttelte den Kopf. Es ging um seinen Job. Er musste in die Direktion, wenn er ihn behalten wollte. Es blieben ihm fünfzig Minuten, um zu duschen, sich anzuziehen und sich eine gute Ausrede einfallen zu lassen, um die Frau in seinem Bett ohne das versprochene Frühstück nach Hause zu schicken. Zog er die fünfzehn Minuten Fahrt bis ins Präsidium ab, musste er sich beeilen, wenn er seine letzte Chance nicht verstreichen lassen wollte.

Der Bus war wieder nicht pünktlich gewesen. Auch am fünften Tag dasselbe Gedränge an der Haltestelle, dieselbe Enge. Ein Arbeitsbeginn, der Kristina jegliche Motivation raubte, noch ehe sie hinter ihrem Schreibtisch saß. Der Autopsiebericht war noch nicht da, aber Sampo hatte ihr seine vorläufigen Untersuchungsergebnisse überlassen. Wie befürchtet war die Spurenauswertung niederschmetternd. Das Wetter hatte alles zunichtegemacht. Fremde DNA konnte nicht sichergestellt werden. Nur im Haus hatte eine weitere Person Fingerabdrücke und genetisches Material hinterlassen. Vermutlich die Putzfrau, wenn man die Stellen betrachtete, an denen die

Spuren gesichert worden waren. Sobald die Person identifiziert war, bestand Klarheit. Kristina wusste nicht mehr, wen sie damit beauftragt hatte, die Reinigungsfirma zu kontaktieren. Sie würden die Reinigungskraft bitten, ihre Fingerabdrücke zur Verfügung zu stellen.

Werner hatte ihr die Liste der von Osswald in den letzten sechs Wochen geführten Telefonate hinterlassen. Die Telefongesellschaft war erstaunlich schnell gewesen. Klägliche zwölf Gespräche waren verzeichnet. Gut für denjenigen Kollegen, der die Nummern überprüfen durfte. Auf den ersten Blick war nichts Auffälliges darunter. Neben zwei Handynummern nur regionale Verbindungen, von denen sich drei wiederholten. Nummern in Stuttgart. Nur ein Gespräch dauerte länger als eine Minute. Vermutlich Essensbestellungen. Egon Osswald hatte nicht viel telefoniert in den Wochen vor seinem Tod.

Die nächste Notiz erregte Kristinas Aufmerksamkeit. Auf Osswald waren zwei kleinkalibrige Waffen registriert. Bei der Durchsuchung des Grundstücks hatten sie aber nur eine gefunden. Wo war die zweite Pistole? War der Täter doch im Haus gewesen und hatte sie an sich genommen? Es bereitete Kristina Magenschmerzen, dass der Täter nun womöglich eine Schusswaffe besaß.

Über den Laptop gab es hingegen noch nichts. Sampos Leute hatten das Passwort bislang nicht knacken können.

Kristina klappte die Mappe zu.

Lachenmeier und Winkler waren bereits beim Sichten der Nachrufe und versuchten, Verbindungen zu knüpfen. Auch bei ihr stapelten sich vier Ordner, die vom Dezernat für Wirtschaftsdelikte überstellt worden waren. Es war zeitintensive Recherche. Erschwerend kam hinzu, dass die Attpoes Corporation seit zehn Jahren nicht mehr existierte.

Finckh kam ins Büro und unterbrach ihre Gedanken. »Ich habe die Putzfrau«, verkündete er und wedelte mit einem Notizzettel in der Hand.

Mit dieser Nachricht konnte er Kristina keinen größeren Gefallen tun. Sie musste raus aus dem Büro, weg von den Aktenbergen und dem abstoßenden Muff, der ihnen entströmte.

Ilona Piecek wohnte in Fellbach, zwischen Waiblingen und Stuttgart. Nach dem Klingeln öffnete ihnen eine kleine, zierliche Frau, die laut ihrem deutschen Personalausweis – den sie griffbereit aus ihrer Handtasche zog und vorzeigte, als Finckh sie dazu aufforderte – achtundvierzig Jahre alt war. Ihr Haar war weißblond gefärbt und lieblos zu einem Pferdeschwanz zusammengebunden. Das eingefallene Gesicht war ungeschminkt, die grobporige Haut wies sie als starke Raucherin aus. Sie wirkte von der Nachricht über Osswalds Tod nicht besonders erschüttert und bat Kristina und Finckh in den dunklen Flur, in dem es nach kalter Zigarettenasche roch.

Die Frau lotste sie in die enge Küche und bot ihnen einen Platz an dem schmalen Tisch an, auf dem ein einsamer Kaffeebecher stand. Kristina und Finckh nahmen Platz, während Ilona Piecek sich gegen den Kühlschrank lehnte und die Arme vor der Brust verschränkte.

»Leben Sie allein?«, fragte Kristina.

Ilona Piecek schüttelte den Kopf, immer noch sichtlich aufgewühlt durch das Auftauchen der Polizei in ihren bescheidenen vier Wänden.

»Mein Mann ist auf Montage, kommt erst in zwei Wochen wieder heim.«

»Sie arbeiten für Egon Osswald?«

Diesmal ein Nicken, verbunden mit einem nervösen Liderflattern. Die Erwähnung des Namens ließ sie ein wenig blasser werden. Auf der Anrichte stand ein mit zahlreichen Stummeln gefüllter Aschenbecher, daneben lagen Zigarettenpackung und Feuerzeug. Ihre Hände wanderten in die Richtung, griffen dann aber nach einem verwaschenen Küchentuch, das über dem Wasserhahn der Spüle hing. Sie brauchte etwas, woran sie sich festhalten konnte.

»Wann haben Sie Osswald zuletzt gesehen?«, fragte Finckh.

»Ich habe nichts angerührt, alles ist an seinem Platz, bitte glauben Sie mir!«

»Beantworten Sie bitte unsere Frage«, forderte Kristina sie auf.

»Er war selten da, wenn ich zum Putzen kam. Ich wusste, was zu tun war, und wenn was Besonderes anfiel, hat er mir Zettel geklebt. Diese gelben, Sie wissen schon.«

»Ich kann nicht sagen, wann ich ihn zuletzt getroffen habe. Vielleicht im Mai. Ich wurde über meine Firma vermittelt, wir hatten ein längeres Gespräch zur Einweisung, danach haben wir kaum mehr Worte gewechselt. Wie gesagt, meistens war er nicht da.«

»Wie lange arbeiten Sie schon für ihn?«

»Beinahe zwei Jahre.«

»Wie oft waren Sie in diesem Monat bei ihm?«

»Zweimal die Woche, wie immer. Zuletzt am Montag«, antwortete sie und knetete dabei das Küchentuch.

Da war Osswald bereits vierzehn Tage tot gewesen, ohne dass die Frau es bemerkt hatte. Das klang recht unglaubwürdig.

»Waren Sie auch im Garten? Die Pflanzen wässern und so?«

»Das machte er selbst oder ein Gärtner, damit habe ich nichts zu tun«, erwiderte sie, und die Antwort kam seltsam barsch über ihre dünnen Lippen.

»Kennen Sie den Gärtner?«

Wieder verneinte sie, nachdem sie einen Blick mit einem hölzernen Jesus Christus gewechselt hatte, der in einer Ecke über dem Küchentisch hing.

»Ist Ihnen sonst etwas aufgefallen in den letzten Wochen? Jemand, der ums Haus geschlichen ist? Ein Wagen, der nicht dort hingehörte?«

Ilona Piecek schüttelte den Kopf.

»Ein unangenehmer Geruch, der beim Lüften ins Haus wehte?«, half Kristina, die nicht glauben wollte, dass in der Zeit, in dem der Hausherr im Garten verweste, alles unverdächtig erschien.

»Heuschnupfen«, erklärte die Zeugin und deutete auf ihre Nase, der man nicht ansah, ob sie verstopft war oder nicht. Die Augen der Frau waren leicht gerötet, aber es musste nicht zwingend von umherfliegenden Blütenpollen stammen.

»Alles war wie immer?«, fragte Kristina.

Plötzlich begann ihr Handy in der Hosentasche zu vibrieren, doch sie wollte den Moment nicht damit zerstören, ein Telefonat entgegenzunehmen.

»Ja«, bestätigte die Frau und legte die Arme um ihren dürren Leib, als wolle sie ihn wärmen.

»Und das Tor? Haben Sie es offen gelassen?«

»Osswald hat einen Drücker im Wagen und normalerweise schließt es automatisch. Manchmal lässt er es offen, wenn er weiß, dass ich komme. Dann muss ich nicht aussteigen, um es aufzuschließen, um vors Haus zu fahren. Aber meistens dachte er nicht daran, oder er war nicht da, wie gesagt.«

»Gibt es außer Ihnen noch jemanden, der einen Schlüssel hat?«

»Ich wüsste nicht, wer«, erklärte Ilona Piecek.

Kristina überlegte, was sie mit dieser Aussage anfangen sollte. Was hatte das offene Tor für eine Bedeutung?

»Warum haben Sie erwähnt, dass Sie nichts aus Osswalds Wohnung entwendet haben?«, wollte Finckh wissen.

Ilona Piecek machte einen Schritt zum Kühlschrank und holte eine Flasche Mineralwasser heraus. Statt zu trinken, drückte sie sich das Glas gegen die Stirn. »Es gab da mal einen Vorfall mit meiner Vorgängerin.«

»Erzählen Sie«, verlangte Finckh. Dicke Schweißperlen glänzten auf seiner Glatze. Er leckte sich über die trocknen Lippen. Der Anblick des kalten Wassers machte ihn zappelig.

»Ich kenne Bianca, sie hat mit Sicherheit nichts genommen. Sie war nur etwas zu neugierig …«

Kristina und Finckh sahen sich an, während sie auf die Fortsetzung warteten.

»Man hat sie entlassen, weil Osswald behauptete, sie hätte ihm eine Uhr gestohlen. Sie konnte nicht das Gegenteil beweisen.«

»Und er war der Kunde«, murmelte Kristina.

»Danach haben Sie ihre Aufgaben übernommen?«, folgerte Finckh.

»Es ist nicht meine einzige Putzstelle«, verteidigte sie sich. »Es gibt bessere.«

»Klingt so, als bereuten Sie es, die Villa sauber zu halten?«

»Diese Einsamkeit würde mich auf Dauer krank machen. Ich war froh, nur tagsüber dort sein zu müssen«, erklärte sie und stellte die Flasche auf der Anrichte ab. Sie holte drei Gläser aus dem Schrank über der Spüle, verteilte das Wasser darin und setzte je ein Glas vor ihnen ab.

Kristina und Finckh tranken, während Ilona Piecek ihre Erfrischung unberührt ließ.

»Warum sagen Sie das?«

»Der Wald und diese Abgeschiedenheit waren mir unheimlich. Im Winter war es besonders schlimm, wenn der Schnee dazukam und es früh dunkel wurde. Da habe ich mich immer besonders beeilt.«

»Hatten Sie den Eindruck, dass Egon Osswald sich vor etwas fürchtete?«

Und dich mit dieser Paranoia ansteckte, lag es Kristina auf der Zunge, doch sie hütete sich, es laut zu äußern.

»Er war komisch und reserviert. Aber Angst, ich weiß nicht …«

»Waren Sie jemals im Keller?«, fragte Kristina, nachdem sie ihr Glas geleert hatte.

»Osswald hatte strikte Regeln. Eine davon lautete: Im Keller wird nicht geputzt!«

Kristina hatte vorerst genug gehört. Ilona Piecek sagte zu, zur Erfassung ihrer Fingerabdrücke ins Präsidium zu kommen. Dann brachte sie Kristina und Finckh zur Tür, als wolle sich die Frau versichern, dass sie auch wirklich gingen.

»Schließen wir sie von der Verdächtigenliste aus?«, fragte Finckh, nachdem er sich hinter das Lenkrad gewuchtet hatte.

»Sie sieht zäh aus. Durchaus in der Lage, eine Axt zu schwingen«, sagte Kristina. »Für eine kurze Weile hatte ich den Eindruck, sie gesteht alles, aber dann war der Moment dahin. Was hätte sie für ein Motiv gehabt?«

»Vielleicht war sie doch im Keller, so wie diese neugierige Bianca? Das hätte durchaus eine Lüge sein können, weil sie Beistand im Herrgottswinkel gesucht hat.«

»Genau wie bei der Frage nach dem Gärtner.«

Finckh stimmte ihr zu. Der Gärtner konnte sich nicht mehr um das Anwesen gekümmert haben, seit der Besitzer tot hinter dem Schuppen lag. Davon zeugten nicht nur die vertrockneten Pflanzen. Er wäre über Osswald gestolpert. Oder die Leiche seines toten Arbeitgebers hatte ihn so sehr in Panik versetzt, dass er stillschweigend ferngeblieben war. Sie mussten diesen Mann finden.

Finckh startete den Wagen und scherte aus der Parklücke aus, während Kristina das Handy aus der Tasche fischte. Der Anruf in Abwesenheit kam von Sampo, und sie drückte auf Rückruf.

»Wir haben die Inhalte des Computers«, sagte er, kaum dass die Verbindung stand.

Kristina stellte den Lautsprecher an und drehte das Mobiltelefon in Finckhs Richtung. »Leg los!«

»Es gibt Listen. Namen, Adressen, Telefonnummern, Geburts- und gegebenenfalls Sterbedaten. Dazu ein paar kryptische Anmerkungen, alles sehr akribisch geführt. Nach einem ersten oberflächlichen Abgleich stimmen einige Namen mit den Todesanzeigen überein.«

»Wie umfangreich ist diese Liste?«, fragte Finckh, während sie Fellbach verließen und den knappen Kilometer übers Schmidener Feld zurück Richtung Waiblingen rollten.

»Über 13 000 Personen. Ich will mir nicht ausmalen, was das für uns bedeutet.«

»Osswalds Liste«, murmelte Finckh unheilschwanger.

»Wir sind gleich da«, verkündete Kristina und trennte die Verbindung.

Sie senkte die Seitenscheibe ab und genoss den Fahrtwind, auch wenn er keine kühlende Wirkung hatte. Vorerst reichte es, um für ein paar Sekunden den Kopf freizubekommen.

Zurück auf null. Die Gedankenkonstruktion neu errichten, in der Hoffnung, dass die Architektur tragfähig blieb.

Nach dem Ortschild im Waiblinger Süden kam ihnen Sirenengeheul entgegen. Trotz der grünen Ampel waren sie gezwungen anzuhalten, und augenblicklich drängte die Hitze zurück in den Innenraum. Einsatzfahrzeuge der Feuerwehr schossen vor ihnen über die Kreuzung. Aus dem Industriegebiet rechts der Einfallstraße stieg Rauch auf.

»Der Wertstoffhof«, mutmaßte Finckh.

»Muss uns nicht interessieren«, entgegnete Kristina, obwohl es ihr selbst schwer fiel, die Konzentration auf den Ermittlungen zu lassen. Der Verlust des Führerscheins war nur die Spitze des Eisbergs, der momentan ihr Leben darstellte. Ein gefrorener Brocken Wasser, der in einem trüben Ozean trieb. Sie musste endlich damit klarkommen.

»13 000 Namen«, sprach sie leise vor sich hin. »Das ist eine immense Summe, eine ganze Menge mehr, als wir Nachrufe gefunden haben. Nur ein kleiner Prozentsatz der Personen, die Osswald in seinem Laptop führte, sind gestorben oder haben sich umgebracht. Ist das nun gut oder schlecht?«

»Ich weiß nicht, aber es macht mir Angst«, gab ihr Finckh zu verstehen.

Kaum war sie zurück hinter ihrem Schreibtisch, stand Sonja Lachenmeier in der Tür.

Kristina sah die junge Beamtin erwartungsvoll an. »Was hast du für mich?«

»Vor elf Jahren wurde Osswald Opfer eines tätlichen Übergriffs. Allerdings hat er selbst keine Anzeige erstattet und trat auch nicht als Nebenkläger auf.«

»Was ist passiert?«

»Nachdem ein Familienvater durch die Attpoes-Übernahme eines Mittelstandsunternehmens seinen Job verloren hat, tötete er aus Verzweiflung seine drei Kinder und danach sich selbst. Wenige Tage später lauerte die Witwe Osswald auf und attackierte ihn mit einem Messer. Der Chauffeur des Aufsichtsrats konnte den Angriff abwehren, niemand wurde verletzt. Die Frau wurde festgenommen, angeklagt und zu zwei Jahren auf Bewährung verurteilt.«

»Haben wir die Adresse?«

Lachenmeier nickte. »Sie wohnt in Stuttgart.«

»Gut, sprechen wir mit ihr«, sagte Kristina, doch das klingelnde Telefon hielt sie zurück.

Wo steckte Finckh? Er wollte doch nur den Wagen abstellen. Genervt griff sie nach dem Hörer. Nach zwanzig Sekunden hatte sie eine Gänsehaut auf den Unterarmen.

Wie die Löschfahrzeuge, die eine halbe Stunde zuvor an ihnen vorübergefahren waren, bog nun auch Sonja Lachenmeier in das Industriegebiet im Waiblinger Süden ein. Kristina klammerte sich an den Seitengriff. Finckh hatte recht gehabt, das Ziel war der Wertstoffhof. Leider war nicht nur Altpapier in Rauch aufgegangen.

Sonja war blass um die Nase, und Kristina ahnte, warum. Die junge Kollegin hatte während ihrer kurzen Dienstzeit bei der Mordkommission noch keine Brandleiche zu Gesicht bekommen. Und wenn Kristina ehrlich war, hätte sie auch gern darauf verzichtet. Egon Osswalds verstümmelter Körper war ein abscheulicher Anblick gewesen. Einen Tag darauf einen zur Unkenntlichkeit verkohlten Leichnam zu beschauen, war eine nervenaufreibende Steigerung.

Der Brand war gelöscht, als sie auf das Gelände fuhren, trotzdem blieb das Areal vorerst großräumig abgesperrt. Nicht nur wegen des Leichenfunds. Bei der aktuellen Dürre konnte Funkenflug schnell neue Feuer entfachen. Damit war nicht nur die angrenzende Kleingartensiedlung in Gefahr. Dementsprechend groß war das Aufgebot an Einsatzkräften. Sonja schlängelte den Dienstwagen durch die schmale Gasse von Löschfahrzeugen bis vor das Tor des Wertstoffhofs. Dort warteten die uniformierten Kollegen, die sie verständigt hatten.

Der Brandgeruch stach Kristina in die Nase. Den Rest erledigte die Vorstellungskraft. Verschmortes menschliches Gewebe; schwarze Haut; geschmolzenes Fett, das aus dem Körper gesickert war; leere Augenhöhlen, weil die Augäpfel in der Gluthitze explodiert waren wie Eier in der Mikrowelle …

Der Uniformierte, der sie in Empfang nahm, sah mitgenommen aus. Ascheflecken klebten auf seiner vom Schweiß glänzenden Stirn. »Der Container mit den Kartonagen«, sagte er und ging voran durch das Zufahrtstor.

Ein Hitzeschwall schlug Kristina entgegen, kaum dass sie in die Nähe des Containers kamen. Ein Feuerwehrmann versperrte ihr den Weg.

»Kristina Reitmeier, Kripo Waiblingen«, stellte sie sich vor.

»Uwe Laub, ich bin der Einsatzleiter«, erwiderte der Mann. »Ich kann Sie nicht näher heranlassen, die Temperatur ist noch zu hoch. Man sieht es dem Material nicht an, aber das Ding glüht von innen heraus. Selbst die Metalltreppe neben dem Container kann nicht betreten werden. Wir kühlen gerade alles runter, damit wir die Leiche bergen können.«

Am Brandherd waren zwei Löschteams zugange, die mit Spritzwasser die Außenwand bearbeiteten. Verdampfendes Wasser umhüllte die Szenerie.

»Wer hat das Feuer gemeldet?«

Der Brandmeister wies mit dem Kinn auf einen älteren Herrn im Blaumann, der mit hängenden Schultern bei einem am Tor parkenden Sanitätsauto stand.

»Ein Mitarbeiter, der Erste, der heute Morgen hier war. Da brannte der Inhalt des Containers schon lichterloh. Die angrenzenden Gebäude sind Lagerhallen, weshalb niemand sonst das Feuer bemerkte. Auf der anderen Seite des Zauns sind Schrebergärten, in denen sich um diese Zeit wohl auch noch niemand aufhielt, und von der dahinterliegenden Bundesstraße aus ist das Areal wegen der Bepflanzung nicht einsehbar. Deshalb hatten wir Glück, dass der Mitarbeiter zeitig seine Arbeit antrat. Er hat uns umgehend verständigt und das Haupttor geöffnet. Damit waren wir schnell genug auf dem Gelände, um ein Übergreifen der Flammen auf die benachbarten Container zu verhindern. Hätte der Elektroschrott oder der Plastikmüll angefangen zu brennen, müssten wir hier alle mit Sauerstoffmasken rumlaufen.«

»Dann höre ich mir mal an, was der Herr zu berichten hat«, sagte Sonja und ging zu dem Angestellten hinüber.

»Können Sie schon was zur Brandursache sagen?«, fragte Kristina den Einsatzleiter.

Uwe Laub schürzte die Lippen. Unter dem Feuerwehrhelm rann ihm der Schweiß in Bächen über die geröteten Wangen. »In der Regel sind die Angestellten des Wertstoffhofs sehr sorgsam, was die Trennung der Materialen angeht. Bei der andauernden Hitze der letzen Tage kann eine Selbstentzündung, durch welche Ursache auch immer, nicht ausgeschlossen werden. Wenn Sie meine Meinung hören wollen, vermute ich eher Fahrlässigkeit oder Absicht. Wie auch immer, ich kann mich nicht festlegen, bevor wir den Brandherd nicht genau untersuchen können.«

»Wie haben Sie das Brandopfer entdeckt?«

Der Einsatzleiter deutete auf den Korb eines Löschfahrzeugs, der an der Drehleiter in fünf Meter Höhe schräg über dem Glutherd hing.

»Kann ich da hoch?«, fragte Kristina.

Laub verzog das rußverschmierte Gesicht. »Nicht ohne Schutzkleidung«, antwortet er. »Oder Sie warten noch eine Stunde.«

»Geben Sie mir was zum Überziehen«, verlangte Kristina.

In feuerfestes Material gehüllt und mit einem Helm auf dem Kopf kraxelte sie die schmale Leiter empor. Der zwei Nummern zu große Anzug war schwer, und innerhalb von Sekunden glaubte sie zu schmelzen, so heiß wurde ihr beim Aufstieg. Das Visier des Feuerwehrhelms engte ihr Sichtfeld ein. Der brennende Schweiß, der ihr in die Augen lief, verschlimmerte den Zustand noch. Die klobigen Handschuhe, die sie tragen musste, eigneten sich nicht dazu, sich damit übers Gesicht zu wischen.

Ein Feuerwehrmann reichte ihr die Hand und zog sie die letzten Sprossen hoch in den Korb. Oben angekommen, empfing sie die Hitze, die der Brandherd abstrahlte und die ihr die Atemluft raubte.

Die Höhe war schwindelerregend. Zu zweit war es eng in dem Korb, der mächtig zu schaukeln begann, als der Feuerwehrmann neben ihr den Ausleger in Richtung des dampfenden Rechtecks schwenkte. Direkt über den Höllenschlund, der das Grauen für sie bereithielt. Der aufsteigende Qualm biss ihr in die Schleimhäute. Ihre Augen tränten, doch sie konnte ihn sehen. Inmitten der nachglimmenden Aschehaufen.

Ein obszöner, zu einem Fötus gekrümmter Kohleklumpen. Zusammengebackenes Menschenfleisch, verschmolzen mit dem eisernen Untergrund.

Es war unmöglich zu sagen, ob der verschmorte Leichnam eine Frau oder ein Mann gewesen war. Wie mochte er oder sie dort hineingekommen sein? War das Opfer schon tot gewesen, als man den Körper zu den Kartonagen geworfen hatte? Oder war die Person von der Metallstiege über den Containerrand gestürzt? Hinein in das brennende Inferno, das sie selbst verursacht hatte? War der Brandstifter Opfer seiner eigenen Tat geworden?

Eine Identifizierung würde eine Herausforderung werden.

Kristina deutete an, dass sie genug gesehen hatte, und machte sich an den Abstieg. Noch ein Toter zum Ende dieser Woche. Wer aus ihrem Team konnte sich dessen annehmen? Sie brauchte jeden Mann, um die Osswald-Sache aufzuklären. Falls hinter dem Tod des Brandopfers kein Unfall steckte, würde es personell noch schwieriger werden. Sie würde womöglich Leute aus dem Urlaub zurückholen müssen.

Einsatzleiter Uwe Laub erwartete sie und nahm den Helm entgegen. Um der Hitze des Brandherds zu entkommen, gingen sie hinter die Löschfahrzeuge. Dort wartete Sonja mit dankbarer Miene, weil ihr der Anblick der Brandleiche erspart geblieben war. Kristina sah sie erwartungsvoll an.

»Der Mitarbeiter kam um halb acht. Er entdeckte die Flammen, die aus dem Container züngelten, und schlug umgehend Alarm. Weiter ist ihm nichts Verdächtiges aufgefallen. Aber er ist dermaßen aus dem Häuschen, wir sollten noch einmal mit ihm sprechen, wenn er sich beruhigt hat. Wobei ich nicht viel Hoffnung hege, dass er noch mehr zur Klärung der Sachlage beisteuern kann«, berichtete sie.

Vom Verwaltungsgebäude kam ein schlanker Mann im Anzug über den Hof auf sie zu.

»Franz Schweizer«, stellte er sich vor. »Abfallwirtschaft Waiblingen.«

»Sie sind der Verantwortliche?«, fragte Kristina, während sie sich aus der feuerfesten Jacke schälte.

Schweizer nickte.

»Wie lange war gestern hier geöffnet?«

»Gestern gar nicht, zuletzt am Mittwoch bis halb sieben. Der Wertstoffhof sollte heute wieder um zwölf öffnen.« Er sah auf die Uhr, als hege er die Hoffnung, dass dies auch der Fall sein würde.

»Kann jemand während der Öffnungszeiten die Leiche in einen Karton verpackt und dort hineinverfrachtet haben?«

Schweizer blickte demonstrativ zu der zweieinhalb Meter hohen Metallstiege neben dem Container hinüber, die man erklimmen musste, um den Abfall hineinzuwerfen. »Wäre dem Personal sicherlich aufgefallen. Meine Mitarbeiter sind dazu angehalten, die Leute darauf hinzuweisen, nur zusammengefaltete Kartonagen zu entsorgen.«

Kristina musste dem Mann mit dem akkuraten Seitenscheitel recht geben. Eine Person allein wäre schwerlich imstande gewesen, einen Toten unauffällig über die Treppe und hinein in den Auffangbehälter zu wuchten. Selbst wenn das Opfer eine Frau von rund fünfzig Kilo war. Falls sich die Entsorgung der Leiche so zugetragen hatte, dann zu einem Zeitpunkt, an dem es keine Zuschauer gegeben hatte.

»Gibt es neben dem Tor noch einen weiteren Zugang zum Gelände?«, wollte Kristina wissen.

»Wir haben noch eine Tür hinten bei den Büros. Aber da kommt man nur mit einer Schlüsselkarte rein und muss durch das gesamte Gebäude.«

»Was ist mit dem Zaun?«

»Rundherum, zwei Meter zwanzig hoch, Stacheldrahtkrone. Wir haben vor ein paar Jahren aufgerüstet, als das mit dem Müllklau überhandnahm.«

»Kameras?«

»Das war der Verwaltung dann doch zu teuer, aber ein Wachdienst dreht regelmäßig seine Runde«, klärte Schweizer sie auf.

»Vom Wachdienst kam keine Meldung«, hakte Sonja ein. »Das habe ich vorhin telefonisch abgefragt. Die letzte Runde im Industriegebiet wurde von denen um halb vier gedreht.«

»Der Brand brach definitiv später aus«, ergänzte der Feuerwehrkommandant.

»Kommt oft was über Nacht weg?«, wandte Kristina sich wieder an Schweizer.

»In der Regel passen die von der Müllmafia die Leute während der Öffnungszeiten auf der Straße ab. Falls sich einer darauf einlässt und anhält, nehmen sie mit, was sie brauchen können, bevor es überhaupt auf das Gelände des Wertstoffhofs gelangt.«

»Und wenn nicht?«

»Es geht den Dieben in erster Linie um Elektronik. In den Altgeräten steckt eine Menge Geld, wenn man versteht, sie gezielt auszuschlachten. Wir führen nicht Buch darüber, was abgeliefert wird, aber es ist anzunehmen, dass nicht alles davon an die vorgesehenen Stellen gelangt.«

»Wie kommen die Mülldiebe aufs Gelände?«

»Ein Zaun allein ist kein Hindernis«, gestand Schweizer.

»Gibt es Rivalitäten innerhalb der … Müllmafia?«

»Bislang hatten wir noch keinen Toten auf dem Hof, wenn Sie das meinen.«

Kristina hatte genug gehört. Die Vorstellung, dass hier ein Streit unter den Mülldieben eskalierte, der ein Brandopfer gefordert hatte, war erschreckend.

»Wie lange brauchen Sie für die Klärung der Brandursache?«, wandte sie sich an Laub.

»Wenn Brandbeschleuniger im Spiel waren, wovon ich ausgehe, werden wir das relativ schnell wissen, sobald wir den Container betreten können. Mit dem Photoionisationsdetektor finden wir auch kleinste Benzinrückstände. Ich kann Ihnen heute Nachmittag eine erste Stellungnahme schicken.«

In diesem Moment tauchten Sampo und seine Leute zwischen den Einsatzfahrzeugen auf. Sie sahen müde aus. Am Tag zuvor waren sie noch lange in Osswalds Villa zugange gewesen. Es war ihnen keine Pause vergönnt. Genauso wenig wie Kristina. Sie konnte nachvollziehen, wie die Männer sich fühlten. Getrieben, von einem Tatort zum nächsten.

»Heute ohne deine Freundin?«, stichelte sie.

»Hör ich da einen Anflug von Eifersucht?«, konterte Sampo, dann betrachtete er mit zusammengekniffenen Augen die Brandstelle, die von den Feuerwehrmännern weiterhin gekühlt wurde.

»Wenn es je Spuren gab, wurden die sauber weggespült«, lamentierte er.

Der Brandmeister hob entschuldigend die Schulter. Er hatte keine andere Möglichkeit, das Feuer einzudämmen. »Wird noch eine Weile dauern, bis Sie sich da reinwagen können«, belehrte er den Kriminaltechniker.

Kristina nahm Sampo beiseite. »Wir hatten gestern keine Gelegenheit mehr und heute … Na ja, du siehst es ja selbst. Habt ihr noch was in der Villa gefunden?«

Er nickte und sprach gerade laut genug, um den Lärm der Löschkräfte zu übertönen. »Im Safe lag neben Wertpapierobligationen unverhältnismäßig viel Bargeld. 90 000 Euro.«

»Was hältst du davon?«, fragte sie, weil sich in der Vergangenheit seine Einschätzungen oftmals als hilfreich erwiesen hatten.

»Mit dieser Summe ist man in jeder Hinsicht für alle Eventualitäten gerüstet, wenn du mich fragst. Angst und der Drang zur Flucht liegen nahe beieinander.«

Da konnte etwas dran sein.

»Nehmt euch erst mal das Umfeld vor, vielleicht liegt irgendwo ein Kanister rum«, ordnete Kristina an, und Sampo tippte sich mit zwei Fingern gegen die Schläfe.

»Übrigens, draußen wartet die Presse auf dich«, richtete er aus und begab sich mit seinen beiden Kollegen an die Arbeit.

Im Gegensatz zu dem Mord in der Abgeschiedenheit des Schwäbischen Waldes war der von Sirenengeheul begleitete Einsatz im Industriegebiet des Waiblinger Südens den Medienvertretern nicht verborgen geblieben. Ebenso wenig wie die Wasserdampfsäule, die seit Beginn der Löscharbeiten weithin zu sehen war. Nachdem nun noch die Spurensicherung in ihren auffälligen weißen Einwegüberzügen angerückt war, durfte für die Journalisten auf der anderen Seite des Zauns offensichtlich sein, dass der Brand auf dem Wertstoffhof noch eine weitere Schlagzeile bereithielt.

Kristina hatte keinesfalls vor, auch nur ein Wort an die wartenden Journalisten zu verlieren. Wenn nötig, würde es dazu eine Pressekonferenz geben, ansonsten konnte die zuständige Abteilung im Präsidium eine Stellungnahme abgeben.

Franz Schweizer hingegen fühlte sich wohl dazu berufen, den Reportern Rede und Antwort zu stehen. Er rückte seinen Krawattenknoten zurecht und wandte sich ab.

Kristina umfasste seinen Oberarm und hielt ihn zurück. »Kein Wort über die Leiche!«, verlangte sie.

Irritiert sah der Leiter der Abfallwirtschaft auf ihre Hand, als befürchte er, dass die Finger in seinem Jackettärmel nicht zu beseitigende Falten verursachten.

Sie ließ ihn los, ohne die Unnachgiebigkeit aus ihrem Blick zu nehmen. Er strich den Stoff glatt und rückte die Manschette seines weißen Hemds zurecht.

»Ich halte mich an die Fakten«, gab er ihr zu verstehen und strebte der Einfahrt zu.

»Schnösel«, kommentierte Sonja.

Sampo winkte ihnen von der gegenüberliegenden Seite des Areals zu. Er stand direkt an der Umzäunung an einem Bereich, der jenseits des Gitters mit einer übermannshohen Hecke bewachsen war. Kristina und Sonja eilten zu ihm. Schon aus zehn Metern Entfernung war zu erkennen, was der Forensiker ihnen zeigen wollte. Die Sträucher, die dort zum Teil mit dem Metallzaun verwuchsen, waren an der Krone deutlich eingedrückt.

»Ich habe Holger rausgeschickt, damit er sich das von der anderen Seite aus ansieht. Das hier scheint mir die Stelle zu sein, wo jemand auf das Gelände geklettert ist.«

Durch die Löcher im Blattwerk konnte man einen Feldweg erkennen, der parallel zur Umzäunung verlief. Es war die Zufahrt zu den Schrebergärten, die sich dahinter, in Parzellen aufgeteilt, bis zur Bundesstraße erstreckten.

»Vielleicht finden wir Reifenabdrücke«, sagte Kristina.

»Ich will dir nicht zu viel Hoffnung machen. So trocken und hart, wie die Erde momentan ist, wäre das ein großer Zufall.«

»Aber wir sind uns doch einig, dass dort jemand ein Fahrzeug mit entsprechender Höhe abgestellt hat und über das Dach oder eine Ladepritsche auf das Gelände gelangt ist?«

»Der heruntergedrückte Zaun und die abgebrochenen Zweige lassen sich durchaus so interpretieren. Aber einen Toten auf diesem Weg auf den Wertstoffhof zu schaffen, halte ich für unwahrscheinlich. Selbst wenn man zu zweit ist«, wandte Sampo ein.

»Mehrere Täter. Das spräche tatsächlich für eine organisierte Aktion«, gab Sonja zu bedenken.

Kristina sah nachdenklich über den Platz. »Oder unser Opfer hat noch gelebt und ist freiwillig über Hecke und Zaun geklettert.«

Kristina war auf dem Weg ins Besprechungszimmer, um mit den Ermittlern die jüngsten Entwicklungen und das weitere Vorgehen zu erörtern, bevor sie alle in den Feierabend schicken wollte. Das Wochenende würde ohnehin ausfallen, da sollte das Team wenigstens am Samstagmorgen ausgeruht antreten. Vielleicht konnte sie auch Finckh dazu bewegen, seinen Urlaub zu verschieben.

Auf dem Gang kam ihr Kurt Retter entgegen. Sie konnte an den Fingern einer Hand abzählen, wie oft sie den Direktor seit ihrer Zeit in der Direktion Waiblingen außerhalb seines Büros angetroffen hatte. Ihre Verwunderung über die unerwartete Begegnung ließ sich nicht verbergen. Hatte die Nachricht über eine zweite Leiche innerhalb von 24 Stunden ihren Vorgesetzten dazu bewogen, sich unmittelbar Informationen zu holen und womöglich sogar an der Lagebesprechung teilzunehmen?

Hinter ihrem groß gewachsenen Chef entdeckte sie einen jungen Mann mit verdrossenem Gesichtsausdruck.

»Oberkommissarin Reitmeier, gut, dass ich Sie noch erwische! Ich treffe mich gleich mit dem Staatsanwalt, weshalb wir Ihren Bericht über den aktuellen Stand der Ermittlung sowie über den jüngsten Vorfall später nachholen. Daher in aller Eile, das ist der Kollege Wolf.«

Überrumpelt blieb Kristina auf Abstand.

Wolf machte ebenfalls keine Anstalten, ihr die Hand zu reichen. Er war ungefähr so groß wie sie und durchaus attraktiv. Die Statur glich eher der eines Joggers als der eines Gewichthebers. Sein dunkles Haar war verstrubbelt, die Nase ein bisschen schief. Er trug Jeans und ein schwarzes T-Shirt, aber keine Dienstwaffe am Gürtel. In seinem Blick lagen Zurückhaltung und Trotz.

»Herr Wolf steht Ihnen in den nächsten Wochen als Fahrer zur Verfügung«, verkündete Retter beiläufig, als bedürfe es keiner weiteren Erklärung. Dann tippte er auf seine Armbanduhr, drängte sich an ihr vorbei und strebte dem Ausgang zu.

Kristina sah ihm hinterher, rang nach den passenden Worten, doch der Polizeidirektor war längst um die Ecke verschwunden. Kalt erwischt drehte sie sich nach dem Mann um, der ihr so abrupt aufgedrängt worden war.

Mit vor der Brust verschränkten Armen lehnte er sich an die grau gesprenkelte Wand des Flurs und musterte sie abschätzend mit braunen Augen.

»Klären Sie mich auf«, verlangte sie.

»Worüber?«, erwiderte Wolf. »Ich bin nur der Fahrer.«

4

Daniel saß auf der harten Bank im Wartebereich der Waiblinger Polizeidirektion und trank Kaffee aus dem Automaten. Den dritten, seit er hier hockte. Das Gebräu war erträglich, auch wenn er lieber etwas Erfrischendes gehabt hätte. Der Wasserspender war leider leer.

Offensichtlich war hier etwas am Laufen, ein Mordfall. So viel hatte er aufgeschnappt. Die Nervosität deshalb war im Kommissariat spürbar. Vor allem bei der leitenden Ermittlerin, die ihn kurz angebunden an dieser Stelle abgesetzt hatte, bevor sie zu ihrer Besprechung abgedüst war. Wie alt mochte sie sein? Mitte dreißig? Die Frau war hübsch, mit ihren roten Haaren und den hellgrünen Augen. Ganz abgesehen von ihrer Figur. Breite Schultern und lange Beine.

Er blinzelte träge. Die Hitze machte ihn schläfrig, außerdem knurrte sein Magen. War er hungrig, wurde er unausstehlich. Doch das machte nun auch nichts mehr. Seit seiner Beurlaubung war die miese Laune ohnehin zu seinem ständigen Begleiter geworden.

Wegen des überstürzten Aufbruchs nach dem Anruf seines Chefs war das Frühstück ausgefallen. Und auch der Sex. Aber der war ohnehin nur zum Vergessen und als Ventil für seine Frustration gewesen und konnte auf Dauer keine Lösung sein.

Nach einem klärenden Gespräch mit seinem Chef in der Stuttgarter Direktion war er unverzüglich nach Waiblingen geschickt worden. Damit war auch das Mittagessen zu kurz gekommen. Hier sollte er Gelegenheit finden, an sich zu arbeiten. Doch davon spürte Daniel noch nichts.

Wenn er sich in Waiblingen gut machte, konnte das zu einem positiven Vermerk in seiner Akte führen, hatte sein Vorgesetzter betont. Ob ihm das wirklich half, seine aktuelle Situation zu verbessern, dazu wollte Linnemann keinen verbindlichen Kommentar abgeben. Allerdings hatte er deutlich gemacht, dass Daniel keine andere Wahl blieb.

Degradiert zum Fahrer einer Kommissarin! Keine Einmischung in laufende Ermittlungen, nur Fahrdienst, wann immer dieser benötigt wurde. So lauteten die Anweisungen, und damit sollte er die Zeit bis zur Anhörung überbrücken. Wenn sie ihn sein Studium nicht wieder aufnehmen ließen, war er wirklich am Arsch.

Daniel verbot sich, weiter darüber nachzugrübeln. Noch hatte das neue Semester nicht begonnen. Er verpasste nichts, aber jeden Tag ins Freibad zu gehen, war auf die Dauer auch frustrierend. Inmitten kreischender Schüler, die wegen der Sommerferien nicht mehr ausgelastet waren.

Er hatte jedenfalls nicht ernsthaft vor, diese Sache sonderlich lange mitzumachen. Genervt sah er auf die Uhr. Die Besprechung dauerte jetzt schon über eine Stunde. Fünf Minuten gestand er der Dezernatsleiterin noch zu, dann würde er verschwinden.

Soll die Rote Zora schauen, wie sie allein klarkommt.

Daniel zuckte zusammen und spürte, wie seine Ohren rot wurden. Sie stand plötzlich vor ihm. War er tatsächlich eingenickt? Das Grinsen, das in ihrem Gesicht stand, war Bestätigung genug. Diese verfluchte Müdigkeit, die er den ganzen Tag mit sich herumschleppte, machte ihm zu schaffen. Lag er dann endlich im Bett, verhöhnte ihn die Schlaflosigkeit. Wie sollte das enden?

»Dann mal los!«, forderte sie ihn auf.

Benommen erhob er sich von der Bank. Sie hielt ihm einen Autoschlüssel vor die Nase.

»Wohin?«, fragte er.

Sie hörte nicht auf, ihn zu belächeln. »Pathologie.«

Daniel griff nach dem Schlüssel. Die Kommissarin ging voraus und er trottete hinterher. Der Uniformierte am Empfang blickte ihm belustigt entgegen, als wüsste die komplette Dienststelle schon über seine verantwortungsvolle neue Aufgabe Bescheid.

Die Kommissarin bog ins Treppenhaus ab, Richtung Tiefgarage. Einen Stock abwärts. Nach zwei Schleusen erreichten sie den Fuhrpark. Daniel drückte auf den Türöffner, und die Scheinwerfer eines silberfarbenen C-Klasse-Mercedes blinkten ihm entgegen. Die Kommissarin steuerte die Beifahrertür an und er setzte sich brav hinters Lenkrad.

»Nach der Ausfahrt links, geradeaus über die Kreuzung«, wies sie ihn an.

Der Motor heulte auf. Mit etwas zu viel Gas fuhr Daniel aus der Parklücke, bremste, zuckelte mit schleifender Kupplung weiter auf das Tor zu.

»Es öffnet automatisch, nicht so schüchtern«, sagte seine Beifahrerin.

Draußen blendete die tief stehende Sonne. Daniel folgte den Anweisungen bis zur Kreuzung und hielt an der roten Ampel.

»Ich weiß nicht einmal Ihren Namen«, stellte er fest.

»Kriminaloberkommissarin Kristina Reitmeier«, klärte sie ihn auf. »Wenn Sie brav sind, dürfen Sie den Rang weglassen, Herr Wolf.«

»Daniel«, sagte er.

»Gut, Daniel. Es ist grün.« Dabei beließ sie es, der Smalltalk war beendet.

Er fuhr über die Remsbrücke, sie lotste ihn zum Kreiskrankenhaus und dort auf einen Parkplatz für Dienstfahrzeuge.

»Wird nicht lange dauern.«

»Kann ich mitkommen?«

Sie sah ihn verwundert an. »Schnüffeln Sie gerne an Leichen?«

»Ist weniger heiß, als hier im Auto zu warten«, argumentierte er.

Reitmeier zuckte mit den Schultern. »Sie halten die Klappe und fassen nichts an!«

Die angenehme Kühle im Untergeschoss des Krankenhauses machte den Geruch von Desinfektionsmitteln, Formaldehyd und Verwesung zum kleineren Übel.

Die Pathologin empfing sie in ihrem vollgestellten Büro. *Dr. Miriam Wuppermann* stand auf dem Schild an der Tür des kleinen Glaskastens, der sie von dem gekachelten Raum mit den Edelstahltischen trennte.

Zwei der drei Seziertische waren mit grünen Tüchern bedeckt. Unter dem rechten zeichneten sich deutlich die Konturen eines menschlichen Körpers ab. Unter dem anderen Tuch schien nicht einmal die Hälfte eines Menschen zu liegen. Das musste die Brandleiche sein, über die in den Gängen des Präsidiums getuschelt worden war.

Daniel schluckte trocken und wandte sich der adretten Pathologin zu, um dem Anblick der bedeckten Toten zu entkommen. Bislang hatte er im Rahmen seiner Polizeiausbildung noch nie eine obduzierte Leiche gesehen. Und dabei wollte er es gerne belassen, auch wenn die Neugierde ihn dazu getrieben hatte, die Kommissarin zu begleiten.

Kristina Reitmeier hielt es nicht für nötig, ihm die Ärztin vorzustellen. Aber das war besser, als zum Chauffeur deklariert zu werden. Die Pathologin ignorierte weiterhin ihren Besuch und las in einer Akte. Nach langen Sekunden legte sie den Bericht zur Seite und sah auf. Ihre Blicke trafen sich, und sie schenkte Daniel ein zartes Lächeln.

Die Kommissarin schob sich vor ihn und zerstörte den Moment. Er hatte vergessen, sich wie befohlen im Hintergrund zu halten. Missbilligend steckte er seine Hände in die Hosentaschen und lehnte sich gegen den Türrahmen.

»Frau Oberkommissarin, danke für die zweite Leiche«, begann Dr. Wuppermann und erhob sich.

»Nicht, dass Ihnen langweilig wird«, erwiderte Reitmeier, und am Tonfall der beiden wurde deutlich, dass sie sich nicht leiden konnten.

Das versprach interessanter zu werden als angenommen.

Dr. Wuppermann ging zu den Seziertischen, schlug das Tuch über dem voluminösen Körper zurück und brachte das blasse Gesicht eines alten Mannes zum Vorschein. Der eingefrorene Schmerz, der in der zum Teil bereits aufgelösten Mimik noch zu erkennen war, versetzte Daniel einen Stich in die Brust. Er begann flach zu atmen.

»Egon Osswald«, eröffnete die Ärztin. »Ein stattlicher Mann jenseits der hundertfünfzig Kilo. Die DNA-Proben aus dem Badezimmer stimmen mit der des Opfers überein. Wir können davon ausgehen, dass der Tote mit dem Hausbesitzer identisch ist, was auch der Abgleich mit Osswalds Krankenakte bestärkt. Er ist an Herzversagen gestorben. Andernfalls hätte ihn der enorme Blutverlust durch die großflächigen Wunden umgebracht. Wie auch immer, der Angriff mit der Axt war die Todesursache, auch wenn kein einziger Hieb für sich tödlich gewesen ist. Aufschlussreicher könnte sein, was post mortem passiert ist.« Dr. Wuppermann zog das Leichentuch bis zu den Oberschenkeln herunter.

Daniel hätte sich eine Vorwarnung gewünscht. Nun war

der leere Magen ein Segen. Trotzdem konnte er den Würgreflex nicht unterdrücken und klammerte seine Hände um das Waschbecken am Fußende des zweiten Seziertischs.

Beide Frauen drehten sich nach ihm um.

»Geht schon«, sagte er und versuchte, Haltung zu bewahren.

»Er ist nur der Fahrer«, erklärte die Kommissarin.

Dr. Wuppermann lenkte die Aufmerksamkeit zurück auf die Leiche und zeigte auf das, was vom Bauch des Opfers übrig war. Es sah aus, als hätte der alte Mann Harakiri begangen, dabei mehrmals vergebens angesetzt und seinen Unterleib dilettantisch in Fetzen geschnitten.

Auch die Kommissarin bekam eine weiße Nase. »Wozu?«, kam es leise über ihre Lippen.

»Ich bin noch nicht dahintergekommen. Egon Osswald war unverhältnismäßig übergewichtig. Er hatte bereits mehrere Bypässe und seine Leber ist stark verfettet. Ein langes Leben wäre ihm ohnehin nicht beschieden gewesen. Doch worauf ich hinaus will … gemessen am Körperbau und seinem Hosenbund, ist bei der Leiche zu wenig Bauchumfang vorhanden. Selbst wenn ich die fortgeschrittene Verwesung berücksichtige. Im Vergleich zum Muskelgewebe wäre der Zerfall der Fettzellen extrem schnell fortgeschritten und widersprüchlich zur Menge der vorhandenen Epidermis.« Sie zeigte auf die schlaffen, zerfetzten Hautlappen, die über der Bauchwunde hingen. »Wenn ich diese zusammenfüge …« Beim Blick in die Gesichter ihrer Zuhörer verzichtete sie auf eine Demonstration und beließ es bei einer simplen Zusammenfassung: »Kurz gesprochen, es fehlt ein Teil des Bauchfetts.«

»Was wollen Sie damit sagen?«, raunte Reitmeier, und ihr Blick suchte für einen Wimpernschlag den Daniels, als wolle sie eine Bestätigung dafür, dass auch er die Aussage der Pathologin für absurd hielt.

Dr. Wuppermann zuckte mit den Schultern. »Sie sind die Ermittlerin. Die Kollegen der Forensik haben das fehlende Viszeralfett jedenfalls nicht gefunden.«

»Vorstellbar, dass irgendwelche Tiere es gefressen haben?«

»Unwahrscheinlich. Kaum Fraßspuren. Die Aasfresser mögen lieber die wohlschmeckenden Organe. Nein, da war ein Mensch am Werk. Der Mörder hat dazu eine nicht besonders scharfe Klinge benutzt. Vielleicht ein Schere aus der Gartenlaube? Ich habe winzige Spuren von Pflanzenresten und Düngemittel in den Wunden entdeckt.«

»Wir haben keine Gartenschere sichergestellt.«

»Nun, dann hat der Täter sie mitgenommen. Zusammen mit dem Fett.«

Daniel verspürte plötzlich den Drang zu flüchten. Seine Hände krallten sich um den Rand des Spülbeckens.

Dr. Wuppermann wandte sich dem anderen Opfer zu, ohne das grüne Leichentuch zu lüften. »Das erspare ich Ihnen besser.«

Auch im Blick der Kommissarin lag Dankbarkeit.

»Das Opfer war männlich und ist nicht durch die Flammen gestorben. In seiner Lunge fehlen die Ascherückstände, die er unweigerlich eingeatmet hätte. So gesehen war es für ihn ein Segen, nicht bei lebendigem Leib verbrannt zu sein. Was nichts daran ändert, dass er gewaltsam ums Leben gekommen ist. Der Schädel ist zertrümmert. Die Verletzung könnte auch von einem Sturz aus größerer Höhe herrühren, wofür das gebrochene Handgelenk sowie der Schlüsselbeinbruch sprechen. Das Feuer hat Haut und Gesichtsmuskulatur beinahe komplett zerstört, weshalb ich mich hierzu noch nicht festlegen kann. Bedauerlicherweise sind Kieferknochen und Zähne erheblich beschädigt. Das macht einen Abgleich des Gebisses mit zahnärztlichen Unterlagen hinfällig.«

Entstellt und verbrannt, wiederholte Daniel still und entschied nun doch, das Weite zu suchen.

Wolf hatte es plötzlich eilig, die Pathologie zu verlassen. Kristina fand ihn draußen beim Wagen. Wie es schien, zog er nun doch die Hitze den Toten vor. Der Abend kam mit einem heißen Wind im Gepäck, der vom Ortsteil Galgenberg her hinunter zur Rems strich und den Leichengestank mit sich nahm, der Kristina in den Schleimhäuten hing.

Bei der Brandleiche deutete einiges darauf hin, dass jemand auf Nummer sicher hatte gehen wollen. Das war nicht weniger beunruhigend als die Faktenlage bei Egon Osswald. Warum hatte es dem Mörder nicht gereicht, Osswald zu töten? Weshalb die Verstümmelung der Leiche? Wozu die Entnahme des Bauchfetts? War hier eine Form von Kannibalismus im Spiel? Aber würde man sich in diesem kranken Wahn nicht ähnlich verhalten wie die aasfressenden Tiere und sich an den edleren Teilen, den Organen oder dem Muskelfleisch gütlich tun?

Sie ging zum Auto, ohne ein Antwort zu finden. »Können wir?«, forderte sie Daniel Wolf auf und öffnete die Beifahrertür.

Er schnippte die Zigarette in den Gully zu seinen Füßen, sah sie mit seiner provozierenden Art an und ging um den Wagen herum. Kaum saß sie neben ihm, roch sie den Nikotinatem. Das Verlangen nach einer Zigarette kehrte zurück. Es wäre so einfach, ihn nach einer zu fragen, um zumindest diese Last von sich zu nehmen.

»Was für eine Scheiße«, raunzte Wolf, ohne sie anzusehen.

»Sie wollten es so haben«, erwiderte sie. »Fällt Ihnen nicht mehr dazu ein?« Sie hatte keine Ahnung, warum sie ihn aufforderte, etwas zu diesem Fall zu sagen.

»Aus psychologischer Sicht scheint den Täter ein extrem gestörtes Verhalten zu diesem Mord getrieben zu haben«, begann

Wolf. »Aber ich kenne die Zusammenhänge und bisherigen Ermittlungsergebnisse nicht. Außerdem habe ich erst zwei Semester«, gestand er und lächelte.

Er hat schöne Zähne. Schöne Zähne sind überhaupt das A und O. Obwohl er rauchte, strahlten sie. Kristina spürte das Blut in ihren Wangen, als sie merkte, worüber sie gerade sinnierte. Verlegen fummelte sie nach dem Sicherheitsgurt, um ihn nicht mehr ansehen zu müssen.

»Sollte Sie auch nicht weiter interessieren«, ruderte sie barsch zurück. »Fahren Sie mich zum Revier.«

Statt den Motor zu starten, betrachtete er sie von der Seite, während sie darauf bedacht war, den Stern auf der Motorhaube zu fixieren.

»Was?«

»Wie soll das hier ablaufen? Morgen? Übermorgen? Die nächsten Tage?«

Im Wagen wurde es unerträglich stickig und sie senkte die Seitenscheibe ab. »Ich … Keine Ahnung. Ich hatte noch keine Zeit, darüber nachzudenken. Sie fahren mich, wenn ich Sie brauche.«

»Auf Abruf?«

»So funktioniert das in der Regel bei einer Mordermittlung, ich kann Ihnen keine geregelte Schicht zusagen«, antwortete sie.

»Ich brauche von meiner Wohnung in Stuttgart allein vierzig Minuten, bis ich bei Ihnen in der Direktion bin.«

»Nachts um drei geht es sicher schneller«, gab Kristina zurück.

Ohne ein weiteres Wort ließ er den Motor an.

Als Kristina wieder ins Büro kam, saß Finckh auf seinem Platz. Noch! So erwartungsvoll, wie er ihr entgegenblickte, musste sie nicht groß raten, was er von ihr wollte: die Übergabe seiner Ermittlungsergebnisse und dann ab in den Urlaub. Sie hasste es zu betteln.

»Kannst du das nicht verschieben?«, fragte sie und setzte sich auf die Kante seines Schreibtischs.

»Hör mal, ich habe meiner Schwiegertochter versprochen, dass ich die Jungs eine Woche nehme. Die komplette Familie richtet ihre Urlaubsplanung auf mich aus. Mein Sohn und seine Frau sind beide berufstätig, das weißt du doch, Kristina. Die beiden haben zusammen nicht annähernd genug Urlaub, damit die Kindergartenferien abgedeckt wären.«

Zum Glück ersparte er ihr den Sermon, dass sie nicht abschätzen konnte, wie schwierig Kindererziehung heutzutage war. Woher sollte sie das auch wissen?

Ihr blieb die Möglichkeit, zu Retter zu laufen, aber das gäbe nur böses Blut und einen unmotivierten Kollegen, der hinderlich statt effektiv war. Wenn er es selbst nicht einsah, mussten sie es ohne ihn packen.

»Ja, ich weiß.« Sie seufzte. »Was hast du für mich?«

»Sonja und Ralf sind in Stuttgart auf der Suche nach dieser Bianca … Moment!« Er kramte in seinen Papieren. »Ah, Bianca Novák, die Putzfrau, die bei Osswald eine Armbanduhr hat mitgehen lassen. Die Reinigungsfirma hat bereitwillig Auskunft gegeben. Leider lag der Personalabteilung nur eine alte Adresse vor. Wie gesagt, Sonja und Ralf kümmern sich darum.«

»Was ist mit der Frau, die Egon Osswald angegriffen hat?«

»Die ist vorgeladen, für morgen um elf Uhr«, verkündete Finckh. »Ach ja, ich habe Egon Osswalds Tochter aufgetan. Wir haben auf seinem Computer ein paar E-Mails gefunden. Sie lebt jetzt in Vancouver. Zumindest schreibt sie davon, wie das Wetter dort ist und so. Deshalb haben die US-Kollegen sie nicht gefunden. Ihre letzte Nachricht ging übrigens am 12. Juli ein. Da lag Osswald schon tot im Garten. Wir können die kanadische Behörde kontaktieren oder versuchen es auf dem elektronischen Weg.«

Kristina rief sich das Foto auf dem Schreibtisch des Ermordeten ins Gedächtnis. Louise, die ihren Vater verließ, um nach Kanada auszuwandern. Hatte sie sich nicht gewundert, warum er auf ihre letzte E-Mail nicht reagiert hatte?

»Es ist besser, wir rufen an. Kümmer dich um die Nummer und schick mir ihre E-Mails auf meinen Computer.«

Es entging ihr nicht, dass er auf die Uhr sah. »In Kanada ist es gerade mal Mittag, du wirst jemanden erreichen«, gab sie ihm zu verstehen.

Er hob abwehrend die Hände.

»Wer checkt Osswalds Kontobewegungen?«

»Winkler kümmert sich darum.«

»Okay. Was noch?«

Finckh sah sich um. Hinter ihm auf dem Sideboard stapelten sich Aktenberge. »Das Material vom Dezernat Wirtschaftskriminalität hat noch niemand gesichtet. Retter wollte hierzu Verstärkung anfordern. Was ist mit der Steuerfahndung? Ich meine nur, wegen des vielen Bargelds im Safe. Könnte sich lohnen, bei den Kollegen mal nachzufragen, ob die ein Auge auf Osswald hatten.«

»Schaffst du das noch?«

Finckh wischte sich mit dem Unterarm den Schweiß von der Stirn und nickte, bevor er fortfuhr: »Mit dem Abgleich der Todesanzeigen bin ich zur Hälfte durch. Doch die Sachlage lässt keinen anderen Schluss zu. Die Liste auf Osswalds Rechner stimmt mit den Namen an seiner Kellerwand überein. Die Verschlüsselungen hinter den Namen könnten auf Firmen hinweisen, bei denen diese Leute beschäftigt waren und die von Attpoes zerschlagen wurden. Viele davon im Osten, also in den neuen Bundesländern, meine ich. Ich denke, wir liegen richtig mit unserer Theorie, dass Osswald indirekt etwas mit dem Ableben dieser Menschen zu tun hatte. Bleibt die Frage offen, ob das mit seiner Ermordung zusammenhing. Und wie er es geschafft hat, diese Liste zu erstellen, vor allem aktuell zu halten, und die Nachrufe zu den Verstorbenen aufzutreiben.«

»Nun, ich denke, er hatte jede Menge Zeit dort oben, so allein im Wald … Zehn Jahre, um genau zu sein.«

Finckh kratze über sein Doppelkinn. »Ich kann mich an keinen Fall erinnern, bei dem wir einen so großen Pool von Verdächtigen hatten.«

»Letztlich war es nur einer«, flüsterte Kristina. Bevor ihr Kollege darauf eingehen konnte, fragte sie nach dem zweiten Opfer.

»Die Brandleiche ist eine harte Nuss. Da kommen wir nicht weiter, solange keine Zeugen auftauchen oder eine Identifizierung vorliegt …«

»Die haben wir!«, behauptete Sampo in diesem Moment, als er schwungvoll ins Büro trat. »Fast«, schränkte er ein und setzte sich auf Kristinas Stuhl.

Wenigstens einer, dem die Hitze nicht den Elan geraubt hat, dachte sie. Sein Ermittlungserfolg schien wie ein Energieschub zu wirken.

»Hast du was Süßes?«, fragte er und suchte ihren Schreibtisch ab.

»Verdammt, Sampo, raus mit der Sprache!«, fuhr sie ihn an.

»Wir haben auf der anderen Seite des Zauns etwas gefunden. Ich möchte betonen, dass dort jede Menge Zeugs rumlag. Der Weg wird von den Schrebergärtnern benutzt, genauso wie von Spaziergängern und zahllosen Gassigehern, weshalb es zuerst ein Fundstück unter Hunderten war.« Er zog einen Plastikbeutel aus einer Umlaufmappe und hielt ihn mit zwei Fingern hoch. Darin war ein grellgelbes Band mit einem verwischten Aufdruck.

»Was ist das?«, fragte Finckh und beugte sich über den Aktenstapel vor ihm.

»Hat schon etwas gelitten, wahrscheinlich hat ein Hund draufgepinkelt, aber wir konnten es zuordnen. Es ist ein Armband, das an Gäste ausgegeben wurde, die vorgestern eine Veranstaltung in der Galerie Stihl besucht haben. Geladene Gäste einer Vernissage, um genau zu sein. Irgendetwas mit Architektur.«

»Und du hast die Gästeliste?«, raunte Kristina anerkennend.

Der Kriminaltechniker nickte und zauberte gleichzeitig einen Zettel hervor. »Die Liste ist, Gott sei's gedankt, überschaubar, zumal die gelben Bänder nur an VIPs ausgegeben wurden, wie der Veranstalter versicherte. Wir haben schon ein bisschen rumtelefoniert, und es ist uns gelungen, den Kreis der Personen einzudampfen. Nur vier von den elitären Gästen konnten wir bislang nicht erreichen.«

»Weil einer von ihnen womöglich verbrannt ist«, folgerte sie, um gleich darauf nachzuhaken: »Warum meinst du, dass das Ding von unserer Leiche ist?«

»Manchmal muss man auch Glück haben. Beim Abreißen des Armbands sind Hautpartikel daran haften geblieben. Der DNA-Schnelltest war eindeutig. Sie stimmt mit dem Toten im Container überein.«

5

Aus dem Stall drang leises Muhen, Schnauben und Scharren. Vorsichtig betrat Kristina den Hof, in der Hoffnung, dass der Hund an der Kette lag. Sie konnte nicht gut mit Hunden. Sie war noch sehr klein gewesen, als sie gebissen worden war.

Ein vierjähriges Mädchen, von einem Hund angefallen.

Heute würde sie damit in die Zeitung kommen. Damals gab es eine Tetanusspritze vom Hausarzt und eine bleibende Narbe am linken Oberarm. Der Köter blieb unbehelligt. Vor dreißig Jahren hatte man besser dem Kind die Schuld gegeben. Niemand wollte Ärger mit dem Nachbarn. Dass dieser Angriff das Kind traumatisiert hatte, war für ihre Eltern unvorstellbar. Ein abwegiger Gedanke. Deshalb hatten sie nicht einmal darüber nachgedacht, mit Kristina zu einem Therapeuten zu gehen. In ihrer Familie war der gängige Weg die Verdrängung.

Kristina blickte über die Schulter. Für eine Sekunde wünschte sie sich, Wolf wäre nicht im Auto geblieben, so wie sie es ihm aufgetragen hatte. Der Dienstwagen parkte vor der Einfahrt, wo das Maisfeld begann. Durch die Spiegelung in der Windschutzscheibe konnte sie erahnen, dass Wolf den Kopf in den Nacken gelegt und die Augen geschlossen hatte. Er hatte sich nicht beschwert, als sie um halb sieben bei ihm anrief. Als er eine gute halbe Stunde später ihr Büro betreten hatte, hatte er übernächtigt ausgesehen. Sie war froh gewesen, keinen Alkohol in seinem Atem gerochen zu haben. Sein wortkarges Verhalten lag nicht an einer durchzechten Nacht. Vermutlich hatte seine berufliche Situation den Schlaf ferngehalten. Sie musste sich bald mit ihm darüber unterhalten, warum er ihr zugewiesen worden war.

Ein Schrei unterbrach die Gedanken an Daniel Wolf.

Kristina zuckte zusammen. Ihre Hand legte sich auf die Pistole. Zwischen dem Hauptgebäude und der Stallung gab es einen überdachten Durchgang, der im Schatten lag. Von dort war der unmenschliche Laut gekommen.

Es folgte ein dumpfer Schlag, nach dem bedrückende Stille einkehrte.

Kristina schluckte und beschloss, ihre Dienstwaffe im Halfter zu lassen. Ihr Blick wanderte über den Hof. Die Hundehütte stand in der gegenüberliegenden Ecke. Die Kette verschwand in dem uneinsehbaren Loch des Bretterverschlags. Selbst auf die Entfernung konnte Kristina die fetten Schmeißfliegen erkennen, die ihren wirren Reigen darüber tanzten.

Sie hätte nach Wolf rufen können, aber ihre Stimme würde womöglich den Hund aus seiner Hütte locken. Daher ging sie schweigend zu dem Durchgang, und der grobe Kies knirschte unter ihren Sohlen.

Kristina war noch fünf Schritte davon entfernt, als etwas daraus hervorschoss. Ihr Herz setzte zwei Schläge aus, dann erkannte sie, was auf sie zustürmte. Ein Huhn. Die Einsicht minderte den Schrecken nicht. Dem Federvieh fehlte der Kopf. Blut spritzte aus dem Hals des Tiers und hinterließ eine deutliche Spur auf den hellen Steinen. Der Vogel rannte knapp an Kristinas Schuhspitzen vorbei, schaffte noch drei Meter und fiel dann einfach um. Die gelben Beine traten ein paarmal in die Luft, und jeder Tritt pumpte eine hellrote Fontäne aus dem zerfetzten Kragen. Dann war es vorbei, und Kristina holte wieder Luft.

»Ist mir entwischt«, sagte jemand hinter ihr, was ihr den nächsten Schreck bescherte.

Sie wirbelte herum.

Die Frau hatte Blutspritzer im Gesicht und eine Axt in ihrer Rechten, ähnlich der, die Egon Osswald zum Verhängnis geworden war. Doch im Blick der Frau lag nichts Bedrohliches, sondern Überraschung über Kristinas Auftauchen. Ihr schlanker Körper steckte in einer Latzhose, darunter trug sie ein rosafarbenes T-Shirt, das ebenfalls mit Hühnerblut besprenkelt war. Ihre Sandalen und die nackten Zehen waren mit Kuhmist verschmiert. Zumindest hielt Kristina es dafür. Der stechende Geruch eines Misthaufens hing ihr bereits seit der Ankunft in der Nase.

Kristina musste sich räuspern, um sicherzugehen, dass sich ihre Stimme nicht vor Schreck verflüchtigt hatte. »Reitmeier, Kripo Waiblingen«, stellte sie sich vor und suchte den Blick der Bäuerin.

Blasse blaue Augen musterten sie abwartend.

Sie wusste, dass ich komme.

Ihr Mann musste es ihr angekündigt haben. Das Haar der Frau hatte dieselbe Farbe wie der Weizen, der hinter dem Hof bis hin zum Waldrand wuchs. Sie trug es streng nach hinten gekämmt und zu einem Zopf geflochten. Neben den dicken Bluttropfen prangten zahllose Sommersprossen in ihrem runden Gesicht. Ihre blasse Haut war rot von zu viel Sonne, und auch sonst hatte die harte Arbeit auf dem Bauernhof Spuren hinterlassen. Genau wie beim Ehemann. Mit der Axt in der Hand machte sie ihrem Namen alle Ehre.

»Sind Sie Frau Mezger?«

»Mein Mann ist nicht da«, kam es in sächsischem Dialekt zurück.

»Dann rede ich mit Ihnen.«

Die Bäuerin ging an Kristina vorbei, packte das Huhn an den Beinen und hob es hoch. Ein letzter Schwall Blut schwappte auf den Boden. Ohne sich umzudrehen ging sie voraus über den Hof. Kristina folgte ihr bis in die Milchküche. Dort legte die Bäuerin das tote Geflügel in ein großes Spülbecken, wusch sich die Hände und – mithilfe eines kleinen, angelaufenen Spiegels über dem Wasserhahn – danach das Gesicht.

»Frau Mezger, wie gut kannten Sie Egon Osswald?«, fragte Kristina, nachdem sich die Frau zu ihr umgedreht hatte.

»Nennen Sie mich Doreen.« Sie wischte sich ein paar lose Strähnen aus dem Gesicht. »Gar nicht. Ich habe ihn im Jahr vielleicht zweimal gesehen, wenn es hochkommt. Er war niemand, der unter Leute gegangen ist.«

»Sie waren nie auf seinem Anwesen?«

»Er hielt es nicht für nötig, uns einzuladen«, antwortete sie nach kurzem Zögern abfällig.

»Hatte er sonst Besuch?«

»Abgesehen von der Putzfrau und dem Lieferservice, der ihm sein Essen brachte, kann ich mich an kein anderes Auto erinnern. Aber es ist ja nicht so, dass ich den ganzen Tag nichts anderes zu tun hätte, als übers Feld zu glotzen.«

»Warum glauben Sie, ist er hier in diese Einöde gezogen?« Es war zu spät, das Wort *Einöde* zurückzunehmen, und Kristina hoffte, die Bäuerin würde ihr den Begriff nicht übelnehmen. Sie meinte es nicht so abwertend, wie es in den Ohren von Doreen Mezger klingen mochte. Ihre bayerische Mentalität schaffte ab und an Hürden.

»Wegen der frischen Luft, nehme ich an.« Die blonde Frau lächelte schmal. »Wir leben abseits, aber nicht hinterm Mond. Wenn er Grund hatte, sich zu verstecken, hätte er es besser mit Chile probiert.«

»Hat sich mal jemand bei Ihnen nach Osswald erkundigt?«

Doreen schüttelte den Kopf, aber das konnte auch heißen, dass sie nicht darüber reden wollte. Der Alte hatte in der Umgebung keinen guten Stand gehabt. Vielleicht war es einfach besser gewesen, man ging ihm aus dem Weg, wenn man nicht ebenfalls ausgegrenzt werden wollte.

»Wer hat sich um Osswalds Garten gekümmert?«

Doreen Mezger übernahm die Geste ihres Mannes und zuckte mit den Schultern. »Irgendeiner aus Stuttgart.«

»Sind Sie diesem Mann mal begegnet?«

»Ich habe ihn nur von Weitem gesehen. Nicht so, dass ich ihn beschreiben könnte. Ein kräftiger Kerl in grünen Gummistiefeln, mehr kann ich Ihnen nicht sagen. Er kam nicht besonders häufig.«

»In den letzten drei Wochen?«

Sie schüttelte den Kopf. »Ich habe ihn schon länger nicht mehr rumschleichen sehen. Er wirkte ohnehin nie besonders motiviert. Die Arbeit hätte mein Mann für das gleiche Geld weit besser erledigt«, lamentierte sie. »Aber wir im Dorf waren dem Herrn ja nicht gut genug.«

»Sie klingen nicht wie jemand, der in der Gegend geboren ist«, stellte Kristina fest.

»Ich bin lange genug hier, glauben Sie mir.« Sie drehte sich wieder zu dem Spülbecken um und ließ heißes Wasser über das Huhn laufen.

Aus dem Stall waren jetzt deutlich die Kühe zu hören.

»Ich war fünfzehn, als wir aus Leipzig in dieses Kaff zogen. Nachdem drüben alles den Bach runterging und mein Vater seine Arbeit verlor, meinte er, hier seine Bestimmung zu finden. Es ist nie wirklich was daraus geworden. Trotzdem blieben wir und ich habe es gehasst. Aus der Großstadt aufs Land. Die Leute, dieses Häuslebauertum und das Misstrauen. Na ja, Letzteres kannten wir ja aus DDR-Zeiten«, fügte sie hinzu, und auch wenn Doreen ihr den Rücken zukehrte, meinte Kristina doch, die Bäuerin bedauernd lächeln zu sehen.

»Und dann kam Karl Mezger und hat Sie gerettet?«

Doreen begann die Federn aus dem schlaffen Hühnerleib zu rupfen und verzichtete auf eine Antwort.

»Wo ist Ihr Mann?«

»Auf dem Feld. Wir haben noch Getreide auf der anderen Seite von Welzheim. Er wird nicht vor Mittag zurück sein.«

Kristina überlegte, nach dem Weg dorthin zu fragen. Wollte sie überhaupt noch mit dem Bauern sprechen? Sie war sich nicht einmal mehr sicher, warum sie hier hochgefahren war. Hatte sie nicht längst eine andere Spur, die ihr wichtiger erschien? Was machte der Mörder mit dem Körperfett? Darauf sollte sie ihre Recherchen konzentrieren.

Diese Leute schlugen ihren Hühnern die Köpfe ab und schlachteten ab und an ein Schwein. Aber einen Menschen? Weder Karl Mezger noch seiner Frau traute sie einen Mord zu.

»Haben Sie Kinder?«, fragte Kristina, weil sie merkte, dass die Stille neben sie in die Milchküche getreten war.

»Ist das für Ihre Mördersuche wichtig?«

»In diesem frühen Stadium der Ermittlungen kann alles wichtig sein«, versicherte Kristina.

Doreen Mezger drehte sich wieder zu ihr um. An ihren spröden Händen klebte Hühnerflaum. »Hat nie geklappt«, sagte sie und wischte sich den Schweiß von der Stirn. Eine der weißen Federn blieb über ihrer Augenbraue hängen, ohne dass sie es bemerkte. »Wir haben das Geld für die teure Hormonbehandlung nie zusammenbekommen. Jetzt sagen die Leute, ich wäre zu alt. Keine Kinder für meinen Mann und mich, keine Enkel für meine Eltern. Das Leben hier oben ist nicht nur körperlich hart«, sinnierte sie und schüttelte den Kopf, nachdem ihr bewusst wurde, was sie von sich gegeben hatte.

»Wohnen Ihre Eltern noch in Langenberg?«

»Meine Mutter ist vor drei Jahren gestorben.«

»Und Ihr Vater?«

»Weigert sich nach wie vor, zu uns auf den Hof zu ziehen.«

Kristina weckte Wolf, als sie ins Auto stieg.

»Waren Sie erfolgreich?«, fragte er gähnend.

»Ich weiß jetzt, wie man ein Huhn rupft.«

Sein Lächeln machte ihn sympathisch. Vor allem die Grübchen in seinen unrasierten Wangen. Dann fiel ihr ein, wie gerne sie ihre Hände auf das Lenkrad legen würde, auf dem nun die seinen lagen.

»Wollen wir noch zur Villa?«, fragte Wolf. »Es könnte nicht schaden, einen Blick auf das Polizeisiegel zu werfen.«

»Ich habe bislang noch mit keinem gesprochen, der freiwillig dieses Grundstück betreten hat«, erwiderte sie.

»Abgesehen vom Mörder«, antwortete er.

»Selbst da bin ich skeptisch, was das *freiwillig* angeht«, flüsterte Kristina. »Aber gut, wir überprüfen, ob alles in Ordnung ist, und dann zurück nach Waiblingen. Ich habe um elf einen Termin.«

Er sah auf die Uhr. Es war kurz nach halb neun. »Noch genug Zeit«, meinte er.

»Bei Ihrem Fahrstil will ich auf Nummer sicher gehen.«

Plötzlich sah er hellwach aus. »Was wollen Sie damit andeuten?« Die Ablehnung in seiner Stimme war zurück.

Kristina machte eine abwehrende Geste. »Nur so ein Gefühl, dass Sie arg viel Respekt vor dem Gaspedal haben.«

»Dafür habe ich meinen Führerschein noch!«

Damit war der Finger direkt in der Wunde. Er wusste Bescheid. Natürlich tat er das. Retter musste ihn aufgeklärt haben, warum er für sie den Chauffeur geben durfte.

»Dann sollten Sie mir nun Ihre Sünden beichten, damit auch ich weiß, woran ich bei Ihnen bin«, schlug sie vor.

»Semesterferien«, sagte er, ohne sie anzusehen.

»Vergessen Sie das! Mir hat ein Vögelchen gezwitschert, Sie sind Kommissaranwärter und im dualen Studium an der Polizeiakademie. Psychologie und Soziologie, so viel haben Sie ja schon selbst verraten. Klar ist, da gibt es keine Ferien. Zwischen den Semestern ist ganz normal Dienstzeit.«

»Oh, die Oberkommissarin hat mich erwischt«, fauchte er und startete den Motor. Beim Losfahren drehten die Räder durch.

Passiert dir nicht so oft, Junge, dass du so einen Kavalierstart hinlegst, dachte Kristina und grinste in sich hinein.

Carola Walz, die Frau, die vor einem guten Jahrzehnt Egon Osswald mit einem Messer attackiert hatte, war bereits acht Minuten zu spät.

Kristina hasste Unpünktlichkeit, vor allem, wenn es um eine Vernehmung ging. Sie hatte immer das Gefühl, dass die vorgeladene Person mit jeder Sekunde über der Zeit verdächtiger aussah.

Wurde Carola Walz von ihrem schlechten Gewissen aufgehalten?

Werner hatte den Namen von Walz' Ehemann in Osswalds Liste gefunden. Im Keller der Heuschrecke hing auch die passende Todesanzeige, zusammen mit denen der beiden Kinder, die er in seinen Freitod mitgenommen hatte. War die Frau nach zehn Jahren erneut losgezogen, um die einst vereitelte Rache nun zu vollenden? Damit hätte sie einen guten Grund, ihrer Vorladung nicht nachzukommen.

Kristina drehte Finckhs Tischventilator so, dass er ihr direkt ins Gesicht blies. Wenn es diese Morde nicht schafften, sie verrückt zu machen, dann die Hitze im Büro. Mittlerweile beschränkte sie sich darauf, ein luftiges Trägertop zu tragen.

Wenn das mit den Höchsttemperaturen so weiterging, würde sie wohl auch noch auf kurze Hosen zurückgreifen, selbst wenn das noch mehr unnötige Blicke von männlichen Kollegen auf sie zog.

Von der Brandleiche stand nichts in der Zeitung, Franz Schweizer hatte dichtgehalten. Sie legte die Tageszeitung beiseite, die sie zwischenzeitlich unter dem Aktenstapel hervorgezogen hatte, und blätterte sich weiter durch Werner Finckhs Hinterlassenschaft.

Auf einem gelben Post-it hatte er ihr eine kanadische Telefonnummer notiert und an den Bildschirm ihres Rechners geklebt. Sie war nicht sicher, wie spät es in Vancouver war, aber definitiv zu früh, um dort anzurufen.

Die Kollegen Winkler und Lachenmeier waren nach einer kurzen Lagebesprechung ins Nachbarbüro verschwunden, um sich weiter durch die Akten der Attpoes Corporation zu wühlen. Ihre gestrige Suche nach der ehemaligen Putzfrau von Egon Osswald war erfolglos geblieben. Der von Retter versprochene zusätzliche Mann würde erst am Montag zu ihnen stoßen. Es klemmte an allen Ecken, das war schlichtweg zum Verzweifeln. Zwei so vertrackte Fälle, ausgerechnet in den Sommerferien. Das hätte selbst Holle ins Schwitzen gebracht.

Traurigkeit befiel sie beim Gedanken an den väterlichen Freund. Er hätte gewusst, was zu tun wäre. Sie nahm sich vor, ihn bald zu besuchen, auch wenn es schwerfiel, ihn so zu sehen. Die beiden letzten Male hatten ihre Besuche mit Tränen in den Augen geendet.

Kristina strich sich die vom Ventilator zerzausten Haare aus dem Gesicht und griff nach der nächsten Notiz.

Sampo war mit seiner Gästeliste nicht weitergekommen. Und sie selbst hatte von ihrer Stippvisite im Schwäbischen

Wald ebenfalls nicht viel Neues mitgebracht. Abgesehen von einem schwächelnden Verdacht gegenüber den Mezgers und der Dringlichkeit, den Gärtner zu finden.

Wir treten auf der Stelle, stehen still wie die heiße Luft, die zäh über der Stadt liegt.

Sie dachte an ihr Auto auf dem Rastplatz an der B14. Konnte sie Kai darum bitten, es abzuholen? Sie könnte Daniel Wolf mit ihm hinschicken.

Ihr Chauffeur und ihr Exfreund! Absurd, auf keinen Fall!

Das Schrillen ihres Telefons holte sie aus ihren Überlegungen.

»Hier ist Bianca Novák.«

Kristina antwortete mit einem zögerlichen »Ja?«.

»Sie haben bei meiner Nachbarin eine Karte hinterlassen«, half ihr die Reinigungskraft mit osteuropäischem Akzent auf die Sprünge.

»Danke, dass Sie sich melden.«

»Ich weiß gar nicht …«

»Es geht um einen ehemaligen Kunden von Ihnen, Egon Osswald.«

Für mehrere Atemzüge herrschte Schweigen. »Das ist schon vier Jahre her«, antwortete Bianca Novák schließlich. »Was soll das?«

»Mich interessiert trotzdem, was damals zwischen Ihnen und diesem Mann vorgefallen ist.«

»Seine Lüge hat mich um meinen Job gebracht. Das ist vorgefallen!«, blaffte die Frau ins Telefon.

»Er behauptete, Sie hätten ihm eine Uhr gestohlen.«

»Das war gelogen!«

»Warum hätte er sich das ausdenken sollen?«

»Weil er verrückt ist. Im Nachhinein sollte ich froh sein«, erklärte sie.

Kristina hätte ihr gern in die Augen geschaut. Eine Anhörung am Telefon war niemals so aufschlussreich wie ein Gespräch von Angesicht zu Angesicht. »Warum halten Sie ihn für verrückt?«

»Ich kann es nicht erklären«, gab Bianca Novák an.

»Sie waren in seinem Keller, in diesem Raum, den Sie nicht betreten sollten, nicht wahr?«

»Woher ...«

»Man hat Egon Osswald vor zwei Tagen tot aufgefunden«, erklärte Kristina.

»Ich wusste, dass die Fresserei ihn irgendwann umbringt.«

»Es war Mord.«

Aus dem Hörer drang ein tiefer Seufzer.

Bestürzung, Erleichterung oder Resignation? Kristina vermochte es nicht zu deuten, aber die Erwähnung der Todesursache bewirkte eine Veränderung bei ihrer Gesprächspartnerin.

Zögerlich begann die Reinigungskraft zu erzählen. »Osswald war selten da, wenn ich bei ihm putzte. Er ging mir aus dem Weg, ging allen aus dem Weg. Ich habe nie bemerkt, dass er mal Besuch gehabt hätte. Stellen Sie sich vor, dieses riesige Haus, ganz allein für diesen alten Mann. Eigentlich konnte mir das ja recht sein, einer allein macht weniger Dreck. Trotzdem war es irgendwie gruselig, dass sich so gar niemand für ihn interessierte. Er lebte ungesund. Dazu jede Menge Tabletten. Sie verstehen? Er hätte sich wahrlich besseres Essen leisten können, auch eine Köchin. Ich meine, wer so ein großes Anwesen unterhalten kann ... und die teuren Möbel. Na ja, wie auch immer. Anweisungen für mich schrieb er auf einen Block in der Küche, und ich arbeitete das ab.«

»Und der Keller?«

»Er wollte nicht, dass ich in den Keller ging, das hatte er bei meinem Vorstellungsgespräch mehrfach betont.«

»Mit welcher Begründung?«

»Er war der Kunde, da brauchte es keine Erklärung. Alles, was ich zum Saubermachen benötigte, fand ich in einem Wirtschaftsraum neben der Küche. Es gab keinen Grund, die Treppe nach unten zu betreten.«

»Was Sie aber nicht davon abhielt«, bohrte Kristina.

Die Sonne kam um die Ecke gewandert und stach durch das Bürofenster. Mit dem Hörer am Ohr stand sie auf und senkte die Rollläden ab.

»So was macht aber auch neugierig«, fuhr die Putzfrau fort. »Ich meine, wenn man es so direkt verboten bekommt. Er hat es ja auch nie bemerkt, und dieser eine Raum im Keller war ohnehin immer abgeschlossen. Ich habe es vielleicht zwei-, dreimal probiert und dann gelassen. Ich nehme an, den Schlüssel dafür trug er stets bei sich. Wissen Sie, es hatte alles seinen festen Platz, selbst die Schlüssel am Schlüsselbrett. Doch eines Tages, beim Aufräumen in seinem Schlafzimmer, lag da dieser einzelne Schlüssel, den ich vorher noch nie gesehen hatte. War ihm wahrscheinlich aus der Hosentasche gerutscht und unbemerkt auf den Boden gefallen, als er die Hose über den Stuhl gelegt hatte.«

»Und dann haben Sie die Gelegenheit beim Schopf gepackt?«

»Ich habe nicht verstanden, was dieser geheimnisvolle Raum für den Alten bedeutete. Und ich wünschte, ich hätte ihn nie betreten.«

»Er hat Sie dabei erwischt?«, mutmaßte Kristina.

»Ja! Es war … Im ersten Moment hatte ich große Angst. Als er plötzlich hinter mir auftauchte. Das war … Er war von imposanter Statur, trotz seines Alters. Nachdem ich mich wieder rühren konnte, bin ich an ihm vorbei durch die Tür, raus aus dem Haus und sofort heimgefahren. Zwei Tage später kam die

Abmahnung meiner Firma, weil ich angeblich eine seiner blöden Armbanduhren gestohlen hätte.«

»Konnten Sie die Sache nicht richtigstellen?«

»Und von den Todesanzeigen im Keller berichten? Wer hätte mir geglaubt, nachdem Osswald mich angeschwärzt hatte?«

»Kennen Sie Ilona Piecek?«

»Sie hat meine Stelle bei Osswald übernommen, ich weiß. Ihr ist doch nicht auch was passiert?«, fragte Bianca Novák, und die Sorge klang glaubhaft.

»Nein. Mich würde nur interessieren, ob Sie mit ihr jemals über den Keller gesprochen haben?«

Ein Seufzen drang an ihr Ohr. »Ich wollte mit niemandem darüber sprechen. Der Blick des Dicken, als er mich dort unten überraschte, beschert mir heute noch Albträume. Wissen Sie, meine Großmutter war noch eine echte Zigeunerin, und sie hat mir früher erzählt, wie sie Leute verflucht hat, die ihr Böses wollten. Deshalb wusste ich in diesem Moment im Keller, dass auch er mich mit einem Fluch belegte. Diese Einsicht bin ich nicht mehr losgeworden, egal wie oft ich mir versichert habe, dass ich nicht abergläubisch bin. Von daher, bitte halten Sie mich nicht für pietätlos, aber jetzt, da er tot ist, kann ich vielleicht wieder besser schlafen.«

Harte Worte, aber Kristina konnte die Frau nicht verurteilen. Egon Osswald blieb in weiten Teilen ein Rätsel.

Sie musste darauf bauen, dass seine Tochter mehr dazu beitragen konnte, diesen seltsamen Mann zu verstehen.

Bereits den Dank für das Gespräch auf den Lippen, fiel ihr noch etwas ein. »Wissen Sie, wer bei Osswald die Gartenarbeit erledigt hat?«

»Seltsam, dass Sie mich das fragen«, gab Bianca Novák ohne Zögern zurück. »Ich meine, wo Sie doch schon mit Ilona gesprochen haben.«

Kristina bekam den Eindruck, dass der Luftstrom aus dem Ventilator plötzlich kälter wurde. »Was wollen Sie damit sagen?«

»Jakub machte den Garten. Ilonas Mann, Jakub Piecek.«

»Wolf!« Die Kommissarin stürmte in der Kantine auf seinen Tisch zu.

Daniel spürte die neugierigen Blicke der Kollegen. Vielleicht waren die Gerüchte über interne Ermittlungen gegen ihn selbst bis ins Waiblinger Revier gelangt.

Er stand auf, bevor Reitmeier bei ihm war, und wischte die Brösel vom T-Shirt.

»Verdammt, Sie sollten sich abmelden!«, fuhr sie ihn an.

Köpfe drehten sich nach ihnen um.

»Wo soll's hingehen?«, fragte er, statt die Konfrontation zu suchen. Dafür fühlte er sich zu müde. Die ewige Warterei auf die Kommissarin war ein Nährboden für seine Frustration und laugte ihn aus.

»Fellbach«, sagte sie und machte auf dem Absatz kehrt.

Ihre Hektik rüttelte ihn wach. Wie es schien, war Bewegung in den Fall geraten, und ihr Aktionismus wirkte ansteckend. Mit raschem Schritt folgt er ihr aus der Kantine.

Auch dieses Mal blieb die Klimaanlage aus. Allem Anschein nach hatte die Kommissarin eine Aversion gegen künstlich erzeugte Kälte. Zum Glück dauerte die Fahrt keine zehn Minuten, die sie in einvernehmlichem Schweigen verbrachten. Sie meckerte nicht, dass er zu langsam fuhr, und er hielt sich zurück und sprach sie wegen der Klimaanlage nicht an.

Das Haus in der Fellbacher Bahnhofstraße war renovierungsbedürftig. In der Eisdiele gegenüber drängte sich eine Schar Kinder. Ansonsten taugte die hohe Temperatur dazu, die Leute von der Straße fernzuhalten.

Die Kommissarin ließ Daniel keine Zeit zum Verschnaufen und eilte voraus. Sie wusste, welche Klingel sie betätigen musste. Erst als eine blecherne Stimme aus der Gegensprechanlage drang, bemerkte sie, dass er nicht im Wagen geblieben war, sondern neben ihr stand.

»Kein Alleingang bei brenzligen Einsätzen«, versuchte er es mit einem Scherz.

Sie sah ihn einen Moment lang abschätzend an.

»Kommen Sie, gönnen Sie mir etwas Unterhaltung.«

»Wer ist da?«, schallte es erneut aus dem Lautsprecher über den Klingelschildern.

»Reitmeier, Kripo Waiblingen. Frau Piecek, ich hätte noch ein paar Fragen«, sagte sie laut.

Es dauerte verdächtig lange, bis der Türöffner summte und Reitmeier an der Klinke zog, ohne den Blick von Daniel abzuwenden. »Kein Wort, Sie sind Luft, verstanden?«

Er brachte ein unschuldiges Lächeln zustande und folgte ihr ins Treppenhaus. Eine hagere Mittvierzigerin erwartete sie in der Tür zu ihrer Wohnung. Sie trug einen ausgeblichenen Frotteebademantel, so als hätten sie die Frau aus der Badewanne geholt. In ihrem Blick paarte sich Überraschung mit Misstrauen.

»Wollen Sie das Gespräch im Treppenhaus führen, oder bitten Sie uns herein?«, fragte die Kommissarin.

Mit zusammengepressten Lippen wich die Frau zur Seite und ließ sie ein. Piecek lenkte sie in die Küche. Die Kommissarin schien den Weg zu kennen. Daniel stellte sich mit dem Rücken zum Fenster, das einen Spalt gekippt war.

»Sie haben mich belogen, was Ihren Mann angeht, Frau Piecek«, sagte Reitmeier.

Binnen einer Sekunde wurde die Frau noch kleiner, krümmte sich auf ihrem Stuhl wie ein Wurm, den man auf einen Angelhaken spießte. Sie schob den Kragen ihres Bademantels unter ihrem spitzen Kinn zusammen, als würde sie frieren. Mit nervösen Fingern holte sie eine Zigarette aus der Schachtel, die auf dem Tisch lag, und steckte sie an.

Sie inhalierte gierig und blies den Rauch gegen die vom Nikotin vergilbte Decke. »Ich wollte ihn nicht in Schwierigkeiten bringen. Er machte das schwarz …«

»Hier geht es um eine Mordermittlung, Frau Piecek. Ich muss dringend mit ihm reden! Wo ist Ihr Mann?«

»Auf Montage, das sagte ich bereits … in Rumänien«, stammelte die Frau, nun deutlich eingeschüchtert.

Aber vielleicht spielt sie auch nur, meldete sich Daniels Intuition. Sollte er es je zum Fallanalytiker schaffen, musste er in den Gesichtern der Leute zu lesen lernen. Wohin wanderte der Blick auf der Suche nach der Wahrheit oder der Lüge?

Zumindest niemals in dieselbe Richtung.

»Für welche Firma?«, fragte Reitmeier nun schon härter.

»Er ist selbstständig.«

»Ich kann das überprüfen, Frau Piecek!«

Die Frau zitterte trotz der Wärme. Eine einsame Träne lief über ihre Wange und verfing sich in der tiefen Falte, die sich von der Nase bis hinab zum Kinn zog. Weil kein Aschenbecher greifbar war, schnippte sie die Asche in den leeren Kaffeebecher.

»Jakub ist arbeitslos gemeldet … Bitte, wie soll ich ihm das erklären, wenn er jetzt Ärger bekommt«, jammerte sie.

»Wann war er zuletzt bei Osswald?«, drängte die Kommissarin.

»Am Tag, bevor er nach Rumänien aufgebrochen ist. Mittwoch letzter Woche, glaube ich. Ich habe ihn seitdem nicht mehr gesprochen.«

»Und davor?«

»Donnerstag vor zwei Wochen, zusammen mit mir.«

»Und da ist ihm nichts aufgefallen?« Kristinas Tonfall wurde noch schärfer.

Die Piecek schüttelte den Kopf, was die Kommissarin dazu nötigte, mit der flachen Hand auf die Tischplatte zu schlagen. »Da lag Osswald schon tot hinterm Schuppen. Ihr Mann hätte ihn doch wohl finden müssen, oder?«

Die Frau schniefte in ihren Bademantel, stand auf und drückte die Kippe in den Aschenbecher neben der Spüle. Mit schlürfendem Schritt fand sie zurück an den Küchentisch. »An dem Tag hat es geregnet, er musste nicht viel machen«, versuchte sie zu erklären, warum ihr Mann nicht über die Leiche gestolpert war.

»Wie kann ich ihn erreichen?«

»Ich habe es versucht, er geht nicht ans Handy«, gestand sie mit zittriger Stimme. »Vielleicht gibt es dort, wo er sich gerade aufhält, keine Verbindung.«

»Wann kommt er zurück?«

Frau Piecek suchte Daniels Blick, als hätte er die Antwort darauf. »Er sollte längst schon wieder hier sein … ich …?«

»Was macht er dort unten?« Kristina feuerte ihre Fragen nun wie Maschinengewehrsalven hinaus. Schnell und durchschlagend.

»Er bringt eine Lieferung.«

»Und was?«

»Elektronik. Altes Zeug. Ich weiß nicht genau.«

»Macht er die Tour allein?«

Piecek schüttelte den Kopf. »Meistens sind sie zu zweit, manchmal zu dritt.«

»Nennen Sie mir Namen.«

Wieder sah sich die Frau nach Daniel um, als erwarte sie, dass er sie von hinten anfiel. »Ich kenne die Männer nicht. Jakub hat manchmal einen Alfred erwähnt … Er sagte mir immer, es ist besser, wenn ich nichts darüber weiß, dann brauchte ich mir keine Sorgen zu machen.«

Kristina saß plötzlich ganz aufrecht, so als wäre ihr ein Stromschlag in die Wirbelsäule gefahren. Daniel horchte auf. Der stickige Dampf in der Küche war vergessen. Er konnte mit der Aussage nichts anfangen, dafür fehlten ihm die Zusammenhänge, aber wie es schien, waren ein paar entscheidende Worte gefallen.

Die Spannung zwischen den beiden Frauen am Küchentisch war spürbar. Was hatte die Ermittlerin so in Aufruhr versetzt?

»Elektroschrott?«, fragte Reitmeier. »Vom Wertstoffhof? Arbeitet Ihr Mann für die sogenannte Müllmafia?«

Das war ein Schuss ins Blaue, aber Pieceks Reaktion hätte auch jemand ohne zwei Semester Psychologiestudium richtig deuten können. Kristina Reitmeier hatte einen Volltreffer gelandet.

Sie saßen bereits wieder im Auto, als Sampo sich meldete.

»Wir haben alle Personen auf der Gästeliste erreicht, bis auf einen. Ein Architekt. Bruno Schwarz. Wohnt am Galgenberg.«

»Können wir uns dort treffen?«, fragte Kristina. »Wir sind unterwegs.«

Sampo nannte die Straße und Kristina lotste Wolf über die Ortsumfahrung zu dem exklusiven Wohngebiet im Waiblinger Norden.

»Sie waren doch in der Abteilung für Organisierte Kriminalität? Gibt es Berichte über diese ominöse Müllmafia?«, fragte sie ihn auf halbem Weg durch die Stadt.

Er grinste. »Laut Anweisung ist es mir nicht gestattet, über laufende Ermittlungen zu sprechen. Genau genommen darf ich überhaupt nichts sagen«, gab er ihr zu verstehen.

»Ich gestatte Ihnen, eine Ausnahme zu machen. Und falls

Sie mich jetzt fragen, ob ich dazu befugt bin … Wahrscheinlich nicht.«

Er zuckte mit den Schultern und sah ihr verschmitzt entgegen. »Das organisierte Verbrechen in Stuttgart macht nicht in Müll«, sagte er. »Und wenn Sie meine Meinung hören wollen, halte ich diese Müllkriminalität für überzogen und keineswegs organisiert. Nicht im Sinne dessen, was in meinem Dezernat darunter verstanden wird.«

»Also keine mafiosen Strukturen, sondern Einzeltäter oder eine zusammengewürfelte Bande?«, hakte sie nach, und er nickte.

Die Ahnung, die ihren Überlegungen entwuchs, war fragil wie eine Seifenblase. Piecek hatte für Osswald gearbeitet und war gleichzeitig in Zusammenhang mit dem Recyclinghof zu bringen. Ergab sich daraus auch eine Verbindung von Osswald zu der verbrannten Leiche?

Kristina grübelte darüber nach, bis sie die Straße erreichten, die ihr Sampo genannt hatte.

Das Haus lag exponiert, mit unverbaubarer Aussicht über die Stadt, und beherbergte vier Wohneinheiten. Unerschwinglich für ein Beamtengehalt. Wer sich hier oben eine Wohnung leisten konnte, gehörte ziemlich sicher zur Schickimicki-Gesellschaft von Waiblingen, die allerdings mit der Münchner High Society nicht ganz mithalten konnte. Diese überdrehten Leute mit ihren kokaingepuderten Näschen hatte Kristina zum Glück hinter sich gelassen. Ihre Dienstzeit bei den Kollegen der bayerischen Landeshauptstadt war nicht die beste gewesen. Sieben Jahre waren seit ihrer Versetzung in den Südwesten bereits vergangen, und noch immer dachte sie mit Beklemmung daran. Die Zeit rann ihr durch die Finger.

Sie musterte Wolf, der noch so vieles vor sich hatte, und verdrängte diese Gedanken aus ihrem Kopf.

Schwarz bewohnte die Dachgeschosswohnung, öffnete jedoch nicht auf ihr Klingeln. Auch bei den anderen Parteien reagierte niemand. Schweigend warteten sie auf Sampo. Kristina hätte Wolf gern gefragt, was er von der Aussage der Putzfrau hielt, aber sie ließ es bleiben. Konnte Jakub Piecek der Täter sein? Hatte er Egon Osswald in dessen Garten ermordet? Aber wieso? Um dessen Hab und Gut nach Rumänien zu verfrachten? Weshalb war das Haus dann nicht leer geräumt worden?

Gab es einen anderen Grund, warum die beiden Männer aneinandergeraten waren? Piecek hatte den Toten offenbar im Garten liegen lassen, selbst wenn er nicht der Mörder war. Und wie passte Bruno Schwarz ins Bild?

Siedend heiß fiel ihr etwas ein. Sie fingerte ihr Handy aus der Hosentasche. »Hallo, Sonja! Ist diese Frau Walz aufgetaucht?«

»Nein, bei mir nicht, aber sie sollte sich ohnehin direkt an dich wenden«, antwortete ihre junge Kollegin.

»Ich befürchte, sie hat sich nicht blicken lassen, aber ich will ihr nicht Unrecht tun. Versuch bitte, Sie zu erreichen.«

Wolf lehnte am Auto, das er direkt vor dem Haus geparkt hatte, und streckte die Nase in die Sonne. Er gab sich teilnahmslos, aber sie wusste, dass er die Ermittlungen mit gespitzten Ohren verfolgte.

Als sie die Verbindung unterbrach, kam Sampo die Straße hochgefahren, stellte den Wagen hinter ihrem ab und stieg aus, die verspiegelte Sonnenbrille auf der Nase.

Ohne die Stupsnase würde er aussehen wie Daniel Craig.

»Macht euch keiner auf?«, fragte er mit einem Grinsen.

»Ich war guter Dinge, dass du den Schlüssel hast«, erwiderte sie.

»Es gibt keine Ehefrau, und er ist bei keiner Arbeitsstelle gemeldet. Leider konnte ich auf die Schnelle auch nicht rausfinden, ob es eine Hausverwaltung gibt. Hast du es bei den Nachbarn probiert?«

Kristina nickte. Sie gingen zur Haustür. Glas und Alu dominierten den Eingangsbereich. Über den Klingelschildern gab es eine Kamera. Sie versuchte es erneut und drückte alle Knöpfe. Keine Reaktion.

»Was machen wir?«, fragte Sampo.

»Kriegst du die Tür auf?«

»Ist Gefahr in Verzug?«

Kristina schob die Unterlippe vor.

Der Forensiker studierte den Schließzylinder. »Nicht, ohne was kaputt zu machen.«

Sie sahen sich an.

»Doch besser die Hausverwaltung«, schlug sie vor.

Der Staatsanwalt hätte sicher keine Freude damit, wenn sie gewaltsam eindrangen. Selbst wenn sich herausstellen sollte, dass das Appartement von Bruno Schwarz ein Tatort sein könnte. Dieser Gedanke beunruhigte sie. War der Architekt in seiner Wohnung ermordet und dann zum Verbrennen auf den Wertstoffhof verfrachtet worden?

Falls es sich so zugetragen hatte, konnte es kein Einzeltäter gewesen sein.

Sampo zog das Handy aus der Tasche und telefonierte mit einem seiner Mitarbeiter. »Kann dauern«, erklärte er, nachdem das Gespräch beendet war.

Kristinas Unruhe wuchs. Sie wollte diesen Ort nicht unverrichteter Dinge verlassen.

Sampo spähte über ihre Schulter hinweg. »Wo ist dein Neuer?«

Sie folgte seinem Blick. Wolf stand nicht mehr beim Auto.

»Vielleicht eine rauchen?« Irritiert sah sie sich um.

Plötzlich öffnete sich in ihrem Rücken die Eingangstür des

Appartementhauses. Daniel Wolf grinste frech durch die Glastür.

»Wie …«

»Über den Garten. Die Bewohnerin von unten liegt auf ihrer Terrasse in der Sonne und hat deshalb das Läuten überhört. Sie war so freundlich, mich durch ihre Wohnung zu lassen.« Er hob seinen Dienstausweis hoch, um zu zeigen, dass sein Einsatz mit legalen Mitteln erfolgt war.

Im ersten Moment war Kristina sauer, weil er wieder eigenmächtig gehandelt hatte, aber dann nickte sie anerkennend.

Zu dritt stiegen sie das lichtdurchflutete Treppenhaus bis zur Dachgeschosswohnung hinauf. Kristina versuchte es erneut mit der Klingel, ohne Erfolg.

»Und jetzt?«, fragte Sampo.

»Sind wir genauso weit wie vorher, es sei denn, der junge Herr klettert übers Dach.«

Sie hatte keinerlei rechtliche Handhabe, lediglich die nicht identifizierte Brandleiche eines Mannes, vor dessen Wohnungstür sie möglicherweise gerade stand. Reichte das, um den Staatsanwalt zu überzeugen? Sie wandte sich von den beiden Männern ab und wählte Pokornys Nummer.

Er klang, als hätte er auf ihren Anruf gewartet. Dass sie noch keinen Täter für ihn hatte, machte ihn nicht empfänglicher für ihr Anliegen, aber nach drei Minuten willigte er ein. Kristina trennte die Verbindung. Wolf und Sampo blickten ihr erwartungsvoll entgegen.

»Wir gehen rein!«

Das Schloss hielt Sampos Werkzeug fünf Minuten lang stand.

Die Luft in der Wohnung war heiß und abgestanden. Hell strahlte die Sonne durch die Dachfenster. Das Interieur innerhalb der weißgetünchten Wände war minimalistisch. Von Bruno Schwarz fehlte jede Spur. Nicht nur physisch. Das großzügig geschnittene Appartement war nichts weiter als ein Showroom ohne Persönlichkeit. Umzugskartons türmten sich unausgepackt in den Ecken. Die Schränke waren leer, auf den Kommoden standen keinerlei Accessoires. Die weitläufige Dachterrasse war nicht bepflanzt, nur mit einer einsamen, verblichenen Teakholzliege bestückt.

Der Architekt lag nicht tot im Schlafzimmer oder in der Badewanne. Aber das war kein Trost. Das steigerte lediglich die Wahrscheinlichkeit, dass die verbrannte Leiche in der Waiblinger Pathologie bald einen Namen bekam.

Sampo kam aus dem Bad mit einer Zahnbürste und einem Haarbüschel, jeweils sauber in einer Tüte verpackt. Dem DNA-Abgleich stand nichts mehr im Weg. »Ich bringe das gleich ins Labor, dann wissen wir innerhalb der nächsten Stunde Bescheid, ob meine Leute hier anrücken müssen oder nicht«, erklärte er und verschwand.

Wolf stand unterdessen im Wohnzimmer und betrachtete die leeren Wände. »Dieser Schwarz hat nicht wirklich hier gewohnt. Die Küche weist kaum Gebrauchsspuren auf. Keine Vorräte, wenig Geschirr. Nur das Bett sieht benutzt aus.«

Sie folgte ihm ins Schlafzimmer. Das Fenster war geschlossen, die Vorhänge – die einzigen in der ganzen Wohnung – zugezogen. Die Bettdecke war übertrieben dick. Die Luft in dem Raum mit der Dachschräge war unerträglich heiß.

»Die Wohnung erinnert an Osswalds Domizil. Edles Ambiente, nichts davon abgewohnt, alles akribisch sauber, keine persönlichen Gegenstände, keine Bilder von der Familie. Zweckmäßig und anonym. Es gibt nicht einmal einen Computer oder ein Zeichenbrett. Der Mann ist Architekt, wo ist sein Arbeitszeug? Selbst wenn er noch ein Büro hat, sollten nicht wenigstens irgendwelche Pläne oder Blaupausen hier rumliegen? Von mir aus Fachliteratur oder irgendwas, was an seine Profession erinnert? Oder an eine andere Leidenschaft. Gibt es tatsächlich Menschen, die so leben?«

»Wenn ich da an meine Bude denke … Irgendetwas stimmt hier ganz und gar nicht«, murmelte Wolf.

Wolf hatte recht. Etwas war faul in dieser Wohnung. Egon Osswald hatte immerhin seinen geheimen Schrein im Keller gehabt. Aber hier gab es nichts.

»Hallo!«, rief jemand im Gang und ließ Kristina zusammenzucken.

Sie ging zurück auf den Flur.

Im Treppenhaus stand eine Frau in einem grellbunten Strandkleid und spähte durch den Spalt der offenen Wohnungstür.

»Die Nachbarin von unten«, flüsterte Wolf hinter Kristina.

Sie ging der Frau entgegen und wies sich aus.

»Ist Herrn Schwarz etwas passiert?«, fragte die Frau, die ihr Gesicht hinter einer dicken Sonnenbrille versteckte.

Sie trug das schwarze Haar zu einem Dutt hochgesteckt. Die Stirnpartie war vom übermäßigen Sonnenbaden stark gerötet. Schweißtröpfchen glänzten auf ihrer Nase, die viel zu perfekt aussah, um echt zu sein.

»Darf ich nach Ihrem Namen fragen?«

»Marthaler, Evelyn. Was ist denn geschehen?« Sie schob die Sonnenbrille ins Haar und versuchte, an Kristina vorbei einen Blick in die Wohnung zu erhaschen.

»Frau Marthaler, wann haben Sie Bruno Schwarz zuletzt gesehen?«

Die Nachbarin des Architekten verzog den Mund. »Letztes Wochenende, ich bin mir aber nicht sicher. Wissen Sie, er war lange im Ausland. Afrika, glaube ich. Kam erst vor ein paar Wochen wieder zurück. Wir wohnen noch nicht so lange hier, sind erst nach ihm eingezogen. Hatten ihn daher nie gesehen. Plötzlich war er da, dann wieder weg. Da macht man sich keine Gedanken. Alles in allem bin ich ihm vielleicht dreimal im Treppenhaus begegnet, oder in der Tiefgarage. Er hat nie viele Worte verloren.«

»Was fährt er für ein Auto?«

»Sein Wagen steht unten, wenn Sie das meinen.«

»Hat er eine Putzfrau?«

»Bevor er zurückkam, schaute ab und an jemand nach der Wohnung. Eine ältere Frau. Ich nahm immer an, es wäre seine Mutter.«

»Aber Sie haben nie mit ihr geredet? Sie oder Ihr Mann?«

»Mein Mann ... Nein, ich bin nicht verheiratet. Ich lebe mit meiner Freundin zusammen. Sie wird Ihnen aber auch nicht mehr sagen können.«

»Ist sie da?«

»Auslandsreise, leider. Sie ist Journalistin.«

»War diese Woche jemand anderes im Haus oder in Schwarz' Wohnung, oder hat sich jemand nach ihm erkundigt?«

»Hören Sie, Frau Kommissarin, ich arbeite den ganzen langen Tag in meiner Werbeagentur in Stuttgart und bin abends froh, wenn ich privat niemandem begegne und vor allem, wenn mich am Wochenende niemand auf meiner Terrasse stört.« Sie warf einen vernichtenden Blick über Kristinas Schulter hinweg auf Wolf. »Ich fühlte mich lediglich genötigt, hier oben nach dem Rechten zu sehen, nachdem Ihr junger Kollege vorhin so unverblümt in meinem Garten auftauchte. Verstehen Sie mich nicht falsch, aber ich hätte nicht hier heraufkommen brauchen, um mir Löcher in den Bauch fragen zu lassen.«

»Seien Sie versichert, Frau Marthaler, wenn Sie nicht zu uns gekommen wären, hätte wir Sie auf Ihrer Sonnenterrasse besucht und Ihnen genau dieselben Fragen gestellt.«

Der Autopsiebericht des Brandopfers lag immer noch nicht auf Kristinas Schreibtisch, als sie zurückkamen. Es stand fest, dass Benzin verwandt worden war, aber das war keine große Überraschung. Dafür hatte Sampo den DNA-Abgleich fertig. Das genetische Material, das er aus der Wohnung von Bruno Schwarz mitgenommen hatte, stimmte mit dem des verbrannten Körpers überein. Die Spurensicherung war nun in der Wohnung des Architekten zugange. Nach einer ersten Rückmeldung waren keinerlei Kampf- oder gar Blutspuren gefunden worden. Falls der Architekt in seiner Wohnung überfallen worden war, hatte er sich nicht gewehrt.

Kristina hatte das untrügliche Gefühl, dass auch sonst nichts Nennenswertes gefunden werden würde. Vorerst blieben also nur Spekulationen, doch die Wahrscheinlichkeit wuchs, dass Schwarz nach der Vernissage Donnerstagnacht, freiwillig oder unfreiwillig, das Industriegebiet im Waiblinger Süden aufgesucht hatte.

Hatte der Architekt Jakub Piecek möglicherweise Tipps gegeben, an welchen Stellen es etwas zu holen gab? Als Architekt kam er immerhin rum. Hatte es Streit zwischen den Männern um die Bezahlung für solche Dienste gegeben? Und wie passte Osswald ins Bild?

Kristina musste noch einmal mit Ilona Piecek reden und darauf hoffen, dass die Frau nicht auf ihr Aussageverweigerungsrecht pochte. Es galt, alles daranzusetzen, den flüchtigen Ehegatten zu finden. Das dürfte schwierig genug werden, sollte er sich nach Rumänien abgesetzt haben.

Kristina hatte ihr Team mit der klaren Anweisung heimgeschickt, sich auszuruhen. Wer am nächsten Tag kam, obwohl es Sonntag war, tat dies freiwillig.

Durch die Glasscheibe in der Tür betrachtete sie Wolf, der auf der Bank im Gang hockte und seine Schuhspitzen studierte.

Er war nicht erpicht darauf, auch am Sonntag den Fahrer für sie zu spielen, das hatte sie ihm angemerkt.

Sonja Lachenmeier hatte beim Versuch, Carola Walz ausfindig zu machen, kein Glück gehabt. Die Frau wohnte zusammen mit ihrer Mutter in Stuttgart. Doch die alte Frau konnte laut Sonjas kurzem Bericht keine Aussage darüber machen, wo ihre Tochter sich momentan aufhielt. Das war eine Baustelle, um die sich Kristina noch kümmern wollte, und dazu brauchte sie ihren Fahrer.

Aber vorher musste sie endlich ein Ferngespräch führen, das sie schon viel zu lange vor sich hergeschoben hatte.

Louise Osswald klang so nah, als säße sie im Nachbarbüro. Dabei trennten sie ein Ozean und ein ganzer Kontinent. Die Frau in Kanada wirkte nicht überrascht, nachdem Kristina sich vorgestellt hatte. Als hätte sie damit gerechnet, von der Polizei zu hören. Womöglich saß sie gerade beim Frühstück, während Kristina selbst den Sonnenuntergang herbeisehnte, um diesen ermüdenden Tag und die Hitze hinter sich zu bringen.

»Ich muss Ihnen leider eine traurige Mitteilung machen.« Es waren immer wieder die gleichen Worte, aber noch nie hatte Kristina sie ins Telefon gesprochen. Bislang war sie gezwungen gewesen, den Leuten dabei in die Augen zu sehen.

»Mein Vater?« Man hörte ihr an, dass ihr die einstige Muttersprache nach zwanzig Jahren nicht mehr so leicht über die Lippen kam. Sie war nicht mehr die junge Frau auf dem Foto, das auf dem Schreibtisch ihres Vaters gestanden hatte.

Und nun teilte Kristina ihr mit, dass diese letzte verbliebene Verbindung nach Deutschland nicht mehr existierte.

»Wir haben leider außer Ihnen niemanden gefunden, der sich der Bestattung annimmt. Aber das ist natürlich nicht der einzige Grund meines Anrufs«, erklärte Kristina.

»Es ist auch niemand mehr übrig außer mir«, antwortete Louise und klang dabei weniger traurig, als Kristina erwartet hatte. »Ich dachte immer, mich würde ein Krankenhaus oder Papas Hausarzt über seinen Tod informieren. Jetzt ruft die Polizei an.«

»Es war kein natürlicher Tod, Frau Osswald. Ihr Vater wurde ermordet.«

Die Reaktion der Tochter war verhalten. Kein Gefühlsausbruch, auch nach dieser Nachricht nicht. »Darauf hat er immer gewartet.«

»Was meinen Sie damit?«

»*Ich habe mir viele Feinde gemacht*. Das waren seine Worte.«

»Wann haben Sie ihn zuletzt gesehen?«

Ein gequältes Lachen drang aus dem Hörer, bevor sie antwortete. »Er hatte versprochen, mich zu besuchen, wenn er in den Ruhestand geht. Doch wie es schien, hat seine Zeit dafür nicht gereicht. Früher war er ständig auf Reisen. Rastlos, ein Getriebener. Vielleicht hatte er es letztlich satt, sich in ein Flugzeug zu setzen.«

»Es wäre trotzdem gut, wenn ich mit Ihnen sprechen könnte.«

»Tun wir das nicht gerade?«

Ja, das tun wir, aber ich würde dir gerne in die Augen sehen, würde mich gerne davon überzeugen, ob sich nicht doch ein wenig Trauer darin spiegelt, dachte Kristina.

»Ich weiß, es ist viel verlangt, aber es wäre gut, wenn Sie nach Deutschland kämen«, erklärte sie.

»Die Beerdigung kann ich von hier aus organisieren, um die Auflösung des Hauses kann sich ein Verwalter kümmern, das Erbe lasse ich von meinem Anwalt regeln und den Mörder finden Sie sicher auch ohne mein Zutun«, antwortete Louise.

Sprach da die Kaltherzigkeit, die sie von einem Vater geerbt hatte, der nie Zeit für seine Tochter gehabt hatte? Nicht einmal, nachdem er seinen Ruhestand angetreten hatte. Oder hegte sie einen tiefer gehenden Groll gegen Osswald, den sie selbst nach seinem Tod nicht ablegen konnte?

Kristina fand einstweilen keine Argumente mehr, um Louise Osswald zu einer Reise in ihre alte Heimat zu bewegen. Wenn der Tod des eigenen Vaters das nicht vermochte, was konnte Kristina da noch anführen?

»Welcher Beschäftigung gehen Sie in Vancouver nach?«, fragte Kristina, um nichts unversucht zu lassen, den Grund für das reservierte Verhalten von Louise Osswald zu verstehen.

»Ich züchte Pferde«, antwortete die Wahlkanadierin knapp.

Half ihr das weiter? Gut, Pferde konnte man nicht so einfach allein lassen. Doch es kam Kristina unwahrscheinlich vor, dass die Frau mit ihrer Pferdezucht völlig auf sich gestellt war. Sie sah ein, dass sie im Moment nicht weiterkam. Womöglich war Louise doch mehr schockiert über die Nachricht, und es war ihr nur nicht anzuhören. Kanada mochte bisweilen ein raues Land sein, beim Umgang mit Pferden durfte man sicher auch nicht zimperlich sein. Die Frau war möglicherweise geprägt durch ihr Umfeld und abgehärtet – auch emotional.

Kristina stellte eine letzte Frage. »Sagt Ihnen der Name Bruno Schwarz etwas?«

Louise Osswald schwieg. Lange. Dann sagte sie leise: »Ich kenne Bruno. Vor langer Zeit hätte ich ihn beinahe geheiratet.«

6

Das subtropische Klima der letzten zwei Wochen hatte den Stadtpark entlang der Rems in einen Dschungel verwandelt. Das Abendlicht fiel nahezu mystisch durch die an den Ufern wuchernden Sträucher und Bäume. Enten gründelten in der seichten braunen Brühe, die einen erdig-modrigen Geruch verströmte. Durchs Amazonasbecken zu wandern mochte sich nicht viel anders anfühlen, ließ man die befestigten Wege und die vielen Leute außer Acht, die ihnen begegneten und die sich weder mit Federn schmückten noch Lendenschurze trugen.

Daniel ging neben Kristina Reitmeier her, bemüht, mit ihrem forschen Schritt mitzuhalten. Ihr rotes Haar leuchtete im diffusen Licht der sinkenden Sonne. Gedankenverloren führte sie ihn durch die Grünanlage.

Sie hatte etwas Wichtiges herausgefunden und ihren ursprünglichen Plan verworfen, sich von ihm nach Stuttgart kutschieren zu lassen. Nun wollte sie nicht mehr gefahren werden, sondern in seiner Begleitung zu Fuß gehen. Das entsprach zwar nicht seiner Aufgabe, aber sie hatte ihm ein kühles Bier versprochen.

Er war neugierig, was passieren würde. Denn er war sich ziemlich sicher, dass sie ihn hergebracht hatte, um seine Geschichte zu hören.

Das angestrebte Ziel lag auf der Schwaneninsel, auf der ein Kulturzentrum mit hübschem Biergarten angesiedelt war. Schon auf der Brücke war zu erkennen, dass sie schwer einen freien Tisch finden würden.

Die Kommissarin stemmte die Hände in die Hüften und spähte über die Köpfe der zahllosen Biergartenbesucher hinweg.

»Wir holen uns was zu trinken und setzen uns runter an die Rems«, schlug sie vor.

Er nickte und folgte ihr ins Getümmel. Die Schlange beim Ausschank verlangte ein wenig Geduld. Daniel stellte sich hinter sie in die Reihe und betrachtete den geselligen Trubel.

Würde sie ihm vielleicht gestatten, sich an den Ermittlungen zu beteiligen, wenn er es schaffte, ihr Vertrauen zu gewinnen?

Ein Krug schob sich in sein Sichtfeld. Er nahm das Bier entgegen und folgte Reitmeier durch die Tischreihen hindurch, über den Radweg und die abschüssige Uferböschung hinunter. Dort gab es eine Zeile von Steinbänken, die sich flussabwärts bis knapp unter die Brücke erstreckte, welche die Rems überspannte und vor dem mittelalterlichen Beinsteiner Torturm endete. Der imposante Wachturm war zugleich ein von der Stadtbefestigung übrig gebliebener Durchlass in der Stadtmauer, durch den man von der Flussseite her in die Altstadt gelangte.

Zwischen ein paar Halbwüchsigen, die eine Wodkaflasche kreisen ließen, und einer weiteren Gruppe Jugendlicher, die rings um einen Gitarrenspieler mit Rastalocken hockten, fanden sie einen schattigen Platz. So nah am brackigen Wasser, das reglos im Flussbett stand, war das feuchte Dschungelklima noch gegenwärtiger. Die Lichtkaskaden der Abendsonne wurden von Mückenschwärmen durchzogen. Beinahe erwartete Daniel ein paar Krokodile, die, reglos im seichten Wasser treibend, auf Beute lauerten.

»Okay, der Biergarten war nicht die beste Idee«, gestand die Kommissarin und hielt ihm ihren Bierkrug zum Anstoßen entgegen. »Ich bin Kristina.«

Sie ließen die Krüge klirren, und er nahm einen tiefen Schluck des kalten Biers. Von oben lärmte der Biergartenbetrieb und vermischte sich mit dem Kindergeschrei, das vom Spielplatz herüberschallte. Zu allem Überfluss begann der Junge mit den Rastalocken, an seiner Gitarre zu zupfen. Die Mädchen in ihren knappen Trägertops, die um ihn herum im Gras lümmelten, verfielen nach wenigen Takten in helles Gekicher.

»Sollten wir nicht noch nach Stuttgart?«, fragte Daniel.

»Hatte ich geplant, aber ich muss erst einmal nachdenken.«

»Dann war das letzte Telefonat ergiebig?«

»Ja und nein. Aber deshalb sitzen wir nicht hier, Daniel.« Sie sah ihn aufmerksam an.

»Sondern um ein Bier zu trinken, ich weiß«, erwiderte er und prostete ihr zu, bevor er trank.

Damit rang er ihr ein Lächeln ab, doch es währte nur für einen Augenblick.

»Ich will von dir hören, was vorgefallen ist. Wie es zu deiner Beurlaubung kam. Keine Gerüchte, keine Mutmaßungen von Leuten, denen ich auf dem Gang begegne, sondern die Wahrheit aus deinem Mund«, sprach sie offen aus. »Ich will wissen, warum du mir zugeteilt worden bist. Und ob ich dir trauen kann. Offensichtlich ist es dir momentan nicht erlaubt, für deine Dienststelle zu arbeiten. Was hast du ausgefressen?«

Er konnte jetzt die Anklagepunkte aufzählen, die ihm vorgeworfen und zurzeit von der Internen Ermittlung geprüft wurden. Anschuldigungen, die sie vielleicht schon kannte und nun von ihm persönlich bestätigt haben wollte. Sie wusste ja auch von seinem Studienplatz an der Polizeiakademie, den er mit seinem undisziplinierten Verhalten ebenso in Gefahr brachte wie den Rest seiner Karriere im Staatsdienst. Würde sie ihn verurteilen, wenn sie die Fakten kannte? So wie viele seiner Kollegen es taten?

Auch wenn sie sein Vergehen missbilligte, bestand doch Hoffnung auf Verständnis, wenn er hier und jetzt ehrlich zu ihr war. Das jedoch würde bedeuten, über seinen innersten Schmerz zu sprechen, über Dinge, die er noch niemandem anvertraut hatte. Damit stand er vor der Entscheidung, ausgerechnet eine Frau einzuweihen, die im Prinzip eine Fremde für ihn war. Er war hin- und hergerissen, doch es würde keinen besseren Moment geben, um das Verhältnis mit seiner neuen Chefin zurechtzurücken. Jetzt, da das weiche Abendlicht, die abflauende Hitze, das kühle Bier und der Blick über den Fluss den perfekten Hintergrund bildeten, um ein Geständnis abzulegen.

»Meine Abteilung ermittelte gegen den Stuttgarter Kopf der Russenmafia«, begann er, ohne den Blick vom Wasser zu nehmen, in dem sich die gegenüberliegende Häuserzeile spiegelte. »Kirill Worobjow, der Spatz.«

»Ziemlich einschüchternder Spitzname«, kommentierte Kristina lächelnd, wurde aber sofort wieder ernst und sah ihn aufmunternd an. »Ich habe von ihm gehört.«

Daniel nickte und fuhr fort: »Es ging wie üblich in diesen Fällen um schweren Betrug, Erpressung, Nötigung, Prostitution, Drogen, das volle Programm eben. Alles, außer Müll, wie du hörst«, warf er ein, doch diesmal schmunzelte sie nicht. »Die Operation hatte bereits eine lange Vorlaufphase, lief schon über zwei Jahre, bevor ich dazustieß. Monate vorher war es gelungen, jemanden in die Organisation einzuschleusen. Der Undercover-Mann schaffte es in den inneren Kreis und gewann das Vertrauen von Worobjow. Dadurch konnte eine Menge belastendes Material gegen die Drahtzieher gesammelt werden, aber es fehlten quasi die letzten hieb- und stichfesten Beweise, um auch den Spatz für Jahre in den Knast zu bringen. Versteh mich bitte nicht falsch, ich war nur ein kleines Rädchen im

Ermittlungsapparat und nie im Außeneinsatz. Ich sichtete das Material, das reinkam, wertete aus, checkte Kontobewegungen, Lieferrouten, E-Mails, alles, was so anfiel.« Daniel trank seinen Krug leer.

Es lag nicht an dem heißen Sommerabend, dass sein Mund trotzdem trocken blieb.

»Na ja, ich war so ein bisschen neugierig, wo und unter welchen Umständen die Kollegen draußen agierten. Aus den Akten kannte ich die Clubs und Bars, in denen Worobjows Leute angeblich für Sicherheit sorgten. Selbstverständlich nur, solange die Besitzer und Pächter diese vermeintliche Sicherheit für teures Geld einkauften. Ich begann, in meiner Freizeit durch diese Etablissements zu streunen. Ich weiß nicht, was mich geritten hat. Vielleicht der Adrenalinkick. In einem der Clubs lernte ich sie dann kennen. Es war einfach ein Flirt, so wie es halt gelegentlich passiert. Wir sahen uns, lächelten, tranken zusammen was an der Bar, tanzten, quatschten, tauschten unsere Telefonnummern aus. Das war's … fürs Erste.« Er räusperte sich. »Zwei Tage später rief ich sie an. Welcher Mann hätte das nicht getan? Ich war sogar stolz auf mich, dass ich es schaffte, achtundvierzig Stunden damit zu warten. Was soll ich sagen, sie konnte sich an mich erinnern. Wir verabredeten uns. Es lief alles so selbstverständlich ab. Sie war bezaubernd. Unkompliziert. Für mich war sehr schnell klar, dass da mehr daraus werden konnte. Und die Gefühle waren nicht nur einseitig. Auch wenn das naiv klingt, ich bin mir diesbezüglich sicher. Immer noch! Ja, sie war Russin, das wusste ich seit unserer ersten Begegnung. Aber wie hoch ist der Anteil der russischsprachigen Bevölkerungsgruppe in Deutschland?«

»Ich habe keine Ahnung«, gestand die Kommissarin.

»Rund eine halbe Million. Ungeachtet dessen, verliebte ich mich ausgerechnet in die Tochter von Kirill Worobjow.«

Seine Worte nötigten auch Kristina dazu, ihr Bier zu leeren. Sie bot an, Nachschub zu holen, und er willigte dankbar ein. Über Darja zu reden, brachte das Brennen in seinem Herzen zurück. Erinnerte ihn schmerzlich an das immer noch vorhandene Loch in seiner Seele, das nur so unendlich langsam wieder zuwuchs. Das ihn quälte und viel zu oft um den Schlaf brachte.

»Wie ging es weiter?«, fragte Kristina, nachdem sie zurückgekommen war.

»Zu meiner Verteidigung muss ich sagen, dass sie den Nachnamen ihrer Mutter trägt, weshalb ich erst mal keine Verbindung zum russischen Paten herstellen konnte. Zwar wusste ich aus den Ermittlungsakten, dass der Spatz eine Tochter hatte, aber in seiner Korrespondenz sprach er stets von einer Dascha. Eine Koseform von Darja, aber bis mir das einleuchtete, war es schon um mich geschehen. Ich halte daran fest, dass unsere Begegnung Zufall war. Davon bin ich nach wie vor überzeugt, genau wie von ihren Gefühlen mir gegenüber. Das konnte selbst Worobjow nicht planen. Es gab für mich keinen Grund, ihr zu verschweigen, dass ich Polizist bin. Falls es ein Problem für sie gewesen ist, hat sie es sich jedenfalls niemals anmerken lassen. Sie wusste natürlich, dass gegen ihren Vater ermittelt wurde, aber ich denke nicht, dass sie zu Anfang unserer Beziehung einen Zusammenhang herstellte. Trotzdem, und obwohl ich nie über meine Arbeit sprach, musste ihr früher als mir selbst klar geworden sein, dass ich einer von jenen Ermittlern war, die hinter dem Spatz her waren. Ob sie damit zu ihrem Vater ging oder ob er seine Tochter überwachen ließ und auf diesem Weg herausbekam, mit wem sie sich eingelassen hatte, kann ich dir nicht sagen.«

»Er hat eure Beziehung für sich ausgenutzt«, stellte Kristina fest.

Daniel sah ein, dass er die Sache nun abkürzen konnte. Es fühlte sich ohnehin mit jeder Minute unerträglicher an, darüber zu reden. »Nicht direkt. Sie fragte mich nicht etwa darüber aus, worin meine Tätigkeit bei der Polizei bestand. Sie verlangte auch nicht, dass ich Fahndungsergebnisse an sie weiterreichte. Aber natürlich war ich ab dem Zeitpunkt der Offenbarung befangen. Ich hätte zu meinem Chef gehen und mich von dieser Ermittlung befreien lassen müssen. Aber ich habe den Mund gehalten und weitergemacht. Ohne zu ahnen, dass die Kollegen mich längst im Visier hatten. Was auch Worobjow spitzbekam. Ich weiß bis heute nicht, wie. Plötzlich landete eine große Menge Geld auf meinem Konto, was für die Fahnder nur einen Schluss zuließ: Ich hatte dem Spatz Informationen verkauft. Es lief alles aus dem Ruder, und urplötzlich flog auch noch unser verdeckter Ermittler auf. Ich schwöre Stein und Bein, damit hatte ich nichts zu tun. Das Ende vom Lied war, dass Worobjow seinen Kopf aus der Schlinge zog, kurz bevor wir sie hätten zuziehen können. Darja verschwand aus meinem Leben, dafür stand die Staatsanwaltschaft vor der Tür. Ja, das war es im Großen und Ganzen.« Er sah sie erwartungsvoll an, aber Kristina schwieg.

Ihr Blick ruhte auf dem Wasser, das die rote Farbe der untergehenden Sonne angenommen hatte.

Daniel hatte seine Beichte abgelegt, aber Kristina konnte nicht diejenige sein, die ihm die Absolution erteilte. Sie hatte seine Wahrheit gehört, aber die Liebe machte ihn befangen.

Sie wusste, dass man zuweilen alles tat, um einen Menschen festzuhalten, ohne den man nicht leben zu können glaubte. Selbst wenn man sich dabei schadete. Sie konnte ihn nicht verurteilen, von seiner Dummheit allerdings auch nicht freisprechen. Ein bisschen erinnerte seine Geschichte an ihre eigene.

An die Enttäuschung, die ihr Herz so schwer gemacht hatte, als sie sich eingestehen musste, dass ihre Beziehung zu Kai gescheitert war.

Kai. Sechs Jahre lang hatten sie sich gegenseitig ertragen. Dann war er davongeschlichen, in die Arme einer anderen Frau, die ihm weniger zusetzte. Kristina meinte sich zu erinnern, dass er sich genauso ausgedrückt hatte. Nur weil er nicht in der Lage war, einen ordentlichen Streit auszutragen. Besser wegrennen als sich anzuschreien, das war seine Devise gewesen. Jetzt konnte sie sich nicht einmal mehr an die Gründe erinnern, warum sie ständig auf Konfrontation aus gewesen war. Da war die Eifersucht. Nicht zuletzt, weil er für einiges keine Erklärung hatte. Unter anderem für die Telefonnummer von Miriam Wuppermann in seiner Anruferliste. Kristina hatte bislang nie den Mut gefunden, die Ärztin darauf anzusprechen. Stattdessen hielt sie sich mit Sticheleien auf, welche die Pathologin mitmachte. Vielleicht, weil doch etwas zwischen ihr und Kai gewesen war?

Verdammt, es wäre besser, die Vergangenheit hinter sich zu lassen!

Letztlich war die Trennung das Richtige gewesen. Ihr Befinden hatte sich danach gebessert. Das Gewicht, das auf ihrer Seele gelastet hatte, war zusammen mit ihrem Lebensgefährten verschwunden. Sie konnte wieder aufrecht gehen. Natürlich war da der Schmerz. Kristina war gekränkt und zuweilen ohne Boden unter den Füßen. Doch es gab diese Phasen, in denen sie glaubte, fliegen zu können, geleitet von der Gewissheit, dass es der einzig gangbare Weg gewesen war.

Wenn sie ehrlich war, hatte sie bislang nie wirklich Gelegenheit gefunden zu hinterfragen, was zwischen ihnen schiefgelaufen war. Nach Albrecht Holles Schlaganfall war sie ununterbrochen im Dienst gewesen. Eine Tatsache, die sich bis hier und heute fortsetzte. Das hatte es nicht leichter gemacht, war so gesehen der Tropfen gewesen, der das Fass zum Überlaufen brachte. Damit war ihrer Beziehung jegliche noch vorhandene Grundlage entzogen worden.

Sie hatte Kais Flucht nicht einmal richtig bemerkt, weil sie mit einem intensiven Fall betraut gewesen war. Wieder einmal. Ihr Lebensgefährte hatte unbemerkt sein Zeug packen und verschwinden können. Er hatte so lange geschwiegen, bis er eine eigene Wohnung gefunden hatte. In Hamburg. Weil er vergessen hatte zu erwähnen, dass er einer Versetzung innerhalb seiner Dienststelle in den Norden der Republik zugestimmt hatte.

Auch wenn er es nicht lange dort ausgehalten hatte. Sie wusste, dass er seit ein paar Wochen wieder zurück war. Sie hatte zufällig seine Schwester im Supermarkt getroffen, die sich dabei verplapperte. Kai wohnte jetzt in Ludwigsburg, keine zwanzig Kilometer entfernt. Das hatte Kristina recherchiert, ohne einen wirklichen Grund, gleichwohl ohne schlechtes Gewissen.

Vielleicht trifft er sich mit der Wuppermann?

Irgendeinen Anlass musste er doch haben, dass er sich nicht bei Kristina meldete und sie in dem Glauben ließ, er sei nach wie vor in Hamburg.

Allerdings hatten sie sich in den Monaten vor der Trennung nicht mehr viel zu sagen gehabt, wieso sollten sie also jetzt wieder damit anfangen? Selbst nach einem halben Jahr wussten sie immer noch nicht, wie sie das mit der gemeinsam erworbenen Wohnung regeln wollten. Abgesehen davon, dass Kristina die Raten jetzt allein bezahlte.

Da hockten Daniel und sie nun.

Zwei verletzte Seelen, die sich an ihren Bierkrügen festhalten.

Wie Daniel in diesem Moment neben ihr saß, mit hängenden Schultern und Melancholie in den jungenhaften Zügen, empfand sie Mitleid für ihn. Sie hatte den Verdacht, dass dieses Gefühl dem Bier und dem allzu romantischen Sonnenuntergang geschuldet war. Trotzdem verspürte sie den Wunsch, Trost zu spenden. Sie legte die Hand in seinen Nacken und strich ihm durchs Haar. Erst sah er sie verwundert an, dann schaffte er ein bittersüßes Lächeln.

7

Er war früh aufgewacht. Das Bett war schlecht, die Decke zu dünn. In aller Eile hatte er sein Zeug zusammengerafft. Viel war es ohnehin nicht mehr, und auch diesmal hatte er darüber nachgedacht, was er zurücklassen könnte, um noch mehr Ballast abzuwerfen. Doch dann besann er sich und packte alles ein. Er verließ die schäbige Unterkunft, die er schon am Vortag bezahlt hatte, und stieg in den Wagen. Es dauerte fast vier Minuten, bis heiße Luft aus dem Gebläse kam. Noch mal genauso lange brauchte die Heizung, bis es im Inneren des Wagens warm genug war, dass er sich imstande fühlte loszufahren.

In der Zwischenzeit aß er die drei angeschmolzenen Schokoriegel, die er noch in der Plastiktüte des Discounters fand. Er musste Nachschub besorgen. Aber noch war es zu früh. Nur der Bäcker auf der anderen Straßenseite hatte schon geöffnet, doch dort hinzugehen war zu riskant. In diesen kleinen Dorfläden fehlte die Anonymität.

Als er sicher war, das Zittern im Griff zu haben, fuhr er los. Der Sonne entgegen, die schon warm durch die Windschutzscheibe fiel.

Es barg ein gewisses Risiko, mit dem Wagen unterwegs zu sein, auch wenn er die Nummernschilder ausgetauscht hatte. Es blieb ihm jedoch keine Wahl. Er vollführte eine Gratwanderung. Sein Blick fiel auf die Zeitung neben ihm auf dem Beifahrersitz. Den Straßennamen hatte er an den Rand des Annoncenteils gekritzelt.

Auf der Bundesstraße reihte er sich in den Morgenverkehr ein. Er fuhr unauffällig, passte sich dem Fluss der Blechschlange an. Noch bestand keine Eile. Im Radio gab es keine Neuigkeiten. Er dachte an gestern. Wie alles gekommen war. Wieder hatte ihn der Zufall gelenkt.

Ein Wink des Schicksals?

Ein Wink, dem er bereitwillig folgte, jetzt, da es kein Zurück mehr gab.

Es war vollbracht.

Der Entwurf seiner neuen Wirklichkeit war fertig. Er wusste nicht, ob er richtig kalkuliert hatte, ob die Statik stimmte. Es gab keinen Probelauf, kein Modell, das ihm hätte verraten können, wo Nachbesserung erforderlich war. Die Polizei hatte begonnen, seinen Spuren zu folgen. In dieser Hinsicht funktionierte der Plan.

Einen Moment lang, während er den Blinker setzte, um den Lastwagen vor ihm zu überholen, hegte er eine gewisse Sympathie für die Frau, die genau wie er ihrer Wut erlegen war. Wut gepaart mit Verzweiflung war manchmal effektiv. Doch diese Mischung machte auch ungestüm und verschleierte den Verstand. In diesen Momenten war man nichts weiter als ein Tier, das aufrecht lief.

Er hatte gelernt, das Tier an der Kette zu halten. Hatte gelernt, dass neben der Wut eine weitaus präzisere Waffe existierte: Hass. Davon besaß er ein ganz besonderes Exemplar. Rasiermesserscharf geschliffen von der Kälte in seinem Inneren. Gereift wie ein guter Wein. Er nahm sich Zeit für seine Rache. Es gab nur noch diesen einen Weg, und er tat alles dafür, um ans Ende zu gelangen.

Erschrocken stellte er fest, dass er schon auf Höhe der Ausfahrt war. Ungestüm riss er den Wagen nach rechts auf die Abbiegerspur. Das Gefährt ächzte, schlingerte kurz. Hinter ihm hupte jemand. Nachdem er die Kontrolle über den Wagen zurückgewonnen hatte, hieb er mit der Faust aufs Lenkrad, um sich für die Unachtsamkeit zu bestrafen. Er brauchte etwas zu essen, um den Blutzuckerspiegel auf konzentrationsfähigem Niveau zu halten. Und um die Kälte in die Schranken zu weisen.

Er rollte in die Stadt hinein, suchte sich eine schmale Anwohnerstraße in der Wasserstubensiedlung, die in nordsüdlicher Richtung verlief, und fand einen passenden Parkplatz. Eine Weile blieb er noch sitzen, um die Wärme auszukosten, die sich im Innenraum angestaut hatte.

Er dachte wieder an die Frau, die gestern Vormittag lange unschlüssig vor dem Polizeipräsidium gestanden hatte. Es hatten sie nur zehn, zwölf Schritte von der Eingangstür getrennt, aber es schien ihr unmöglich gewesen zu sein, diese Distanz zu überwinden.

Anfangs hatte er sie aus einer Laune heraus beobachtet. Erst nach und nach war ihm bewusst geworden, wer sie war. Auf den Fotos von früher war sie wesentlich schlanker gewesen.

Er war zuvor der Rems gefolgt, durch die Talaue, hatte die schattige Unterführung durchquert, die ihn auf die Seite des Stadtparks brachte, wo das Bürgerzentrum die Sicht auf den weiteren Flussverlauf versperrte. Dort hatte er sich nach rechts orientiert, es vermieden, den großen Spielplatz zu passieren. Wie immer hatte er stattdessen auf die Treppe zugehalten, über die er hinauf zur Hauptstraße und somit an die Kreuzung gelangte. Dort, wo das Gebäude der Polizei in den Himmel ragte.

Das Bollwerk gegen das Böse.

Er hatte mit den Tagen Gefallen daran gefunden, den sich in der geschwungenen Glasfassade spiegelnden Himmel zu betrachten, während er darauf wartete, dass die Fußgängerampel auf Grün schaltete.

Dabei hatte er sie gestern entdeckt.

Wie sie sich aus dem Bus mühte und den für ihre dicken Beine langen Marsch zu der Stelle antrat, an der sie dann verharrte. Drei Ampelphasen lang beobachtete er sie, wie sie unschlüssig vor dem Eingang ihr Gewicht von einem Fuß auf den anderen verlagerte. *Sie.* Seine Belohnung dafür, dass er diesen Weg auf sich nahm. Der Wink des Schicksals eben, der ihn hergeführt hatte. Ein weiteres Mal zur rechten Zeit am rechten Ort und so offensichtlich, sich ihrer annehmen zu müssen. Ein stärkeres Gefühl als bei dem Alten, der ihm, an derselben Stelle verharrend, ebenfalls ins Auge gefallen war.

Er lag neben ihr.

In Kristinas Rücken, auf der Seite der Matratze, auf der bis vor sechs Monaten noch Kai geschlafen hatte.

Seine Hand auf ihrem Rücken. Die Finger, die ihre Wirbelsäule nachzeichneten …

In diesem Bett, in dieser Wohnung, die teurer gewesen war, als es die Kalkulation vorgesehen hatte. Aber zwei Beamtengehälter hatten für die Kreditwürdigkeit gereicht, auch wenn der Blick auf die Schuldensumme schmerzte. Dafür hatte es diese Aussicht, die zentrale Lage, den Erstbezug und die Niedrigenergiebauweise gegeben.

Und seit einem halben Jahr die Einsamkeit.

Jetzt war auch noch der Führerschein weg … Diese elende Raserei.

Kristina war ja einsichtig. Aber hinter dem Lenkrad ihres Wagens wich diese Einsicht einem anderen Gefühl. Einer ungeahnten Leichtigkeit, die ihre Seele ein Stück in den Himmel hob. Wenn sie schnell fuhr, überholte sie den Frust, die Sorgen und was sonst an ihrem Gemüt nagte.

Vielleicht wäre sie besser Rennfahrerin geworden. Ein Traum, der ihr verwehrt geblieben war, obwohl ihr Vater selbst

Motorsport betrieb. 1981 sogar Bayerischer Rallyemeister geworden war und noch unzählige andere Pokale eingeheimst hatte. Wenn ihr Vater nach den Rennen heimgekommen war, hatten seine Hosen nach Benzin und Reifenabrieb gerochen. Und wenn er sich zu ihr heruntergebeugt hatte, um ihr einen Kuss zu geben oder ihr den gewonnenen Pokal zu zeigen, konnte sie auch den Alkohol in seinem Atem riechen. Aber das hatte sie nicht gestört, weil sie seine Trophäe herumtragen durfte. Zu ihrer Mutter ins Wohnzimmer, die missmutig auf dem Sofa gesessen und »Nicht noch einer!« gesagt hatte.

Mitgenommen hatte er Kristina nie. Sie war ein Mädchen, warum sollte sie sich für Autorennen interessieren? Sie hatte nie den Mut gefunden, ihn zu fragen. Er war unnachgiebig, genau wie sie.

Durch die Ritzen der heruntergelassenen Rollladen blitzte die Sonne. Es war schon spät, denn das Morgenlicht kam erst gegen acht Uhr um die Ecke des gegenüberliegenden Hauses, um in Kristinas Schlafzimmer zu scheinen. Sie sollte längst im Büro sein, stattdessen lauschte sie dem flachen Atem des elf Jahre jüngeren Mannes, der neben ihr schlief.

Offenbar hatte sie ihm nicht nur Trost, sondern auch Schlaf geschenkt. Eine Erkenntnis, die es keineswegs besser machte. Was war nur gestern nach dem Biergartenbesuch noch passiert? Ihr Gehirn war zu groß für ihren Kopf und drückte schmerzhaft gegen die Schläfen. Sie wagte es nicht, sich zu bewegen.

Bleib noch fünf Minuten reglos liegen, vielleicht geht es vorbei! Vielleicht lösen sich die Kopfschmerzen auf, bestenfalls zusammen mit ihm. Keinen Mucks, die Augen geschlossen lassen und warten, bis alles vorübergeht.

Es war aus dem Ruder gelaufen. Kristina erinnerte sich an das Irish Pub, das gleich hinter der Stadtmauer lag und in dem sie mit ihm noch ein Kilkenny getrunken hatte. Oder sogar zwei. Zu einem Zeitpunkt, an dem sie bereits verpasst hatte, ihn nach Hause zu schicken. Sie war nicht betrunken und willenlos gewesen. Nur auf der Flucht vor sich selbst.

Der Sex war gut gewesen. Unerwartet leidenschaftlich. Ganz anders als mit Kai. Einfach aus dem Grund, weil letzte Nacht keine Liebe im Spiel gewesen war. Weil sich alles auf körperliche Begierde reduziert hatte, einem Kampf gleich, bei dem es darum ging, die maximale Lust zu erlangen. Für sich selbst, ohne Rücksicht auf den Gegner zu nehmen. Schweißnasse Körper, die aneinanderklebten. Gierige Küsse auf salziger Haut. Kristina hatte losgelassen und war geflogen. Auch ohne 160 PS unter dem Hintern und einem Lederlenkrad in den Händen.

Doch jetzt war sie gelandet. Hart.

Daniel merkte, wie sie sich verkrampfte. Er zog die Hand von ihrer Schulter. Ihr rotes Haar lag ausgebreitet auf dem Kissen. Die dünne Decke zeichnete ihre Linien nach, aber er ahnte, dass sein aufkeimendes Verlangen keine Erwiderung finden würde. Die Mauer zwischen ihnen stand wieder.

»Gibt's Frühstück?«, fragte er, aber sie rührte sich nicht und fand auch keine Worte auf seine Frage.

Er legte sich auf den Rücken und starrte an die Decke. Vermutlich hatten sie gestern beide ein Bier zu viel gehabt. Konnte man etwas Dümmeres tun, als mit seiner Vorgesetzten ins Bett zu gehen? Hinterher war man immer klüger, und die Begierde hatte ihn fest im Griff gehabt. Die Rote Zora hatte gelächelt, und er war ihr willenlos in die Räuberhöhle gefolgt.

Und jetzt?

Wünschte er sich, er könnte ihre Gedanken lesen, um das Richtige zu tun. Sollte er einfach aufstehen, sich wortlos anziehen und gehen?

Er warf einen Blick zu ihr hinüber, aber sie hatte ihm noch immer den Rücken zugewandt. Vielleicht war das ihre Antwort.

Wortlos erhob er sich und tapste nackt aus der Tür und den Flur entlang. Erst als er auf dem Klo saß, atmete er auf. Dann fiel ihm ein, dass er wieder zurück musste. Seine Klamotten lagen noch im Schlafzimmer.

Daniel stellte sich unter die Dusche und ließ sich fünf Minuten mit lauwarmem Wasser berieseln. Danach fühlte er sich bereit. Er verstrubbelte sein feuchtes Haar, wickelte sich das Badetuch, das verlockend nach Kristina duftete, um die Hüften und trat in den Flur. Sie stand in der Küche, in einen seidig glänzenden grünen Morgenmantel gehüllt.

»Ist das Bad endlich frei?«

Er nickte nur, schlüpfte ins Schlafzimmer und raffte seine Sachen zusammen, die willkürlich auf dem Parkettboden verstreut lagen. Sein Puls ging erst runter, als er komplett angezogen war. Fehlten nur noch die Schuhe. Aber wo hatte er die in der Nacht zuvor hingeschleudert?

Auf dem Küchentisch standen zwei Tassen Milchkaffee und ein Glas Orangensaft. Im Badezimmer rauschte die Dusche. Auf der Anrichte wartete ein Toaster, in dem zwei Scheiben fertig geröstetes Weißbrot steckten. Er spähte in den Kühlschrank und fand Orangenmarmelade. Nach kurzer Suche hatte er einen Teller und ein Messer.

Mit dem Toast setzte er sich an den Tisch. Kristinas Kaffeetasse war bereits zur Hälfte geleert, daher empfand er es nicht als unhöflich, ohne sie anzufangen. Seit Langem hatte er sich nicht mehr so ausgeruht gefühlt. Es war ihm gelungen, für ein paar Stunden die Angst um seine Zukunft zu vergessen. Sie hatte das bewirkt.

Daniel war mit dem Essen fertig, als im Bad der Föhn angestellt wurde. Er stand auf, stellte das Geschirr ins Spülbecken und ging langsam durch die Wohnung. Es wunderte ihn, dass eine Frau wie Kristina allein lebte.

Als sie vollständig bekleidet aus dem Bad kam, war das Lächeln vom Vorabend verschwunden, ebenso wie der weiche Tonfall.

»Lass uns nach Stuttgart fahren.«

Kristina wollte keine Zeit mehr verlieren. Nicht nur, dass sie zu lange geschlafen und länger im Bad benötig hatte als sonst. Sie vertrödelten zudem einige Minuten damit, Daniels linken Schuh zu suchen, den er schließlich unter ihrem Sofa fand.

Sie gingen zu Fuß, da der Bus sonntags nur stündlich fuhr, womit der fünfzehnminütige Marsch die bessere Option war. Die Stadt war am frühen Vormittag wie ausgestorben, nur die Glocken der Michaelskirche, die zur Morgenmesse riefen, zeugten von der Existenz anderer Menschen.

Es herrschte peinliches Schweigen zwischen ihnen, während sie nebeneinander durch die Altstadt liefen, über den Alten Postplatz, am Landratsamt vorbei, zum Präsidium. Eine Sekunde lang dachte Kristina, er würde nach ihrer Hand greifen, auf halbem Weg über den Rathausplatz. Aber sie hatte sich getäuscht. Er machte keine Anstalten, ihr näher als einen Meter zu kommen. Sicher bereute er die Nacht genauso, wie sie es tat.

Kristina schickte Daniel in die Tiefgarage, um das Auto zu holen, während sie im Büro die Adresse raussuchte. Kurz haderte sie mit sich und überlegte, vorher anzurufen, doch dann entschied sie sich dagegen.

Daniel wartete vor dem Gebäude, lächelte vorsichtig, als sie einstieg. Kristina ging nicht darauf ein, sondern versuchte, sich auf die bevorstehende Unterhaltung zu konzentrieren.

Er brauchte zwanzig Minuten bis in den Stuttgarter Osten, womit er ihre Geduld wieder an die Grenze der Strapazierbarkeit brachte, da er sträflich langsam über die leere vierspurige Bundesstraße tuckerte. Sie übte sich in der Bauchatmung. Auch wenn sie dem ganzen Yogazeugs nie wirklich etwas abgewinnen konnte, schien es zu helfen. Kai hatte darauf geschworen, aber an den wollte sie jetzt erst recht nicht denken. Genauso wenig wie an Daniel Wolf, nur der saß leider neben ihr. Am liebsten hätte Kristina das *Sie* wieder eingeführt.

Daniel parkte am Ostendplatz. Sie hatte nicht die Nerven, ihn anzuweisen, im Wagen zu warten. Mit Ignorieren fuhr sie im Moment besser.

Mach ihn unsichtbar!

Das Haus aus den Fünfzigern hatte eine triste, graue Fassade. Das Erdgeschoss beherbergte eine Bäckerei, die auch am Sonntag geöffnet war. Der Hauseingang lag gleich neben der Ladentür. Die Verkäuferin hinter dem Tresen musterte sie argwöhnisch, und selbst die beiden Kunden drehten sich nach ihnen um und glotzten durch das Schaufenster, während sie auf ihre Brötchentüten warteten.

Der Name auf dem Klingelschild war kaum noch zu lesen. Es meldete sich eine brüchige, leise Stimme.

Nachdem Kristina gesagt hatte, dass sie von der Polizei waren, kam es aus der Gegensprechanlage: »Gott sei Dank, endlich sind Sie da!«

Marlies Steinmann musste um die achtzig sein. Ihr Zittern konnte aber auch von der Aufregung herrühren. Die alte Frau in ihrer geblümten Kittelschürze hatte darauf bestanden, ihnen Kaffee zu servieren, und nun verschüttete sie ihn beim Einschenken in die Porzellantassen. Die Situation überforderte sie. Nur widerwillig fand die Seniorin ihren Platz auf dem ausgeblichenen Polstersessel, während sie ihnen das ebenso verbrauchte Sofa überlassen hatte. Fahrig wischten ihre greisen

Hände imaginäre Fussel von ihrem Rock. Das unfrisierte Haar war schlohweiß. Das billige Kassengestell der Brille rutschte fortwährend über ihre Nase. Der Kaffee dampfte vor ihnen auf dem rustikalen Couchtisch mit dem aufgerissenen Furnier.

Kristina behielt die Ruhe. »Frau Steinmann, wo ist Carola?«, versuchte sie es freundlich, aber eindringlich.

Hinter den gelbstichigen Gardinen hörte man überdeutlich das Rattern der Stadtbahn. Kristina erwartete beinahe, dass Putz von der Deck bröckelte.

»Aber das müssen Sie doch wissen!«, beharrte Marlies Steinmann, die ihre Enttäuschung darüber, dass die Polizei ihre Tochter nicht zurückgebracht hatte, offenbar nicht überwinden konnte.

»Ich wiederhole mich: Ihre Tochter war gestern nicht bei uns in der Dienststelle.«

»Nein, nein, das ist unmöglich. Sie ist um kurz nach zehn hier los, um mit dem Zug nach Waiblingen zu fahren. Ich verstehe das alles nicht! Die ganze Nacht ist sie nicht heimgekommen. Und statt sie mir wiederzubringen, halten Sie Carola eingesperrt. Dabei hat sie nichts getan, warum glauben Sie mir nicht? Ich habe solche Angst …« Sie fing an zu weinen.

Diese Wohnung spiegelte das Schicksal ihrer Bewohnerinnen wider. Mutter und Tochter unter einem Dach. Beide Witwen, die in wechselseitigem Bedauern ihr Dasein fristeten.

Die Wohnzimmermöbel stammten eindeutig noch von Marlies. Das Arrangement der Bilder an der Wand über dem Tisch in der Essecke schrieb sie der Tochter zu. Rotstichige Fotos ihrer getöteten Kinder, die immer mehr verblassten, genau wie die Erinnerung an die einst intakte Familie. An das Lebensglück, das ihr genommen worden war und das nie wieder zurückkehrte. Die Einrichtung, der Mief einer besseren Vergangenheit, die gebrechliche Mutter, die Carola wieder aufgenommen hatte, nachdem jegliche Perspektive zerstört worden war, und von der sie nun nicht mehr loskam, weil das schlechte Gewissen es nicht zuließ. Oder die Depressionen und die gegenseitige Abhängigkeit. Vielleicht hatte Carola Walz während ihrer Zugfahrt nach Waiblingen einfach beschlossen, der Trostlosigkeit ihres Lebens zu entfliehen und ein neues Glück in der Ferne zu suchen?

»Hat Carola Freunde, bei denen sie sein könnte?«, fragte Kristina.

Wieder schüttelte Frau Steinmann den Kopf.

»Überlegen Sie bitte. Fällt Ihnen sonst ein Ort ein, zu dem sie gerne geht?«

»Sie ging nicht raus, verstehen Sie das denn nicht?«

»Kam Ihnen Carola in letzter Zeit verändert vor? Vielleicht hat sie einen Mann kennengelernt?«

Die Alte schob die Brauen zusammen und blickte mit rot geheulten Augen zornig durch ihre dicken Brillengläser. Sie wischte die Tränen von ihren faltigen Wangen und für eine Sekunde befürchtete Kristina, sie würde nach ihrer Tasse greifen und ihnen den heißen Kaffee trotzig ins Gesicht schütten.

»Nein, niemals! So etwas hätte sie mir nicht verschwiegen. Geben Sie doch endlich zu, dass Sie Carola verhaftet haben!«, zischte die alte Frau und verfiel ein Blinzeln später wieder in eine flehende Haltung. »Bitte, bitte, geben Sie mir meine Tochter zurück! Ich habe sonst niemanden mehr auf dieser Welt!«

Mit einem Foto der vermissten Tochter verließen sie die Wohnung der verzweifelten alten Frau. Kristina hatte ein weiteres Problem, das sie eigentlich an die Stuttgarter Kollegen abgeben musste. Carola Walz fiel nicht in ihren Zuständigkeitsbereich. Noch lagen keine Verdachtsmomente gegen sie vor, doch die

Sache war merkwürdig. Immerhin hatte sie nichts mitgenommen, glaubte man der Aussage der Mutter. Auch kein Geld. Obwohl davon ohnehin nicht viel da war. Die Frauen lebten von Sozialhilfe und der kläglichen Rente der Mutter.

Nachdem sie wieder im Auto saßen, rief Kristina im Büro an. Sonja nahm das Gespräch entgegen.

»Carola Walz ist abgängig«, informierte sie die Kollegin. »Du hast zuletzt mit ihr gesprochen, was genau hat sie gesagt?«

»Nachdem ich ihr erklärte, warum wir mit ihr sprechen wollen, sagte sie nach anfänglicher Zurückhaltung zu. Meinst du, ihr ist was passierst?«

»Ich hoffe, es klärt sich auf, nicht nur wegen uns. Kannst du bei der Stuttgarter Dienststelle anfragen, ob sie was wissen?«

»Mache ich. Auch die Krankenhäuser?«

»Ja. Gehen wir auf Nummer sicher«, antwortete Kristina.

Sie ließ sich von Daniel zum Bahnhof Bad Cannstatt fahren und schickte ihn heim. Er protestierte nicht, wirkte vielmehr erleichtert. Womöglich war er nach ihrer gemeinsamen Nacht und dem peinlichen Morgen danach genauso froh, ihr den Rest des Tages aus dem Weg gehen zu können? Sie vereinbarten, dass er den Dienstwagen mitnehmen und damit am nächsten Morgen pünktlich im Präsidium erscheinen sollte.

Kaum war Kristina ihn los, fühlte sie sich befreit. Jetzt konnte sie unbelastet nachdenken. Sie erwischte die nächste S-Bahn nach Waiblingen, hockte sich in ein freies Abteil und begann, ihre Gedanken auf die Ermittlungen zu konzentrieren.

Aus den beiden Mordfällen war ein Fall geworden, daran gab es für sie keinen Zweifel mehr. Kristina musste überlegen, wie sie ihre Rumpfmannschaft am effektivsten einsetzen konnte. Auch wenn sie immer noch kein rechtes Motiv erkannte, musste sie unbedingt die Fahndung nach Jakub Piecek vorantreiben. Die Vermutung war schwach, aber er konnte ein Bindeglied zwischen dem ersten Tatort und dem Recyclinghof sein. Der Mann war bislang polizeilich noch nie auffällig gewesen. Das hatte sie überprüft. Doch das besagte nur, dass man ihn bisher noch nie bei seinen krummen Geschäften erwischt hatte. Mord war allerdings ein anderes Kaliber, als illegale Waren in den ehemaligen Ostblock zu verschieben. Hatte Piecek die Kontrolle verloren?

Wenn er Freitagnacht Bruno Schwarz auf dem Wertstoffhof verbrannt hatte, musste er zwischenzeitlich aus Rumänien zurückgekehrt sein. Seine Frau bestritt das zwar, aber sie nahm es auch sonst nicht so genau mit der Wahrheit. Am nächsten Tag würde sie sich nochmals ausführlich mit der Gattin unterhalten und beim Staatsanwalt einen Durchsuchungsbefehl für Pieceks Wohnung beantragen. Zumindest für den Osswald-Mord sollte die Faktenlage dazu ausreichen. Beide Pieceks hatten für den Alten gearbeitet und dessen Leiche auf unglaubwürdige Art übersehen.

Außerdem mussten sie sich diese Müllmafia vornehmen. Falls es doch komplexere Strukturen gab, waren vermutlich noch mehr Leute in den Wertstoffhof-Mord verwickelt. Wobei sich Kristina schwer tat, eine Brücke von den Mülldieben zu Osswald und auch Schwarz zu schlagen. Beide Opfer hatten sich in einer anderen Gesellschaftsschicht bewegt. Wieso sollte sich der wohlhabende Pensionär Egon Osswald auf das illegale Verschieben von Elektroschrott einlassen? War er vielleicht ein Drahtzieher? Ähnlich wie Schwarz war er viel rumgekommen und hatte möglicherweise alte Kontakte genutzt.

Auch die Verbindung zwischen Schwarz und Osswald durfte sie nicht aus den Augen lassen. Kristina würde keine Wette darauf eingehen, aber nachdem sie sich am Telefon von Osswalds Tochter verabschiedet hatte, war sie ziemlich sicher gewesen, dass die Frau nach zwei Jahrzehnten in ihre ehemalige

Heimat zurückkehren würde. Louise Osswald verband die beiden Toten.

Kristina wählte Sampos Nummer. »Hast du was Neues für mich?«

»Wir sind mit Schwarz' Wohnung durch, ohne verdächtige Spuren gefunden zu haben. Die sichergestellten Fingerabdrücke stammen einheitlich von einer Person und sind nicht im Zentralrechner erfasst. Da wir von der Brandleiche keinen Vergleich nehmen können, lässt sich nur vermuten, dass sie allesamt von Bruno Schwarz stammen. Auffällig ist, dass die Wohnung sehr sauber gehalten ist.«

»Warum betonst du das?«, fragte Kristina nach.

»Vielleicht, weil kein Staubsauger vorhanden ist und ich mich wundere, wie er das hinbekommen hat.«

Sie versuchte, mit der Erklärung etwas anzufangen, doch der Kriminaltechniker redete in ihre Gedanken hinein.

»Er lebte seit rund drei Monaten dort, und es ist ihm in dieser Zeit nicht gelungen, sich wohnlich einzurichten, wenn ich das so beurteilen darf. Es ist nur das Nötigste vorhanden, wie du ja schon selber feststellen konntest. Das meiste steckt noch in den Umzugskartons.«

Kristina überlegte, welche Schlüsse sich daraus ziehen ließen.

Sampo plapperte bereits weiter. »Ralf wollte die alte Dame ausfindig machen, von der diese Marthaler gesprochen hat. Ich kann dir nicht sagen, wie weit er damit gekommen ist. Es handelte sich aber keinesfalls um die Mutter des Architekten. Beide Eltern sind früh verstorben.«

»Haben wir sonst noch was über Schwarz?«

Sie hörte Sampo mit Papier rascheln. »Er war die letzten knapp zwanzig Jahre im Ausland. Hat Ferienanlagen gebaut, zuerst in Andalusien, und nachdem dort die Baukrise durchschlug, ist er nach Nordafrika weitergezogen. Marrakesch war sein letzter Aufenthaltsort, bevor er zurückkam. Vor drei Jahren war er kurz in Deutschland und hat das Appartement gekauft und das Auto zugelassen, das seither in der Tiefgarage stand. Das habe ich vom Grundbuchamt beziehungsweise von der Zulassungsstelle. So richtig eingezogen ist er dann, wie erwähnt, vor einem Vierteljahr.«

»Und woher stammt der Rest deiner Informationen?«

»Ist ja eigentlich nicht meine Aufgabe, für euch die Arbeit zu machen. Aber alles in allem war ich gestern noch ziemlich fleißig, während du schon den Feierabend genossen hast.«

»Lass bitte die Anspielung, und ja, ich bin dir dankbar, wenn du Dinge für uns erledigst.«

Er konnte unmöglich wissen, was gestern vorgefallen war.

»Du klingst heute ziemlich gereizt, meine Liebe«, erwiderte er und sie stellte sich vor, wie er verschmitzt lächelte.

»Sampo, bitte! Sag mir einfach, was du weißt.« Es knackte verdächtig in ihrem Handy, und sie hatte Angst, dass die Verbindung abbrach. In den alten Bahnen war der Empfang oftmals löchrig.

»Ich habe ein paar verstaubte Unterlagen in einem der Umzugskartons gefunden. Bevor Schwarz ins Ausland ging, war er Teilhaber in einem Architekturbüro in Stuttgart. Ich rief gestern Abend dort an, und es ging tatsächlich noch jemand ran. Der Chef persönlich, ein Nikolaus Gentner. Quasi der alte Kompagnon von Bruno Schwarz. Der klang sehr sympathisch und war recht redselig. Er behauptet, Schwarz schon seit Jahren nicht mehr gesehen zu haben.«

»Glaubhaft?«

»Hey, ich bin kein Ermittler, ich bin Spurensucher. Wenn du es genau wissen willst, er freut sich gewiss über deinen Besuch.«

Kristina musste die Fülle an Informationen erst verdauen, bevor sie dazu eine Entscheidung traf. Genau wie Louise, seine ehemalige Verlobte, hatte auch der Architekt Deutschland für lange Zeit den Rücken gekehrt. Ferienanlagen am Mittelmeer. Das klang reizvoll. Doch Schwarz war in seine Heimat zurückgekehrt, und kaum war er angekommen, begegnete er seinem Mörder.

»Wie weit ist die Wuppermann mit dem Autopsiebericht? Hast du was gehört?«

»Frau Doktor arbeitet sonntags nicht, und heute Morgen zum Frühstück behandelten wir andere Themen, sorry!«

Wieder klang er, als wüsste er, was sie vergangene Nacht getrieben hatte. Kristina fühlte sich ertappt und bekam heiße Wangen, nicht allein der Verärgerung wegen. Sie war froh, dass ihr im Abteil niemand direkt gegenübersaß.

»Gedulden wir uns also bis morgen«, antwortete sie und versuchte, dabei möglichst normal zu klingen, ohne auf Sampos Anspielung einzugehen.

Mit einem Mal überkam sie die Befürchtung, er könnte registrieren, dass sie im Zug und nicht bei Daniel im Auto saß. Sie wollte das Gespräch zu Ende bringen, bevor die nächste Haltestellendurchsage kam.

»Ist alles in Ordnung mit dir?«, fragte er in ihr Schweigen hinein.

»Ja, klar, alles gut! Hast du dir Gedanken wegen des Fetts gemacht?«, lenkte sie das Gespräch rasch auf die Ermittlungen zurück. »Was steckt dahinter? Irgendein perverser Ritus oder Kannibalismus?«

»Vielleicht ist es viel trivialer. Verpfeif mich nicht bei den Kollegen, wenn ich dir jetzt verrate, dass ich ein Fan von Ärzteserien im Fernsehen bin. Das mag jetzt für dich verwerflich klingen, aber bevor du lachst: Immerhin hat es mich auf eine

Idee gebracht. Schon mal was von Eigenfettinjektionen gehört?«

»Schönheitschirurgie? Ich bitte dich, es heißt Eigenfett! Ich würde nicht das Bauchfett eines alten Mannes in meine Lippen gespritzt bekommen wollen.«

»Darüber weiß ich zu wenig, und ich finde es ebenfalls eklig, aber du hast mich nach meinen Überlegungen gefragt, die ich selbstverständlich gerne mit dir teile.«

»Bis morgen, Sampo«, sagte sie und trennte die Verbindung, eine Sekunde bevor es über ihr aus dem Lautsprecher knackte.

Schönheitsoperationen?

Die S-Bahn hielt mit kreischenden Bremsen, und Kristina musste sich beeilen, um nicht den Ausstieg zu verpassen.

Der Sonntag war irgendwie dahin, selbst wenn noch nicht einmal die Hälfte vorbei war. Daniel hatte keine Lust, sich in sein 25-qm-Appartement zu hocken. Kristinas Verhalten hatte ihn ebenso wütend gemacht wie verwirrt. Anstatt mit seiner Ehrlichkeit ein besseres Verhältnis zwischen ihnen zu schaffen, hatte er es mit seiner Dummheit noch schwieriger gemacht.

Je kürzer die Zusammenarbeit war, umso besser. Vielleicht konnte er etwas dazu beitragen, dass die Ermittlungen schneller vorangingen.

Von Bad Cannstatt brauchte er zehn Minuten bis in die Fellbacher Bahnhofsstraße.

Er wusste, dass er sich mit seinem Verhalten einer klaren Dienstanweisung widersetzte. Und das, obwohl er ohnehin schon auf der Abschussliste stand. Aber mit jedem Tag, der verging, glaubte er weniger daran, dass sich alles zum Guten wenden würde. Warum sollte er sich also noch diszipliniert verhalten? Möglicherweise war es der letzte Fall, den er je bearbeiten würde.

Als er sich vor vier Jahren für eine Ausbildung bei der Polizei entschieden hatte, waren seine einzigen Bedenken gewesen, dass er Probleme haben könnte, sich in einer Befehlskette unterzuordnen. Das mochte an der antiautoritären Erziehung liegen, die seine Eltern bei ihm bisweilen zur Anwendung gebracht hatten. Oder an den Genen, die ihm die zwei alternativen 68er-Studentenprotestler mit in die Wiege gelegt hatten. Vielleicht war es auch schlichtweg nur seine Art. Der Drang zu tun, was er für richtig hielt, war ab und an übermächtig.

Noch war nicht viel Betrieb in der italienischen Eisdiele. Er ergatterte einen Tisch an der Straße mit freiem Blick auf das Haus des Verdächtigen. Der Dienstwagen parkte keine zehn Meter von Daniel entfernt, optimal, um schnell reagieren zu können. Eine Observation von einem Eiscafé aus war nicht das Unangenehmste. Im Schatten der Markise konnte man das eine Weile durchhalten. Vielleicht tauchte sogar Jakub selbst auf. Daniel hatte ihn auf dem Foto gesehen, das sich Kristina von Ilona Piecek bei ihrem letzten Besuch hatte aushändigen lassen.

Er versteckte sich hinter seiner Sonnenbrille und bestellte Espresso und Wasser. Der Kellner fühlte sich genötigt, ein bisschen Smalltalk zu machen, und lamentierte über die Hitze. Daniel reduzierte seine Antworten auf das Nötigste, und als zwei luftig bekleidete junge Damen den Nebentisch besetzten, war er den Kellner los.

Trotz des vielen Koffeins fühlte er sich bald schläfrig. Die Zeit wurde ihm lang.

Ilona Piecek verließ ihre Wohnung um halb zwei. Allein.

Sie trug eine dunkle Sonnenbrille, ein gemustertes Sommerkleid und hatte ihr Haar hochgesteckt. Er erkannte sie an ihrer dürren Gestalt, diesen leicht hängenden Schultern und der Zigarettenkippe im Mundwinkel. Sie sah nicht zu ihm herüber und verhielt sich unbedarft.

Daniel hatte mittlerweile einen Sonnenbrand auf den Unterarmen, weil der Schatten der Stoffbedachung immer weiter zur Hauswand hin gewandert war. Seine Freibadbräune, die er in letzter Zeit bekommen hatte, erwies sich als unzureichender Schutz vor der intensiven UV-Strahlung.

Er klemmte einen Zehner unter das halb leere Wasserglas und folgte Ilona Piecek zum Bahnhof. Im Abstand von dreißig Metern und zu Fuß, denn es wäre zu auffällig gewesen, den Wagen zu benutzen.

Sie betrat den Bahnhof und stellte sich auf das Gleis Richtung Waiblingen. War sie unterwegs zu ihrem Mann?

Um unauffällig zu bleiben, verbarg sich Daniel hinter der Ecke des Zeitungskiosks. Die S-Bahn kam nach drei Minuten. Als er sicher war, dass die Frau einstieg, sprintete er los und schaffte es knapp durch die sich schließende Tür. Eine Gruppe Radfahrer hatte das Abteil mit ihren Drahteseln in Beschlag genommen und bot ihm eine gewisse Deckung. Beruhigt stellte er fest, dass sein überhastetes Zusteigen unbemerkt geblieben war. Ilona Piecek saß ein paar Reihen voraus mit dem Rücken zu ihm. Sie fuhr zwei Stationen, dann verließ sie den Zug in Neustadt, einem der Waiblinger Ortsteile. Daniel wartete auf das Signal, das vor den sich schließenden Türen warnte, bevor er ausstieg.

Er folgte ihr hoch ins Industriegebiet. Die Straßen waren breit und schnurgerade, ohne Chance auf Schatten. Die Sonne stach erbarmungslos vom Himmel. Keine Menschenseele war unterwegs, und er musste den Abstand zu Piecek auf fünfzig Meter vergrößern, um kein Risiko einzugehen, sollte sie sich doch einmal umdrehen.

Ihr Ziel war eine Autowerkstatt.

Alfreds Autostopp stand auf dem Schild über den beiden Hallen, *Inhaber Alfred Hilger* klein darunter. Konnte das der

Alfred sein, den Ilona Piecek erwähnt hatte, Jakubs Kumpel auf der Rumänien-Tour?

Ilona klopfte am Tor, aber er konnte nicht sehen, wer ihr öffnete und sie einließ.

Eigentlich war es nun an der Zeit, Kristina anzurufen, doch er verwarf den Gedanken. Sie würde erwarten, dass er sie abholte, und dadurch konnte er die Show hier verpassen. Zum ersten Mal bedauerte er, dass er wegen der Beurlaubung seine Dienstwaffe hatte abgeben müssen.

Leise schlich er an die Hallen heran. Der Asphalt unter seinen Sohlen fühlte sich weich an, als würde der Belag demnächst unter seinem Gewicht nachgeben. Es roch nach Getriebeöl und Autoreifen. Durch die Milchglasscheiben in den Rolltoren war nichts zu erkennen.

Daniel drückte sich zwischen Gebrauchtwagen hindurch, um an die Längsseite des Gebäudes zu kommen. Vertrocknete, hüfthohe Brennnesselstauden unter den verstaubten Fenstern machten es nicht einfacher. Er schob die Sonnenbrille ins Haar und schirmte seine Augen gegen die Helligkeit ab. Das Glas war so dreckig, dass nur Schemen zu erkennen waren. Heißer Wind strich um die Ecke und trug das Zirpen von Grillen heran, die in den Feldern jenseits des Industriegebiets mit ihren vielstimmigen Gesängen die Sonne priesen. Die Szenerie kam ihm plötzlich unwirklich vor. Er im Außeneinsatz. Ohne Waffe und Schutzweste. Kein SEK im Rücken.

Was mache ich hier?

Durch die gekippten Oberfenster vernahm er Stimmen. Mit angehaltenem Atem drückte er sich gegen die grob verputzten Betonziegel. Die hohe Tonlage gehörte eindeutig zu einer Frau. Die andere Stimme war die eines Mannes. Zu Daniels Ärger verstand er nur Wortfetzen. Er lauschte weiter, schnappte bisweilen den Namen Jakub auf. Die Diskussion wurde hitziger.

Daniel sah die Bewegung zu spät. Seine Reflexe reichten nicht aus, um noch ausweichen. Die Explosion in seinem Nacken warf ihn gegen die Wand. Dann kamen ihm die Brennnesseln entgegen, aber der Schmerz blieb aus. Stattdessen holte ihn Schwärze ein.

8

Aufgeschreckt griff Kristina nach dem Handy auf ihrem Nachttisch und betrachtete ungläubig die Uhrzeit. Halb fünf. Alarmiert nahm sie das Gespräch an.

Ralf Winkler klang abgehetzt. »Es ist etwas passiert«, sagte er.

Nicht noch einer!

»In einer Viertelstunde bin ich bei dir.«

Sie setzte sich auf und wischte sich die Haare aus dem Gesicht, ohne dass die Müdigkeit verschwand. Ihr Rücken war nass geschwitzt. Trotz der offenen Balkontür war es sehr warm im Schlafzimmer.

»Weißt du schon was?«, fragte sie auf dem Weg ins Bad.

»Die Kollegen vor Ort haben einen Ausweis sichergestellt.«

Die weiße Plane am Ufer leuchtete ihr von Weitem entgegen. Die Uniformierten standen abseits, zusammen mit einem Mann in hüfthohen, grünen Gummistiefeln – der Angler, der den toten Körper in der Rems entdeckt hatte.

Alle waren auf Abstand gegangen. Die Sanitäter, die ohnehin nichts mehr tun konnten, genauso wie die Kriminaltechniker, die dort, wo die Leiche an Land gezogen wurde, keine Indizien finden würden.

Kristina näherte sich vorsichtig. Das Morgenlicht schimmerte durch die Bäume. Die Luft war angenehm, so nah am Fluss.

Respektvoll schlug sie die Plane um. Eine Wasserleiche war nicht angenehm, selbst wenn sie nur wenige Stunden im Wasser gelegen hatte. Mit angehaltenem Atem betrachtete Kristina die Tote. Noch hatte kein Fisch die Augen der Frau gefressen.

Warum bist du nicht zu mir aufs Revier gekommen?

Das runde, teigige Gesicht war beinahe so blass wie die Unterlage, auf der Carola Walz lag. Ihre weiße Bluse war stellenweise von hellrosa Flecken durchzogen. Das Flusswasser hatte es nicht geschafft, das Blut gänzlich aus den Fasern zu waschen. Vielleicht waren auch noch andere Spuren erhalten geblieben?

Das Kleidungsstück war unterhalb der schweren Brüste zerfetzt. Kristina ahnte, was das bedeutete, und ersparte es sich, die Bluse nach oben zu schieben. Später vielleicht, wenn ihr Magen sich wieder beruhigt hatte.

Zur Dienststelle waren es Luftlinie nur zweihundert Meter. Der Bahnhof lag in der anderen Richtung.

Warum war die Frau am Präsidium vorbei und runter zum Fluss gegangen? Dorthin, wo ihr Mörder gewartet hatte. Oder war er ihr bis in die Talaue gefolgt, um hier zuzuschlagen? Am helllichten Tag. Am Wochenende, währenddessen es von Spaziergängern, Inlineskatern, Radfahrern und weiß der Teufel was nur so wimmelte.

Vielleicht war es ein Stück weiter flussaufwärts geschehen?

Kristina zweifelte daran. Keinen halben Kilometer die Rems hoch lag das Freibad. Hunderte potenzieller Zeugen, die Carola und ihren Mörder hätten sehen können. Erst hinter der Stadt, nach zwei Kilometern etwa, konnte man ruhigere Stellen entlang des Ufers finden. Doch warum sollte sie sich ausgerechnet an einem glühendheißen Mittag für eine Wanderung an der Rems entschieden haben? Nur um eine Anhörung bei der Polizei hinauszuzögern? Oder hatte der Täter verhindern wollen, dass diese Befragung stattfand? Hätte Carola Walz Hinweise geben können, die zur Ergreifung des Mörders führen konnten? Kannte sie ihn gar, was erklären würde, warum sie mit ihm zur Rems hinuntergegangen war?

Denn es musste hier in nächster Nähe passiert sein, alles andere ergab wenig Sinn. Vor den Augen zahlloser Leute, die den weitläufigen Uferstreifen, der von hohen Bäumen gesäumt war, zu allerlei Freizeitaktivitäten nutzten. Selbst vom Fluss her war man nicht vor den Blicken anderer geschützt, bedachte man den Ruderclub, der nicht weit entfernt lag. Zudem befand sich am anderen Ufer ebenfalls ein Gehweg, der zur Sporthalle und in den Ortsteil Beinstein führte. Von der Stelle, an der Kristina stand, konnte sie nicht nur einen Spielplatz, sondern auch eine Grillstelle einsehen. Unmöglich, dass niemand beobachtet hatte, was Carola Walz angetan worden war.

Holger winkte ihr vom Gehweg her zu und deutete ihr an, mitzukommen. Er war der neue Mann in Sampos Team. Seinen Nachnamen kannte sie nicht. Sie musste sich eingestehen, dass sie generell nicht viel über die Leute wusste, mit denen sie zusammenarbeitete. Holle hatte immer ganz genau gewusst, mit wem er es zu tun hatte.

Sie erhob sich aus der Hocke, und ihre Kniegelenke dankten es ihr mit lautem Knacken.

»Wir haben die Stelle gefunden, wo sie ins Wasser gefallen ist«, erklärte der hoch aufgeschossene Kriminaltechniker mit der grau melierten Stoppelfrisur.

Er deutete den Fluss hoch bis zur ersten Fußgängerbrücke auf Höhe der Rundsporthalle, die am anderen Ufer durch die Bäume zu sehen war. Die Rems hatte Carola Walz etwa zweihundert Meter mit sich genommen, bevor sich ihr toter Körper im seichten Wasser unter einer Wurzel verfangen hatte, die ufernah unter der Oberfläche ins Flussbett ragte. Das dichte Buschwerk, das dort wuchs, hatte offenbar verhindert, dass man sie früher entdeckte. Erst dem Angler, der vor Sonnenaufgang direkt dort an der Wasserkante seine Köder ausgeworfen hatte, war das Schimmern der weißen Bluse auf dem algenreichen Grund aufgefallen.

Kristina folgte Holger zur Brücke und durch dorniges Gestrüpp die steile Böschung hinab. Selbst für sie nicht einfach. Hier verbarg dichter Pflanzenbewuchs den Tatort, der direkt im Schatten des Brückenpfeilers lag. Eine Stelle, die in der Tat von keiner Uferseite eingesehen werden konnte.

Bevor der Täter sie getötet hatte, musste er Carola Walz dort hingelockt haben. Nur wie? Wäre sie mit einem Wildfremden durch die Büsche gestiegen? Ihre Überlegung, dass das Opfer seinen Mörder gekannt hatte, wurde greifbarer.

Sampo krabbelte auf der nackten Erde unter der Fußgängerbrücke herum und kratzte Bodenproben vom morastigen Untergrund, den die Sonne selbst im Hochsommer nie zu erreichen schien und deshalb nicht ausgetrocknet hatte. Er sah bedrückt aus, als er zu ihr aufblickte.

Das hier geht uns allen an die Nieren.

»Wie habt ihr die Stelle so schnell gefunden?«, fragte sie ihn.

»Gleich dort oben wohnt ein Kollege von der Hundestaffel. Ich war so frei, ihn rauszuklingeln. Der Hund war ohnehin schon wach und sein Besitzer ließ sich überzeugen«, erklärte der Forensiker und wies mit seinem Kopf in Richtung der Häuserzeile, die sich in etwa dreißig Metern Entfernung entlang des Remsufers erstreckte. »Der Hund brauchte keine fünf Minuten, um die Stelle hier zu finden. Wegen des feuchten Untergrunds sind die Blutspuren frisch geblieben.« Sampo richtete sich auf und verstaute das Glasröhrchen mit der blutgetränkten Erde in seinem Laborkoffer.

»Irgendwas, das auf den Täter schließen lässt?«

Er deutete die Böschung hoch. »Anzunehmen, dass wir Faserspuren an dem Gestrüpp finden werden. Da kommt keiner durch, ohne an den Dornen hängen zu bleiben. Wenn du mir jemanden bringst, dem ich sie zuordnen kann, hast du deinen Täter.« Danach holte er ein Tütchen aus dem Koffer und reichte es ihr.

Kristina kippte den Inhalt auf ihre Hand und warf ihm einen fragenden Blick zu.

»Den trug sie bei sich. In einem Stoffbeutelchen um ihren Hals. Könnte zu einem Schließfach passen«, schlug Sampo vor.

Das war allerdings ungewöhnlich. Was besaß Carola Walz Wertvolles, das sie in einem Schließfach aufbewahrte? Es musste etwas sein, das die Frau vor ihrer Mutter hatte verbergen wollen.

Hatte das jüngste Mordopfer ebenso ein Geheimnis gehabt wie Egon Osswald, der Todesanzeigen an einer Kellerwand sammelte?

Miriam Wuppermann kam über die Wiese auf sie zu, grüßte mit einem knappen Nicken und stellte ihren Untersuchungskoffer neben die Leiche. Sie trug ein Kleid im Safarilook, das einen Blick auf ihre gebräunten Beine erlaubte. Kristina schluckte den Neid herunter, dafür war die Situation unpassender denn je.

Der dritte Mordfall innerhalb von fünf Tagen. Es lag nahe, dass sie die Sache bald ans Landeskriminalamt abgeben mussten, wenn sich nicht unverzüglich ein Fahndungserfolg einstellte.

»Eindeutig dieselben Verletzungen wie bei Egon Osswald«, sagte die Pathologin nach wenigen Minuten und ohne Kristina anzusehen. Stattdessen zeigte sie auf die zerfetzte Bauchhöhle der Frau. »Die Verstümmlung deutet ebenfalls auf die Entnahme von Viszeralfett hin.«

»Das ist doch …« Kristina wusste nicht, was sie sagen sollte.

Dr. Wuppermann trat neben sie. »Todeszeitpunkt, mit Vorbehalt, gestern zwischen elf und vierzehn Uhr, aller Wahrscheinlichkeit nach durch Verbluten. Es ging schnell. Dem Opfer wurde die Hauptschlagader auf Höhe des Magens durchtrennt. Auf den ersten Blick lassen die Verletzungen darauf schließen, dass es derselbe Täter war. Nur das Messer war diesmal schärfer.«

»Er hatte es dabei, das heißt, er war vorbereitet. Nicht wie bei Osswald im Garten. Dort griff er sich, was zur Verfügung stand.«

»Sieht so aus, als hätte er Gefallen daran gefunden«, fügte die Ärztin an.

Es war dunkel. Jeder Atemzug brannte, so beißend war die Luft. Daniels Schädel dröhnte erbärmlich. Etwas klebte über seinem linken Auge, weshalb er das Lid nur mühsam öffnen konnte. Doch das nützte kaum etwas. Es gab nicht den geringsten Lichtschimmer, der ihm half, sich zu orientieren. Die Unterlage war hart und fühlte sich schmierig an. Es war eng. Er konnte weder Arme noch Beine ausstrecken, ohne gegen raues Metall zu stoßen. Nur nach oben schien Platz zu sein, aber er hatte nicht die Kraft, sich aufzurichten.

Er lag in einer Kiste.

Wie war er dort hineingekommen? Woher kam der Schmerz in seinem Kopf, der in den Nacken strahlte, als hätte er Stacheldraht um die Wirbelsäule gewickelt? Vorsichtig befühlte er das Auge und die linke Gesichtshälfte. Die Kruste über der Stirn war entweder Dreck oder Blut. Wahrscheinlich Letzteres. Es musste ihn übel erwischt haben, aber er kam nicht darauf, was vorgefallen war.

Wieder tastete er die Umgebung ab. Der Untergrund war eklig. Körniger Morast. Vorsichtig führte er seine Finger zur Nase. Sie stanken nach Motorenschmiere, und die Erinnerung öffnete ein Fenster. *Autostopp* kam ihm in den Sinn. Ja, da war dieses Schild über den alufarbenen Werkstatttoren gewesen. Er schlug mit der Faust gegen die Stahlwand und es hallte dumpf. Danach horchte er in die Stille. War da ein Geräusch?

Der Schmerz schoss hinunter bis in den Magen und verursachte Brechreiz. Doch da war nichts, was die Speiseröhre hätte hochkommen können, außer einem Schwall bitterer Galle, der seine Mundhöhle füllte.

Schützend riss Daniel die Arme hoch, während er den Schleim zwischen seine Beine spie. Die frische Luft linderte das Stechen in der Lunge und kaum merklich die Übelkeit. Nicht aber den Kopfschmerz, der neu entfacht wurde.

»Wie geht's dem kleinen Schnüffler?«, fragte eine Stimme irgendwo aus dem gleißenden Universum über ihm.

»Die Unterkünfte, die du anbietest, sind scheiße, Alfred«, krächzte Daniel.

Er vernahm ein Schnauben, das wohl ein Lachen sein sollte. »Bist unglücklich gestolpert, gestern Nachmittag hinter der Halle. Da wussten wir nicht, wohin mit dir, und da der Schrottcontainer samstags erst geleert worden ist …«

Eine Pranke schoss aus dem grellen Lichtrechteck über ihm, packte ihn am Kragen und zog ihn nach oben. Durch seine eingeschlafene Muskulatur zuckte Schmerz, und er konnte einen Schrei nicht unterdrücken. Ehe er sichs versah, knallte Daniel hart auf den ölgetränkten Asphalt.

Ein bulliger Kerl mit Glatze, der in einer Latzhose steckte, stand über ihm. Darunter trug er lediglich ein Feinrippunterhemd, das die imposanten Oberarme betonte.

»Was hattest du hier zu suchen?«, fragte er.

»Wollte mir nur deine preisgünstigen Gebrauchten ansehen«, erwiderte Daniel, während er seine Lage einschätzte. »Kein Wunder, dass du die Karren nicht verkauft bekommst, so wie ihr eure Kunden behandelt.« Daniel rutschte Millimeter um Millimeter aus der Reichweite der Arbeitsstiefel des Mechanikers.

Verstohlen sah er sich um. Neben dem angerosteten Container, in den man ihn gesperrt hatte, lag noch allerlei Metallschrott. Die Innereien von Fahrzeugen, die hier auf dem Gelände das Zeitliche gesegnet hatten. Das konnte auch mit ihm passieren, wenn ihm nicht schnell etwas einfiel.

»Polizisten bekommen bei uns Sonderrabatte, Herr Wolf!«, erwiderte der Mann abschätzig und hielt plötzlich Daniels Dienstausweis zwischen seinen Fingern.

Es war dumm gewesen, zu glauben, dass sie ihn nicht durchsucht hatten, bevor sie ihn im Altmetallbehälter entsorgten. Der Typ sah nicht aus, als würde er viel diskutieren. Die besseren Argumente steckten bei diesem Mann in den Fäusten. In dem Moment, in dem der Mechaniker einen Schritt auf ihn zu machte, wälzte sich Daniel zweimal herum und griff nach der Antriebswelle, die in Reichweite lag. Seine Muskeln schmerzten, aber es gelang ihm, die rostige Stahlstange in Richtung des Angreifers zu schleudern. Er traf den Mann in dessen Vorwärtsbewegung am Schienbein und brachte ihn ins Taumeln. Der Typ jaulte auf. Gleichzeitig schaffte es Daniel auf die Beine und aus der Falllinie des Typen.

Er packte die Antriebswelle erneut und wirbelte herum. Der Mann hatte sich abfangen können und war schon wieder in Angriffsstellung. Sein Gesicht war rot angelaufen. Wut und Schmerz spiegelten sich in seinen dunklen Augen, doch die improvisierte Waffe in Daniels Hand hielt ihn davon ab, erneut loszustürmen.

»Was willst du jetzt machen, Bulle?«, keuchte er und schnippte ihm seinen Dienstausweis entgegen, als würde er eine Spielkarte über den Pokertisch segeln lassen.

Sie landete vor Daniels Füßen wie ein Köder. Wenn er sich danach bückte, konnte er mit einer Attacke rechnen.

»Wo ist Jakub Piecek?«, fragte er stattdessen. »Mehr will ich nicht von dir wissen. Und falls mir deine Antwort gefällt, vergesse ich auch die Nacht im Schrottcontainer.«

Der Mann wusste, wann er in eine Pattsituation geraten war, und wenn er nicht riskieren wollte, dass die Polizei seinen Laden auseinandernahm, ging er besser auf Daniels Angebot ein.

»Wer garantiert mir, dass du nicht doch mit einer Einheit hier anrückst, sobald ich dich laufen lasse?«

»Niemand. Aber hey, du hast das Wort eines Bullen«, antwortete Daniel und zwang sich zu einem Grinsen.

Der Mann strahlte durchaus Gewaltbereitschaft aus. Aber war er auch ein Killer?

»Lass dir nicht zu viel Zeit mit deiner Antwort! Ich möchte wetten, wir werden jede Menge Dreck in deinem Laden finden, mehr als du jemals unter deinen Fingernägeln hattest.«

Der Mechaniker keuchte verächtlich. »Keine Ahnung, wo Jakub steckt. Der Arsch hat sich seit letzter Woche nicht mehr gemeldet. Das habe ich auch seiner Alten verklickert. Die wollte es auch nicht wahrhaben und hat rumgeheult. Die Schlampe glaubte tatsächlich, Jakub ist seit über einer Woche in Rumänien unterwegs. Zuerst habe ich Ilona nicht abgenommen, dass die Bullen nach Jakub suchen. Dann tauchst du auf. Was läuft hier für eine Scheiße?«

Daniel war gewillt, ihm zu glauben, auch wenn er keine Gewissheit haben konnte. Alfred sah nicht danach aus, als würde er für Piecek seinen Kopf hinhalten.

»Jakub hat sich seit knapp zwei Wochen nicht mehr bei seiner Gattin sehen lassen, und er hat dir nichts davon erzählt? Kein Wort darüber, was er die ganze Zeit treibt? Wann hast du ihn zuletzt gesehen?«

»Donnerstag«, knurrte Alfred.

»Da hat dein bester Kumpel wohl vergessen, dich darüber zu unterrichten, dass er einen richtig fetten Fang am Haken hat«, provozierte Daniel.

Alfred schob das Kinn nach vorn. Die Narbe darauf zeugte davon, dass er nicht der Typ war, der einer Schlägerei aus dem Weg ging. »Ich kann dir nicht sagen, wo er ist«, wiederholte er, deutlich angefressen und mit geballten Fäusten.

Daniel warf ihm die Antriebswelle entgegen, und während sich der Mechaniker mühte, das schwere Ding aufzufangen, ohne sich erneut daran zu verletzen, hob Daniel seinen Dienstausweis auf.

»Solltest du mich belogen haben, reiße ich dir den Arsch auf!«, drohte er und humpelte vom Hof.

Auf dem Weg zurück zum Bahnhof überlegte er, wie er Kristina sein lädiertes Äußeres erklären konnte. Die Kopfwunde schrie nach ärztlicher Versorgung. Außerdem wollte er aus den öldurchtränkten Klamotten raus.

Es hatte keinen Sinn, er musste zuerst nach Hause und dann mit irgendeiner Ausrede bei Kristina vorsprechen. Hilger war einen Versuch wert gewesen, aber letztlich hatte ihm diese Aktion nur weiteren Ärger eingebracht.

Um das wieder auszubügeln, musste er Jakub Piecek auf anderem Wege finden. Ihm fehlte nur noch die zündende Idee, wie er das bewerkstelligen sollte.

Die Krisensitzung dauerte eine Stunde. Sogar Retter nahm daran teil. Der Polizeidirektor saß mit versteinerter Miene am Ende des Besprechungstischs und hörte zu. Erst nachdem alle Berichte auf dem Tisch lagen und alle gehört worden waren, die etwas mitzuteilen hatten, ergriff er das Wort. Er kündigte an, was Kristina schon am Morgen geahnt hatte.

Das Landeskriminalamt hatte sich eingeschaltet und würde für Verstärkung sorgen. Bisher war noch nicht die Rede davon, dass sie die Leitung der Ermittlungen abgeben mussten. Aber alles sprach für die Bildung einer Sonderkommission.

Kristina kehrte zurück in ihr Büro, begleitet von Sonja und Ralf. Ihr engster Kreis. Ihnen würde nun alles abverlangt werden. Nie zuvor waren sie mit schwierigeren Ermittlungen konfrontiert worden. Der Polizeieinsatz am frühen Montagmorgen hatte in der Talaue bereits für zahlreiche Schaulustige gesorgt. Der Pressestelle des Präsidiums blieb keine andere Wahl, als in die Offensive zu gehen, bevor die Journalisten sich ihre Auskünfte über Dritte holten. Für fünfzehn Uhr war eine Pressekonferenz einberufen.

Noch vier Stunden Zeit für Kristina, den Ermittlungsstand voranzutreiben.

Wo zur Hölle war Daniel?

Er saß weder auf dem Gang noch wartete er in ihrem Büro. Sie bat Ralf darum, in der Kantine nach ihm zu suchen, und setzte sich hinter ihren Bildschirm. Sonja blieb vor dem Schreibtisch stehen. Sie sah mitgenommen aus.

Genau wie ich mich fühle, dachte Kristina.

»Ich habe noch was für dich«, begann Sonja. »Beim Abgleichen von Osswalds Liste bin ich auf einen Namen gestoßen, der indirekt in den Ermittlungen auftaucht. Die Attpoes hat 1991 ein Unternehmen in Leipzig zerschlagen, in dem ein gewisser Siegmar Rima beschäftigt war.«

»Wer ist das?«, fragte Kristina.

»Der Vater von Doreen Mezger.«

Daniel war nicht aufgetaucht. Er ging auch nicht ans Handy. Der Dienstwagen, den sie ihm anvertraut hatte, stand nicht in der Tiefgarage.

Kristina fühlte eine Mischung aus Ärger, Enttäuschung und Sorge. Er war ein Heißsporn, und niemand wusste genau, ob ihm seine Verstrickung mit der Russenmafia nicht noch mehr Ärger einbringen würde. Aber jetzt hatte sie keine Zeit, nach ihm zu suchen. Der Polizeipsychologe hatte sich angekündigt, um mit ihr am Täterprofil zu arbeiten.

Außerdem musste sie sich überlegen, was sie den Reportern sagen würde, falls Retter oder der Pressesprecher ihr das Wort erteilen würden. Albrecht Holle hatte solche Termine gehasst und dabei auch nie ein glückliches Händchen im Umgang mit den Vertretern der Presse bewiesen. Sie konnte sich an mehrere Konferenzen erinnern, bei denen der Hauptkommissar auf Konfrontation mit den Journalisten gegangen war und nicht nur einmal mit hochrotem Kopf den Saal verlassen hatte. Irgendwie schien diese Aversion auf sie abgefärbt zu haben.

Sonja und Ralf hatten sich bereit erklärt, die Mutter von Carola Walz über deren Tod zu benachrichtigen und die Habseligkeiten der Ermordeten zu durchsuchen. Es gab eine Verbindung zwischen Carola Walz und Egon Osswald, ebenso eine von Osswald zu Schwarz. Der Manager war der gemeinsame Nenner. Das erste Opfer.

Ermordet von seinem Gärtner Jakub Piecek?

Wo lagen die Schnittpunkte zu den beiden anderen Ermordeten, wenn es tatsächlich Piecek gewesen war? Im Gegensatz zu Doreen Mezgers Vater und Torsten Walz, Carolas verstorbenem Ehemann, tauchte Pieceks Name nicht auf Osswalds Liste auf. Und wenn Carola Walz sterben musste, um sie von einem Gespräch mit der Polizei abzuhalten, musste Piecek sie ebenfalls gekannt haben.

Worin lagen Pieceks Motive, diese Menschen zu ermorden? Von Osswald und Schwarz war Geld zu holen, nicht jedoch von Walz. Oder doch? Kristina dachte an den Schlüssel.

»Sie wirken ratlos.«

Sie sah von den Akten auf. »Dr. Eisner!«

Der Polizeipsychologe Martin Eisner schenkte ihr ein aufmunterndes Lächeln. Er war ein großer, schlanker Mann jenseits der fünfzig, mit einem Faible für ausgefallene Brillen. Diesmal wartete er mit einem dunkelroten, eckigen Modell auf seiner knolligen Nase auf. Seine grauen Haare sahen wie immer unfrisiert aus.

»Dann helfen Sie mir weiter!«, forderte sie ihn auf.

Eisner setzte sich auf Werners Platz und schlug sein in schwarzes Leder gebundenes Notizbuch auf. »Sie haben drei Tote, zweien wurde Fettgewebe herausgeschnitten, einer wurde verbrannt. Haben Sie hierzu schon weitere Details aus der Pathologie?«

»Bislang keine eindeutigen Ergebnisse bezüglich einer Unterleibsverstümmelung. Das Feuer hat nicht viel übrig gelassen.«

»Doch Sie vermuten einen Zusammenhang.«

Kristina nickte. »Jakub Piecek war für Osswald tätig und wurde gleichzeitig mit Mülldiebstählen auf dem Recyclinghof in Verbindung gebracht. Wir wissen nur noch nicht, ob er auch in der Nacht auf Freitag dort war, in der Bruno Schwarz verbrannte.«

Der Psychologe machte sich eine Notiz. »Ich schlage vor, ich konzentriere mich bei meiner Analyse auf das offensichtlich Ungewöhnliche an dieser Mordserie: den Drang, den Opfern Fett zu entnehmen. Es sieht wie ein symbolischer Akt aus, zumal Osswald und Walz stark übergewichtig waren.«

»Hass auf Dicke, sexuelle Perversion, haben wir es mit einem Psychopathen zu tun?«

Eisner kratze sich mit dem Stift hinter dem Ohr. »Wenn es immer so einfach wäre. Ein Psychopath manipuliert, ist wie ein

Raubtier, ohne menschliche Gefühle. Die Verstümmelungen können aber auch auf das Gegenteil hindeuten, auf eine Person, die von Emotionen zerfressen wird. Ich arbeite das Täterprofil so schnell es geht für Sie aus«, versprach er.

»Können Sie wenigstens schon eine Prognose dazu abgeben, ob wir nach einem Mann oder einer Frau suchen?«

»Nichts ist gewiss, aber ich würde anhand der vorliegenden Ermittlungsergebnisse auf einen Mann schließen.«

»Wie sicher ist das mit dem Serientäter?«, hakte sie nach, noch ehe Eisner sein Notizbuch zugeklappt hatte.

Er sah sie eindringlich an. »Selbst wenn zwischen den Morden an Osswald und Walz etwa vier Wochen lagen, erfolgten die Tötungen meines Erachtens zu schnell aufeinander, wenn wir davon ausgehen, dass Egon Osswald das erste Opfer war.«

»Sie meinen, er hat schon vorher gemordet?«

»Wenn der Täter es rein aus Triebhaftigkeit tut, dann ja«, antwortete Eisner und erhob sich. »Ich beeile mich mit dem Gutachten«, versicherte er erneut und verabschiedete sich.

Kristina ließ das Gespräch in Gedanken Revue passieren, bevor sie im Computer den nächsten Hinweis aufrief, den Sonja erst vor Kurzem eingestellt hatte. War es Zufall, dass Siegmar Rima seine Heimat verlassen hatte, um genau in den Ort zu ziehen, in dem sich auch Egon Osswald angesiedelt hatte?

Doch laut Doreen Mezgers Aussage lebte die Familie schon in Langenberg, bevor Osswald das Herrenhaus im Schwäbischen Wald erworben hatte.

Das Telefon störte ihr Gedankenspiel.

»Hier ist Ralf.«

»Wie lief es?«

Er sprach leise. Wahrscheinlich war er noch in der Wohnung von Carolas Mutter. In seiner Stimme schwang Betroffenheit mit. »Sonja spricht noch mit der Mutter. Wir lassen jemanden vom psychologischen Dienst kommen. Ich rufe nur an, weil ich auf einen Zusammenhang gestoßen bin, den du bei der Besprechung erwähnt hast. In Carola Walz' Terminkalender steht die Adresse eines Schönheitschirurgen. Und wenn ich die Einträge richtig deute, war sie zu einem Beratungsgespräch bei diesem Arzt in der Klinik.«

»Die Frau lebte von Sozialhilfe, wie konnte sie da über eine Schönheits-OP nachdenken?«

»Vielleicht hat sie geerbt?«

Erneut dachte Kristina an den Schließfachschlüssel, den die Ermordete bei sich getragen hatte. Nah an ihrem Körper, damit ihn niemand fand.

»Setz dich bitte mit ihrer Bank in Verbindung«, ordnete sie an, und dann erinnerte sie ihn daran, ihr endlich auch die Kontobewegungen von Egon Osswald zu besorgen.

Bei der Besprechung am Vormittag hatte Winkler eingestehen müssen, das noch nicht erledigt zu haben. Der vernichtende Blick von Retter nach dieser Offenbarung war keinem in der Runde entgangen, und er galt gleichwohl Ralf als auch Kristina. Der Polizeidirektor musste der Meinung sein, dass sie ihre Leute nicht im Griff hatte.

»Wo ist diese Klinik?«, fragte sie.

»Stuttgart-Mitte. Sollen wir hinfahren?«

»Das übernehme ich.« Sie notierte sich die Adresse. Erst nachdem sie aufgelegt hatte, fiel ihr ein, dass ihr Chauffeur immer noch überfällig war.

Sie griff zum Hörer.

Diesmal reagierte er auf ihren Anruf. »Ich bin gleich da«, erklärte er und trennte die Verbindung, bevor sie etwas erwidern konnte.

Kristina atmete tief durch und stand vom Schreibtisch auf. Sie warf einen Blick aus dem Fenster. Die Luft flimmerte über der Kreuzung. Unten an der Ampel verweilte ein Mann, der einen Mantel trug.

Unfassbar!

Kopfschüttelnd wandte sie sich ab, holte ihre Dienstwaffe aus der Schublade und steckte sie an den Gürtel. Mit einem Pack Ermittlungsakten unter dem Arm verließ sie das Büro.

Gedankenverloren ging sie am Gebäude entlang bis zur Einfahrt der Tiefgarage. Sie stellte sich in den Schatten und tastete in ihrer Tasche nach der Stelle, an der früher ihre Zigaretten gesteckt hatten. Erst dann fiel ihr ein, dass sie nicht mehr rauchte.

Der Mann im Mantel war verschwunden. Womöglich war er nur eine hitzebedingte Luftspiegelung gewesen.

An seiner Stelle kam Daniel Wolf über die Kreuzung gefahren und bog in die Zufahrt zum Präsidium ab. Selbst durch die vom Fliegendreck verschmierte Windschutzscheibe konnte Kristina erkennen, dass etwas mit ihm passiert war.

Sie stieg zu ihm ins Auto und schreckte auf. Nicht nur, dass es unangenehm nach Motoröl und Schweiß stank, Daniel sah zum Fürchten aus. Über seiner linken Braue klebte ein dickes Pflaster, das stellenweise durchgeblutet war. Das Auge darunter war blau und geschwollen, die Haut über dem Jochbein aufgeschrammt.

»Warst du in einem von Worobjows Clubs?«, fragte sie, und es klang besorgter, als sie es sich gewünscht hatte.

»So ähnlich«, antwortete er. »Sorry wegen der Verspätung.«

Sie rümpfte die Nase. Sein Aussehen nahm ihr jeglichen Wind aus den Segeln. Der Ärger, der noch vor einer Minute in ihr gebrodelt hatte, war verpufft. Auf einmal tat er ihr wieder leid, und das war ein Gefühl, welches sie auf keinen Fall mehr für ihn empfinden wollte. Deswegen war sie schon einmal zur Mutter Teresa mutiert und hatte neben ihrem Mitgefühl auch gleich noch ihren Leib hingegeben.

Sie sagte ihm, wohin er fahren sollte. Offenbar hatte er auch Schmerzen im Nacken, denn er war darum bemüht, seinen Kopf möglichst nicht zu drehen.

Auf der Fahrt blätterte sie die Unterlagen durch, die sie mitgenommen hatte.

Erst nach dem Kappelbergtunnel wagte Daniel sie anzusprechen. »Im Radio hieß es, es gab eine Leiche in der Rems.«

Sie sah ihn von der Seite her an. »Er hat wieder zugeschlagen. Wir haben wahrscheinlich eine Serie.«

Sein Adamsapfel hüpfte.

Und das Präsidium ist dabei, mich abzuschießen. Darum brauche ich Leute, die zu hundert Prozent zuverlässig sind. Ich wünschte, du würdest dazugehören.

Kristina war die Schönheitsklinik mitten in der City noch nie aufgefallen. Wie es aussah, war das Gebäude in der Sophienstraße erst vor Kurzem modernisiert worden. Glas und mattiertes Aluminium dominierten den Eingangsbereich, ohne dass es kühl wirkte.

Daniel protestierte nicht, als sie ihm auftrug, im Wagen zu bleiben. Vermutlich war ihm nach wie vor daran gelegen, ihr aus dem Weg zu gehen, sofern es sich bewerkstelligen ließ. Oder ihm brummte schlichtweg der Schädel von seiner Kopfwunde. Der Verband sah nicht aus, als sei die Verletzung professionell versorgt worden.

Für einen kurzen Moment fühlte sie sich in der Verantwortung, ihn zum Arzt zu schicken. Aber er war ein großer Junge, und im Moment gab es Dringlicheres zu tun.

Mit gespannter Erwartung betrat sie das Foyer der Klinik. Die Kälte aus der Klimaanlage, die ihr unverhofft entgegenschlug, ließ sie zögern. Gänsehaut überzog ihre Unterarme, und sie rang hektisch nach Luft.

Du musst das behandeln lassen, flüsterte eine tadelnde Stimme in ihrem Kopf. Mit geschlossenen Augen verharrte sie drei Herzschläge lang. Die Stimme beließ es bei diesem einen Satz, der allerdings ausreichte, um ihr bewusst zu machen, dass sie nicht alles allein bewältigen konnte.

Nach ein paar tiefen Atemzügen sah sie sich um. Die Einrichtung offenbarte eine andere Welt. Hier war viel Geld investiert worden, um zu suggerieren, dass man willkommen war und mit seinem Schritt durch das Eingangsportal die richtige Entscheidung getroffen hatte. Die bildhübsche Dame am Empfang strahlte ihr gewinnend entgegen, bis Kristina den Dienstausweis zückte.

Dr. Farnoosh Bennour konnte seine persischen Wurzeln nicht verbergen. Er lächelte charismatisch, mit strahlend weißen Zähnen, und sah auch sonst blendend aus. Sein dichtes schwarzes Haar war von grauen Strähnen durchzogen. Ein Farbenspiel, das sich in seinem exakt gestutzten Kinnbart fortsetzte. Der Chefarzt diente als Aushängeschild für sein Unternehmen.

Die Büroeinrichtung führte das fort, was bereits die Eingangshalle vermittelt hatte: *Fühlen Sie sich wohl, hier sind Sie in den richtigen Händen*. Es mochte am Licht liegen, am eigenwilligen, exotischen Duft, an der Wandfarbe, an den asiatischen Accessoires oder an allem zusammen.

Der Chirurg saß nicht hinter einem Schreibtisch, sondern lässig in einem Lounge-Sessel. Der Blick durch die Glasscheibe dahinter fiel auf einen Bambushain, von dem Kristina nicht sagen konnte, ob er echt oder eine perfekte digitale Illusion war. Ein unaufdringlicher Geruch nach Räucherstäbchen lag in der Luft.

Der Arzt erhob sich und reichte ihr die Hand. Statt eines

weißen Kittels trug er Hemd und Hose in denselben lindgrünen Farbtönen, die sich auch im Mobiliar wiederfanden. Kristina hatte keine Ahnung davon, aber alles hier sah nach Feng-Shui aus.

Dr. Bennour bot ihr den freien Stuhl in der Sitzecke an und nahm ihr gegenüber Platz. »Was kann ich für Sie tun, Frau Kommissarin?«, fragte er in akzentfreiem Deutsch und musterte sie dabei eindringlich.

Ohne zu fragen, schenkte er ihr Wasser aus einer Karaffe ein, in der Limettenscheiben und Eiswürfel trieben.

Sicher aus tibetanischen Gletschern geschmolzen, dachte sie amüsiert und trank einen Schluck.

»Es geht um eine Patientin von Ihnen, Carola Walz«, kam sie unverzüglich zur Sache.

Er zog die Brauen zusammen. »Ich erinnere mich an die Dame. Der Termin liegt noch nicht lange zurück. Bevor Sie weiterfragen, möchte ich Sie darauf aufmerksam machen, dass auch ich der ärztlichen Schweigepflicht unterliege.«

Diesen Satz hatte sie erwartet. »Frau Walz wurde ermordet«, gab sie ihm zu verstehen, weil es ohnehin nichts schönzureden gab.

Aufmerksam verfolgte sie seine Reaktion. Er brauchte zwei Wimpernschläge, um zu seiner Souveränität zurückzufinden.

»Schrecklich, so etwas zu hören.«

Der Bambuswald in seinem Rücken folgte dem Spiel des Windes.

Oder ein Tiger schleicht durchs Unterholz.

»Was wollte Carola Walz … Wie sagt man bei Ihnen … gemacht haben?«

Bennour strich sich über den Bart. »Sie litt an ihrem Übergewicht. Oberschenkel, Hüfte, Bauch, Gesäß. Die bekannten Problemzonen.«

»Und Sie konnten ihr diesbezüglich Mut machen?«

Der Schönheitschirurg rutschte an den Rand des Sessels und faltete seine Wunderhände zwischen den Knien. Damit trennte ihn kein halber Meter mehr von Kristina. Sie widerstand dem Drang zurückzuweichen.

»Nein, nicht wirklich«, gestand er ein.

»Geht es etwas genauer?«

»Wissen Sie, Frau Kommissarin, Operationen, wie wir sie anbieten, sind immer auch ein Auffangbecken für die Seele der Patientin. Deshalb sind wir bemüht, unser Möglichstes zu tun, um den Wünschen jener gerecht zu werden, die uns um Hilfe bitten. Daher ist es besonders wichtig, die Grenzen zu kennen und zu erkennen. Vor allem, wenn ersichtlich wird, dass eine Person von der Sucht getrieben wird, ihr Aussehen ständig zu verschönern, um ein Ideal zu erlangen, das unerreichbar bleibt. Deshalb knüpfen wir strenge Bedingungen an eine Behandlung. Die Schönheit liegt, wie wir doch alle wissen, grundsätzlich im Auge des Betrachters.«

Kristina konnte nicht umhin, seine Aussage zu belächeln.

»Ihrer Reaktion entnehme ich, dass Sie mir nicht glauben«, interpretierte er ihr Grinsen, ohne beleidigt zu wirken. »Ich gestehe, wir sind auch angetreten, um Geld zu verdienen, aber nicht um jeden Preis.«

Geld war ein gutes Stichwort. »Carola Walz' Lebenssituation lässt sich aus meiner Sicht schwer mit einer Schönheitsoperation in Einklang bringen«, führte sie an.

»Sie wirkte auf mich zwar etwas unbeholfen, aber keineswegs so, als wären die Kosten ein Problem für sie. Nein, ich bin mir sogar sicher, dass sie selbst im Voraus bezahlt hätte, so sehr wie sie sich nach Veränderung sehnte.«

»Was meinen Sie mit unbeholfen?«

»Im Umgang mit Geld. Es war nur so ein Gefühl, aber ich

denke, dass sie unerwartet zu einem Vermögen gekommen ist. Natürlich kann ich mich da auch täuschen«, ruderte der Schönheitschirurg zurück.

Kristina nahm diesen Gedanken auf. Wieder kam ihr der Schließfachschlüssel in den Sinn, zu dem sie immer noch kein passendes Schloss gefunden hatten. Hatte Carola Walz Geld versteckt? Genug, um eine Schönheitsoperation zu bezahlen? Wenn ja, woher stammte dieses Vermögen?

»Ich fasse zusammen: Obwohl sie sich eine Operation offensichtlich leisten konnte, haben Sie Frau Walz unverrichteter Dinge wieder weggeschickt, weil Sie der Meinung waren, dass die Frau … Wie soll ich es ausdrücken … seelisch nicht in der Verfassung war, Ihr Werk zu würdigen«, zog sie ihr Resümee. »Ich verstehe Ihre Beurteilung so, dass Sie Frau Walz für zu labil hielten. Dass sie sich das Fett, das Sie ihr abgesaugt hätten, gewissermaßen innerhalb kurzer Zeit wieder auf die Hüften geladen hätte. Eigentlich die ideale Kundin für Sie, finden Sie nicht? Gebucht auf ein Dauerabo.«

Bennour wich zurück. Hatte sie ihn nun doch noch bei seiner Chirurgenehre gepackt?

»Ich erlaube mir, Ihre letzte Bemerkung zu ignorieren. Was jedoch die Wiederanhäufung von Fettzellen angeht, könnte man das drastisch so ausdrücken. Soweit ich mich erinnere, kam bei Frau Walz neben der psychischen Instabilität auch eine Störung der oxidativen Verstoffwechselung hinzu.«

»Was heißt das?«

»Ihr Körper verarbeitete und verbrannte Lipide nicht in dem Maß, wie es für eine effektive Zerlegung und Verdauung nötig wäre. Die Folge ist eine übermäßige Fettanlagerung, die sich auch nachhaltig auf den Energiestoffwechsel auswirkt. Neben der unverhältnismäßigen Gewichtszunahme kommt es dadurch zu überhöhter Trägheit und Müdigkeit. Ein Teufelskreis gewissermaßen, da daraus mangelnde Motivation zu Bewegung resultiert«, erklärte der Arzt.

Kristina konnte nicht einschätzen, ob Bennour aus medizinischer Verantwortung oder aus moralischen Gründen eine Fettabsaugung verweigert hatte. Es spielte letztlich keine Rolle. Carola Walz hatte ihr Schönheitsideal in diesem Leben nicht erreichen können, und Kristina musste herausfinden warum.

»Wie sind Sie nach dieser Diagnose mit Frau Walz verblieben?«

»Ich habe ihr einen Spezialisten für Stoffwechselerkrankungen empfohlen. Nur wenn sie dieses Leiden in den Griff bekommen hätte, hätte es auch die Chance auf eine chirurgische Verschönerung gegeben. Was sich zu meinem tiefsten Bedauern nun erübrigt. Meine Sekretärin wird Ihnen die Adresse dieses renommierten Kollegen raussuchen.« Damit erhob er sich und signalisierte, dass das Gespräch für ihn beendet war.

Patientinnen warteten auf den Arzt, der versprochen hatte, an ihnen ästhetische Glanztaten zu vollbringen.

Kristina stand auf und verabschiedete sich. In der Tür drehte sie sich jedoch noch einmal um. »Was passiert mit dem Fett, das Sie absaugen?«

»Es wird fachgerecht entsorgt. Aber warum fragen Sie?«

»Nur so ein Gedanke«, antwortete Kristina und verließ den Bambusgarten des Dr. Bennour.

Für sein Gefühl war Daniel glimpflich davongekommen. Es mochte daran liegen, dass der Mörder erneut zugeschlagen hatte. Die Rote Zora wollte ihre Energie nicht darauf verschwenden, ihn rund zu machen. Er konnte den Druck nachvollziehen, unter dem sie stand.

Im Radio berichtete man stündlich in den Nachrichten über die Leiche in der Rems. Wie es schien, war bereits bekannt, dass es sich um ein Tötungsdelikt handelte. Alle, die mehr erfahren wollten, wurden auf eine anstehende Pressekonferenz am Nachmittag vertröstet.

Daniel nahm an, dass dabei die Bombe platzen könnte und auch die beiden anderen Mordfälle an die Öffentlichkeit gebracht würden. Sicher hatte der Polizeidirektor die Entscheidung getroffen, die Bevölkerung zu unterrichten und um sachdienliche Hinweise zu bitten. Die Telefone würden nicht mehr stillstehen. Kristina und ihr Team konnten diese zusätzliche Informationsflut sicher nicht allein stemmen.

Daniel war es schleierhaft, warum es nicht längst eine Sonderkommission gab. Personalmangel war gewiss das gängige Problem bei der Polizei, egal in welcher Direktion. Fest stand, dass er aufgrund des neuesten Vorfalls beichten musste, was er am Tag zuvor und heute in Alfreds Autostopp erlebt hatte.

Kristina trat aus dem Eingangsportal der Schönheitsklinik in die pralle Sonne und schirmte mit der Hand die Augen ab. Er hatte sich inzwischen an einen Tisch vor einem türkischen Imbiss gesetzt und trank einen Mocca. Er war der einzige Gast. Dreckig und verschwitzt wie er war, störte er so zumindest niemanden.

Zu Hause hatte er es nicht gewagt, noch mehr Zeit mit einer Dusche zu verschwenden. Dementsprechend stank er und war ganz froh darüber, dass Kristina bisher nicht darauf herumgeritten war. Wenigstens entfalteten die Aspirintabletten langsam ihre Wirkung. Der pochende Schmerz über der Augenbraue wurde mit jeder Minute dumpfer.

Kristina spähte die Straße rauf und runter und hielt Ausschau nach dem Wagen. Statt zu winken, drückte er sich weiter in den Schatten und betrachtete sie. Ihr rotes Haar glänzte. Er dachte an ihre gemeinsame Nacht. Die Bilder aus seiner Erinnerung erregten ihn. Trotz seines miserablen körperlichen Zustands wurde ihm die Jeans im Schritt eng.

Nach wenigen Augenblicken entdeckte Kristina ihn und kam die Straße hochgelaufen. Auf halbem Weg begegnete ihr ein Mann mit einem großen, schwarzen Hund an der Leine. Augenblicklich wechselte sie die Straßenseite. Misstrauisch äugte sie hinüber zum gegenüberliegenden Gehweg, um sich zu versichern, dass der Hund bei seinem Herrchen blieb.

Sie hat Angst vor den Viechern.

Er erinnerte sich an die Narbe an ihrem Oberarm, über die seine Lippen hinweggewandert waren.

»Wo ist der Wagen?«, rief sie schon von Weitem.

»Um die Ecke«, antwortete Daniel, als sie an seinem Tisch stand, und deutete über seine Schulter.

»Können wir?«

Er tippte auf den Rand der kleinen Kaffeetasse. »Darf ich noch austrinken?«

An ihrem Ohr vorbei sah er, wie der Türke, der ihn bedient hatte, hinter dem Tresen hervortrat. Der Mann mit dem Papierhäubchen verschränkte die Arme und postierte sich im Türrahmen des Imbisses. Er zwinkerte Daniel aufmunternd zu, als wolle er signalisieren, Daniel könne mit seiner Unterstützung bei der Eroberung eines Frauenherzens rechnen.

Kristina beugte sich zu Daniel herab. »Wir haben keine Zeit für Pausen!«, zischte sie.

Der Türke grinste unter seinem schwarzen Schnauzbart.

Ja verdammt, ich stehe unter dem Pantoffel und habe zudem einen Steifen in der Hose.

»Ich komme ja«, sagte Daniel kleinlaut und rutschte umständlich von seinem Stuhl.

Der Polizeidirektor stellte den zahlreich erschienenen Journalisten und Fotografen in der Pressekonferenz Hauptkommissar Thorwald Decher vom Landeskriminalamt als Leiter der einberufenen Sonderkommission vor, ohne Kristina vorher über diesen Schritt informiert zu haben.

»Sie waren nicht greifbar«, murmelte Kurt Retter – die Hand auf dem Mikrofon –, nachdem sie ihn vorwurfsvoll angestarrt hatte, während der neue Mann im Blitzlichtgewitter über den Stand der Ermittlungen berichtete.

So gut wie der Hauptkommissar mit der Sachlage vertraut war, musste er schon eine Weile Akteneinsicht besitzen. Neben Retter und Decher saß noch Staatsanwalt Peter Pokorny auf dem Podium. Ebenso wie sie, Oberkommissarin Kristina Reitmeier, *die Gearschte*, an die es keine einzige Frage gab. Man wollte nicht einmal wissen, warum sie aufs Podium durfte. Als Quotenfrau vielleicht, oder weil sie am dekorativsten war.

Kristina war stinksauer über die Art, wie sie übergangen worden war.

Die Erwähnung von drei Toten rückte jedoch alles andere in den Hintergrund. Kaum war es ausgesprochen, brach im Konferenzraum des Präsidiums der zu erwartende, heftige Sturm los. Doch Retters neuer Kapitän, Thorwald Decher, behielt souverän das Steuer in der Hand. Er rief einen Reporter nach dem anderen auf, ohne den Überblick zu verlieren, und umschiffte gekonnt jede unangenehme Frage. Auf nüchterne, sachliche Weise legte er die Fakten dar, immun gegen jegliche Angriffe und Emotionen, die über den Konferenztisch brandeten. Ein abgebrühter Profi eben. Niemand, mit dem sich Kristina in solchen Dingen messen konnte.

Der Begriff *Serientäter* wurde bewusst vermieden, und wenn die Gegenseite damit anfing, wackelten alle synchron mit den Köpfen. Nur die Sache mit dem verschwundenen Fett behielt man für sich. Aus ermittlungsrelevanten Gründen.

Nach einer guten halben Stunde deutete sich das Ende der Pressekonferenz an, die Fragen der Journalisten flauten ab. Kristina rückte ihren Stuhl auf dem Podium bereits in eine Position, von der sie umgehend verschwinden konnte, sobald Retter die Medienvertreter entließ.

Da meldete sich ein Mann aus der zweiten Reihe, der sie schon eine Weile ungehalten angestarrt hatte.

»Günter Theiss, Bild Stuttgart. Frau Oberkommissarin, warum wurde die Sonderkommission erst nach dem dritten Mord gegründet? Reichlich spät, meiner Einschätzung nach.«

Kristina wechselte einen Blick mit Retter, ehe sie antwortete. »Die Frage wurde von Hauptkommissar Decher bereits beantwortet. Es konnte bis zum heutigen Mordfall nicht mit Gewissheit davon ausgegangen werden, dass zwischen den Tötungen ein Zusammenhang bestand.«

»Ist es nicht vielmehr so, dass Ihre Abteilung unterbesetzt und mit den Ermittlungen überfordert war?«

»Davon ist keinesfalls auszugehen«, ging Thorwald Decher dazwischen. »Falls Sie keine weiteren Fragen mehr haben, danke ich für Ihr Erscheinen.«

»Warum lassen Sie Frau Reitmeier nicht antworten?«, zischte Theiss.

Die zahlreichen Objektive waren nun ausschließlich auf Kristina gerichtet.

»Ich habe mich über Sie und die Umstände, wie Sie zur Leitung des Dezernats für Gewaltverbrechen gekommen sind, erkundigt. Man hat Sie doch nach dem Ausfall Ihres Vorgesetzten, Hauptkommissar Holle, ins kalte Wasser geworfen. Ich habe durchaus Verständnis, wenn Sie Probleme beim Bewältigen dieser Aufgabe haben.«

Kristina sprang so heftig auf, dass ihr Stuhl nach hinten kippte und mit einem lauten Krachen auf den Holzbohlen des Podiums aufschlug. Im Blitzlichtgewitter drängte sie aus dem Konferenzraum.

»Haben Sie Feuer?«

Daniel drehte sich um. Der Kerl vor ihm musste einer der Journalisten sein, die seit ein paar Minuten nach und nach aus dem Präsidium geströmt kamen.

Jeder für sich, mit leuchtenden Augen und vollem Speicherchip in der Digitalkamera. Die Meute hatte reichlich zu fressen bekommen und würde sich nun ans Verdauen machen, um mit dem daraus resultierenden Auswurf endlich das leidige Sommerloch zu füllen. Die besonders aggressive Vorgehensweise bei den Morden reichte aus, um deutschlandweit zu berichten.

Daniel streckte dem Reporter sein Feuerzeug hin, womit dieser sich eine Zigarette anzündete und dabei unentwegt das dicke Pflaster auf Daniels Stirn musterte.

»Vom Einsatz?«, fragte er.

»Sprungturm«, log Daniel, der keine Lust verspürte, etwas zu erklären.

»Unglaublich, was da wieder ablief«, begann der Mann nach einem weiteren tiefen Zug. »Da müssen erst drei Morde geschehen, bis diese Dilettanten sich organisieren. Die Ermittler werden nicht gut wegkommen.«

»War ja nicht von Anfang an ersichtlich, dass es einen Zusammenhang gibt«, meinte Daniel sich verteidigen zu müssen. Kaum hatte er den Satz ausgesprochen, war ihm klar, dass er besser den Mund gehalten hätte.

»Wissen Sie was darüber?«, fragte der Journalist und funkelte ihn an. »Mein Name ist Günter Theiss, Bild Stuttgart.«

Ausgerechnet, dachte Daniel und drückte seine Kippe in den mit Quarzsand gefüllten Behälter. »Nein, nur was man in der Kantine so aufschnappt.«

»Ach … und das wäre?«

Auch diese Äußerung war Mist. Wo hatte er nur seinen Kopf? Der Schmerz in seinem Nacken war wieder heftiger geworden und strahlte bis hoch in sein Gehirn. Daniel brauchte eine neue Ladung Aspirin.

»Hören Sie, Herr Theiss, in der Pressekonferenz wurden die Fakten doch dargelegt … Ich muss jetzt gehen. Einen schönen Tag noch.«

»Fakten sind das eine, mein Freund. Und wir wissen doch beide, dass die Ermittler gerne mal etwas zurückhalten, um Trittbrettfahrer auszusieben. Ein entscheidendes Detail, das außer dem Mörder niemand wissen kann.«

Ich bin nicht dein Freund, du Arsch, lag ihm auf der Zunge. »Was exakt der Grund ist, warum damit hinter dem Berg gehalten wird«, erwiderte Daniel und wandte sich zum Gehen.

»Wir haben für solche Informationen ein nicht zu verachtendes Budget«, ließ ihn Günter Theiss wissen.

»Danke, kein Interesse.« Daniel ließ den Journalisten stehen.

»Willkommen bei der SoKo Hitze!«, begrüßte Hauptkommissar Decher die Mannschaft, die sich in dem dafür eingerichteten Krisenraum zusammengefunden hatte.

In der Mitte des dreißig Quadratmeter großen Raums waren auf sechs Metern Tische aneinandergereiht, auf der eine Phalanx von Computerbildschirmen stand. Am Kopfende konnten Daten über einen Beamer auf eine Leinwand geworfen werden. Rechts neben der Leinwand befand sich das Pult des neuen Kopfes der SoKo Hitze.

Wer hatte sich diesen Namen ausgedacht?

Kristina schüttelte den Kopf. Der Teamleiter der Sonderkommission hatte es bislang nicht für nötig gehalten, ihr auch nur die Hand zu reichen, um sich vorzustellen. Die vom LKA waren wegen ihrer Arroganz verschrien, und Decher schien das Paradebeispiel dafür zu sein.

Sie hatte schon von ihm gehört. Ein Vorzeigebulle, der einige Ermittlungserfolge auf seinem Konto hatte. Ein Mann, dem man zutraute, diesen heiklen Fall schnell aufzuklären, und der Verantwortung übernahm. Keine kleine Kommissarin eben, die bislang im Schatten eines anderen, erfolgreichen Kriminologen gestanden hatte. Das war es, was sie am meisten grämte. Wenn es darauf ankam, vertraute man lieber auf einen Mann. Und ihr ruhmreicher Abgang bei der Pressekonferenz hatte dieser Überzeugung noch reichlich Brennstoff geliefert.

Sie wollte nicht mehr daran denken und konzentrierte sich auf ihren neuen Chef. Sie schätzte Decher auf Ende vierzig. Er hatte die kompakte Statur eines Innenverteidigers, und genauso intensiv beabsichtigte er auch, sich in den Fall zu grätschen. Seine Antrittsrede vor den Kollegen war nicht flammend, aber eindringlich gewesen. Er wollte von jedem hundertzwanzig Prozent sehen. Ausnahmslos!

Thorwald Decher war der Planer und Motivator, der Macher eben, den Retter sich wünschte. Die schwäbische Antwort auf Chuck Norris, und ein wenig sah er auch so aus, inklusive Bürstenhaarschnitt und Oberlippenbärtchen. Nur der dunkelblaue Anzug passte nicht ins Bild des Frontkämpfers.

Wie lange würde er wohl bei der Hitze die Krawatte um seinen Hals aushalten? Aber wahrscheinlich bekam er demnächst auch eine mobile Klimaanlage bewilligt. Genau wie die fünf Beamten aus der Stuttgarter Direktion, die mit einem Mal zur Verfügung standen.

»Ich werde jetzt für alle, vor allem für jene, die uns seit heute verstärken, einen kurzen Abriss über den Ermittlungsstand geben. Die Details besprechen Sie im Anschluss untereinander und je nach Aufgabenverteilung«, begann er und zog ein Whiteboard vor seinen Arbeitstisch, an das bereits die Fotos der drei Opfer gepinnt waren.

Mit einem Marker klopfte er gegen das erste Bild. »Egon Osswald, Pensionär und ehemaliges Aufsichtsratsmitglied der Attpoes Corporation, stirbt laut Autopsiebericht am 8. oder 9. Juli aufgrund massiver Gewalteinwirkung. Die Tatwaffe, eine Axt, stammt aller Voraussicht nach aus dem persönlichen Besitz des Opfers. Wegen des fortgeschrittenen Grads der Verwesung lässt sich, gemessen am Aufschlagwinkel des Beils, nur unter Vorbehalt sagen, dass der Täter kleiner war als das Opfer. Oder er hat die Axt kurz gehalten, aber das wäre eher ungewöhnlich. Osswalds Haus weist keine Einbruchsspuren auf. Es gibt keine unmittelbaren Zeugen. Leider wurde es bisher versäumt, ein exaktes Bewegungsprofil des Opfers in den Tagen vor seiner Ermordung zu erstellen.« Decher musterte Kristina kurz und abschätzend, bevor er fortfuhr. »Bruno Schwarz, Architekt, verbrennt am 25. Juli in einem Container auf dem Waiblinger Wertstoffhof. Nach der Begutachtung durch die Rechtsmedizin ist festzustellen, dass der Mann vorher massive Kopfverletzungen erlitten hat. Wir können davon ausgehen, dass das Verbrennen des Opfers der Vernichtung von Spuren diente und die Identität des Mannes verschleiern sollte. Warum, ist noch nicht ersichtlich. Entscheidend ist, dass zwischen Schwarz und Osswald eine Verbindung besteht.« Der SoKo-Leiter kritzelte einen Doppelpfeil zwischen die beiden Fotos. »Schwarz war laut Aussage von Osswalds Tochter mit selbiger liiert. Das Ganze liegt zwei Dekaden zurück. Es gibt keine Belege, dass die beiden Männer seither Kontakt hatten.«

Kristina wurde bei dieser Feststellung erneut gemustert.

Sie musste sich beherrschen, um nicht aufzuspringen und den Raum zu verlassen. Doch sie wusste in derselben Sekunde, dass sie es nicht tun würde. Sie wollte, dass dieses Morden aufhörte. Darum blieb sie. Dafür war sie zur Polizei gegangen. Aus Überzeugung. Um Unrecht zu bekämpfen und andere zu schützen. An vorderster Front. Diesem Einsatz gehörte ihr Herzblut, und wenn sie ein Leben retten konnte, lohnte es sich auch, diese Schmach zu ertragen, der sie im Moment ausgesetzt war.

Decher fuhr inzwischen fort, über das zu reden, was in Osswalds Keller gefunden worden war. Die neuen Kollegen, die noch nicht darüber Bescheid gewusst hatten, wechselten kopfschüttelnd fragende Blicke.

»Zurück zu Bruno Schwarz. Wir wissen, dass der Architekt am Vorabend seiner Ermordung auf einer Vernissage in der Galerie Stihl war. Mehr ist über seinen Verbleib in den Tagen vor seinem Tod nicht bekannt. Auch nicht, was seinen letzten Abend betrifft. Laut Zeugen war er allein dort, niemand hat beobachtet, ob er die Ausstellungseröffnung in Begleitung einer anderen Person verlassen hat. Wo ist er in dieser Nacht seinem Mörder begegnet? Wie konnte dieser den Architekten über den Sicherheitszaun des Wertstoffhofs und in den Kartonagencontainer befördern?«

Decher zeichnete schwungvoll ein Fragezeichen unter Schwarz' Foto auf der Tafel. Der Punkt, den er hämmernd darunter setzte, war ein weiterer Messerstich in Kristinas Brust. Ja, sie wusste selbst, dass noch viel zu viele Fragen offen waren. Aber sie waren zuletzt nur zu dritt gewesen und quasi täglich mit einer weiteren Leiche bedient worden.

»Carola Walz«, fuhr der Hauptkommissar fort, »sollte am 27. Juli einer Vorladung auf dem Präsidium nachgehen. Sie ist mit dem Zug nach Waiblingen gefahren. Die aufgeweichte

Fahrkarte wurde in ihrer Hosentasche gefunden. Leider kam sie nie im Kommissariat an. Stattdessen fischte man sie zwei Tage später aus der Rems. Definitiv wurde sie bereits am Samstag ermordet, wenn ich den vorläufigen Bericht der Rechtsmedizin zitieren darf. Genau wie bei Schwarz konnte auch hier noch keine Tatwaffe sichergestellt werden. Was hat sie bewogen, nicht direkt zur Polizei zu gehen? Laut der Uhrzeit auf dem Zugticket hatte sie eigentlich keinen Puffer, um noch einen Spaziergang zwischenzuschieben.«

Auch Carola Walz bekam einen Verbindungspfeil zu Egon Osswald.

»Das, meine Damen und Herren, sind die Fakten. Es gibt bislang einen Hauptverdächtigen. Den polnischstämmigen Jakub Piecek, der sich um Egon Osswalds Grünanlagen kümmerte. Irgendwie fällt es mir schwer, auszusprechen, dass es der Gärtner war.«

Dafür erntete er ein paar zaghafte Lacher von den Neuen. Während der leidigen Pressekonferenz war vorsichtig erwähnt worden, dass man nach einem Tatverdächtigen fahndete, allerdings ohne konkret zu werden.

»Piecek ist polizeilich nicht erfasst und aktuell zur Fahndung ausgeschrieben. Mutmaßungen deuten darauf hin, dass er als Hehler fungiert und illegal Waren verschiebt. Seine Ehefrau verweigert die Aussage, was ihr gutes Recht ist, uns aber nicht weiterhilft. Leider kann sonst niemand was Genaues dazu sagen. Ein Manko, das sich durch die komplette Ermittlung zieht.«

Sonja und Ralf fühlten sich mittlerweile ebenfalls in die Ecke gedrängt, wenn Kristina ihre missmutigen Gesichter richtig interpretierte.

»Was ist mit den Verstümmelungen?«, fragte Sampo, der hinten an der Wand lehnte. Er war zu spät gewesen und hatte sich leise reingeschlichen.

Decher hob die buschigen Brauen. »Sie sind?«

»Hietaniemi, Kriminaltechnik.«

»Der Polizeipsychologe arbeitet noch daran. Mich überrascht, dass sich das Aufgabenfeld der Waiblinger Spurensicherung neben Tatortanalysen auch mit Täterprofilen befasst.«

»Ein Steckenpferd von mir«, gab Sampo zurück, und auch das verursachte einen gedämpften Heiterkeitsausbruch in der Runde.

»Schön, dass einzelne Anwesende hier noch so viel Spaß haben, angesichts der Tatsache, dass der Mörder weiterhin frei herumläuft«, konterte der Hauptkommissar scharf. »Belassen wir es vorerst dabei, Herr Hietaniemi! So wie sich die Sachlage darstellt, und nach einer ersten Einschätzung durch Dr. Eisner, könnte der Täter auch ein Soziopath sein, der mit seinem Werk noch nicht am Ende ist. Wir haben keine Zeit zu verlieren, weil wir nicht wissen, ob es weitere Morde geben wird.«

Die Aufgabenverteilung erfolgte präzise. Es gab kaum Fragen, nur nickende Köpfe. Es fehlte nur noch, dass einer der Stuttgarter Kollegen salutierte.

Kristina war immer noch wütend, als der SoKo-Leiter ihr andeute, mit ihr reden zu wollen. Ein Teil der Kollegen verließ nach der Lagebesprechung den Raum, doch drei der Stuttgarter Beamten nahmen ihre Arbeit an den Computern auf.

Kristina hatte mit dieser Unterhaltung gerechnet, nachdem ihr als Einzige kein konkreter Auftrag zugeteilt worden war. Allerdings hätte sie das Gespräch lieber unter vier Augen geführt. Mit Unbehagen setzte sie sich wieder auf ihren Stuhl, während Decher auf der Kante des Besprechungstischs Platz nahm.

»Tut mir leid, was auf der Pressekonferenz passiert ist. Ich hätte Sie gerne vorab unterrichtet«, begann er, aber Kristina fiel ihm ins Wort.

»Sie brauchen sich nicht zu entschuldigen, sagen Sie mir einfach, wofür Sie mich vorgesehen haben?« Es fiel ihr schwer zu leugnen, dass sie angefressen war. Wohl wissend, dass sie sich dadurch wenig professionell verhielt.

»Wir müssen an einem Strang ziehen, sonst geht es nicht«, mahnte der LKA-Beamte.

»Diese Einsicht kommt etwas spät, finden Sie nicht? Aber keine Angst, ich habe nicht vor zu desertieren«, erwiderte sie und fügte ein Haifischlächeln an.

Decher zupfte seine Bundfalte gerade. »Gut«, sagte er und fragte sie, womit sie sich im Rahmen der Ermittlung zuletzt befasst hatte.

»Fettabsaugung.«

Wenn sie ihn mit dieser Antwort überraschte, ließ er es sich nicht anmerken. »Ist das Ihrer Einschätzung nach die heißeste Fährte?«

Kristina hatte noch keinen Gedanken darauf verschwendet, wie viel Gewicht auf dieser Spur lag. Aber ja, sie war intuitiv davon überzeugt, dass es sich lohnte, ihr nachzugehen. »Es gibt schlechtere Ermittlungsansätze«, antwortete sie daher bestimmt.

Thorwald Decher warf einen Blick auf die Tafel und sah wieder zurück zu ihr. »Nachdem Sie aktuell keine Fahrlizenz besitzen, würde ich vorschlagen, Sie kümmern sich um den Abgleich der Todesanzeigen mit Osswalds Liste. Ich will neben diesem Siegmar Rima noch ein paar andere Namen isoliert haben, die wir genauer durchleuchten können. Und bringen Sie Osswalds Tochter endlich dazu, in einen Flieger zu steigen. Sie hatten doch zuletzt Kontakt mit ihr. Machen Sie ihr klar, dass wir ihre Aussagen brauchen, um das Persönlichkeitsprofil ihres Vaters zu schärfen. Ich will wissen, was dieser Mann die letzten Jahre und vor allem in den vergangenen Monaten getrieben hat. Was wir über Egon Osswald haben, ist mir viel zu schwammig!«

Sie sah geladen aus, als sie aus dem Besprechungsraum gestürmt kam. Daniel brauchte sie nur anzusehen, um Gewissheit über das zu erhalten, was der Flurfunk ihm längst zugetragen hatte. Man hatte der Roten Zora jemanden vor die Nase gesetzt. Sie war nicht länger Anführerin der Räuberbande. Und er würde es ausbaden müssen, daran hatte er keinen Zweifel.

»Willst du nicht endlich mal zum Arzt gehen?«, fauchte sie ihn an, laut genug, dass sich zwei Uniformierte nach ihnen umdrehten, die zehn Meter voraus im Gang standen.

»Jetzt?«, fragte er irritiert zurück.

Mit einer Geste wies sie ihn an, ihr zu folgen. Eine Minute später waren sie erneut auf dem Weg nach Stuttgart, und er wurde das Gefühl nicht los, dass sie dabei waren, etwas Unerlaubtes zu tun.

9

Arthur Lorenz hatte die Praxis voller Leute sitzen, doch Kristinas Dienstausweis regelte das. Sie erntete böse Blicke, weil man sie vor all jenen ins Sprechzimmer des Arztes ließ, die schon lange Zeit in dem engen Wartezimmer verbrachten und sich durch den zerfledderten Lesezirkel arbeiteten.

Daniel war ihr hinterhergelaufen. Freiwillig, obwohl sie ihm vor dem Betreten des Gebäudes gestanden hatte, dass sie gegen eine Dienstanordnung verstieß. Er hatte stumm genickt.

Dr. Lorenz war ein Mittfünfziger, dessen Sommersprossengesicht ihm eine jugendliche Vorwitzigkeit verlieh. Er hatte etwas Sympathisches an sich, das ihn zweifelsfrei zu einem Arzt machte, dem die Patienten vertrauten.

Im Gegensatz zu dem Schönheitschirurgen Dr. Bennour übte Lorenz seinen Beruf in einem Sprechzimmer aus, in dem es nach Desinfektionsmitteln und mit Talkum bepuderten Gummihandschuhen roch. Hinter ihm sperrten die altbekannten Lamellenvorhänge das Sonnenlicht aus.

Der überraschende Besuch der Polizei, den seine Sprechstundenhilfe zwischen zwei Patienten geschoben hatte, schien ihn nicht glücklich zu stimmen. Doch er versuchte, das Stirnrunzeln mit einem Lächeln zu kaschieren. Die nagende Unruhe in seinem Blick blieb bestehen. Ebenso ein fortwährendes Zucken seiner mit roten Härchen übersäten Finger.

Manche Leute reagierten allergisch auf Polizeibeamte, auch wenn sie nichts verbrochen hatten. Die Kunst lag darin, zu erkennen, ob dieses Verhalten vom schlechten Gewissen gesteuert wurde oder nicht.

»Doch nichts Schlimmes, hoffe ich?«, begann Dr. Lorenz und musste sich anstrengen, seine Aufmerksamkeit von Daniels lädierter Gesichtshälfte zurück auf Kristina zu lenken, deren Oberschenkel beinahe die Tischkante berührten.

»Leider ja«, antwortete sie.

»Oh«, stammelte er. »Wollen Sie sich setzen?«

Kristina lehnte ab, und auch Daniel verneinte, was den Arzt noch fahriger werden ließ. Offensichtlich war er es nicht gewohnt, zu den Leuten vor seinem Schreibtisch aufzublicken.

»Haben Sie in jüngster Zeit eine Carola Walz behandelt?«, fragte Kristina.

Dr. Lorenz benötigte drei Sekunden, bis er nickte. »Frau Walz, ja, natürlich. Ist ihr etwas passiert?«

»Wir haben sie heute Morgen tot aufgefunden«, erklärte Kristina nüchtern.

Daniel betrachtete sie kritisch, weil sie wieder den Vorschlaghammer ausgepackt hatte.

»Das ist … oh Gott. Wie sind Sie so schnell darauf gekommen, dass Sie meine Patientin ist … war?«

»Wussten Sie, dass sie eine Fettabsaugung in Betracht gezogen hat?«

»Ich darf darüber nicht mit Ihnen reden«, fiel ihm ein, und er presste die Lippen aufeinander.

»Bitte, Dr. Lorenz, ich respektiere Ihre Schweigepflicht, aber sie ist tot«, erinnerte Kristina. »Wir suchen einen Mörder, der nicht zum ersten Mal getötet hat, und Frau Walz wird vielleicht nicht sein letztes Opfer bleiben, wenn wir ihn nicht stoppen.«

Der Arzt wurde blass, seine Mundwinkel sackten nach unten. Für eine Sekunde sah er so aus, als erleide er einen Schlaganfall. »Ich … ich kann mir nicht vorstellen, dass die Krankheit von Carola Walz mit ihrer Ermordung zusammenhängt«, erwiderte er zögernd.

»Selbst wenn Sie es nicht für relevant halten, kann jeder Hinweis für uns hilfreich sein.«

Es bereitete ihm Probleme, weiter still auf dem Stuhl zu sitzen. Er fing an, merklich von rechts nach links zu rutschen, ohne dass es ihm selbst bewusst wurde.

»Sie hat mir gesagt, dass ein Schönheitschirurg aus der Sophienklinik, ein gewisser Dr. Bennour, sie an mich verwiesen hat.«

»Mit ihm habe ich bereits gesprochen«, klärte Kristina den Arzt auf, was bei ihm die Irritation erhöhte.

Nach anfänglichem Gestotter nahm er den Faden wieder auf. »So etwas ist oft tragisch … wenn jemand so sehr nach einem ansehnlichen Körper strebt, aber sein Krankheitsbild es nicht zulässt. Frau Walz litt an sekundärer Dyslipidämie, das wird Dr. Bennour Ihnen ja erklärt haben. Statistisch leidet jeder zehnte Deutsche darunter, der größte Teil, ohne es zu wissen. Ich habe ihr eine medikamentöse Behandlung in Verbindung mit einer Diät und einem Sportprogramm empfohlen. Sie schien sehr zuversichtlich, nachdem sie verstanden hat, dass sie gute Heilungschancen hatte. Wir wollten nächste Woche mit der Behandlung beginnen.«

Lorenz' Beschreibung der Mittvierzigerin unterschied sich erneut von der ihrer Mutter. Offensichtlich hatte Carola ihr nicht alles anvertraut. Das Mordopfer hatte eine drastische Veränderung seines Lebens geplant. Wollte wieder schlank sein, sich bewegen, ausbrechen aus der Trostlosigkeit, die sie seit dem Tod ihrer Familie gefangen hielt. Alles deutete darauf hin, dass sie auf einem guten Weg gewesen war, bevor ihr Mörder dieser Euphorie ein jähes Ende gesetzt hatte.

»Kennen Sie Egon Osswald oder Bruno Schwarz? War einer dieser beiden wegen einer vergleichbaren Stoffwechselstörung bei Ihnen in Behandlung?«

Lorenz schüttelte den Kopf.

Wenn man bedachte, wie viele Leute draußen in seinem Wartezimmer ausharrten, und dies aufs Jahr hochrechnete, dann musste er die Namen seiner unzähligen Patienten erstaunlich gut im Gedächtnis haben, um so schnell zu verneinen.

»Sind Sie sicher?«, hakte sie nach.

»Die beiden sind doch nicht auch …?«

»Darüber kann ich nun wiederum nicht sprechen«, gab Kristina zurück.

»Ich kann in den Krankenakten nachsehen«, bot er an und gab über eine Gegensprechanlage die Namen an seine Arzthelferin weiter. »Ein klein wenig Geduld«, entschuldigte er sich, wohl in der Hoffnung, er hätte damit seine Pflicht erfüllt.

»Sie könnten in der Zwischenzeit meinem Kollegen ein frisches Pflaster verpassen«, schlug Kristina vor.

Dr. Lorenz sah sie überrascht an, zögerte kurz, stand dann aber auf und bat Daniel, sich auf die Pritsche zu setzen. Der wirkte nicht minder überrumpelt und befolgte die Anweisung des Arztes.

Lorenz zitterte, als er das Pflaster über Daniels Braue entfernte. »Warum wurde das nicht geklammert?«, fragte er kopfschüttelnd, ohne dass er eine Antwort bekam.

»Das muss gemacht werden«, raunte er, machte zwei Schritte in Richtung Schreibtisch, blieb nochmals stehen und nestelte in seinen Kitteltaschen herum. Dann ging er zur Tür und rief seine Arzthelferin zu sich.

»Ela, nimm den jungen Herrn bitte mit und versorg die Wunde!«

»Haben Sie Egon Osswald oder Bruno Schwarz in der Patientenkartei gefunden?«, fragte Kristina dazwischen.

Lorenz wechselte mit seiner Angestellten einen Blick, und sie verneinte. Danach verschwand sie mit Daniel in einem Nebenzimmer. Der Arzt wirkte erleichtert, als sich auch Kristina verabschiedete, um im Gang auf Daniel zu warten. Gemeinsam verließen sie fünf Minuten später die Praxis.

»Komischer Kauz«, fasste Daniel die Visite bei Dr. Lorenz auf dem Weg zurück zum Wagen zusammen.

»Ja. Für meinen Geschmack ein bisschen zu nervös und schnell mit der Antwort. Hat die Arzthelferin noch was gesagt?«

»Wie kommst du darauf, dass ich sie ausgefragt habe?«

»Weil ich dich kenne«, antwortete Kristina.

Daniel seufzte. »Sie wollte wissen, wieso wir den Doc interviewen, und nachdem ich erwähnte, dass es um eine Zeugenbefragung bei einer Mordermittlung geht, waren ihre Hände auch nicht mehr die ruhigsten, während sie meine Wunde reinigte. Klar, dass einen so was aufbringt, aber als sie mich konkret fragte, was Schwarz damit zu tun hat, kam mir das schon so vor, als wüsste sie, wer gemeint war.«

Kristina sah auf die Uhr. Am liebsten wäre sie noch mal umgekehrt und hätte sich mit der Arzthelferin unterhalten. Wie viel Zeit blieb ihr noch, bis Decher sie vermisste, weil sie nicht im Büro am Computer saß und Personendaten abglich? Sie hätte zumindest Sonja und Ralf einweihen sollen. Noch war kein Anruf auf ihrem Handy.

»Lorenz verbirgt etwas«, resümierte Daniel.

Der Wagen parkte in der Nähe des Hauptbahnhofs, und die Großbaustelle im Herzen der Stadt sorgte für das gewohnte nachmittägliche Verkehrschaos. Sie gerieten mitten in den beginnenden Feierabendverkehr.

»Mag sein«, antwortete sie endlich.

Aber reichte der Verdacht gegen den Arzt aus, um Decher umzustimmen und ihr eine gründliche Personenüberprüfung oder womöglich gar eine Observation zu genehmigen? Die Faktenlage war äußerst dünn. Und wenn rauskam, wie eigenmächtig sie gehandelt hatte, würde er ihr zu allererst den Chauffeur entziehen.

Im Wagen roch es immer noch nach Motorschmiere, und die Hitze im Innenraum potenzierte den Gestank zusätzlich. »Bah! Daniel, verflucht, was hast du hier drin gemacht?«

Er senkte beide Seitenscheiben ab, um für Durchzug zu sorgen, doch die Dunstglocke über dem Stuttgarter Kessel rührte sich keinen Millimeter.

»Wie machen wir weiter?«, fragte er, statt eine Antwort zu geben.

Kristina betrachtete ihn aufmerksam. Mit dem ordentlichen Pflaster sah er wieder einigermaßen manierlich aus. Doch da war etwas in seinem Blick, das ihr schon am Vormittag aufgefallen war. Aber ihr Kopf war zu vollgepackt gewesen mit den Millionen Dingen, die sie zu überprüfen und abzuklären hatte. Es fehlte die Zeit, auf ihre Intuition zu hören.

»Nicht nur Arthur Lorenz hält mit etwas hinterm Berg, wie es scheint. Raus mit der Sprache, was muss ich wissen?«

Der anfängliche Trotz wich Resignation. »Ich war bei Alfred Hilger«, gestand er, und im ersten Moment konnte sie mit dem Namen nichts anfangen.

Doch dann legten sich in ihrem Gehirn die richtigen Schalter um, und sie wusste, von wem er sprach.

Hinter meinem Rücken!

Die Bewunderung darüber, dass er diesen Mann, von dem Ilona Piecek angeblich nur den Vornamen kannte, ausfindig gemacht hatte, überwog den Ärger über sein unbefugtes Handeln. Wenn sie ihn jetzt in den Senkel stellte, war sie nicht besser als Thorwald Decher.

»Kommen daher die Schrammen?«

»Ich war unvorsichtig«, antwortete er kleinlaut. »Und Hilger ist nicht zimperlich.«

Daniel schilderte knapp, was zwischen ihm und dem Automechaniker vorgefallen war. Kristina verkniff sich eine Anklage und rang sich ein versöhnliches Lächeln ab. In ihrer augenblicklichen Situation war es besser, nach jedem Strohhalm zu greifen, der sich ihr bot. Nur ein Fahndungserfolg konnte sie wieder zurück ins Rennen bringen. Daher gab es nur eine logische Reaktion auf seinen Alleingang.

»Fahren wir!«

Daniel konnte der Idee, den Werkstattbesitzer nochmals aufzusuchen, nichts abgewinnen. Und ob Kristina mehr aus Hilger herausbrachte, stellte er infrage. Auf der Fahrt aus Stuttgart heraus versuchte er mehrmals, sie davon zu überzeugen, dass der Autohändler nicht wisse, wo sich Piecek aufhielt. Aber Kristina wollte offenbar zeigen, dass sie die Ermittlungen im Griff hatte, und traute seinem Urteil nicht.

Im Strom der Berufspendler benötigten sie eine knappe Stunde, bis Daniel auf den Hof von Hilgers Werkstatt einbog. Die Tore standen offen. Auf beiden Hebebühnen schwebten Wagen unter der Decke.

Kristina stieg aus, und Daniel folgte ihr. Die Temperatur auf dem geteerten Platz war wohl beinahe wie zur Mittagszeit im Death Valley. Alfred trat aus dem Schatten seiner Halle, in den öligen Händen einen speckigen Stofffetzen, mit dem er seine Finger säuberte.

»Suchst du wieder eine Unterkunft für die Nacht?«, begrüßte er Daniel, dann fiel sein Blick auf Kristina und er drückte sein breites Kreuz noch etwas mehr durch, als wolle er klarmachen, wer im Rudel das paarungsfähige Männchen war. »Wen hast du mir da Süßes mitgebracht, mein Freund?«

»Ihr seid ja schon ein Herz und eine Seele«, sagte Kristina und hielt ihren Ausweis hoch. »Kripo Waiblingen! Der Herrenabend muss warten, Herr Hilger. Was wissen Sie über den Verbleib von Jakub Piecek?«

»Habt ihr keine andere Nummer drauf?«, konterte Hilger und stemmte seine Fäuste in die Hüften. »Warum fragt ihr nicht seine Frau?«

»Wir wollen es lieber von Ihnen hören«, gab Kristina zurück. »Und vergessen Sie, was Ihnen mein Kollege hier leichtfertig zugesagt hat. Ich kann Sie aus dieser Geschichte nicht rauslassen, wir ermitteln in einem Mordfall, und damit wird es verflucht eng für Sie, sollten Sie nicht kooperieren.«

Alfred mahlte mit seinem Unterkiefer. »Ich hab mit Jakubs Scheiße nichts zu tun, und ich lasse mir nichts anhängen!«

»Gut, dann reden Sie.«

»Will sie es nicht kapieren?«, wandte er sich an Daniel, dem das Hemd am Rücken klebte. Er musste aus der Sonne raus. Die Kopfschmerzen waren zurück. »Sie ist der Boss«, antwortete er.

»Und ich kenne meine Rechte«, konterte Hilger und grinste.

»Sind Sie nicht daran interessiert, Ihrem Freund zu helfen? Ihnen ist doch längst aufgefallen, dass Jakub in Schwierigkeiten steckt. Wer ist an der Sache mit dem Elektronikschrott noch beteiligt? Geben Sie mir einen Namen, schieben Sie den schwarzen Peter weiter, wer organisiert die Müllmafia und kann etwas über den Aufenthaltsort von Piecek wissen?«, verlangte Kristina zu wissen. »Ich kann Sie auch vorladen lassen, dann können wir auf dem Präsidium plaudern. Ich wette, so was spricht sich schnell herum, vor allem, wenn bei Ihnen in der Werkstatt die Kollegen der Steuerfahndung rumschnüffeln. Wer steckt hinter der Müllmafia?«

Alfred wand sich wie eine Schlange. »Das Gerücht von der Müllmafia ist Unsinn. Es gibt da ein paar Schrottsammler, die den Leuten das alte Zeug abnehmen, bevor sie es über die Stadt entsorgen. Spart Steuern, die sollten uns dankbar sein. Da hat keiner die Hand drauf, um dieses Geschäft zu kontrollieren.«

»Erzählen Sie mir nicht, Jakub steht am Straßenrand und passt die Autos ab, die auf den Wertstoffhof wollen.«

»Kann sein, dass er sich ab und an um den Transport kümmert«, knurrte Hilger.

»Zusammen mit Ihnen.«

»Wer behauptet das?«

»Ich werde Ihnen keine Zeugen nennen, Herr Hilger. Wir wissen, dass Jakub Piecek mit Ihnen Elektroschrott nach Rumänien fährt. Das betrifft auch Ware, die schon auf dem Recyclinghof lagerte und aus den Containern geklaut wurde. Mich interessiert dabei ausschließlich der Verbleib von Jakub Piecek. Sagen Sie mir, was ich hören will, und ich begnüge mich möglicherweise damit.«

Es war nicht allein die Sonne, die Alfred den Schweiß aus den Poren trieb und ihn dazu veranlasste, sich mit dem schmutzigen Lappen über die Stirn zu wischen. Dabei blieb ein schwarzer Striemen zurück. Danach stopfte er ihn zusammen mit seinen Händen in die ausgebeulten Taschen der Arbeitshose.

»Ich kann nicht für Jakubs Geschäfte sprechen. Ich kenne die Leute jedenfalls nicht, mit denen er noch so zugange war.«

Schwer zu glauben, was er ihnen da erzählte. Daniel war klar, dass Alfred seinen Arsch retten wollte, trotzdem war er weiterhin überzeugt, dass der Mechaniker nicht wusste, wo Jakub Piecek steckte.

»Aber Sie wissen, wie man nachts über den Zaun kommt?«, hörte er Kristina die Befragung vorantreiben.

Alfred sah sie herausfordernd an. »Na, wenn Jakub da was drehen wollte, hatte er ja seinen Kastenwagen. Den hätte er theoretisch direkt am Zaun parken können, dazu eine Planke über die Hecke und eine Aluleiter, und fertig wäre der ganze Trick.«

»Theoretisch.«

»Theoretisch.«

»Und letzte Woche, in der Nacht von Donnerstag auf Freitag, da könnte es genauso abgelaufen sein?«

»Möglich. Vielleicht hat Jakub gesteckt bekommen, dass eine nicht zu verachtende Ladung ausrangierter Monitore auf dem Wertstoffhof gelandet ist. Irgendeine große Firma hat die komplette Verwaltung mit neuen Bildschirmen bestückt und die alten Kästen zur Entsorgung gegeben. Nehmen wir also an, es wäre noch Platz im LKW, würde man sich das nicht entgehen lassen. Auch wenn es ziemlich kurzfristig wäre. Jemand wie Jakub ließe sich davon nicht abbringen«, sagte der Mechaniker.

»Doch dann tauchte er Freitagmorgen nicht damit auf, und Sie sind ohne ihn los«, vervollständigte Kristina.

Er legte den Kopf schief, was wohl Zustimmung sein sollte.

»Und Sie sind nicht auf die Idee gekommen, nach ihm zu sehen? Sie wussten doch, dass er auf dem Recyclinghof zugange war!«

»Ich mache mir damit nicht die Hände schmutzig«, beteuerte er erneut.

»Aber Piecek tut das, zusammen mit Helfern, die Sie angeblich nicht kennen. Warum soll ich Ihnen das glauben?«, fragte Kristina.

Alfred hob abwehrend die Hände. »Alles rein hypothetisch, aber schwer vorstellbar, dass Jakub die Monitore allein über den Zaun schleppen würde«, erwiderte er und klang auf einmal betroffen, als er sagte: »Jakub mag ein krummer Hund sein, aber er ist kein schlechter Kerl.«

Daniel beobachtete Kristinas Reaktion auf Hilgers Bemerkung und war gespannt, wie sie damit umgehen würde.

»Dann helfen Sie uns, ihn zu finden«, verlangte sie, wobei jegliche Aggressivität aus ihrem Tonfall gewichen war. Sie signalisierte Hilger, dass er ihr vertrauen konnte, und wie es schien, sprang er darauf an.

»Ich habe versucht, ihm das auszureden«, begann er, nachdem er sich umgeschaut hatte. »Sie müssen mir glauben, es sind nie Namen gefallen, weshalb ich nicht weiß, um wen es dabei ging. Aber Jakub war da an einer Sache dran, von der versprach er sich einen Batzen Geld. Irgendein Typ. Er wollte ihn ausnehmen wie eine Weihnachtsgans, hat er mir erzählt.«

»Erpressung?«, fragte Kristina, aber Hilger verzog keine Miene.

»Er wollte nicht auf mich hören und die Sache durchziehen. Jetzt befürchte ich, dabei ist was aus dem Ruder gelaufen.« Sein Imponiergehabe war nun gänzlich verschwunden, und irgendwie wirkte er nur noch halb so breit, wie er da in der prallen Sonne vor seiner Werkstatt stand.

Das ließ den Verdacht zu, dass Piecek Bruno Schwarz erpresst hatte, da dessen Leiche letztlich im Container verbrannt war. Was war bei der Geldübergabe Donnerstagnacht am Wertstoffhof schiefgegangen?

»Sie haben recht. Etwas ist aus dem Ruder gelaufen, und Sie täten gut daran, sich unverzüglich bei mir zu melden, wenn Sie etwas von Ihrem Kumpel hören!«

Thorwald Decher war nicht im Präsidium. Er war auf der Jagd, wie man Kristina ausrichtete. Nach wem, konnte niemand sagen.

Sie setzte sich an ihren Computer und rief sich die neuesten Berichte auf. Ralf Winkler hatte ein Gespräch mit Doreen Mezgers Vater geführt. Der Mann machte keinen Hehl daraus, dass er wusste, wer in seiner Nachbarschaft gewohnt hatte. Vermochte jedoch auch glaubhaft zu belegen, dass er zuerst in die Gegend gezogen war. Außerdem litt er mit seinen achtundsechzig Jahren an starker Arthritis und konnte sich nur noch sehr eingeschränkt bewegen. Er schied als Täter aus, worüber Kristina froh war. Sie empfand Sympathie für die Bäuerin und hätte es bedauert, die Frau und ihre Familie noch tiefer in diese Ermittlungen hineinziehen zu müssen.

Ralf hatte endlich auch Daten von Osswalds Bank erhalten. Laut seinem Bericht waren in den letzten Wochen keine auffälligen Aus- und Eingänge zu verzeichnen. Auch die Abrechnungen der Kreditkarten zeigten nichts Ungewöhnliches. Tanken, Einkäufe via Internet, vorwiegend Lebensmittel, die per Lieferservice bestellt wurden. Nichts Spektakuläres, abgesehen von einer Position auf dem ersten Kontoauszug.

Kristina blätterte weiter und stellte fest, dass diese vierstelligen Beträge in relativ regelmäßigen Abständen an eine Detektei in Stuttgart gegangen waren. Falls Osswald nicht noch weitere Geheimnisse verborgen gehalten hatte, war das vermutlich die Quelle gewesen, mit deren Hilfe er seine Liste auf dem Laufenden gehalten hatte. Es gab keinen Vermerk, ob schon jemand mit dem Privatermittler gesprochen hatte. Kristina vermutete jedoch, dass das der Grund für die Abwesenheit des SoKo-Leiters war. Das verschaffte ihr Zeit.

Im Vergleich zu den Bankauszügen des pensionierten Managers sahen die von Carola Walz äußerst trostlos aus. Man gestand ihr nicht einmal einen Dispo zu, und zum Monatsende war das Konto jedes Mal leer geräumt. Wie hatte diese Frau über eine teure Schönheitsoperation auch nur nachdenken können?

Kristina war drauf und dran, bei Sampo nachzuhaken, wie

weit er mit dem ominösen Schlüssel war. Aber sie wusste, dass er sich umgehend melden würde, wenn er etwas herausbekommen hatte, und sie wollte ihn nicht nerven.

Auch Schwarz war durchaus vermögend. Er hatte an seinen Bauprojekten sehr gut verdient und allem Anschein nach nicht auf großem Fuß gelebt. Durchaus ebenfalls ein Kandidat, bei dem sich eine Erpressung lohnte, immer vorausgesetzt, dem Täter waren die Besitzverhältnisse bekannt, und es gab etwas, womit er sich erpressen ließ. Schwarz hatte in jüngster Zeit keine auffälligen Summen von seinen Konten abgehoben. Ins Auge sprang nur eine Transaktion von 50 000 Euro, vor etwa zwei Monaten, die an einen Hannes Achterberg ging.

Kristina klickte weiter zur nächsten Akte und bekam das Fahndungsfoto von Jakub Piecek auf den Bildschirm, das sie von seiner Frau ausgehändigt bekommen hatte. Im Gegensatz zu seiner Frau war er stämmig. Hatte der Pole gleichfalls ein Stoffwechselproblem?

Nach der Unterhaltung mit Hilger wurde die Behauptung von Ilona Piecek zunehmend glaubwürdiger. Hatte Jakub, ähnlich wie Carola Walz, begonnen, hinter dem Rücken seiner engsten Vertrauten ein neues Leben zu planen? Durch eine Erpressung? Hatte Piecek neben Schwarz auch Osswald erpresst? Waren dafür die 90 000 Euro in seinem Safe gewesen? Wofür sollte der Alte zahlen? Wofür der Architekt? Es gab bislang keine Indizien, die die beiden Männer mit illegalem Müllhandel in Verbindung brachten. Und warum endeten beide Übergaben mit dem Tod? Weshalb musste Walz sterben?

Weil sie den Täter kannte.

Kristina kam nicht umhin, Hilger vorzuladen, um seine Aussage zu Protokoll zu bringen. Sie hatte nur noch keine Ahnung, wie sie das Aufspüren des Mechanikers erklären sollte, ohne Daniel hineinzuziehen.

Die Probleme wurden nicht weniger. Selbst wenn eine Erpressung der Auslöser für die Morde war, was hatte es mit den Verstümmelungen auf sich?

Damit war sie wieder zu dem Thema gelangt, das für sie immer mehr in den Mittelpunkt dieser Morduntersuchung rückte. Kristina betrachtete das Foto, auf dem Piecek weder verschlagen noch gefährlich aussah. Das mochte daran liegen, dass er in die Kamera seiner Frau gelächelt hatte. Eine Feststellung, die Kristina ein wenig enttäuschte. Doch wie sollte sie wissen, was sich hinter der Fassade dieses Mannes abspielte, solange sie nur dieses digitale Abbild vor sich hatte?

Hatte sich Jakub auf eine andere Art von Geschäft spezialisiert, die so bizarr war, dass er selbst seinen Freund Alfred Hilger nicht einzuweihen wagte?

Es gab einen florierenden Markt für Leichenteile. Augäpfel von Toten waren auf dem Schwarzmarkt wegen der Hornhäute äußerst gefragt. Diese ließen sich problemlos transplantieren und wurden gegen erkranktes Hornhautgewebe ausgetauscht. In Krankenhäusern standen deshalb vermehrt Mitarbeiter der Pathologie unter dem Verdacht, sich damit ihr Gehalt aufzubessern.

Doch gab es tatsächlich einen Markt für Körperfett? Zumindest im Bereich der plastischen Chirurgie schien ja offenbar kein Bedarf zu bestehen.

Kristina musste noch einmal mit Arthur Lorenz reden.

Selbst wenn dieses Fett einen Abnehmer fand – warum musste Piecek dafür töten, wenn man das Zeug aus der Abfalltonne einer Schönheitsklinik holen konnte? Oder war Fett nicht gleich Fett? Erfüllte das Zeug aus den Reiterhosen von cellulitisgeplagten Damen nicht die Qualitätsstandards für eine medizinische Weiterverwendung? Manövrierte sie sich mit diesen Überlegungen in eine Sackgasse?

Vor ihrem Fenster tauchte die sinkende Sonne den Stadtpark in leuchtende Rottöne. Es war spät. Durch das Glas in der Trennwand der Büros sah Kristina, dass auch Sonja Lachenmeier noch an ihrem Schreibtisch saß. Nach dem überraschenden Führungswechsel hatte sich noch keine Gelegenheit ergeben, sich mit ihr auszutauschen.

Kristina erhob sich und ging ins Nachbarzimmer. Sonja blickte auf und lächelte. Sie sah mitgenommen aus. Ihr braunes, schulterlanges Haar hatte sie lieblos hinter die Ohren geklemmt.

»Besser, du machst Feierabend«, empfahl Kristina.

»Würde dir auch nicht schaden«, erwiderte die Kommissaranwärterin, nahm die Brille ab und rieb sich die roten Stellen rechts und links des Nasenrückens.

»Ich habe nur noch die aktuellen Berichte gelesen.«

»Und ich habe meinen letzten für heute gerade abgespeichert«, entgegnete Sonja.

Kristina zeigte Interesse. »Wozu hat Decher dich verdonnert?«

»Ich habe mich erneut mit dem Galeristen unterhalten. Er konnte leider auch diesmal nicht mehr dazu beitragen, Klarheit in Bruno Schwarz' letzte Nacht zu bringen. Der Architekt kam allein, hielt sich im Hintergrund oder, besser gesagt, hauptsächlich in der Nähe des Buffets auf und verschwand gleich nach dem offiziellen Teil.«

»Wer hatte ihn eingeladen?«

»Der Veranstalter selbst. Schwarz scheint ein angesagter Vertreter seiner Zunft gewesen zu sein. Der Galerist wirkte ernsthaft betroffen, auch wenn er den Architekten persönlich nicht kannte. Es war herauszuhören, dass er es bedauerlich fand, dass Schwarz sein Talent mit dem Bau von Ferienanlagen verschwendete. Wie beliebte er sich auszudrücken? *Die moderne, anspruchsvolle Architektur hat einen Meister verloren.«*

Da war etwas in Sonjas Bericht, das Kristinas Aufmerksamkeit erregte. Aber der Gedanke war zu schnell, um ihn fassen zu können. Im selben Moment fiel ihr ein, dass sie einen erneuten Anruf bei Louise Osswald tätigen musste. Außerdem spukte Daniels Bild in ihrem Kopf herum. Sie hoffte, sie hatte ihm keinen Floh ins Ohr gesetzt …

Der Rotschopf ging zu Fuß durch die in spätabendliches Licht getauchten Straßen und die Treppen hinauf auf die Halbhöhen des Stuttgarter Nordens. Damit entstieg er dem aufgeheizten Kessel, ohne seinen Verfolger zu bemerken.

Dr. Arthur Lorenz bewohnte ein Haus in der Nähe des Chinesischen Gartens. Beste Wohnlage, mit Blick über die Stadt und rüber nach Degerloch, wo über allem der Fernsehturm als goldglänzende Nadel in den dunkelroten Abendhimmel ragte.

Eine Observierung würde Kristina aufgrund der Faktenlage nicht genehmigt bekommen, aber was Daniel in seiner Freizeit anstellte, war natürlich seine Sache. Gestern war es noch undenkbar gewesen, dass er ihr einen Gefallen tat, aber jetzt sah die Sache anders aus. Er wusste, wie es sich anfühlte, wenn einem niemand mehr etwas zutraute. Deshalb rannte er Lorenz hinterher.

Allerdings musste er sich eingestehen, dass er sich beschissen fühlte. Mittlerweile hatte er eine komplette Blisterpackung Aspirin intus und dadurch einen schmerzlich übersäuerten Magen. Und das Adrenalin, das seit Beginn der Beschattung von Lorenz durch ihn hindurchraste, unterdrückte die Symptome einer möglichen Gehirnerschütterung. Das Stresshormon trieb ihn voran und hinterließ ein Gefühl, als hätte er Kokain in der Blutbahn.

Er war nicht stolz darauf, diesen Vergleich ziehen zu können, aber Darja hatte ihn einmal davon kosten lassen. Ein einziges Mal, und letztlich war er dankbar, dass es dabei geblieben war. Seine staatliche Besoldung hätte eine Abhängigkeit nicht verkraftet.

Darja! Sie war seine einzige Droge, und keine Therapie hatte bislang dagegen geholfen.

Die Hanglage erlaubte es Daniel, einen Ausschnitt der Terrasse einzusehen, auf der sich die Familie Lorenz zum Abendessen versammelte. Der Anblick ließ seinen Magen so laut knurren, dass er befürchtete, sie würde sich nach ihm umdrehen. Doch die vier machten sich über ihre gefüllten Teller her, ohne auch nur einmal in seine Richtung zu blicken.

Wann hatte er an diesem Tag, abgesehen von den Tabletten, etwas gegessen? Er kam auf ein lieblos belegtes Käsebrötchen in der Polizeikantine, während im Präsidium die Pressekonferenz abgehalten worden war. Die Erinnerung an die lappige Stulle verschlimmerte das Gefühl.

Um sich abzulenken, konzentrierte er sich auf das zwanzig Meter entfernte Familienidyll. Die Ehefrau sah jung aus. Er schätzte, sie und ihren Mann trennten mindestens zehn Jahre. Die Kinder schienen im Grundschulalter zu sein.

Daniel entschied, fürs Erste genug gesehen zu haben. Er wusste, wohin sich Dr. Lorenz begab, wenn er abends seine Praxis abschloss. Außerdem waren Familienväter laut Fallanalytik in der Regel kaum Serientäter. Das war zwar kein triftiges Argument, den Arzt gänzlich auszuschließen, aber Daniel hatte diesbezüglich auch nicht die Verantwortung. Er quälte sich allein Kristina zuliebe hier herum. Und so groß war die Zuneigung nun auch wieder nicht, dass er sich die Nacht um die Ohren schlug. Außerdem konnte sein lädiertes Äußeres in der noblen Wohngegend das Misstrauen der betuchten Anwohner erregen. Es wäre äußerst peinlich, wenn jemand auf die Idee käme, die Polizei zu rufen.

Auf dem Rückweg, die endlosen Stufen hinab in die Innenstadt, während er wieder eintauchte in diese zähe, abgasgetränkte Luft, wuchs jedoch mit jedem Schritt seine Unruhe.

Er war noch nicht fertig.

Auch wenn er keine rationelle Erklärung für dieses Gefühl fand. Lorenz war so verdammt nervös gewesen, und Daniel konnte sich nicht vorstellen, dass das die übliche Verhaltensweise des Arztes war. Es waren Kristinas Dienstausweis und ihre Fragen, die ihn aufgeschreckt hatten. Trotzdem ging der Arzt nach Hause, als wäre nichts gewesen. Aß mit seiner Familie zu Abend und brachte womöglich in diesem Moment die Kinder ins Bett. Und danach? War das alles eine über Jahre hinweg einstudierte Inszenierung, um nach außen den Schein zu wahren? Gegenüber den Nachbarn und dem Rest der Gesellschaft, die Arthur Lorenz als kompetenten Heiler schätzten?

In seinen zwei Jahren Polizeiausbildung hatte Daniel bislang nur bedingt die Erfahrung sammeln können, die dieses eindringliche Gespür rechtfertigte, das jetzt in seinem Inneren zwickte. Aber es war da. Jetzt nach Hause zu gehen, kam ihm mit einem Mal wie eine dumme Nachlässigkeit vor. Die lang ersehnte Dusche, die Pflege seiner Blessuren, das Füllen seines grummelnden Magens, dies alles musste noch warten. Nun schleppte er sich schon den ganzen Tag so verdreckt und übel riechend durch die Gegend, da machte eine Stunde mehr oder weniger nichts mehr aus.

Unvermittelt hatte er es eilig. Er holte den Dienstwagen, den er erneut am Nordausgang des Hauptbahnhofs abgestellt hatte, und fuhr mit einsetzender Dämmerung zurück in die Panoramastraße. Diesmal parkte er direkt gegenüber von Lorenz'

Hauseingang und suchte sich einen Radiosender mit Rockmusik, die ihn wachhielt.

Ein Geräusch erregte seine Aufmerksamkeit und machte ihn unverzüglich wach. Daniel war nicht sicher, ob er eingenickt war, geschweige denn, wie lange dieser Dämmerzustand angedauert hatte. Sein Nacken schmerzte, doch ihm blieb keine Zeit, sich zu bemitleiden.

Bei der Familie Lorenz öffnete sich das Garagentor und Daniel rutschte im Sitz nach vorn, um nicht gesehen zu werden. Sekunden später leuchteten zwei Autoscheinwerfer in seinen Wagen. Er reckte früh genug seinen Hals, um den Fahrer zu erkennen.

Der Arzt machte sich auf den Weg zu einer späten Visite.

Es war fast zehn Uhr geworden. Daniel ließ den Motor an und folgte den roten Rücklichtern des dunklen M-Klasse-Mercedes.

10

Nachts fror er. Egal wie heiß der Tag gewesen war. Hier gab es nicht genug Decken. Ein Feuer im Kamin würde ihn verraten, genau wie die Ölheizung. Der Brenner war alt und lief Gefahr zu qualmen. Niemand heizte um diese Jahreszeit. Die Stille war unheimlich, doch er durfte sie nicht vertreiben. Die Züge fuhren um diese Zeit nur selten. Man hörte sie, je nachdem, wie der Wind stand, mal lauter, mal leiser. Ein Flüstern, das über die Schienen glitt. Mehr Geräusche hatte dieser Ort nicht für ihn übrig.

Noch ließ das Zittern sich unterdrücken. Er könnte mit dem Auto rumfahren, die Heizung aufdrehen. Aber er wollte den Alten nicht unbeaufsichtigt lassen. Dem windigen Schloss in der Kellertür war nicht zu trauen. Genau wie dem Mann, der ihm so unbedarft die Tür geöffnet hatte.

Nun, er hatte ihn eingeladen, ihn über seine Schwelle gebeten, als flehe er geradewegs um Erlösung. Vom Schicksal gelenkt. Eine einfachere Erklärung gab es nicht.

Er hatte die Zeitung aufgeschlagen, durch die Seiten geblättert und diesen Hinweis gefunden, der allein für ihn bestimmt gewesen war. Mehr Vorhersehung brauchte es nicht. Der Rest war einfach gewesen. Die Menschen sahen, was sie sehen wollten. Und selbst der Tod vermochte zu lächeln, wenn es vonnöten war.

Er fragte sich, wieso er nicht sofort zugeschlagen hatte? Oder geschossen. Auch dazu wäre er mittlerweile in der Lage gewesen. Der Knall hätte ihn selbstverständlich verraten. Die

Spritze war die bessere Wahl gewesen. Lautlos, nahezu elegant, als führe er ein Florett. Das Zeug wirkte schnell. Für einen Moment war er erschrocken gewesen, wie unerwartet rasant der Alte umgekippt war, nachdem er ihm die Injektion in den Oberarm gerammt hatte. Nur wusste er nicht, wie lange das Sedativum vorhielt. Er hatte dafür keine Anleitung erhalten. Warum auch? Es war nie geplant gewesen, noch einmal zu erwachen.

Er konnte den *Spieler* stöhnen hören.

Nicht schon wieder, würde dieser winseln. *Hör auf damit, was habe ich dir angetan, dass du mich so quälst*.

Immer dieselbe weinerliche Leier. Und doch würde der Spieler weitermachen, denn er gehörte ebenfalls zu jenen, die keine Wahl hatten.

Genau wie ich, dachte er.

Aber diesmal war die Situation eine andere.

Zwei an einem Tag empfand er als verwerflich. Nicht, weil er noch ein Gewissen hatte. Diese Instanz war längst erfroren. Zu Eis erstarrt und in Milliarden Splitter zersprungen. Der Tod läutete den Verfall ein, und das bedeutete eine Verschwendung der Ressourcen. Darum lebte der Alte noch.

Doch es war bald an der Zeit aufzubrechen. Das Telefon hatte bis tief in den Abend hinein unermüdlich geklingelt. Er hätte das Kabel herausreißen können. Ein fortwährendes Besetztzeichen war jedoch weitaus verdächtiger, als wenn niemand im Haus das Gespräch entgegennehmen konnte.

Er musste diesen Ort verlassen. Nicht nur der Kälte wegen, vor der er niemals flüchten konnte. Sie begleitete ihn. Immerzu. Doch es würde den Leuten vor der Tür irgendwann nicht mehr genügen, nur zu klopfen und zu rufen. Irgendwann kam jemand mit einem Schlüssel. Ohnehin war er schon viel zu lange hier. Es war Zeit. Sobald die Sonne kam.

Dann blieb auch keine Wahl mehr, was den Mann im Keller betraf. Er konnte ihn nicht mitnehmen. Dafür war er zu schwach. Nur das, was er brauchte, das Notwendigste, das würde er sich nehmen, so wie er es bei den anderen getan hatte.

Kristina erwachte vor dem Wecker. Vom Vogelgezwitscher vor ihrem Fenster, das sie offen gelassen hatte, in dem Wunsch nach kalter Nachtluft. Sie schüttelte die Beklemmung ab, die sie aus dem Schlaf herübergebracht hatte. Sie wischte sich übers Gesicht, um diese Empfindung zu verscheuchen. Hatte irgendein Traum sie gequält, an den sie keine Erinnerung mehr fand?

Sie dachte an ihr Auto, das jetzt bald eineinhalb Wochen auf dem Rastplatz in der prallen Sonne stand. War noch irgendetwas darin, was die Hitze nicht längst zu einem Klumpen geschmolzen hatte?

Wieder hatte sie es nicht geschafft, ihre Mutter anzurufen. Üblicherweise tat sie das sonntagabends, wenn nicht gerade Ausnahmezustand herrschte. Ihre Eltern hatten bestimmt aus den Nachrichten von den Morden gehört. Verwunderlich, dass sie von sich aus noch nicht zum Telefon gegriffen hatten. Aber das fiel sowohl ihrer Mutter als auch ihrem Vater schwer. Da musste schon die Welt untergehen, bevor Kristina einen Anruf erhielt.

Heute melde ich mich bei ihnen, nahm sie sich vor, und dann war sie mit ihren Gedanken auch schon unaufhaltsam mitten im Fall. Es gab da ein weiteres ausstehendes Telefonat, das längst überfällig war. Sie hatte versucht, Louise Osswald in Kanada zu erreichen, doch das war ohne Erfolg geblieben. Niemand hatte jenseits des Atlantiks auf ihren Anruf reagiert. Jetzt musste sie wieder mindestens bis zum Mittag warten, um die Dame nicht aus dem Schlaf zu läuten. Andererseits ließe sich mit einem nächtlichen Anruf die Chance erhöhen, Louise zu erwischen. Ob das jedoch Kristinas Anliegen förderlich war, bezweifelte sie. Sie malte sich aus, wie Decher darauf reagierte, wenn sie ohne feste Zusage seitens Louise in die vormittags angesetzte Besprechung ging, womit es ihr noch schwerer fiel, aus den Federn zu kommen.

Gerädert stand sie auf und schlurfte ins Bad. Der Blick in den Spiegel besserte ihre Laune nicht. Auf der Nase und den Wangen war die Haut gerötet. Woher kam dieser Sonnenbrand? Für gewöhnlich war sie nicht empfindlich. Außerdem hatte sie sich gestern kaum im Freien aufgehalten. Oder doch? Vielleicht war es eine allergische Reaktion auf ihren neuen Chef?

Während sie die Brause anstellte, fiel ihr Daniel ein. Sie eilte zurück ins Schlafzimmer und prüfte ihr Handy, nur um festzustellen, dass sie keinen Anruf verpasst und auch keine SMS erhalten hatte. Kurz war sie versucht, Daniel eine Nachricht zu senden, doch dann erinnerte sie das Rauschen im Bad daran, dass die Dusche lief.

Besser erst abkühlen!

Angewidert strampelte Daniel die schweißnasse Zudecke von sich und schnappte nach Luft. Er brauchte eine Weile, bis er sich zurechtfand. Der Albtraum, der ihn aufgeschreckt hatte, hallte weiterhin in seinem Kopf, ohne dass Daniel wirklich sagen konnte, worum es darin gegangen war. Sein Herz pochte laut und schnell. Er war weggerannt, wie immer ohne vom Fleck zukommen. Glaubte man Freud, war ein Albtraum die Erfüllung eines verdrängten Wunsches.

Als das Mobiltelefon klingelte, griff er mechanisch danach. Er warf einen benommenen Blick aufs Display, überrascht darüber, wie spät es bereits war. Noch nicht ganz bei sich, nahm er das Gespräch entgegen.

»Pennst du noch?«

Kristina!

Es hatte keinen Sinn zu lügen, so schlaftrunken, wie er sich anhörte. »Der Doc hat mich noch eine Weile wachgehalten«, nuschelte er, den halben Mund im feuchten Kopfkissen vergraben.

»Du hast also doch …«, entfuhr es ihr, aber sie schluckte den Rest des Satzes herunter.

Er konnte nicht sagen, ob Ärger oder Ungeduld in ihrer Stimme mitschwang.

»Du hattest recht« erwiderte er, bevor sie weiterreden konnte. »Wir haben ihn aufgeschreckt.«

Ein Wunder, dass er überhaupt hatte einschlafen können, nach dem, was er herausgefunden hatte. Letztlich war die Müdigkeit wohl stärker gewesen als die Fragen, die ihn hätten wach halten sollen.

Er hörte sie fluchen: »Du bringst mich in Teufels Küche. Und dich auch!«

Dort bin ich ohnehin schon, lag ihm auf der Zunge.

Doch es schien ihm die bessere Option, zu berichten, was er gestern noch erlebt hatte, um die Kommissarin zu besänftigen. »Lorenz hat sich mit jemandem in einer Bar getroffen.«

»Klingt aufregend. Haben sie dir einen ausgegeben?«

Sein Nacken fühlte sich immer noch steif an, aber der Schmerz war verschwunden, solange er sich nicht bewegte. Das Laken war nass. Die Schwitzerei ging ihm auf den Senkel. Körper und Geist fanden nachts keine Ruhe, wenn sie sich unentwegt gegen die Hitze wehren mussten. Die Erinnerung kam schleppend.

Daniel hatte sich nicht getraut, dem Arzt in die Bar zu folgen. Lorenz hätte ihn wiedererkannt, selbst mit der Sonnenbrille, die zu dieser späten Stunde schon für sich zu auffällig gewesen wäre. Hinzu kam sein Pflaster auf der Stirn, das wie eine Warnlampe wirken musste. Da hätte er sich gleich daneben setzen können. Unbebrillt hatte er einen Platz in einem Straßencafé gegenüber der Bar gefunden und das Erstbeste bestellt, was ihm einfiel. Gin Tonic. Rückblickend waren der Alkohol und die vielen Tabletten, die er tagsüber geschluckt hatte, in seinem Magen keine Freunde geworden. Schon nach wenigen Schlucken hatte er sich ziemlich betrunken gefühlt.

Von seinem Platz aus hatte er beobachten können, wie der Doktor sich zu einem anderen Mann an den Tresen gesetzt hatte.

»Sie sahen nicht danach aus, als zischten sie einmal die Woche ein Feierabendbier. Lorenz hatte schon nach kurzer Zeit einen hochroten Kopf, den selbst die gedämpfte Thekenbeleuchtung nicht kaschieren konnte.«

»Diese Zusammenkunft könnte alles bedeuten und muss rein gar nichts mit dem Fall zu tun haben«, erwiderte Kristina. »Deine ganze Aktion war kopflos.«

Das wusste er selbst, doch er empfand es trotzdem als äußerst ungerecht, wie sie ihn zurechtwies. Er hatte gute Lust, den Rest seiner nächtlichen Beschattung für sich zu behalten. Für Sekunden schwiegen sie.

»War noch was?«, fragte sie schließlich. Augenscheinlich siegte die Neugierde.

»Nachdem ich vermuten durfte, dass Lorenz nach der etwa halbstündigen Diskussion zurück in seine Wohnung fuhr, bin ich einfach dem anderen Kerl gefolgt«, verkündete Daniel.

Er war froh gewesen, dass Lorenz' Kneipenbekanntschaft zu Fuß unterwegs war. Nach dem einen Drink, den Daniel durch den unerwartet raschen Aufbruch der beiden in einem Reflex hinuntergestürzt hatte, hatte er sich nicht mehr sonderlich fahrtüchtig gefühlt.

»Der Mann heißt Achterberg. Das stand zumindest auf dem Klingelschild an der Tür, durch die er verschwand.«

»Wird's noch interessanter?«

»Das zu beurteilen, überlasse ich dir, wenn du mich zum Ende kommen lässt«, gab er zurück. »Das Haus hat einen Anbau, der allerdings im Dunkeln lag, weshalb ich nicht lesen konnte, was auf dem Schild beim Eingang stand. Ich war fast schon dran vorbei, doch dann kam ein Wagen die Straße hoch und brachte gewissermaßen die Erleuchtung.«

»Bitte verschone mich vor dem Frühstück mit ausschmückender Theatralik«, fiel sie ihm ins Wort. »Was stand auf dem Schild?«

Ihr Drängen veranlasste ihn dazu, sich erst gemächlich und mit aller Vorsicht und Rücksicht gegenüber seiner körperlichen Unzulänglichkeit aufzusetzen, bevor er antwortete. »Hannes Achterberg, Labor für medizinische und biochemische Verfahrenstechniken.«

Daniel strich über seine drei Tage alten Bartstoppeln. Es wäre Zeit für eine Rasur, aber er konnte sich nicht dazu durchringen. Wie er sich seit seiner Beurlaubung unter die Leute wagte, passte gar nicht zu ihm. Ein Haarschnitt wäre angebracht, auch wenn das längst nicht alles war, was er anpacken sollte. Seine Eitelkeit war unbemerkt auf der Strecke geblieben.

Er betastete die Verfärbung unter dem Auge, die bereits gelblichgrün schimmerte. Besser, er behielt die Sonnenbrille noch einen Tag länger auf. Die Schramme auf dem Jochbein verheilte gut. Wenn er nicht daran kratzte, würde er ohne Narbe davonkommen, doch das stimmte ihn nicht optimistischer. Die Kopfwunde schmerzte noch.

Vorsichtig löste er das Pflaster. Da die Wundauflage mit der Kruste verklebt war, brach alles wieder auf. Bluttropfen bildeten sich in dem Riss, und Daniel presste ein Papiertaschentuch dagegen. Lorenz' Praxishilfe hatte ihr Bestes versucht, aber die Wunde war einfach zu tief. Es wäre besser, noch mal zum Arzt zu gehen. Kristina hatte keine konkrete Uhrzeit genannt, wann sie ihn in Waiblingen erwartete. Wahrscheinlich musste er sich ohnehin reinschleichen, so wie sich die Dinge entwickelten. Er war gespannt, wie lange der neue SoKo-Leiter ihr Spielchen mitmachte.

Die Blutung hörte auf, und er stieg unter die Dusche. Er hatte Kristina nicht alles gesagt, was er gestern beobachtet hatte. Während er Duschgel auf seinem Körper verteilte, fragte er sich, warum? Warum schaffte er es nicht, ihr sein volles Vertrauen entgegenzubringen? Immerhin hatten sie miteinander geschlafen. Womöglich lag es schlichtweg daran, dass auch sie ihm nicht traute. Aber was konnte man schon verlangen, wenn man sich erst seit fünf Tagen kannte? Unfreiwillig zusammengewürfelt. Nein, diesmal lag es einfach daran, dass er seine Entdeckung selbst nicht interpretieren konnte. Auf der Polizeischule lernte man, nicht an Zufälle zu glauben. Doch es musste Ausnahmen gegen diese Regel geben.

Hannes Achterberg hatte einen Schatten. Genauso unerwartet, wie Daniel über das Firmenschild des Labors gestolpert war, hatte er den Mann entdeckt, der den Chemiker beobachtete. Jemand, der es verstand, unbemerkt zu bleiben, solange er es für nötig hielt. Deshalb war Daniel nicht sicher, ob der Mann beabsichtigt hatte, diesen halben Schritt zu weit in den Lichtkreis der Straßenlaterne zu treten. Nur um zu signalisieren, dass Daniel nicht der Einzige war, der Achterberg hinterherschnüffelte?

Daniels Anwesenheit dürfte dem Schattenmann ein Rätsel aufgegeben haben. Dafür wusste er, wer den Schnüffler geschickt hatte. Daniel kannte den Mann. Doch das war keineswegs beruhigend, sondern bewirkte vielmehr das Gegenteil.

Hatte der Observationsbericht einen Wert für die Ermittlung? Was verband Dr. Lorenz mit diesem Achterberg und dessen Profession? Daniels Beobachtung beschäftigte Kristina auf ihrem Weg zur Bushaltestelle, weshalb sie den Zeitungskiosk schon passiert hatte, bevor die Schlagzeilen der Boulevardpresse in ihrem Kopf ankamen. Sie machte auf dem Absatz kehrt und starrte konsterniert auf den Zeitungsständer.

Mordserie in Waiblingen: Todesursache Übergewicht!, prangte auf der Titelseite.

Mit zitternden Fingern zog sie eine Zeitung aus dem Stapel und überflog den knappen Bericht. Kein Wort von dem, was dort stand, war auf der Pressekonferenz verkündet worden. Ausgerechnet der Journalist Günter Theiss, der sie mit seinen Vorwürfen beim Pressegespräch so in die Enge gedrängt hatte, hatte diesen reißerischen Artikel verfasst. Über die Mordserie, aber auch über das Unvermögen der Polizei. Gnädigerweise hatte er ihren Namen nicht erwähnt, doch das machte es nicht viel besser. Was die Morde selbst anging, zitierte der Journalist einen Sprecher der Kripo Waiblingen.

Einen Sprecher?

Kristinas Knie wurden weich. Jemand musste zurückgehaltene Informationen an den Mann weitergegeben haben. Sie erinnerte sich, den Journalisten nach der Konferenz vor dem Präsidium rauchen gesehen zu haben. Gewissermaßen unter ihrem Bürofenster.

Zusammen mit Kommissaranwärter Daniel Wolf.

Mit rasendem Puls las sie die Zeilen ein weiteres Mal. Im Verlauf des Artikels war vom *Remstalschlächter* und *Fettmörder* die Rede. Der Text enthielt die Details, die helfen sollten, diejenigen auszusieben, die sich aus Wahn oder Profilierungssucht meldeten und ihre falschen Geständnisse ablegten. Ganz abgesehen von den eventuellen Trittbrettfahrern, von denen Kristina inständig hoffte, dass sie diesmal ausblieben, und die nun eine exakte Anleitung erhielten, wie die Opfer zu zerstückeln waren.

Der Artikel schürte in voller Absicht Hysterie unter der Bevölkerung und erhöhte damit den Druck auf die Polizei.

»Erst zahlen, dann lesen!«, ertönte es aus dem Kiosk. Die Alte mit der grauen Dauerwelle beäugte Kristina missbilligend aus ihrem kleinen Kabuff heraus.

Kristina kramte Kleingeld aus ihrer Handtasche und legte es der Zeitungsverkäuferin auf den Tresen. Aus dem Augenwinkel sah Kristina den vorbeifahrenden Bus. Gereizt rannte sie hinterher und drängte sich mit Schwung in das überfüllte Fahrzeug.

Decher stand in der Tür, kaum dass sie an ihrem Schreibtisch saß. Er wedelte mit der gleichen Zeitung, die sie vor zehn Minuten gekauft hatte. Wieder trug er Anzug und Krawatte. Sein Hals leuchtete rot über dem weißen Hemdkragen. »Wissen Sie was darüber?«

Sie schüttelte den Kopf. Warum kam er damit zu ihr? Weil sonst noch keiner da war oder weil sie die Einzige war, der er diesen Vertrauensmissbrauch zutraute? Hielt er sie für so illoyal, um hinter seinem Rücken Informationen an die Presse zu verkaufen?

Sie konnte Daniel nicht hinhängen, wenn sie weiterhin mobil bleiben wollte. Solange Retter dieses Arrangement nicht beendete, würde sie einen Teufel tun, darauf zu verzichten.

»Woher sollen die Details kommen, wenn nicht aus Ihrer Abteilung?«, fauchte Decher.

»Weil auf meine Leute Verlass ist. Ich kann allerdings nicht für diejenigen sprechen, die Sie mitgebracht haben«, konterte Kristina.

»Ich finde das Leck!«, ließ er drohend verlauten. »Wie weit sind Sie gestern gekommen? Wann kann ich mit Osswalds Tochter sprechen?«

»Sie kommt«, log Kristina erneut. »Sobald Frau Osswald weiß, auf welcher Maschine sie gebucht ist, gibt sie mir Bescheid.«

»Wurde auch Zeit«, raunzte der Hauptkommissar und verschwand.

Ihr Herz wummerte. Was hatte sie da eben geritten? Dieses bescheuerte Versprechen reichte zwar, um die unangenehme Person fürs Erste losgeworden zu sein, setzte sie aber zusätzlich unter Druck. Nun musste sie alles dafür tun, die Wahlkanadierin nach Deutschland zu bekommen.

Mit einer Akte unter dem Arm betrat Sampo ihr Büro, was ihre miese Stimmung ein wenig aufhellte. Einer der wenigen, auf die immer Verlass war.

»Wie geht's?«, fragte er und hockte sich auf Finckhs Bürostuhl.

»Beruflich oder privat?«

»Ach, du hast auch ein Privatleben?«

»Können wir das Geplänkel lassen«, bat sie, »mir ist nicht danach.«

»Das ist es doch nie«, entgegnete er, wurde dann aber ernst. »Ich habe hier die Abschlussberichte der KTU über die Tatorte. Dachte mir, du willst vielleicht einen Blick darauf werfen, bevor ich sie Decher vorlege.«

Mit Verschwörermiene reichte er ihr die Aktenmappe über den Schreibtisch. Gemessen am Umfang konnte sie sich den Vormittag über damit beschäftigen.

»Hast du die relevanten Fakten auch in Kurzfassung?«, fragte sie daher.

Sampo spitzte die Lippen, als hätte er das erwartet. »Auch wenn noch keine hundertprozentige Gewissheit besteht, gehe ich davon aus, dass alle drei Morde von derselben Person begangen wurden, auch wenn keiner der Tatorte eindeutige Spuren aufweist. Eine Identifikation über DNA-Material wäre, selbst wenn wir eine Vergleichsprobe hätten, nicht hieb- und stichfest. So gesehen hatte der Mörder unverschämtes Glück. Am Ort des ersten Verbrechens waren es die Wetterkapriolen und der lange Zeitraum bis zur Auffindung des Opfers, die keine verwertbaren Spuren übrig ließen. Beim zweiten Tatort haben das Feuer und die Löscharbeiten alles Brauchbare vertilgt. Und beim letzten der Fluss.« Er zuckte mit den Schultern. »Trotzdem gehe ich persönlich nicht davon aus, dass unser Mörder diese Vorgehensweise beabsichtigt hatte. Abgesehen von der Brandlegung. Vielleicht ist das der Knackpunkt. Bei Carola Walz hielt er es nicht einmal für notwendig, ihre Brieftasche an sich zu nehmen. Beim zweiten Opfer hat der Täter dem Zufall nachgeholfen. Gut, ein Brand legt sich nicht von allein, und der Obduktionsbericht schließt nicht aus, dass der zerstörte Kiefer von einem Sturz kommt. Trotzdem würde ich mich fragen, warum der Architekt eine andere Behandlung erfahren hat als Osswald oder die Frau.«

Kristina nickte. Das war ein berechtigter Einwand. Sollte ihnen die Identifikation von Schwarz erschwert werden?

»Der Täter kannte sich zweifelsohne aus, zumindest was den Wertstoffhof und die örtlichen Gegebenheiten in der Talaue anging«, fuhr Sampo fort. »Leider haben sich immer noch keine verlässlichen Zeugen gemeldet«, warf er ein. »Er hat es verstanden, nicht nur unerkannt, sondern auch ungesehen zu bleiben. Das ist schon äußerst ungewöhnlich, gerade in Bezug auf den letzten Mord, der tagsüber am belebten Remsufer geschehen ist.«

»Die Zeitungsmeldung ist erst heute zu lesen. Ich gehe davon aus, dass im Laufe des Tages eine Menge Anrufe reinkommen«, entgegnete Kristina, und dann fiel ihr Blick auf die Schlagzeile des Schmierblatts auf ihrem Schreibtisch.

»Ich hab's gesehen«, nickte Sampo. »Hast du eine Ahnung, wer das war?«

»Du doch auch, oder?«, erwiderte sie.

Er schüttelte den Kopf. »Ich kenne ihn kaum. Das zu beurteilen bleibt allein dir überlassen.«

Thorwald Decher hatte die Ermittler versammelt und hielt das Boulevardblatt anklagend in die Höhe.

»Der Remstalschlächter! Das hier beschert uns einen zusätzlichen Berg Arbeit. Die Kolleginnen und Kollegen in der Telefonzentrale sind bereits am Stöhnen. Das Aussieben wirklich relevanter Informationen und Aussagen ist praktisch nicht mehr effektiv zu leisten. Ich setze mich umgehend mit dem Staatsanwalt und dem Pressesprecher zusammen, um den bereits entstandenen Schaden mit einer objektiven Darstellung unserer Ermittlungsergebnisse so weit wie möglich zu entschärfen. Wobei ich nicht viel Hoffnung hege, die Bevölkerung jetzt noch beruhigen zu können. Oberkommissarin Reitmeier und ihr Team werden sich heute, und wenn nötig in den nächsten Tagen, ausschließlich auf die Auswertung der eingehenden Anrufe konzentrieren. Nach dem unglücklichen Ausgang der Pressekonferenz gestern ist es sicher auch in Ihrem eigenen Interesse, wenn ich Sie etwas aus der Schusslinie nehme. Der Rest von Ihnen weiß, was zu tun ist. Halten Sie mich auf dem Laufenden!«

Damit waren sie aus der Besprechung entlassen.

Das hat er sich ja schön ausgedacht.

Ralf und Sonja sahen ebenfalls nicht sonderlich entzückt über das aus, was ihnen der Hauptkommissar aufgebrummt hatte. Kristina begleitete die beiden in ihr Büro.

»Es tut mir leid, ich nehme das auf meine Kappe«, begann sie.

Zwar schüttelten beide gleichzeitig die Köpfe, die vorwurfsvollen Blicke sagten aber das Gegenteil.

»Ich kläre das«, versprach sie, ohne jedoch zuversichtlich zu klingen.

Was konnte sie groß ausrichten? Falls Daniel die Schlagzeile zu verantworten hatte, musste sie ihn rausschmeißen. Die Folge war bekannt, und das wussten auch Lachenmeier und Winkler. Kristina war niemand, der acht Stunden auf dem Hintern hocken konnte, um Ermittlungsakten zu sondieren. Dass die beiden wegen ihrer Chefin nun selbst Innendienst schieben mussten, war schlimm genug. Sollte rauskommen, dass der Maulwurf in ihrer Abteilung saß, würde man sie schlimmstenfalls von der Ermittlung abziehen. Abgesehen von dem Misstrauen, das ihnen vom Rest des Präsidiums entgegenschlagen würde, kannte sie die beiden als ehrgeizige Fahnder, die das nicht ohne Weiteres hinnehmen würden. Egal wie sie es drehte und wandte, sie war unten durch.

Das Schrillen der Telefone unterband jeden weiteren Versuch einer Rechtfertigung oder motivierenden Ansprache. Sonja und Ralf griffen mit finsteren Mienen synchron zu den Hörern. Kristina trat betroffen den Rückzug an.

Die Anweisung war klar. Bescheid geben, sobald er in der Tiefgarage stand. Keinesfalls ins Büro kommen. Es klang alles danach, als wäre ihr Arrangement von oberster Stelle aufgehoben worden. Daniel hatte erwartet, dass Linnemann ihn zurückpfiff, wenn es so weit war. Doch letztlich spielte es keine Rolle, wer den Riegel vorschob.

Anfangs hatte er es herbeigesehnt, und nun verspürte er Bedauern. Nicht deswegen, weil er den Posten als Chauffeur verlor. Sondern deshalb, weil das irgendwie auch sein Fall geworden war. Er fühlte sich in der Pflicht, diesen Wahnsinnigen zu stoppen, um Leben zu retten. Dazu war er schließlich angetreten. Hatte sich für diesen Beruf entschieden, auch wenn seine Eltern dagegen gewesen waren.

Ein Polizist.

Weder sein Vater noch seine Mutter hatten es offen ausgesprochen, doch in ihren Gesichtern war zu lesen gewesen, dass sie ihren Sprössling lieber als Pädagogen gesehen hätten. Um die Tradition fortzuführen. Wenigstens Sportlehrer. Das wäre doch eine gute Alternative gewesen, bei den athletischen Attributen, die er mitbrachte. Stattdessen ein Staatsdienst in Uniform. Bewaffnet. Er wechselte die Fronten, gehörte plötzlich zu denen, die seine Eltern früher von den Schienen getragen hatten, wenn sie einen Castorzug blockierten oder einen Baum besetzten, der einer neuen Landebahn weichen musste. Das wollten sie nicht akzeptieren, weder sein Vater und erst recht nicht seine Mutter, die noch radikaler veranlagt war. Sie hatten keine Ahnung davon, dass es mit seiner Polizeikarriere bald vorbei sein könnte. Wahrscheinlich würden sie einen ökologisch angebauten Sekt aufmachen, um darauf anzustoßen, wenn er rausgeworfen wurde.

Selbst das mit dem Psychologiestudium an der Polizeiakademie hatte er für sich behalten. Sie hatten nie verstanden, dass er weder auf Biogemüse, kulturlastige Campingurlaube noch auf Nachhaltigkeit versessen war und schon überhaupt keine Motivation fühlte, an Protestumzügen teilzunehmen. Auflehnung, ja, das war wohl das Einzige, das er sich zu eigen gemacht hatte, doch er brauchte dafür kein Pappschild oder Megafon.

Kristina riss die Beifahrertür auf. Er zuckte zusammen. Sie knallte ihm eine Zeitung auf den Schoß. Irritiert las er die fetten schwarzen Buchstaben.

»Kannst du mir dazu was sagen?«, fragte sie, und ihr Ton war alles andere als nachsichtig.

Er zwang sich trotzdem dazu, den Artikel zu lesen, bevor er antwortete. »Was wirfst du mir vor?«

»Du hast dich mit diesem Theiss unterhalten. Gestern beim Rauchen, vor dem Präsidium.«

»Und da bleibt der Frau Kommissarin kein anderer Schluss, als dass ich dem Reporter diese Details gesteckt haben könnte, während wir uns eine Zigarette teilten?« Er zerknüllte die Zeitung und schleuderte sie in ihren Fußraum.

»War es nicht so?«

Daniel sagte nichts. Legte seine Hände ums Lenkrad und drückte zu, bis seine Knöchel weiß hervortraten. Die Wunde über dem Auge pochte im Rhythmus seines aufgeregten Herzschlags. Er schwieg, bis er sicher war, seinen Tonfall unter Kontrolle zu haben.

»Bin ich raus?«, fragte er, und die Reue in seiner Stimme war ehrlich.

»Was bist du nur für ein Arschloch!«

Der Weg war bekannt, sie mussten keine weiteren Worte verlieren. Kristina sagte nichts, als er ebenfalls ausstieg. Sollte er doch. Es war ohnehin egal.

Dr. Wuppermanns Parfüm hing aufdringlich zwischen den Glaswänden ihres Büros.

»Scheint ein gefährlicher Job zu sein, den Sie da haben«, kommentierte sie Daniels Gesicht.

Er zuckte mit den Schultern und schnitt eine Grimasse, die womöglich mütterliche Instinkte bei der Ärztin wecken sollte.

Kristina fragte nach den Autopsien und klang dabei frostiger als beabsichtigt.

»Die Berichte liegen bereits bei Ihnen auf dem Tisch«, erwiderte die Pathologin und lehnte sich in ihrem Schreibtischstuhl zurück.

Sie zwinkerte Daniel zu, was Kristina noch mehr verärgerte.

»Oder werden Sie von Ihrem neuen Vorgesetzten nicht mehr eingeweiht? Das empfände ich als mehr als bedauerlich.«

»Ersparen Sie mir die Heuchelei, Frau Doktor!«

Das provokante Grinsen der Leichenbeschauerin machte es noch schwerer, ihr Anliegen vorzubringen. Vor allem, da Kristina tatsächlich noch nicht über die fertigen Obduktionsberichte informiert war. Decher glaubte wohl, sie könne beim Telefondienst keine Ablenkung gebrauchen.

»Es wäre mir recht, wenn wir uns ausschließlich auf die Mordfälle konzentrieren«, erklärte sie und schlug einen versöhnlicheren Ton an.

»Und welches Detail hätten Sie gerne mit mir diskutiert?«

»Carola Walz, das dritte Opfer, litt an einer Stoffwechselerkrankung. Konnten Sie auch bei Schwarz und Osswald etwas in der Art nachweisen?«

»Keine Auffälligkeiten diesbezüglich. Keinesfalls bei Schwarz, und die Fettleibigkeit bei Osswald dürfte von falscher Ernährung und mangelnder Bewegung herrühren. Haben Sie dort nicht jede Menge Pizzakartons gefunden? Der Lieferservice hat sich bestimmt jedes Mal über die weite Anreise gefreut. Ein Gemüsekorb vom Nachbarn hätte ihm da besser getan.«

Kristina überlegte, ob ihr das weiterhalf. Aber offenbar hatte Dr. Lorenz die Wahrheit gesagt.

»Wozu dient das Bauchfett?«

Dr. Wuppermann hob die rechte Augenbraue. »Im Allgemeinen und abgesehen davon, dass es in der heutigen Zeit als unästhetisch gilt?«

Kristina nickte und setzte sich auf den Besucherstuhl. Daniel blieb wie gehabt im Türrahmen stehen. Sie ahnte, wie er über ihre Schulter hinweg den Kontakt zu den Saphiraugen der promovierten Blondine suchte.

Die ist eine Nummer zu groß für dich, mein Junge.

Überrascht über diesen Gedanken, sammelte sie ihre Aufmerksamkeit und nickte der Pathologin zu. »Ja, fangen wir damit an.«

»Prähistorisch gesehen war dieses Fettgewebe ein lebensnotweniger Energiespeicher. Nehmen wir mal an, Sie stranden auf einer einsamen Insel, ohne Vorräte, aber mit ausreichend Trinkwasser. Sie könnten drei, vier Wochen überleben, ohne zu essen, falls Sie mit dem nötigen Hüftgold gesegnet sind. Mangels Nahrungsaufnahme würden die eingelagerten Lipide für die Energiegewinnung sorgen, um das System eine bestimmte Zeit am Laufen zu halten. Die Befeuerung der Zellen funktioniert weiter, solange Fettsäuren unter Oxidation verstoffwechselt werden. Der Körper verbrennt sich selbst, wenn Sie so wollen, bis eben kein Brennstoff mehr vorhanden ist. Fettreserven spielen heutzutage natürlich keine Rolle mehr. Wer Energienachschub braucht, bekommt alles im Supermarkt. Und wer einen überhöhten Stoffwechsel hat, freut sich darüber, essen zu können, ohne zuzunehmen. Die meisten unserer Mitmenschen wären so gesehen froh, wenn ihr Körper mehr verfeuern und weniger speichern würde. Dass man sich dafür in den meisten Fällen einfach nur mehr bewegen müsste, dazu fehlt leider oft die Einsicht.«

Das war so weit einleuchtend. Niemand musste mehr vor wilden Tieren weglaufen. Das Bauchfett wurde nicht mehr gebraucht, um zu überleben, und die, die es sich leisten konnten, ließen es sich sogar absaugen. Wozu also weidete der Irre den Leuten die Bäuche aus? Getrieben durch eine sexuelle Störung oder eine andere Abartigkeit?

»Was fängt er mit dem Fett an?«

»Fragen Sie Eisner oder konsultieren Sie einen anderen Experten«, antwortete Miriam Wuppermann.

Ja, das hatte sie vor. Doch sie wollte nicht unvorbereitet in dieses Gespräch gehen. »Kommen Sie, Frau Doktor. Wie ich Sie kenne, haben Sie doch eine Theorie für mich.«

»Ist es vorstellbar, mit dem gestohlenen Fett ein körperliches Defizit auszugleichen?«, fragte Daniel in ihrem Rücken. »So wie ein Vampir Blut trinkt, um zu überleben«, fügte er an. »Kann jemand auf fremdes Fett angewiesen sein, um … eine Sucht zu stillen?«

Miriam Wuppermann hatte nicht gelacht. Sein Vampirvergleich war ziemlich abgedreht gewesen, aber ein besserer war ihm auf die Schnelle nicht eingefallen. Außerdem hatte Kristina seinen Gedanken aufgenommen. Damit erhielt Daniel gewissermaßen Bestätigung. Seine Überlegung war zwar absurd, ging aber trotzdem in dieselbe Richtung, in die auch Kristina dachte.

Die Pathologin hatte ihnen abschließend noch einmal empfohlen, mit einem Spezialisten zu sprechen. Sie erwähnte die Möglichkeit einer Autoimmunkrankheit der Schilddrüse, die einen erhöhten Stoffwechsel zur Folge haben könnte. Doch sie warnte davor, daraus ein übermächtiges Verlangen nach Fettzellen abzuleiten. Außerdem, so beteuerte sie, könne sie sich nicht vorstellen, wie dem Täter das gestohlene Bauchfett dazu verhelfen sollte, dieses Defizit an Energieträgern in seinem Körper auszugleichen.

Schließlich entließ die Ärztin sie mit der Bitte, ihren Ausführungen keine allzu große Bedeutung beizumessen. Das Viszeralfett könne nur über einen komplizierten biochemischen Prozess in brauchbare Triglyceride umgewandelt werden. Das war der Wortlaut der Ärztin gewesen.

Biochemischer Prozess!

Damit hatte Daniel genug gehört und auch Kristina drängte zu einem schnellen Aufbruch. Ihm war klar, zu wem sie wollte und weshalb sie sich ein weiteres Mal auf den Weg nach Stuttgart begaben. Ohne Absprache, denn offensichtlich wollte der neue SoKo-Leiter Kristina lieber an ihrem Schreibtisch sitzen sehen.

Diese Gratwanderung konnte nicht mehr lange gut gehen, und wenn sie aufflogen, war er ebenso aus der Sache raus. Jetzt, wo es richtig interessant zu werden begann. Zweifellos war es ein Albtraum, was da geschah, und es klang makaber, aber bezogen auf sein Psychologiestudium konnte ihm nichts Besseres als dieser Serientäter passieren. Er musste so lange wie möglich am Ball bleiben.

»Was, wenn Carola Walz dem Mörder nicht zufällig begegnet ist?«, stellte er zur Diskussion.

»Warum bringt er sie dann vor unserer Haustür um? Tagsüber, am Remsufer …«, entgegnete Kristina.

Diese Umstände waren der einzige Schwachpunkt in ihrer Theorie, dass Carola Walz sterben musste, weil sie den Mörder kannte.

Sie hielt abrupt inne. »Sammelst du wieder Material, das du an die Presse verscherbeln kannst?«

»Du glaubst tatsächlich, ich hab was damit zu tun?«

Sie sah ihn lange an, dann sagte sie: »Ich weiß es nicht.«

Daniel schluckte die Enttäuschung hinunter. Es war sinnlos, mit ihr zu streiten. So würden sie nicht weiterkommen. Er änderte die Taktik. »Ich möchte dir helfen, diesen Irren zu fassen. Mehr ist da nicht. Das muss doch auch in deinem Interesse sein. Er wird wieder morden, wenn wir nicht schneller sind!«

»Wir …«

»Ja, wir. Ich bin dein letzter verbliebener Mann.«

Sie lachte abschätzig. »Ich traue dir nicht über den Weg, Daniel Wolf. Aber was kann es schaden, wenn ich dir zuhöre. Wie hat sich der geplante Mord an der Walz deiner Meinung nach zugetragen?«

Der Himmel wölbte sich stahlblau über der Stadt. Sie waren auf Höhe des Stadions angekommen. Von der anderen Seite des Neckars glänzte aluminiumfarben der futuristische Bau des Mercedes-Museums. Stadteinwärts war um diese Zeit ein gutes Durchkommen.

»Ich denke, er hat sie beobachtet. Vermutlich verfolgte er sie schon länger, und als er merkte, dass sie auf dem Weg zur Polizei war, wusste er, er musste handeln. Womöglich, weil sie uns sonst bewusst, oder meinetwegen auch unbewusst, einen Hinweis auf ihn gegeben hätte. Das würde erklären, warum sie in nächster Nähe zum Präsidium gestorben ist.«

»Das sind mir arg viele Zufälle«, bemängelte Kristina.

»Vielleicht beobachtet er auch uns«, murmelte Daniel vor sich hin. Er wollte den Gedanken nicht laut äußern, merkte aber, dass sie ihn von der Seite her musterte.

»Wie kommst du auf so was?«

»Vergiss es, war nur so ein Einfall, wegen der Nähe des Tatorts zur Polizeidirektion. Möglich, dass er uns damit provozieren wollte, uns zeigen, wie weit er gehen kann und wie hilflos wir ihm gegenüber sind.«

»Wir verlieren uns in Spekulationen«, wandte sie ein. »Wenn deine Theorie zuträfe, müssten sich Carola Walz und Piecek kennen. Dafür haben wir keinerlei Hinweis gefunden.«

»Du bleibst dabei, dass es Piecek ist?«, fragte er vorsichtig.

Sie standen an einer Ampel. Mit der nächsten Grünphase würden sie den Fluss überqueren und durch den Rosensteintunnel Richtung Innenstadt fahren.

Kristina deutete an, dass sie unsicher war. »Im Moment ist er unser einziger Verdächtiger, aber ich würde nicht drauf wetten, dass er es ist. Ein Blick in seine angeforderte Krankenakte wird uns vielleicht wenigstens Klarheit über seinen Geisteszustand verschaffen und ob es da mal Auffälligkeiten gegeben hat. Nichtsdestotrotz, wenn die Sache mit dem Fett nicht nur eine wahnhafte Veranlagung ist, sondern eine entscheidende Bedeutung hat, und Dr. Wuppermanns Theorie stimmt, sollte er von auffällig hagerer Gestalt sein.«

Eine Theorie, die wir ihr aufgezwungen haben, dachte Daniel, bevor er weiter Kristinas Worten lauschte.

»Sollte er nicht irgendwie eingefallen und ausgemergelt aussehen? Dabei ist das genaue Gegenteil der Fall. Allem Anschein nach ist er ein verschlagener Kleinkrimineller, es geht ihm darum, Geld zu ergaunern. Hat die Habgier ihn so weit getrieben?«

Piecek passte auch für Daniel nicht unbedingt ins Profil. »Wenn er nicht der Mörder ist, warum ist er dann untergetaucht?«

»Falls er Osswald und Schwarz tatsächlich erpresst hat, hat er allen Grund sich zu verstecken. Immerhin sind beide tot«, antwortete Kristina.

Sie erreichten die Innenstadt und bogen fünf Minuten später in die Straße ein, in der sich Arthur Lorenz' Praxis befand. Vor dem Gebäude parkte ein Streifenwagen.

Adrenalin schoss in Kristinas Blutbahn. Wenn zutraf, was sie eben mit Daniel diskutiert hatte, dann beseitigte der Mörder Menschen, die ihn kannten.

Waren sie zu spät, und der Spezialist für Stoffwechselerkrankungen war bereits das nächste Opfer?

Rennend legten sie im Treppenhaus die drei Stockwerke zurück und drängten durch die Eingangstür. Vor dem Empfangstresen standen zwei Uniformierte, die sich überrascht nach ihnen umdrehten.

Kristina zeigte ihren Dienstausweis vor. »Was ist passiert?«, fragte sie nach Luft japsend.

»Wir hatten einen Einbruch«, antwortete die ebenso verwirrt dreinblickende Sprechstundenhilfe hinter der Theke, bevor die Stuttgarter Kollegen reagieren konnten.

Die Erleichterung darüber, nicht einen weiteren Toten vorzufinden, brachte Kristinas Puls wieder runter.

»Was macht die Waiblinger Kripo hier, wenn ich fragen darf?«, wollte der ältere der Polizisten wissen.

Für wenige Augenblicke galt die Aufmerksamkeit Daniels Pflaster und dem grüngelb verfärbten Auge darunter. Automatisch griff er sich an die Stirn, als wolle er die Blessuren verstecken.

»Wir suchen einen ärztlichen Rat«, erklärte Kristina knapp, nicht gewillt, den Grund ihres Besuchs näher zu erläutern. »Wurde denn etwas gestohlen?«, wandte sie sich an die dunkelhaarige Arzthelferin, die Daniel am Vortag versorgt hatte.

Der ältere der beiden Streifenpolizisten hob mahnend den Finger, doch die Sprechstundenhilfe quasselte bereits drauf los. »Das können wir noch nicht sagen. Der Medikamentenschrank ist jedenfalls nicht aufgebrochen worden.«

»Ich glaube nicht, dass das die Kollegen aus dem Remstal etwas angeht«, fiel ihr der Uniformierte ins Wort und lächelte schmallippig. »Wo sie doch nur eine fachliche Auskunft einholen möchten. Natürlich erst, nachdem wir mit Dr. Lorenz gesprochen und ein Protokoll aufgenommen haben.«

Die Dunkelhaarige wirkte mit einem Mal überfordert und hätte wohl gern Nummern vergeben und die geballte Exekutive ins Wartezimmer geschickt, um die aufgeheizte Situation vom Tisch zu haben. Stattdessen erschien Arthur Lorenz in der Tür seines Behandlungszimmers. Die vielen Leute vor der Empfangstheke schienen ihm nicht zu behagen. Sichtlich nervös nestelte er in bekannter Manier in den Taschen seines Ärztekittels herum.

Er bemerkte Kristina und wurde noch ein Stück käsiger. »Sie schon wieder?«

»Nicht wegen des Einbruchs«, klärte sie ihn auf. »Die Herren hier sind vor mir dran.«

Der ältere Uniformierte rückte seine Mütze zurecht. »Na, dann wollen wir mal!«

Dr. Lorenz verschwand mit den Polizisten im Behandlungszimmer. Kristina trat an die Empfangstheke und bemühte sich um ein freundliches Lächeln für die Arzthelferin. Die junge Frau sah ihr beunruhigt entgegen.

»Woran hat der Einbrecher sich zu schaffen gemacht?«

»Sind Sie jetzt doch zuständig?«, fragte sie vorsichtig.

»Wie heißen Sie?«

Sie blickte zur Tür des Behandlungszimmers, die ihr Chef eben hinter sich geschlossen hatte, als müsse sie um Erlaubnis bitten, sich vorstellen zu dürfen. »Ela Chiumenti«, antwortete sie schließlich.

»Gut, Frau Chiumenti. Wie mein Kollege bereits gestern erwähnte, ermitteln wir in einem Mordfall, weshalb Sie mir bitte überlassen, ob ich zuständig bin oder nicht. Und jetzt beantworten Sie bitte meine Frage.«

»Ich dachte halt …«

»Es sieht hier nicht aus, als hätte jemand etwas durchwühlt. Wie haben Sie den Einbruch bemerkt?«

Sie deutete zur Eingangstür. »Das Schloss ist kaputt. Außerdem wurden die Karteikartenschränke aufgebrochen, und unser Computer fehlt.«

Kristina umrundete den Tresen und betrachtete die Schubladen. Die Schließvorrichtung war an allen drei Schränken gewaltsam ausgehebelt worden. »Die Patientenakten?«

»Ja. Wir haben das meiste zum Glück schon digitalisiert. Die Unterlagen sind zentral auf einem Server gespeichert, weshalb keine Daten verloren sind, auch wenn der Rechner jetzt weg ist. Aber es ist trotzdem ärgerlich. Ich weiß gar nicht, ob wir heute überhaupt öffnen können.« Sie zeigte auf die Kabel, die sich, ihrer Anschlüsse beraubt, unter ihrer Schreibablage hervorschlängelten.

Kristina deutete auf die Aktenschränke. »Fehlen Unterlagen?«

»Um das rauszukriegen, müsste ich die Krankenblätter erst mit den EDV-Daten abgleichen. Ich könnte das auf Arthurs … ich meine, Dr. Lorenz' Laptop einsehen.« Sie machte einen Schritt hinter der Theke hervor, bevor ihr einfiel, dass das Sprechzimmer noch durch zwei weitere Beamte belegt war. »Ist das jetzt eilig?«

Für mich ja, dachte Kristina. Leider war der Täter schlau genug gewesen, alle Schränke aufzubrechen. Damit erübrigte sich die Chance, die alphabetisch sortierten Krankenblätter auf eine bestimmte Buchstabenfolge einschränken zu können.

»Es wäre gut, wenn Sie sich schnellstmöglich an den Datenabgleich machen. Vielleicht finden Sie bei der Gelegenheit doch noch einen Bruno Schwarz unter den Patienten«, raunte Kristina.

Ela Chiumenti bekam große Augen und schüttelte den Kopf.

»Tun Sie Ihr Bestes!«, verlangte Kristina und drehte sich zu Daniel um.

Er hockte vor der Eingangstür und begutachtete den zerstörten Schließzylinder.

»Er war nicht sonderlich darum bemüht, keine Spuren zu hinterlassen«, erklärte er, nachdem sie zu ihm getreten war.

»Vermutlich konnte er es nicht besser«, antwortete Kristina. »Demnach kein Einbruchsprofi, was meine Annahme bestärkt, dass es unser Täter gewesen sein könnte. Wenn er beabsichtigte Spuren zu beseitigen, dann wohl auch seine Krankenakte. Woraus sich folgern ließe, dass er bei Lorenz in Behandlung war.« Ehe sie weitersprechen konnte, vibrierte das Handy in ihrer Hosentasche.

»Hier ist Sonja. Wo steckst du? Decher sucht dich.«

»Kannst du ihn noch eine Stunde hinhalten?«

»Wie stellst du dir das vor? Was soll ich ihm sagen?«, wollte ihre Kollegin wissen.

»Sag ihm, ich habe einen Arzttermin!« Damit trennte Kristina die Verbindung. Sie drehte sich um. Hinter ihr standen die Streifenpolizisten.

»Der Doktor ist jetzt frei«, sagte der Alte lakonisch.

»Sagt Ihnen der Name Jakub Piecek etwas?«

Das Sonnenlicht fiel durch die Lamellenvorhänge und zerschnitt das Sprechzimmer in helle und dunkle Streifen.

Arthur Lorenz brauchte auch diesmal keine Denkpause. »Nicht, dass ich wüsste. Ständig kommen Sie mir mit neuen Namen … Ist das der Mörder von Frau Walz?« Verunsichert blickte er zu Daniel, der sich mit beiden Händen auf die Lehne des zweiten Besucherstuhls stützte.

Kristina ging nicht auf seine Frage ein. »Haben Sie Patienten, deren Stoffwechselstörung dazu führt, dass sie zu viel oder zu rasch Fett verbrennen?«, wollte sie stattdessen wissen.

»Sie wissen, dass ich Ihnen dazu nichts sagen kann«, ermahnte er sie aufs Neue. Nachdem er für eine Minute unbeholfen zwischen Tür und Behandlungsliege herumgestanden hatte, fand er auf seinen Platz hinter dem Schreibtisch zurück.

»Rein hypothetisch«, erwiderte Kristina und blinzelte gegen den blendenden Lichtstreifen an, der nun direkt über Lorenz' Schädel fiel. »Nehmen wir an, ich leide an einer Schilddrüsenüberfunktion. Was passiert mit mir?«

»Das ist … ja, denkbar«, stammelte er. »Auch wenn ich nicht verstehe, wohin Ihre Frage führen soll.«

»Geben Sie mir einfach eine Diagnose, damit wäre mir womöglich schon gedient.«

»Der Stoffwechsel wäre im schlimmsten Fall abnorm beschleunigt.«

»Schlimmster Fall, das ist gut«, soufflierte Daniel in ihrem Rücken.

Wie es schien, wurde seine Bemerkung von Lorenz überhört, denn er fuhr unbeeindruckt fort. Er tauchte ein in das Element, in dem er sich heimisch fühlte, und erstmals machte er nicht den Eindruck, ein Problem damit zu haben, dass ihm die Polizei gegenübersaß.

»Die Folge wäre ein rascher Gewichtsverlust, der unter Umständen auch nicht mit erhöhter Nahrungsaufnahme kompensiert werden kann. Zu wenig Körpersubstanz bringt wiederum einen Mangel an Energieträgern mit sich. Wird von außen zu wenig Nahrung zugeführt oder kommt es krankheitsbedingt nicht dort an, wo es hin soll, um die Energieversorgung der Organe und des Gehirns zu gewähren, greift der Körper auf die eingelagerten Fettreserven zurück, bis diese verbraucht sind.«

»Und dann?«

»Der Glycosespiegel im Blut sinkt drastisch ab, die Leber beginnt sogenannte Ketonkörper zu produzieren, die den pH-Wert des Bluts stark senken. Das Gehirn wird angegriffen, das

Handeln gegebenenfalls irrational beeinflusst. Im äußersten Fall kommt es zum Coma diabeticum. Danach, und falls keine Behandlung anschlägt … Exodus.«

»Wie oft kommt so etwas vor?«

»Das ist nicht so ungewöhnlich. Ich meine nicht, dass Leute daran sterben. Das ist, wie gesagt, das schlimmste Szenario. Aber in Deutschland leiden etwa fünf Prozent der Erwachsenen jenseits der vierzig unter dieser oder ähnlichen Störungen. In den meisten Fällen ist die Krankheit genetisch bedingt und bricht in der zweiten Lebenshälfte aus. Es gibt allerdings mittlerweile sehr gute Behandlungsmethoden.«

»Gibt es Ausnahmen, bei denen eine Therapie nicht anschlägt?«

»Das ist sehr unwahrscheinlich. Ich kenne keinen solchen Fall«, erwiderte er.

»Und theoretisch? Ist ein Wiederauffüllen der Fettzellen durch einen operativen Eingriff denkbar?«

Er sah sie nachdenklich an. »Ich habe das in der Zeitung gelesen. Ihr Täter entnimmt seinen Opfern Fettgewebe.«

»Wir wissen nur nicht, wozu«, erklärte Kristina. »Haben Sie eine Theorie?«

»Dieser Aufwand ist … Bedenken Sie, dass nur sehr wenige Zellen transplantiert werden können. Bei einer durch das Morbus-Basedow-Syndrom hervorgerufenen Stoffwechselstörung kämen Sie mit den Injektionen nicht hinterher«, erklärte er seltsam entrückt, als spräche er über sie hinweg mit jemandem, der außerhalb ihrer Wahrnehmung stand. Unbewusst griff er nach einem Kugelschreiber, den er zwischen den Fingern kreisen ließ. »Nach dem, was ich gelesen habe, scheinen mir das die Taten eines Geisteskranken zu sein. Eine medizinische Absicht dahinter zu sehen, halte ich für sehr gewagt.«

»Ist das Ihre fachliche oder persönliche Meinung, Dr. Lorenz? Es gibt Theorien, nach denen auch Jack the Ripper aus medizinischem Interesse heraus gemordet hat. Ich glaube sehr wohl, dass Sie so einen Patienten in Ihrer Kartei führen!«

Das Schreibgerät knackte verdächtig zwischen seinen Fingern. »Das ist Unsinn! Hören Sie, ich muss mich jetzt um diesen leidigen Einbruch kümmern, bevor die ersten Patienten auftauchen.«

Kristina stand abrupt auf und beugte sich ihm entgegen über den Schreibtisch. »Sie wissen, wem Sie den Diebstahl Ihrer Patientenakten zu verdanken haben, nicht wahr?«

Im Labor war nur eine zierliche junge Frau mit einer viel zu großen Sichtschutzbrille auf der schmalen Nase. Ihr schwarz gefärbtes Haar war kurz geschnitten und zu Stacheln gegelt. Sie reichte der Kommissarin nur knapp bis zum Kinn.

»Hannes ist nicht da«, verkündete sie, nachdem sie ihnen die Tür geöffnet, sie durch eine Schleuse geführt und Kristinas Dienstausweis akribisch genau geprüft hatte.

Daniel hatte eine Weile gebraucht, um die Straße wiederzufinden. Nachts bot die Stadt ein anderes Bild. Kristina hoffte, dass er sich in seinem angetrunkenen Zustand nicht irgendetwas zusammengereimt und eingebildet hatte.

Das Labor war ein großer Raum, der durch mehrere Regale in Sektionen unterteilt war. Ein weiterer, hermetisch abgeriegelter Durchgang im hinteren Teil führte zu einer abgetrennten Sektion. Alles wirkte relativ neuwertig. Eine Klimaanlage surrte direkt über ihren Köpfen und blies eisige Luft über Kristinas nackte Schultern, was ihr wie üblich Unbehagen bescherte. Ansonsten sah es nicht viel anders aus als bei Sampo. Nur die Geräte wirkten moderner, und es gab drei Arbeitstische, auf denen sich Apparate und fragil wirkende Versuchsanordnungen abwechselten.

»Und wer sind Sie?«, fragte Kristina die junge Frau in ihrem zwei Nummern zu großen Kittel.

»Ich bin die biotechnologische Assistentin, zweites Lehrjahr.«

Kristina konnte sich das Schmunzeln nicht verkneifen. »Haben Sie auch einen Namen?«

»Franka Steffen«, stellte sie sich vor.

»Sie arbeiten allein hier?«

Es gab Zentrifugen, Brutschränke und Mikroskope, die mit Rechnern verbunden waren, aber keine Techniker und Laboranten, die an ihnen arbeiteten. Franka Steffen blickte über die Schulter, als müsse sie sich vergewissern, dass tatsächlich niemand anderes im Labor war. »Schlechte Auftragslage«, kommentierte sie trocken. »Und jetzt muss ich zurück zu meiner Versuchsreihe, bevor mir die Eiweißmoleküle zerfallen.«

»Wo ist Ihr Chef, Frau Steffen?«, hielt Kristina sie zurück.

Sie zog die Winkel ihres grell geschminkten Mundes nach unten. »Kam heute nicht.«

»Kommt das öfter vor, dass er Sie allein hier werkeln lässt?«

»Klingt gerade so, als hätten Sie Angst, ich würde die Bude abfackeln, wenn ich nicht unter Aufsicht stehe.«

Daniel lachte laut auf. Franka schob die Schutzbrille ins Haar. Die Stacheln bewiesen eine gewisse Elastizität.

»Wo ist er?«, wiederholte sich Kristina und klang alles andere als amüsiert.

»Ist sie immer so verbissen?«, fragte die Laborantin.

Daniel winkte ab, bekam aber kein ernstes Gesicht hin.

»Vielleicht bei einem Kunden. Sein Wagen ist nicht da. Er hat sich nicht abgemeldet. Passiert aber eher selten. Na ja, er sucht fieberhaft neue Auftraggeber, sein Stressfaktor ist momentan etwas überhöht. Was will die Polizei von ihm? Sollen wir was für euch untersuchen?«

»Wann haben Sie ihn zuletzt gesehen?«

»Gestern. Kurz. Er sah nicht sonderlich gut aus.«

»Was meinen Sie damit?«

»Müde. Vielleicht auch etwas zu viel Alkohol am Vortag. Fragen Sie bei Ihrem Chef nach, wenn er versoffen aussieht? Also bei Hannes kommt das nicht so gut.«

»Und heute hat er sich noch gar nicht blicken lassen?«, vergewisserte sich Kristina erneut, und die Laborantin schüttelte den Kopf. Solange dieser Achterberg abkömmlich war, musste sie mit der frechen Göre vorliebnehmen. »Was testen Sie denn so in Ihrem Labor?«

»In den meisten Fällen führen wir für pharmazeutische Betriebe funktionelle, zellbasierte immunologische Analysen zur In-Vitro-Charakterisierung von Molekülen bezüglich Bioaktivitäten durch.« Das klang auswendig gelernt. Der Kleinen fehlte etwas der nötige Ernst.

Kristina empfand Sympathie, und gleichzeitig nervte sie das rotzfreche Gehabe. Die junge Laborantin repräsentierte eine neue Generation, deren Achtung vor Vertretern von Recht und Gesetz deutlich geringer war als noch zu den Zeiten, in denen Kristina in ihrem Alter gewesen war.

»Klingt spannend«, kommentierte Daniel.

Kristina warf ihm einen Blick zu. Ja, der gehörte auch zu diesen jungen Leuten.

»Arbeiten Sie auch mit menschlichem Gewebe?«, wollte Kristina wissen.

»Was ist denn das für eine abgedrehte Anschuldigung? Wir züchten hier nichts Illegales in unseren Petrischalen«, verteidigte sich Franka.

»Die Frage ist, ob Sie es könnten?«

»Da fragen Sie lieber Hannes«, antwortete seine Assistentin und drehte sich um. Ohne große Eile an den Tag zu legen, verschwand sie in einer Kammer, die nach Büro aussah, und kam mit einer Visitenkarte von Hannes Achterberg zurück.

»Kennen Sie Bruno Schwarz?«

Franka Steffen rollte die Augen, bevor sie verneinte. Kristina bedankte sich und verließ mit Daniel im Schlepptau das Labor. Draußen wählte sie die Nummer, ohne Erfolg. Der Form halber klingelten sie bei Achterbergs Wohnung, eine Haustür weiter, aber wie angekündigt öffnete niemand. Kristina blieb vorerst keine andere Wahl, als sich zurück in Dechers Dunstkreis zu begeben. Dort würde sie für den Rest des Tages den Schein wahren, vor ihrem Bildschirm sitzen und Anrufe von vermeintlichen Zeugen entgegennehmen.

Daniel steuerte den Wagen aus dem Kappelbergtunnel hinaus. Er kroch so langsam dahin, dass er beim Übergang vom Schatten ins blendende Sonnenlicht nicht einmal die Geschwindigkeit reduzieren musste. Zur Abwechslung hatte seine einschläfernde Fahrweise sogar etwas Gutes: Kristina war nicht so schnell wieder zurück hinter ihrem Schreibtisch.

Als sie nach Waiblingen hineinfuhren, wies sie ihn an, geradeaus weiterzufahren, statt Richtung Präsidium abzubiegen. Daniel tat es mit einem Lächeln ab. Sie navigierte ihn Richtung Korber Höhe.

»Lass mich dort raus«, verlangte sie, und er hielt an wie ihm befohlen.

»Fahr zurück in die Dienststelle. Wenn ich hier fertig bin, treffen wir uns dort.«

Die Fenster waren abgedunkelt. Genau wie bei ihrem letzten Besuch. Kristina ließ ihren Blick über die Vorgärten schweifen und sah dann Daniel hinterher, der mit dem Dienstwagen am Ende der Straße um die Ecke bog.

In Gedanken verloren ließ sie ihren Blick über die Stadt gleiten. Ein schwülwarmer Wind strich über sie hinweg. Auf der

Haut fühlte sich das wie Kleister an. Sie sah wieder zu den geschlossenen Fensterläden des Hauses, vor dem sie stand.

Kristina konnte nachvollziehen, warum Holle sich in die Dunkelheit hüllte. Die Hitze war nicht der eigentliche Grund. Er sperrte die Welt aus. In seinem Zustand mit den motorischen und sprachlichen Einschränkungen, die ihn aus seiner Sicht zu einem unvollständigen Menschen machten, wollte er sich dem Leben draußen nicht mehr stellen.

Es wäre besser gewesen, sich anzukündigen. Wenn sie Pech hatte, war Holle nicht da. Sie kannte die Termine für seine ambulante Reha nicht. Da sie jedoch bis vor zehn Minuten selbst nichts von diesem Besuch gewusst hatte, vertraute sie einfach darauf, den passenden Zeitpunkt erwischt zu haben.

Falls er da war, würde er sie keinesfalls wegschicken, dafür kannte sie ihn zu gut. Sie besaß das Privileg, in seine selbst gewählte Isolation eindringen zu dürfen.

Trotzdem zögerte sie. Wollte sie ihn wirklich damit behelligen?

Sie öffnete das Gartentor und trat durch die wuchernde Thujenhecke, die noch erstaunlich grün war, bedachte man die mangelnde Pflege und die anhaltende Trockenheit.

Wie erwartet öffnete Holles Schwester die Tür. Die zweite Person, die er in seinem Haus duldete. Ihr Lächeln war herzlich, doch die Müdigkeit, die sich in ihr sechzigjähriges Gesicht gegraben hatte, konnte sie damit nicht verscheuchen.

»Du hast eine halbe Stunde, dann müssen wir los«, sagte Yolanda Holle, die genau wie ihr Bruder nie geheiratet hatte.

Ein Umstand, der Albrecht nun zugutekam. Seine Schwester kümmerte sich um ihn, soweit es ihre berufliche Situation erlaubte. Statt mit Vorfreude dem nahenden Ruhestand entgegenzufiebern, konnte sie sich nun auf unabsehbare Zeit auf die private häusliche Pflege ihres nächsten Verwandten einstellen. Die immer noch adrette, schlanke Frau mit der grauen Kurzhaarfrisur war deswegen bei ihrem Bruder eingezogen. In das Haus, das er bis zu seinem Schlaganfall allein bewohnt hatte.

»Es geht ihm besser, auch wenn die Hitze ihm zu schaffen macht«, mahnte Yolanda, während sie die Tür freigab.

Kristina verstand. Keine Aufregung für den Patienten.

Sie lehnte einen angebotenen Kaffee ab und steuerte Albrecht Holles Wohnzimmer an. Der Weg war ihr vertraut. Wie auch der Geruch, der eingezogen war, seit der Hausherr im Rollstuhl saß.

Der Hauptkommissar sah Besorgnis erregend alt aus, selbst im Zwielicht seines Refugiums. Oder gerade deswegen. Erneut versetzte ihr der Anblick ihres Mentors einen Stich in die Brust. Die wie in Granit gemeißelten Gesichtszüge, die unnatürlich starre Haltung. Kein Unterschied zum letzten Mal. Der rechte Arm lag verkrümmt auf der dafür vorgesehenen Lehne, fixiert mit einem Klettband. Die Neigung seines Kopfes tendierte ebenfalls in diese Richtung. Das lichte Haar war ordentlich gekämmt, auf eine Art, wie er es niemals selber frisiert hätte. Das rechte Lid hing auf Halbmast.

Worin sah seine Schwester die angekündigte Verbesserung seines Zustands?

Nun, sie hatte ihn jeden Tag um sich, vielleicht fielen ihr diese Nuancen besser auf. Kristina erkannte sie nicht.

»Hallo, Albrecht«, sagte sie vorsichtig und bemerkte, wie er auf ihre Stimme reagierte. »Ich dachte, ich schau mal wieder vorbei.« Sie verkniff sich die Erkundigung nach seinem Befinden, die anstandshalber an dieser Stelle hätte einfließen müssen.

Das wäre gewiss die taktloseste Frage gewesen, die man einem Albrecht Holle stellen konnte, der vor rund acht Monaten einen Schlaganfall erlitten hatte. Vor allem, wenn man den vitalen Mann vor diesem schwerwiegenden Ereignis gekannt hatte und nun sah, was nach dem Gehirninfarkt von ihm übrig war. Motorik und Sprachzentrum waren erheblich geschädigt. Eine vernichtende Diagnose für jemanden, der zwar glasklar im Kopf war, dessen Körper die Befehle, die sein Gehirn entsandte, jedoch nicht oder nur äußerst eingeschränkt umsetzen konnte. Nein, der Hauptkommissar wollte ganz gewiss nicht beantworten, wie es ihm ging. Er hätte nicht einmal die passenden Worte verständlich artikulieren können.

Kristina trat zu ihm an den Stuhl und drückte seine linke Hand. Es war weniger der schiefe Mund als vielmehr seine blassgrauen Augen, die lächelten, ohne dass die Traurigkeit aus seinen verzerrten Zügen wich.

Für drei Sekunden hielt sie seine Finger, die kalt waren und kraftlos. Dann setzte sie sich ihm gegenüber. Vor ihr auf dem Tisch stapelten sich Tablettenschachteln, daneben stand eine Schnabeltasse. Ein Sinnbild der Hilflosigkeit. Dazu die aufgeschlagene Tageszeitung. Vermutlich hatte Yolanda ihm vorgelesen, bevor Kristina geklingelt hatte.

Wie immer wusste sie nicht, womit sie beginnen sollte.

Sein Blick ruhte auf ihr, und sie suchte die Botschaft darin. Natürlich ahnte sie, was ihn interessierte. Die Zeitung auf dem Tisch zwischen ihnen war ein deutlicher Hinweis.

»Wir sind nah dran«, verkündete sie.

Er schüttelte den Kopf. Entweder glaubte er ihr nicht, oder er verdammte die Mordserie mit dieser Geste.

»Schlimm«, kam es aus seinem Mund, zusammen mit einem Schwall Speichel, der an seiner Unterlippe hängen blieb.

Sie verbot sich, darauf zu starren, so wie sie sich antrainiert hatte, nicht auf den stets halb gefüllten Urinbeutel zu glotzen, der am Rollstuhl hing, und konzentrierte sich auf seine Augen.

»Willst du es hören?«, fragte sie, wohl wissend, dass die halbe Stunde Audienz, die ihr gewährt wurde, nicht ausreichte, um ins Detail zu gehen.

»Keine Aufregung«, presste er hervor und deutete mit der gesunden Hand über seine Schulter Richtung Küche.

Kristina schmunzelte konspirativ. »Ja, sie hat mir untersagt, dich aufzuregen. Wenn du meinst, es wird zu viel für dich, lasse ich es.«

Diesmal erfolgte das Kopfschütteln energischer, und sie lächelte erneut. Nicht allein, weil er unbedingt von ihr hören wollte, wie es um die Ermittlungen stand, sondern weil nun auch sie registrierte, dass der Hauptkommissar Fortschritte machte.

Bei ihrem ersten Besuch hatte sie kein Wort von dem verstanden, was er zu sagen versuchte. Damals konnte man nicht einmal von Worten sprechen. Es waren nach Hilfe schreiende Laute gewesen, die ihr in Mark und Bein gegangen waren. *Und jetzt?* Auch wenn es noch nicht zu ganzen Sätzen reichte, musste sie kein einziges Mal nachfragen, was er sagte. Das machte Hoffnung.

Es blieb bei einem Monolog ihrerseits, den er ab und an mit einem Nicken kommentierte. Albrecht Holle, dessen ausgezeichnetes kriminalistisches Gespür in einem unbrauchbaren Körper gefangen war, aus dem es nicht ausbrechen konnte, hatte womöglich eine Lösung parat, war allerdings nicht in der Lage, sie Kristina zuzuflüstern.

Wahrscheinlicher war jedoch, dass auch er zuerst über das Gehörte nachdenken musste, sonst hätte er ihr mit jeder ihm möglichen Geste versucht, verständlich zu machen, wo sie ihren Mörder zu suchen hatte.

Ich habe seinem Verstand Arbeit gegeben, kam ihr in den Sinn. Das konnte nichts Schlechtes sein, entschied sie für sich und erhob sich aus dem weichen Sessel. Er drückte ihre Hand zum Abschied und sie strich ihm über die faltige Wange.

»Wenn ich das nächste Mal komme, sitzt er hinter Schloss und Riegel«, versprach sie.

Von Holles Haus aus benötigte sie gut zehn Minuten bis ins Büro. Die Zuversicht, die sie durch den Besuch bei ihrem alten Chef kurzweilig erlangt hatte, blieb dabei auf der Strecke. Ungeahnt kraftlos schleppte sie sich die Treppe hoch.

Im Flur kamen ihr zwei kleine Jungs entgegengerannt. Sie trugen kurze Hosen und knallbunte T-Shirts und gluckten lautstark, ohne dass Kristina einen Grund dafür erkennen konnte.

Für eine Sekunde beneidete Kristina sie um die kindliche Ausgelassenheit, die sie selbst in den Gängen einer Polizeistation nicht unterdrückten. Vor ihrem Büro wartete eine groß gewachsene Frau mit braunem Lockenkopf. Hatten die Kollegen endlich eine brauchbare Zeugin aufgetrieben? Die Erwartung beschleunigte Kristinas Schritt. Das Gelächter der Kinder hallte durch den Gang.

»Tut mir leid, aber wir warten schon eine Weile, und wenn ihnen langweilig wird, sind sie kaum zu zügeln«, entschuldigte sich die Frau, noch ehe sie Kristina die Hand reichen konnte. »Sind Sie Frau Reitmeier?«

Kristina nickte und drehte sich nach den Rabauken um. »Nicht so wild, wenn hier mal Schwung in die Bude kommt.« Dann wandte sie sich wieder der Mutter zu. »Was kann ich für Sie tun?«

»Eva Wiegand. Ich bin Werner Finckhs Schwiegertochter.«

Wieder blickte Kristina zu den Kindern, die laut trampelnd auf dem Rückweg waren. »Ich dachte, er nimmt sie mit zum Fischen«, raunte sie. Oberhalb ihres Magens machte sich ein ungutes Ziehen bemerkbar.

»Ja, er wollte gestern früh mit ihnen los. Deshalb bin ich hier. Ich dachte, dass er wegen dieser Mordfälle, von denen die Zeitung schreibt, seinen Urlaub verschieben musste. Doch er hat weder abgesagt noch ist er zu erreichen.«

»Er war Freitag zum letzten Mal in der Dienststelle«, erklärte Kristina.

Werners Enkel rannten um ihre Beine und versteckten sich dann hinter der Mutter. Es kostete plötzlich enorme Kraft, ihnen entgegenzulächeln.

»Bei ihm zu Hause macht keiner auf. Da waren wir schon«, erklärte Finckhs Schwiegertochter.

»Was ist mit seiner Frau?«, fragte Kristina, während die Beklemmung unaufhaltsam ihre Speiseröhre hochkroch.

»Oh, Sie wissen es nicht … Dabei ist es schon beinahe ein Jahr her, dass sie ihn verlassen hat.«

Kristina hätte so höflich sein sollen, die Frau in ihr Büro zu bitten, aber sie brauchte im Moment all ihre Kraft, um die Dämonen fernzuhalten, die mit frostigen Fingern nach ihrem Herz griffen.

Er hatte nie darüber gesprochen. Trug nach wie vor seinen Ehering. Aber wie viele ihrer Kollegen wussten, dass auch Kristina wieder allein war? Lediglich Sampo, fiel ihr ein. Dem hatte sie ihre Trennung gezwungenermaßen anvertraut, weil er sich einmal nach Kai erkundigt hatte.

Auch Finckhs Frau war gegangen, ohne dass der kauzige Beamte je darüber gesprochen hatte. Und nun war auch er verschwunden. Tausend Gedanken rasten ihr durch den Kopf. Sie musste an seinen dicken Bauch denken … Daran, was Daniel erwähnt hatte …

Er beobachtet uns. Und er schlägt zu. Direkt vor unserer Nase.

Polizeiobermeister Werner Finckh passte ins Opferprofil.

11

Sie standen vor dem Haus in der Wasserstubensiedlung. Das letzte in der Straße, Fünfzigerjahre-Klinkerbau. Ein quadratischer Grundriss mit einem ordentlichen Stück Grün drum herum. Der Garten war verwildert. Die Hecke wuchs ungezügelt über das Tor hinweg und machte den Zugang schmal.

Niemand reagierte auf ihr Klingeln, weshalb Kristina ums Haus ging. Daniel folgte ihr über den verdorrten Rasen. Er war überrascht gewesen, wie schnell sie ihn wieder gerufen hatte. Der Cappuccino war noch nicht serviert gewesen, da hatte das Handy schon vibriert.

Kristina war erschreckend blass.

Ein weiterer Mord?

Aber warum rückten sie dann allein aus?

Auch vor dem Haus gab es kein Anzeichen darauf, dass schon Kollegen vor Ort waren. Der Täter konnte es auch nicht sein, denn in diesem Fall hätte ein Sondereinsatzkommando den Zugriff übernommen. Weder auf dem Briefkasten am Gartentor noch über dem Klingelknopf hatte er einen Namen gesehen. Die Leute, die hier lebten, kannten sich. Ein gemächlicher Ortsteil unterhalb des Bahndamms, mit einer Zeile Schrebergärten dazwischen. Daniel konnte sich nicht vorstellen, wer hier wohnte, und er wagte nicht zu fragen. So angespannt hatte Kristina nicht einmal an dem reuigen Morgen nach ihrer gemeinsamen Nacht ausgesehen.

Die Sonne stand im Zenit. Die Straße war ausgestorben, alle Welt im Urlaub. Es war unheimlich. Über dem Komposthaufen surrten die Fliegen. Fünf Meter links davon rostete ein Kugelgrill vor sich hin. Jenseits der Hecke wuchsen Apfelbäume auf vertrockneten Streuobstwiesen. Die Stille wurde durch das Rattern eines nahenden Güterzugs durchschnitten.

Kristina stellte sich vor die Terrassentür, legte die Hände ans Glas und schirmte damit ihre Augen gegen die Helligkeit ab.

»Erkennst du was?«, fragte er, ohne eine Antwort zu erhalten. »Wen suchen wir hier?«, versuchte er es aufs Neue.

Sie drehte sich nach ihm um. Blickte durch ihn hindurch. Sie war wie in einem Tunnel, er war für sie nicht existent. In einer fließenden Bewegung packte sie einen der Metallstühle, die auf der Terrasse um einen verdreckten Gartentisch drapiert waren, und schleuderte ihn gegen die Glasscheibe. Die Scheibe in der Terrassentür knackte, hielt aber stand.

»Bist du irre!«, fuhr er sie an und streckte die Hand nach ihr aus.

Der Güterzug donnerte jetzt direkt am Haus vorbei.

Daniel packte Kristina am Arm, aber sie riss sich los und holte erneut aus. Das Glas splitterte. Eines der Stuhlbeine steckte darin fest. Daniel fuhr sich fassungslos durchs Haar, während Kristina nach dem Gartenstuhl trat und die Scheibe damit vollends ins Wohnzimmer rammte. Tausende Glassplitter rieselten auf den abgetretenen Perserteppich. Das Schlagen der rotbraunen Waggons verschluckte das Geräusch.

Kristina zog ihre Pistole und stieg durch den nun leeren Türrahmen. Der Zug war nur noch ein sich entfernendes, immer leiser werdendes Rauschen. Es kam ihm vor, als könnte man das Knirschen der Glasscherben unter ihren Sohlen bis runter in die Altstadt hören. Daniel blickte sich um. Fenster und Türen der Nachbarn blieben geschlossen. Er folgte Kristina ins Haus.

Die Luft war stickig und roch abgestanden. Der wuchtige Wohnzimmerschrank aus rustikaler Eiche sah aus wie der seiner Oma, hatte jedoch schon lange kein Staubtuch mehr gesehen. Das Fernsehgerät leuchtete auf Stand-by. Die Couch war durchgesessen. Eine fusselige Wolldecke hing zusammengeknüllt über den verblichenen Kissen. Auf dem Tisch davor lag die Fernbedienung zwischen vier leeren Bierflaschen und einem Teller mit eingetrockneten Essensresten. Kristina war im Halbdunkel des Flurs verschwunden. Daniel folgte dem Knarren einer Holztreppe.

Der Geruch drang unvermittelt in seine Nase.

Auch wenn ihm die Erfahrung fehlte, ahnte er, was da mit einem Mal penetrant in seine Schleimhäute biss. Sein Verdauungstrakt schrumpfte zu einem Stein, während er Kristinas Schritten hinab in den Keller folgte.

Er fand sie in der Waschküche. Durch den Lichtschacht drang die Sonne und beleuchtete die Szenerie wie zum Hohn. Das braunrote Rinnsal hatte sich seinen Weg in den Fugen der ockerfarbenen Bodenfliesen bis hin zum Ablaufgully gebahnt. Durch das rostige Gitter, hinein in das schwarze Loch des Abflussrohrs, war das Leben des Mannes gesickert, der dort am Boden in dem Spalt zwischen Waschmaschine und Trockner kauerte, und dessen leere Augen ihnen vorwurfsvoll entgegenblickten.

Daniel entfuhr ein Laut, der Kristina aus ihrer Starre löste. »Wer ist das?«, flüsterte er.

»Einer von uns«, antwortete sie leise und ohne ihn anzusehen.

Daniels Unterleib fühlte sich an, als würde er jede Sekunde zu Staub zerbröseln. Er konnte sich nicht vorstellen, wer oder was Kristina an diesen Ort gelockt hatte. Doch sie hatte den richtigen Riecher gehabt, hierher zu kommen.

Allerdings zu spät.

Nicht um viel, und das verschlimmerte die ganze Sache. Das Blut, das sich auf den stumpfen Kacheln verteilt hatte, glänzte an manchen Stellen noch. Der Mörder hatte diesmal keinen allzu großen Vorsprung.

Ihrer Reaktion nach zu urteilen, kannte Kristina das Opfer. Daniel überkam das Bedürfnis, sie in den Arm zu nehmen, doch er traute sich nur, ihr die Hand auf die Schulter zu legen. Zweifelsohne befand sie sich in einem Schockzustand, und er wollte ihr signalisieren, dass er für sie da war, auch wenn er sich selbst nicht viel besser fühlte. Das war sein erster Tatort mit Leiche, und der Drang, aus diesem Keller hinaus in die Hitze des Sommers zu flüchten, wurde unerträglich. Widerstrebend blieb er jedoch an ihrer Seite, bis sie ihr Mobiltelefon aus der Tasche zog und eine Nummer wählte.

»Ich brauche das komplette Team«, sagte sie und nannte die Adresse. Mehr Worte benötigte sie nicht. Dann wandte sie sich Daniel zu. Ihre Augen glänzten. Sie fasste ihn am Oberarm und betrachtete ihn eindringlich.

»Geh jetzt besser«, verlangte sie. »Ich melde mich, wenn ich dich brauche.«

Spurensicherer und Uniformierte zwängten sich durch den schmalen Flur, in dem die Angelausrüstung an der vollgehängten Garderobe lehnte. Aus der Waschküche flammte in Sekundenabständen das Blitzlicht des Polizeifotografen. Aus dem Wohnzimmer tönte Dechers Stimme, der lauthals telefonierte. Womöglich mit Retter oder dem Staatsanwalt.

Kristina konnte die Enge nicht mehr ertragen. Sie musste raus aus diesem Wahnsinn, bevor er sie vollends vereinnahmte.

Auf der Straße setzte sie sich auf die Bordsteinkante zwischen zwei Einsatzwagen. Verborgen vor den Blicken der Kollegen und der paar Neugierigen aus der Nachbarschaft, die sich nun doch eingefunden hatten. Zumindest einer dieser Gaffer würde eine Verbindung zu den Schlagzeilen ziehen, die seit gestern durch die Medien geisterten. Danach käme eins zum anderen. Die Unruhe nährte die Panik, weil das Böse weiter um sich griff. Aus dieser Hysterie heraus wuchs das Misstrauen. Erst gegenüber denen, die man nicht kannte, später – und umso stärker, je länger die Phase der Ungewissheit andauerte –, schloss man auch die nächsten Anrainer nicht aus. Ein Teufelskreis, in dem schließlich jeder jeden verdächtigte, womit Kristinas Arbeit noch schwieriger wurde. Jetzt, da der Mörder sich schon an denen vergriff, die angetreten waren, ihn zu jagen.

Werner Finckh.

Der Mann, der sich nichts sehnlicher gewünscht hatte, als in Pension zu gehen, und der es nun nicht mehr erleben würde. Wie hatte er sich nur überrumpeln lassen können? In seiner Urlaubseuphorie, den ersten, zappelnden Fisch an der Angel schon vor Augen … Das Lachen seiner Enkel in den Ohren … Es gab keine Kampfspuren. Er war seinem Mörder unbesorgt gegenübergetreten. So wie einem Bekannten.

War das möglich? Hatte Finckh den Täter gekannt und ihm daher gutgläubig die Tür geöffnet? Aber wie passte der Polizeibeamte zu den anderen Opfern, die alle in irgendeiner Weise verbunden waren? Weshalb ging der Täter das Risiko ein und ermordete einen Polizisten? Weil Finckh durch Zufall etwas entdeckt hatte, was ihn hätte überführen können? War das die Lösung? Doch woher sollte der Täter wissen, was in den Ermittlungsakten ihres Kollegen stand?

Kristina steckte fest. Immer noch oder schon wieder.

In diesem Moment klingelte ihr Handy. Die Nummer auf dem Display versetzte sie in Erstaunen.

»Ich habe nachgedacht«, erklärte die Stimme. »Und Sie haben recht. Ich sollte die Gelegenheit nutzen, um mich zu verabschieden.«

Sampo entdeckte sie zwischen den Autos. Sie fand keine Kraft, um zurück ins Haus zu gehen. Um irgendwo hinzugehen. Sie wünschte sich eine Welt, in der sie hier sitzen bleiben konnte. Auf diesem von der Sonne aufgeheizten Granitstein, der die Kante des Gehwegs bildete.

Sampo lehnte sich gegen die Motorhaube des Einsatzwagens und sah betroffen auf sie herunter. »Es ist das übliche Muster«, begann er leise zu berichten. »Aber das hast du dir sicher schon gedacht. Wir haben diesmal mehr Chancen, brauchbare Spuren zu finden. Es deutet vieles darauf hin, dass der Täter im Haus übernachtet hat, während er Werner in der Waschküche gefangen hielt. Die Nachbarn sind anscheinend alle im Urlaub, weshalb ihn wohl niemand hat schreien hören. Falls er dazu überhaupt noch in der Lage gewesen ist. Möglicherweise war er sediert. Es gibt keine Hinweise, dass er versucht hat, die Tür aufzubekommen. So schrecklich das auch klingen mag, man kann es ihm eigentlich nur wünschen, nicht bei Bewusstsein gewesen zu sein, wenn man bedenkt, was der Irre mit ihm angestellt hat.«

»Die Wuppermann soll sich beeilen. Das Betäubungsmittel ist womöglich eine Spur, und ich will nicht, dass es sich verflüchtigt.«

»Sie weiß, was auf dem Spiel steht«, erklärte Sampo.

Immerzu nahm er die Ärztin in Schutz oder meinte, sie verteidigen zu müssen.

Kristina schalt sich wegen dieses Anflugs von kindlicher Eifersucht.

»Wie bist du nur darauf gekommen, nach ihm zu sehen?«

Seine Schwiegertochter. Mein Gott, ich habe versprochen, mich zu melden.

Die Frau und vor allem die Enkel warteten immer noch darauf, dass er die Jungs mit auf seinen Anglerausflug nahm. Urplötzlich fühlte sich Kristina noch schlechter. Die Übelkeit fuhr Kettenkarussell in ihrem Magen.

»Wir müssen herausfinden, wieso er ihm aufgemacht hat«, sagte sie.

»Ob Sie sich weiter darüber den Kopf zerbrechen werden, stelle ich infrage«, drohte Thorwald Decher plötzlich in ihrem Rücken. »Ich kann niemanden im Team gebrauchen, auf den kein Verlass ist und der meint, sich mit Alleingängen profilieren zu müssen.«

Die Drohung brachte sie auf die Beine. Der SoKo-Leiter hatte sein Sakko abgelegt und die Ärmel seines gestärkten Hemds hochgekrempelt. Doch er schwitzte noch nicht genug, um den Krawattenknoten zu lockern.

Das kommt noch, dafür sorge ich.

Er war nur unwesentlich größer als sie.

Zornentbrannt funkelte sie ihn an. »Wer von uns beiden hat Werner Finckh gefunden?«, fauchte sie.

»Damit könnten Sie sich brüsten, wenn er noch leben würde!«, konterte er.

Ja, verdammt, sie war zu spät gewesen, aber ohne sie hätte man sich vielleicht erst nächste Woche gefragt, wo der Kollege steckte. Nämlich dann, wenn er nach dem Urlaub nicht zum Dienst erschienen wäre. Keiner war diesem irrsinnigen Mörder je näher gekommen. Der Täter hatte nur wenige Stunden Vorsprung. Sie waren ihm auf den Fersen. Auch wenn der Preis dafür viel zu hoch war und in der Seele brannte wie ein glühendes Stück Eisen.

»Sie konnten diesen Mord ebenfalls nicht verhindern, Hauptkommissar Decher.«

Er bleckte die Zähne unter seinem akkurat gestutzten Schnauzer. »Weil ich so viel Zeit darauf verschwenden musste, mich durch Ihre schlampig geführten Ermittlungsakten zu arbeiten. Deshalb laufen wir diesem Mörder immer noch hinterher«, warf er ihr lautstark vor. »Nachdem ein Kollege von Ihnen zum Opfer wurde, werde ich Polizeidirektor Retter empfehlen, Sie wegen Befangenheit von diesem Fall abzuziehen.«

Er drehte sich um und ließ sie stehen. Sprachlos starrte sie ihm nach.

Daniel fand die Stelle, von der aus die zwielichtige Gestalt in der Nacht das Wohnhaus von Achterberg beobachtet hatte. Er könnte die Labormaus ein weiteres Mal befragen, aber er versprach sich kaum weitere Informationen davon. Sie hatte auf ihn nicht den Eindruck gemacht, etwas zu verschweigen. Ihre Behauptung, nicht zu wissen, wo ihr Chef steckte, klang glaubhaft. Es gab Dinge, die man besser geheim hielt, vor seinen Angestellten und vor dem Rest der Welt.

Wenn Daniel daran dachte, wer ebenfalls ein Auge auf Achterberg geworfen hatte, wurde ihm schlecht. Um herauszufinden, was dahintersteckte, blieben ihm zwei Optionen. Er konnte sich widerrechtlich die Ermittlungsakten ansehen. Ein Unterfangen, das einem Ritt auf der Rasierklinge gleichkam, da er Linnemann keine plausible Erklärung liefern konnte, sollte er erwischt werden. Oder er befragte jemanden, dem er für den Rest seines Lebens eigentlich nicht mehr über den Weg laufen wollte.

War es das wert? Es fehlte jegliche Garantie, dass er Kristina damit würde weiterhelfen können. Sie setzte ohnehin alles auf diese eine Karte und unter Umständen nur deshalb, weil sie Decher beweisen wollte, dass sie besser war. Nur – was, wenn sie sich irrte?

Mit verführerischer Stimme säuselte ihm die Resignation ins Ohr, er solle doch besser heimgehen und die Beine hochlegen. Letztlich war er nur der Wasserträger, der nichts von dem Ruhm erhielt, wenn Kristina den Kampf trotz allem noch gewinnen sollte.

Aber er konnte nichts dagegen tun, dass sich das Bild des Toten in sein Gedächtnis gegraben hatte, und dieser Anblick würde ihn verfolgen, wenn er in seiner Bude an die Decke starrte.

Inzwischen fühlte er sich Kristina verpflichtet. Finckhs Tod hatte sie aus der Bahn geworfen, das hatte er ihr angesehen. Er wollte ihr helfen. Deshalb war er doch auch an diesen Ort zurückgekehrt. Um Gewissheit zu erlangen und Verbindungen zu den Morden im Remstal zu knüpfen, sollte es diese geben.

Während ein warmer Wind über ihn hinweg durch die vereinsamte Straße im Stuttgarter Westen strich, stellte sich mit einem Mal die Erkenntnis ein, was zu tun war.

Mit schnellen Schritten eilte Daniel über die Straße und betrat erneut das Labor. Wie beim letzten Besuch empfing ihn die Laborassistentin in der Schleuse vom Zugang zum eigentlichen Forschungsraum. Diesmal ohne ihre riesige Schutzbrille.

»Du schon wieder! Hannes ist immer noch nicht aufgetaucht, nicht mal angerufen hat er.«

»Bereitet dir das keine Sorgen?«

Sie nickte zögerlich. »Er ist zwar alt genug, trotzdem ist es ungewöhnlich, dass er sich gar nicht meldet.«

Daniel betrachtete über ihre Stachelfrisur hinweg das Laboratorium durch die Glasscheibe in der Tür. »Kannst du mir sagen, ob irgendein Gerät fehlt?«

Franka rümpfte die Nase. »Um diese bescheuerte Frage zu stellen, tauchst du extra noch mal auf? Was sollte denn fehlen?«

»Etwas, das Hannes mitgenommen hat, um damit …«

Ja, was konnte der Biologe vorhaben?

Franka sah ihn herausfordernd an.

»Arbeitet ihr mit menschlichem Fettgewebe?«

»Du bist ein komischer Bulle und stellst noch seltsamere Fragen als deine Kollegin«, warf sie ihm vor.

Sie hatte natürlich recht. Es musste alles ziemlich verquer klingen, was er da von sich gab. Er hatte Miriam Wuppermanns Ausführungen und auch die von Dr. Lorenz im Kopf, wusste aber nicht, wie und wo er ansetzen sollte.

»Was braucht man, um menschliche Fettzellen brauchbar wiederzuverwerten?«, versuchte er es anders.

»Du meinst für Eigenfettinjektionen oder so?«

Er nickte. Das hörte sich plausibel an.

»Nicht mein Spezialgebiet, aber ich gehe davon aus, dass man zumindest eine Zentrifuge benötigt …« Sie hielt inne und zwirbelte an einer Haarsträhne. »Da fällt mir ein, dass Hannes neulich ein solches Gerät ausgemustert hat, obwohl es an sich noch funktioniert hat.«

Daniel verabschiedete sich.

In seinem Kopf rotierten die Gedanken. Nicht nur Achterberg war verschwunden, sondern auch eine Zentrifuge. Aber half ihm das weiter?

Nicht bei dem, was er nun vorhatte.

Daniel entsann sich der eisigen Temperaturen des zurückliegenden Winters, als er diesen Ort das letzte Mal betreten hatte. Kaum zu glauben, dass seitdem ein halbes Jahr verstrichen war. Ein halbes Jahr, in dem der Schmerz kaum nachgelassen hatte. Trotzdem war er hier.

Außer ihm wusste niemand darüber Bescheid, wer Hannes Achterberg noch im Visier hatte. Das machte seinen Alleingang waghalsig.

Der Kellner tat so, als würde er Daniel nicht kennen. Dabei war offensichtlich, dass der schmalbrüstige Russe genau wusste, wen er bediente. Daniel hockte sogar auf seinem Stammplatz. An diesem einen Tisch, an dem sie immer gesessen hatten. Auf diesem gemütlichen Sofa mit dem weichen Lederkissen, von dem aus man das Treiben im Café so gut überblicken konnte. Lediglich zwei weitere Tische waren besetzt, weil draußen, unter den weißen, ausladenden Sonnenschirmen, nichts mehr frei war.

Der Platz neben ihm war verwaist, und das war vielleicht das Schmerzhafteste an der ganzen Situation. Daniel würde das Sofa nie wieder mit Darja teilen, ging jedoch davon aus, dass sich früher oder später jemand zu ihm gesellen würde. Selbstredend würde man ihn erst eine ganze Weile warten lassen. Beobachten, wie lange er durchhielt, um die Ernsthaftigkeit seines Auftauchens auszuloten. Oder er lag komplett daneben, und niemand scherte sich mehr einen Dreck um ihn.

Immer wieder ging sein Blick zu der Stelle über der Bar, an der die Kamera versteckt war. Ein modernes Ding, das ein gestochen scharfes Bild des gesamten Gastraums übermittelte. Er hatte sich einst selbst davon überzeugen dürfen. Sich selbst in einem der aufgezeichneten Videos betrachten müssen, in dem er unbedarft und leidenschaftlich die Tochter des Spatzes küsste, während seine rechte Hand zwischen ihren Oberschenkeln steckte, zu weit unter ihrem Rocksaum, als dass die Aufzeichnung als jungendfrei durchgegangen wäre.

Daniel verbot sich darüber nachzudenken, welches eindeutige Bildmaterial von ihm noch auf einem von Worobjows Rechnern gespeichert war.

Er fragte sich, ob sein in Mitleidenschaft gezogenes Gesicht sie weich werden ließ. Aber das war nur einer von tausend Wünschen, die er den langen Tag über und vor allem in den schlaflosen Nächten herbeisehnte. An Erfüllung war nicht zu denken. Auch heute nicht.

Nach etwa zwei Stunden tauchte allerdings ein breitschultriger Kerl auf, den Daniel vom Sehen her kannte. Trotz der Hitze trug er ein Sakko, unter dem sich gut eine Knarre verstecken ließ. Der Hüne war Darjas Aufpasser.

Selbst nachdem Daniel damals erfahren hatte, welchen Kreisen seine russische Freundin angehörte, hatte er noch eine Weile gebraucht, bis ihm die groß gewachsenen Typen aufgefallen waren, die sich stets bewusst unauffällig in Darjas Nähe aufhielten. Anfangs war er zu blind vor Liebe gewesen, später wurde offensichtlich, dass die Männer von Beginn an ein Auge auf die Turteltäubchen gehabt hatten.

Der Mann wechselte ein paar Sätze mit dem Keller an der Bar, ohne ein einziges Mal zu Daniel herüberzusehen. Er trank in aller Seelenruhe einen Kaffee, was Daniel noch nervöser machte. Er hatte den ersten Zug gemacht, nun war sein Gegner dran, und es gab bei diesem Spiel kein zeitliches Limit.

Es vergingen weitere zehn Minuten, bis der Russe die Muße fand, sich zu Daniels Tisch zu begeben. Der Muskelprotz setzte sich ihm gegenüber und musterte Daniel mit starrer Miene. Aus der Nähe wurde sein wahres Alter sichtbar. Der gestählte, durchtrainierte Körper mochte darüber hinwegtäuschen, aber die Falten in seinem Gesicht verrieten, dass er schon über vierzig war. Ein ehemaliger Soldat der russischen Armee, der jetzt als Söldner unter dem Spatzen wahrscheinlich das Zehnfache seines damaligen Solds einstrich.

»Wir haben in der Aufregung wohl vergessen, dir Hausverbot zu erteilen«, sagte er in diesem typischen Akzent, den Daniel so oft vernommen hatte, während er mit Darja zusammen gewesen war.

»Ich bin nicht ihretwegen hier, ich brauche nur eine Information«, erklärte Daniel und versuchte, möglichst unbeeindruckt zu klingen.

Der Mann grinste. »Sehen wir aus wie die Auskunft?«

»Ihr lasst einen Mann beschatten, und ich muss wissen, warum«, sagte Daniel, ohne auf die Anspielung einzugehen.

»Du bist nicht einmal mehr bei den Bullen, hört man«, erwiderte der Söldner.

»Dadurch kommst du nicht in die Verlegenheit, mit der Polizei gesprochen zu haben«, konterte er. »Und ich verlange auch nicht, dass du mir die Information lieferst. Ich weiß, dass du keinen Furz lassen darfst, ohne deinen Boss zu fragen. Richte dem Spatz aus, er kann mich persönlich anrufen.«

Der Russe behielt die gelassene Fassade bei, aber sein Tonfall wurde frostig. »Mein Junge, ich könnte dich mit einer schnellen Handbewegung töten. Dir dein Nasenbein ins Gehirn treiben, ohne dass dir bewusst wird, wie plötzlich es mit dir vorbei ist. Gut möglich, deine Hand rührt weiter in dieser Kaffeetasse, während du schon mit dem Teufel um deine Seele feilschst.« Er warf einen schnellen Blick in die Runde. »Niemandem hier drin wird die Unannehmlichkeit auffallen, bevor Juri deine Leiche von diesem Sofa geräumt hat. Man wird sich erst in drei, vier Tagen über den toten, fauligen Körper wundern, der im Neckar treibt. Nenn mir einen Grund, warum ich nicht auf diese Weise mit dir verfahren sollte?«

Daniel wusste, dass es genauso ablaufen könnte, und doch schaffte er es, wie schon auf Alfreds Autohof, äußerlich erstaunlich gelassen zu bleiben, während ihm die Schweißbrühe den Buckel runter und in seine Unterhose rann. »Es geht um Hannes Achterberg. Sag dem Spatz, es läuft eine Mordermittlung gegen den Mann. Könnte dumm für deinen Boss enden, wenn er hineingezogen wird.«

Am Ohr des Söldners vorbei beobachtete er, wie der Kellner am Tresen lehnte. Bereit, wie angedroht, den Dreck zu entsorgen, sollte welcher anfallen.

Worobjows Handlanger kniff die Augen zusammen. »Wer sagt mir, dass du mir nicht irgendeine Scheiße erzählst?«, fragte er nicht weniger scharf.

»Was hätte ich davon? Richte Worobjow aus, ich will nicht, dass er in etwas verwickelt wird. Um seiner Tochter willen.«

»Was mache ich bloß mit Ihnen, Frau Reitmeier?«

Seine Frage war rein rhetorischer Natur, weshalb Kristina sich hütete, ihm auch nur den Ansatz eines Vorschlags zu unterbreiten.

Retters Büro war erstaunlich kühl im Vergleich zu den restlichen Präsidiumsräumlichkeiten, und sie fragte sich, worin dabei der Trick lag. Ohne Klimaanlage. Sie hatte gehört, der Polizeidirektor sei vor seinem Amtsantritt in Waiblingen eine Weile in Afrika gewesen. Niemand konnte ihr sagen, was genau er dort über mehrere Monate zu erledigen gehabt hatte. Egal mit welchen Geheimnissen er letztlich zurückgekehrt war, zumindest hatte er gelernt, die Hitze des Tages auszusperren, um seine Krawatte bis zum Abend nicht lockern zu müssen.

Retter stand am Fenster, die Hände in seinem Speerwerferkreuz verschränkt. Das Schreibtischlampenlicht reichte nicht, um seine Mimik zu interpretieren. Sie wartete darauf, dass er ihr Verhalten zur Sprache brachte, doch wie es schien, fand er an diesem Tag nicht die passenden Worte.

»Sie haben seine Familie informiert?«

Kristina nickte. »Den Sohn und die Schwiegertochter.«

»Und die Ehefrau?«

Er wusste es demnach auch nicht. Werner hatte seine Trennung verschwiegen, und sie konnte dieses Verhalten nachvollziehen. Das Eingeständnis, in der Beziehung versagt zu haben, war für sie selbst immer noch schwer. Gegenüber anderen war die Hemmschwelle oft unüberwindbar.

»Seine Frau wohnt jetzt in Berlin«, antwortete sie. »Die Kollegen vor Ort haben zugesagt, sich darum zu kümmern.«

Falls Retter diese Information in irgendeiner Form überraschte, wusste er es zu verbergen.

»Werner Finckh war der erste Kollege, den ich unter meiner Führung verloren habe«, begann er. »Gut möglich, dass ich bisher nur Glück hatte mit meinen Leuten. Und wenn man es genau nimmt, ist der Mann in seiner Freizeit und nicht im Einsatz gestorben. Aber es war unser Täter, von daher … Ich nehme den Tod des Polizeiobermeisters ebenso persönlich, wie Sie es tun.«

Was erwartete er, jetzt von ihr zu hören? Kristina ahnte nicht, worauf er hinauswollte. Wollte er den Zorn über Werners Tod mit ihr teilen oder würde dieser Ankündigung eine Anschuldigung folgen, weil sie nicht schnell genug gewesen war, den Mörder zu fassen?

»Sie kannten ihn gut. Es wäre falsch, Sie da jetzt rauszunehmen«, redete er in ihre Gedanken hinein. »Das habe ich auch Hauptkommissar Decher gesagt. Versuchen Sie, mit ihm auszukommen.«

Der Inhalt seiner Worte kam nur schleppend bei ihr an. Das war nicht der Todesstoß, den sie erwartet hatte.

»Spielen Sie im Team, Frau Oberkommissarin. Ich bitte Sie. Ein nächstes Mal wird es nicht geben, sollten wir wieder an diesen Punkt gelangen.«

Eine Drohung hinterher, um ihr die Lage zu verdeutlichen.

Sie wusste selbst, wie nah der Abgrund war, aber Retter sah es wohl als seine Pflicht, sie darauf hinzuweisen.

»Konzentrieren Sie sich auf Werner Finckh. Es muss bei diesem verfluchten Fall doch irgendwann auch mal Zeugen geben. Und Sie berichten mir zuerst!« Er spähte nachdenklich durch die Ritzen in der Jalousie.

»Wir kriegen ihn«, versprach sie und verließ das abgedunkelte Büro.

Sie traf Sampo in der Küche. Der Finne bediente sich aus der Kaffeekanne ihrer Abteilung.

»Hat man euch da unten das Budget gekürzt?«

»Wie ich sehe, ist der Kopf noch dran, und wenn du wieder zum Streiten aufgelegt bist, scheinst du ja glimpflich davongekommen zu sein.« Er trank einen Schluck und verzog das Gesicht. »Bah, wie lange steht der schon auf der Wärmeplatte?«

Retters Entscheidung hatte ihr in der Tat neuen Auftrieb gegeben, und sie konnte sich sogar ein Schmunzeln nicht verkneifen. »Bist du nur gekommen, um über den Kaffee zu lästern?«

Kaum hatte sie es ausgesprochen, musste sie an Werner denken, der sich oft in dieser kleinen Büroküche rumgedrückt hatte. Sie vermutete, dass der halbe Kühlschrank noch mit seinen Lebensmitteln belegt war. Wer würde die Kraft dazu finden, das Zeug irgendwann zu entsorgen? Gleiches galt für den Inhalt seines Schreibtischs.

Sie schüttelte den Kopf. »Ich habe vorhin die neuesten Berichte durchgesehen. Decher hat mit der Detektei gesprochen. Osswald hat den Privatermittlern in regelmäßigen Abständen Namen zukommen lassen, die sie überprüfen sollten. Zudem war eine Agentur damit beauftragt, deutschlandweit Tageszeitungen nach Todesanzeigen zu durchforsten und mit der von ihm geführten Liste zu vergleichen. Er hat für diese Dienste gut bezahlt, genug, dass niemand diese Passion hinterfragte. So hat er seine Sammlung aufgebaut. Ich kann mir nur nicht zusammenreimen, wozu er diesen Aufwand betrieben hat. Aus Reue? Um späte Vergebung zu erlangen? Aber von wem?«

»Vielleicht findest du die Antwort hier«, sagte Sampo und hielt ihr den Schlüssel vor die Nase, den Carola Walz an ihrem

Todestag bei sich getragen hatte. »Wir haben das Schließfach gefunden«, erklärte er und schlürfte von dem eingebrannten Kaffee. »Aber noch keine Zeit gefunden, es zu öffnen«, dämpfte der Forensiker ihre Erwartung. »Ich dachte mir, womöglich willst du das persönlich übernehmen.«

»Wo?«

»Stuttgart, Kunstmuseum. Ungewöhnlicher Ort, aber die Schließfächer dort sind öffentlich zugänglich und brauchen damit nicht zwingend von Museumsbesuchern belegt werden. Wobei sie dazu natürlich in erster Linie installiert worden sind.« Er legte ihr den Schlüssel neben die Kaffeemaschine. »Viel Glück!«

Sampo ließ sie allein in der Küche zurück. Sie nahm den Schließfachschlüssel zwischen Daumen und Zeigfinger und betrachtete ihn. Was hatte die beleibte Frau darin vor der Welt versteckt?

Doch das Museum musste warten. Decher wollte Kristina in einer Viertelstunde sprechen. Wenigstens hatte sie etwas, womit sie den Hauptkommissar besänftigen konnte.

Die Sache mit dem Schließfach behielt sie vorerst für sich. Aber Louise Osswald hatte sich auf den Weg gemacht, ihrem Vater die letzte Ehre zu erweisen. Und wohl auch ihrem ehemaligen Verlobten Bruno Schwarz, dessen verkohlte Leiche immer noch ein Kühlfach der Pathologie belegte, weil keine Angehörigen auszumachen waren.

Diesmal war Thorwald Decher allein. Offenbar waren alle unterwegs, mit wichtiger Ermittlungsarbeit betraut oder in der Kantine. Gut möglich, dass der Hauptkommissar dafür gesorgt hatte, um mit Kristina ein Vieraugengespräch zu führen.

Er saß an dem Tisch an der Stirnseite des Raums wie der Lehrer, der auf die Schülerin wartete, die bei ihm zum Nachsitzen verdonnert war. Doch statt sich zu setzen, blieb Kristina einfach auf halbem Weg stehen. Sie hatte nicht vor, lange zu bleiben.

»Wir machen weiter Schlagzeilen«, verkündete er und hielt ihr das aktuelle Boulevardblatt vor die Nase. »Ihr Freund Theiss war wieder fleißig.«

Übergewichtige stürmen Fitness-Studios, lautete die Überschrift und nicht unwesentlich kleiner darunter: *Die Angst vor dem Dickenmörder geht um.*

Sie werden auch Dr. Bennour die Bude einrennen, überlegte sie. All jene, die es sich leisten können. So wie Carola Walz?

Weil sie nicht auf seine Anspielung mit dem Journalisten einging, legte Decher das Blatt beiseite und wandte sich der Tafel mit den Fotos der Opfer zu, an der nun ein viertes Bild hing: Werner, wie er zusammengekauert an der Waschmaschine lehnte.

»Ich bete zu Gott, dass er nicht in diesem Tempo weitermacht«, raunte Decher.

Kein Wort darüber, dass Retter ihn zur weiteren Zusammenarbeit mit ihr nötigte.

»Er gerät unter Druck«, mutmaßte Kristina.

»Was meinen Sie damit?«

Hatte er vor, eine sachliche Diskussion des Falls mit ihr zu beginnen? Kristina stand weiterhin da, als müsse sie jede Sekunde einen Angriff abwehren. Dechers Blick hingegen blieb auf die Notizen am Whiteboard gerichtet.

»Solange Osswald hinter seiner Villa lag und ihn niemand vermisste, hatte der Täter keinen Grund für überstürztes Handeln. Mit dem Leichenfund im Welzheimer Wald wurde ihm bewusst, dass die Jagd auf ihn eröffnet war. Also begann er damit, Spuren auszulöschen, die uns sonst den Weg weisen würden. Spuren in Form von Menschenleben. Ich glaube, all jene, die nach Egon Osswald sterben mussten, hätten uns zu ihm führen können.«

»Das sind ja ganz neue Töne. War Ihre Theorie nicht, dass unser Täter sie aufgrund der Fettleibigkeit ausgewählt hat?«

Sie konnte diese Feststellung nicht leugnen. Es hing auch damit zusammen. Der Täter wollte das Körperfett seiner Opfer. So betrachtet verband er das Leidige mit dem Notwendigen. Er weidete all jene aus, die nach seinem Empfinden ohnehin sterben mussten.

»Oder wollen Sie mich mit dieser Mutmaßung nur besänftigen?«, hakte der SoKo-Leiter nach.

»Das habe ich nicht nötig, Herr Decher. Außerdem habe ich nie gegen Sie gearbeitet. Ich bin dieser einen Spur gefolgt, weil ich die Vermutung hegte, dass Sie von Ihnen vernachlässigt wurde.«

Der LKA-Ermittler wandte sich ihr zu und verzog die Lippen zu einem Lächeln, das die Augen nicht erreichte. »Sie hätten mich fragen können.«

»Um Erlaubnis bitten, trifft es wohl eher!«

»Wenn Sie es so formulieren möchten, bitte schön. Letztlich haben Sie sich einer Dienstanweisung widersetzt«, hielt er ihr vor.

Sie ersparte sich, ihn darauf hinzuweisen, dass er ihre eigenwilligen Recherchen nicht genehmigt hätte.

»Ich entscheide, ob es Sinn hat, eine Spur zu verfolgen oder nicht. Dafür wurde ich von oberster Stelle herbeordert. Um zu koordinieren und die geringe personelle Stärke am effektivsten einzusetzen, um einen Serientäter zu stellen. Sie sind nach wie vor das Zahnrad in diesem Getriebe, das in die falsche Richtung läuft. Sind Sie auch nur irgendeiner meiner Anweisungen nachgegangen, seit ich hier bin?«

»Louise Osswald steigt morgen in ein Flugzeug«, sagte Kristina, »um Ihre Defizite im Persönlichkeitsprofil des ermordeten Vaters zu beheben, Herr Hauptkommissar.«

In der Glasfassade gleißte die nachmittägliche Sonne. Um Daniel herum herrschte buntes Treiben. Die Leute trotzten der Hitze. Im langen Schatten des gläsernen Kubus saß er auf der breiten Treppe des Museums, die einen Blick über den Schlossplatz mit den Baumreihen und Rasensegmenten und den beiden großen Springbrunnen bescherte, in die die Leute in Massen ihre Füße hängten, um ersehnte Abkühlung zu erlangen. Im Zentrum der geometrisch angelegten Parkflächen ragte die Jubiläumssäule mit der Göttin Concordia auf der Spitze dreißig Meter hoch in den stahlblauen Himmel. Dahinter erstreckte sich über die volle Breite des Platzes das neue Schloss, das auch bei den hohen Temperaturen nicht von Schüssen aus den Digitalkameras der Touristen verschont blieb.

Kristina hatte ihn hierher bestellt. Sie hatte aufgeregt geklungen, wollte ihm aber nicht verraten, was geschehen war, seit sie ihn aus der Waschküche des vierten Opfers fortgeschickt hatte.

Kaum zu glauben, dass das erst am Morgen gewesen war, dachte er und knüpfte gedanklich an seinen Besuch bei den Russen an. Sollte Achterberg wirklich etwas mit dem Spatz zu schaffen haben, würde der Oligarch mit ziemlicher Sicherheit noch ein paar Fragen an Daniel haben.

Er fragte sich, ob man Darja vor den Bildschirm geholt hatte, der ihr das Kamerabild aus dem Café übermittelte. Ob sie Daniel mit derselben Wehmut auf diesem Sofa hatte sitzen sehen, die er empfunden hatte?

Daniel sah Kristina vor dem Eingang des Museums auftauchen und verließ seinen Platz auf der Freitreppe. Sie sah besser aus. Der Schock des frühen Vormittags war einer wilden Entschlossenheit gewichen.

»Bist du wieder ausgerissen?«, fragte er amüsiert.

»Ich hab Freigang bekommen«, erklärte sie und betrat vor ihm das weitläufige Foyer des Kunstmuseums.

Sie ließ die Kasse links liegen und steuerte aufs Treppenhaus zu. Dann hielt sie auf die Garderobe zu und bog in einen breiten Gang ab. Auf der rechten Seite war über fünf Meter eine Batterie Schließfächer in die graue Wand eingelassen. Die Spinde waren nicht groß genug, um eine Leiche darin zu deponieren. Einen Kopf vielleicht, mehr aber auch nicht.

Seine Überlegung bescherte ihm ein Frösteln. Diese Mordserie veränderte ihn, ohne dass er sagen konnte, in welche Richtung. Er bekam erstmals ein Gespür dafür, welches Grauen ihn erwartete, wenn er sein Psychologiestudium abgeschlossen hatte und wie geplant als Profiler arbeiten würde. Es gab diese Psychopathen wirklich, über die in seinen Lehrbüchern geschrieben stand.

Kristina zog einen Schlüssel aus der Tasche und fand das passende Schloss. Vorsichtig öffnete sie die quadratische Stahltür. Er hielt den Atem an.

Eine braune, schlichte Handtasche kam zum Vorschein. Die Rote Zora streifte Latex über ihre schlanken Finger und zog sie vorsichtig heraus. Mit der Tasche begab sie sich zu der Bank, die an der gegenüberliegenden Gangseite an der kahlen Betonwand stand. Sie nahm Platz und stellte die Handtasche auf ihren Oberschenkeln ab. Erwartungsvoll setzte er sich neben sie. Kristina warf ihm einen konspirativen Blick zu, und er nickte.

Die billige Kunstlederhandtasche enthielt nichts außer einem braunen Umschlag. Die Beschaffenheit und Dicke des Kuverts verriet den Inhalt schon, ohne dass sie es öffnen mussten. Nur die exakte Bestimmung des Werts verlangte, dass Kristina die Lasche aufzog.

12

Draußen war es ruhig. Trügerisch. Er durfte sich nicht einreden, dass es so bliebe. Der Vormittag hatte ihn eines Besseren belehrt. Sie waren ihm sehr nahe gekommen.

Er trat vom Fenster zurück, auch wenn die hereinfallende Sonne wie eine wohlige Dusche wirkte. Doch im Keller warteten seine Gäste.

Die Lieferanten.

Es war besser, den Menschen ihre Persönlichkeit zu nehmen und sie auf eine Bezeichnung zu reduzieren. Selbst wenn keine engere Beziehung bestand. Es wurde leichter für den Verstand. Und für die Seele. Dabei existierte seine nicht mehr. Sie war in irgendeiner kalten, schlaflosen Nacht erfroren, zusammen mit dem Gewissen. Zwei Geschwister bibbernd aneinandergekauert, in der Hoffnung auf gegenseitige Wärme. Eine Hoffnung, die sich nicht erfüllte.

Das lag lange zurück, er konnte sich nicht mehr an den Tag erinnern. Das mochte daran liegen, dass man nicht sofort merkte, wenn einem Seele und Gewissen abhandenkamen. Es war ein schleichender Prozess, der den Geist zu einer ungeahnten Klarheit führte. Verlor man das, was die Welt da draußen als Menschlichkeit bezeichnete, blieb ein konzentriertes Filtrat übrig, das zu Höherem befähigte. Die Unsterblichkeit lag nicht in der Seele, sondern in dem, was danach noch vorhanden war. Eine gottgleiche Essenz, die ein Universum jenseits des Hasses öffnete. Danach erfolgte das Töten ohne Groll, allein um der Notwendigkeit willen. Wie bei einem Raubtier, das seiner Beute das Leben nimmt, um das seine weiterführen zu können.

Er hatte keine Vorstellung davon, wie lange sich dieses Stadium der Göttlichkeit bewahren ließ. Dieses schwarze Loch in seinem Inneren, dessen immense Gravitation sämtliche Gefühlsregungen absorbierte und unwiederbringlich zermalmte. Damit gelang es ihm, auch jene zu entmenschlichen, zu denen er einst eine emotionale Bindung verspürt hatte.

Widerwillig verließ er den sonnendurchfluteten Gang und stieg die Treppe hinab. Sein Körper reagierte augenblicklich auf den Temperaturunterschied. Der Instinkt des Tiers vermischte sich mit der Selbstbeherrschung des Menschen. Die Kälte kroch in seine Muskulatur. Als er den Schlüssel ins Schloss steckte, zitterte er bereits.

Der Spieler blinzelte ihm entgegen. Unverständnis und Entsetzen formten seine Züge.

Er verachtete diesen Anblick.

Der Spieler tat gut daran, das Maul zu halten, hatte anscheinend endlich eingesehen, dass sein Gewinsel auf taube Ohren stieß. Er sah ihm an, was er wissen wollte, welche Fragen in seinem alkoholgetränkten Hirn trieben.

Woher kommen die Kälte und die Macht, die dich befähigen, den Weg unbeirrt weiterzugehen? Wieso legst du dich nicht zum Sterben hin, wie ein waidwundes Tier es an deiner Stelle tun würde?

Er setzte sich auf den Stuhl, den er gegen die nackte Wand gestellt hatte. Der Spieler kauerte auf der verschimmelten Matratze, die er in einem anderen Kellerraum gefunden hatte. Ängstlich glotzte er ihm entgegen, als warte er auf einen Richtspruch. Es stank nach Urin.

Er sollte den Eimer entleeren, in den der Spieler seine Notdurft verrichtete. Vielleicht konnte er sich später dazu überwinden. Die leere Schnapsflasche lag neben der Matratze auf dem kalten Steinboden. Oben in der Bar standen noch jede Menge Spirituosen, mit denen er ihn ruhigstellen konnte. Verabscheuungswürdig, aber effektiv.

Alkohol allein hatte nicht ausgereicht, um seine Forderungen durchzusetzen. Aber er war im Besitz dieser neuen, ungeahnten Macht, die jeglichen Widerstand zermalmte. Dieses kühle Metall in seiner Hand, das sich mittlerweile vertraut an seine Finger schmiegte und mit dem die Ernsthaftigkeit seiner Worte deutlich wurde. Es war ein Genuss, die Furcht in den Augen jener wachsen zu sehen, die er damit konfrontierte.

Er hatte nie eine Waffe besessen. Auch nicht, als er an Orten gelebt hatte, die einem kein Gefühl der Sicherheit gaben. Deshalb hatte er nicht nachvollziehen können, wie eindrucksvoll sich ein Mensch verformte, wenn man eine Pistole auf ihn richtete. Und wie überlegen man sich vorkam, wenn man derjenige war, der den Druck des Abzugs spürte.

Während er mit unerbittlichem Schweigen auf den Spieler hinabblickte, wünschte er sich, er hätte diese Kontrolle schon damals besessen. Wie wäre sein Leben wohl verlaufen, wenn nicht die einzige Wärme, die ihm jemals vergönnt gewesen war, das Weite gesucht hätte?

Ironie des Schicksals!

Das Monster, dem er die Kälte verdankte, hatte ihn letztlich nicht nur mit neuer Energie belebt, sondern auch mit dem Instrument der Macht.

Er wies mit einer knappen Bewegung seines Kinns auf das frische Material, das er mitgebracht hatte. Das nun auf der Anrichte lag, auf der die Gerätschaften deponiert waren, die er aus dem Labor mitgenommen hatte.

»Ich kann das nicht mehr«, wimmerte der Spieler.

Er konnte den Schnaps in seinem Atem riechen. Die Verzweiflung in seiner Stimme hören. Es war gut, dass er ihn hierher gebracht hatte, um ihn unter Aufsicht zu haben. Der Spieler hatte seinen Willen schon vor geraumer Zeit verloren. Er brauchte eine starke Hand, die ihn leitete. Hier konnte er ohne Ablenkung seine Arbeit tun. Seiner einzig wirklichen Bestimmung nachgehen.

»Finckh wollte das Haus verkaufen«, erklärte Ralf und legte Kristina die Samstagsausgabe der Waiblinger Zeitung auf den Schreibtisch. Er hatte die Anzeige gelb angestrichen. »Ich bin eben durch Zufall draufgestoßen. Das wäre die plausibelste Erklärung, warum er unvoreingenommen einen Fremden in die Wohnung gelassen hat.«

Winklers Theorie leuchtete ihr ein. Sie schenkte ihm ein anerkennendes Nicken, denn so, wie er da vor ihr stand, hatte er etwas Aufmunterung nötig. Trotz der Tragödie machten sie weiter. Gerade deswegen. Diese Ermittlung war zu etwas Persönlichem geworden.

»Wenn dem so war, muss der Täter die Anzeige gelesen und diese Situation ausgenutzt haben. Das heißt, er wusste, wer Werner war und dass er an dem Fall arbeitete.«

Ralf nickte und wurde blass um die Nase. »Woher zur Hölle konnte er davon wissen?«

»Ich fürchte, er beobachtet uns«, flüsterte Kristina, als stünde der Schlächter direkt hinter ihr.

Sie erhob sich von ihrem Bürostuhl und ging zum Fenster. Über die Kreuzung und den Fluss hinweg konnte sie auf dem Parkplatz am Hallenbad die Parabolantennen der Übertragungswagen mehrerer Fernsehanstalten in der Sonne glänzen sehen. Sie waren gekommen, hatten sich in Position gebracht und lauerten. Die Kunde vom neuesten Mordfall im Zusammenhang mit dem Remstalschlächter war bereits auf dem Weg um den Globus. Bald würde es unmöglich sein, das Polizeigebäude zu verlassen, ohne ein Mikrofon vor die Nase gehalten zu bekommen.

»Warst du damit schon bei Decher?«, fragte sie gegen die Fensterscheibe, in der sich ihr rotes Haar spiegelte.

»Ich wollte, dass du es zuerst weißt«, gestand Ralf.

Dafür hätte sie ihn drücken können. Sie hatte ihre Leute in die Bredouille gebracht, und doch stärkten sie ihr weiterhin den Rücken.

Sie sah ihm nach, bis er in seinem Büro verschwunden war, und wandte sich dann wieder ihrem Rechner zu. Kristina war bei dem Bericht über Osswalds Bargeldvorrat in dessen Safe hängen geblieben, bevor Ralf mit der neuen Erkenntnis zu ihr kam. Das Geld war in einem ähnlichen Umschlag verstaut gewesen wie jenem, der nun vor ihr auf dem Schreibtisch lag.

Hatte die späte Reue den Manager dazu veranlasst, Carola Walz 30 000 Euro auszuhändigen? Geld zur Wiedergutmachung oder für ihr Schweigen? Aber worüber sollte sie Stille bewahren? Hatte ein Vorfall in jüngster Vergangenheit eine Lawine ausgelöst, die sich auch nicht mit Tausenden Euros aus Osswalds Vermögen stoppen ließ? Sollten auch die anderen Opfer Geld erhalten? Der Architekt Bruno Schwarz, der Polizist Werner Finckh? Doch der Mörder war in allen Fällen schneller gewesen.

Das ist Unsinn.

Auf jeden Fall, was Werner betraf. Als sie letzten Donnerstag zum ersten Tatort gerufen worden waren, hatte er keine Ahnung gehabt, wer Egon Osswald war. Oder hatte Finckh doch mehr gewusst und deshalb sterben müssen?

Kristina spürte den Anflug einer Migräne. Es gefiel ihr nicht, einen Menschen zu verdächtigen, der mit ihr lange Zeit das Büro geteilt hatte. Doch je öfter sie die Fakten betrachtete, desto mehr fragte sie sich, ob sich Werner mit dem, was er für die Immobilie bekommen hätte, hatte absetzen wollen. Zusammen mit dem Geld, das Osswald für ihn bereithielt? *90 000 Euro!*

Auch zwischen Schwarz und diesem Hannes Achterberg war Geld geflossen. Nach Auskunft der Banken könnten die 50 000 Euro des Architekten dazu gedient haben, um die Liquidität des Labors aufrechtzuerhalten. Aber konnte die Summe auch für etwas anderes gedacht gewesen sein?

Sie musste das mit ihrem Team diskutieren. Mit Sonja, Ralf und Sampo, bevor sie damit zu Decher ging. Werner hatte mit niemandem über die Trennung von seiner Frau gesprochen. Womöglich war das nicht sein einziges Geheimnis?

Gedankenversunken überquerte Daniel den kleinen Schlossplatz, ging vorbei an einer Bar, die ihre Gäste mit Liegestühlen und Cocktails lockte. Die Ausgelassenheit der Afterwork-Community, die sich mit dem billig angebotenen Alkohol in Feierlaune brachte, übte einen gewissen Reiz auf ihn aus.

Wann hatte er zuletzt ungezwungen auf den Putz gehauen? Sein Leben genossen, sich mit Freunden getroffen? Die Schwierigkeiten mit seiner Dienststelle und die bevorstehenden Verhandlungen vor dem Untersuchungsausschuss hatten auch eine gewisse Vereinsamung mit sich gebracht.

Vor ihm hielt ein schwarzer Kastenwagen ungünstig in einer Zufahrt zu einem der prägnanten Bürogebäude am City-Ring und verengte damit den Durchlass zwischen den Hauswänden auf einen Meter. Wenn Daniel in seine Wohnung wollte, musste er jedoch zwangsläufig daran vorbei.

Als sich die Schiebetür abrupt öffnete, erkannte er die Gefahr, aber es war zu spät, um zu reagieren.

Kräftige Pranken packten zu und rissen ihn in das Innere des Fahrzeugs. Die Tür flog so schnell ins Schloss, wie sie geöffnet worden war, und sperrte jeglichen Lichtstrahl aus. Die Dunkelheit war beängstigender als die Entführung.

Jemand warf ihn zu Boden, seine Arme wurden nach oben gedrückt und fixiert. Binnen einer Sekunde lastete ein tonnenschweres Gewicht auf seinem Brustkorb, das sein hektisches Luftholen einschränkte. Der Sauerstoffmangel und die Panik verursachten Schwindel. Wider der instinktiven Reaktion hörte er auf, sich zu wehren, damit er sich auf seine Atmung konzentrieren konnte. Er durfte auf keinen Fall das Bewusstsein verlieren.

Da war ein leises Atmen, irgendwo rechts von ihm.

»Habt ihr ihn schon verhaftet?«, wisperte eine raue Stimme mit russischem Akzent.

Für einen Moment lang wusste Daniel nicht, wer gemeint war. Dann sickerte die Erkenntnis in seine rasenden Gedanken.

»Achterberg …«

»Von wem reden wir sonst? Er ist verschwunden. Entweder hat er es geschafft abzutauchen, oder ihr habt ihn. Ist es nicht so?«

»Warum ist er für euch so wichtig?«, presste Daniel hervor. Das Reden fiel ihm schwer, sein Brustkorb war ein einziger Schmerz.

Er bekam einen Schlag ins Gesicht, konnte förmlich spüren, wie die Wunde auf der Stirn wieder aufplatzte.

»Wir stellen die Fragen!«, sagte die Flüsterstimme aus der Dunkelheit.

Vor seinen Augen hörten die Sterne auf zu tanzen, stattdessen glaubte Daniel, einen kaum wahrnehmbaren Schimmer zu erkennen. Seine Sehnerven passten sich langsam der Finsternis an. Es gelang ihm, Schemen zu erahnen. Er vermutete, dass es drei Männer waren. Einer kniete auf seinen Unterarmen, der andere auf seinem Brustbein. Doch wirklich gefährlich war nur der, der mit ihm sprach. Seinen Worten folgten die Taten der Handlanger, die ihn am Boden hielten.

Der Motor wurde gestartet. Der Kastenwagen setzte sich in Bewegung und beschleunigte. Daniels Puls wurde nicht langsamer.

Wieder war er in einem lichtlosen Sarg gefangen, und diesmal waren seine Chancen zu entkommen weitaus geringer.

»Weshalb wird gegen Achterberg ermittelt?«

Wenn er erfahren wollte, warum sich der Spatz so sehr für den Biologen interessierte, musste Daniel ihnen etwas geben.

»Schon vom Remstalschlächter gehört?«, keuchte er.

Der unsichtbare Verhörführer stieß einen leisen Pfiff aus. »Dieses Arschloch!«, fauchte er. »Hätte ich ihm nicht zugetraut, obwohl offensichtlich war, dass er alles versucht, um an Geld zu kommen.«

»Er hat Schulden bei euch?«

Wieder bekam er eine gewischt. Hart genug für eine weitere Schwellung.

»Ihr habt ihn noch nicht kassiert?«

»Wäre ich sonst zu euch gekommen?«

Mist, das war wieder eine Frage.

Die Russen waren jedoch diesmal nachsichtig.

»Wir werden ihn vor euch finden, also strengt euch nicht weiter an«, versprach das Flüstern.

Daniel hätte gern gefragt, wann sie Achterberg aus den Augen verloren hatten. Aber er wollte sich nicht noch einmal eine einfangen, und wahrscheinlich spielte es auch keine Rolle, ob der Biologe nun ein paar Stunden mehr oder weniger Vorsprung hatte.

»Das würde mich wundern«, streute Daniel deshalb ein. Eine sanfte Provokation, die unbestraft blieb.

Das Fahrzeug ging in eine scharfe Kurve, was er aufgrund

der Fliehkräfte bemerkte, die eine leichte Verlagerung des Gewichts auf seinem Brustkorb zur Folge hatten. Leider keine Erleichterung.

»Es wäre mir arg, auf die Kohle zu verzichten, die ich keinesfalls zurückbekomme, wenn er in den Knast wandert. Sei dir also versichert, wir sind schneller.«

Konnte es möglich sein, dass der Spatz persönlich diese ungewöhnliche Unterhaltung mit ihm führte? Kirill Worobjow, der Mafiaboss. Darjas Vater. Dann musste der Biologe schon ordentlich tief in der Scheiße stecken, wenn der Oligarch sich selbst um seine Schuldner kümmerte.

Daniel hatte genug gehört, was Achterberg betraf. Jetzt musste er um sein Leben spielen.

»Ich könnte euch einen Tipp geben, falls wir kurz vor dem Zugriff stehen.«

Das Lachen war schlimmer als der bedrohliche Tonfall. »Ich rätsele schon die ganz Zeit, wieso du überhaupt mit diesem Fall betraut worden bist. Meinen Informationen nach bist du suspendiert.«

»Möglich, dass dein Spitzel im Stuttgarter Präsidium nicht auf dem neuesten Stand ist. Du hast nichts zu verlieren, wenn du mich laufen lässt, aber eine Menge zu gewinnen.«

Das Schweigen dauerte unerträglich lange. In dieser Ewigkeit war nur das Fahrgeräusch zu hören. Und das Rauschen seines Bluts in den Ohren.

»Wenn ich dich nicht töte, dann nur aus einem einzigen Grund«, verkündete Worobjow und baute eine weitere theatralische Pause ein, in der Daniels Eingeweide zu einem Klumpen Eis schrumpften. »Weil ich es ihr versprochen habe!«

Ilona Piecek kam Kristina auf dem Flur entgegen. Die Frau war in der Wut über die polizeiliche Ermittlung gegen ihren

Mann gewachsen. Sie krümmte sich nicht mehr vor der Exekutive. Kristina musste an die Worte von Bianca Novák denken, die sich von Egon Osswald verflucht fühlte, nachdem er sie in seinem geheimen Kellerschrein erwischt hatte. Eben diese Assoziation verursachte die Frau des Hauptverdächtigen nun bei ihr.

Sie belegt mich mit einem Fluch, weil sie mich dafür verantwortlich macht, dass ihr Leben von einem Moment auf den anderen aus den Fugen geraten ist.

Dabei war es nicht Kristina, die Menschen tötete, sie versuchte es aufzuhalten.

Sie wusste nicht, ob die Vernehmung von Ilona Piecek zu weiteren Erkenntnissen geführt hatte. Auch nicht, was Decher im Detail hinterfragt hatte. Sie war nur an einer Sache interessiert und scheute sich trotz der ablehnenden Haltung nicht, Ilona in den Weg zu treten und sie darauf anzusprechen.

»War Ihnen oder vielmehr Ihrem Mann Egon Osswald schon vor Ihrer Anstellung in dessen Villa bekannt? Hat Jakub wegen der Attpoes Corporation früher mal seinen Job verloren?«

Der Flüchtige war zwar nicht in Osswalds Liste geführt, aber das mochte nichts heißen. Ihre Überlegung in diese Richtung bewirkte eine kaum merkliche Regung bei der Frau.

»Das liegt über fünfzehn Jahre zurück«, erwiderte sie zögernd. »Wen schert das heute noch? Ich habe das Ihrem Kollegen schon alles erzählt.«

Kristina ließ sich von der letzten Bemerkung nicht beeindrucken. »Bekam er deshalb die Gärtnerstelle? Gewissermaßen als Wiedergutmachung?«

Ilona Piecek presste einen trockenen Lacher aus ihrem schmalen Brustkorb. »Wenn dem so war, hat der Dicke keinen Grund gesehen, es zu erwähnen. Muss ich mit Ihnen den ganzen Sermon jetzt aufs Neue durchgehen?«

Kristina schüttelte den Kopf. »Nur eine letzte Frage. Wie kam Jakub an diesen Job?«

»Osswald hatte inseriert. Zumindest glaube ich, dass es so abgelaufen ist.«

Das konnte alles heißen. »Und hat er Ihnen darüber hinaus Geld angeboten?«

»War das die allerletzte Frage?«, gab Ilona zurück und machte einen Schritt nach vorn.

Kristina hinderte sie am Durchkommen. »Eine größere Summe?«

»Osswald war nicht gerade als Wohltäter bekannt, oder?«

Wieder keine eindeutige Antwort.

Kristina bedankte sich bei der Frau und trat einen Schritt zur Seite. Ilona Piecek war anzusehen, dass sie nur darauf gewartet hatte. Vielleicht trieb sie auch die Nikotinsucht an, schnellstmöglich dieses rauchfreie Gebäude zu verlassen. Mit eiligen Schritten lief sie den Flur entlang, und Kristina verspürte einen Anfall von Mitleid.

Plötzlich kam ihr ein Gedanke, der ihr eine Gänsehaut bescherte. Sie rannte der Frau hinterher und erwischte sie kurz vor dem Ausgang. Ilona Piecek hörte sie kommen und drehte sich nach ihr um. Ihre Mimik sprach Bände.

»Hat man Ihnen Polizeischutz angeboten?«

Die Augen der kleinen Frau weiteten sich. »Wieso, um Gottes willen? Mein Mann ist kein Mörder, ich habe keine Angst vor ihm!«

»Jakub versteckt sich vielleicht deshalb, weil er den Täter kennt und das Schlimmste befürchtet. Falls dem so ist, sind auch Sie in Gefahr.«

Ilona schüttelte den Kopf. »Nein, nein! Wir haben damit überhaupt nichts zu tun, verstehen Sie das doch endlich!« Mit Schwung stieß sie die Tür auf und flüchtete hinaus in die Sonne.

Egal, wohin sie ging und wie schnell sie rannte, sie würde keine Ruhe finden, solange ihr Mann verdächtigt wurde, der Remstalschlächter zu sein. Und falls sich diese Mutmaßung als die Wahrheit herausstellte, würde die wahre Hexenjagd erst noch beginnen.

Kristina musste mit Decher über die Möglichkeit sprechen, die sie eben unterbreitet hatte. Der Hauptkommissar hatte zu einer späten Besprechung gerufen. Sie stürmte den Konferenzraum, und alle Köpfe wandten sich nach ihr um.

»Wieder erfolgreich außer der Reihe ermittelt?«, wollte der SoKo-Leiter wissen und verfolgte ihren Weg zu einem der freien Stühle.

Sie verzichtete auf eine Entschuldigung und alles andere, was ihr auf der Zunge lag, und setzte sich. Nach und nach kehrte die Aufmerksamkeit der Anwesenden zu Decher zurück, der an der Tafel mit den Tatortfotos das gewohnte Bild bot. Mittlerweile sah der Anzug etwas verknittert aus, und auch die Krawatte war verschwunden. Die Fassade bröckelte.

»Wir hatten den Oberbürgermeister zu Besuch«, verkündete Decher, nachdem wieder Ruhe eingekehrt war. »Seine Freude über die bundesweite Publicity für seine Stadt ist äußerst gedämpft. Sie können sich vorstellen, was im Rathaus los ist. Ähnlich wie bei uns glühen dort die Leitungen. Die Bevölkerung schreit nach Sicherheit. Dank der Medien grassiert die Angst, nicht nur in Waiblingen, sondern im ganzen Remstal. Auch andere Gemeinden laufen Sturm, ein Sturm, der unausweichlich Richtung Landeshauptstadt zieht. Ich weiß, Sie sind an der Leistungsgrenze, aber dieses Argument zählt nicht. Man erwartet von uns, dass wir die Menschen schützen und den Mörder fassen. Dieser Serientäter hat uns heute vor Augen geführt, wie verletzlich wir sind. Gleichwohl verhöhnt er uns mit der Ermordung des Polizeiobermeisters Werner Finckh. Ich denke nicht, dass noch mehr Motivation nötig ist!« Er ließ den Blick über die Anwesenden schweifen. »Jakub Piecek scheint wie vom Erdboden verschluckt. Ein Umstand, der dazu beiträgt, ihn weiterhin als Hauptverdächtigen zu betrachten. Bitte nutzen Sie den Abend und gehen Sie nochmals die Ermittlungsakten durch. Alle Verhöre, alle Indizien und Untersuchungsberichte sind auf den neuesten Stand gebracht. Wir sind ein gutes, effektives Team. Ich baue darauf, dass es Ihnen gelingt, die losen Fäden zusammenzuführen, um einen Durchbruch zu erzielen.«

Er war schon besser darin gewesen, Leute zu motivieren. Kristina drängte sich die Annahme auf, dass Thorwald Decher Probleme damit hatte, Rückschläge hinzunehmen und wegzustecken. Sie blieb in ihre Gedanken versunken, vernahm nur am Rand, dass der SoKo-Leiter dazu aufforderte, jüngst angefallene Fragen und Erkenntnisse zu diskutieren. Er unterließ es zu erwähnen, wer den Geldfund im Schließfach des Kunstmuseums gemacht hatte. Bat lediglich darum, diese neue Spur zu analysieren.

Kristina stellte fest, dass es ihr gleich war, ob sie Anerkennung dafür bekam oder nicht.

13

Kristina erwachte aus einem traumlosen Schlaf. Die zwei Gläser Rotwein vor dem Einschlafen hatten ihren Zweck erfüllt.

Sie schlug die Augen auf und sah nach der Uhrzeit. Es war erst kurz nach halb sechs. Sie kam nicht darauf, welcher Tag war, und sehnte sich nach einem Wochenende.

Vor dem Fenster trugen die Vögel einen Sangeswettstreit aus. Ihre Großmutter hatte zu jedem Tirili den passenden Vogel nennen können. Als Kristina klein gewesen war, hatte sie das beeindruckend gefunden. Doch seit dieser Zeit hatte sich die Welt geändert. Genau wie Kristina.

Sie stellte erneut fest, dass sie bislang in keinem perverseren und für sie persönlich belastenderen Fall ermittelt hatte. Selbst in München nicht, in der Millionenmetropole. Letztlich war es immer krank, unnötig und traurig, wenn einem Menschen gewaltsam das Leben genommen wurde.

Deshalb musste sie jetzt aufstehen und den Gesang der Vögel vergessen; genau wie die Waldspaziergänge mit ihrer Großmutter, die zu einer unbeschwerteren Zeit stattgefunden hatten, die dreißig Jahre und länger zurücklag.

Das Aufrichten tat weh, als hätte sie gestern nach dem Büro noch schnell einen zweistündigen Waldlauf absolviert. Sie streckte sich, bis die Sehnen knackten, und schlappte ins Bad. Auch an diesem Morgen verhalf ihr das Spiegelbild nicht dazu, sich besser zu fühlen. Die Ringe unter den Augen erschreckten sie. Zwar konnte sie sich seit Kais Auszug wieder mehr leiden, doch im Moment war davon nichts zu spüren.

Kristina stieg unter die Dusche. Der heiße Wasserstrahl linderte die Muskelschmerzen. Was hatte sie bloß angestellt? Hoffentlich wurde sie nicht krank. Mit dem Shampoo spülte sie die Befürchtungen über eine im Anflug befindliche Erkältung fort. Bei den vorherrschenden Temperaturen war das schlichtweg unmöglich. Sie stellte das Wasser ab und hörte augenblicklich das Klingeln ihres Handys. Bis sie das Badetuch erhaschte, um mit trockenen Händen danach zu greifen, war das Gerät jedoch wieder still.

Auf dem Display erkannte sie Daniels Nummer. Sie versuchte sich zu erinnern, ob er sich jemals von sich aus bei ihr gemeldet hatte.

Ungeachtet ihrer triefend nassen Haare drückte sie auf Rückruf. Eine digitale Stimme verkündete, dass der Teilnehmer zurzeit nicht erreichbar war. Sie verzichtete darauf, auf die Mailbox zu sprechen. Wenn es wichtig war, würde er einen zweiten Versuch starten.

Sie legte das Handy auf die Ablage unter dem Spiegel, konnte aber den Blick selbst beim Abtrocknen nicht davon nehmen. Nachdem ihre Haare in ein Handtuch gehüllt waren, versuchte sie es erneut. Wieder keine Verbindung. Das Ziehen in ihrem Magen kam jetzt nicht mehr vom gestrigen Rotwein.

Ungeachtet der Schmerzen streckte Daniel den Arm so weit von sich, wie es ihm seine Lage ermöglichte. Wegen der Eisenstange, die wie ein Sicherheitsbügel über seiner Brust lag und an der seine Rippen scheuerten, konnte er sich nicht aufrichten. Weitaus schlimmer war der Druck um seine Beine, der kaum auszuhalten war. Dabei lag er im Schatten. Noch stand die Sonne tief. Gnade ihm Gott, wenn sie über den Rand der Grube kroch und die Hitze das Material ausdehnte, das ihn einschloss.

Besser nicht darüber nachdenken!

Stattdessen kehrte die Erinnerung an seinen erzwungenen Ausflug mit den Russen zurück. Nachdem der Spatz genug von ihm gehört hatte, hatten sie ihm etwas in die Armbeuge gespritzt. Danach hatte er das Bewusstsein verloren.

Der Russe hatte sein Versprechen gehalten und Daniel am Leben gelassen. Aber er wollte ihn auch nicht einfach so gehen lassen. Diese Feststellung überrollte Daniel wie ein Güterzug, nachdem er im Morgengrauen die Augen aufgeschlagen hatte.

Links oben im Display leuchtete weiterhin *suchen*.

Sinnlos! So hoch oder weit von sich konnte er das Handy nicht recken, um ins Netz zu gelangen. Er mühte sich trotzdem weiter ab; wie schon den ganzen verfluchten Morgen, seit er entdeckt hatte, dass sie ihm das Mobiltelefon nicht weggenommen hatten.

Einmal war ein einsamer Strich auf dem Display erschienen, der eine fragile Verbindung versprochen hatte. Ein lebensnotwendiger Anschluss ins Mobilfunknetz, der für exakt einen Anruf gereicht hatte. Einen Anruf, der ins Leere gegangen war.

Warum hatte er es ausgerechnet bei Kristina versucht? Warum nicht den Notruf? Das hätte doch die logischste Reaktion sein müssen. Aber nein, idiotisch wie er war, wählte er die Nummer der Roten Zora. Wie lange würde sie brauchen, bis sie auf die Idee kam, sein Handy zu orten? Der Zustand seines Akkus war auch nicht mehr der beste.

Er musste durchhalten.

Nachdem Daniel erwacht und ihm seine missliche Lage in vollem Umfang bewusst geworden war, hatte er eine Weile um Hilfe geschrien. Anfangs mit Bedacht, dann immer hysterischer, bis seine Stimme nicht mehr mitmachte und er das Gefühl bekommen hatte, jede Sekunde einen Herzstillstand zu erleiden. Es folgte ein emotionales Tief, das der Aussichtslosigkeit seiner Lage geschuldet war. Danach konnte er sich so weit beruhigen, dass sein Denkapparat wieder zu gebrauchen war.

Jetzt war es kurz vor sechs.

Fingen da nicht üblicherweise die Leute mit ihrer Arbeit an? Vor allem auf Baustellen. Was, wenn nicht?

Bleib ruhig, verdammt noch mal!

Der Boden war hart und unter seinem Rücken noch feucht, aber an ein Aufrichten war nicht zu denken. Er betrachtete die Erdkante, die in etwa fünf Meter Entfernung vor ihm aufragte. Dahinter strahlte das Morgenlicht und verkürzte den Schatten, der in die Baugrube fiel. Wenn er den Kopf in den Nacken legte, konnte er die Größe des Areals erahnen. Die gelben und roten Kräne, die in den Himmel ragten, die Container der Bauaufsicht und der Arbeiter, den Fuhrpark von Raupen und Lastwagen. Erdhaufen, Baumaterial. Alles vorhanden, nur keine Leute.

Wieder sah Daniel auf das Handydisplay. Keine Verbindung, und noch drei Minuten bis Schichtbeginn.

Kristina versuchte es noch dreimal, während sie sich anzog. Daniels Mobiltelefon war in kein Funknetz eingespeist. Warum nicht? Wo trieb er sich um sechs Uhr morgens herum? Weshalb der Anruf bei ihr? Das war die dringlichste Frage. Sicher nicht aus Sehnsucht. Aus Versehen? Oder war er in Gefahr? War er wieder auf eigene Faust unterwegs?

Sie konnte kein Risiko eingehen, selbst wenn sich ihre Sorge als unbegründet herausstellte, aber sie musste sein Handy orten lassen.

Auf dem Weg zur Bushaltestelle rief sie im Präsidium an. Es war noch zu früh und der Kollege, den sie zu erreichen versuchte, noch nicht in der Dienststelle. Die Stimme in der Leitung kannte sie nicht. Eine Frau, deren Name ihr nichts sagte.

Für einen Moment kam ihr die Furcht um Daniel lächerlich vor. Was, wenn es falscher Alarm war?

Trotzdem gab sie ihr Anliegen und Daniels Telefonnummer durch. Zu zögerlich, das merkte sie umgehend an der Reaktion der Dame in der Zentrale. Erst als Kristina betonte, dass es sich dabei um einen Kollegen handelte, der vermisst wurde, schien die Polizistin am anderen Ende der Leitung aufzuwachen. Ein ermordeter Kollege war tragisch genug, ein weiterer wäre eine Katastrophe.

Bis Kristina im Präsidium war, würde die Ortung stehen. Es versetzte ihr einen Stich, wenn sie daran dachte, wie viel wertvolle Zeit sie damit verlor, nicht augenblicklich in ihr Auto springen zu können. Was hatte sie sich da nur eingebrockt? Sollte Daniel tatsächlich in Gefahr sein, konnte jede Sekunde zählen.

Während sie in den Bus stieg, wählte sie die Nummer von Ralf Winkler.

Sie waren nicht die Ersten. Ein Notarzt war bereits eingetroffen und die Feuerwehr. Kristina drängte sich wie ein Footballspieler durch die Bauarbeiter und Schaulustigen vor den Absperrgittern und war an dem Gerüst für den Abstieg in die Baugrube, bevor jemand von den Einsatzkräften sie aufhalten konnte. Erst auf dem betonierten Fundament stoppten zwei Uniformierte ihren Vorwärtsdrang, bis sie es schaffte, den Dienstausweis aus der Tasche zu zerren.

»Das ist ein Kollege!«, schrie sie.

»Es geht ihm den Umständen entsprechend gut«, sagte einer der Polizisten in das Rattern des Presslufthammers hinein und machte den Weg frei.

Ein Feuerwehrmann bearbeitete mit einer Trennscheibe im Funkenregen eine Eisenstange, die über Daniels Brustkorb gebogen war. Ein anderer Ersthelfer war dabei, den Beton aufzustemmen, während zwei weitere mit einem Brett versuchten, Daniel und den Notarzt vor fliegenden Trümmerteilen abzuschirmen.

Ungeachtet der scharfkantigen Zementgeschosse kniete Kristina sich zu ihnen und griff nach Daniels schlaffer Hand. Er sah furchtbar aus, sein Gesicht war blutverschmiert.

»Das ist nur oberflächlich«, schrie der Mediziner gegen den Lärm an, weil er ihren betroffenen Blick deutete. »Ich habe ihm eine Beruhigungsspritze gegeben.« In seiner Linken hielt er einen Infusionsbeutel in die Höhe. Das andere Ende des Schlauchs steckte in Daniels Unterarm, während Daniel teilnahmslos in den Himmel starrte.

Der Feuerwehrmann mit der Flex hatte den Baustahl durchtrennt, und gemeinsam bogen sie ihn auf, um Daniels Oberkörper zu befreien.

»Was ist mit seinen Beinen?«, fragte Kristina den Arzt. Sie spürte, wie sich der Betonstaub mit dem Schweiß auf ihrer Haut vermischte.

»Werden wir sehen, wenn wir sie da raushaben«, brüllte der Notarzt, dessen Gesicht ebenso mit grauen Zementpartikeln bedeckt war.

»Es wäre besser, Sie würden jetzt Platz machen!« Er wedelte mit der freien Hand, dass sie verschwinden sollte.

Widerwillig stand sie auf. Daniel wurde versorgt. Sie konnte jetzt ohnehin nichts für ihn tun. Außer herauszufinden, wer ihm das angetan hatte.

Sie fand den leitenden Beamten bei einer Traube von Bauarbeitern. Wahrscheinlich jene, die Daniel in der Grube entdeckt und die Polizei verständigt hatten.

Er sah sie kommen und bemühte sich um ein aufmunterndes Lächeln. »Oberkommissarin Reitmeier, nehme ich an?«

»Woher …?«

»Daniel hat nach Ihnen gefragt, bevor der Arzt ihn ruhigstellen konnte.« Er streckte ihr die Hand hin. »Thomas Linnemann! Ich bin Daniels Vorgesetzter. Die ersten Kollegen vor Ort haben seinen Dienstausweis gefunden und mich umgehend verständigt. Wie haben Sie so schnell davon erfahren?«

»Handyortung. Er versuchte, mich zu erreichen, doch bevor ich reagieren konnte, gab es keine Verbindung mehr. Es war nicht leicht, das Signal war sehr schwach, wir hatten Glück.«

Der Hauptkommissar blinzelte gegen das Sonnenlicht an, das nun ungehindert in die Baugrube stach. Linnemann hatte eine sonore, weiche Stimme, die nicht zu dem gedrungenen Äußeren passte. Er war unrasiert, und Kristina konnte sich nicht vorstellen, dass er je einen Anzug trug wie Thorwald Decher. Jeans und ein kariertes Hemd reichten Daniels Chef völlig aus. Sein dünnes, aschbraunes Haar hatte er zu einem Mittelscheitel gekämmt. Er sah hoch in den Himmel über dem Baustellenareal, als könne er dort das Funkloch ausmachen, das Daniel daran gehindert hatte, Hilfe zu rufen.

Mechanisch folgte sie seinem Blick. Es gab nichts zu sehen, wo nichts war.

»Ich glaube nicht, dass sie vorhatten, ihn umzubringen. Ich meine, sie haben ihn auf einer der größten Baustellen Europas einbetoniert. Okay, in einer abgelegenen Ecke von Stuttgart 21, versteckt hinter der Stadtbibliothek und der Grabung für den neuen Stadtbahntunnel, aber dennoch ein Ort, an dem beinahe rund um die Uhr gearbeitet wird. Es war absehbar, dass dort früher oder später jemand vorbeikommt und ihn findet. Die Frage ist, wer ihm das angetan hat und wie es so weit kommen konnte?« Linnemann wartete auf eine Erklärung.

Kristina zuckte mit den Schultern. »War er nicht in die Ermittlungen gegen die Russenmafia involviert? Meiner Ansicht nach deren Handschrift«, schlug sie vor und deutete zu dem Betonfundament.

»Ich soll Ihnen ausrichten, dass Achterberg abgetaucht ist«, sagte er und betrachtete sie kritisch.

Sie schaffte es nicht, die Teilnahmslose zu geben.

»Das klingt nicht nach unserem Fall«, sagte er, »und wenn ich Ihre Reaktion richtig deute, können Sie mit diesem Namen etwas anfangen. Daniel war dieser Hinweis an Sie sehr wichtig. Alles andere, was er sonst noch hervorbrachte, bis die Wirkung des Beruhigungsmittels einsetzte, hörte sich für mich nach zusammenhanglosem Gelaber im Delirium an.« Der Hauptkommissar verschränkte die Arme vor der Brust. »Sie sind mir eine Erklärung schuldig. Er sollte Sie nur fahren, nicht für Sie ermitteln.«

Kristina schwieg. Das konnte ihr Linnemann auch als Schuldeingeständnis auslegen. Anscheinend hatte sich Daniel nach wie vor dafür verantwortlich gefühlt herauszufinden, was es mit diesem Achterberg auf sich hatte. Das hätte sie unterbinden müssen.

»Mir bleibt keine Wahl, ich muss Kurt Retter informieren«, erklärte Linnemann und wirkte dabei betroffener, als er hätte sein müssen.

So wie sie den Hauptkommissar einschätzte, war er ein milde gestimmter Vorgesetzter. Bevor sie etwas dazu erwidern konnte, verstummte das Hämmern. Einer der Feuerwehrleute schaute zu ihnen herüber und hob den Daumen. Daniel war befreit. Zwei Sanitäter, die mit ihrer Trage bereitstanden, eilten über das Fundament.

Kristina sah ihnen nach und dann über sie hinweg. Oben, an der Umzäunung der Baugrube, fand sie Ralf Winkler inmitten der Gaffer. Er nickte zu ihr herunter.

Hannes Achterberg war abgetaucht. Selbst in der kritischen

Lage, in der Daniel sich befunden hatte, maß er dem eine große Bedeutung bei. Sie musste mit ihm reden. Unverzüglich.

»Ich werde im Krankenwagen mitfahren«, schlug sie Linnemann vor.

Der sah sie einen Moment lang missmutig an, dann runzelte er die Stirn. »Ihre Begleitung ist ihm wohl lieber.«

»Wir behalten ihn auf jeden Fall bis morgen hier, um die Gefahr einer Thrombose auszuschließen«, erklärte ihr zwei Stunden später der behandelnde Arzt im Katharinenhospital.

»Kann ich wenigstens zu ihm?«

Der glatzköpfige Mediziner wollte sich bitten lassen, also tat sie ihm den Gefallen.

»Fünf Minuten! Er steht unter dem Einfluss des Beruhigungsmittels, erwarten Sie also nicht zu viel.«

Während sie gewartet hatte, waren zwei Anrufe von Decher eingegangen, die sie nicht beantwortet hatte. Ralf hatte sie nach der erfolgreichen Bergung zurück nach Waiblingen geschickt. Sie wusste nicht, was er im Präsidium berichtet hatte. Es war allerdings davon auszugehen, dass er die Umstände ihres erneuten Fernbleibens in einer Dienstbesprechung erklären musste. Sollte der SoKo-Leiter bislang nichts von Daniel Wolfs ungewöhnlichem Einsatz für sie gewusst haben, durfte der jüngste Zwischenfall dieses Geheimnis ans Licht gebracht haben. Jetzt konnte Kristina nur erneut auf Retters Beistand hoffen. Oder aber Daniels lebensbedrohlicher Einsatz hatte nachhaltige Informationen zur Folge, sodass Gnade vor Recht erging. Mit dieser Erwartungshaltung betrat sie das Krankenzimmer.

Daniel grinste ihr entgegen, wie nur jemand es tun konnte, der unter Drogeneinfluss stand.

»Was haben sie dir bloß gegeben?«

»Kristina«, nuschelte er.

»Wie geht's den Beinen?«

In einer ungelenken Bewegung schlug er die Decke zurück. Seine nackten Unterschenkel waren bandagiert. Dort, wo man Haut sehen konnte, wies diese üble Blutergüsse und Quetschungen auf.

»Alles noch da«, verkündete er fröhlich und wackelte mit den Zehen.

Sie stimmte in sein Lachen ein.

Das Pflaster über der rechten Braue war auch wieder da. Er war glimpflich davongekommen.

»Kannst du mir sagen, was passiert ist?«

»Die Mafia betoniert gerne ein«, stammelte er und gluckste schulterzuckend.

Für einen kurzen Moment schlich sich bei ihr der Verdacht ein, dass das, was ihm in der Nacht widerfahren war, gar nichts mit ihrem Serientäter zu tun hatte. Dass es vielmehr mit der Geschichte zusammenhing, die er ihr an ihrem Abend an der Rems erzählt hatte.

Doch dann erinnerte sie sich an die Botschaft, die er ihr über Linnemann hatte ausrichten lassen. Wieso existierte ein Zusammenhang zwischen der Russenmafia und dem Biologen Hannes Achterberg?

»Was ist mit Achterberg?«

»Der hat jede Menge Spielschulden«, brabbelte Daniel.

»Woher hast du das?«

Lallend erzählte er von seiner Unterhaltung mit dem Spatz, ohne darauf einzugehen, wie es dazu gekommen war. Was er sagte, hörte sich konfus und zusammenhanglos an.

»Was, sagtest du, fehlt aus dem Labor?«, hakte sie nach, während ihm die Lider zufielen. »Daniel!«

Bis auf ein sanftes Lächeln auf seinen Lippen erhielt sie keine Reaktion mehr.

Vom Katharinenhospital war es nicht weit zum Labor des Biologen. Kristina schaffte die Strecke zu Fuß in sieben Minuten. Eine Fortbewegungsart, an die sie sich gewöhnen musste, jetzt, da ihr Chauffeur im Krankenhaus lag.

Sie wollte seine wirren Andeutungen umgehend überprüfen.

Auf ihr Klingeln reagierte niemand. Auf dem Schild am Eingang standen keine Öffnungszeiten, aber es war halb elf Uhr vormittags. Man konnte erwarten, dass unter normalen Umständen in einem schwäbischen Betrieb um diese Zeit gearbeitet wurde. Hatte selbst die Laborassistentin das sinkende Schiff verlassen?

Kristina hätte sich die Nummer der Assistentin notieren sollen. Die Fenster waren mit Folie verblendet. Unschlüssig stand sie in der Eingangsnische. Was wollte Daniel damit andeuten, als er behauptet hatte, Achterberg hatte ein Gerät mitgenommen? Er war nicht wirklich zurechnungsfähig, aber es konnte nur etwas mit dem gestohlenen Fett zu tun haben, sonst hätte er nicht seinen verbliebenen Verstand darauf verschwendet, ihr das mitzuteilen.

Sie kam nicht umhin, mit Decher zu reden, wenn sie einen Durchsuchungsbefehl für das Biolabor wollte.

Am Hauptgebäude, in dem Hannes Achterberg wohnte, öffnete sich die Eingangstür. Instinktiv drückte sich Kristina in den Schatten der Nische. Sie hatte nur einen kurzen Blick erhascht. Mit angehaltenem Atem lauschte sie den Schritten, die auf dem Gehsteig erklangen und sich von ihr entfernten. Vorsichtig spähte sie um die Ecke.

Da schau her.

Nicht nur sie und die Mafia suchten nach Achterberg. Doch allem Anschein nach, und vorausgesetzt, der Biologe war nicht zu Hause, besaß die dritte Partei einen Schlüssel für dessen Wohnung.

Mit ausreichend Abstand folgte sie dem Pärchen, das diese Bezeichnung ab dem Moment verdiente, als er seinen Arm um ihre Schulter legte.

Vielleicht trafen sich die beiden in Achterbergs Wohnung, um ungestört Zeit miteinander zu verbringen. Das würde die Nervosität erklären, die beide beim letzten Aufeinandertreffen mit Kristina an den Tag gelegt hatten. Selbst jetzt fehlte ihnen die Leichtigkeit, die man bei dieser intimen Begegnung hätte erwarten können. Die Körperhaltung der beiden war trotz der augenscheinlichen Verliebtheit von einer unübersehbaren Steifheit geprägt. Sie waren zusammen, aber nicht wirklich glücklich darüber.

Kristina rätselte über die Bedeutung dieser Beobachtung.

Nach einer Weile wurde klar, wohin die beiden wollten.

Kristina hatte den Vorteil, dort auftauchen zu können, ohne aufzufallen, auch wenn sie nicht genau wusste, welches Resultat dabei herauskäme. Ein weiteres, blindes Stochern im Wespennest, dessen Folgen nicht vorhersehbar waren.

Ihr Handy vibrierte.

Sie blieb vor einem Schaufenster für Inneneinrichtungen stehen und holte das Mobiltelefon aus der Tasche. Nach einem flüchtigen Blick zu dem Paar, das unbedarft seinen Weg fortsetzte, betrachtete sie das Display.

Diesmal war es nicht der Hauptkommissar, sondern Sonja. Kristina nahm das Gespräch an.

»Bist du noch im Krankenhaus?«, fragte Sonja.

»Hat Decher dich vorgeschickt?«

»Wir haben einen Zeugen für den Vorfall auf dem Wertstoffhof. Ich dachte, du möchtest dabei sein«, erklärte Sonja.

Endlich jemand, der etwas beobachtet hat, ging es Kristina durch den Kopf. Sie hatte schon nicht mehr daran geglaubt.

»Ich komme!«, kündigte sie an und trennte die Verbindung.

Sie spähte die Straße hoch zu dem Gebäude, in dem die Turteltäubchen gerade verschwanden. Die zwei würden vorerst nicht weglaufen. Die Aussage des Zeugen ging vor.

Der Mann saß in einem der Verhörzimmer. Vor ihm auf dem Tisch dampfte ein Kaffeebecher. Die Jalousien waren unten, trotzdem war es heiß in dem Raum. Unverkennbar fühlte der Zeuge sich nicht wohl in seiner Haut. Sein grauer Haarschopf war ungekämmt, die dicken Wangen mit Bartstoppeln überzogen. Das ausgewaschene Hemd spannte um seine Schultern, vorn quoll dichtes Brusthaar aus dem Ausschnitt.

Ohne das Vorgehen mit Kristina abgesprochen zu haben, rief Decher sie dazu, stellte aber sogleich klar, dass er die Zeugenbefragung übernehmen würde. Sie durfte zuhören und wunderte sich gleichzeitig, wieso er ihr dieses Privileg gewährte. Nur kurz hatten sie sich auf dem Flur getroffen. Sein skeptischer Blick reichte aus, um zu wissen, wie er über ihre morgendliche Aktion dachte. Wahrscheinlich hatte Retter ihn aufgeklärt, was es mit Daniel Wolf auf sich hatte.

Der SoKo-Leiter setzte sich dem Zeugen gegenüber und stellte sich vor, während Kristina auf einem Stuhl an der Wand seitlich von dem Mann Platz nahm.

»Danke, dass Sie sich bei uns gemeldet haben. Wir werden Ihre Aussage aufzeichnen. Ist das für Sie in Ordnung?«

Der Mann nickte.

»Nennen Sie bitte zuerst Ihren Namen, Ihre Adresse und das Geburtsdatum«, verlangte Decher und drückte die Aufnahmetaste.

Misstrauisch betrachtete der Mann das schwarze Mikrofon, das aus einem Loch im Tisch wuchs.

»Lutz Nachtmann, ähm, ich wohne in Fellbach, Olgaweg 4.«

»Geboren?«, half Decher aus.

»17. Mai 1957«, sagte der Mann.

Er sah wesentlich älter aus. Offensichtlich bereute er mittlerweile, sich bei der Polizei gemeldet zu haben. Seine Finger klammerten sich um die Tischkante.

»Sie arbeiten als Lagerist bei Bosch, hier in Waiblingen?«

Der Mann nickte.

»Das ist eine Tonaufzeichnung, Sie müssen sprechen«, ermahnte Decher und deutete auf das Mikro.

»Ja«, bestätigte Nachtmann.

»Sie kennen Jakub Piecek?«, fragte der Hauptkommissar.

Dass der Mann den Tatverdächtigen kannte, war neu für Kristina. Elektrisiert drückte sie ihren Rücken durch. War Nachtmann mehr als ein Zeuge?

»Wir spielen manchmal Karten«, erklärte der Lagerist.

Decher lächelte. Er rückte ein paar Zentimeter näher an den Tisch heran und stützte die Ellbogen auf. »Nicht nur Karten?«

»Hören Sie, ich möchte da in nichts hineingeraten. Ich kenne Jakub, und ab und an helfe ich ihm. Nichts Illegales. Nur Kisten von A nach B fahren oder einen Lastwagen beladen.« Das klang so, als glaubte er, dass dabei alles mit rechten Dingen zuging.

»Wann haben Sie ihn zuletzt gesehen?«, fragte Decher.

Nachtmann nippte an seinem Kaffee. Sein nervöser Blick wanderte dabei über den Rand des Bechers hinweg zu Kristina. Sie bereute unverzüglich, am Morgen wieder nur ein Oberteil mit Spaghettiträgern übergestreift zu haben.

»Freitagnacht«, antwortete er, nachdem er den Kaffee vor sich abgesetzt hatte.

»Auf dem Wertstoffhof?«, entfuhr es Kristina, und sie erntete einen vernichtenden Blick des SoKo-Leiters.

Lutz Nachtmann wich zurück, soweit es die Stuhllehne zuließ.

Decher verkniff sich, sie vor dem Zeugen zu ermahnen. »Erzählen Sie, wie es dazu kam«, verlangte er stattdessen.

»Jakub rief mich an. Donnerstag auf der Arbeit. Meinte, er hätte einen Job für die Nacht. Eine Stunde, fünfzig Euro. Was zum Verladen, wie gesagt. Ich frage nie, woher es kommt, was drin ist und wohin es soll«, unterstrich er nochmals sein Engagement. »Das interessiert mich nicht.«

Elektroschrott für Rumänien, dachte Kristina, hielt sich aber zurück. Vielleicht war das nicht alles, was Piecek verschob. Organe, Leichenteile … Fett? Dieser Nachtmann wusste sehr wohl, dass es besser für ihn war, keine unnötigen Fragen zu stellen, wenn er diese Art Jobs erledigte.

»Ich sollte um vier Uhr da sein. Der Lastwagen parkte wie vorgesehen auf einem Parkplatz am Stadtrand, direkt am Industriegebiet. Dort stellen viele ihre Auflieger ab, und man ist in zwei Minuten auf der Bundesstraße. Ähm, aber das wissen Sie sicher.«

Thorwald Decher nickte. Kristina bemerkte, wie er unter dem Tisch mit den Beinen wippte, um seiner Ungeduld ein Ventil zu geben, das vor den Augen des Zeugen verborgen blieb.

Nachtmann ließ von der Tischkante ab und zupfte stattdessen an seinem rechten Ohrläppchen herum. »Wie gesagt, der LKW stand bereit, aber es war niemand weit und breit zu sehen. Da bin ich die hundert Meter weiter bis zum Wertstoffhof gelaufen, weil ich annahm, dass Jakub dort noch was klarmachte. Ursprünglich wollte er, dass ich ihm dabei helfe. Er versucht es immer wieder, aber da bleibe ich konsequent. Ich steige für ihn über keinen Zaun, das habe ich ihm schon tausendmal gesagt. Verladen und Fahren geht in Ordnung, aber mit dem Rest will ich nichts zu tun haben«, versicherte er aufs Neue. Dass es sich dabei trotz allem um Diebesgut handelte, schien ihm nicht so wirklich einzuleuchten.

»Jakubs Kastenwagen parkte an der üblichen Stelle am Zaun, dort, wo sie die Ware rüberreichen. Als ich bis auf zwanzig Meter ran war, hörte ich, dass er sich mit jemandem unterhielt. Nicht gerade leise. Ich drückte mich in die Hecke, weil ich nicht in was verwickelt werden wollte. Sie haben mich nicht bemerkt, und wenn ich bedenke, was zuletzt in der Zeitung stand, kann ich ganz froh darüber sein.«

»Kannten Sie die zweite Person?«

»Den hatte ich vorher noch nie gesehen, aber das muss nichts heißen. Jakub hat mehrere Leute an der Hand, die für ihn Spezialaufträge erledigen.«

»Spezialaufträge«, wiederholte der Hauptkommissar mokant. »Über was haben die beiden gestritten?«

Der Lagerist schüttelte den Kopf. »Das konnte ich nicht verstehen. So laut waren sie dann auch wieder nicht. Es war eher so ein Gezische. Ich bin mir aber sicher, dass sie über irgendeinen Wald gesprochen haben.«

»Wald?«, wiederholte Decher und tauschte einen Blick mit Kristina.

»Osswald«, legte sie nahe. Eine andere Erklärung kam für sie nicht infrage.

Da war sie wieder, diese ominöse Verbindung der Mordopfer, ohne dass die Zusammengehörigkeit zu durchschauen war. Die zweite Person konnte laut Nachtmanns Beobachtung Bruno Schwarz gewesen sein.

»Können Sie die Person beschreiben?«, fragte Kristina deshalb ungehalten dazwischen.

Nachtmann kratzte sich über sein unrasiertes Kinn. »Ich hab ihn nur von hinten gesehen. Außerdem war es noch relativ dunkel. Trug einen Mantel. Das kam mir seltsam vor, da es überhaupt nicht kalt war.«

Einen Mantel?

Sie rief sich den Bericht der Forensik in Erinnerung. Die Kleidung war vollständig verbrannt. Nur ein paar Kunstfasern, die mit dem menschlichen Gewebe verschmolzen waren, hatten sichergestellt werden können. Aber da war noch etwas anderes, was sich bei der Erwähnung des Kleidungsstücks in ihr meldete. Nur kam sie nicht dahinter, was sie daran so aufwühlte.

»Was geschah dann?«, hakte Decher nach.

Wegen Kristinas Zwischenfragen hatte er schon wieder einen roten Hals. Sie musste sich zusammennehmen, wollte sie nicht riskieren, aus dem Verhörraum zu fliegen. Sie konnte es genauso wenig leiden, wenn bei ihren Verhören ständig einer reinquatschte. Nur ging es ihr wie üblich nicht schnell genug.

»Sie kletterten auf das Dach des Kastenwagens und sind von dort über die Hecke und den Zaun. Ebenso wie Jakub es sonst auch macht, mit der Leiter und der Planke. Ich hatte keine Lust, darauf zu warten, bis sie das Zeug rausschaffen, und bin zurück zum Lastwagen. Dort habe ich Alfred getroffen. Der war stinksauer, weil ich ohne Piecek auftauchte. Vielleicht auch, weil ich Jakub nicht beim Bergen der Ware geholfen habe. Ich sagte ihm, er soll mich am Arsch lecken, und bin abgedampft.«

»Alfred wer?«, wollte Decher wissen.

»Alfred Hilger«, erklärte Nachtmann.

Der Hauptkommissar sah Kristina an, als wolle er von ihr wissen, ob ihr der Mann bekannt war. Kristina lief trotz der Hitze im Raum ein eisiger Schauder über den Rücken. Sie hatte zu ihrem Gespräch mit Alfred Hilger noch keinen Bericht verfasst. Der Mechaniker tauchte in den Ermittlungsakten lediglich mit Vornamen auf, weil Ilona Piecek ihn in ihrer Aussage erwähnt hatte.

Scheiße, wieso hatte sie das rausgezögert?

Weil Daniel den Mechaniker ausfindig gemacht hatte, war ihr bislang keine plausible Erklärung eingefallen, unter welchen Umständen es zu einer Befragung von Alfred Hilger gekommen war. Eine Vorladung des Werkstattbesitzers war nun unumgänglich und sie musste alles daran setzen, dieses Verhör selbst und ohne Decher durchzuführen. Es würde sie mächtig in Erklärungsnot bringen, wenn der Autoschrauber vor dem SoKo-Leiter damit herausrückte, dass sie ihn schon in die Mangel genommen hatte, ohne je ein Protokoll geschrieben zu haben.

»Mir fällt eben ein, Hilger hat mich Anfang der Woche genau aus diesem Grund angerufen«, redete Nachtmann weiter. »Er wollte ebenfalls wissen, ob ich den Mann kenne, der Jakub in jener Nacht geholfen hat.«

Ihre Blicke kreuzten sich erneut.

»Sie sind sicher, dass sie nur zu zweit waren? Könnte nicht noch eine dritte Person dabei gewesen sein?«, hakte Decher nach.

»Wie gesagt, ich habe nur Jakub und den anderen gesehen.«

Der Hauptkommissar biss sich auf die Unterlippe. »Haben Sie Ihrer Aussage noch etwas hinzuzufügen?«, fragte er den Lageristen.

Sonderlich ergiebig war die Unterhaltung in der Tat nicht. Kristinas Gewissheit wurde bestärkt, dass Jakub Piecek mit dem Architekten Bruno Schwarz in der Nacht von Donnerstag auf Freitag auf dem Recyclinghof zugange gewesen war. Das belegten auch die sichergestellten Spuren.

Lutz Nachtmann rückte nah an das Mikro. Auf seinem Nasenrücken standen jetzt Schweißperlen. »Nageln Sie mich nicht fest, aber dieser andere Kerl, der im Mantel. Ich glaube, der hatte eine Knarre.«

14

Wieso hatte Schwarz eine Waffe?

Das ergab keinen Sinn, nachdem Kristina bislang davon ausgegangen war, dass der Architekt von Piecek gezwungen worden war, das Gelände des Wertstoffhofs zu betreten.

Hatte es sich bei dem Unbekannten im Mantel etwa nicht um Bruno Schwarz gehandelt?

Wer im Umfeld der Ermittlungen kam dann infrage? Hannes Achterberg? Oder hatte gerade eine neue, nicht einzuschätzende Figur das Spielbrett betreten? Eine für sie unbekannte Figur, die ihnen bislang noch nicht untergekommen war? Jemand, der beispielsweise auf Osswalds Liste stand.

Ein Rächer?

Alles in allem sammelte sich weiterhin ausreichend Diskussionsbedarf für die Sonderkommission an, doch Thorwald Decher eilte nach dem Verhör zum nächsten Termin, ohne zu verraten, was sich dahinter verbarg. Besprechung auf Abruf, ließ der LKA-Ermittler verlauten und war weg.

Auch gut!

Trotzdem musste Kristina Nachtmanns letzte Bemerkung mit jemandem erörtern. Da sie auch Sonja und Ralf nicht im Büro vorfand, suchte sie Sampos Refugium im Untergeschoss des Gebäudes auf.

Er brühte ihnen einen Kaffee auf und überließ ihr seinen Stuhl, während er sich gegen die Wand lehnte.

Sein Büro sah erstaunlich aufgeräumt aus, bedachte man den Berg von Arbeit, der in den letzten Tagen angefallen war.

In der Regel trug er weiße T-Shirts zu seiner obligatorischen Jeans, deshalb fiel ihr das außergewöhnlich gemusterte Hemd sofort auf.

»Hast du noch was vor heute?«

Er ignorierte ihre Frage, lächelte nur und nippte an seinem Kaffee.

Soweit sie wusste, hatte er noch nie erwähnt, eine Beziehung zu führen. Demnach sollte sie ihm sein Date gönnen. Sie verspürte einen Anflug von Eifersucht. Ständig zog sie ihn damit auf, dass er Miriam Wuppermann den Hof machte, ohne es wirklich ernst zu meinen. Doch jetzt hatte sie plötzlich dieses Bild vor Augen: die beiden, vertraut an einem Pärchentisch in einem kleinen italienischen Restaurant, romantisch mit Kerzenlicht. Wie sie sich mit ausladenden Rotweinschwenkern zuprosteten und über die flackernde Flamme hinweg verliebt in die Augen sahen …

»Wie schaffst du es, diese Ordnung zu halten?«, fragte sie, um das Hirnkino abzustellen.

»Zu Hause wartet niemand auf mich«, antwortete Sampo, als wüsste er, worüber sie nachgedacht hatte.

Er konnte es nicht so böse gemeint haben, wie es bei ihr ankam. Ihm schien in dieser Sekunde nicht bewusst zu sein, dass Gleiches auch bei ihr zutraf. Auf sie wartete ebenfalls niemand, und trotzdem türmten sich in ihrem Büro die Akten.

Um auf den Grund ihres Besuchs zurückzukommen, erzählte Kristina rasch von dem Gespräch mit Lutz Nachtmann. »Es hörte sich an, als ginge von Schwarz die Bedrohung aus und nicht umgekehrt«, schloss sie ihren Bericht.

»Und jetzt hättest du gern meine Meinung dazu?«, fragte der Forensiker und trank einen weiteren Schluck Kaffee.

»Deshalb bin ich hier.«

»An der Wolldecke, die auf Finckhs Sofa lag, fanden sich die gleichen Faserspuren, die wir auch in Schwarz' Appartement sichergestellt haben. Das heißt aller Voraussicht nach, dass sich der Täter in beiden Wohnungen aufgehalten hat. Dieses Indiz kann aber auch noch eine andere Bedeutung haben …«

Mit diesen Worten stellte er die Tasse ab und kam um den Schreibtisch herum. Im Stehen klickte er sich in seinem Rechner durch ein paar Dateien, bis er fand, was er suchte.

Kristina erkannte den Autopsiebericht der Brandleiche, wusste aber nicht, welche Stelle Sampo interessierte. Ohne ihr eine Antwort zu geben, stöberte er danach in seinem E-Mail-Postfach und rief schließlich eine Nachricht auf.

»Die ist von der Galerie«, erklärte er. »Habe ich vorhin erst bekommen, und frag mich nicht, wie oft ich dafür nachhaken musste.« Er öffnete den Anhang, und damit erschien eine Liste von Speisen auf dem Bildschirm.

»Klingt lecker«, kommentierte Kristina, ohne dahinterzukommen, worauf er hinauswollte.

»Sagte der Veranstalter der Vernissage nicht aus, Bruno Schwarz habe sich die meiste Zeit am Buffet aufgehalten?«

Sie nickte. So stand es in Ralfs Bericht.

»Nicht eine dieser aufgelisteten Köstlichkeiten befand sich im Magen der Brandleiche«, stellte Sampo fest.

Sampos Entdeckung verfolgte Kristina bis auf ihren Balkon. Der DNA-Test von der Haarprobe und dem Genmaterial auf der Zahnbürste hatte mit dem des verbrannten Toten übereingestimmt.

Und die DNA lügt nicht.

Doch die neue Erkenntnis wog schwer. Der Verdacht, dass der Architekt Bruno Schwarz nicht der verbrannte Fleisch- und Knochenklumpen im Kühlfach der Pathologie war, fühlte sich wie ein schmerzhafter Dorn unter der Haut an. Ein Fremdkörper, von dem abzusehen war, dass er sich entzündete und zu eitern begann.

Was bedeutete diese Entdeckung für den Fall? Wenn Schwarz nicht verbrannt war, wer dann?

Die Befürchtung, dass Piecek das Opfer war, drängte sich auf. Die Andeutungen seiner Ehefrau und auch seines vermeintlichen Freundes Alfred Hilger gewannen damit an entscheidender Bedeutung.

Sampo wollte umgehend einen weiteren Test machen, um Gewissheit zu erlangen, hatte sich bislang aber nicht bei ihr gemeldet. Es lagen Gewebeproben des Brandopfers und ausreichend Vergleichsproben von den Tatorten und den Hausdurchsuchungen vor. Die Warterei machte es nicht besser. An Abschalten war nicht zu denken, daran konnte auch der Ausblick über die im Licht des späten Abends schimmernde Altstadt nichts ändern.

Sie musste Hilger danach fragen, warum er nicht am Wertstoffhof nach dem Rechten gesehen hatte, nachdem sein Kumpel nicht beim Lastwagen für die Abfahrt nach Rumänien aufgetaucht war. Der Mechaniker konnte sich jetzt nicht mehr herausreden, nicht gewusst zu haben, was Piecek geplant hatte und wo er ihn hätte finden können. Es sei denn, Hilger hatte mehr zu verbergen, als bislang vermutet worden war. Wusste er doch, wen Piecek erpresste, war er womöglich daran beteiligt? War es nach der Geldübergabe zum Streit zwischen den beiden gekommen? Decher hatte nach einer dritten Person gefragt, und Hilger war laut Nachtmanns Aussage in der Nähe gewesen.

Und Schwarz? Bei dem Nachtmann eine Pistole gesehen zu haben glaubte? Der Hinweis, dass Schwarz sich in unmittelbarer Umgebung des Wertstoffhofs aufgehalten hatte, kam lediglich über dieses Kunststoffarmband, das sie am Zaun gefunden hatten. Bruno Schwarz war der einzige Gast auf der

VIP-Liste der Vernissage, der nicht aufzufinden war. Und die genetischen Rückstände auf dem Band stimmten mit der Brandleiche überein.

Wo lag der Fehler, wo hatten sie etwas übersehen?

Es stand zu befürchten, dass alle gesammelten Fakten, die Indizien und Motive nochmals von vorn beleuchtet werden mussten. In der letzten Besprechung des Tages hatten sie alle Möglichkeiten erneut durchgespielt. Dabei gewann Kristina erstmals den Eindruck eines reibungslosen und effektiven Ablaufs. Die aus Stuttgart entliehenen Beamten und ihr Team ergänzten sich in ihren Überlegungen. Decher hatte seine Überheblichkeit abgelegt, aber das Ergebnis war ernüchternd.

Bruno Schwarz war als wichtiger Zeuge wenigstens auf die Fahndungsliste gerutscht. Zudem erhielt die SoKo Hitze einen Durchsuchungsbeschluss für Hannes Achterbergs Labor, den Staatsanwalt Pokorny mehr aus Verzweiflung bewilligt hatte. Kristinas Bericht hierzu wurde kontrovers diskutiert. Ein Bezug zu den Mordfällen im Remstal ließ sich nur indirekt über die 50 000 Euro, die Achterberg von Schwarz erhalten hatte, herstellen. Und über den Stoffwechselspezialisten Dr. Lorenz, der das Opfer Carola Walz zu seinen Patienten zählte, und der mit Achterberg ein Bier trinken gewesen war. Wenn jedoch der Verdacht bestand, dass der Biologe – der ohne Frage in großen Geldnöten steckte – eine Beziehung zur russischen Mafia pflegte, konnte man eine Verbindung zum illegalen Handel mit Organen und Leichenteilen nicht gänzlich ausschließen. Selbst Transaktionen mit menschlichem Fettgewebe nicht.

Daniels Beobachtungen und sein Gespräch mit Worobjow in die Unterredung einzubringen war für Kristina eine heikle Angelegenheit. Es gab viele fragende Blicke, besonders bei Decher, doch Retter verstand es, die Lage einzuschätzen. Alle

Kraft galt vorerst der Suche nach dem Mörder. Dienstvergehen würden danach geahndet werden.

Wenn Kristina an die Konsequenzen dachte, die damit auf sie zukamen, stellten sich ihr die Haare auf.

Sie öffnete die Flasche Rotwein und goss das Glas, das vor ihr auf der Brüstung ihres Balkons stand, randvoll.

Das einzige Licht kam von einer Duftkerze, die neben dem Weinglas auf der Brüstung flackerte. Der Geruch sollte Mücken fernhalten, die stechenden Biester schienen dies jedoch nicht zu wissen. Gelegentlich wedelte Kristina die surrenden Insekten fort. Vom Tag war nur noch ein violetter Streifen über dem Bergrücken des Schwäbischen Waldes übrig.

Sampo und sein Team waren nach der Sitzung erneut in Schwarz' Wohnung gegangen. Das Passfoto, das ihnen vorlag, war zehn Jahre alt. Da hatte Schwarz bei einem Besuch in Deutschland seine Dokumente verlängern lassen. Das biometrische Bild zeigte, wie viele Fotos dieser Art, eine versteinerte, ausdruckslose Miene.

Kristina musste mit Nikolaus Gentner reden, dem einstigen Geschäftspartner von Bruno Schwarz. Es war dringend notwendig, so viel wie nur möglich über den Architekten in Erfahrung zu bringen. Den Mann, der jahrelang in Afrika gelebt hatte und der vor Kurzem nach Deutschland zurückgekehrt war, um bald darauf wieder spurlos zu verschwinden.

Der ehemalige Verlobte von Louise Osswald.

Die sich gottlob endlich gemeldet hatte. Eine halbe Stunde zuvor, um Kristina mitzuteilen, dass sie am nächsten Tag um sechs Uhr früh in Frankfurt landen und mit dem ersten Zug nach Stuttgart weiterfahren würde. Kristina hatte ihr angeboten, sie am Bahnhof abzuholen, aber das hatte Louise abgelehnt. Sie versprach allerdings, umgehend in die Polizeidirektion zu kommen. Vielleicht würde Kristina trotzdem jemanden hinschicken, um auf Nummer sicher zu gehen. Daniel wäre ein Kandidat dafür gewesen, doch der hatte sich ja einbetonieren lassen müssen.

Kristina hatte es nicht geschafft, noch einmal nach ihm zu sehen. Allerdings würde sie morgen ohnehin vor Ort sein, wenn sie Achterbergs Labor durchsuchten. Danach konnte sie einen Krankenbesuch einschieben. Ihr junger Kollege wäre dann hoffentlich wieder klar im Kopf und sie guter Dinge, den Rest seiner Geschichte zu erfahren.

Sie richtete den Blick in den Sternenhimmel, lange Minuten, bis sich ein Gefühl des Schwebens einstellte. Allein, im All treibend. Der Wein im Blut sorgte für die Schwerelosigkeit, wurde zum Raketentreibstoff, der sie raus in den Weltraum jagte. Ihr Kontakt zur Ground Control war schon lange abgerissen.

Houston, wir haben ein Problem!

Für einen Anruf bei ihren Eltern war es auch an diesem Tag zu spät. Ihr fiel sonst niemand ein, mit dem sie telefonieren könnte und der nichts mit ihrer Arbeit zu tun hatte. Sie grübelte darüber nach, wann sich eine ihrer Freundinnen das letzte Mal nach ihr erkundigt hatte. Oder wann sie zuletzt selbst zum Hörer gegriffen hatte. Seit sie nicht mehr in Bayern lebte, hatte sie nicht sonderlich viel dafür getan, neue Leute kennenzulernen. Dank ihrer Beziehung zu Kai mit dessen ausgedehntem Freundeskreis hatte es hierfür lange Zeit keine Notwendigkeit gegeben. Dann hatte Holle diesen verfluchten Schlaganfall gehabt, und sie hatte darüber irgendwie ihr Privatleben vergessen.

Und da war sie nun. Losgelöst, im Weltall dahindriftend. Zusammen mit ein paar Stechmücken. Die einzigen Lebewesen, die sich für sie interessierten und dabei ihr ewig gleiches lästiges Lied summten. Kein gutes Thema, um auf andere Gedanken zu kommen.

Sie trank das Glas leer, schenkte sich nach und steckte den Korken in den Flaschenhals. Das sollte reichen, um genug Bettschwere zu erlangen. Sie brauchte morgen früh ihre uneingeschränkten Sinne.

Wenn dieser Fall beendet war, wollte sie sich endlich wieder um sich kümmern, bevor das Leben komplett an ihr vorbeirauschte. Denn es konnte unter Umständen schneller vorbei sein, als man ahnte.

Ungewollt stellte sich die Erinnerung an die Nacht mit Daniel ein. Auch in seinen Armen hatte sie die Schwerelosigkeit gespürt, die sie selbst mit Kai nur selten hinbekommen hatte. Im letzten Jahr ihrer Beziehung überhaupt nicht mehr. Und erst recht nicht bei dem Typen, bei dem sie vor rund zwei Monaten gelandet war. Eine Frustsache mit einem miserablen Ausgang. So mies, dass sie es wieder hatte sein lassen. Bis Daniel gekommen war, dessen Melancholie in seinen Augen sie erst hatte weich werden lassen und dessen Hände ihren Körper dann völlig zum Schmelzen gebracht hatten. Sie war gefallen. In die bodenlose Tiefe der Lust, in der es kein Nachdenken gab, keine Hemmung, nur animalische Instinkte.

Das Schrillen des Handys ließ sie zusammenschrecken. Der Rotwein schwappte über und tropfte auf ihr T-Shirt. Fluchend tastete sie nach dem Telefon.

Es war Sampo. Er benötigte nur einen Satz, um sie auf die Erde zurückzuholen.

»Wir haben uns geirrt.«

Der Mann, der am Fenster lag, schnarchte. Aber das war es nicht gewesen, was ihn geweckt hatte. Auch nicht die latent vorhandenen Schmerzen in den Beinen. Ein Brennen, als würden Würmer zwischen Muskeln und Knochen auf und ab wandern. Die Kanüle für die Infusion war verschwunden. Dafür hatte Daniel Tabletten bekommen, die ihn schläfrig machten und den Schmerz forttrugen. Der Arzt, der vor dem Abendessen bei ihm gewesen war, hatte optimistisch geklungen, dass Daniel am nächsten Tag entlassen werden konnte, falls die Blutergüsse in den Unterschenkeln es zuließen.

Als er jetzt die Augen aufschlug, fühlte er sich zum ersten Mal klar, seitdem sie ihn aus dem Betonfundament gemeißelt hatten.

Es war dunkel. Nur aus der Ecke bei der Tür drang das schwache Leuchten eines EKG-Monitors, der die Körperfunktionen des Patienten links von ihm überwachte. Der Wind, der durch das gekippte Fenster drang, brachte keine Abkühlung. Es war unangenehm stickig im Zimmer. Vielleicht hatte ihn das geweckt. Dieser zähe Luftstrom und klebrige Hitze, die sich unter der Decke unerträglich anfühlte.

Daniel wollte sie zur Seite schlagen, da sah er die Person vor seinem Bett. Seine Bewegung erfror im Ansatz, und sein Herz machte einen Sprung.

Linnemann hatte bei seinem Besuch am Nachmittag vorgeschlagen, einen Uniformierten vor die Tür zu setzen. Doch Daniel hatte abgelehnt und seinem Chef versichert, dass sein Leben nicht länger in Gefahr war.

Diese Sache war ausgestanden, der Spatz hatte seine Genugtuung erhalten. Die späte Abrechnung eines Vaters für sein kleines Mädchen.

So hatte Daniel es Linnemann natürlich nicht gesagt.

Darum bemüht, sich nicht zu bewegen, blinzelte Daniel mit rasendem Puls in die Dunkelheit, ohne dass die Konturen der Person deutlicher wurden.

War der Russe doch noch nicht fertig mit ihm?

Um an den Rufknopf für die Nachtschwester zu gelangen, hätte er sich strecken müssen. Eine verräterische Bewegung, die seinem nächtlichen Besucher selbst im Zwielicht nicht entgangen wäre.

Das ergab keinen Sinn. Hätte der Spatz einen Killer geschickt, wäre Daniel längst tot. Etwas anderes hielt ihn davon ab, das Licht anzuschalten. Der nächtliche Besucher war nicht groß, nicht breitschultrig. Je länger er zurückstarrte, desto weniger Furcht einflößend wirkte die Situation. War Kristina zurückgekehrt und traute sich nicht, ihn zu wecken?

Nein, es war mitten in der Nacht. Da stand eine andere Frau, die nach ihm sehen wollte. Heimlich. Versteckt vor den Argusaugen ihrer ständigen Begleiter.

Darja.

Sie konnte es sein. Sein Puls raste jetzt noch mehr. Wäre er ebenfalls an ein Überwachungsgerät angeschlossen gewesen, hätte es spätestens jetzt Alarm ausgelöst.

Warum sagt sie nichts?

Wartete sie darauf, dass er das erste Wort sprach?

Der Mann am Fenster stieß ein Röcheln aus, schnappte gierig nach Luft und wälzte sich laut furzend von einer Seite auf die andere. Daniel sah hinüber, ohne viel zu erkennen, und als sein Blick zum Fußende seines Bettes zurückkehrte, war Darja verschwunden. Vertrieben von einem Schnarcher.

Hatte Daniel nur geträumt?

Sein Herz tat mit einem Mal mehr weh als der Rest seines geschundenen Körpers.

Zusammen mit Sampo und seinen beiden Kollegen waren Kristina und Sonja um halb neun angerückt, in der Erwartung, DNA-Spuren der Ermordeten zu finden. Dreißig Minuten später als geplant, da die Sonderkommission vorher noch von Sampo und Decher über die neuesten Entwicklungen in der Mordserie unterrichtet wurden.

Jakub Piecek war gefunden worden.

Nicht gefasst, wie man es seit Beginn der Woche geplant hatte. Vielmehr musste festgestellt werden, dass er schon seit Freitag in den Händen der Staatsanwaltschaft gewesen war. In einem Kühlfach der Pathologie.

Eine weitere DNA-Untersuchung brachte die Gewissheit, wer die Brandleiche tatsächlich war. Der Schock saß tief bei den Fahndern, doch es war auch ein Durchbruch. Nachdem wieder Ruhe in die Runde eingekehrt war, erteilte der SoKo-Leiter seine Anweisungen, und sie strömten aus wie die Ameisen, jeder einer individuellen Pheromonspur folgend.

Achterberg stand nicht nur wegen Spielschulden finanziell in der Kreide. Die Investition für die Laboreinrichtung erfolgte über Kredite in Millionenhöhe. Als unabhängig agierendes Labor erstellte Achterbergs Firma hauptsächlich Zweitgutachten für Pharmaunternehmen und hatte bis vor Kurzem Outsourcing-Werkverträge mit führenden Medikamentenherstellern gehabt. Doch die waren alle ausgelaufen, und das Labor schrieb seit sechs Monaten rote Zahlen. Diese Informationen, die Kristina bei den Kollegen der Steuerfahndung abgefragt hatte, lagen am Morgen wie zugesagt auf ihrem Schreibtisch.

Der Biochemiker war weder in seiner Wohnung noch in seinem Labor. Franka Steffen, Achterbergs einzig verbliebene Angestellte, wusste auch an diesem Tag nicht, wo ihr Chef steckte. Sie hatte seit drei Tagen nichts von ihm gehört. Die Konfrontation mit den Polizisten, die am frühen Vormittag unerwartet aufgetaucht waren und nun hektisch um sie herumwuselten, machte sie verlegen.

Die Durchsuchung des Labors kam zum Stillstand, als sich herausstellte, dass nur der Chef den Code des elektronischen Zahlenschlosses für den durch die Schleuse abgetrennten Bereich hatte.

»Woher kommt das Summen?«

»Der Raum wird konstant unter Druck gehalten, damit keine Bakterien eindringen können«, erklärte die junge Frau.

»Was erforscht er dort drin?«, wollte Kristina wissen.

»Hat er mir nicht verraten«, sagte Franka Steffen. »Er meinte nur, dafür hätte er eine Verschwiegenheitsklausel unterschrieben, weshalb er mich nicht einweihen kann. So was kommt ab und an mal vor. Pharmafirmen sind ziemlich paranoid, wenn es um die Entwicklung neuer Medikamente geht.«

»Sie waren nie dabei?«

Franka Steffen schüttelte den Kopf.

»Kommen wir da rein?«, fragte Kristina Sampo, der stirnrunzelnd vor der Stahltür mit dem Sichtfenster stand.

»Allenfalls mit Gewalt«, prognostizierte er und deutete dann auf das Biohazard-Symbol, das an der Tür klebte. »Mir macht vielmehr das hier Sorgen. Wir können da nicht einfach rein. Falls dort drinnen irgendetwas mit Weiß-der-Teufel-was kontaminiert ist, sind wir der Mops. Ich möchte nicht dafür verantwortlich zeichnen, die halbe Stadt zu verseuchen.«

Kristina sah sich nach der Laborassistentin um. »Hat Achterberg mit gefährlichen Viren hantiert?«, fragte sie besorgt.

»Sehr unwahrscheinlich, er hat diesbezüglich nie was erwähnt, und er trug auch explizit keinen Schutzanzug, wenn er in diesem Teil des Labors arbeitete.«

»Und der Aufkleber?«

Franka Steffen zuckte mit den Schultern. Damit war klar, sie würden ein Spezialkommando benötigen, um den hermetisch abgeriegelten Schutzraum zu betreten.

»Ich schlage vor, wir durchsuchen erst alle Räume, zu denen wir gefahrlos Zugang haben, und nehmen danach die Wohnung nebenan unter die Lupe. Falls wir nichts finden, unterhalten wir uns noch einmal darüber«, erklärte Sampo und klopfte mit dem Fingerknöchel gegen die Glasscheibe in der Sicherheitsschleuse.

Kristina stimmte zähneknirschend zu und wandte sich wieder an die Laborantin. »Kennen Sie Dr. Arthur Lorenz?«

Franka Steffen musste nicht lange überlegen. »Flüchtig, ist ein Bekannter von Hannes, soweit ich weiß. Die beiden gehen jedes Jahr zwei-, dreimal zum Segeln nach Kroatien.«

»Hat Dr. Lorenz einen Schlüssel für die Wohnung Ihres Chefs?«

»Keine Ahnung, wie kommen Sie darauf?«

»Mir war so, als hätte ich den Arzt gestern aus dem Haus kommen sehen.«

Kristina sah ein, dass sie hier nicht weiterkam. Es war besser, nicht im Weg herumzustehen und die Kriminaltechniker ihre Arbeit machen zu lassen. Sampo versprach, sich bei ihr zu melden, sobald seine Leute kompromittierende Indizien dafür fanden, dass das entwendete Fettgewebe der Opfer in diesem Labor gelandet war. Daher machte sich Kristina auf, um ihren zweiten Verdächtigen zu befragen. Den Weg dorthin war sie bereits einmal gelaufen.

Während sie durch die Straßen ging, überprüfte sie ihre eingegangenen Telefonanrufe. Der, auf den sie gehofft hatte, stand noch aus. Ungewöhnlich. Wenn sie alle Angaben richtig im Kopf hatte, sollte Louise Osswald mit dem ICE aus Frankfurt längst in Stuttgart angekommen sein.

Kristina wählte ihre Nummer, bekam aber nur die Mailbox. Sie bat um Rückruf und versuchte dabei, so freundlich zu klingen, wie es ihre Ungeduld zuließ. Was würde ihr die Frau über ihren ehemaligen Verlobten sagen können?

Der Architekt war nicht greifbar. Nicht verbrannt und doch ausgelöscht. Sampo sagte, Schwarz' Wagen, der in der Tiefgarage stand, war seit Tagen nicht bewegt worden. Es gab keine Abbuchungen über seine Kreditkarten, demzufolge hatte er wohl auch keinen Leihwagen angemietet. Die Anfrage bei den Hotels in der Region war bislang ebenfalls erfolglos geblieben. War der Mann zurück nach Afrika geflogen? Doch für eine Ausreise gab es keine Hinweise. Unbemerkt hätte er allenfalls nach Spanien fahren können. Dort hatte er lange Jahre gearbeitet, demnach könnte die Iberische Halbinsel gewissermaßen eine Art Heimat für ihn sein. Wenn er dort Häuser bauen ließ, kannte er sicher auch viele Leute.

Kristina musste unbedingt mit diesem Gentner sprechen.

In Gedanken versunken erreichte sie die Praxis von Dr. Lorenz. Der Türsummer gewährte ihr Einlass. Ela Chiumenti saß hinter der Empfangstheke und betrachtete sie ungehalten. Das Wartezimmer war gefüllt mit Patienten und Unruhe. Eine zweite Dame in weißer Tracht kam über den Gang gelaufen. Ihr Namensschild wies sie als Ulrike Sommer aus. Sie war älter, hatte kurz geschnittenes, weißblond gefärbtes Haar und eine randlose Brille auf der Nase, die das kantige Gesicht zusätzlich betonte.

»Er ist nicht da«, erklärte Ela, bevor Kristina fragen konnte.

Sie musterte die Arzthelferinnen. Beiden stand der Schweiß auf der Stirn.

»Die Dame ist von der Polizei«, erklärte Ela ihrer Kollegin, was deren fahriges Verhalten noch verstärkte.

Ulrike Sommer musste sich am Türrahmen festhalten. Ihre Birkenstocksandalen schienen ihr nicht mehr genug Halt zu geben.

»Ist etwas passiert?«, verlangte Kristina zu wissen.

»Wir wissen nicht, wo er ist«, flüsterte Ulrike Sommer.

Ela Chiumenti verschränkte die Arme. »Zu Hause ist er nicht, ich habe mit seiner Frau gesprochen.«

Mutig, dachte Kristina. *Die Geliebte fragt bei der Ehefrau nach, wo der Mann ist.*

»Er war wohl die ganze Nacht nicht zu Hause.«

Kristina verkniff sich die Bemerkung, ob er denn nicht doch bei ihr gewesen sei. Chiumentis sorgenvolle Miene versetzte Kristina in Alarmbereitschaft. Erst Achterberg, jetzt Lorenz.

Ein Patient rief aus dem Wartezimmer, wie lange es noch dauern würde.

»Ich sag jetzt, dass der Doktor einen Notfall hat«, schlug Ulrike Sommer vor.

Dem Tumult unter den Wartenden wollte Kristina auf jeden Fall entgehen. »Können wir uns unter vier Augen unterhalten?«, fragte sie daher Ela und deutete Richtung Sprechzimmer.

Die Arzthelferinnen tauschten einen Blick, dann kam die Jüngere um den Tresen herum und ging vor Kristina in den Untersuchungsraum. Kristina folgte ihr und schloss die Tür hinter sich. Ela stand unschlüssig vor dem Schreibtisch.

Kristina setzte sich auf die Liege, die mit einer Papierbahn bezogen war. »Sie haben ein Verhältnis mit Arthur Lorenz«, kam sie umgehend zur Sache.

»Woher wissen Sie das?« Die junge Frau wurde blass und taumelte rückwärts, bis die Tischkante sie bremste.

»Ich habe Sie gestern aus dem Haus kommen sehen, in dem Hannes Achterberg wohnt. Hat Dr. Lorenz einen Schlüssel für dessen Wohnung?«

Sie nickte.

»Haben Sie Ihre Mittagspause häufiger zusammen dort verbracht?«

»Nein, nein, wir haben nicht … Also nicht gestern. Arthur war …«

»Nicht in Stimmung?«

»… er hat etwas gesucht«, verbesserte Ela die Andeutung.

Falls sie sich für ihr Verhältnis zu ihrem verheirateten Boss schämte, schaffte es die Schamesröte nicht, die Blässe über den Schock, dass Kristina Bescheid wusste, zu vertreiben. Wieder teilte die durch die Lamellenvorhänge hereinfallende Sonne das Zimmer in dunkle und lichte Streifen.

»Und wonach suchte er?«

»Hat er nicht gesagt. Es war mir immer etwas unangenehm in dieser fremden Wohnung. Von Beginn an«, fügte sie hinzu.

»Seit wann treffen Sie sich dort?«

»Seit zwei Monaten vielleicht. Ich war überrascht, dass Achterberg ihm den Schlüssel überlassen hat. Sie kamen mir nie wie dicke Freunde vor.«

»Dr. Lorenz hat Sie nicht gebeten, ihm beim Durchsuchen der Wohnung zu helfen, und auch nicht erklärt, warum er das tat?«, hakte Kristina nach.

»Er war sehr aufgebracht. Schon seit Tagen. Aber er wollte nicht darüber sprechen.«

»Es wäre hilfreich, wenn wir Ihre Fingerabdrücke nehmen dürften, um sie von den gesicherten Abdrücken ausschließen zu können.«

Ela wirkte betroffen, willigte aber ein.

»Ich frage Sie das jetzt noch einmal: Ist Bruno Schwarz ein Patient von Ihnen?« Die Schärfe in Kristinas Stimme nahm zu.

»Er war nicht im Computer …« Ela Chiumenti sah sie mit ihren Rehaugen an, als erwarte sie den Gnadenschuss aus einer doppelläufigen Schrotflinte.

»… aber es gibt Patienten, die nicht in diesen Akten geführt werden«, vollendete Kristina den Satz der Arzthelferin. »Personen, deren Krankenblätter nur in den Stahlschränken zu finden sind, die Sie am Dienstagmorgen aufgebrochen und durchwühlt vorfanden. War Schwarz' Akte unter diesen speziellen Patienten?«

»Nicht mehr«, gestand Ela Chiumenti kleinlaut.

»Aber Sie kennen den Mann.«

»Ich habe ihn nie gesehen«, erklärte die Arzthelferin. Ihre dunklen Augen füllten sich mit Tränen. »Herr Schwarz bekam seine eigenen Termine, zu Zeiten, in denen die Praxis geschlossen ist.«

»Warum ist er bei Ihnen in Behandlung? Wissen Sie, was in seinen Unterlagen steht?«

Ela Chiumenti schüttelte den Kopf.

Gleiches galt für Ulrike Sommer, die ebenfalls leugnete, etwas über den Patienten Bruno Schwarz zu wissen. Arthur Lorenz war in diesem Fall sehr deutlich seinen Mitarbeiterinnen gegenüber gewesen.

Kristina hatte genug gehört und verließ die Praxis. Auf dem Weg nach unten rief sie Sampo wegen der Sicherung der Fingerabdrücke an.

»Habt ihr schon was?«, fragte sie ihn.

»Wir sind jetzt in Achterbergs Wohnung. Lass uns noch etwas Zeit«, bat Sampo.

Kristina trennte die Verbindung. Immer noch keine Nachricht von Louise Osswald.

Der nächste Anruf galt Decher. Sie informierte ihn über den vermissten Dr. Lorenz.

»Ich bin unterwegs zu ihm nach Hause«, erklärte sie dem SoKo-Leiter. Im Laufschritt suchte sie den nächsten Taxistand.

Das Taxi erreichte die Panoramastraße auf der Halbhöhe des Stuttgarter Nordens, bevor sie sich zurechtlegen konnte, wer Ilona Piecek die Botschaft überbringen sollte, dass sie nun Witwe war. Sie zahlte, und es kostete sie Überwindung, auf die Quittung zu warten. Den Blick von hier oben über die Stadt blendete sie völlig aus. Mit zwei Sprüngen war sie über der Straße und drückte die Klingel.

Die Ehefrau des Arztes war eine adrette, zarte Person Mitte dreißig, mit einem energischen Zug um die grell geschminkten Lippen. Ihr braunes Haar war streng nach hinten gekämmt und zu einem Dutt aufgesteckt. Das graue, knielange Kleid mit dem hochgeschlossenen Ausschnitt wirkte etwas zu elegant für die Hausarbeit. Sie stellte sich als Martina Lorenz vor.

Im schlaffen Händedruck spürte Kristina die Verzweiflung, die sie hinter der gefassten Fassade verbarg. »Ich suche Ihren Mann«, begann Kristina, nachdem sie sich ausgewiesen hatte.

Es deutete sich keine sichtbare Erleichterung in Martina Lorenz' Gesichtsausdruck an. Sie standen im Flur des modern und offen gestalteten Hauses, das von Licht durchflutet war. Die Einrichtung war wenig geschmackvoll. Dunkle Möbel, weiße Wände, Eichenparkett und herumliegendes Kinderspielzeug als Farbtupfer.

»Das tue ich auch«, antwortete die Frau. »Trinken Sie einen Espresso?«

Kristina bejahte und folgte der Arztgattin in die beneidenswert große Küche, die mit einer Bar vom Essbereich getrennt war. Es herrschte Unordnung. Gebrauchtes Geschirr, das sich in und um die Spüle stapelte, statt im Geschirrspüler seinen Platz zu finden. Das Ceranfeld des Herds war mit angebrannter Milch verkrustet, und auch die Arbeitsplatte unter den Hängeschränken hätte einen Lappen vertragen.

Kristina setzte sich auf den angebotenen Barhocker. Die Granitoberfläche des Tresens war klebrig. Der Kaffeevollautomat ratterte beim Mahlen der Bohnen, um kurz darauf mit einem leisen Zischen den Espresso in die Tasse zu tröpfeln. Martina Lorenz stellte den duftenden Kaffee vor Kristina ab. Ihre schmale Hand zitterte dabei.

Kristina nippte an dem heißen Getränk. »Wann haben Sie ihn zuletzt gesehen?«

»Gestern früh. Er ging morgens aus dem Haus, zusammen mit den Kindern. Er bringt Julian in die Schule und Klara in den Kindergarten, bevor er in die Praxis fährt. Wissen Sie, ich bin unabhängige Finanzberaterin und arbeite größtenteils von zu Hause aus«, warf sie ein, als wolle sie erklären, warum sie noch hier war. »Nachmittags rief er an, um zu sagen, dass wir mit dem Abendessen nicht auf ihn warten sollten. Er meinte, er müsse noch einen Hausbesuch machen.«

»Ist das üblich, dass er so etwas macht?«

Martina Lorenz schob eine Müslipackung von einer Ecke in die andere. »Es kommt nicht oft vor.«

»Sagte er auch, zu wem er wollte?«

»Ist ihm etwas zugestoßen?«

Eine Frage, die reichlich spät kam. Kristina hatte zwar bereits an der Tür angekündigt, dass es um eine Zeugenbefragung ging, aber das überraschende Verschwinden ihres Ehemanns und das Auftauchen der Kriminalpolizei schien Martina Lorenz nun doch ins Grübeln zu bringen.

»Ich weiß es nicht«, sagte Kristina. »Was denken Sie denn, wo er steckt?«

Frau Lorenz nahm eines der gebrauchten Gläser von der Spüle und hielt es unter den Wasserhahn. Nachdem es voll war, trank sie davon. Es blieb ein deutlicher Lippenstiftabdruck am Glasrand zurück.

»Zuerst dachte ich, er ist bei … Aber als sie dann aus der Praxis anrief, um sich zu erkundigen, ob Arthur sich verspätete …«

»Sie wissen von dem Verhältnis Ihres Mannes?«

Das sarkastische Grinsen brachte erstmals Emotionen in die bislang apathische Miene der Frau.

»Er war nicht besonders gut in seinen Versuchen, es zu verheimlichen.«

»Haben Sie ihn zur Rede gestellt?«

»Es mag in Ihren Ohren womöglich idiotisch klingen, wenn ich sage, dass sich der passende Zeitpunkt noch nicht ergeben hat.«

Kristina konnte die Reaktion nachvollziehen. In manchen Situationen sehnte man sich danach, dass sie einfach nur vorübergingen oder sich von selbst regelten. So, als wären sie nie vorgefallen.

»Benahm er sich in letzter Zeit auffällig verändert? Ich meine, unabhängig von der Geschichte mit seiner Sprechstundenhilfe.«

»Er wirkte sehr zerstreut und gereizt. Unübersehbar, dass ihn etwas beschäftigte, aber ich habe es natürlich auf seine Liaison bezogen. Arthur ist doch nicht in irgendetwas verwickelt?«

»Aktuell ist er nur ein wichtiger Zeuge. Mehr kann ich Ihnen zum jetzigen Zeitpunkt nicht sagen. Wohin könnte er sich zurückziehen, wenn er, sagen wir, nicht gefunden werden möchte?«

Die Arztgattin blickte an ihr vorbei durch die Panoramascheibe. Die Aussicht über den Stuttgarter Talkessel war beneidenswert. »Wir haben ein Ferienhäuschen im Allgäu. Allerdings sind die Schlüssel hier, das habe ich überprüft.«

Kristina bekam ein sehr schlechtes Gefühl, notierte sich aber trotzdem die Adresse. »Wir werden das prüfen. Kennen Sie Hannes Achterberg und Bruno Schwarz?«

»Der zweite Name sagt mir nichts. Aber Hannes ist ein Bekannter meines Mannes. Früher war er sogar ab und an zu Besuch. Doch in letzter Zeit nicht mehr. Arthur hat nie darüber gesprochen, aber ich vermute, die beiden hatten einen Streit.

Bislang war ich immer der Meinung, es hat irgendetwas mit der Segeljacht zu tun, die sie vor fünf Jahren zusammen gekauft haben. Damals, im Zuge einer spätpubertären Selbstfindungsphase, beschlossen die beiden, auf Freibeuter zu machen. Zumindest in Teilzeit. Wie ich etwa vor einen halben Jahr am Rande mitbekommen habe, hat Hannes die Jacht ohne Zustimmung meines Mannes wieder verkauft. Angeblich wegen finanzieller Schwierigkeiten. Seither hat Arthur kein gutes Wort mehr über seinen Segelkumpanen verloren. Weshalb ich mich wunderte, als er am Montagabend verkündete, sich mit Hannes treffen zu wollen.«

»Was er auch tat«, bestätigte Kristina, aus dem Drang heraus, der betrogenen Ehefrau die Gewissheit zu geben, dass ihr Mann tatsächlich seinen Freund und nicht die Geliebte getroffen hatte.

Von der Stuttgarter Halbhöhe aus nahm Kristina die zahllosen Stufen hinab in die City. Die Sonne stand hoch und brannte. Ein weiterer Tag ohne Wolken.

Sie dachte an Hannes Achterberg. Hatten dessen Geldnöte ihn zum Äußersten getrieben? Hatte der Biologe in seinem Labor irgendetwas entdeckt, um aus Fettgewebe Gold zu machen? Ein Alchimist und Frankenstein in einer Person? Oder jagte sie doch besser Bruno Schwarz? Doch worin lag das Motiv des Architekten? Denkbar wäre auch, dass beide unter einer Decke steckten.

Sie dachte an die hohe Geldsumme, die Achterberg von Schwarz erhalten hatte. Noch immer war nicht klar, woher die beiden Männer sich kannten. Kristina kam nicht voran und es gab weiterhin kein Lebenszeichen von Louise Osswald.

Sie rief Sonja an und beauftragte sie nachzuforschen, wo die Frau abgeblieben war. Außerdem sollten die Sonthofener

Kollegen bei einem Ferienhaus in der Nähe von Ofterschwang nach dem Rechten sehen. Danach wählte sie Sampos Nummer.

»Wir haben ein paar verdächtig wirkende Glasröhrchen gefunden. Ich bin auf dem Weg ins Labor«, erklärte er. »Gib mir noch eine halbe Stunde, dann weiß ich mehr.«

Ihr blieb ohnehin keine Wahl. Daher wollte sie die Zeit nutzen, um bei Daniel im Krankenhaus vorbeizuschauen. Das lag auf dem Weg. Sie wusste von Linnemann, dass Daniel eine Bewachung abgelehnt hatte. Ihr wäre wohler gewesen, sein Vorgesetzter hätte darauf bestanden, statt den Worten seines unter Beruhigungsmitteln stehenden Untergebenen zu vertrauen. Was, wenn das Einbetonieren doch mehr als ein schmerzhafter Denkzettel oder vielmehr ein Warnschuss vor den Bug gewesen war?

Kristina erreichte das Hospital und eilte in den dritten Stock. Ohne zu klopfen, betrat sie das Krankenzimmer. Daniels Bett war leer und frisch bezogen. Seine beiden Nachbarn blickten ihr verdutzt entgegen.

»Den haben sie um eine Stunde verpasst«, sagte der Alte, der am Fenster lag.

»Hat ihn jemand abgeholt?«, wollte sie wissen, verwundert darüber, wieso ihr ausgerechnet diese Frage in den Sinn kam.

Die Herren schüttelten die Köpfe.

Er hätte Bescheid geben können. Ein kurzer Anruf nur. Sie spürte den Ärger. Wie oft in den letzten Tagen war sie schon sauer auf ihn gewesen, weil er sich unkooperativ verhalten hatte. Verquer und eigensinnig, genau wie sie.

Deshalb kamen sie nicht miteinander aus, sie waren einander zu ähnlich.

Sie verabschiedete sich und rannte über den Gang, das Handy bereits wieder am Ohr. Zwei Schwestern sahen ihr verwundert nach. Daniels Mailbox meldete sich.

»Wo steckst du?«, raunte sie nach dem Pfeifton.

Sie nahm sich erneut ein Taxi und nannte die Adresse. Ihr Herz pochte. Die Klimaanlage hinterließ augenblicklich einen kalten Film auf ihrer Stirn. Der Schauder kam von innen. Ein bekanntes Phänomen, das sie nicht in den Griff bekam. Ihrer Bitte, das Kühlaggregat abzustellen, kam der Fahrer nur widerwillig nach. Ihr Puls verlangsamte sich nur mäßig.

Der Drang, sich zu beeilen, wurde übermächtig. Sie ahnte, dass es nun doch voranging, erstmals seit dem Leichenfund vor einer Woche im Welzheimer Wald. Kristina spürte die wachsende Furcht davor, dass weitere schreckliche Dinge geschehen würden und sie trotz all der Eile wieder einen Schritt zu langsam sein würde.

Nachdem die Luft nicht mehr künstlich gekühlt wurde, machte sich die Hitze im Inneren des Wagens breit. Der Taxifahrer senkte die Scheibe ab, doch der stockende Verkehr verhinderte den ersehnten Fahrtwind. Alles, was durchs Fenster kam, waren Abgase.

Das Architekturbüro von Nikolaus Gentner lag im Stuttgarter Osten, nicht weit von dort entfernt, wo bis vor fünf Tagen noch Carola Walz gewohnt hatte.

Ein dezentes Messingschild neben dem Eingang des klassizistischen Gebäudes zeigte Kristina, dass sie richtig war. Die Tür war offen, und im Treppenhaus fand sie den Hinweis, sich in den zweiten Stock zu begeben. Ein langer Gang führte sie zu einem modernen Glasanbau, der über dem Hinterhof thronte.

Auch diese Tür ließ sich öffnen, es gab keinen Empfang. Kristina stand unmittelbar zwischen den Arbeitsplätzen der Bauzeichner und Konstrukteure. Sie zählte vier Leute, die alle konzentriert in ihre Bildschirme starrten, während ihre Hände virtuose Bewegungen auf elektronischen Zeichenbrettern ausführten.

Die junge Frau, die vor dem nächstgelegenen Rechner saß, reckte den Kopf über den Monitor. Kristina brachte ihr Anliegen vor und wurde auf einen Raum links von ihr verwiesen. Auf halbem Weg kam ihr ein Mann entgegen. Er begrüßte sie mit einem Lächeln und einem festen Händedruck, der eine Sekunde länger währte, als die Höflichkeit es verlangte, und stellte sich als Nikolaus Gentner vor.

Der groß gewachsene Architekt mochte Ende vierzig sein und sah verteufelt gut aus. Braun gebrannt, grau meliertes, volles Haar und ein Grübchen im Kinn. Nicht nur die Fältchen um seine dunkelbraunen Augen machten ihn interessant. Kristina bedauerte, dass sie vor ihrem Besuch nicht noch einmal in einen Spiegel gesehen hatte. Die Hetzerei kreuz und quer durch die Stadt war ihrem Aussehen sicherlich nicht förderlich gewesen. Das Haar fühlte sich zerzaust an, doch jetzt darüberzustreichen erschien ihr plump. Außerdem spürte sie den Schweiß auf Stirn und Wangen, der mit Sicherheit unangebracht glänzte. Um von ihrem Äußeren abzulenken, zeigte sie ihm den Dienstausweis.

»Polizei?«, fragte er nur, ohne seinen charmanten Ausdruck zu verlieren. »Ich hoffe, nicht wegen der vielen noch offenen Strafzettel? Das Parken hier in der Ecke ist eine Katastrophe, seit die Stadt meinte, diese Parkraumbewirtschaftung einführen zu müssen.«

»Ich kann Sie beruhigen, Verkehrsdelikte sind nicht mein Ressort«, gab sie ihm zu verstehen, nicht ohne einen kurzen Stich im Herzen zu spüren. Es war schon eine Weile her, seit sie zuletzt an ihren Führerschein gedacht hatte.

Nikolaus Gentner bot ihr Wasser an, und sie folgte ihm in sein Büro. Trotz der gläsernen Fassade war die Wärme erträglich. Neben dem Schreibtisch beanspruchte ein ausladendes Zeichenbrett, wie man es bei einem Architekten erwartete, den größten Teil des Raums.

»Ich gönne mir noch ein bisschen Nostalgie«, sagte er, als er ihren Blick sah. »Meine Häuser und Gebäude plane ich heute ausschließlich hiermit«, erklärte er und tätschelte den Monitor, der auf dem Schreibtisch stand.

Während sie auf der schwarzen Ledersitzecke Platz nahm, holte er Wasser aus der Büroküche nebenan.

Für einen kurzen Moment dachte sie an Dr. Bennour und seinen Bambushain vor dem Fenster.

Gentners Charme wirkte weniger gekünstelt, und kaum ertappte sie sich bei dieser Annahme, gesellte sich das Misstrauen dazu. Neutralität war nicht ihre Stärke. Das war das Einzige, was Albrecht Holle stets an ihr bemängelt hatte: dass sie eine noch bessere Ermittlerin abgeben würde, wenn sie den Leuten unvoreingenommener begegnete. Zumindest bis ersichtlich wurde, auf welcher Seite der Gesellschaft die jeweilige Person tatsächlich stand.

Der Architekt kam zurück und reichte ihr ein Glas mit kaltem Wasser. Ganz ohne Himalayagletschereis und Limetten. Es tat trotzdem gut. Er setzte sich ihr gegenüber in den Ledersessel.

»Ich nehme an, es geht um Bruno?«, eröffnete er. »Ein Kollege von Ihnen hat mich dazu bereits telefonisch befragt. Er wollte mir allerdings nicht verraten, was passiert ist. Ist Bruno etwas zugestoßen?«

Kristina stellte ihr Wasser auf den kleinen Glastisch zwischen ihnen. »Wir suchen ihn als wichtigen Zeugen, mehr darf ich Ihnen nicht sagen.«

»Es war für mich überraschend zu hören, dass er wieder in Deutschland ist. Daher glaube ich nicht, Ihnen wirklich helfen zu können«, sagte er und zog die Mundwinkel nach unten, um sein Bedauern zu signalisieren.

»Bruno Schwarz ist seit etwa drei Monaten aus Afrika zurück. Nur leider fehlt von ihm seit letzter Woche jede Spur. Ich hege daher die Hoffnung, Sie könnten Informationen für uns haben. Ich meine, Sie müssen ihn früher sehr gut gekannt haben. Immerhin war er Ihr Geschäftspartner.«

Gentner lachte. Nun war klar, woher die Fältchen um die Verführeraugen kamen.

»War eine schöne Zeit mit anspruchsvollen Projekten. Zumindest für dieses junge Team, das wir damals bildeten. Bruno und ich haben uns an der Uni kennengelernt und bald festgestellt, dass unsere Ideen sich gut ergänzten. Da war es naheliegend, sich zusammenzutun. Bruno hatte etwas Geld geerbt. Seine Eltern waren früh verstorben. Bei einem Autounfall. Tragische Geschichte, er war damals fünfzehn. Eine Tante hat sich danach um ihn gekümmert, aber kaum war er achtzehn, hat er es allein versucht. Mit seinem Erbe finanzierte er sein Studium, und es war hinterher noch genug übrig, um die Firma zu gründen. Ich habe immer sehr bedauert, dass er gegangen ist.«

»Haben Sie ihn ausbezahlt?«

»Es blieb mir keine andere Wahl. Aber wir sind damit im Reinen, falls Sie darauf anspielen«, meinte er, sich rechtfertigen zu müssen.

Sie würden das überprüfen.

»Womit hat er seinen Weggang begründet?«

»War eine private Sache. Die Liebe bestimmt das Leben eines Menschen mehr als alles andere«, behauptete er.

»Kannten Sie besagte Dame?«

»Louise. Sicher. Sie passten gut zueinander. Ich habe nicht verstanden, warum sie sich trennten. Auch er hat mir nie verraten, warum sie plötzlich unterschiedliche Wege gingen. Schade, aber natürlich konnte ich nicht in sie hineinsehen. Ich weiß nur, dass Bruno Probleme mit ihrem Vater hatte. Ein Despot, dieser Osswald. Laut und auf eine schwer zu erklärende Weise unangenehm. Ich habe ihn ein einziges Mal getroffen, der Anlass ist mir entfallen, aber die Begegnung reichte, um mir weitere zu ersparen. Ich konnte Bruno verstehen, mit dem wäre ich auch nicht grün geworden.« Plötzlich unterbrach er seinen Redefluss für zwei Sekunden. »Ist der alte Osswald nicht … Ich habe da was gelesen … Mist, geht es darum?« Der Architekt zog die Brauen zusammen.

»Wie gesagt, ich kann dazu nichts sagen«, erinnerte Kristina. »Für uns ist es sehr wichtig, Ihren ehemaligen Kompagnon zu finden. Nach der Trennung von Louise Osswald verließ er auch Ihre gemeinsame Firma, kann man das so sagen?«

»Er hat doch nicht …« Die Erkenntnis schien ihn mitzunehmen.

Sie verspürte das Bedürfnis, ihn zu trösten, und verschränkte die Arme vor der Brust, um nicht irgendeine Dummheit zu begehen. »Beantworten Sie bitte meine Frage«, verlangte sie mit leisem Nachdruck.

»Danach ging es sehr schnell. Ich merkte, wie er sich veränderte. Er war unzufrieden mit allem. Wir hatten zu dieser Zeit einen Bauunternehmer als Kunden, der in Spanien mehrere Ferienanlagen plante. Der hat ihm einen Job angeboten, oder Bruno hat ihn danach gefragt, das weiß ich nicht mehr. Auf jeden Fall nutzte er diese Chance zur Flucht. Eine Weile war ich guter Hoffnung, dass er zurückkommt, wenn die Wunde verheilt ist. Auch später noch. Ich dachte, er taucht wieder auf, nachdem bei den Spaniern die Immobilienblase platzte und die Rezession absehbar war. Doch er ist weitergezogen, nach Nordafrika. Wir hatten die letzten Jahre nur noch sehr sporadisch Kontakt, nachdem er nach Afrika übersetzte, gar nicht mehr. Zuletzt hat ein anderer Kollege mir erzählt, dass er Bruno in Marokko begegnet war … Da fällt mir ein, das war übrigens genau der Architekt, der die Pläne für die Restaurierung von Egon Osswalds Villa oben in Welzheim umgesetzt hat. Verrückt, was für Zufälle es gibt. Aber die Polizei glaubt ja nicht an Zufälle, behaupten sie zumindest in den Fernsehkrimis immer.« Er brachte ein dezentes Lächeln zustande.

Kristina reagierte nicht auf seine Anspielung. Sie überdachte Gentners Worte, während sie ihren Blick durch das Büro schweifen ließ. Irgendwo klingelte ein Telefon. An der Wand hinter dem Schreibtisch hingen ein paar gerahmte Fotos von Baustellen. Halb fertige Gebäude und Leute in Bauhelmen davor, die Konstruktionspläne in den Händen hielten und in die Kamera grinsten. Die Bilder wirkten wie Magneten und zogen Kristina aus dem bequemen Ledersessel.

Während sie die Fotos aus der Nähe betrachtete, trat der Architekt hinter sie. Der herbe Duft seines Parfüms stieg ihr in die Nase. Ihr wurde wärmer, als sie sich wünschte.

Kristina zeigte auf eine der Aufnahmen. Der junge Nikolaus Gentner lächelte ihr entgegen. Der Mann neben ihm sah mit ernster Miene an der Kamera vorbei, als hätte ihn in dem Moment, in dem der Fotograf den Auslöser drückte, etwas abgelenkt, das ihn verstörte.

»Ist das Schwarz?«, fragte sie auf das Bild deutend.

Gentner hauchte ein »Ja« über ihre Schulter.

Doch die betörende Wirkung, die der Architekt auf sie ausübte, war mit einem Wimpernschlag dahin, als ihr auf dem Foto etwas auffiel.

»War Bruno immer schon so dünn?«

15

»Er konnte essen wie ein Scheunendrescher«, wusste Nikolaus Gentner zu berichten. »Trotzdem bekam er kein Gramm Fett zu viel auf die Rippen. Früher haben wir uns darüber lustig gemacht. Später fühlte Bruno sich dadurch angegriffen. Er sprach es nicht aus, aber er lachte nicht mehr mit, wenn es um seine Esserei ging. Er war überhaupt schnell eingeschnappt und beleidigt. Die Ernsthaftigkeit vereinnahmte ihn zusehends, nicht nur, wenn es darum ging, satt zu werden. Eine Weile dachte ich, dass er einfach erwachsen geworden ist, während ich noch mitten im Kindskopfstadium feststeckte. Die Trennung von Louise verstärkte diese Wesensänderung gravierend. Bruno fand keine Freude mehr, egal was er tat, beruflich oder privat.«

Er hielt inne. Betrachtete Kristina eine Weile, während er etwas abwog, was ihm durch den Kopf ging.

»Sie kommen aus Waiblingen«, stellte er fest und schmunzelte. »Kurz bevor das mit Brunos privaten Schwierigkeiten begann, hatten wir dort unser bislang größtes Projekt abgeschlossen. Ich wette, Sie kennen es!«

Worauf will er hinaus?

Kristina konnte diese Art der Theatralik nicht leiden, aber sie stellte fest, dass sie bei Gentner darüber hinwegsehen konnte.

»Sie arbeiten darin«, löste er das Rätsel auf, und das war allerdings eine Überraschung.

»Sie und Schwarz haben unser Präsidium entworfen?«

»Ja, unglaublich, nicht wahr? Die Pläne sind von uns, wir

bekamen nach der Ausschreibung damals den Zuschlag. Bruno war immens stolz darauf.«

Sie überlegte, wie gehaltvoll diese Information für den Fall war. Kannte Schwarz einen Weg, über den er ungesehen ins Präsidium gelangte? Vorbei an all den Kameras und Sicherheitsschleusen.

Das ist doch absurd, oder?

Sie schüttelte den Kopf und forderte den Architekten auf, mit seinem Bericht über Schwarz fortzufahren. »Ihr Kompagnon begann sich zu verändern«, half sie ihm, den Faden wieder aufzunehmen.

»Ja. Er wurde immer unzugänglicher. Hinzu kam die Appetitlosigkeit, die ein gebrochenes Herz eben mit sich bringt. Ab diesem Zeitpunkt konnte ich dabei zusehen, wie er jeden Tag magerer wurde.« Betroffenheit legte sich bei diesen Worten über die Züge des Architekten.

»Sagt Ihnen der Name Hannes Achterberg etwas?«

»Hannes, ja, auch einer, den ich schon lange nicht mehr gesehen habe … Ihm ist doch nicht auch etwas passiert?«

Ich versetze ihn in ein Auf und Ab der Gefühle, dachte sie und schüttelte den Kopf. Die Tatsache, dass der Architekt den Biologen kannte, überraschte sie kaum noch. »Woher kennen Sie sich?«

Erneut kramte er in seiner Erinnerung und bekam dabei dieses Leuchten in den Augen. »Wir spielten zusammen Fußball, und dann hatten wir damals diese Pokerrunde. Ich glaube sogar, dass das Hannes' Idee war. Er meinte, man würde beim Kartenspiel weniger schwitzen als beim Kicken, und die Schienbeine sind hinterher auch weniger blau. Na ja, das war auch so eine Sache, die mit Brunos Abgang auseinanderfiel.«

»Sie haben Achterberg in letzter Zeit nicht getroffen?«

Er schüttelte den Kopf. »Sie machen mir ein schlechtes Gewissen. Ich weiß, er hat ein Labor in der Innenstadt. Es wäre ein Einfaches gewesen, mal vorbeizuschauen«, resümierte er.

Kristina musste daran denken, wie sträflich sie ihre eigenen Freunde und Bekannten in den letzten Monaten vernachlässigt hatte.

»Die Arbeit nimmt zu viel Raum im Leben ein. Das wird einem nur viel zu selten bewusst«, sprach er ihre Gedanken aus.

Kristina ertappte sich dabei, wie sie ihm nickend zustimmte. Für sie gab es nichts anderes mehr. Jetzt, da sie sich nicht einmal mehr in ihr Auto setzen konnte, um dem kleinen Rest Freiheit entgegenzurasen. Weg von ihrem Job, ihrem Leben als Kommissarin, den Regeln und Konventionen, bestenfalls hinein in andere Universen. Sobald der Serientäter gefasst war, würde sie Urlaub nehmen. Egal, was kam. Vielleicht sollte sie Nikolaus Gentner vorschlagen, es ihr gleichzutun. Ihn fragen, ob auch er die Berge mochte.

Sie strich sich über die Stirn, als könne sie mit dieser Geste den verführerischen Gedanken fortwischen, der ohnehin nur ein pubertärer Einfall war.

Nach zwei tiefen Atemzügen nahm sie den Faden ihrer Befragung wieder auf. »Kennen Sie auch Dr. Arthur Lorenz?«

Diesmal verneinte der Architekt. Es sah nicht so aus, als litte er unter Schilddrüsenüberfunktion oder auch an einer anderen Krankheit. Wahrscheinlich nicht einmal an Einsamkeit, so wie sie es tat. Gerne wäre sie noch etwas geblieben. Doch sie hatte genug gehört und keinen rationellen Grund mehr, den Mann noch länger von der Arbeit abzuhalten. Sie trank das Glas aus und ging zur Tür. Eine Bewegung, die den Architekten aus seiner nachdenklichen Pose riss.

Kristina verabschiedete sich unter dem Vorbehalt, sich nochmals zu melden, falls weitere Fragen auftauchten. Der übliche

Sermon, dem eine letztes aufmunterndes Augenzwinkern von Gentner folgte.

Den Kopf voller Hinweise und neuer Rätsel trat sie hinaus auf die Straße.

Der Mann, der immer dünner wurde.

Einer verschmähten Liebe wegen, die ihn letztlich in die Flucht schlug. Doch war das allein die Ursache für sein körperliches Dahinschwinden?

Kristina erinnerte sich daran, was Dr. Wuppermann und auch Arthur Lorenz über die Stoffwechselerkrankung und deren Auswirkungen zu berichten wussten. Eine Krankheit, die sich auch durch kalorienreiche Ernährung nicht mehr kompensieren ließ. Die wegen des Versorgungsdefizits das Gehirn angriff und schädigte. War das der Beginn eines Leidenswegs, der in den Wahnsinn geführt hatte?

Sollte Louise Osswald sich von Schwarz getrennt haben, um den Zwist zwischen ihm und ihrem Vater zu beenden, hätte der Architekt durchaus ein Motiv für den Mord an Egon Osswald gehabt. Doch warum wartete er zwanzig Jahre damit? Schwer vorstellbar, dass dieser Hass so lange gären konnte. Und wenn dem doch so war, wie waren die anderen Toten zu erklären? Carola Walz, Jakub Piecek. Ganz zu schweigen von Werner Finckh. Ging es dabei nur um das Fett, das ihnen aus dem Leib geschnitten worden war?

Diese Überlegung endete wie bislang auch in einer Sackgasse, an deren Ende ein Wort stand: *Wozu?*

Aus blankem Neid, weil diese Menschen an Übergewicht litten und damit das im Überfluss hatten, was Schwarz fehlte?

Kristina machte sich auf den Weg zum Bahnhof. Keine SMS von Daniel. Bevor sie seine Nummer wählen konnte, drängte sich ein eingehender Anruf vor.

»Hier ist Sonja! Louise Osswald ist definitiv in Frankfurt gelandet. Ob sie den Zug nach Stuttgart genommen hat, kann ich im Augenblick noch nicht sagen. Wenn sie die Fahrkarte direkt beim Schaffner gekauft hat, könnten wir das nur über ihre Kreditkarten herausfinden. Doch für so eine Anfrage besteht wohl aktuell keine Handhabe, oder?«

Kristina musste ihr recht geben, bat sie aber trotzdem darum, Decher davon zu berichten. Hatte sie Glück, schätzte er die Sache ähnlich relevant ein.

»Versuch es auf jeden Fall bei der Taxizentrale. Womöglich kann sich einer der Taxifahrer erinnern, die Dame gefahren zu haben. Und frag bei den Mietwagenfirmen am Bahnhof nach.«

Was, wenn Schwarz sie vor ihnen erwischt hatte? Wenn der Architekt doch wusste, dass Louise in Stuttgart erwartet wurde? Er musste ohnehin damit rechnen, nachdem er ihren Vater getötet hatte.

Es geisterte immer noch der Verdacht durch Kristinas Kopf, dass Schwarz einen Zugang zu ihren Büros hatte. Aber wie hätte er an die Passwörter der Rechner kommen sollen?

»Verbinde mich mit Decher«, verlangte sie von Sonja.

Kristina berichtete dem Hauptkommissar, was sie von Gentner erfahren hatte. Er konnte umgehend die nötigen Schritte einleiten, um die Vermutung zu entkräften. Oder, im schlimmsten Fall: zu erhärten.

Sie kündigte an, dass sie in einer guten halben Stunde im Präsidium sein würde, und machte sich daran, den nächsten Zug zu erwischen.

Beim Gehen fühlte es sich an, als wäre der Beton in seine Muskeln gesickert und ausgehärtet. Das hielt Daniel jedoch nicht davon ab, das Krankenhaus zu verlassen. Der behandelnde Arzt hatte ihm abgeraten, aber Daniel war nicht umzustimmen. Entlassung auf eigene Verantwortung.

Bis auf die Schmerzen in den Waden kam er ganz gut zurecht. Womöglich trug er einen psychischen Schaden in sich, dessen Auswirkungen er noch nicht spürte. Ein Trauma, das unerwartet und hinterrücks kam, dann, wenn er nicht damit rechnete. Hervorgerufen durch eine Stresssituation oder die Konfrontation mit einer Zementmischmaschine. Doch dagegen konnten sie ihm auf der Unfallstation ohnehin nicht helfen.

Er empfand keine Angst, nicht einmal, wenn er an den Spatz dachte. Als hätte er die Furcht vor dem Tod ausgeschwitzt, während er im Betonfundament gefangen gewesen war.

Darja war seine Versicherung. Sein Schutzengel.

Er hatte sich ein Taxi genommen, denn er wollte nicht mit den verdreckten Sachen durch die Stadt laufen. Seine Hose hatte der Notarzt ohnehin über den Knien abgeschnitten, als sie ihn aus dem Beton geholt hatten. Daraus schauten nun die frisch bandagierten Unterschenkel hervor, als würde er unter der Jeans ein Mumienkostüm tragen. Das T-Shirt war nicht weniger verschlissen.

Zu Hause angekommen, fiel er erschöpft aufs Sofa, nachdem er die Treppe in den vierten Stock bewältigt hatte.

Als er erwachte, war er desorientiert und ohne jegliches Zeitgefühl. Der Gang ins Bad war peinigend, da die Muskulatur wieder kalt war. Er pinkelte im Sitzen, um die Beine zu entlasten, und in der Hoffnung, dass er wieder hochkam. Nach einem ersten Versuch entschied er, noch sitzen zu bleiben, und überprüfte die eingegangenen Nachrichten auf dem Handy.

Kristina hatte versucht, ihn zu erreichen. Mehrfach. Er haderte mit sich, sie zurückzurufen. So wie er sich momentan fühlte, war er keineswegs dienstfähig. Nicht einmal als Chauffeur. Aber er wollte sie nur ungern hängen lassen. Er musste ihr helfen, diesen Verrückten zu finden. Letztlich verdankte er dem Remstalschlächter auch seine lädierten Unterschenkel.

Was konnte er tun? Vom Sofa aus oder, wenn es ganz dumm kam, von seinem Toilettensitz aus?

»Wir haben in Achterbergs Wohnung Reagenzien mit verdächtigen Rückständen gefunden«, begann Sampo seine Zusammenfassung.

Die Runde war fast komplett, und auch Kurt Retter saß wieder als stiller Zuhörer am Tisch. Es mochte am Licht liegen, das durch die halb geschlossenen Rollläden fiel, aber er sah älter aus als noch vor ein paar Tagen. Wenn Kristina in die Gesichter der anderen sah, erblickte sie die gleichen tiefen Falten und dunklen Augenringe.

»Die Glasröhrchen waren in einer Abstellkammer neben der Küche versteckt. Ich kann nicht erklären, wieso er sie nicht entsorgt oder zumindest professionell gereinigt hat, zumal er dafür nur in sein Labor hätte gehen müssen. Die Spuren darin sind nach dem DNA-Schnelltest eindeutig den Opfern Egon Osswald und Carola Walz zuzuordnen«, erklärte Sampo in der Runde, die kurzfristig einberufen worden war.

»Sie sagten im Vorgespräch, das Versteck war nicht besonders gut. Wieso lässt der Verdächtige diese verfänglichen Beweise überhaupt zurück?«, stellte Decher zur Diskussion.

»Vielleicht fehlte ihm die Zeit. Die Wohnung macht generell den Eindruck, dass der Biologe es eilig hatte.«

»Berücksichtigen wir die Zeugenaussage der Arzthelferin Ela Chiumenti, hat Dr. Lorenz in den Räumlichkeiten nach etwas gesucht. Das würde die Unordnung erklären. Gleichwohl waren die gefundenen Indizien vermutlich der Grund für dessen Herumgestöber«, gab Kristina zu bedenken.

»Bleibt zu klären, was der Arzt damit vorhatte. Wollte er diese eindeutigen Beweise verschwinden lassen, um seinen Freund oder eventuell gar sich selbst zu entlasten?«

»Darauf bekommen wir wohl erst eine Antwort, wenn wir einen der beiden haben«, mischte sich Ralf Winkler ein und erntete zustimmendes Nicken.

»Was ist mit der aus dem Labor verschwundenen Zentrifuge?«, wollte Kristina wissen.

»Fehlanzeige«, antwortete Sampo. »Wobei ein größeres Gerät auf der Küchenablage einen Abdruck hinterlassen hat. Das lässt annehmen, dass er den Apparat dort in Betrieb hatte.«

Die Frage, was mithilfe der Fliehkraft alles angestellt und getrennt werden konnte, führte zu einer kurzweiligen Diskussion, die Decher nach drei Minuten unterbrach, bevor die Spekulationen noch wilder wurden.

In Sampos Labor lief zeitgleich zu ihrer Sitzung ein Verfahren, mit dem untersucht wurde, welches Zellmaterial sich in den Glasröhrchen befand. Danach würde man schlauer sein und konnte konkrete Maßnahmen einleiten.

»Noch etwas«, meldete sich Sampo erneut zu Wort. »Die meisten von euch wissen ja bereits Bescheid, dass es sich bei der Brandleiche um Jakub Piecek handelt. Ich möchte hierzu anmerken, dass die Vergleichsproben aus Schwarz' Wohnung von Utensilien aus Pieceks Kulturbeutel stammten. Seine Frau hat beide Gegenstände, von denen wir die Proben genommen haben, wiedererkannt. Kamm und Zahnbürste befanden sich laut Ilona Pieceks Aussage üblicherweise in der Reisetasche, die der Gatte auf seinen Touren nach Rumänien mitführte. Es ist also dringend zu klären, wie die Sachen in Bruno Schwarz' Badezimmer gelangt sind.«

Schwarz hat sie dort deponiert, um uns auf eine falsche Fährte zu locken, dachte Kristina. Es war nicht nötig, diesen Verdacht laut auszusprechen, wenn sie in die angespannten Gesichter der Anwesenden blickte.

Nach der jüngsten Faktenlage hatte Staatsanwalt Pokorny

einen Haftbefehl gegen Bruno Schwarz erlassen. Decher hatte nach Kristinas Anruf sämtliche Videoaufzeichnungen der letzten Wochen durchsehen lassen und die IT-Spezialisten darauf angesetzt zu prüfen, ob jemand illegal Daten in den Computern der Ermittler durchforstet hatte. Bislang fehlten jegliche Hinweise darauf. Weder Schwarz noch eine andere Person war unberechtigt im Gebäude gewesen.

Nach der Besprechung nahm Retter sie beiseite.

»Hauptkommissar Linnemann war nicht leicht zu besänftigen«, ließ der Polizeidirektor sie wissen. »Ich weiß, Sie haben das nicht offen ausgesprochen. Er hat Ihnen nicht abgenommen, dass Herr Wolf ohne Ihr Wissen in der Sache ermittelt hat. Und wenn ich ehrlich bin, tue ich das auch nicht.«

Sie würde den Kopf dafür hinhalten, so wie eine verantwortungsbewusste Vorgesetzte es tun sollte. »Es war nicht abzusehen, wohin das führt«, gestand sie und senkte den Blick.

»Es war vor allem nicht richtig«, korrigierte Retter. »Ich kann nicht darüber hinwegsehen, das wissen Sie. Aber vorerst liegen alle Prioritäten beim Fall. Nur deshalb habe ich noch keine Disziplinarmaßnahmen eingeleitet.«

Damit ließ er sie stehen.

Das Blut wich aus ihrem Gesicht, ihr Magen krampfte sich zusammen. Erneut saß sie auf dem Schleudersitz.

Auf dem Weg zurück ins Büro lief sie nahe an der Wand, für den Fall, dass der Schwindel stärker wurde. Bevor Kristina dort ankam, entdeckte sie Sampo, der vor der Glastür zum Treppenhaus stand und winkte. Seine Haltung machte deutlich, dass etwas geschehen war. Augenblicklich kehrte die Energie in ihren Körper zurück. Sie eilte zu ihm. Er hatte sein mobiles Labor umgehängt.

»Eine Streife hat einen ausgebrannten Lieferwagen gemeldet. In einem stillgelegten Steinbruch unten bei Remseck. Es ist das Modell, das Jakub Piecek fuhr, weshalb ich es mir gleich ansehen möchte. Kommst du mit?«

Sie sah den Flur hoch. In ihrer momentanen Situation wäre es ratsam, sich zumindest bei Decher abzumelden. Doch es war schwierig, ohne ihren Chauffeur hier wegzukommen, falls es nötig wurde. Sie konnte auch von unterwegs Bescheid sagen.

Kristina gab dem Kollegen einen Klaps auf die Schulter und schob sich hinter ihm ins Treppenhaus. Keine Minute später waren sie über die Kreuzung und fuhren am Remsufer entlang Richtung Ludwigsburg.

Die Sonne funkelte auf dem Fluss. Heißer Wind strich durch das offene Fenster über ihre Wangen.

Er lässt uns keine Verschnaufpausen mehr, dachte Kristina.

Während die Hitze uns alle lähmt, kann sie ihm nichts anhaben.

Gerade so, als wäre sie seine Verbündete.

Der Steinbruch war nur über eine löchrige Schotterpiste zu erreichen. Das Areal östlich von Neckarrems war seit dem Verfall der Ausbeuterechte vor über dreißig Jahren sich selbst überlassen. Jetzt erwartete sie dort ein Dschungel. Die Natur hatte diesen Ort mit wild wuchernder Gewalt zurückerobert. Durch diesen Anblick und das tropische Klima gewann Kristina den Eindruck, sich in Äquatornähe aufzuhalten. Die senkrecht abfallenden Kalksteinwände des Steinbruchs dienten nun waghalsigen Kletterern zum Training, und der schilfbewachsene See, der sich in den letzten Jahrzehnten in der Grube gebildet hatte, war ein geheimer und gleichwohl abenteuerlicher Ort. Ein Versteck für Liebespärchen oder für jemanden, der sich hier unbeobachtet eines Fahrzeugs entledigen wollte.

Kristina erinnerte sich, dass man vor zwei Jahren ein Auto aus der Tiefe dieses schwarzen Gewässers geborgen hatte. Mitsamt einem damals seit drei Monaten vermissten Rentner, der, wie sich herausstellte, mit seinem Wagen über die Abbruchkante gestürzt war. Die Bergung durch die Feuerwehr war aufwendig gewesen und zu einem Medienereignis geworden.

Der ausgebrannte Lieferwagen bedurfte eines weit weniger spektakulären Einsatzes und würde hoffentlich nicht allzu viele Neugierige anlocken.

Das Fahrzeug war nicht versenkt worden. Es stand verdeckt hinter hohem Buschwerk, nahe dem Schilfdickicht, und war von der mit kniehohem Gras bewachsenen Zufahrt zum Steinbruch aus nicht zu sehen. Ein qualmender, schwarzer Kasten, der nur deshalb nichts um sich herum in Brand gesteckt hatte, weil der morastige Boden der Austrocknung trotzte.

Ein älteres Ehepaar hatte den Wagen entdeckt. Die beiden standen aneinandergedrängt wie die Seniorenversion von Hänsel und Gretel bei einem der Polizeiwagen und warteten darauf, dass jemand sie fragte, was sie am Steinbruchweiher vorgehabt hatten.

»Was macht der Notarzt hier?«, fragte Kristina, und Sampo hob die Schultern.

Eilig sprangen sie aus dem Dienstwagen. Feuchtschwüle Luft umhüllte sie. Binnen Sekunden klebte Kristinas Bluse an ihrem Rücken. Mückenschwärme tanzten über den Köpfen der Einsatzkräfte und unverzüglich auch um den ihren. Sie wedelte vor ihrer Nase herum, aber das beeindruckte die Biester wenig.

Ein Uniformierter kämpfte sich durch das Schilfgras und kam ihnen entgegen. Von irgendwoher knisterte ein Funkgerät. »Ihr braucht wohl das komplette Team«, verkündete er mit ernster Miene.

Kristina vergaß die summenden Plagegeister, die es auf ihr Blut abgesehen hatten.

»Auf der Ladefläche ist jemand mitverbrannt«, verkündete der Streifenpolizist, doch da war sie schon an ihm vorbei.

Aus dem Augenwinkel sah sie, wie Sampo das Telefon zückte. Der Notarzt war der Nächste auf ihrem Weg zu dem verkohlten Wrack.

Der blonde Mann in der grellorangen Schutzweste schüttelte nur den Kopf. »Der Wagen war schon ausgebrannt, als die Feuerwehr eintraf. Da wäre ohnehin nichts mehr zu machen gewesen. Bevor man ihn angezündet hat, wurde dem Mann in den Kopf geschossen«, klärte er sie auf. In seinen hellgrauen Augen spiegelte sich unverkennbare Betroffenheit, die ihn selbst die Stechmücken vergessen ließ, die aufgebracht um ihn herumsurrten.

Kristina nickte und trat zu den Überresten des Lieferfahrzeugs. Die Feuerwehr hatte die seitliche Schiebetür aufgehebelt. In den intensiven chemischen Geruch, den der verbrannte Lack und die verschmorten Plastik- und Gummiteile verströmten, mischte sich nun deutlich der Gestank von verkohltem organischen Gewebe. Derselbe Gestank, der vor knapp einer Woche schon einmal in ihre Schleimhäute gebissen hatte. Kristina musste würgen. Neben ihr sog Sampo scharf Luft ein.

Das Telefon riss Daniel aus einem Traum, von dem nichts als Dunkelheit in seinem Kopf zurückblieb. Er machte eine abrupte Bewegung, und in derselben Sekunde durchzuckte ein beißender Schmerz seine bandagierten Unterschenkel, ähnlich den Muskelkrämpfen, die ihn nachts im Schlaf manchmal ereilten.

Fluchend tastete er nach dem Handy, das vibrierend auf dem Beistelltisch einen Bienentanz vollführte. Er griff danach, weil ihm egal war, in welcher Himmelsrichtung das ergiebigste Blumenmeer mit den dicksten Pollen zu finden war. Die Nummer kannte er nicht, dementsprechend zurückhaltend meldete er sich.

»Hier ist Franka.«

»Wer?«, krächzte er.

Seine Zunge fühlte sich so trocken an, als hätte er mit offenem Mund geschlafen. Erst jetzt bemerkte er, wie durstig er war. Dieser Durst war schon da gewesen, bevor er eingeschlafen war, nur hatte er sich nicht dazu aufraffen können, aufzustehen und zum Kühlschrank zu gehen.

»Aus Achterbergs Labor«, erklärte die Frauenstimme.

Die Erinnerungslücke schloss sich. Er hatte ihr beim letzten Besuch seine Nummer gegeben. Falls ihr noch etwas einfallen sollte. Und so aufgeregt, wie sie klang, war dieser Moment jetzt gekommen.

»Was kann ich für dich tun?«, fragte er, während er sich bemühte, ohne Stöhnen in eine sitzende Position zu gelangen.

»Ich hab Post bekommen«, erklärte die Laborantin. »Von Hannes!«

»Die Kündigung?«, scherzte er, mehr für sich selbst, um irgendwie von dem Schmerz abzulenken.

»Haha«, kam es aus dem Hörer.

»Tut mir leid, ich bin etwas daneben«, gestand er und biss die Zähne zusammen, bevor er die Füße auf den Teppich setzte.

»Alles in Ordnung mit dir?«

Nein. Nur wollte er sich darüber keineswegs bei der Punklady ausheulen. Es wäre ohnehin viel besser gewesen, sie an Kristina zu verweisen. Doch mit dieser Einsicht erwachte auch die Neugierde.

»Hatte einen harten Einsatz letzte Nacht«, log er. »Aber was war das jetzt mit der Post?«

»Hannes hat mir einen Umschlag geschickt; mit der Bitte, ihn aufzubewahren. In dem Kuvert ist eine von diesen Luftpolsterhüllen. Könnte eine CD drin sein. Es fühlt sich zumindest so an. In dem Schreiben, das er beigefügt hat, bittet er ausdrücklich darum, ich möge es nicht auspacken. Und jetzt wird es gruselig. Falls er nicht wieder auftaucht, soll ich das Päckchen der Polizei übergeben.«

Daniels schmerzende Beine waren vergessen. Er hatte gar nicht gemerkt, dass er vom Sofa aufgestanden war. »Kam die Sendung heute?«

»Hab sie eben vor zehn Minuten aus meinem Briefkasten gezogen.«

»Wie ist deine Adresse?«, fragte er und fischte einen Kugelschreiber aus dem Stiftebecher auf der Anrichte.

Was sie diktierte, notierte er mit fiebrig zitternder Hand. Danach legte er auf und wählte Kristinas Nummer. Zu seiner Enttäuschung begrüßte ihn die Mailbox.

Miriam Wuppermann kam den Schotterweg hoch und verscheuchte dabei lästige Mücken, die selbst durch ihren Parfümduft hindurch die Verlockung der menschlichen Ausdünstung rochen. Die Blutsauger verschonten niemanden. Kristina verspürte eine gewisse Genugtuung.

Sampo begrüßte die Ärztin so freundlich, wie er es unter den gegebenen Umständen hinbekam. Er wartete ungeduldig auf den Rest seiner Spurensicherer.

»Schon wieder?«, fragte die Pathologin, und Kristina zuckte mit den Schultern.

»Bevor ich mir Ihre neue Leiche ansehe …«, begann die Ärztin und zog einen Aktenordner aus ihrer Handtasche, den sie Kristina entgegenstreckte. »Ich habe im Blut Ihres Kollegen Rückstände eines Betäubungsmittels gefunden.«

Kristina griff nach dem Dokument und schlug es auf, während Dr. Wuppermann mit ihrer Erläuterung fortfuhr: »Nachdem ich wusste, wonach ich suchen musste, kann ich Ihnen sagen, dass auch Carola Walz damit betäubt wurde. Exakt dasselbe Mittel. Ein gängiges Vollanästhetikum, wie es in Krankenhäusern von Chirurgen für operative Eingriffe verwendet wird. Da kommt man nicht ohne Weiteres ran. Machen Sie was draus!«

Dr. Lorenz kannte bestimmt Mittel und Wege, sich dieses Narkotikum zu beschaffen. Möglicherweise auch Achterberg, der ja für Pharmakonzerne arbeitete.

Dr. Wuppermann ging an ihr vorbei, drehte sich aber noch einmal um. »Bevor ich es vergesse, Sie haben sich doch gefragt, wie die Leiche in diesen Kartonagecontainer gekommen ist.«

Kristina sah ihr erwartungsvoll entgegen.

»Wegen der extremen Verbrennungen war mir der Abdruck erst bei einer weiteren Beschauung aufgefallen, und das, so muss ich gestehen, eher zufällig. Wie gesagt, nahezu nicht zu erkennen und schon gar nicht zu klassifizieren. Doch dann hat mir Sampo noch mal Fotos von der Tatortumgebung gezeigt, und ich kam dahinter, woher diese Hämatome quer über dem Rücken stammen.«

»Verzichten wir auf die Dramatik«, erwiderte Kristina und wedelte ein paar Mücken weg.

»Mit relativer Gewissheit stammt der Abdruck von den Zinken eines Gabelstaplers. So einer stand dort nämlich herum. Damit dürfte der Täter den Leichnam über die Containerwand gehievt haben.«

Kristina erinnerte sich. Da hatte tatsächlich ein Gabelstapler beim Verwaltungsgebäude des Wertstoffhofs geparkt. Warum hatte Sampo den Stapler nicht untersucht? Er war doch sonst nicht so nachlässig?

Bevor sie etwas auf Wuppermanns Bericht erwidern oder sich Sampo wegen der Schlamperei vornehmen konnte, meldete sich ihr Handy. Es war Decher. Mit einem knappen Nicken Richtung Miriam Wuppermann nahm sie das Gespräch an. Während der SoKo-Leiter schon auf sie einredete, beobachtete sie, wie Sampo die Leichenbeschauerin zu dem immer noch rauchenden Lieferwagen geleitete.

Thorwald Decher verkündete, ebenfalls im Anmarsch zu sein. Zwar stand bislang weder fest, ob der Bus tatsächlich das gesuchte Fahrzeug von Jakub Piecek war, noch, ob die Leiche etwas mit der Mordserie zu tun hatte, die sie seit einer Woche in Atem hielt. Doch beide Vermutungen waren nicht abwegig, vor allem, da im Fahrzeug neben dem Toten eine Aluleiter und eine verkohlte Holzplanke lagen. Exakt die Utensilien, die nach der Beschreibung des Zeugen Nachtmann dazu benutzt worden waren, über den Zaun des Recyclinghofs zu gelangen.

Das alles berichtete Kristina dem Hauptkommissar pflichtbewusst. Danach trennte sie die Verbindung und wandte sich wieder dem ausgebrannten Wrack zu.

Sampo half Dr. Wuppermann in den weißen Overall. Verlegen wich er dabei Kristinas Blick aus. Nachdem die Ärztin sachgerecht verpackt war, widmete er sich den Dingen, die er aus dem Lieferwagen geborgen hatte.

Kristina gesellte sich zu ihm und deutete auf einen schwarzen, undefinierbaren Klumpen, den er in seinen behandschuhten Händen hielt. »Was ist das?«

»Der Rest eines Benzinkanisters«, erklärte er und trug das Indiz zu einer etwa fünf Meter entfernten Plane, die er dort sorgsam im hohen Gras ausgebreitet hatte. Darauf lagen schon andere verkohlte und zur Unkenntlichkeit verschmolzene Beweisstücke.

»Irgendwas dabei, was zur Identifizierung des Toten beiträgt?«

Er deutete auf ein zusammengebackenes, faustgroßes Etwas. »Könnte die Brieftasche sein. Doch wenn ich sie hier auseinanderklappe, zerfällt sie womöglich gänzlich zu Asche.« Er zog eine weitere Tüte heran und holte den Inhalt heraus. »Auch interessant«, kommentierte er. »Ein Laptop.«

Das Plastikgehäuse war verzogen und mit Blasen übersät.

»Vielleicht finden wir noch was auf der Festplatte, versprechen will ich dir aber nichts. Im Wagen ist noch ein weiterer Rechner oder zumindest das, was das Feuer davon übrig gelassen hat. Könnte der gestohlene Computer aus der Arztpraxis sein. Und ein Staubsauger. Vielleicht der, den wir in Schwarz' Wohnung vermisst haben.«

Erneut unterbrach sie Kristinas Handy. Daniels Name leuchtete im Display. *Der kann warten*, entschied sie, auch weil in diesem Moment Thorwald Decher auf die Lichtung vor dem Steinbruch einbog. Nachschub für die Million blutdurstiger Mücken.

Wieder nur die elektronische Stimme, die um eine Nachricht bat. Kristina hatte ihn weggedrückt. Er empfand es als Affront, von ihr ignoriert zu werden, auch wenn sie wegen der Sache mit Worobjow noch sauer war. Vielleicht hätte er nicht einfach aus dem Krankenhaus abhauen sollen. Er hatte keine Ahnung, wie viele Fragen er im Delirium der Schmerzmittel zufriedenstellend beantwortet hatte. Womöglich hatte er Kristina ausreichend darüber informiert, wie er in die missliche Situation geraten war, auf dem Areal von Stuttgart 21 in Beton gegossen zu werden.

Linnemann erwartete ebenfalls einen ausführlichen Bericht von ihm. Aber er würde seinen Chef wieder enttäuschen müssen. Selbst wenn der Spatz höchstpersönlich den Beton über ihm entleert hatte, konnte Daniel nichts beweisen.

Je länger er auf den Beinen war, desto erträglicher wurde der Schmerz. Er hatte Franka versprochen, sich augenblicklich um die brisante Zustellung zu kümmern. Im Moment fühlte er sich durchaus in der Lage dazu, die Sache selbst in die Hand zu nehmen. Er konnte sich nichts vorwerfen, immerhin hatte er nichts unversucht gelassen, die Kommissarin zu erreichen.

Die paar Meter zur Stadtbahn würde er bewältigen. Wenn er sich nicht allzu sehr täuschte und soweit er den Stadtplan im Kopf hatte, lag auch Frankas Wohnung nur zwei, drei Fußminuten von einer Haltestelle entfernt. Sollte sie nicht ausgerechnet in einem Altbau ohne Aufzug im sechsten Stock wohnen, konnte er einigermaßen würdevoll dort aufkreuzen.

Seine Überlegungen hatten ihn bereits in den Flur gebracht, selbst der Schlüssel lag schon in seiner Hand. Da erst wurde ihm bewusst, dass er immer noch die abgesäbelte Jeans trug.

Der Wechsel der Hose zwang ihn dazu, im Anschluss eine der Schmerztabletten einzuwerfen, die ihm der behandelnde Arzt vorsorglich mitgegeben hatte. Der Mediziner hatte gemahnt, nach der Einnahme nicht mehr am Straßenverkehr teilzunehmen. Daniel nahm an, dass dieser Hinweis nicht auf die Nutzung von Bus und Bahn bezogen war.

Er brauchte eine Weile, um den Abstieg im Treppenhaus zu bewältigen. Es war nicht der Nanga Parbat, auch wenn es sich zwischenzeitlich so anfühlte. Draußen auf der Straße war das frisch übergezogene T-Shirt schon durchgeschwitzt, aber hier lief es besser, solange das Gelände nicht abfiel. Die Wirkung des Sedativums trat schneller ein als erwartet. In der Stadtbahn war der Schmerz in den Waden kaum mehr vorhanden. Dafür fühlte sich sein Kopf unvermittelt an, als wäre er mit Helium gefüllt.

Daniel fuhr über den Hauptbahnhof, konnte dort ohne einen weiteren Etagenwechsel umsteigen und kam am Charlottenplatz mithilfe eines Aufzugs problemlos wieder ans Tageslicht. Die Welt um ihn herum war schrecklich hell und unerträglich laut geworden. Autos, Menschen, das Piepsen der Fußgängerampel, die ganze Stadt verursachte einen ohrenbetäubenden Lärm. Die Sonne knallte so grell vom Himmel, dass er kaum sehen konnte, wohin er ging. Wieso nur hatte er seine Sonnenbrille zu Hause liegen lassen?

Mit Mühe fand er die Straße im Stuttgarter Bohnenviertel und zu seiner Erleichterung auch bald die Hausnummer, noch bevor die Gebäudezeile dem Anstieg der südlichen Kesselflanke folgte. Trotzdem fühlte er sich restlos ausgepumpt, wobei er die meiste Kraft darauf verwenden musste, seine Konzentration beisammenzuhalten. Diese Reaktion auf das Medikament konnte nicht normal sein. Es wäre besser gewesen, den Beipackzettel zu lesen.

Der Türsummer öffnete drei Sekunden, nachdem er geläutet hatte.

»Zweiter Stock«, schallte es von oben, was ihm einen weiteren Seufzer entlockte.

Wie befürchtet, benötigte er länger für die vier Treppenabsätze, als ihm lieb war. Franka wartete vor ihrer Wohnung und betrachtete ihn mit schräg gelegtem Kopf. Ihre Stachelfrisur hatte an Halt eingebüßt und war im Begriff, gegen die Schwerkraft zu verlieren.

»Du siehst scheiße aus«, begrüßte sie ihn und machte den Türrahmen frei.

Franka führte ihn zum Sofa in ihrer Wohnküche und brachte ihm Wasser, das er gierig in sich hineinkippte. Für einen Moment fühlte er sich besser. Er verharrte eine Weile, ohne dass sein Herzschlag sich beruhigte.

Frankas Reich war wesentlich kleiner als seine Bude und präsentierte sich als ein Sammelsurium an Farben, Kitsch und

Nippes. An den Wänden hingen großflächige Stofftücher, dazwischen klebten Poster von Bands und Musikern, von denen er noch nie gehört hatte. Schräge, abgedrehte Gestalten, in Lack und Leder gehüllt und mit zur Unkenntlichkeit geschminkten Gesichtern. Das Mobiliar bestand aus zusammengewürfeltem Sperrmüll, und der Geruch von Duftkerzen und Räucherstäbchen schwebte in der warmen Luft.

Daniel umklammerte die Wasserflasche und legte den Kopf in den Nacken. Er versank immer tiefer in den weichen Sofakissen, während die Laborassistentin an ihrem kleinen Esstisch saß und ihn besorgt und gleichwohl erwartungsvoll betrachtete.

Neben ihr lag der Umschlag. Ihr Daumen strich fortwährend über eine der Ecken, als könne sie damit bewirken, dass sich das Kuvert von allein öffnete.

»Geht's wieder?«, fragte sie, nachdem eine weitere Minute verstrichen war, in der er wie versteinert dahockte, und sie möglicherweise Angst bekam, er könne dahinscheiden.

Daniel wusste nicht, ob er jemals wieder von dieser bunten, unförmigen Couch hochkäme, aber er nickte.

Sie warf ihm den Umschlag zu. Er prallte gegen Daniels Brust und landete in seinem Schoß. Er tastete danach und drückte mit Daumen und Zeigefinger dagegen.

»Hast du einen Rechner?«

Franka grinste und holte einen Laptop aus einer Tasche, die am Tischbein lehnte. Sie stellte ihn vor sich und klappte ihn auf.

»Latexhandschuhe?«

Die kleine Punklady erhob sich von ihrem Stuhl, verschwand im Bad und kam keine zehn Sekunden später mit einer Schachtel Einweghandschuhe zurück.

»Gibt's da nicht Spezialisten, die so was bei euch machen?«, fragte sie und hielt ihm die Packung hin.

Er zupfte zwei Gummihandschuhe aus der Box, die sie wohl aus dem Labor hatte mitgehen lassen.

»Du willst doch auch wissen, was drauf ist«, antwortete er und fummelte seine Finger in den engen Latex.

Seine Bewegungen kamen ihm nach wie vor unkoordiniert vor. Er musste irgendwie von diesem Sofa aufstehen und zum Tisch gelangen, um den Umschlag einigermaßen sauber zu öffnen.

Mühsam stemmte er sich hoch. Franka machte einen Schritt auf ihn zu, doch er winkte ab.

»Du bist dir sicher, dass alles in Ordnung ist? Dein Kreislauf sollte mittlerweile wieder da sein.«

Ohne auf ihre Frage einzugehen, stapfte er zu dem freien Stuhl und plumpste ungelenk darauf. Er wischte ein paar Brotkrumen fort und legte das Kuvert vor sich auf den Tisch. Von irgendwoher zauberte Franka ein Skalpell in ihre Hand und wedelte damit vor seiner Nase herum. Weiteres Laborinventar, nahm er an.

»Was brauchen wir noch die Spusi bei deiner Ausstattung«, murmelte er und langte nach dem Chirurgenmesser.

Behutsam schlitzte er die Lasche auf und hob den Umschlag hinten an. Es war keine große Überraschung, dass eine CD in einer Klarsichthülle herausrutschte.

Franka öffnete voller Erwartung den Schacht des Lesegeräts an ihrem Laptop. Daniel nahm den Datenträger aus der Hülle und legte ihn auf den Schlitten. Mit einem satten Schlürfen schluckte der Rechner die CD. Einen Wimpernschlag darauf summte das Gerät im gewohnten Ton.

Statt des Programms sprang nach weiteren fünf Sekunden ein Fenster auf, das verkündete, dass die Datei nicht gelesen werden konnte.

Das Opfer war männlich. Todesursache: der Schuss aus nächster Nähe, der seitlich in die Schläfe eingedrungen war und einen Teil der hinteren Schädelplatte beim Wiederaustritt mitgerissen hatte. Die Kugel konnte in der Rückwand der Fahrerkabine des Kastenwagens sichergestellt werden. Über die Fahrzeugnummer im Motorblock wurde das Fahrzeug dem Halter Jakub Piecek zugeordnet.

Die Leiche wurde abtransportiert. Dr. Wuppermann wollte keine Zeit verlieren. Die Personalien des älteren Paars waren erfasst. Obwohl sie nichts von dem Toten im Laderaum des Wagens wussten, waren sie aufgewühlt und klammerten sich immer noch aneinander. Auf ihrem Spaziergang war ihnen niemand begegnet. Kristina erhielt damit dieselbe Aussage wie immer bei dieser Mordserie. Sie kündigte an, sich bei dem Paar zu melden, falls noch Klärungsbedarf bestand, und wies eine Streife an, die zwei heimzufahren.

Mittlerweile war auch die Kugel auf dem Weg in die Ballistik. Irgendjemand hatte Kristina Mückenspray in die Hand gedrückt, aber das schreckte die lästigen Blutsauger nicht ab.

Im Moment konnte Kristina vor Ort nichts mehr tun. Da Sampo und seine Leute noch eine Weile beschäftigt waren, blieb nur Thorwald Decher, mit dem sie zurück in die Direktion fahren konnte.

Sie stieg zu ihm in den Wagen. Er hatte eine dicke Pustel auf dem linken Ohrläppchen und ein paar leuchtend rote Stiche auf seinen haarigen Unterarmen, an denen er herumkratzte, während er den Motor startete. Sicher bereute er, seine Hemdsärmel hochgekrempelt zu haben. Wie zu erwarten, drehte er die Klimaanlage bis zum Anschlag auf. Spätestens auf der Hauptstraße würde der kühlende Effekt einsetzen. Dann musste sie den eisigen Hauch fünf Kilometer lang ertragen.

»Was denken Sie, wer es ist?«, fragte der Hauptkommissar.

Der Wagen schaukelte durch die Schlaglöcher des Bewirtschaftungswegs. Der Wald öffnete sich und sie kamen auf freies Feld. Rechts von ihnen stieg das Gelände steil an. In der gleißenden Sonne leuchtete der Kalkstein hellgelb bis ockerfarben.

»Wir haben zwei Kandidaten zur Auswahl«, antwortete sie.

»Achterberg oder Lorenz«, vervollständigte Decher, und sie nickte.

Der Wagen zog eine weiße Staubfahne hinter sich her. Sie erreichten den Ort Neckarrems. Uniformierte Kollegen gingen in der Straße, die zum Steinbruch führte, von Haus zu Haus und befragten die Anwohner zu dem ausgebrannten Lieferwagen, der hier vorbeigekommen sein musste. Irgendwann im Laufe der vergangenen Nacht. Der Täter musste das Feuchtbiotop auf demselben Weg wieder verlassen haben. Zu Fuß, wie Kristina annahm. Zur Stadtbahnhaltestelle in Remseck waren es rund zwei Kilometer. Einmal durch den kompletten Ort, entlang der Uferpromenade, die auch nachts beleuchtet war.

Kristina hegte trotzdem keine große Hoffnung, dass jemand etwas beobachtet hatte. Sie sah es vor sich: eine Person, die am Ufer entlanggeht. Unauffällig und ohne große Eile. Wer schaute da schon genau hin? Außerdem nahm sie an, dass die Leute, die hier direkt am Fluss wohnten, nach Sonnenuntergang ihre Türen und Fenster geschlossen hielten. Wegen des Ungeziefers, das ein entsetzlich brennendes Jucken überall auf der Haut zurückließ.

Wie befürchtet kroch nach der halben Wegstrecke die Kälte aus der Klimaanlage und strich mit eisigen Fingern über sie hinweg. Die Beklemmung trieb ihren Pulsschlag nach oben. Das Denken fiel ihr schwerer, trotzdem erinnerte sie sich daran, dass Daniel versucht hatte, sie zu erreichen. Doch noch saß sie neben dem SoKo-Leiter im Wagen fest, und sollte die Fahrt nicht bald zu Ende sein, würde sie wegen des Schweißes auf ihrer Haut an dem schwarzen Ledersitz festfrieren.

Die künstliche Kälte weckte Dämonen in ihr. Sie kamen aus ihrem Unterbewusstsein, dort, wo sie ihre Ängste gesammelt hatte, die sie wie ein Kriegsleiden mit sich herumschleppte. Was würde im Laufe ihres Polizistinnenlebens noch alles dazukommen?

»Der Doktor, der Biologe und der Architekt. Worauf läuft das hinaus?«, knüpfte der LKA-Beamte kurz vor Waiblingen wieder an das Gespräch an, das eigentlich nie eins geworden war, weil allem Anschein nach auch er mit dem Sortieren von Gedanken beschäftigt war.

»Haben Sie was von Frau Osswald gehört?«, redete Decher in ihre Überlegungen hinein.

Kristina schüttelte den Kopf.

16

Sampo platzte in die Teambesprechung und verkündete ohne Aufforderung, wer in dem Lieferwagen im Steinbruch zur Unkenntlichkeit verbrannt war.

Dr. Arthur Lorenz.

Der SoKo-Leiter verschob das Foto auf dem Whiteboard von den Verdächtigen zu den Opfern. »Was hat die Ballistikuntersuchung ergeben?«

Sampo setzte sich an den Besprechungstisch und blätterte in seinem Ordner. »Acht Millimeter, eine Pistole vom Typ Mauser mit diesem Kaliber ist auf Egon Osswald zugelassen.«

»Die Waffe, die wir nicht in seinem Haus gefunden haben, nehme ich an?«, fragte Decher zurück.

Sampo nickte.

»Unser Täter hat sie also mitgehen lassen«, ergänzte Ralf Winkler und sprach damit laut aus, was alle anderen dachten.

Der Kreis schloss sich, Bruno Schwarz und Hannes Achterberg standen im Zentrum der Inszenierung, die nun fünf Menschen das Leben gekostet hatte. Fünf, von denen sie wussten.

»Hast du schon ein Ergebnis, was die Untersuchung der Reagenzien betrifft?«, fragte Kristina deshalb.

Sampo schüttelte den Kopf. »Ist nicht so trivial, wir mussten das ins Labor nach Stuttgart geben.«

»Das dauert alles zu lang«, kritisierte Decher.

Möglicherweise hatte er nur zu laut gedacht, aber Sampo fühlte sich angegriffen.

»Wir haben fünf Tote, an unterschiedlichen Tatorten, und das innerhalb einer Woche. Im Labor stapelt sich eine Fülle an Indizien, die wir in dieser Menge sonst in einem ganzen Jahr nicht zusammenbekommen. Verraten Sie mir, wonach genau ich suchen soll, und Sie bekommen noch heute eine Antwort!«

»Es muss doch vergleichbare DNA geben, die an allen Fund- oder Tatorten auftaucht?«, fauchte der Hauptkommissar.

»Wenn dem so wäre, läge das Ergebnis bei Ihnen auf dem Schreibtisch«, erwiderte Sampo. »Wir haben nur einen einzigen relativ isolierten Tatort, den in Werner Finckhs Waschküche. Bei allen anderen wurden die Spuren entweder durch ein Feuer oder durch Wasser zerstört oder konnten durch die schiere Masse an unterschiedlichen genetischen Abdrücken bislang nicht lokalisiert werden.«

Daniel war mit seinem Latein am Ende. Die Dateiendung deutete darauf hin, dass es sich um einen Film handelte, nur ließ sich der vermeintliche Clip, der auf die CD gebrannt worden war, nicht öffnen. Außerdem gab es nur diese eine Datei.

Franka hatte Kaffee gemacht. Nach der zweiten Tasse fühlte Daniel sich besser. Seine Überlegungen flogen ihm nicht mehr davon, der Inhalt seines Kopfes war wieder auf das normale Maß geschrumpft. Doch das half alles nichts, um den Clip abzuspielen und zu erfahren, was der Biologe ihnen mitteilen wollte. Warum hatte Achterberg Franka nicht gleich den Speicherchip geschickt?

Daniel musste den Rechner finden, auf dem die CD gebrannt worden war. Franka hatte ihm anvertraut, dass die Polizei neben dem Labor auch Achterbergs Wohnung durchsucht hatte. Wenn die Sachen dort gewesen waren, hatte die Kriminaltechnik alles sichergestellt.

Womöglich haben sie den Film bereits gefunden und angesehen?

Was war passiert, während er den Tag auf seinem Sofa gedöst hatte?

Aber wenn eine Verhaftung des Serienkillers aus dem Remstal erfolgt wäre, hätte er das aus den Nachrichten gehört.

Während seines Aufenthalts bei der Laborantin berichteten die Medien allerdings von einem weiteren Leichenfund. Die Vermutung, dass ein weiteres Opfer entdeckt worden war, das auf das Konto des Remstalschlächters ging, schnürte Daniel die Kehle zu. Kein Wunder, dass Kristina nicht ans Telefon ging. Ohne sie kam er mit diesem verfluchten Datenträger jedoch nicht weiter.

Der Laptop warf die CD aus, und Daniel betrachtete die silberne Scheibe. Es gab Spezialisten in der Kriminaltechnik, die möglicherweise noch etwas damit anfangen konnten.

Dem Stuttgarter Präsidium konnte Daniel schlecht seine Aufwartung machen, aber vielleicht Kristinas Kollegen aus der Waiblinger Kriminaltechnik.

Sonja Lachenmeier umklammerte das Lenkrad, Verbissenheit lag in ihren Zügen. Es wäre an Kristina gewesen, ein paar aufmunternde Worte an die Kollegin zu richten, die sie dazu auserkoren hatte, mit ihr nach Stuttgart zu fahren. Zum wievielten Mal an diesem Tag?

Aber es gab nichts zu beschönigen. Erneut waren sie auf dem Weg, um eine Todesnachricht zu überbringen.

Die Weinberge um den Rotenberg flogen vorbei. Aus dem Tal leuchtete ihnen das Stadion mit seinen weißen Bögen entgegen. Im Osten verlor der Himmel bereits seine blaue Farbe. Daniel hatte erneut versucht, sie zu erreichen. Sein letzter Anruf war zwei Stunden her. Da hatte sie noch in der Besprechung gesessen. Jetzt meldete sich nur die Mailbox. Hatte er sein Handy ausgeschaltet, weil Kristina nicht unverzüglich auf seine Anrufe reagiert hatte?

Sonja bog von der B14 Richtung Innenstadt ab. Sie hatte nichts mehr gesagt, seit sie losgefahren waren. Ihre Suche nach Louise Osswald war ohne Erfolg geblieben. Allen war klar, dass diese Frau eine immer wichtigere Zeugin wurde, die sich irgendwo auf dem Weg von Frankfurt nach Stuttgart in Luft aufgelöst hatte. Nun wurde offiziell nach ihr gesucht, alle Dienststellen waren verständigt, das von der Passbehörde übermittelte Foto war an die Streifen weitergegeben worden. Anfragen im Bahnhofsumfeld, bei Taxiunternehmen oder Mietwagenfirmen hatten bislang nichts ergeben. Ihre kanadische Bank hatte noch keine Kreditkartendaten gemeldet, die Rückschlüsse zuließen, ob sie ein Hotelzimmer gebucht oder auch nur ein Mittagessen zu sich genommen hatte. Wieder blieb ihnen nichts anderes übrig, als zu warten. Darauf, dass die Frau sich bei ihnen meldete. Oder jemand anderes, der ihr zufällig begegnet war. Jemand, der es gut mit ihr meinte.

Sie erreichten die Stuttgarter Halbhöhe. Das Licht war weicher, einladender. Alles andere war unverändert. Nach dem Ertönen des Türgongs vernahmen sie Kindergeschrei. Sekunden darauf tippelten kleine Füße über den Gang hinter der Eingangstür. Ein Mädchengesicht, von braunen Locken umrahmt, erschien im Türspalt.

»Klara, du sollst doch nicht ohne mich aufmachen!«, hallte es aus dem Flur hinter dem Mädchen, das ihnen unbeeindruckt frech entgegengrinste und sie aus großen, dunklen Augen musterte. Sommersprossen auf der Stupsnase, genau wie ihr Vater.

Diese Beobachtung versetzte Kristina einen Stich. Bevor sie sich in der Lage fühlte, etwas zu sagen, tauchte Martina Lorenz hinter ihrer Tochter auf.

»Haben Sie ihn gefunden?«, fragte sie, ohne überrascht darüber zu wirken, dass die Polizei ein zweites Mal an diesem Tag vor ihrer Tür stand.

Der Akku war leer. Daniel hatte vergessen, sein Handy aufzuladen, nachdem er aus dem Krankenhaus zurückgekommen war. Nun konnte er sich nicht einmal ankündigen. Aber der Serientäter ließ keinen geregelten Feierabend zu, und bei den fünf Tatorten dürfte die Fülle der Indizien unüberschaubar geworden sein.

Mit der CD in seiner Tasche hatte er von Franka Steffens Wohnung aus die Stadtbahn zum Hauptbahnhof genommen und war von dort aus mit dem Zug weiter nach Waiblingen gefahren. Jetzt saß er im Bus hinunter in die Stadt. Die Schmerzen in seinen Beinen waren wieder heftig, aber er wagte nicht, sich noch einmal mit den verhängnisvollen Tabletten zu betäuben. Das Ruckeln des Busses verstärkte das Brennen in den Unterschenkeln, und er biss die Zähne zusammen.

Die zweihundert Meter zur Polizeidirektion wurden zur schweißtreibenden Tortur.

Vor dem Eingang lungerten Journalisten herum, immer und allzeit bereit, von der neuesten Entwicklung in Sachen Remstalschlächter zu berichten. Er zählte drei Männer und zwei Frauen, die mit Kameras und Mikrofonen ausgerüstet waren. Die Armada von Übertragungswagen diverser Sendestationen, die auf der anderen Seite am Remsufer parkten, war wieder angewachsen.

Wenn er unbehelligt ins Präsidium wollte, dann über die Tiefgarage. Das hieße jedoch, etliche Meter weiter am Gebäude entlangzulaufen. Dafür waren seine Beine nicht mehr zu gebrauchen. Also schlurfte er mit gesenktem Blick auf die Reporter zu.

Ihm war bewusst, wie beschissen er aussah. Sie würden zwangsläufig auf ihn aufmerksam werden. Schweren Herzens entschied er daher, in die Offensive zu gehen, und sah den Journalisten mit erzwungenem Grinsen herausfordernd entgegen. Er konnte es selbst nicht fassen, aber seine Masche ging auf. Die Reporter zeigten plötzlich keine Ambitionen mehr, ihm ihre Mikros entgegenzustrecken. Typen, die unbedingt ins Fernsehen wollten und sich deshalb in jeden Kamerafokus drängten, obwohl sie überhaupt nichts zum Geschehen beizutragen hatten, bekamen die Medienvertreter in den letzten Tagen zur Genüge vor die Linse. Sie machten ihm Platz, und er schleppte sich hinkend durch den Eingang.

Der Uniformierte am Empfang sah kurz auf, als Daniel ihm seinen Ausweis zeigte. Wenn der Diensthabende sich über den verschwitzten, blassen Kerl mit der zerzausten Frisur wunderte, behielt er es für sich. Erst als sich Daniel erschöpft auf den Tresen stützte, um die Beine zu entlasten, zuckte der Beamte zusammen.

»Ist der Kriminaltechniker noch im Haus?«, fragte Daniel, weil ihm der Name nicht einfallen wollte. Kristina hatte sie einander nicht wirklich vorgestellt.

»Meinen Sie Sampo Hietaniemi?«, fragte der Polizist stirnrunzelnd, und Daniel nickte. Der Mann griff zum Hörer und wählte eine Nummer.

Sekunden verstrichen, und Daniel fühlte die Enttäuschung und den Ärger heranbranden. Er hatte sich umsonst hierher gequält.

»Da ist ein Herr Wolf für dich«, hörte er den Polizisten dann doch noch sagen.

Erleichtert stieß Daniel die Luft aus. Er musste in den Keller. Auf dem Weg zum Aufzug bekam er plötzlich Bammel, Kristina zu begegnen. Mit einem Mal fühlte es sich an, als wäre er widerrechtlich hier eingedrungen. Immerhin hatte er aufs Neue unerlaubt in ihrem Fall herumgestochert. Erst als die Fahrstuhltür sich hinter ihm schloss, ohne dass ihn jemand behelligte, entspannte er sich etwas.

Das Labor der kriminaltechnischen Abteilung war ausgeschildert. Hietaniemi erwartete ihn an der Tür. Der Spurensicherer sah überrascht aus, wohl nicht so sehr darüber, dass Daniel ihm einen Besuch abstattete, als vielmehr über die Art, wie er den Gang entlangtorkelte.

»Suchst du Kristina?«, fragte er.

»Ich will zu Ihnen«, presste Daniel mühsam hervor. Er holte die CD aus der Tasche und hielt sie dem Forensiker vor die Nase. »Achterberg hat das Ding seiner Mitarbeiterin geschickt. Können Sie den Film da drauf zum Laufen bringen?«

Hietaniemi schien niemand zu sein, der unnötige Fragen stellte. Er bat ihn in sein Büro, nahm den Datenträger entgegen, setzte sich damit an den Schreibtisch und schob die CD in den Rechner. Daniel zog sich den Besucherstuhl heran und plumpste erschlagen darauf. Er glaubte nicht, in nächster Zeit noch einmal aufstehen zu können.

Schon nach kurzer Zeit öffnete sich derselbe Hinweis, wie auch auf Frankas Laptop. Hietaniemis Finger flogen über die Tastatur. Daniel konnte nicht mehr folgen, was der Kriminaltechniker tat. Es dauerte nicht lange, bis er den Kopf schüttelte.

»Da ist nichts zu machen, zumindest nicht mit den Gerätschaften, die uns hier zur Verfügung stehen. Die Videodatei ist beschädigt«, verkündete er.

»Wer kann uns weiterhelfen?«, fragte Daniel flehend.

»Kannst du dir überhaupt sicher sein, dass die Daten darauf etwas mit dem Fall zu tun haben? Ich meine, bevor wir einen immensen Aufwand betreiben.«

Daniel schüttelte den Kopf. »Genauso wenig, wie ich mir sicher bin, es ausschließen zu können. Ich denke nur, wir können uns beim aktuellen Stand der Ermittlungen schlichtweg nicht leisten, dem nicht nachzugehen.«

»Wir?«, ertönte eine Stimme in seinem Rücken.

Wäre er nicht so fertig gewesen, er wäre aufgesprungen. So musste er sich mühen, nicht vom Stuhl zu fallen.

Kristina kam um den Tisch herum, sodass er den Hals nicht weiter verrenken musste, und verschränkte die Arme vor der Brust.

»Interessant, dass du den Ermittlungsstand so genau kennst, wo du doch arbeitsunfähig bist. Wie mir scheint, hat dir das Einbetonieren nicht gereicht, und du spielst weiterhin Detektiv.«

»Ich habe wirklich versucht, dich anzurufen«, verteidigte er sich.

»Wenn ihr streiten wollt, geht bitte raus«, ging Hietaniemi dazwischen und erhob sich von seinem Platz. Er verschwand durch eine Tür, und Sekunden darauf hörte man ihn mit Papiertüten rascheln und Kartons hin- und herschieben.

»Erfahre ich jetzt endlich, was du hier zu suchen hast?«, verlangte Kristina zu wissen.

Während Hietaniemi das Asservat durchstöberte, schilderte Daniel missmutig, mit welcher Absicht er nach Waiblingen gekommen war. Die Aussicht auf mögliche Antworten, die zur Klärung der Morde verhalfen, besänftigte Kristina ein wenig.

Hietaniemi kam ins Büro zurück und trug einen unförmigen Kasten vor sich her. Daniel erkannte in dem Verwahrstück einen Laptop.

»So Gott will, finden wir die Datei auch hier drauf.«

Bedauerlicherweise war der Rechner vom Feuer arg mitgenommen, und es stand zu befürchten, dass von der Festplatte vielleicht überhaupt nichts mehr zu retten war.

»Wenn es dumm kommt, sind nur noch Dateifragmente vorhanden«, murmelte Sampo und dämpfte die Hoffnung.

Jetzt, da die Auswertung der in Achterbergs Wohnung gefundenen Gewebeproben erfolgt war, würde man die Untersuchungsergebnisse nochmals Spezialisten vorlegen und auf ein verständliches Motiv hoffen. Die sichergestellten DNA-Spuren der Opfer schufen eine direkte Verbindung der Getöteten zu dem Biochemiker, was diesen schwer belastete.

Kristina war der Verdacht trotz allem zu wacklig. Achterberg war in irgendeiner Form beteiligt, ihr Hauptverdächtiger blieb Bruno Schwarz. Leider fanden sich auch bei Achterberg keine Spuren, die dem Architekten zugewiesen werden konnten.

Sie hatte keine Zweifel mehr, dass das Fett, das der Biochemiker aufbereitete, für Schwarz bestimmt war. Der dünne Mann, der an einer Krankheit litt, die ihn von innen auffraß. Gefangen in einem Körper, der sich selbst verbrannte. Zündete er daher gerne andere Leute an, weil er nicht allein brennen wollte? Oder weil er seinen frierenden Körper am Feuer wärmen musste?

Wo war Bruno Schwarz? Abgetaucht, zusammen mit Achterberg?

Sampo machte sich daran, die Festplatte auszubauen, um mithilfe eines anderen Rechners an die Daten zu kommen. Er versprach sich zu melden, falls das Vorhaben erfolgreich war, erbat sich dafür aber Zeit und vor allem Ruhe, was einem Rauswurf gleichkam.

Es war beinahe neun Uhr geworden. Gemeinsam mit Daniel verließ Kristina die Kriminaltechnik.

Daniel hatte Schmerzen beim Gehen. Im harten Neonlicht des Flurs bemerkte sie erst, wie abgekämpft er aussah. Plötzlich fühlte sie sich mies, weil sie ihn wieder so angefahren war.

»Schaffst du es zum Bahnhof?«, fragte sie, obwohl die Antwort ersichtlich war.

»Ich wäre gern dabei, wenn Sampo was findet«, gab er ihr zu verstehen. »Sag mir einfach, wo der Aufenthaltsraum für die Bereitschaft ist. Da gibt's sicherlich eine Pritsche für mich.«

»Du kannst mit zu mir kommen«, schlug sie vor und hätte ihr Angebot in derselben Sekunde gerne wieder zurückgenommen. »Falls du mit den verletzten Beinen überhaupt fahren kannst?«, fügte sie schnell hinzu, in der vagen Hoffnung, dem leichtfertigen Anfall von schlechtem Gewissen und Nächstenliebe wieder entgegenwirken zu können.

Gas, Bremse und Kupplung zu bedienen fiel Daniel leichter, als zu Fuß zu gehen. Außerdem war es nur ein kurzes Stück durch die Stadt, über die sich die Dämmerung legte.

Kristina half Daniel die Treppe hoch, indem sie ihren Arm unter seine Achsel schob, und legte ihn schließlich auf ihrer Designercouch ab. Nachdem sie ihm ein Glas Wasser gebracht hatte, öffnete sie die Balkontür. Augenblicklich strömte kühle, wohltuende Luft herein. Schlug das Wetter endlich um? Bedeutete dies das Ende der tropischen Nächte?

»Ich setze mich raus, kommst du klar?«, fragte sie, bekam aber keine Antwort mehr.

Daniel war eingenickt. Sie lächelte und ging hinaus in die Nacht.

Leider war es nicht Sampo, der Kristinas Telefon eine knappe Stunde später vibrieren ließ. Stattdessen zeigte das Display die Nummer ihrer Eltern an. Es war halb zehn durch.

»Du rufst gar nicht mehr an«, kam der Vorwurf ihrer Mutter noch vor der Begrüßung.

»Danke, Mama, mir geht es gut«, antwortete sie, obwohl das eine Lüge war. Es ging ihr alles andere als gut. Außerdem glaubte sie ohnehin nicht, dass ihre Mutter die Anspielung verstand. »Im Moment ist viel los«, erklärte sie deshalb, nachdem sie einen Schluck Wein getrunken hatte.

»Es kommt laufend im Fernsehen«, sagte ihre Mutter. »Wir machen uns Sorgen.« Sie vermied es, wie immer auszusprechen, worin diese Sorgen begründet waren.

Dass Kristina zur Polizei gegangen war, machte ihre Eltern einerseits stolz, andererseits hatte ihre Berufswahl eine ständig wachsende Angst in ihnen geschürt. Deshalb verwandte ihre Mutter niemals Wörter wie *Verbrechen* oder gar *Mörder*. Sie wollte auch nie wissen, inwieweit Kristina in die Aufklärung solcher Abscheulichkeiten verwickelt war.

»Braucht ihr nicht«, verkündete Kristina und bemühte sich um eine beruhigende Tonlage. Sie hätte leugnen können, im Fall des Remstalschlächters zu ermitteln. Stattdessen beließ sie es bei dieser Aussage. »Es ist schön, dass du anrufst«, lobte sie ihre Mutter, obwohl sie wusste, dass der Griff zum Telefon schon als Kritik zu verstehen war, weil Kristina es versäumt hatte, sich zu melden.

Ihr fehlte jegliche Energie, sich jetzt gegen die Vorwürfe ihrer Mutter zu verteidigen. Vom Sofa aus hörte sie Daniels leises Schnarchen auf den Balkon dringen. Sampo tüftelte in seinem Labor an dem verschmorten Laptop herum. Draußen in der Dunkelheit lauerte der Mörder. Wenn sie daran dachte, sah sie die Silhouette eines dürren Mannes, der einen Mantel trug.

Der Mantel!

Wo hatte sie diesen Mann gesehen?

»Bist du noch da?«, fragte ihre Mutter, und ihre Stimme war so laut, als müsste sie die vierhundert Kilometer Luftlinie, die sie trennten, ohne technische Hilfsmittel überbrücken.

»Tut mir leid, ich war in Gedanken. Ich kann jetzt leider auch nicht weiter mit dir reden«, verkündete sie bedauernd, »ich habe Bereitschaft.«

Auch das stimmte so nicht, aber wie sollte sie es anders erklären, ohne erneut flunkern zu müssen? Solange der Killer nicht gefasst war, würde ihr das Gehirn keine Pause mehr gönnen, die sie mit banalem Smalltalk füllen konnte.

»Wir sind zu Hause«, ließ ihre Mutter sie verärgert wissen.

»Sag Papa einen Gruß!«, warf Kristina ein, bevor sie die Verbindung trennte.

Ihr Bewusstsein drängte widerwillig zurück an die Oberfläche und suchte das leise Rattern unterhalb ihrer Nachttischlampe.

»Ich hab's«, raunte die Stimme in ihr Ohr, und sie hatte keine Ahnung, worum es ging.

»Kristina? Hast du schon geschlafen?«

Sampo.

Immer noch nicht fähig, eine Antwort zu geben, sah sie auf die Uhr. Halb eins. Sie hatte vor zwanzig Minuten die Augen geschlossen.

»Du kannst den Film auch morgen ansehen«, führte Sampo seinen Monolog fort. »Dann gehe ich jetzt auch ins Bett.«

Nein, sie wollte nicht warten! Das war viel zu entscheidend, geradezu lebenswichtig.

Dann besann sie sich ihres Gastes, der auf ihrer Wohnzimmercouch schlummerte. Wie lange sich alles hinziehen würde, wenn sie ihn weckte und mitnahm.

»Hast du schon reingeschaut?«, fragte sie mit vom Schlaf heiserer Stimme, um eine Einschätzung zu bekommen, ob es lohnenswert war, sich noch mal aus dem Bett zu quälen.

»Nur kurz, um sicherzugehen, dass das Video läuft.«

»Kannst du damit vorbeikommen?«

»Jetzt?«

»Das käme mir sehr entgegen«, antwortete Kristina.

Sampo musste nicht lange überlegen. Die Neugier schien ihn ebenso gepackt zu haben. »Zehn Minuten«, verkündete er und legte auf.

Sie setzte sich auf und stellte fest, dass sie ein T-Shirt und eine Jogginghose trug. So ganz unvoreingenommen ihrem Gast gegenüber war sie wohl doch nicht unter die Bettdecke gekrochen.

Immer noch von Müdigkeit umnebelt trottete sie ins Bad und wusch sich das Gesicht mit kaltem Wasser. Dann ging sie in die Küche und warf die Kaffeemaschine an. Sie sah nach Daniel, der wie tot auf dem Sofa lag. Bevor sie ins Bett gegangen war, hatte sie ihm eine dünne Decke übergestreift, die nun auf dem Boden lag. Von unten hörte sie ein Auto die Straße hochfahren. War Sampo so schnell?

Mit der Tasse in der Hand eilte sie zum Türöffner, als die Klingel überlaut die Ankunft ihres Kollegen ankündigte. Er kam mit einem Notebook unter dem Arm die Treppe hoch. Er sah übernächtigt aus, gleichwohl glänzten seine blauen Augen erwartungsvoll im grellen Treppenhauslicht.

Während sie ihm einen Espresso machte, stellte er den Laptop auf den Küchentisch.

»Wecken wir den Kleinen?«, fragte er, als der Startscreen des Rechners Bereitschaft signalisierte.

Kristina zuckte mit den Schultern und ging ins Wohnzimmer. Sie rüttelte Daniel an der Schulter, der sich, begleitet von ein paar Schmatzlauten, zu regen begann.

»Der Film fängt an«, verkündete sie.

Er schlug die Augen auf und sah ihr verwundert entgegen.

»Sampo wartet in der Küche«, sagte sie, ohne sicher zu sein, ob er in seinem schlaftrunkenen Zustand überhaupt verstand, was sie von ihm wollte.

»Gibt's Popcorn?«, nuschelte er und grinste.

»Der Teufel hat viele Gesichter«, leitete Hannes Achterberg seine Videoaufzeichnung ein, die das Datum des vergangenen Sonntags zeigte.

In einer Leiste am unteren rechten Rand lief die Zeit mit. Er hatte um kurz nach elf Uhr nachts mit der Aufzeichnung begonnen. Der Kamerawinkel war ungünstig und schnitt seinen Kopf knapp oberhalb seiner buschigen Brauen ab. Vermutlich saß er an einem Esstisch. Die Beleuchtung außerhalb des Lichtkegels, den eine nicht sichtbare Lampe auf die Holzplatte warf, war schlecht. Alles in seinem Umfeld versank in einem dunklen, grobkörnigen Nebel, der zum Bildschirmrand hin immer schwärzer wurde. Im Hintergrund war ein leises Sirren zu hören.

»Das ist eins davon«, erklärte er seine Einleitung und schwenkte ein Glas vor den Fokus, in dem eine goldbraune Flüssigkeit schimmerte.

Höchstwahrscheinlich Whisky, was das deutlich zu vernehmende Lallen in seiner Stimme erklärte. Er prostete der Kameralinse zu und trank einen Schluck, leckte sich über die Lippen und rückte dem Aufnahmegerät noch ein Stück näher.

»Ich hätte nicht mit dem Teufel beginnen sollen«, räumte er ein und schüttelte den Kopf.

Sein silbergraues, kinnlanges Haar fiel ihm wie ein strähniger Vorhang vor die traurigen, rot geränderten Augen, in denen tiefe Resignation lag. Durch die schlechte Ausleuchtung verliefen die Falten rechts und links der Nase in tiefen Gräben hinab bis zum Doppelkinn. Auf seinen Wangen sprossen mehrere Tage alte Bartstoppeln. Mit einer kraftlos wirkenden Bewegung strich er sich die Haare aus dem Gesicht und klemmte sie hinter das Ohr.

»Läuft das Ding überhaupt?«, fragte er und beäugte die Kamera skeptisch.

Achterberg bekam keine Antwort auf seine Frage, schien aber trotzdem überzeugt, weitermachen zu können.

Er führte das Schnapsglas erneut an der Linse vorbei. »Wenn er dich einmal hat, lässt er dich nicht mehr los. Bei Bedarf, oder wenn dich Zweifel an der Richtigkeit deines Handelns plagen, wechselt er sein Aussehen, damit du gefügig bleibst«, verkündete er und kippte sich den restlichen Inhalt in den Rachen.

Man hörte, wie er das Glas außerhalb des Aufnahmewinkels laut auf den Tisch knallte.

»Angefangen hat es im Casino. Da traf ich ihn zum ersten Mal. Ein zartgliedriges Bürschchen mit blassem Teint, den schönsten Bernsteinaugen, die mir je untergekommen sind, einem schmalen Lächeln und einer schwarzen Fliege unter seinem spitzen Kinn …« Er hob den Zeigefinger und hielt fünf Sekunden lang inne. »Nein, ich muss mich korrigieren, geritten hat er mich schon Jahre vorher. Wer, verdammt noch mal, hatte eigentlich diese Idee mit der Pokerrunde?« Er blickte über die Schulter, als würde er dort jemanden vermuten, der ihm soufflierte, und dann wieder in die Kamera. »Ich war's!«, verkündete er und lachte grollend, bis er zu husten begann. Um das Kratzen in der Kehle zu beseitigen, half er sich mit einem Schluck Whisky.

»Hoffentlich kommt er bald zum Punkt«, murmelte Hietaniemi.

Auch Daniels Geduld stand bereits unter äußerster Spannung. Er war mittlerweile hellwach, ohne auch nur einmal von dem Kaffee genippt zu haben, den Kristina ihm in die Hand gedrückt hatte.

Der Biologe stupste die Kamera an, das Bild wackelte. Danach war sein Gesicht noch stärker angeschnitten und zeigte jetzt eher sein Profil. Die knollige Nase beschattete die ihnen zugewandte Gesichtshälfte. Er blickte nicht mehr direkt in die

Linse, sondern darüber hinweg, als würde das, was er zu sagen hatte, an der gegenüberliegenden Wand stehen. »Er hat mich angelacht, mal als Herzbube, mal als Pikdame. Immer freundlich, dieser Schleimscheißer. Ein dreckiger Verführer, aber das ist ja allgemein bekannt … Man glaubt es nur nicht, wenn andere davor warnen. Bis es zu spät ist. Bis es zu spät ist!«, wiederholte er, und sein Kinn sackte nach unten. »Er fängt dich und steckt dich in sein Aquarium der Eitelkeiten, in dem er dich jederzeit betrachten kann, wenn er geil darauf ist, dich leiden zu sehen. Anfangs kapierst du es nicht. Bis … ja, bis du endlich begreifst, dass er dich in seinen Fängen hält und du keinen freien Willen mehr hast.« Die letzten Sätze hatten ihn angestrengt. Er musste sie mit einem Schluck hinunterspülen.

Dann legte er den Kopf schräg, wie ein Hund, der auf ein bestimmtes Geräusch horchte, das nur er hören konnte.

»Ich bin nicht besonders gut im Filmemachen«, gestand er plötzlich. Seine Bewegungen außerhalb des Aufnahmewinkels und die Geräusche ließen vermuten, dass er sein Glas nachfüllte. »Es fällt mir leichter, wenn ich betrunken bin«, entschuldigte er sich. »Damit unterscheide ich mich wohl kaum von den meisten Hollywood-Regisseuren«, fügte er hinzu und grinste spitzbübisch.

»Wenn er so weitermacht, ist er besoffen, bevor er uns mitteilen kann, was er auf dem Herzen hat«, kommentierte Hietaniemi die Bilder, die auf dem Laptop flimmerten.

Ehe Kristina oder Daniel etwas erwidern konnten, redete Achterberg weiter: »Lange Zeit dachte ich, der Russe wäre der schlimmste Teufel, der mir je begegnet ist. Zuerst reichte er mir die Hand, wie nur wahre Freunde es tun. Er umarmte mich herzlich, küsste mich auf die Wange. Nichts als ein verräterischer Bruderkuss, denn einen Atemzug später verlangt er alles zurück, inklusive meiner Seele … Nein, Seelen interessieren den Russen nicht, die lassen sich nicht zu Geld machen … also inklusive meines Lebens … Aber es kam noch schlimmer …«, fuhr er nach einer Pause fort, während der er konsterniert ins Nirgendwo stierte. »Auch wenn sich das da draußen keiner von euch vorstellen kann. Darauf verwette ich meinen letzten Single Malt.« Er wandte sich ab und hob etwas an, bei dem es sich nur um die Schnapspulle handeln konnte. »Ist nicht mehr viel drin«, ließ er bedauernd verlauten.

Er legte den Kopf auf die Tischplatte. Das Haar fiel über sein Gesicht. Er wollte die Strähnen beiseitepusten, blieb jedoch auch beim dritten Ansatz erfolglos. Hinter dem Haarvorhang vor seinem Mund redete er weiter.

»Ich habe ihn nicht mehr erkannt, als er an meine Tür klopfte. Wahrscheinlich, weil er mittlerweile die Fratze des Höllenfürsten trägt. Mir reichte das Wasser bis zum Hals, was sollte ich tun? Jeder in meiner Situation hätte diesen Pakt besiegelt, ohne über die Abscheulichkeit nachzudenken, die damit verbunden war. Diese Begegnung verdanke ich übrigens Dr. Lorenz, diesem Arschloch. Ich glaube nicht, dass er sich an mich erinnert hätte, wenn Arthur ihn nicht zu mir geschickt hätte. Aus Rache dafür, weil ich den Kahn verscherbelt habe. Der zur Hälfte mir gehörte, verflucht!«, schrie er und richtete sich abrupt auf. Mit einem Ruck warf er sein Haar nach hinten und schlug gleichzeitig mit der Faust auf den Tisch, dass die Kamera umkippte.

Fortan war das Bild um neunzig Grad gedreht, doch Achterberg schenkte dem keine Beachtung mehr.

»Ich konnte tun, was er verlangte, war in der Lage, ihm zu helfen, und dafür bezahlte er den Russen. Meine Finger blieben heil, man ließ mich weiterleben. Nur zu welchem Preis? Zu welchem Preis?« Urplötzlich flossen Tränen aus seinen trüben Augen.

Es vergingen drei Minuten, in denen Sampo den Mauszeiger zweimal Richtung Vorlauftaste bewegte und jedes Mal von Kristina davon abgehalten wurde.

»Vielleicht könnte ich ihn tatsächlich retten«, sagte der Biologe, als niemand mehr damit rechnete. »Mit Arthurs Hilfe oder umgekehrt. Aber er würde uns trotz allem nicht davonkommen lassen. Das wollte ich Ihnen, die mir da draußen zuhören, gesagt haben. Er hat vergessen, wie es ist, ein Mensch zu sein. Das hat er mir selbst gesagt. Seine Seele ist erfroren.«

Wieder machte er eine Pause, um zu trinken. Daniel befürchtete, Achterberg würde mit seiner Aufzeichnung zum Ende kommen und dabei in seiner selbstmitleidigen Art vergessen, den Namen des Teufels zu nennen, der ihn in diesen Wahn getrieben hatte.

»Keine Ahnung, ob es Sie interessiert, wie wir ihn am Leben halten. Aus medizinischer Sicht gesehen, meine ich. Was spielt das auch für eine Rolle? Ich weiß, was Sie jetzt denken! Er ist der Teufel, warum habt ihr ihn nicht verrecken lassen? Er ist clever, hat Arthur genauso in der Hand wie mich. Ja, ja, es geht ums Geld, was sonst.« Sein Zeigefinger tauchte überdimensional groß vor der Linse auf. »Wir sind moralisch verkommen. Das ist das Einzige, was uns wirklich erpressbar macht. Diese erbärmlich schwache Moral, diese Rückgratlosigkeit unserer rausgefressenen Generation … Der Doc, der will seinen Status nicht verlieren, den er sich so hart erarbeitet hat. Dabei müsste er ganz schön blechen.« Der Gedanke rang ihm ein irres Kichern ab. »Seine Alte kann wie keine andere mit Geld umgehen, und sie würde ihn ausbluten lassen wie eine Wildsau … Der Doktor hatte schon immer eine Schwäche für Dunkelhaarige, so sehr wie ich für mit grünem Filz bezogene Tische.« Er lachte schrill. Begann wieder zu husten. Keuchte. Speichel tropfte aus seinem Mund und blieb an den Bartstoppeln am

Kinn hängen. »Arthur hat ihm dieses Betäubungsmittel besorgt. Er wollte es für sich selbst. Bevor die Kälte ihn auffrisst, hat er geschworen. Heilige Scheiße, ich hoffe, er benutzt es auch bei den Leuten, bevor er ihnen die Bäuche aufschlitzt.« Sein Blick verklärte sich ein weiteres Mal.

Vielleicht dachte er darüber nach, wie die Morde abliefen.

Erst nach einer guten Minute erinnerte er sich wieder an die Kamera. »Der Teufel hat uns beide durchschaut und seine Klauen genau in diese Wunden gerammt, tief und endgültig«, resümierte er. »Er bezahlte dem Russen gerade so viel, dass der mich nicht für immer verschwinden ließ. Ich habe gehört, wie die das machen. Mit Salzsäure in einer Badewanne. In speziellen Fällen halten sie es nicht einmal für nötig, einem vorher das Genick zu brechen. Sosehr wie mich der Spatz ins Herz geschlossen hat, gehöre ich ganz sicher zu Letzteren. Gefesselt und geknebelt in der Wanne, und du kannst dabei zusehen, wie die Säure Haut und Muskeln von deinen Knochen frisst. Verstehen Sie mich? Ich will nicht so enden. Aufgelöst und im Abfluss runtergespült. Daher blieb mir keine Wahl, ich musste ihm sein Zeug aufbereiten … Schon klar, dass Sie mich jetzt verurteilen. Mein Handeln macht mich in Ihren Augen nicht besser als ihn.« Achterberg verzichtete drauf, der Kamera zuzuprosten, und trank das Glas leer. »Er will am Leben bleiben, das ist alles. Genau wie ich. Nur muss ich niemanden dafür umbringen, ich muss lediglich das beschissene Fett verarbeiten, das er immer wieder anschleppt.«

Die Kamera wackelte, als er danach griff. In derselben Sekunde schwenkte er sie durch den Raum. Die Küchenzeile wurde vom Licht in der Dunstabzugshaube erhellt. Es dauerte einen Herzschlag lang, bis sich das Objektiv wieder scharfstellte. Endlich wurde sichtbar, woher das einschläfernde Summen im Hintergrund kam. Die Zentrifuge surrte auf der

Anrichte neben dem Spülbecken. Die Fliehkraft drückte die kleinen Glasröhrchen nach außen.

Die gleichen, die sie in Achterbergs Abstellkammer gefunden hatten.

»Wir suchen nach Erlösung. Arthur und ich. Wenn wir ihn retten, erlösen wir auch uns von diesem Joch. So hat der Doc sich ausgedrückt. Ich hab dem von Anfang an keinen Glauben geschenkt. Wunschdenken ist das. Der Teufel ist ein Blender, ein Drecksack, der immer gewinnt, egal wie mies sein Blatt ist. Gut möglich, dass ich ihm deshalb nicht verraten habe, wie nahe er seinem Ziel bereits gekommen ist. Nein, ehrlich! Es ist diese beschissene Angst, dass er mich tötet, sobald er darüber Bescheid weiß. Allein deshalb habe ich mehr und mehr Schuld auf mich geladen. Weit mehr, als ich ertragen kann. Es gibt keine Erlösung mehr für mich, selbst wenn wir den perfekten Spender finden. Ich will auch keine Vergebung. Es ist vorbei! Das ist deine letzte Dosis, Bruno!«, verkündete der Biologe aus dem Hintergrund, während die Zentrifuge sirrend weiterkreiselte.

Dann wurde der Bildschirm schwarz.

Kristina fand keinen Schlaf mehr. Am liebsten hätte sie Decher und das Team noch in der Nacht zusammengetrommelt, nachdem sie sich Achterbergs Vermächtnis ein zweites Mal angesehen hatten. Jetzt war es kurz vor sechs, und sie saß vor ihrem Rechner im Büro. Davor war sie eine Stunde joggen gewesen, kaum dass es hell genug war, um den Weg entlang der Rems und hoch in die Weinberge zu erkennen. Sie war gerannt, bis ihre Lunge brannte, schnell und intensiv wie schon lange nicht mehr. Den steilen Anstieg hinauf, mitten hinein in die Weinberge, in dieses friedliche Idyll, das viel zu trügerisch war, um es genießen zu können. Als lauere der Tod zwischen den endlosen Reihen von Rebstöcken, die schweigend Spalier standen für das Grauen, das über das Remstal gekommen war.

Jenseits des Stuttgarter Kessels hatten sich Wolken aufgetürmt. Über dem Schwarzwald, von Westen her kommend. *Wolken.* Wie lange hatte sie sich schon danach gesehnt. Der Wind hatte ihr ins Gesicht geblasen. Noch brauchte sie ein wenig Geduld, doch es würde kommen. Das Gewitter war im Anmarsch.

Über Nacht waren keine neuen Hinweise eingegangen. Weiterhin keine Spur von Louise Osswald. Die Sorge um sie drückte Kristina unangenehm in der Brust. Sie hegte kaum mehr Zweifel daran, dass Bruno Schwarz sie sich geholt hatte. Der Mörder, der so vieles zu wissen schien. Selbst, dass seine einstige Verlobte aus dem fernen Kanada zurückgekehrt war.

Doch nun deutete einiges darauf hin, dass Schwarz sich mit der Tötung von Dr. Lorenz in eine Sackgasse manövriert hatte. Womöglich lebte auch Achterberg nicht mehr. Damit blieb niemand übrig, der Schwarz mit dem aufbereiteten Fett versorgen konnte. Was unternahm er, um seinen Körper weiter mit Energie zu versorgen?

Kristina wollte nicht glauben, dass er bereit war, sich mit dem Tod zu arrangieren. Nicht, nachdem er so weit gegangen war und dabei jegliche Grenze überschritten hatte. Er würde weitermachen. Unerbittlich.

Um halb acht waren alle zugegen, und Sampo startete zum dritten Mal innerhalb weniger Stunden den Videoclip. Nach dem jähen Ende herrschte für eine Minute betretenes Schweigen, dann brandeten die Stimmen auf, bis Decher mit der flachen Hand auf die Tischplatte schlug.

Er ordnete an, die zahlreichen sichergestellten Beweise und Indizien neu zu beleuchten. Die Rekonstruktion der Tathergänge konnte mithilfe der neuen Informationen aus anderen Blickwinkeln erfolgen. Alle, die bislang in unterschiedliche Richtungen ermittelt hatten, würden nun ihre Kraft auf diese eine Spur bündeln, um in den Aktenbergen den alles entscheidenden Hinweis zu finden.

Um Bruno Schwarz aufzuspüren, bevor er wieder mordete.

»Finden Sie raus, was Schwarz während seiner Jahre in Spanien und Nordafrika getrieben hat! Womöglich gab es dort ähnliche Mordfälle«, trug Decher Kristina auf.

Darüber hatte sie schon nachgedacht. Auch Dr. Eisner hatte das angedeutet. Es war vorstellbar, aber sie selbst bezweifelte, dass der Architekt schon vor seiner Rückkehr nach Deutschland dem Drang zu töten verfallen war. Etwas war geschehen, das bei ihm einen Schalter umgelegt hatte.

In welches Loch war er gekrochen? Die Wohnung des Mörders musste nun rund um die Uhr überwacht werden. Eine Maßnahme, die Kristina für sinnlos hielt. Schwarz war schon seit letzter Woche nicht mehr in seinem Appartement gewesen. Er befand sich in einem Stadium völliger Entsagung, war zu einem Asketen geworden. Reduziert auf ein einziges Ziel: sein Überleben zu sichern.

Wenn er in einem Hotel in der Gegend abgestiegen war, dann nur unter falschem Namen. Das Fahndungsfoto dürfte mittlerweile an allen Rezeptionen liegen. Die Entscheidung, es an die Medien zu geben, war soeben gefällt worden. Spätestens am nächsten Morgen würde es auf allen erdenklichen Titelseiten prangen. Die Fernsehanstalten und Internetredaktionen brachten es sicher schon an diesem Tag. Die Jagd auf den Remstalschlächter nahm damit eine neue Dimension an.

Kristina vermutete, dass er Lorenz' Wagen benutzte. Laut dessen Ehefrau war der Doktor damit unterwegs gewesen, als er seinen Mörder traf. Seither fehlte von dem Mercedes jede

Spur. Nachdem Schwarz den Lieferwagen von Jakub Piecek, in dem er wahrscheinlich in den Tagen bis Mittwoch herumgefahren war, abgefackelt hatte, musste er für einen neuen fahrbaren Untersatz gesorgt haben. Da bot sich das Fahrzeug seines letzten Opfers förmlich an. Nach dem Auto wurde mit Hochdruck gefahndet.

»Was, wenn er abgetaucht ist? Er hat es heraufbeschworen, und ihm muss doch endgültig klar sein, dass wir hinter ihm her sind. Und dass alles aus dem Ruder gelaufen ist. Ich meine, er hat Kontakte in Spanien und Nordafrika«, gab Ralf Winkler zu bedenken.

Kristina schüttelte vehement den Kopf. »Er ist hier noch nicht fertig. Sein körperlicher und sehr wahrscheinlich auch sein geistiger Zustand lassen nicht zu, dass er ins Ausland flüchtet«, erklärte sie und zitierte damit aus dem Gutachten des Polizeipsychologen, das seit gestern endlich vorlag.

Die Bestätigung dafür hatten sie auch von Achterberg erhalten.

»Schwarz sucht jemanden, dessen Fettzellen sein Körper nicht wieder abstößt. Einen genetisch kompatiblen Spender«, erklärte Kristina. »Nur so kann er auf Dauer überleben. Bis dahin hält er sich mit Fettgewebe am Leben, das er willkürlich sammelt und das ihm Achterberg aufbereitete. Sozusagen in konzentrierte Fettzellendosen, die seinen Körper mit Energie versorgen. Diese hat ihm bislang Dr. Lorenz injiziert.«

Sie hatte vor der Besprechung kurz mit Dr. Wuppermann telefoniert. Es dauerte eine Weile, bis die Pathologin verstand, was sie von ihr wollte. Danach bekam sie von der Ärztin erklärt, was sie in der Runde nun ausführte.

Wenn die Zeitangaben auf der Videoaufzeichnung stimmten, dann kreiselte in den Glasröhrchen der Zentrifuge, die in der Aufnahme zu sehen war, das Fett von Carola Walz. Sollte Achterberg sich danach geweigert haben, weiteres Fett für Schwarz aufzubereiten, stellte sich die Frage, was aus der Körpermasse geworden war, die er Werner Finckh aus dem Leib geschnitten hatte.

Kristina konnte diesen Gedanken nicht verfolgen, weil die Beamten um sie herum erneut wild durcheinanderredeten.

»Nun, Arthur Lorenz, seines Zeichens der medizinische Betreuer des Serienkillers, ist tot, und zwar seit Mittwochabend, laut Autopsiebericht. Was bedeutet das?«, stellte Decher zur Diskussion.

»Nehmen wir an, Schwarz kann sich diese Energieladungen selber spritzen, dann benötigt er zumindest Hannes Achterbergs Wissen, um sie herstellen zu lassen. Können wir also davon ausgehen, dass der Biologe am Leben ist?«, ergänzte Kristina.

»Am Leben, allerdings in der Gewalt unseres Mörders«, spielte der Hauptkommissar den Ball zurück.

Einige nickten.

»Des Weiteren müssen wir damit rechnen, dass Schwarz nach wie vor frischen Brennstoff braucht. Was folglich neue Opfer bedeutet«, warf sie in die Runde.

Auch dafür bekam sie Zustimmung.

»Wir sollten die Möglichkeit in Betracht ziehen, dass er in Dr. Lorenz' Kartei nicht nur sein Krankenblatt gesucht hat, sondern auch mögliche Kandidaten, denen er das Fett rauben kann«, schlug Sonja Lachenmeier vor. »Auf der Suche nach dem perfekten Spender. So stieß er vielleicht auf Carola Walz.«

»Sie meinen, dass Lorenz oder Achterberg ihm verraten hat, auf was er zu achten hat, um an bestmögliches Material zu gelangen?«, wollte Decher wissen.

Sonja nickte vorsichtig.

»Nimm dir die Arzthelferin, diese Chiumenti, noch mal vor«, sagte Kristina. »Ich habe ihr ohnehin aufgetragen, sie soll uns mitteilen, welche Patientenakten verschwunden sind. Wenn deine Theorie stimmt, haben wir zumindest ein paar Namen, die wir überprüfen und notfalls überwachen können.«

»Lorenz' Patienten sind das eine, aber was ist mit Werner Finckh oder Jakub Piecek? Wie gerieten die mit Schwarz aneinander?«, wandte der LKA-Beamte ein.

Eine berechtigte Frage, über die sich auch Kristina schon das Hirn zermartert hatte.

»Die Erklärung kann ganz banal sein«, begann Ralf Winkler. »Piecek war Osswalds Gärtner. Könnte doch sein, dass Jakub den Architekten bei Osswald gesehen, womöglich sogar den Mord beobachtet hat. Das würde erklären, warum er den Fund der Leiche nicht gemeldet hat. Um daraus Kapital für sich zu schlagen, indem er Schwarz erpresste.«

Diese Überlegung stützte die Aussage von Alfred Hilger, der davon gesprochen hatte, dass Piecek das große Geld witterte. Es würde auch erklären, warum er seine Frau nicht eingeweiht hatte. Ihm musste klar gewesen sein, wie gefährlich Schwarz war, nachdem er entdeckt hatte, was mit Egon Osswald passiert war.

Aber wie kam der Täter auf Finckh?

Ein Bild drängte sich auf, wie ein Lichtblitz flammte es von innen an ihre Netzhaut.

Der Mann an der Kreuzung. Direkt unter ihrem Fenster.

War es so einfach? Hatte Bruno Schwarz sie von der Fußgängerampel aus beobachtet und seine Schlüsse gezogen?

»Was halten wir von Achterbergs Andeutung, er kenne den idealen Spender?«, hörte sie Thorwald Decher fragen. »Was, wenn er Schwarz dieses Wissen entgegen seiner Beteuerung doch verrät, möglicherweise, weil dieser ihn dazu zwingt? Immerhin ist uns bekannt, wozu dieser Mann imstande ist. Er nimmt sich, was er braucht.«

»Dann haben wir bald ein weiteres Opfer«, murmelte Kristina, und alle Blicke lagen auf ihr.

Kristina hatte ihm eine Dusche gestattet und nahegelegt, er möge die Wohnung sauber verlassen. Daniel rubbelte sein Haar trocken und betrachtete sich im Badezimmerspiegel, der trotz des warmen Wasserstrahls nicht angelaufen war, weil die Außentemperaturen ähnlich hoch waren.

Der Täter war nun zweifelsfrei identifiziert.

Daniel stellte sich vor, wie die Maschinerie des Polizeiapparats nun auf Hochtouren lief. Die Rote Zora würde ihn nicht mehr benötigen ... Er ertappte sich dabei, das nach all dem Auf und Ab letztlich zu bedauern. Nur zu gern hätte er einen Blick auf den Mann geworfen, der diese fünf grausamen Morde verübt hatte.

Widerwillig schlüpfte er in die Klamotten vom Vortag. Er roch den getrockneten Schweiß, aber was blieb ihm anderes übrig. Vor ein paar Tagen war er verdreckter durch die Gegend gelaufen. Er hatte in der Tat eine knochenharte Woche hinter sich. Und zu allem Übel das Gespräch mit seinem Vorgesetzten in Aussicht.

Mit feuchtem Haar und knurrendem Magen verließ er Kristinas Wohnung und machte sich auf den Weg zur Haltestelle. Die Linie führte über das Stadtzentrum. Das war ein Fingerzeig. Warum sollte er jetzt, da die Entscheidung nahte, zurückstecken?

Daniel überlegte es sich anders und stieg aus, anstatt zum Bahnhof zu fahren. Kristina würde das sicher wieder als Trotzreaktion diagnostizieren. Er kam nicht dagegen an. Die Unruhe war zurück.

Diesmal nahm er den längeren Weg über die Tiefgarage. Es

war noch früh, trotzdem wollte er nicht riskieren, den Reportern erneut zu begegnen. Er kam genauso schäbig daher wie am Tag zuvor, sie könnten sich an ihn erinnern.

Er musste nicht lange warten, bis sich das Tor öffnete und ein Einsatzwagen vom Gelände fuhr. Er schlüpfte durch die Einfahrt. Diesmal besetzte eine Polizistin den Empfang. Er lächelte und zeigte seinen Dienstausweis vor, trotzdem blieb der Blick der Uniformierten misstrauisch.

»Zu Oberkommissarin Reitmeier«, erklärte er. »Ich kenne den Weg.«

Sie notierte etwas, das er nicht sehen konnte, bevor sie ihm die Schleuse öffnete. Er bedankte sich, hinkte hindurch und bog ins Treppenhaus ab. Seine Beine funktionierten besser als gestern, das eine Stockwerk sah er als Herausforderung.

Ohne anzuklopfen trat er in Kristinas Büro. Sie war nicht da. Auch die Kollegen nebenan nicht. Sicher hockten sie alle im Krisenraum zusammen und debattierten über das weitere Vorgehen. Daniel setzte sich an den Schreibtisch der Kommissarin, um seiner verhärteten Wadenmuskulatur eine Pause zu gönnen. Er konnte nur warten und sich dabei eine Erklärung zurechtlegen, was er hier zu suchen hatte.

Nach einer Weile klingelte das Telefon.

Jemand benutzte Kristinas Durchwahl. Es konnte wichtig sein. Ein Hinweis zum Fall, der direkt für sie bestimmt war.

Seine Hand wanderte zum Hörer.

»Ich hätte gerne mit Kommissarin Reitmeier gesprochen«, verlangte die Stimme.

»Wer sind Sie?«, fragte er zurück. Und weil keine Antwort kam, fügte er an: »Ich bin ihr Kollege, Daniel Wolf.«

»Mein Name ist Maren Müller«, erklärte die Frau. Sie klang aufgewühlt.

»Wie kann ich Ihnen helfen, Frau Müller?«

»Ich bin mir nicht sicher. Louise hat mir diese Nummer gegeben. Für den Fall, wie sie meinte.«

Für den Fall!

Verdammt! In Daniels Hirn fingen die Neuronen an zu glühen. »Wo ist Louise Osswald?«

»Wenn ich das wüsste, würde ich nicht bei Ihnen anrufen«, antwortete Maren Müller, und es lag bereits ein Ansatz von Hysterie in ihrer Stimme.

Ganz ruhig, dachte Daniel. Und von vorn. »In welchem Verhältnis stehen Sie zu Louise?«

»Sie ist eine gute Freundin. Wir kennen uns noch aus Schulzeiten, und ich habe sie mehrmals in Kanada besucht. Vor drei Tagen rief sie an und sagte, dass sie nach Stuttgart käme. Ihr Vater ist gestorben ... Aber das wissen Sie ja ... Nun, gestern Morgen habe ich sie dann vom Zug abgeholt und zu mir gebracht. Leider hatte ich nicht viel Zeit, weil ich zur Arbeit musste. Wegen des Jetlags wollte sie sich ohnehin erst mal hinlegen. Später rief sie mich im Büro an, um mein Auto auszuleihen. Ich dachte mir nichts dabei. Seitdem ist sie verschwunden.«

»Und sie hat nicht gesagt, wohin sie wollte?«, hakte Daniel nach. Sein T-Shirt war schweißnass, der Schmerz in seinen Beinen vergessen.

»Sie hat nur diese Nummer hinterlassen.«

»Für den Fall«, flüsterte Daniel.

Kristina hatte dringlich versucht, diese Louise Osswald zu erreichen. Die Parallele zu Carola Walz drängte sich ihm auf. Auch auf die hatte Kristina vergebens gewartet. Das konnte unmöglich noch einmal passiert sein.

»Meine nächste Frage mag Ihnen ungewöhnlich erscheinen«, knüpfte er an. »Aber ich muss das wissen. Ist Ihre Freundin Louise Osswald übergewichtig?«

17

Das Gespräch mit Louise Osswalds einstiger Schulfreundin hatte keine neuen Erkenntnisse gebracht. Die verstörte Frau konnte nur wiederholen, was sie Daniel schon am Telefon geschildert hatte. Kristina hatte eine Streife zur Osswald-Villa geschickt. Das war der einzige Ort, der ihr einfiel, den die Wahlkanadierin womöglich hätte aufsuchen können. Doch die Meldung, die zurückkam, war eindeutig: *keine verdächtigen Personen, keines der Autos, die auf der Fahndungsliste standen, alles ruhig.*

Daniel hatte den Dienstwagen im Schatten eines Baums auf einem Parkplatz am Remsufer abgestellt. Er wollte nicht in der Tiefgarage warten, und von hier aus konnte er in einer Minute im Präsidium sein, sollte Kristina ihn brauchen. Sie koordinierte vom Krisenraum aus zusammen mit Decher die Fahndung. Fraglich, ob sie an diesem Tag überhaupt noch ausrückten.

Durch die heruntergelassene Scheibe beobachtete er die Leute, die am Fluss entlangschlenderten. Sein Magen meldete sich. Er hätte sich irgendwo eine Pizza holen können, doch dafür müsste er zurück in die Sonne. Auf den Parkplatz würden sie wohl kaum liefern. Er schmunzelte über die Vorstellung, einen Pizzaboten mit einer grünen Styropor-Isolierbox hier antanzen zu lassen, der ihm eine Quattro Stagioni servierte.

Dieser Gedanke durchfuhr ihn wie ein Blitz.

Der Lieferservice?

Er startete den Wagen, der Hunger war vergessen.

Das Tor war geschlossen. Er rüttelte daran. Eine unnütze Geste. Es würde sich nicht öffnen lassen, das wusste er vom letzten Besuch. Daniel spähte durch das Lanzengitter. Das Haus sah schön aus. Ein Anblick, bei dem Neid aufkommen konnte. Umrahmt vom Wald. Friedlich. Gar nicht so unheimlich, wie man sich einen Tatort vorstellte, an dem ein blutrünstiger Mord verübt worden war. Das war ihm schon beim ersten Mal durch den Kopf gegangen, als er mit Kristina hierher gefahren war. Wie lange mochte das her sein?

Er bekam es nicht mehr zusammen. Sie waren von dem Bauernhof gekommen, dessen Dächer jenseits des verdorrten Maisfelds in der Hitze flimmerten. Danach waren sie oben am Haus gewesen, hatten die Polizeisiegel an den Türen überprüft und einen Rundgang um das Anwesen gemacht. Von jenseits des Ackers trug der Wind das Geräusch eines Traktors an sein Ohr.

Es steckte Post im Briefkasten, der in die rechte Säule der Toreinfassung eingelassen war. Weit mehr als beim vorangegangenen Besuch. Er rupfte das heraus, was oben aus dem Schlitz ragte. Osswald bekam weiterhin Briefe von seiner Telefongesellschaft, von der Gemeinde und vom Verlag einer Wirtschaftszeitung. Daniel tastete in den Schlitz. Da war noch mehr, aber er bekam es nicht zu fassen. Die Kante des Briefkasteneinwurfs schnitt schmerzhaft in seinen Handrücken. Er reckte die Finger, bis die Knöchel knackten. Fühlte etwas, das in einen festeren Karton verpackt war. Eine Buchsendung vielleicht. Und eventuell ein Magazin, eingeschweißt in Cellophan.

Er quetschte seine Hand noch tiefer hinein, und da war es. Vermutlich. Er bekam das dünne Papier zwischen Zeige- und Mittelfinger, doch wenn er sie zurückzog, entglitt es ihm wieder. Es steckte zwischen der anderen Post fest, die der Briefträger durch ständiges Nachstopfen sauber komprimiert hatte.

Plötzlich hatte er es, zupfte daran und hörte es reißen. Was er herausfischte, war nur ein gutes Drittel des Prospektes. *Paolos Pizzaservice, Welzheim.* Es war der grün-rot bedruckte Reklamezettel, der ihm beim Kontrollbesuch ins Auge gefallen war. Damals hatte das Sammelwerk kulinarischer Genüsse noch oben aus dem Briefkastenschlitz herausgeschaut. Nur flüchtig hineingesteckt, schnell, im Vorbeigehen.

Aber warum?

Daniel konnte annehmen, dass Paolos Pizzas einen maßgeblichen Beitrag zu Egon Osswalds Übergewicht geleistet hatten. Doch allen in der Umgebung, selbst Paolo, sollte doch zu Ohren gekommen sein, dass hier niemand mehr existierte, der belegte Hefeteigfladen bestellen konnte. Warum also machte der Pizzalieferant sich die Mühe, diesen endlosen Waldweg hochzukarren, um seine Werbung hier einzuwerfen?

Daniel kehrte um und stieg wieder in den Wagen. Die Adresse des Lieferanten stand unter der Überschrift.

Die Pizzeria war in einer kleinen Eckkneipe untergebracht, die vor der Internationalisierung eine schwäbische Beiz gewesen sein musste und wenig geeignet dafür war, italienisches Flair zu versprühen. Zumal das Inventar bedenkenlos übernommen worden war. Glaubte man dem Anschlag neben der Tür, hieß Paolo eigentlich Eugen Kussmaul. Selbst das grün-weiß-rot gehaltene Schild über dem Eingang und die Olivenölkännchen auf den fünf Wirtshaustischen vermochten keine auch nur annähernd mediterrane Stimmung heraufzubeschwören.

Es war niemand in der Gaststube. Die Mittagszeit war vorbei, zum Abendessen war es zu früh. Womit hatte Daniel gerechnet? Er vermutete, dass selbst der Pizzaofen zwischenzeitlich ausgekühlt war, was sein Magen mit einem bedauernden lauten Knurren kommentierte.

Ein Knurren, das einen Mann aus einer Tür hinter der Theke lockte, der weder nach Paolo noch nach Eugen aussah. Der kleine, rundliche Mann mit dem dunklen Teint hatte eine Schürze umgebunden und wies Mehlstaubflecken auf, die sich willkürlich auf seinem Hemd, dem kohlrabenschwarzen Haar und den nackten Unterarmen verteilten.

»Ist der Chef da?«, fragte Daniel und hielt seinen Dienstausweis hoch.

»Chef nicht da!«, erklärte der Mann, wobei er mit dem Kopf nickte.

Eine widersprüchliche Geste.

Daniel holte den abgerissenen Prospekt aus der Hosentasche. »Wer verteilt die?«

Der Mann rollte mit den Augen, als würde ihm in dieser Sekunde erst bewusst, dass Daniel nicht vorhatte, etwas zu essen zu bestellen. Er wischte seine Mehlfinger an der Schürze ab.

»Kommt mit Pizza, oder Ravi macht Runde mit Briefkasten stecken«, erläuterte er in einem Singsang.

Anscheinend war die Nachricht vom Tod des besten Kunden doch noch nicht bis ins indisch-italienische Viertel Welzheims vorgedrungen.

Den Weg kann sich dein Ravi künftig sparen.

Daniel fragte, ob der Ausfahrer zu sprechen sei.

»Hat heute frei. Ist Bollywood-Festival in Stuttgart. Kommt echtes Elefant zu danken Ganesha für heißen Sommer, was macht indische Frauen empfänglich für Liebe. Du verstehen?«

Und du musst in diesem Kaff Pizzas backen, statt von der Sonne aufgeheizte Mädels aufzureißen.

Daniel winkte ab. »Wann haben Sie zuletzt etwas an Egon Osswald geliefert?«, fragte er.

»Wer ist das?«, fragte der Mann, der die Nick- und Schaukelbewegungen seines Kopfes nun nicht mehr unter Kontrolle zu bekommen schien.

»Die große Villa, oben im Wald. Ihre Speisekarte steckte im Briefkasten.«

Der Pizzabäcker hob die Brauen. »Ah! Dicker Mann! Lohnt immer. Hat bestellt, ja, ja«, erklärte er. »Oft hat bestellt und viel, aber nie Trinkgeld!«

»Wann zuletzt?«, startete Daniel einen zweiten Versuch.

»Diese Woche vielleicht«, bekam er zu hören. Und dann, nach drei Sekunden: »Mittwoch!«

»Ganz sicher?«

»Ravi hat geliefert, ganz sicher. Und …« Der Inder sah sich um, als erwarte er einen seiner tausend Götter hinter sich auftauchen. Denjenigen, der für das Ausplaudern von Geheimnissen, oder besser noch, für Wunder zuständig war. »Hat Trinkgeld bekommen, diesmal, heilig' Blechle!«

Heiliges Pizzablechle, dachte Daniel auf dem Weg zurück zum Wagen. Da musste der Geizkragen Egon Osswald erst das Zeitliche segnen, bevor er sich dazu herabließ, dem Pizzalieferanten ein Trinkgeld zu geben. Der Ebenezer Scrooge aus dem Schwäbischen Wald, selbst zum Geist geworden, gönnte sich noch mal eine scharfe Diavolo mit extra Käse und Kapern. Ideal für jemanden, der eine Menge Kalorien zu sich nehmen musste.

Zu dumm, dass dieser Ravi seinen Landsfrauen nachstellte und deshalb nicht anzutreffen war, denn nun fehlte Daniel definitiv die Beschreibung der Person, welche die Pizza in Empfang genommen hatte. Direkt am Tor, spätabends.

Konnte es wirklich wahr sein? Der Serienkiller war an seinen ersten Tatort zurückgekehrt und hatte sich eine Pizza liefern lassen? Am Mittwoch. Die alles entscheidende Frage war jedoch, was Schwarz dazu getrieben hatte, dorthin zurückzukehren?

Daniel musste unverzüglich Kristina Bescheid geben. Hatte sie nicht erzählt, eine Streife zur Villa geschickt zu haben?

Am Vormittag? Er wischte sich den Schweiß von der Stirn. Die waren gar nicht auf dem Anwesen gewesen. Denen war es wie ihm selbst ergangen. Das Tor war zu, alles sah unberührt aus. Keiner hatte die versiegelten Türen gecheckt.

Scheiße! Die Rote Zora wird ausflippen, wenn sie das erfährt.

Besorgt stellte er fest, dass sein Akku leer war. *Nicht schon wieder!* Das Mistding war erst ein gutes Jahr alt, aber wenn er es nicht jeden Abend ans Ladegerät hängte, dann konnte er den nächsten Tag vergessen.

Verärgert warf er einen letzten Blick auf Paolos Pizzastube, die italienische Illusion, zu der lediglich die aktuell vorherrschende Temperatur passte. Er konnte die Kommissarin von dort aus anrufen. Das würde jedoch nach einem akuten Notfall aussehen, überlegte er. Es war besser, wenn er zur Sicherheit noch einmal bei der Osswald-Villa vorbeifuhr, bevor er die Pferde scheu machte. Nachher jagten sie wegen seines unbestätigten Verdachts ein Sondereinsatzkommando hier hoch. Nur weil sich Ravi in der Woche geirrt hatte.

Thorwald Decher saß an seinem Arbeitstisch im Krisenraum, seinen Blick auf die Tafel mit den Fotos, Notizen und Querverweisen gerichtet. An den Terminals im vorderen Teil des Raums koordinierten die Kollegen die Fahndung. Sie waren die Leitstelle, das Hirn dieses Einsatzes, hochfrequentiert wegen der nun spürbaren Verstärkung durch umliegende Dienststellen und Reviere. Wer Personal entbehren konnte, hatte es nach Waiblingen entsandt. Sie hatten seit dem Morgen eine verdammte Armee dort draußen. Verstärkte Präsenz an den Flughäfen, egal ob Stuttgart, München oder Frankfurt. Ebenso an den Bahnhöfen. Autobahnen und Bundesstraßen wurden ebenfalls intensiv kontrolliert.

Bruno Schwarz hatte trotz allem noch niemand gesichtet.

Kristina kam von einem Gespräch mit Eisner zurück. Auch der Psychologe war weiterhin davor überzeugt, dass Schwarz sich noch in der Gegend aufhielt.

Sie ging an den Einsatzkoordinatoren vorbei, die vom bläulichen Licht der Monitore angestrahlt wurden und sie nicht bemerkten. Auf den Bildschirmen flimmerten grobkörnige Bilder von Überwachungskameras, endlose Streams von verdächtigen E-Mails und Listen von Mobilfunkverbindungen, während flinke Finger über die Tastaturen flogen.

»Wie ist die Lage?«, fragte sie den Hauptkommissar.

»Wenn er noch in der Region ist, kommt er nicht mehr weg. Wir haben alle Flüge raus aus Deutschland geprüft, rückblickend bis Mittwoch. Da kann er uns nicht durchgerutscht sein. Ja, ich bin zuversichtlich, er hält sich in einem Radius von fünfzig Kilometern auf, den er auch nicht mehr verlassen kann.«

Sie nickte. Die verschärfte Überwachung der nationalen und internationalen Verkehrsknoten war ihrer Meinung nach unnötig. Doch das behielt sie für sich. Decher empfand es gewiss als karrierefördernd, im großen Stil zu operieren. Das war gut für sein Ego. Diesen Zustand wollte sie so lange wie möglich konservieren. Das verschaffte ihr den notwendigen Freiraum, ihre Ermittlungen so zu gestalten, wie sie es gelernt hatte. Von Albrecht, der jetzt in seinem Rollstuhl kauerte.

Bruno Schwarz musste intuitiv genau diese Wochen ausgesucht haben, in denen Kristina nicht ganz sie selbst war. Er hatte schlichtweg sein persönliches Glücksrad gedreht und fünfmal in Serie gewonnen. Doch jede Siegessträhne riss einmal ab.

Kristina stellte sich vor die Tafel, die den Verlauf der Verbrechen dokumentierte. Decher telefonierte mit unterdrückter, zischender Stimme. Er wollte nicht herumbrüllen, um die

Konzentration der Mitarbeiter vor den Rechnern nicht zu stören, aber gleichzeitig auch unmissverständlich seine Unzufriedenheit zum Ausdruck bringen.

Kristina bekam nicht mit, worum es ging, und bedauerte die Person am anderen Ende der Leitung. Für ein paar Sekunden betrachtete sie den LKA-Ermittler, dann wanderte ihr Blick zurück auf die Chronik des Gemetzels, das Schwarz hinterlassen hatte.

Der Architekt hatte Anfang Juli begonnen. Dann wartete er beinahe drei Wochen, bevor er weitermachte, und es folgten vier Morde innerhalb einer guten Woche, als wäre eine unverständliche Hektik ausgebrochen. Sie hatte das bislang immer dem Umstand zugeschrieben, dass mit dem Entdecken der Leiche von Egon Osswald der Ermittlungsapparat der Polizei angeworfen worden war. Der Täter war dadurch unter Druck geraten. Hinzu kam seine Krankheit, die womöglich ein Stadium erreicht hatte, das ihm keine Wahl mehr ließ. Er musste sich Fett beschaffen, um sein Überleben zu sichern.

Trotz des psychischen und physischen Drucks, unter dem er stehen musste, ging er äußerst überlegt vor. Abgesehen von der Brutalität, die er beim Töten selbst an den Tag legte, benahm er sich davor und danach höchst diszipliniert. Ganz im Stile eines planenden, hochintelligenten Serienkillers, mit dem Intellekt und den akademischen Graden gesegnet, die Profilstudien diesen Leuten andichteten.

Schwarz agierte kalkulierend, vorausschauend und so, als könne ihn nichts aus der Ruhe bringen. Und mit einem Mal, und noch während sie ihre Überlegungen zwischen ihren Gehirnhälften hin und her jonglierte, wusste Kristina es.

Es war immer da gewesen, sie hatte es bis jetzt nur nicht bemerkt. Wie einfältig, wenn man bedachte, wie oft sie sich in den vergangenen Tagen darüber echauffiert hatte.

Sie ging zu einem Kollegen an den Computerterminals. »Kannst du mir kurz die Osswald-Akte aufrufen?«, bat sie.

Nach einem kurzen, verdutzten Zögern suchte der Beamte den entsprechenden Ordner im System. Kristina brauchte keine Minute, um sich ihre Bestätigung zu holen. Da stand es. Seit dem ersten Tag der Ermittlung.

Sie sah sich um. Decher telefonierte immer noch. So zurückhaltend wie es ihre Ungeduld zuließ, durchschritt sie den Krisenraum und trat hinaus auf den Gang. Sie musste nachdenken, und dazu war das Gewusel im Krisenraum zu störend. Was bedeutete ihre Entdeckung für Louise Osswald? Oder für Hannes Achterberg? Und es konnte durchaus noch mehr geben, für die die Hitze des Sommers den Tod brachte.

Zurück im Büro checkte sie die Wettervorhersage im Internet. Der Gewittersturm, der von Westen heranstampfte, schleppte eine Kaltfront hinter sich her. Ein Temperatursturz von bis zu zwanzig Grad wurde prognostiziert. Heute war der letzte heiße Tag, unter Umständen für den Rest des Sommers.

Ihr Telefon vibrierte. Sie kannte die Nummer. Es war Monate her, dass sie auf ihrem Display aufgeleuchtet war.

Verwundert nahm sie das Gespräch entgegen.

»Störe ich?«, fragte Yolanda Holle.

»Nein, ich bin nur … jetzt noch mehr verwirrt.«

»Du hast gedacht, er ist es? Tut mir leid«, entschuldigte sich die Frau.

»Nein, Unsinn. Ich hätte mir ja denken können, dass er mich nicht anrufen kann«, gestand Kristina.

»Glaub mir, er würde alles dafür geben, wenn er es könnte.«

Plötzlich durchlief sie ein Schauder. »Ihm ist doch nichts passiert?«

»Nein, nein«, wandte Yolanda ein. »Er hat nur keine Ruhe gegeben, bis ich zum Telefon gegriffen habe. Was immer du ihm auch beim letzten Besuch erzählt hast, es hat ihn ziemlich beschäftigt.« Der Vorwurf war nicht zu überhören.

»Ich weiß, du hast mich noch ermahnt, aber … Nein, es gibt keine Ausrede«, sagte Kristina, um dann umgehend auf den Punkt zu kommen. »Was sollst du mir ausrichten?«

»Ich bin mir nicht sicher, ob ich es richtig verstanden habe, aber ich werde es wissen, denn er sitzt neben mir und beäugt mich wie ein Oberlehrer seine Schülerin während der Klausurprüfung. Die ganze Zeit über versucht er, mir was von einem Hund weiszumachen, den jemand hereingelassen hat.« Yolandas Stimme wurde leise, weil sie wohl die Sprechmuschel mit der Hand abdeckte. »Hab ich das richtig erzählt?«, hörte Kristina sie fragen.

Sie stellte sich vor, wie der Hauptkommissar mit kritischem Blick nickte.

»Ja, das war es wohl im Großen und Ganzen, wenn ich seine Miene korrekt interpretiere«, drang Yolandas Stimme wieder deutlich aus dem Hörer. »Kannst du damit was anfangen?«

Der Hund.

Ja, so konnte es gewesen sein. Dieser Hinweis passte in das Gefüge, das sie sich eben erst zusammengesponnen hatte. »Richte Albrecht aus, ich habe verstanden«, erklärte sie, verabschiedete sich und trennte die Verbindung.

Die Hinweise lagen auf dem Tisch, offen wie ein hingeblättertes Full House, bevor man den Gewinn einsackte. Sie wagte nur nicht vorherzusagen, ob die Information ausreichte, um den Jackpot zu knacken.

Daniel stand am selben Fleck wie eine Stunde zuvor. Die Sturmfront war nun sehr nah, die Luft hatte eine andere Konsistenz bekommen. Noch war sie heiß, aber diese zähe Hitzeschicht der letzten Wochen wurde von kühleren Strömen durchzogen. Der Himmel hatte sein Stahlblau gegen ein mattes Blaugrau eingetauscht. Das schaffte eine seltsame Atmosphäre, die sich über den Wald und die Villa stülpte. Ein unwirkliches Licht lag über allem, als betrachte er eine Filmkulisse, die grell mit Schweinwerfern ausgeleuchtet war.

Daniel fragte sich, ob es nur den veränderten Lichtverhältnissen geschuldet war. Doch ganz gleich, was seinen Puls erhöhte, er musste dort hinein.

Das stählerne Tor war niedriger als die Mauer, hatte aber zugefeilte Spitzen, die dazu einluden, sich darauf aufzuspießen. Daniel konnte zwar wieder einigermaßen schmerzfrei laufen, aber taugte seine Beinmuskulatur auch schon wieder zum Springen?

Ohne noch lange zu überlegen, nahm er Anlauf auf die Steinwand und drückte sich ab. Schon beim ersten Versuch schaffte er es, sein Bein auf die Mauer zu schwingen, nachzufassen und sich so weit hochzuziehen, dass die Schwerkraft ihn nicht wieder abwärtszerrte. Das Brennen entlang der Unterschenkelknochen war erträglich. Die Steine waren aufgeheizt, selbst einer Eidechse wäre es hier oben zu heiß gewesen. Der Rasen auf der anderen Seite war verdorrt, die Erde sah bretthart aus.

Das könnte wehtun.

Aber es waren nur lächerliche zwei Meter, also rollte er seine Hüfte vollends über die Mauer und fiel.

Ein Kinderspiel, auch wenn er sich bei der Landung auf die Zunge biss, weil er sämtliche Konzentration darauf verwandte, möglichst schonend auf den Fußballen zu landen. Nicht schlimm, nur ein kleiner Stich, der dazu diente, vom Ziehen in den Waden abzulenken. Er blinzelte die Tränen weg und humpelte hoch zum Haus. Jetzt, da kein Schutzwall mehr zwischen ihm und dem Anwesen lag, verspürte er Verunsicherung. Er hätte Bescheid sagen müssen.

Das Siegel an der Haustür war unberührt. Er hatte mit keinem anderen Ergebnis gerechnet. Da die Fenster im Erdgeschoss mit kunstvollem Schmiedeeisen vergittert waren, brauchte er hier keine genaue Inspektion durchzuführen.

Deshalb nahm er sich zuerst die Garage vor. Er spähte durch das Seitenfenster. Osswalds Geländewagen wartete darauf, mal wieder bewegt zu werden. *Dasselbe Modell, wie es Dr. Lorenz fuhr*, kam ihm in den Sinn. Damit war jetzt der Mörder unterwegs, vermuteten zumindest die Fahnder. Hier parkte nur ein M-Klasse-Mercedes, was Daniel eine gewisse Beruhigung verschaffte.

Auf seinem Weg um die Villa herum reduzierte sich das flaue Gefühl im Bauch auf ein erträgliches Maß. Dann fiel sein Blick auf den Hackklotz, in dem offenbar die Axt gesteckt hatte. Das dämpfte seinen Tatendrang. Das Unwohlsein kroch zurück in Daniels Eingeweide. Der Wind kühlte den Schweiß in seinem Nacken, und er merkte, wie sich ihm die Haare an den Unterarmen aufstellten.

Zur Kellertür führte eine steile Treppe, die seinen Beinen nicht guttat. Der Zugang war überdacht. Wolken schoben sich vor die Sonne. Ein Bild, das ihm fremd vorkam. Unverhofft wurde es duster unter dem Windfang.

Das amtliche Siegel war durchgerissen.

Jemand hatte diese Tür geöffnet. Daniel holte sein Mobiltelefon aus der Hosentasche, doch sein Wunsch allein hatte den Akku nicht mit neuer Energie gefüllt.

Bis hierher und nicht weiter, sagte er sich und legte die Hand auf die Türklinke. *Nur noch schnell probieren, ob sie sich öffnen lässt.*

Die Angeln waren erstaunlich gut geölt. Ein Windstoß, der in den Treppenschacht fuhr, riss ihm die Tür förmlich aus den Fingern, und sie schwang nach innen. Er bekam den Griff zu packen, bevor die Tür gegen die Wand knallte. Dadurch stand er bereits mitten im Keller. In einem Abstellraum mit Metallregalen und Kisten, die sich auf dem blanken Steinboden stapelten. Der eigentümliche Geruch, den Daniel aus den Untergeschossen alter Häuser kannte, strömte ihm in die Nase. Diese Mischung aus Feuchtigkeit, Heizöl, Pilzbefall und anderweitig organischen Ausdünstungen, über die man nicht nachdenken wollte.

Er schloss die Tür. Halbdunkel umgab ihn. Adrenalin flutete seinen Körper. Der Gang, der aus dem Lager führte, endete in der Dunkelheit. Daniel hielt die Luft an und lauschte. Sein Herz schlug schnell, aber er horchte über das dumpfe Pochen hinweg. So ein altes Haus war nie wirklich still. Das Material um ihn herum arbeitete, wie man so schön sagt. Holz und Steine rieben aneinander, schabten sich gegenseitig Molekülschicht um Molekülschicht ab, die als feiner Staub aus allen Ritzen rieselte. Draußen pfiff der Wind eine Disharmonie über die Dachrinne hinweg.

Nichts von alldem konnte ihn davon abhalten, den Raum zu durchqueren. Er fand einen Lichtschalter, einen dieser alten, die man drehen musste, und der brachte eine Glühlampe zum Leuchten, die den Gang mit ihrem gelben Schein erhellte. Warm und einladend.

Trügerisch.

Ausreichend, um den Treppenaufgang zu erkennen, der am anderen Ende des Flurs lag. Obwohl Daniels Verstand Einwände dagegen vorbrachte, bewegte er sich instinktiv darauf zu. Er dachte an den Schrein, der hier unten irgendwo sein musste. Der Raum mit den Todesanzeigen. Die Kriminaltechniker hatten die Nachrufe von der Wand genommen und fein säuberlich eingetütet. Es gab nichts mehr zu sehen, beruhigte er sich. Aber er hatte vorerst keineswegs die Absicht, eine der Türen zu öffnen, die von dem Gang abzweigten.

Dann war er an der Treppe.

Oben war es stickig. Hitze füllte die Räume. Die Polizei hatte sie hereingelassen, während sie alles durchsuchte, und nicht wieder mitgenommen. Ein seltsamer Gedanke. Daniel sollte nicht hier sein, schon gar nicht allein.

War er das denn? Allein?

Der Zweifel war plötzlich übermächtig. Ravi hat vorgestern Pizza hierher geliefert.

Daniel konnte von hier aus telefonieren, kam ihm in den Sinn. Und dass er richtig tief in der Scheiße steckte, wenn er Kristina anrief und beichtete, wo er sich aufhielt. Es half alles nichts, da musste er durch.

Zehn Sekunden später stand er im Büro, und was er zu sehen bekam, ließ ihn vergessen, wonach er gesucht hatte.

18

Kristina probierte zum dritten Mal, Daniel auf dem Handy zu erreichen, während sie erneut runter in die Kriminaltechnik wetzte. Sampo war allein in seinem Labor.

»Ist er aufgetaucht?«, fragte sie ihn.

»Bei mir nicht.«

»Scheiße!«, fluchte sie.

»Hat er sich wieder einbetonieren lassen?« Sampo erkannte, dass sie keineswegs zu Scherzen aufgelegt war, und entschuldigte sich mit gesenktem Blick. »Musst du los, soll ich dich fahren?«, bot er an.

»Ich weiß nicht, wohin und vor allem, ob es nicht erneut zu spät ist«, antwortete sie.

»Sprechen wir jetzt von der Suche nach Daniel oder von der nach Bruno Schwarz?«, wollte er wissen.

Sie fuhr sich mit beiden Händen ins Haar und zwirbelte den Schopf zu einem Zopf zusammen. Wieder beschlich sie das Gefühl, dass Daniel ihr bei der Jagd nach dem Remstalschlächter in mancher Hinsicht einen Schritt voraus war. »Könnte sein, dass das keinen Unterschied macht«, orakelte sie. »Finden wir den einen, haben wir vielleicht auch den anderen.«

Das Büro war verwüstet. In einer Form, die Daniel innerhalb eines Sekundenbruchteils erkennen ließ, dass dafür nicht die Kriminaltechnik verantwortlich war. Beinahe sämtliche Bücher waren aus den Regalen gerissen und auf dem Parkettboden verstreut. Ebenso die Musik-CDs und die Stereoanlage, die mit großer Wut zerschmettert worden war und nun ihr elektronisches Innenleben zur Schau stellte. Die Schubladen des Schreibtischs waren herausgerissen und darüber entleert worden. Der Inhalt türmte sich als Berg von Papieren und Büroutensilien auf der polierten Auflage. Weitere Blätter lagen darum verstreut. Der Stuhl lag in der Ecke und streckte ihm seine verschnörkelten Beine entgegen.

Daniel blickte über die Schulter, aber es war niemand hinter ihm. Das Herz schlug ihm bis zum Hals. Er entdeckte das Telefon, das mit erschreckender Endgültigkeit in mehrere Teile zertreten worden war. Sicher gab es irgendwo im Haus noch einen weiteren Apparat. Sehr wahrscheinlich oben im Schlafzimmer.

Er musste sich nicht fragen, wer die Pizza bestellt oder diese Verwüstung angerichtet hatte. Wesentlich interessanter war es, zu erfahren, wonach in diesem Büro gesucht worden war. Der Grad der Zerstörung deutete darauf hin, dass das Begehrte nicht gefunden worden war und deshalb alles, was im Weg stand, daran hatte glauben müssen. Der Täter war von den Ermittlern bislang stets als besonnen und umsichtig beschrieben worden, doch diesmal hatte der Zorn ihn überwältigt.

Er verliert die Kontrolle über die Bestie in seinem Inneren!

Dr. Lorenz' Worte hallten in Daniels Ohren.

Das Gehirn wird angegriffen, das Handeln gegebenenfalls irrational beeinflusst.

Der Täter dürfte dieses Krankheitsstadium schon vor seinem ersten Mord erreicht haben, überlegte Daniel. Womit er zum jetzigen Zeitpunkt schon weit darüber hinaus war.

Keine Erkenntnis, die Daniel half, sich zu beruhigen.

Er hatte genug gesehen. Jetzt musste unverzüglich ein Telefon her. Die Flucht aus dem Büro antretend entdeckte er die Schnipsel.

In seinem Hirn ratterten die Zahnräder auf Hochtouren. Hatte der Mörder doch gefunden, wonach er suchte? Kam daher die Rage, der Ausraster, dem das Inventar zum Opfer gefallen war?

Er bückte sich nach den zerfetzten Papierstücken. Das Dokument war alt. Es war noch mit Schreibmaschine ausgefüllt worden. Der Stempel des Standesamts war beinahe zur Unkenntlichkeit verblichen.

Auf den Unterschenkeln hockend, fügte Daniel vier Teile der zerrissenen Urkunde zusammen, bis er verstand, was er da vor sich hatte. Wieso hatte diese Entdeckung den Mörder zu dieser exzessiven Reaktion getrieben?

Kristina würde es wissen, beschloss er und war im Begriff, sich aufzurichten. Er konnte nicht unterscheiden, was er zuerst bemerkte. Das Geräusch in seinem Rücken oder den brennenden Stich im Nacken.

Es spielte keine Rolle. Die Zeit reichte nicht mehr aus.

»Er ist wie ein Reptil, ein Kaltblüter. Wenn es heiß genug ist, kriecht er aus seinem Loch. Verstehen Sie?«

Thorwald Decher betrachtete sie abschätzend.

»Bruno Schwarz hat nach der Tötung von Egon Osswald nicht nur dessen Pistole an sich genommen …«, *ganz abgesehen von dem Bauchfett*, dachte sie, »… sondern auch den Schlüssel für die Villa. Er hat es geplant. Von Beginn an. Nachdem die meteorologischen Vorhersagen eine stabile Hochwetterlage ankündigten, entfachte er seine wahnwitzige Inszenierung. Er bestimmte den Zeitpunkt, an dem Osswald gefunden wurde. Deshalb fuhr er drei Wochen nach dem Mord erneut zum Anwesen seines ersten Opfers und öffnete das Tor.«

»Und der Hund des Nachbarn erledigte dann den Rest?«, hakte Decher nach. »Frau Reitmeier, worauf wollen Sie hinaus?«

»Da für den Täter absehbar war, dass es die nächsten Tage heiß genug sein würde, musste er nicht befürchten zu erfrieren. Schwarz war gewissermaßen handlungsfähig und konnte seinen Plan in Gang setzen. Dazu benötigte er allerdings einen verhältnismäßig sicheren Unterschlupf, da er einkalkulierte, dass wir ihn früher oder später als Mörder identifizieren. In seiner eigenen Wohnung konnte er demnach nicht bleiben. Weshalb er einen Zufluchtsort wählte, von dem er annahm, dass wir dort nicht nach ihm suchen würden.«

»Die Osswald-Villa?«

»Genau! Ein von der Polizei versiegelter Tatort. Nur, um diese Voraussetzung überhaupt zu schaffen, musste der Tote gefunden und von dort weggebracht werden. Denkbar, dass er den Hofhund der Mezgers selbst auf das Anwesen lockte und auf diese Weise nachgeholfen hat.«

»Finden Sie das nicht etwas arg konstruiert?«, wandte der SoKo-Leiter ein.

Sie merkte, wie die anwesenden Ermittler skeptische Blicke wechselten.

»Haben Sie nicht heute früh noch berichtet, dass eine Streife dort mehrmals nach dem Rechten sah? Außerdem verstehe ich immer noch nicht, was Ihre gewagte These mit dem erneuten Verschwinden des Beamten zu tun hat, der Ihnen als Fahrer zugeteilt wurde?«

Kristina geriet ins Wanken. Sie musste sich gegen den vordersten Arbeitstisch lehnen. Wollte er sie nicht verstehen?

»Die Kollegen, die heute und in den letzten Tagen bei Osswald vorbeigefahren sind, haben mir vorhin gestanden, dass sie das Grundstück nie betreten haben.«

Keine der Streifen hatte daran gedacht, diese verflixte Fernbedienung einzustecken, mit der sich das Tor öffnen ließ. Eine verhängnisvolle Nachlässigkeit, die sie wohlweislich für sich behielt. Für Schuldzuweisungen war jetzt keine Zeit. Vorerst musste sie ihre Kraft darauf verwenden, Decher verständlich zu machen, wie ernst die Lage war.

»Was Daniel Wolf betrifft: Wir haben den Dienstwagen, mit dem er vermutlich unterwegs ist, über das eingebaute GPS geortet. Er befand sich bis vor Kurzem noch im Schwäbischen Wald, keine drei Kilometer vom ersten Tatort entfernt.«

»Was heißt bis vor Kurzem?«, wollte Decher wissen und zerrte an seinem Krawattenknoten.

»Bis zu dem Moment, als das Signal verschwand«, half Sampo aus, der neben sie getreten war.

Thorwald Decher erhob sich, stapfte um seinen Schreibtisch herum und kam auf sie zu. »Wie kann so was passieren?«, zischte er, als er nur noch einen Meter von ihr entfernt war.

»Wenn man weiß, wo man danach suchen muss, kann man diese Elektronik relativ simpel außer Gefecht setzen«, erklärte Sampo.

»Warum sollte Daniel das tun?«, murmelte Kristina vor sich hin.

»Was ist mit seinem Handy? Hat das nicht schon einmal funktioniert?«

»Das war unsere zweite Option«, fügte Sampo an. »Es lässt sich nicht erfassen.«

»Lassen Sie sich nicht alles aus der Nase ziehen!«, ermahnte der Hauptkommissar.

»Der Funkmast, in den sich das Gerät zuletzt eingewählt hat, steht in Welzheim. Das war vor etwa zwei Stunden.«

Sie rückten aus. Mit Dechers Segen, wenn man so wollte. Der LKA-Ermittler war so weit überzeugt, dass sich irgendwo dort oben im Naturpark etwas zusammenbraute, das eine Überprüfung rechtfertigte. Vor allem wollte er sichergestellt haben, dass sich der Vorfall im Schwäbischen Wald zu keiner ähnlich beängstigenden Dimension entwickelte wie die Gewitterfront, die nur noch wenige Kilometer entfernt war. Auch wenn Kristinas bloßer Verdacht nicht ausreichte, um ein Sondereinsatzkommando zur Villa zu entsenden.

Der Auftrag war insofern deutlich formuliert: die Lage sondieren und unverzüglich Meldung machen. Keinerlei Risiken eingehen. Sollte sich Bruno Schwarz auf dem Osswald-Anwesen aufhalten, war sein Entkommen äußerst unwahrscheinlich.

Gleichermaßen bedenklich war die Annahme, dass er eine Geisel bei sich haben konnte. Womöglich sogar zwei: Hannes Achterberg und Louise Osswald. Hinzu kam die vage Befürchtung, dass auch Kommissaranwärter Wolf in die Fänge des unberechenbaren Mörders geraten war.

Kristina hoffte inständig, dass sich Daniels Verschwinden anderweitig aufklären würde. Ralf und sie machten sich auf den Weg zur Osswald-Villa, während Sampo und Sonja zu dem Ort aufbrachen, an dem sich die GPS-Ortung des Dienstwagens verlor. Irgendwo mitten im Wald, auf einem Bewirtschaftungsweg.

Die Luft war nicht mehr heiß, die Temperatur war bereits um mindestens zehn Grad gefallen. Auch dieser Umstand fachte die Unruhe an, die Kristina gefangen hielt, seit ihr klar geworden war, wo Daniel sich herumgetrieben hatte.

Ralf fuhr schnell. Das Blaulicht auf dem Dach sorgte für eine freie linke Fahrbahn.

»Ich muss gestehen, ich hab's nicht so ganz kapiert, wie du uns vorhin Schwarz' Motiv verständlich machen wolltest«, sagte er, den Blick starr auf die Straße gerichtet.

»Er braucht die Hitze«, antwortete sie.

Ihr Kollege zog die Brauen zusammen.

Waren ihre Überlegungen wirklich so abwegig und schwer nachvollziehbar?

»Wegen seiner Krankheit ist diesem Mann immerzu kalt. Sein Körper ist nicht mehr fähig, genug Energie zu erzeugen, ihm fehlt der Brennstoff. Das Fett. Deshalb nimmt er es von seinen Opfern«, holte sie aus.

»Dieser Achterberg hat ihm daraus die Fettinjektionen gemacht. So weit ist mir das schon klar. Und du bist nun der Meinung, er kann nur bei heißen Temperaturen agieren, womit du mit Dechers Reptiltheorie auf gleicher Welle schwimmst.«

»Ich bezweifle, dass er das wörtlich gemeint hat«, unterbrach ihn Kristina. »Aber letztlich hat er recht. Deshalb mordete Schwarz in den letzten beiden Wochen. Es ging ihm dabei nicht nur darum, diese Leute zu töten. Er musste die vergangenen Tage dazu nutzen, den passenden Spender zu finden. Denjenigen, der ihm kompatible Fettzellen liefern kann, die sein Körper nicht wieder abstößt. Die ihm dazu verhelfen, dass wieder eigens von ihm produzierte Zellen daran andocken können, um eine beständige Energiereserve aufzubauen. Die Hitzewelle war ein Segen für ihn, sie gewährte ihm Zeit, die Ernte einzubringen.«

»Aber der Mord an Osswald, der war doch vor über einem Monat«, wandte Ralf ein.

»Ich habe es überprüft. An diesem Tag, Anfang Juli, war es ebenfalls sehr heiß. Das gab mir die Bestätigung. Auch dafür, dass er es heute zu Ende bringen muss.« Sie zeigte aus dem Fenster, hoch zu den schwarzen Gewitterwolken, die nun den kompletten Himmel über dem Remstal ausfüllten.

»Meinst du, er war erfolgreich, was seine Suche anging?«, fragte der Kommissar betroffen.

»Kann ich dir nicht sagen. Aber nachdem wir Achterberg noch nicht tot aufgefunden haben, lässt sich schlussfolgern, dass Schwarz den Biochemiker noch braucht. Und glaubt man dessen Videogeständnis, kennt dieser den passenden Spender«, resümierte Kristina, während sie sich an den Griff über der Tür klammerte, weil Winkler scharf in die Ausfahrt der Bundesstraße einbog. »Ist das nicht der Fall, hat Bruno Schwarz nun endgültig nichts mehr zu verlieren. Nicht einmal sein Leben. Das macht ihn noch unkalkulierbarer.«

Als sie ankamen, stand das Tor offen.

Es kam einer Einladung gleich.

Die Spinne hockt im Netz und lauert, dachte Kristina. Die dunkle Ahnung, dass auch Daniel sich darin verfangen hatte, kroch ihre Speiseröhre hoch.

Ralf bremste knapp vor dem Treppenaufgang zum Eingangsportal. Die weiße Fassade des Herrenhauses reflektierte auf gespenstische Weise das Blaulicht.

Kristina sprang aus dem Wagen, noch bevor der Motor abgestellt war. Der Wind zerrte an ihren Haaren. Laub und kleine Äste wirbelten durch den Garten. Die Vorboten des Sturms, der heftige Niederschläge bis hin zu Hagel und Orkanböen über das Land bringen würde.

Passt auf, es kommt was Gewaltiges auf euch zu!

»Warte!«, hörte sie ihren Kollegen rufen.

Kein Risiko. Sie hatte es vernommen. Doch sie war schon an der Tür, die widerrechtlich geöffnet worden war.

Jemand ist da drin.

»Ich fordere Verstärkung an«, rief Ralf. Der Wind blies so heftig, dass er schreien musste.

Kristina nickte und holte gleichzeitig den Schlüssel aus der Tasche, den die Kriminaltechniker vor gut einer Woche mit ins Revier genommen hatten.

»Sollten wir nicht warten?« Verunsichert betrachtete Ralf sie, dann wieder das Display seines Handys.

Es geht hier um Menschenleben, hallte es in ihrem Kopf.

Ohne eine Antwort zu geben, ließ sie den Schlüssel ins Schloss gleiten.

Es war laut. Und heiß. Gleichzeitig auch kalt. Etwas hielt Daniel fest. Er konnte sich nicht bewegen, trotzdem drehte er sich. Oder das Universum wirbelte um ihn herum? Der Geruch von Oregano hing ihm in der Nase. Oder war es Basilikum? Thymian? Vermischt mit etwas, das feuchte Pappe sein könnte, getränkt in Hochprozentigem.

Er hörte das seltsam röhrende Pfeifen eines Elefanten. Womöglich von Ganesha höchstpersönlich, der mit jedem seiner vier Arme eine sich lasziv räkelnde Inderin umschlungen hielt. Junge Frauen mit Mehlstaubflecken in ihren Gesichtern. Sie waren da, auch wenn er sie nicht sehen konnte, egal wie oft er um seine Achse rotierte. Er sollte damit aufhören, denn er vertrug diese gleichförmige, schnelle Bewegung nicht. Deshalb war er als Kind auch nie im Kettenkarussell gefahren.

Der Schwindel schwemmte die Übelkeit aus seinem Inneren heraus. Er kreiselte wie ein in Trance tanzender Derwisch. Unfähig damit aufzuhören. Immer schneller, bis von den Seiten her Dunkelheit herankroch. Sein Sichtfeld wurde immer enger und schwärzer. Die Erkenntnis schnürte ihm die Kehle zu. Es gab nichts zu sehen, weil er wieder gefangen war.

In seinen Fieberfantasien und lebendig begraben.

In einem Blechsarg, in Motorschmiere getunkt, auch wenn sein Gedächtnis keine Antwort hatte, wieso und warum? Es musste lange zurückliegen, dass ihm dieses Grauen widerfahren war, so unendlich weit in der Vergangenheit, dass er es vergessen hatte. Vielleicht in einem früheren Leben, in das er unter unerklärlichen Umständen zurückgekehrt war. Zurück in diesen schrecklichen Sarg.

Nein!

Die Unterlage war nicht morastig, sondern hart, und das Aroma, das ihn einhüllte, roch nicht nach Rost und Getriebeöl. Vielmehr nach Hefeteig und mediterranen Gewürzen. Der Duft war versöhnlich und doch beängstigend. Mit erschreckender Gewissheit gestand sich Daniel ein, diesmal in einem Pizzakarton eingekerkert zu sein.

Unerklärlich, aber die Tatsache, dass er sich nicht bewegen konnte, stützte diese bizarre Einsicht. Geschmolzener Käse hielt ihn gefangen. Er musste über und über damit bedeckt sein. Die klebrige Masse war allgegenwärtig, sogar in seinem Kopf. *Vor allem dort.* Sie hinderte ihn daran, einen vernünftigen Gedanken zu fassen, gestattete ihm nicht, sich zu erinnern, warum man ihm das antat oder wer dafür verantwortlich war.

»Wach endlich auf!«, schlug ihm jemand vor.

Eine Stimme, die er kannte, auch wenn sie nur ein raues Röcheln war. Wie von einem wilden Tier, das sich einbildete, sprechen zu können wie ein Mensch.

Daniel überlegte, ob er der Anweisung Folge leisten sollte. Aufwachen? Er schlief ja überhaupt nicht. Freilich war da diese Benommenheit, wie er sie zuletzt im Krankenhaus gefühlt hatte.

Das Krankenhaus!

Endlich eine Erinnerung, die ihm wirklich vorkam. War er immer noch dort? Er hätte sich damit abfinden können, wären da nicht diese eigentümlichen Gerüche. Und das Fehlen der unverkennbaren Geräusche. Hier gab es nur Stille, abgesehen von dem sonoren Pfeifen des Elefanten.

»Wach auf, verflucht!«

Ja, da war noch dieses Krächzen, das er schon wieder vergessen hatte. Der eigentliche Grund, der sein Bewusstsein aus der Versenkung geholt hatte.

Daniel tat der Stimme den Gefallen. Es war unendlich mühevoll, aber er schaffte es und schlug die Augen auf, obwohl er bis zu dieser Sekunde der Überzeugung gewesen war, sie bereits offen zu haben.

Die Dunkelheit wich einem diffusen Dämmerlicht. Es gab keinen Elefantengott. Das Pfeifen kam von jenseits einer fleckigen Wand, die er anstarren musste, weil er den Kopf nicht drehen konnte. Diese Erkenntnis ängstigte ihn bis ins Mark.

Seine Umgebung wurde ihm mit jedem Atemzug bewusster. Während der Rest von ihm auf einem harten, kühlen Steinboden lag, hatte jemand seinen Kopf auf eine leere Pizzaschachtel gebettet. Aus dem Karton stiegen all jene Düfte, die ihn in seiner Ohnmacht geneckt hatten. Er hätte sich gern aufgerichtet, zumindest in eine weniger würdelose Position gebracht, aber die Glieder waren mit Blei gefüllt. Es fehlte ihm die Kraft, sie auch nur einen Millimeter zu bewegen.

»Wo bin ich?«, fragte er mit einer Stimme, die ihm seltsam fremd vorkam.

»In der Hölle«, kam die Antwort wie über ein Reibeisen geraspelt.

Das zu hören, vervielfachte die Angst, vor allem, da die Ortsangabe frei von jeglicher Ironie erfolgt war. Warum konnte er sich nicht bewegen?

»Wo?«, versuchte es Daniel erneut. Selbst das Sprechen war kräftezehrend, als befänden sich Tonnen von Schleim in seinem Rachen.

Pizzakäse bis tief hinab in seiner Lunge.

»Nicht übel, das Zeug, das er dir verpasst hat, was? Dafür hat Arthur ziemlich tief in seinen Arzneischrank gegriffen, schätze ich. Deine Muskulatur ist so was von entspannt, und ich hoffe inständig für mich, dass sich das Mittelchen nicht auch auf deinen Schließmuskel auswirkt.«

Das Tier mit der Menschenstimme befand sich in Daniels Rücken und schien keine Ambitionen zu haben, sich in sein Sichtfeld zu begeben. Er hörte es lautstark schlucken, wie ein Kamel am Wasserloch nach drei Wochen in der Wüste.

Auch ihn plagte der Durst. Schrecklicher Durst. Während er darüber nachdachte, wie sehr er das Tier um sein Wasser beneidete und wie rau sich seine Zunge anfühlte, kam er dahinter, woher er die röchelnde Stimme kannte.

Kein Tier! Achterberg!

Er hatte den Biologen gefunden. Gewissermaßen. Und sich dabei selbst verloren. In der Hölle. Er befand sich irgendwo in dieser verfluchten Villa. Womöglich hatte der alte Kasten geheime Kellerräume, die noch nicht einmal die Spurensicherung entdeckt hatte?

Doch Kristina würde ihn finden. Es konnte nicht anders sein. Sie war jemand, der nicht aufgab, kein Kopfschütteln akzeptierte, und wenn es sein musste, Osswalds Landsitz höchstpersönlich Stein für Stein abtrug, um ihn zu retten. Verdammt, warum hatte er ihr nicht Bescheid gegeben!

Die Verzweiflung durfte jetzt nicht die Oberhand gewinnen. Die Rote Zora stand sicher schon vor der Tür, mit der kompletten Räuberbande im Schlepptau, um ihn rauszuhauen.

Der Regen trommelte wütend auf das Vordach. Noch immer kreiselte das Blaulicht. Von fern brüllte der Donner durch die Wolkenberge. Es war kalt geworden. Wann hatte Kristina zuletzt an eine Jacke gedacht? Sie rubbelte über ihre bloßen Arme. Wenn sie schon bibberte wie ein nackter Hund, wie reagierte wohl Schwarz auf den Temperatursturz?

Ralf tauchte neben ihr auf. »Alles sauber«, sagte er.

Zum wievielten Mal, seit sie reingegangen waren?

»Mach die Meldung an Decher«, trug sie ihm auf.

Die Villa war verlassen. Sie waren zu spät. Bruno Schwarz war hier gewesen, daran hegte sie keinen Zweifel. Dafür musste sie nicht extra die KTU bemühen. Vermutlich hatte Daniel ihn aufgeschreckt und er sich entschieden, umzuziehen. Mit dem ganzen Tross. Seinen Geiseln. Den Fettreserven. Nur die Zentrifuge hatte er zurückgelassen, zusammen mit anderweitigen Utensilien. In einem der Kellerräume hatte er Achterberg ein provisorisches Labor einrichten lassen. Um das alles einzupacken, hatte allem Anschein nach die Zeit gefehlt. Der Architekt war überstürzt aufgebrochen. Nur wohin? Und mit welchem Auto?

»Decher ist unterwegs«, erklärte Ralf. »Sampo erreiche ich nicht.«

»Lass uns im Wagen warten«, schlug sie vor.

Erste Blitze zuckten bedrohlich über die nahen Bergrücken.

Nach den fünf Metern bis zum Auto war Kristinas Träger-Shirt völlig durchnässt. Augenblicklich beschlugen die Scheiben. Ralf startete den Motor und drehte die Lüftung bis zum Anschlag.

»Was hat der Boss gesagt?«, fragte sie.

»Er klang nicht begeistert darüber, dass wir schon mal ohne ihn nachgesehen haben.«

»Danke, dass du mitgegangen bist.«

»Ich konnte dich ja wohl schlecht allein da reingehen lassen«, antwortete er und bemühte sich, nicht auf ihre vom kalten Regen hart gewordenen Nippel zu starren. Sie verschränkte die Arme vor den Brüsten.

»Ich bin eine unverantwortliche Vorgesetzte, ich weiß«, gestand sie. Regentropfen liefen ihr übers Gesicht. Das nasse Haar klebte ihr im Nacken.

Ralf verzichtete darauf, etwas zu erwidern.

»Wir müssen ihn finden«, sagte sie, mehr um sich selbst wieder aufzurichten. Die Jagd nach dem Remstalschlächter kam ihr wie eine unendliche Aneinanderreihung von Fehlschlägen vor. Eine Rolltreppe, die sie entgegen der Laufrichtung zu erklimmen versuchte.

Ein eingehender Anruf zerstreute ihre Gedanken. Es war Sampo. Sie stellte auf Lautsprecher.

Er musste gegen den Sturm anschreien. »Wir haben den Wagen gefunden, von Daniel keine Spur!«

Sie hatte nie in Erwägung gezogen, dass er noch damit unterwegs sein könnte. Der Mörder hatte ihm den Autoschlüssel abgenommen, wie auch immer das passiert war. Wenigstens lag Daniels Leiche nicht in der Villa. Es waren auch keine offensichtlichen Blutspuren zu entdecken gewesen. Seit Werner Finckhs Tod wussten sie, dass Schwarz mit Betäubungsmitteln arbeitete. Das war angesichts der Tragik die besänftigendste Erklärung. Daniel war narkotisiert, aber noch am Leben.

Bitte, lieber Gott, lass es so sein!

»Wo seid ihr?«

»Ein abschüssiger Waldweg, irgendwo im Nirgendwo. Uns fliegen hier halbe Bäume um die Ohren. Wir müssen weg, bevor das Unwetter noch schlimmer wird. Die ausgedörrte Erde nimmt das Regenwasser nicht auf, ich habe den Eindruck, wir werden gleich vom Berg gespült …«, sagte er und danach noch etwas, das Kristina nicht verstand.

»Was?«

»Da ist übrigens noch ein Wagen«, wiederholte Sampo. »Der Mercedes von Egon Osswald, wenn mich nicht alles täuscht. Ich habe keine Erklärung dafür, falls du fragst. Zu deiner Beruhigung, es befindet sich niemand darin, weder tot noch lebendig.«

Kristina konnte mit der Entdeckung genauso wenig anfangen, und auch Ralf zuckte mit den Schultern.

»Was ist mit dem GPS-Gerät des Dienstwagens?«, wollte sie wissen.

»Ist zerstört.«

»Sampo, verdammt! Was meinst du damit?«, fauchte sie. Das Gefühl, dass ihr die Zeit durch die Finger rann, wurde wieder übermächtig.

»Sieht so aus, als hätte jemand Säure drübergegossen. Jemand, der wusste, was er tat.«

»Säure?«

»Salzsäure vermutlich, wenn ich den Grad der Zersetzung des Materials beurteile. Genau kann ich dir das erst sagen, wenn ich damit im Labor bin. Fest steht, so hochreine Säure hat man nicht zwingend im Gepäck, und in der Villa haben wir auch keine gefunden. Wer immer das tat, hatte die Säure woanders her.«

Wer das war, steht außer Frage, dachte Kristina.

Es knackte verdächtig, und für zwei Sekunden befürchtete sie, die Verbindung verloren zu haben. Es war nicht zu erkennen, ob das Rauschen und Knistern eine elektrostatische Ursache hatte oder von den Orkanböen kam, die durch den Wald fegten. »Bekommt man so was in einer Apotheke?«

»Wir finden das für dich raus«, versprach Sampo. »Aber jetzt müssen wir schleunigst hier verschwinden, wollen wir nicht demnächst von einem Baum erschlagen werden«, brüllte er.

»Wir haben keine Zeit!«, rief sie, doch ihre verzweifelten Worte gingen ins Leere.

Salzsäure?

Blitze durchzuckten den vom Unwetter bleiernen Himmel. Es goss wie aus Eimern. Der Sturm rüttelte am Wagen. Sie konnte sich ausmalen, wie beängstigend es sein musste, wenn man auf einem schmalen Waldweg inmitten von schwankenden und sich bedenklich neigenden Bäumen stand. Hoffentlich schafften es Sonja und Sampo heil rauszukommen.

Hatte Bruno Schwarz den Dienstwagen extra dort platziert?

In Erwartung des Sturms und in der Gewissheit, dass die Polizei danach suchen würde?

Er lenkt unser Handeln, selbst jetzt noch, da wir ihn in die Enge getrieben haben. Raubtiere sind in solchen Stresssituationen am gefährlichsten.

Warum hatte der Architekt auch Osswalds Mercedes hinaus in den Wald gefahren? Die Antwort darauf würde warten müssen. Aber es war klar, wem der Wagen in der Garage der Villa gehört.

Wenn wir sonst nicht viel hinbekommen, haben wir immerhin Arthur Lorenz' Auto gefunden, überlegte sie. Ein weiteres Indiz dafür, dass Schwarz sich dort eingenistet hatte.

»Lass uns den Wagen in der Garage durchsuchen, bis die anderen eintreffen. Vielleicht finden wir einen Hinweis, der uns weiterhilft.«

Beide blickten sie hinaus in den Regen.

»Ich mach das«, bot Ralf an, und Kristina nickte dankbar.

Sie reichte ihm Osswalds Schlüsselbund, und er stieg aus und rannte hinüber zur Garage. Kristina wischte über die angelaufenen Scheiben und sah ihm hinterher. Heftige Windstöße ließen nicht zu, dass er die Strecke in einer geraden Linie schaffte. Bis er das Garagentor geöffnet hatte, war er nass bis auf die Knochen.

Kristina hasste es, untätig vor der Villa ausharren zu müssen. Auf Eis gelegt, darauf angewiesen, dass etwas geschah, das eine weitere Spur bereithielt. Eine Schnitzeljagd, bei der der Gejagte bestimmte, wohin es ging.

Warum hatte Daniel sie nicht ins Vertrauen gezogen und sich stattdessen allein aufgemacht, diesen Wahnsinnigen zu stellen?

Ralf kam nach fünf Minuten zurück. Er schüttelte den Kopf und bespritzte sie dabei mit den eisigen Regentropfen, die in seinem Haar hingen. »Nichts Verdächtiges, aber wir liegen richtig.« Er hielt ihr den vom Regen aufgeweichten Fahrzeugschein hin, der auf den Namen Arthur Lorenz ausgestellt war.

»Warum hat Schwarz die Wagen ausgewechselt?«

»Er hätte beide Autos dort unterbringen können, aber er wollte nicht riskieren, dass das jemand entdeckt«, schlug Ralf vor.

»Trotzdem ging er das Risiko ein, sie auszutauschen.«

Kristina rief sich den Mann im Mantel in Erinnerung. Was wusste sie über ihn, über sein Handeln, darüber, wie er dachte?

Das Gebläse kämpfte auf den Scheiben mit der Feuchtigkeit, die Winkler ins Auto geschleppt hatte. Kristina fiel etwas ein, und sie wählte Sampos Nummer. Zu ihrem Bedauern bekam sie nur die Mailbox ans Ohr. Ein Funkloch – das Unwetter oder gar ein entwurzelter Baum?

Ralf tippte auf seinem Smartphone herum. Sie sah ihn von der Seite her an.

»Salzsäure«, sagte er, nachdem er ihren Blick bemerkte.

Es gab in der Tat wichtigere Rätsel zu lösen.

»Er wusste, wie er damit den GPS-Sender im Motorraum des Autos außer Gefecht setzen konnte. Aber er konnte unmöglich voraussehen, dass Daniel mit dem Dienstwagen hier auftaucht und er dieses Zeug zum Zerstören des Senders benötigt. Folglich hat er improvisiert. Das genommen, was da war, richtig?«

Kristina gab ihm recht. »Aber es gab keine Salzsäure in Osswalds Villa, das hat Sampo bestätigt. Konnte er das Ätzmittel aus der Autobatterie haben?«

Ralf schüttelte den Kopf. »Abgesehen davon, dass man die heutigen Batterien nicht mehr ohne Weiteres öffnen kann, ist die Säure in einer Autobatterie auch zu stark verdünnt. Er hat die Chemikalie woanders her.«

Erwartungsvoll betrachtete sie sein regennasses Konterfei, das vom kalten Licht des Mobiltelefons beleuchtet wurde.

Kurz erwiderte er ihren Blick, dann begann er vorzulesen: »Kropfkatarrh erkennen Sie an schlechter Futteraufnahme und einem vergrößerten Kropf, begleitet von Würgebewegungen. Wir empfehlen die Verabreichung von Pfefferminztee mit Salzsäure, um die Tätigkeit des Kropfes wieder anzuregen.«

»Woher hast du das?«, entfuhr es Kristina.

»Stichwortsuche ›Salzsäure auf dem Bauernhof‹, mit der Weiterleitung zu einem Ratgeber für medizinische Behandlung von Federvieh«, antwortete Ralf.

Im selben Moment erhellte ein gewaltiges Blitzlichtkonzert den Himmel. Wie ein Fingerzeig Gottes. Über das Maisfeld hinweg flammten die roten Dächer auf, die zu dem Gehöft gehörten, das sich vor dem Unwetter und dem schwarzen Wald dahinter duckte. Dort, wo man Hühner auch mal einen Kopf kürzer machte.

Ralf fluchte lauthals.

Der Baum lag quer über der Straße. Ein Durchkommen war unmöglich. Der einzige Weg, der um das Getreidefeld herum zum Hof der Mezgers führte, war ihnen versperrt. Und damit auch allen anrückenden Einheiten. Doch das spielte im Moment eine untergeordnete Rolle.

»Was nun?«, fragte Ralf.

»Wir gehen durch den Mais!«, entschied Kristina und betrachtete mit mulmigen Gefühl die Pflanzen, die sich der Wut des Orkans beugten. »Zumindest kann uns kein Baum erschlagen«, fügte sie an.

Ralf sah nicht erfreut aus. Selbst ein Maiskolben konnte bei über hundert Stundenkilometern Windgeschwindigkeit zum Geschoss werden. »Was, wenn wir uns irren?«

»Wie viele Möglichkeiten hatte er, wenn wir die Zeit berücksichtigen, die ihm blieb, nachdem Daniel hier aufgetaucht war?«, stellte sie zur Diskussion.

Der Sturm hatte den Großteil der übermannshohen Pflanzen umgeknickt und zu Boden gedrückt. Sie lagen kreuz und quer über den Ackerzeilen. Perfekte Stolperfallen, die das Vorankommen beschwerlich machten. Hinzu kamen die bereits knöcheltief mit Wasser gefüllten Rinnen zwischen den Maisstaudenspalieren.

Ralf stapfte voraus und funzelte mit der Taschenlampe umher wie ein Betrunkener. Nach wenigen Metern verhakte sich Kristina in den geknickten Holmen und klatschte der Länge nach in die schlammige Brühe. Erdiges Wasser drang in ihre Nase und füllte ihren Mund. Sie hustete und spuckte angeekelt aus. Sand knirschte zwischen ihren Zähnen. Ihr Fluchen übertönte den Donnerhall, der in einem lang gezogenen Grollen über sie hinwegrollte.

Ralf drehte sich nach ihr um und leuchtete ihr dabei direkt in die Augen. Das machte sie für Sekunden lang blind und brachte ihm eine Salve Verwünschungen ein.

Kristina rappelte sich auf. Ihre Klamotten klebten wie eine zweite Haut an ihr. Sie war von oben bis unten mit Matsch verschmiert, doch das spielte keine Rolle. Der Gewitterguss hatte sie vorher schon bis auf die Haut aufgeweicht. Hoffentlich hatte die Dienstwaffe nichts abbekommen.

Bevor sie losmarschiert waren, hatten sie einen Funkspruch abgesetzt. Decher war informiert. Er würde mit der Feuerwehr anrücken, die erst den Baum von der Straße schaffen musste. Nach einer hitzigen Diskussion hatte er eingelenkt, dass sie nicht darauf warten sollten, bis Verstärkung vor Ort war. Immerhin waren sie zu zweit. Es war besser, zu verschweigen, dass sie weder Schutzwesten noch Reservemagazine im Auto hatten.

So quälten sie sich durch das Maisfeld. Erhellte ein Blitz den Himmel, konnte Kristina für einen Wimpernschlag ihr Ziel ausmachen, immer dann, wenn sie sich an einer Stelle befanden, an der die Sturmböen genug Stauden umgeknickt hatten und ihnen freie Sicht die Orientierung erlaubte. Die Entfernung zum Bauernhof schien sich kaum zu verringern.

Etwa auf halber Strecke setzte der Hagel ein. Nun waren es nicht mehr nur die Blätter der Maisstauden, die ihnen schmerzhaft ins Gesicht schlugen. Die Eiskörner waren groß wie Murmeln und trommelten kaum weniger peinigend auf sie herab als die Gummigeschosse aus den Übungspistolen bei der Polizeiausbildung.

Gott will nicht, dass wir zum anderen Ende dieses beschissenen Ackers gelangen, dachte Kristina. Oder es musste vielmehr der Teufel sein, der diesen Hagel schickte, um sie davon abzuhalten, seinem auf Erden wandelnden satanischen Gesandten das Handwerk zu legen.

Ralf legte sich zweimal kurz hintereinander unfreiwillig in die vollgelaufene Ackerfurche. Danach funzelte die Taschenlampe nur noch, und sie waren auf die Blitze angewiesen, die in immer kürzeren Abständen das Schwarz des Himmels zerteilten. Der Sturm blies ihnen Dreck, Laub und ganze Maisstauden entgegen. Triefnass und malträtiert vom Eisregen erreichten sie nach einer gefühlten Ewigkeit den Ackerrain und taumelten auf die Wiese vor dem Mezgerhof.

Das schmale Sträßchen war überspült, das Hoftor geschlossen. Hagelkörner klopften gegen das Holz, im Stakkato von aberhundert Fingerknöcheln, die um Einlass baten.

Kristina und Ralf schleppten sich zu der im Tor eingelassenen Tür. Auch diese war verriegelt. Sie mussten einen anderen Weg finden. Um den Hof herum, irgendwie von hinten, wenn es sein musste, über den Misthaufen und durch den Stall. So wie sie aussahen, machte das keinen Unterschied mehr. Kristina zitterte in ihrem mit kaltem Regen vollgesogenen T-Shirt. Ihre Zähne klapperten.

Konnte sie in diesem Zustand dem Teufel gegenübertreten?

Daniel schreckte hoch. War er nochmals eingenickt? Wenn, dann war dieser Schlaf traumlos geblieben. Keine indischen Pizzagötter. Es war deutlich dunkler geworden.

Das Pfeifen des Windes war nun sehr deutlich zu hören, wesentlich lauter als zuvor. Wann auch immer dieses Zuvor gewesen war. Ihm fehlte jegliches Zeitgefühl.

Noch während er darüber nachdachte, stellte er fest, dass er die Finger seiner linken Hand bewegen konnte. Und noch mehr. Mit viel Willenskraft drehte er den Kopf, schleifte dabei seine Nase über die aufgeweichte Wellpappe, auf der die italienische Fahne aufgedruckt war. Von grün über weiß nach rot, dann war es vollbracht, und er sah im Zwielicht einen schemenhaften Klumpen, der ihn an einen unförmigen Sitzsack erinnerte.

»Ich hab nicht mehr dran geglaubt«, kommentierte der Sitzsack seine Anstrengung. »Auch einen Schluck?«

Etwas schwenkte an Daniels Augen vorbei.

Seine Sehnerven bekamen keine Schärfe in den Blick, aber so wie es roch, musste es eine Menge Alkohol enthalten.

»Besser nicht. Verträgt sich nicht mit der Medikation«, sagte der Haufen, der an der Wand kauerte, und stieß ein tiefes Grollen hervor, das wohl ein Lachen sein sollte. Ein zynisches Lachen von jemandem, der nichts mehr zu verlieren hatte.

Daniel fiel erneut ein, wer da zwei Meter entfernt vor ihm hockte. Er nahm sich vor, es nicht noch einmal zu vergessen. Vor allem musste er wach bleiben.

Von jenseits der Wände war ein mächtiges Krachen zu hören, das Daniel aufschrecken ließ. Sein Herz pochte heftig gegen die Rippen, auf denen er lag. Platt wie eine Flunder, der Schwerkraft ergeben.

»Das Unwetter wird ihm nicht schmecken«, erklärte Achterberg. »Es ist bald vorbei, Junge. Jetzt, da die Kälte kommt. Die Frage ist nur, ob er es noch schafft, uns mitzunehmen in sein eisiges Reich.«

Daniel kramte in seinem Gedächtnis nach den Zusammenhängen. Wovon redete dieser Mensch? Einen weiteren Donnerschlag später kehrte auch diese Erkenntnis zurück und er wünschte sich im selben Moment, es wäre ihm nicht eingefallen.

»Mittlerweile dürfte ihm die Energie fehlen, ein weiteres Mal so auszurasten wie heute Morgen. Als er zurückkam, dachte ich, das war es jetzt für mich. Der Deserteur wird füsiliert. Stattdessen schleift er dich hier rein. Wer bist du überhaupt?«

»Daniel. Ich bin Polizist«, flüsterte er, als könnte er damit irgendetwas Wundersames bewirken.

Er wusste nicht, wieso ihm das herausgerutscht war. Er bereute es augenblicklich, weil Achterberg scheppernd zu lachen begann.

»Ihr seid echt beschissen ausgebildet im Nahkampf, ihr Bullen, wenn ihr euch von so einem Hemd wie Bruno überrumpeln lasst«, presste der Biochemiker hervor, nachdem er sich etwas beruhigt und das letzte Grinsen mit Schnaps runtergespült hatte. »Seid ihr von selbst dahintergekommen oder habt ihr mein Filmchen erhalten? … Es war das Video«, nahm Achterberg die Antwort vorweg, bevor Daniel reagieren konnte.

Der unebene Steinboden scheuerte an seinem Brustkorb. Draußen tobte ein gewaltiges Unwetter. Daniel entsann sich der schwarzen Wolken, die sich am Horizont zusammenrotteten, als er in den Wald hochgefahren war. So lange konnte er demnach nicht bewusstlos gewesen sein.

»Wo hat er dich erwischt? In der Villa?«, redete Achterberg in seine Gedanken hinein. »Er wollte es mir nicht anvertrauen, aber so wie er drauf war, hat er die Adoptionsunterlagen gefunden, nehme ich an. Verdammt, lass dir nicht alles aus der Nase ziehen!«

Daniel war verwirrt, ohne dahinterzukommen, warum. Seine grauen Zellen arbeiteten unendlich träge. Diese Papierfetzen in Osswalds Büro, die er in seinen Händen gehalten hatte … Daran erinnerte er sich. Das war eine Sekunde gewesen, bevor bei ihm die Lichter ausgegangen waren.

»Was hat es damit auf sich?« Seine Stimme war dünn, konnte den Donner nicht übertönen, aber Achterberg schien ihn trotzdem verstanden zu haben.

»Bruno, der arme Teufel. Für den Moment dachte ich, er erschießt mich, als ich ihm steckte, dass er mit Osswald genetisch kompatibel ist. Ausgerechnet dieser abscheuliche Despot wäre ein nahezu perfekter Spender für ihn gewesen. Das zu erfahren, hat ihn mächtig gebeutelt. Aber so was musst du wegstecken, wenn es um dein beschissenes Leben geht. Da drückt man mal ein oder besser beide Augen zu. Da sind wir uns doch einig?«

Er verfällt wieder in diesen Erzählfluss wie in seinem beschissenen Beichtfilm, dachte Daniel. *Und um meine Aufnahmefähigkeit ist es diesmal weitaus schlechter bestellt. Wie soll ich in dem Zustand kapieren, was er mir verklickern will?*

Ungeachtet seiner Konzentrationsschwäche redete Achterberg weiter. »Das Fett des Alten, das er anschleppte, war zu lange ungekühlt gewesen. Eingewickelt in dessen Oberhemd, als hätte er mit dem Auto eine Katze überfahren und die zum nächsten Tierarzt geschleift. Da war nicht mehr viel zu machen, der Zellverfall zu weit fortgeschritten. Das war Brunos einziger Fehler, der ihm während seines irrwitzigen Feldzugs unterlaufen ist. Zu diesem Zeitpunkt war er noch nicht durchgedreht genug, musst du wissen, hat noch zu viel darüber nachgedacht, was er so treibt.« Er hielt inne, trank einen Schluck und rülpste. »Wenn ich es mir recht überlege, hat er vielleicht noch einen zweiten Fehler begangen …« Achterberg fügte eine seiner dramaturgischen Pausen ein, als ob er Daniel die Gelegenheit geben wollte, seine vernebelten Gedanken zu Ende zu denken. »… nämlich den, dass er mir vertraute«, knüpfte er an und lachte lauthals, bevor er fortfuhr: »Ich habe eine Weile für mich behalten, dass Osswalds Biomasse das Beste war, was er in all den Tagen gesammelt hatte. Ich habe tatsächlich geglaubt, dass ich mir mit diesem Geheimnis einen Vorteil verschaffe. So eine Art Versicherung. Doch je besessener er wurde, desto mehr kam es mir vor, als besitze er die Gabe, in mich hineinzuschauen. Scheiße, ich glaube, mittlerweile ist er in der Lage, Gedanken zu lesen.« Er betrachtete Daniel und schob dabei seine wulstige Unterlippe vor. »Das klingt nicht besonders vernünftig, schon gar nicht aus dem Mund eines Wissenschaftlers, ich weiß. Aber ich sage dir, Junge, in den letzten Tagen hat er mich manchmal mit Blicken durchleuchtet, die ungebremst durch den Schädelknochen direkt in mein Hirn fuhren. Und dann hat er gelesen, Zelle für Zelle, gewissermaßen.« Auch das fand er lustig genug, um sich auf den Schenkel zu klopfen. »Oder weshalb hätte er mich sonst mit dem Stoff kurzgehalten. Damit hat er mich weichgekocht, dieser Dreckskerl, und ich habe gebeichtet, um die Absolution in Schnaps zu erhalten. Amen!« Achterberg beäugte die Flasche in seiner Pranke, als fände er darin die passenden Worte, um weiterzureden. »Da war nichts mehr zu machen«, erklärte er nach einer Phase des Schweigens, in der es viermal donnerte. »Das Fett war verdorben, die Chance vertan. Aber er hat mich nicht umgebracht dafür, dass ich ihn hintergangen habe. Es verschafft ihm unverhohlene Befriedigung, mich weiterhin leiden zu sehen.«

»Und dann?«, fragte Daniel.

Er spürte ein Kribbeln in seinen tauben Beinen. Es war keine Einbildung. Sein ruhig gestellter Körper taute nach und nach auf. Noch ein paar Sätze aus dem Mund des Betrunkenen, und er vermochte sich womöglich aufzurichten.

Achterberg tat ihm den Gefallen. »Ich sage dir, der Herrgott hat es gut gemeint mit dem Teufel. Er sandte ihm die Tochter des Alten, die genetisch gesehen kaum Abweichungen aufweisen konnte und somit als Spenderin prädestiniert war. Die Schlampe, die ihn einst verlassen hat, stand zwanzig Jahre später mir nichts, dir nichts vor der Tür. Kommt zu ihm, direkt in sein Horrorkabinett. Verstehst du das? Da hat er seinen Wink des Schicksals, den Bruno so versessen prophezeite. Gleichwohl war es ein göttlicher Schlag ins Gesicht, denn der Herr im Himmel ist ein hinterhältiger Hund, das ist ja allgemein bekannt. Er macht es seiner unvollkommenen Schöpfung nicht leicht, denn wo bliebe sonst der Unterhaltungswert für den Allgegenwärtigen? So nah am Ziel und doch keinen Schritt weiter, weil die Gute gertenschlank ist. Du hättest Bruno sehen sollen, wie er auf und ab gelaufen ist. Ein Tiger im Käfig ist ein harmloses Kuscheltier dagegen. Er streunte umher, bis ihm diese, ja, man muss schon sagen, teuflische Schnapsidee kam. Er beschließt, sie zu mästen wie ein sechzehnrippiges Zuchtschwein. In hundertfünfzig Tagen zum Schlachtgewicht. Natürlich fehlt ihm die Zeit dazu, und Louise machte auf mich nicht den Eindruck, als fände sie unter den gegebenen Umständen die Muße, sich fett zu fressen, um das Opferlamm zu geben. Bevor er sie also stopfen konnte wie eine französische Mastgans, spuckt sie ihm ins Gesicht und sagt, dass sie adoptiert ist … Ich sehe die Zustimmung in deinen Augen. Was den Humor angeht, muss unser Schöpfer ein Engländer sein. Er lässt Bruno die Adoptionsurkunde finden und nimmt ihm damit jede Hoffnung und den letzten Funken Menschlichkeit. Und wer muss es ausbaden? Du und ich, verfickte Kacke!« Er hielt inne, betrachtete erneut die Flasche in seiner Hand, die noch zu einem Viertel gefüllt war.

Daniels Blick war jetzt weniger verschwommen. Wenn ein Blitz über den Himmel zuckte und durch den Schacht des Kellerfensters den Raum erhellte, konnte er erkennen, wie kaputt Achterberg war. Kaum vergleichbar mit dem Mann auf dem Video, das er erst vor Kurzem aufgenommen hatte. Innerhalb weniger Tage war er um Jahre gealtert. Sinnbild dieses zerstörten Lebens waren die zahllosen leeren Schnapsflaschen, die um seine ranzige Matratze verstreut lagen.

»Arthur ist tot«, wechselte Achterberg urplötzlich das Thema. »Er hat es getan, nicht wahr?«

Daniel nickte.

Nach diesen Worten nahm der Biochemiker die Pulle zwischen seine fleischigen Lippen und leerte sie, ohne abzusetzen.

Es brannte kein Licht. Auch nicht, als sie endlich in den Innenhof gelangten. Abgekämpft und durchgefroren hatten sie den schmalen Zugang zwischen Stallung und Heustadel entdeckt, aus dem Kristina vor knapp einer Woche eine geköpfte Henne entgegengerannt war. Kaum vorstellbar, dass dieses Ereignis erst so kurze Zeit zurücklag.

Wegen des Unwetters war das Vieh im Stall extrem unruhig. Zwischen den Donnerschlägen brüllten die Kühe ihre Furcht in die angebrochene Nacht hinaus. Die Hühner waren verschwunden. Mitten auf dem Hof stand ein Traktorungetüm, das seinen Frontlader in den zuckenden Blitzgewitterhimmel reckte.

Kristina spähte daran vorbei und hinüber in die Ecke, in der sie schemenhaft die Hundehütte erkennen konnte. Wie lang war die Kette, an welcher der Hofhund hing? Sie bezweifelte, dass sich die Töle bei diesem Sauwetter überhaupt ins Freie wagte.

Kein Wetter, bei dem man einen Hund vor die Tür jagt, kam ihr in den Sinn. *Nur zwei Beamte, die ein Rendezvous mit dem Teufel haben.*

»Sollen wir einfach so ins Haus gehen?«, brüllte Ralf über ihre Schulter in ihr Ohr.

Mittlerweile hatten sie beide ihre Waffen gezogen. Über das Dach des Wohnhauses hinweg erkannte Kristina, mit welcher Gewalt der Orkan die Baumwipfel beugte. Wahrscheinlich trennte sie zwischenzeitlich nicht nur eine entwurzelte Kiefer von dem anrückenden Sondereinsatzkommando. An Verstärkung aus der Luft mittels Hubschrauber war schon gar nicht zu denken. Sie waren auf sich allein gestellt, wenn sie noch jemanden retten wollten. Und ja verdammt, das wollte Kristina. Dafür hatte sie sich durch Sturm und Hagel gequält.

Wo sind die Mezgers?

»Wir gehen durch die Milchküche«, entschied sie, weil sie diesen Weg kannte.

Sie mussten sich nicht bemühen, leise zu sein. Der Sturm schluckte alle Geräusche.

Er weiß ohnehin, dass wir kommen.

Diese Gewissheit folgte ihr hinein in das Gebäude. Es war nicht abgeschlossen, und nachdem Ralf die Tür ins Schloss gedrückt hatte, umgab sie eine wohltuende Stille. Der tobende Wind, der Regen, der Donner drangen nur noch gedämpft an Kristinas Ohr. Selbst die Kälte blieb draußen zurück. Einzig die Angst war an ihrer Seite geblieben.

19

Da war etwas, das Daniel fortwährend beschäftigte. Etwas, das Achterberg erwähnt hatte, bevor der Biologe die vom Wahnsinn getränkte Geschichte von Bruno Schwarz zum Besten gegeben hatte. Diese perverse Inszenierung, die sich nun im letzten Akt befand und von der niemand sagen konnte, wie sie ausgehen würde.

Wenn der besessene Mörder sterben würde, weil er keine lebensverlängernden Fettzellen mehr erhielt, was würde dann aus seinen Gefangenen werden? Aus Daniel? Aus Achterberg, der ohnehin nicht mehr zu retten war, weil er sein Schicksal längst in Alkohol eingelegt hatte, um es noch eine kurze Weile zu konservieren. Lange genug, um den Vorhang fallen zu sehen.

Daniel hatte nicht gewagt, nach dem Verbleib von Louise Osswald zu fragen, nachdem sie für den Remstalschlächter wertlos geworden war. Hielt er sie noch am Leben? *Um der alten Zeiten willen?* Aus Nostalgie oder des unüberwindbaren Hasses wegen, weil sie ihn verlassen hatte?

Achterberg lag auf dem Rücken und schnarchte. In gewisser Weise war Daniel froh darüber. Solange der Leberzirrhosekandidat die Stille zwischen den Donnerschlägen zersägte, war der Mann noch am Leben und Daniel nicht allein in diesem Verlies. Mit diesem Gedanken schaffte er den Brückenschlag zu dem, was ihn unentwegt piesackte.

Er war nicht allein, und er war vor allem nicht dort, wo er geglaubt hatte zu sein. Es war etwas, das Achterberg von sich gegeben hatte und das die Furcht in ihm noch potenzierte.

Wo hat er dich erwischt? In der Villa?

Sie befanden sich nicht mehr in der Villa. Schwarz hatte ihn und die anderen Geiseln, gleichsam sein Schlachtvieh, an einen anderen Ort gebracht. Der Teufel war geschwächt, aber nach wie vor verschlagen und unberechenbar. Wie sollte Kristina ihn jemals rechtzeitig finden?

Das Entsetzen, das Daniel packte, reichte aus, um seine erschlaffte Muskulatur ausreichend zu stimulieren. Es gelang ihm, eine annähernd sitzende Haltung einzunehmen.

Achterberg grunzte anerkennend. Unverzüglich darauf donnerte es ohrenbetäubend laut hinein in das Gefängnis, als entlade sich das Unwetter unmittelbar jenseits der fleckigen Ziegelwand, von der der Putz bröckelte.

Gefängnis? Wie kam er darauf? Er ging wie selbstverständlich davon aus, dass die verwitterte Tür abgesperrt war. Verkniffen begutachtete er das windige Schloss. Eine alte, einfache Verriegelung, ins morsche Holz geschraubt, das schon ein halbes Jahrhundert auf dem Buckel hatte. Vier Schritte bis zu der wurmstichigen Tür. Er musste es probieren! Herausfinden, wohin der Killer ihn verfrachtet hatte. Ein Zeichen geben, damit Kristina erfuhr, wo sie nach ihm suchen musste.

Die Geruchsmischung aus Mist, saurer Milch und nassem Gras war intensiv. Von der Milchküche zweigten zwei Türen ab. Eine führte in den Stall. Die Kühe hinter der Stahltür waren deutlich zu hören. Der Sturm beunruhigte das Vieh. Vielleicht war es auch die Anwesenheit des Beelzebubs, die sie mit den Klauen scharren und in lang gezogenen Tönen klagen ließ.

Über die andere Tür würden sie ins Wohnhaus gelangen. Kristina wechselte einen Blick mit Ralf. Sie zitterte jetzt weniger, auch wenn alles, was sie an sich trug, klatschnass und kalt an ihr haftete. Ihr fester Blick war über den Lauf ihrer Heckler

& Koch hinweg auf das dunkle Rechteck gerichtet, das sich im Halbdunkel vor der gekalkten Wand abzeichnete. Ihre Konzentration galt dem Mörder, der dahinter lauerte. Schwarz war hier und wartete auf sie.

Ralf trat von der Seite her an die Tür und legte seine Hand auf die Klinke. Kristina nickte. Lautlos schwang die Tür nach innen. Ein Blitz sandte einen flackernden Lichtschein durch den Gang dahinter.

»Vielleicht ist auch nur der Strom ausgefallen?«, wisperte Ralf.

Vielleicht irren wir uns und machen uns gerade lächerlich, hier mit vorgestreckter Knarre einzudringen, vollendete Kristina in Gedanken die Überlegung.

Wie hätte Schwarz es machen sollen? Allein, mit seinen Gefangenen? Wie konnte dieser kranke, wahnhafte Mann sie alle in Schach halten?

Sie dachte an den Traktor im Hof, an die Ladeschaufel, und wie gut sich darin Menschen transportieren ließen, die mit Sedativum vollgepumpt waren. Wie Schlachtvieh, bevor es an den Hinterbeinen an Haken aufgehängt wurde, um in einem gekachelten Raum zerteilt zu werden.

Mit zwei schnellen Schritten war Kristina im Flur und drückte ihren nassen Rücken gegen die warme Wand. Die Donnerschläge waren zu einem anhaltenden, überlauten Grollen zusammengewachsen. Ein Crescendo der Urgewalten.

Sie wartete drei Blitze ab, die für je einen Wimpernschlag den Gang ausleuchteten, und prägte sich ein, wo die Türen waren, die Kommode, die Garderobe mit den Latzhosen an den Haken und den Gummistiefeln darunter. Das antike Wagenrad mit dem Trockengesteck in der Nabe und der Treppenaufgang am Ende des Flurs. Die elektrischen Entladungen folgten kurz aufeinander. Das Unwetter befand sich direkt über ihnen.

Sie mussten auf die Taschenlampe verzichten, aber vielleicht war das sogar besser. Kristina wollte so lange wie möglich unentdeckt bleiben, auch wenn eine innere Stimme ihr sagte, dass der Teufel längst wusste, wie nahe sie ihm war.

Ralf folgte ihr, schob sich vor bis zur nächsten Tür. Kristina schloss auf, so wie sie es vor Jahren auf der Polizeiakademie gelernt hatte. Absicherung nach allen Seiten und vor allem den Partner sichern, wenn der vorrückte.

Sie flankierten die Tür. Es war unmöglich zu hören, ob sich dahinter jemand befand, solange der Orkan so brüllend ums Haus jagte. Oder solange sich derjenige still verhielt. In Lauerstellung.

Bevor Kristina die Tür aufstoßen konnte, flammte das Blitzlicht erneut durch den Flur. Ihr Atem stockte. Auf dem Treppenabsatz stand eine Gestalt. Kristina versuchte, im Dunkeln Ralfs Blick aufzufangen. Er konnte die Silhouette nicht gesehen haben, weil er dem Treppenhaus den Rücken zukehrte. Der Lauf seiner Dienstwaffe war weiterhin auf die Tür vor ihnen gerichtet, die sie im Begriff waren aufzustoßen.

Kristina wies mit dem Kinn in die Richtung, konnte aber nicht erkennen, ob er verstand. »Hinter dir!«, schrie sie in den dröhnenden Donner hinein.

Ralf wirbelte herum und ging gleichzeitig in die Knie. Wie zum Dank für seine Pirouette schoss der nächste Blitz vom Himmel und erhellte das Szenario. Der Treppenaufgang war leer.

»Was?«, zischte Ralf.

»Da war jemand auf der Treppe.«

»Sicher?«

Nein, verdammt! Wie konnte sie sicher sein? Vor allem, was die Axt betraf …

»Vermutlich«, antwortete sie und es klang wenig überzeugt.

Der nächste Blitz ließ auf sich warten.

»Ich rücke vor«, zischte Ralf.

Er setzte sich in Bewegung. Geduckt, mit vorgehaltener Pistole und nah an der Wand entlang, bis kurz vor die Treppe. Kristina folgte ihm, tastete sich vorwärts, hinein in die Finsternis. Es gab zwei Nischen auf ihrer Seite des Flurs, so weit hatte sie sich die Architektur eingeprägt. An beiden kam sie ungeschoren vorbei.

Noch drei Meter. Der gellende Schrei ihres Kollegen lähmte sie in ihrem nächsten Schritt. Gleichzeitig vernahm sie ein schmatzendes Geräusch. Ralf brüllte wie am Spieß über das Donnergrollen hinweg. Kristina wollte zu ihm, helfen, aber dann würde sie in dieselbe tödliche Falle laufen.

Der zweite Schlag war deutlich zu hören. Es klang, als hätte ein Schlachter mit dem Hackebeil ein Kotelett geteilt. Kristina zielte über die Köpfe hinweg und schoss. Der Donnerschlag schluckte den Knall. Der Widerschein des Mündungsfeuers tanzte vor ihren Augen. Beißender Schießpulvergeruch drang in ihre Nase. Es herrschte Stille. Ralf schrie nicht mehr, das war noch grauenhafter als sein fürchterliches Brüllen.

Entsetzen erschütterte Kristinas Inneres. Wo zur Hölle blieb Decher?

»Ralf!«, rief sie in die Finsternis und bekam nur das Grollen aus den Wolken als Antwort.

Auf Donner folgte Blitz, und das war so unabdingbar wie der Anblick, der sie erwartete. Die Bühne des Grauens war leer. Allein die Kulisse war übrig und die zeigte genug, um die Fantasie mit Bestürzung zu füllen. Das bläuliche Licht spiegelte sich in dem dunkel glänzenden Fleck unterhalb der ersten Stufe. Von Schwarz und Ralf fehlte jede Spur.

Er musste ihn die Treppe runtergeschleift haben. Das erschien ihr die einzig logische Erklärung. In keine andere Richtung hätte er mit dem Neunzig-Kilo-Mann so schnell verschwinden können.

Kristina musste hinterher. Vielleicht war es weniger Blut, als es das Flackern des Blitzes ihr vorgegaukelt hatte.

Wieso hatte sie abgewartet, nachdem die Gestalt im Treppenschacht aufgetaucht war? Wer hätte ihr einen Vorwurf gemacht, wenn sie unverzüglich geschossen hätte? Ihr Finger hatte auf dem Abzug gelegen, bereit, sich zu krümmen. Auch wenn ihre Atmung viel zu hektisch gewesen war, um einen sauberen Schuss abzugeben. Sie hätte es beenden können, bevor Ralf ins Verderben geschlichen war.

Nein, sie musste ja auf den nächsten Blitz warten. Weil sie in ihrer ganzen Dienstzeit noch nie auf einen Menschen geschossen hatte. Aber da war noch etwas anderes gewesen, das sie zurückgehalten hatte.

Warum die Axt?

Schwarz war im Besitz von Osswalds Pistole.

Die nächste Lichtkaskade überholte ihre Überlegungen. Sie näherte sich der Pfütze und bückte sich. Es war Blut, keine Frage. Sie musste es nicht sehen, der Geruch, die Konsistenz dessen, was sie zwischen den Fingern rieb, verriet es. Ralf war schwer verletzt, wenn nicht schlimmer.

Der Tritt traf sie hart in die Seite. Ohne Halt zu finden, stürzte sie in den lichtlosen Schacht.

Unmöglich, dachte sie noch, wie konnte er so plötzlich hinter ihr sein? Dann schlug sie mit dem Schädel gegen die Wand, während der Rest ihres Körpers auf die kantigen Stufen prallte. Der Schmerz war gewaltig und binnen einer Zehntelsekunde überall. Sterne explodierten vor ihren Augen. Die Pistole glitt aus ihren Fingern und polterte mit ihr zusammen in die Tiefe.

Im grellen Flackern wurde die Person über ihr zu dem schwarzen, bedrohlichen Fleck auf einem Röntgenbild. Der Tumor, der entfernt werden musste, um das Überleben zu sichern. Ihr Überleben.

Kristina hatte nicht das Bewusstsein verloren. Verkrümmt lag sie mit den Beinen nach oben in der Biegung der Treppe. Sie konnte sich bewegen. Aber es schmerzte. Wie es schien, hatte sie sich nichts gebrochen. Ihre Hand ertastete etwas Feuchtes. Sie musste eine offene Wunde haben. Oder das Blut gehörte Ralf.

Wenn er in den Keller hinabgezerrt worden war, wie konnte Schwarz ungesehen so schnell wieder bei ihr oben sein?

Und wo verflucht noch mal war ihre Waffe?

»Sie hätten nicht kommen dürfen«, ertönte es über ihr aus der Finsternis zwischen den Blitzen.

Kristina vergaß augenblicklich die Explosionen und den Brandherd, die durch ihren Körper jagten.

»Doreen, sind Sie das?«

Keine Antwort. Oder Kristina hatte sie überhört, weil Thor über den Wolken erneut seinen Hammer niederschmetterte.

»Wieso sind Sie nicht weggeblieben?« Es klang verzweifelt, aber ohne den flehenden Unterton, der in der Regel mitschwang, wenn die Furcht einen gefangen hielt.

»Wir sind auf Ihrer Seite«, antwortete Kristina.

»Karl wird sterben«, erklärte Doreen Mezger aus der Dunkelheit.

Warum schickte Schwarz die Frau? Hätte nicht jeder andere den Bauern an die Front gesandt, wenn es darum ging, bewaffnete Polizisten aufzuhalten?

»Was ist passiert, Doreen?«

»Er stand plötzlich in der Tür, mit einer Pistole. Er hat Karl gezwungen, mit ihm diese Frau und den Mann hierher zu holen. Ich will, dass es vorbeigeht!«

»Wir sind gekommen, um Ihnen zu helfen«, versicherte Kristina.

Ein gewaltiger Donnerschlag verschluckte die Hälfte ihres Satzes.

»Sie machen es nur schlimmer«, widersprach Doreen.

Erneut flammte blaues Leuchten durch das Haus und verstärkte die Konturen der Frau mit der Axt auf surreale, erschreckende Weise. Eine eiskalte Hand legte sich um Kristinas wild pochendes Herz.

»Können Sie das denn, jemanden mit einer Axt erschlagen?«, fragte sie.

»Es wird einfacher, je öfter man es macht.«

Daniel musste kriechen, wollte er auf irgendeine Weise vorwärtskommen. Auch wenn die Distanz keine drei Meter betrug, war er nicht schneller als eine Schnecke. Jeder Zentimeter kostete Willenskraft. Es befand sich lediglich Pudding zwischen Haut und Knochen.

Achterberg reagierte nicht auf sein Unterfangen, sondern schnarchte unbeeindruckt weiter. Der Mann hatte sich aufgegeben. Schon lange, bevor er in dieses Verlies deportiert worden war. Von ihm war keine Hilfe zu erwarten.

An der Tür angekommen setzte sich Daniel auf die Unterschenkel und lehnte die Stirn gegen die verwitterte Oberfläche, um nicht zur Seite zu kippen. Der bröckelnde Lack kratzte auf der Haut. Es musste ihm gelingen, die Hand über den Kopf zu heben und auf den Türgriff zu legen. Das war der schwerste Teil des Unterfangens.

Unendlich langsam und ungelenk drehte er sich um. Sein Rücken scheuerte am rauen Holz. Sobald Zeus einen Blitz auf die Erde schleuderte, konnte er das Kellerloch in seiner Gänze überblicken.

An der Wand rechts von ihm stapelten sich Kartons und Kisten für Obst und Gemüse, gefüllt mit Gerümpel. Ihm gegenüber, von dort, wo die Blitze kamen, stand unter dem winzigen Fenster eine Werkbank. Weiter entfernt als der Gipfel des Mount Everest. Es war an der Zeit, diesen schrecklichen Ort zu verlassen, bevor ihm die Luft ausging.

Mit einem lauten Stöhnen hob er den Arm. Seine Finger fanden das kühle Metall rechts über dem Ohr und umklammerten es. Er konnte den Griff nach unten ziehen. Im selben Moment schlug die Tür hart gegen seinen Rücken.

Jemand wollte in den Keller.

Die Furcht kehrte zurück. Rasiermesserscharf schnitt die Angst seinen Willen in zwei Hälften. Drängte von draußen die Rettung oder der Tod zu ihm? Sollte er zur Seite rutschen oder sich mit all seiner verbliebenen Kraft gegen die Tür pressen?

Die Stimme mit Akzent, die durch den schmalen Spalt drang, beseitigte die Ungewissheit. »Helfen Sie mir! Bitte!«

Daniel kippte zur Seite und schob umständlich die Hüfte nach vorn, Zentimeter für Zentimeter, bis sein Oberkörper die Tür nicht mehr am Aufgehen hinderte.

Die Türkante traf sein Gesäß, während Louise Osswald über ihn hinweg in den Raum stolperte.

Kristina rutschte mit dem Kopf voran nach unten. Jede Stufe stieß hart gegen ihre Wirbelsäule. Es war unmöglich zu hören, ob Doreen Mezger ihr folgte.

Irgendwo muss doch diese beschissene Knarre sein!

Der nächste Blitz offenbarte einen leeren Treppenaufgang. Die Frau mit der Axt hatte ihren Standort gewechselt. Der Vorteil lag bei der Hausherrin, die hier jeden Winkel kannte, während Kristina blind in die Dunkelheit schlitterte. Direkt in die Hände des Teufels, der schon von der Bäuerin Besitz ergriffen hatte …

Was wurde einfacher, je öfter Doreen es machte? Hühnern den Kopf abschlagen?

Kristina gelangte ans Ende der Treppe, ohne dass ein Beil auf sie herabsauste. Der Boden war aus Stein. Sie musste aufstehen, weg aus dieser hilflosen, liegenden Position. Die Pistole finden. Wohin war die Frau verschwunden? Und Schwarz? Die Vermutung lag nahe, dass der Killer sich hier unten verschanzte.

Keuchend rollte sich Kristina auf den Bauch. Sie ertastete nur grobe Steinfliesen. Das Unwetter war zu einem dumpfen Hintergrundgeräusch zusammengeschmolzen.

»Die Hölle ist ein sehr kalter Ort …«, flüsterte eine unbekannte Stimme aus der Finsternis.

Die Frau bückte sich zu Daniel herunter, wie um zu prüfen, ob er ihr auf irgendeine Weise von Nutzen sein konnte.

»Können Sie mir hochhelfen?«, fragte er flehend.

Sie sagte nichts, blickte über ihn hinweg und rüber zu Achterberg.

»Ich gehöre nicht zu denen«, stammelte Daniel.

»Ich will nur raus hier«, erklärte Louise Osswald und erhob sich, ohne Anstalten zu machen, ihm die Hand zu reichen.

Sie war groß und schlank, sah trotzdem kräftig aus in ihrem geblümten Sommerkleid, das verdreckt und an einer Seite eingerissen war, als hätte sie sich auf der Flucht in einem Dornengestrüpp verhakt.

Sollte sie nicht, den Umständen angemessen, schwarz tragen?, kam ihm in den Sinn.

Das nächste zuckende Wetterleuchten eröffnete ihm einen Blick in ihr Gesicht, in das sich die Strapazen der vergangenen

Stunden gestanzt hatten. Er sah die dunklen Ringe unter den vor Entsetzen weit geöffneten Augen, die tiefen Falten rechts und links ihres verkniffenen Mundes. Die Angst, die aus jeder ihrer Poren schwitzte. Ihr kurz geschnittenes Haar klebte schweißnass am Kopf. Sie wankte und konnte sich nicht ohne Weiteres aufrecht halten.

Daniel übermannte die Befürchtung, sie würde ihn ohne Rücksicht zurücklassen.

»Gehen Sie nicht weg, bitte!«

Louise sah ihn an. Sie musste wissen, wie es sich anfühlte, mit abklingender Wirkung des Sedativums die Kontrolle über seinen Körper zurückzugewinnen. Genau wie sie die Angst kannte, die einem in den Leib fuhr, wenn man nach dem Erwachen feststellte, dass man sich in den Fängen eines Wahnsinnigen befand.

Seine motorischen Fähigkeiten waren noch nicht so gut hergestellt wie ihre. Aus ihrer Sicht war es durchaus verständlich, die Flucht ohne ihn fortzusetzen, wollte sie am Leben bleiben.

Achterberg schnarchte nicht mehr. Selbst der Sturm tobte weniger laut als noch vor ein paar Minuten. Daniels Zeit lief ab.

»Ich schaffe es, wenn Sie mich stützen«, versprach er.

Kristina hatte erwähnt, dass Louise Pferde züchtete. Der Umgang mit diesen mächtigen Tieren erforderte Kraft. Da sollte sie doch mit seinen lächerlichen 75 Kilo zurechtkommen.

»Wissen Sie, wo ich bin und wo der Ausgang ist?«

Daniel wusste es nicht. Nicht einmal, ob man der Hölle überhaupt entkommen konnte. Aber er nickte.

»… ein sehr kalter Ort voller Überraschungen«, ergänzte Bruno Schwarz.

Der Mann, der für Fett mordete.

Kristina hatte ihn aufgespürt. Nein, der Mörder war zu ihr gekommen, während sie auf dem harten Steinboden kauerte. Sie legte den Kopf in den Nacken, doch sie konnte nichts erkennen. Selbst das Blitzlicht verlor gegen die Dunkelheit, aus der er zu ihr sprach.

»Ich habe Sie gesehen. Sie stehen oft am Fenster«, ließ er Kristina wissen.

Der Mann mit dem Mantel.

Daniel hatte recht behalten. Er hatte sie beobachtet. War ihnen nah gewesen. Die ganze Zeit.

»Waren Sie bei uns im Präsidium, wo Sie das Gebäude doch in und auswendig kennen müssen?«

Sein Lachen klang, als würde Wasser in den Abfluss gesogen. »Glauben Sie, ich habe mir wohlweislich einen Geheimweg eingebaut, den ich benutzen kann, falls ich mal zum Mörder werde?«

Natürlich nicht. Der Gedanke war von Anfang an abwegig gewesen.

»Sie kommen hier nicht mehr weg!«, drohte sie. Es war ein lächerlicher Versuch, Zeit zu schinden.

»Ich weiß. Und ich weiß auch, dass Sie das beunruhigt, weil ich demzufolge nichts mehr zu verlieren habe.« Er bemühte sich, seine Stimme in einer konstanten Tonlage zu halten, was ihm nicht bei jeder Silbe gelang. Er zitterte. Die Kälte hatte ihn fest im Griff.

»Wo sind meine Kollegen?«

Statt eine Antwort zu bekommen, hörte sie Schritte. Er näherte sich. Schemenhafte Umrisse einer Person schälten sich aus der Finsternis. Nicht dünn, sondern unförmig und breit. Ein weiterer, widersinniger Eindruck, der in ihrem Verstand für Konfusion sorgte, seit sie diesen Bauernhof betreten hatte. Schwarz sollte dürr wie ein Skelett sein.

»Was haben Sie mit Doreen Mezger gemacht?«

Sein Lächeln knirschte, als hätte er Eiswürfel zwischen den Zähnen.

»Fragen Sie besser, was sie mit mir gemacht hat.«

»Ich verstehe nicht?«

»Sie haben vieles nicht verstanden, Frau Kommissarin.«

»Dann helfen Sie mir auf die Sprünge, denn ich würde gerne begreifen, warum es hier endet?«

Die Rippen, die Hüfte, die rechte Schulter; überall tobte der Schmerz, während sich Kristina aufrichtete.

Er ließ sie gewähren, schoss sie nicht über den Haufen, und auch Doreen sprang nicht aus ihrem Versteck, um ihr die Axt in den Rücken zu dreschen.

Wie nur konnten sich die beiden verbünden?

»Obwohl ich mit der Absicht in diesen Wald gefahren bin, Egon zu töten, hätte ich wahrscheinlich nicht den Mut gefunden. Es mag unglaubwürdig in Ihren Ohren klingen, aber der Alte war bereits tot, als ich seinen Grund und Boden betrat«, raunte Bruno Schwarz. »Damit fiel der erste Dominostein, der eine Ereigniskette in Gang setzte, die mich mitriss. Der Anstoß, der mein Schicksal in diese Bahn lenkte und der letztlich zu unserer Begegnung führte.«

Kristina verstand nicht, warum sich Schwarz jetzt noch herausredete. Er stand am Abgrund, welchen Sinn hatte es, in dieser Situation noch zu leugnen? Sollte er nicht besser mit erleichtertem Gewissen diese Existenz hinter sich lassen?

»Wer?«, verlangte sie daher.

»Bitte nicht«, erklang die Stimme von Doreen Mezger hinter ihr.

Kristina duckte sich und wich zur Seite, bis die nackte Mauer des Kellergangs sie stoppte. Die Bäuerin befand sich in einem nicht einsehbaren Gang links von ihr, während sich Kristina im fahlen Licht des Treppenschachts wie auf dem Präsentierteller fühlte.

»Putzfrau oder Bäuerin?«, säuselte der Architekt. »Ich habe es nicht hinterfragt, aber ich meine, wir wissen doch alle, wer es versteht, gekonnt das Beil zu schwingen.«

»Nein!«, schrie Doreen. »Warum tust du mir das an, du Widerling!«

Schwarz lachte schrill.

»Wir suchen alle nach Erlösung, Doreen. Sie auch! Daher überlasse ich Ihnen gern das Wort. Sie werden erkennen, wie befreiend es ist, alle Last von sich zu werfen. Beichten Sie, was Sie getan haben, um ein Monster zu erschaffen.«

Was sollte das? Worauf zielte Schwarz ab? Kristina hatte keine Zeit für lange Geständnisse. Sie musste Ralf retten. Und Daniel. Doch sie saß in der Falle. Doreen und Schwarz hatten sie in der Zange.

»Es war außer Kontrolle geraten«, wisperte die Bäuerin.

»Von Anfang an«, mahnte der Architekt. »Helfen Sie der Kommissarin und helfen Sie sich selbst, meine Gute.«

»Ich war im Feld, um die Kolben auf Maisbrand zu kontrollieren. Der Parasit hat uns in letzter Zeit Probleme gemacht. Schon von Weitem entdeckte ich, dass die Putzfrau mal wieder unten am Tor geparkt hatte. Ich musste später dort vorbei, runter in die Aue, wegen der Heuernte. Aber mit dem Traktor und dem Kreiselheuer im Schlepp war kein Durchkommen, wenn dort ein Wagen stand. Daher wollte ich sie bitten, wegzufahren, war fast an der Straße, als ich hörte, wie das Tor aufging. Gleich darauf hetzte sie zu ihrem Auto. Ich befand mich noch zwischen den Maisstauden, sie konnte mich nicht sehen. Sie benahm sich seltsam hektisch. Trug ein Päckchen bei sich, das sie sich unter den Arm klemmte, während sie nach dem

Autoschlüssel in ihrer Handtasche kramte. Ich trat hinter sie. Sie musste mich in der Spiegelung der Seitenscheibe bemerkt haben, denn urplötzlich wirbelte sie herum. Kreidebleich war sie, und sie hat geschrien. Der Umschlag fiel zu Boden, platzte auf, und das ganze Geld rutschte heraus.« Doreen hielt inne.

Kristina presste den Rücken gegen die kühle Steinmauer, während sie versuchte, den Bericht der Bäuerin in die Chronologie der schrecklichen Ereignisse dieses Sommers zu reihen.

»Sie bückte sich, raffte die Scheine zusammen und stopfte sie zurück in das Kuvert«, fuhr die Frau fort. »Tat so, als wäre nicht eben ein Vermögen vor ihr in den Staub gefallen. Dabei war ihr anzusehen, dass sie dieses Geld hatte mitgehen lassen und damit abhauen wollte. Sie verstehen mich doch, ich konnte sie nicht einfach damit wegfahren lassen. Wie lange haben wir für diese beschissene Hormonbehandlung gespart, ohne dass es je ausreichte. Mir hätte doch nur eine Handvoll der Fünfhunderterscheine genügt, aber sie drückte das Bündel an sich wie eine trotzige Dreijährige, die ihre Schokolade nicht teilen wollte.« Ihre Stimme zerfaserte mit jedem Satz ein wenig mehr.

Kristinas Augen hatten sich inzwischen an die Dunkelheit gewöhnt, sie konnte sowohl Schwarz als auch Doreen vage erkennen. Ihre Heckler & Koch lag nicht weit von der ersten Treppenstufe entfernt.

»Der Motor sprang an, der das Tor automatisch schloss«, fuhr Doreen fort. »Die Putzfrau wartete, bis es nur noch einen Spaltbreit offen war, und stürmte los, zurück auf das Anwesen. Ihre Gedanken waren nicht schwer zu erraten. Ich war schnell genug, um hinterherzukommen. Sie rannte hoch zur Villa und verlor dabei ihre Handtasche und den Schlüssel. Also rannte sie zwischen Garage und Hauptgebäude hindurch in den hinteren Garten. Dort habe ich sie kurz aus den Augen verloren.

Ich war noch nie auf dem Teil des Grundstücks gewesen. Es gab viele Büsche, hinter denen sie sich verstecken konnte. Und dieses Gartenhaus.« Doreen zögerte. »Ein Geräusch hat sie verraten. Ich glaube, sie wurde von einer Wespe gestochen, als sie durch die Johannisbeersträucher ist. Ich griff mir die Axt, die im Hackklotz steckte. Nur, um meine Absichten deutlich zu machen. Es war wie ein Reflex, ich hatte nicht die Absicht, sie damit zu verletzen. Mit dem Beil in der Hand drückte ich mich ebenfalls durch die Büsche. Sie stand an der Rückwand des Schuppens, das Päckchen fest umklammert. Sie hatte nicht vor, mit mir zu teilen«, wiederholte sie. »Auch nicht, als ich ihr mit der Axt drohte. Sie brüllte laut und hysterisch, ich solle sie in Ruhe lassen. Dann hörte sie abrupt damit auf, glotzte entsetzt über meine Schulter hinweg, und ich wusste, dass jemand hinter mir stand. Wir hatten ihn nicht kommen hören, aber ihm war das Geschrei nicht entgangen. Ohne ein Wort holte er sein Handy aus der Tasche. Ich konnte nicht zulassen, dass er die Polizei rief, das müssen Sie doch verstehen!«

Mit Louises Hilfe konnte Daniel aufrecht stehen. Seine Beine zitterten. Louise beäugte ihn kritisch von der Seite, während sie ihren Arm unter seine Achsel schob. Er legte seinen um ihren Nacken. Sie hatte annähernd seine Größe, das machte es einfacher. Eng umschlungen wie ein Liebespaar, bereit für einen romantischen Spaziergang. Und sie war stark, mit breiten Schultern.

Trotzdem kamen sie nur langsam voran. Er war der Bremsklotz, und er konnte es ihr nicht verdenken, wenn sie ihren stützenden Griff löste, sobald sie erkannte, dass er sie angelogen hatte.

»Versuchen wir's«, flüsterte sie und hievte ihn hinaus in den dunklen Gang.

Daniel warf einen letzten Blick auf den unförmigen, röchelnden Klumpen Mensch, der da zwischen seinen Schnapsflaschen lag, dann schloss Louise die Tür. Dunkelheit hüllte sie ein.

»Es gibt kein Licht, nehme ich an?«, sagte er.

»Entweder der Sturm hat die Stromleitung gekappt oder jemand war am Sicherungskasten. Ich habe sämtliche Lichtschalter probiert, die ich ertasten konnte. Wohin jetzt?«, herrschte sie ihn ungeduldig an.

Daniel kam noch mehr ins Schwitzen. Er hatte keine Ahnung, es war stockdunkel, und irgendwo lauerte der Mörder. Daniel musste diese lähmende Furcht ablegen.

Finde den Weg, du hast es versprochen! In Bewegung zu bleiben war in jeder Hinsicht besser, als Wurzeln zu schlagen.

»Nach links«, murmelte er und versuchte, zuversichtlich zu klingen.

Sie widersprach nicht, weshalb er annahm, dass sie aus der anderen Richtung gekommen war. Ein Pluspunkt für ihn.

Louise schleppte ihn mehr, als dass er ging. Ihr Atem klang laut in seinen Ohren. Mit der freien Hand tastete er sich an der unverputzten Ziegelmauer entlang. Es roch nach Moder, feuchten Kartoffeln und Fäkalien. Nach wenigen Schritten stießen sie an eine Wand. Eine T-Kreuzung, bei der es nach rechts weg heller wurde. Entweder ein Lichtschimmer, oder die Augen gewöhnten sich an die Dunkelheit.

Daniel zögerte nicht und lenkte sie auf das Licht zu, davon angezogen wie eine Motte. *Ins sichere Verderben?*

Mit jedem Meter, den sie zurücklegten, kehrte mehr Kraft in seine Beine zurück. Die Bewegung wirkte den erschlafften Muskeln entgegen. Die in Gang gebrachte Blutzirkulation schwemmte das Medikament aus seinem Körper, und die Zuversicht wuchs mit jedem schlurfenden Schritt. Sie konnten es schaffen.

Dann stolperte er. Louise stieß einen schrillen Schrei aus. Es ging zu schnell, sie konnte ihre Umarmung nicht mehr lösen, er riss seine Fluchthelferin mit sich. Der Boden war hart und kantig. Daniel schlug sich den Ellbogen auf, doch der Schmerz war weniger elektrisierend, als er erwartet hatte. Die Drogen, die man ihm gespritzt hatte, betäubten nach wie vor die Nerven.

Louise fiel auf seinen Brustkorb und presste ihm die Luft aus den Lungen. Ein heiseres Stöhnen entwich seinem Mund. Seine Füße hatten sich in etwas Weichem verheddert. Auch wenn er es nicht sehen konnte, sein Instinkt tippte auf einen Menschen, über den sie gefallen waren. Klebrige Feuchtigkeit war überall um ihn herum verteilt, und für eine Sekunde dankte er der Dunkelheit.

»Was ist da?«, zischte Louise. In ihre Stimme mischte sich Panik.

Daniel sagte nichts. Er stemmte sich auf die Knie und tastete sich widerwillig nach hinten. Fand ein Bein, dann den Rumpf. Es kostete Überwindung. Der Statur nach war es ein Mann. Ein Mann in einem nassen, durchtränkten Hemd.

Er kam aus dem Regen.

»Was machen Sie?«, fragte Osswalds Tochter.

»Bleiben Sie, wo Sie sind!«, befahl Daniel, während seine Finger weiter über den Torso wanderten.

In der Hosentasche des Mannes stieß er auf einen Gegenstand. Er zog ihn heraus. Für einen kurzen Moment erfüllte ihn Freude. Nun würde er in der Lage sein zu sehen, was ihn zu Fall gebracht hatte. Er brauchte lediglich die Taschenlampe anzuschalten, die er in der Hand hielt.

»Ist das ein Mensch?«, hörte er Louise fragen, die nun neben ihm auftauchte.

»Passen Sie auf Ihre Augen auf«, raunte Daniel und drückte den Kippschalter am Schaft der Taschenlampe.

Die Batterie war nicht mehr die Beste. Glück im Unglück. Das Licht durchdrang die Finsternis nur schwach. Dennoch reagierten Daniels geweitete Pupillen empfindlich. Ihm schossen Tränen in die Augen. Er musste ein paarmal blinzeln, bis sich die Pupillen auf die neuen Lichtverhältnisse eingestellt hatten. Der Schock über das, was er sah, verdrängte jegliche andere Empfindung, die seine Nerven ins Gehirn transportierten.

War da ein Schrei?

Kristina zuckte zusammen. Doreens Geständnis spukte durch ihren Kopf. Auch Schwarz reagierte. Sie sah, wie er sich umdrehte. Wie viele Leute hielt der Architekt in diesem Keller gefangen?

Er kam auf sie zu. Kristina sah ihn nun deutlich. Erblickte die Mauser, die er auf sie richtete. Er trug einen Daunenanorak, wie man ihn im tiefsten Winter hervorkramte. Das hatte ihm diese unförmige Gestalt verliehen. Ein groteskes Geschöpf mit einem viel zu kleinen, haarlosen Kopf auf dem ausgepolsterten Rumpf, aus dem unten zwei dürre Stöcke ragten. Seine Wangen waren eingefallen, die Augen lagen tief in den Höhlen. Er sah aus, als könne der Flügelschlag eines Schmetterlings ihn umstoßen.

»Wir müssen nach dem Rechten sehen. Folgen Sie mir!«

Zu ihren Füßen war nun deutlich die mit Blut gezogene Schleifspur zu erkennen. Und ihre Waffe. Das Ziehen in Kristinas Magen verstärkte sich. Sie musste versuchen, ihn zu überrumpeln. Beide zu überrumpeln. Sie durfte Doreen nicht vergessen, die sich nach ihrem letzten Satz zu einem Knäuel zusammengerollt hatte und nun wimmernd auf dem Boden lag. Den Stiel der Axt zwischen ihre Oberschenkel geklemmt, während sie den stählernen Keil an ihre Brüste drückte, als umklammerte sie ihr Lieblingsstofftier, ohne das sie nicht einschlafen konnte.

Aber Kristina durfte sie nicht unterschätzen. Sie konnte nicht länger warten, erst recht nicht auf die Verstärkung. Die Umstände verlangten rasches Handeln. Falls Ralf noch nicht tot war, dann hing sein Leben am seidenen Faden.

Schwarz machte einen Schritt zur Seite, um ihr genug Abstand zu lassen, und winkte sie vorbei. Die Entschlossenheit in seinem Blick nahm ihr den Wind aus den Segeln. Der Mann hatte vielleicht Egon Osswald nicht getötet, aber dafür eine Reihe anderer Leute. Er würde nicht zögern, sollte sie eine falsche Bewegung machen. Geduld war angebracht. Weiterreden, verhandeln, Zeit schinden.

Aber Kristina sprang.

Daniel kannte den Mann, dem er ins bleiche, von Qualen entstellte Gesicht leuchtete. Die Übelkeit war mit einem Schlag zurück, und diesmal konnte er sie nicht niederringen. Er beugte sich zur Seite und kotzte sich die Seele aus dem Leib.

»Oh Gott!«, entfuhr es Louise neben ihm.

Dann fiel ein Schuss.

Kristina spürte einen Schlag gegen die rechte Schulter, der so heftig war, dass er ihre Flugbahn veränderte. Sie knallte mit dem Hinterkopf gegen das Treppengeländer und plumpste wie ein Stein zu Boden. Benommen sah sie sich um. Es fehlte eine Armlänge bis zu ihrer Dienstwaffe. Schwarz konnte sich alle Zeit der Welt nehmen, um ein zweites Mal auf sie zu feuern.

Sie suchte seinen Blick. Unbeeindruckt starrte er sie an, während der Lauf seiner Pistole auf ihren Unterleib gerichtet war. Er hatte die Mauser mit beiden Händen umklammert, trotzdem bekam er das Zittern nicht unter Kontrolle.

In ihrer Schulter breitete sich ein Brennen aus. Sie musste nicht hinsehen, um zu wissen, dass er sie erwischt hatte. Sie spürte die heiße Flüssigkeit, die aus ihr heraus und ihren Arm hinablief. Ein Bauchschuss würde wahrscheinlich ihr Ende bedeuten.

Sie wurde ruhig. Kristina hatte einen Zustand jenseits der Angst erlangt.

»Selbst wenn Sie Osswald nicht auf dem Gewissen haben«, begann sie, »wenn Sie ihn nur ausgeweidet haben wie ein Aasfresser, hat Sie später trotzdem die Lust am Töten gepackt.«

Kristina sah, dass er schwankte.

Es kostete ihn Kraft, die Arme weiter ausgestreckt zu halten. Dessen ungeachtet reichte seine Energie noch für ein zynisches Grinsen. Anscheinend hatte er den Schrei, der aus den Tiefen des Kellergewölbes gekommen war, vergessen.

»Da ist die Frau Kommissarin wohl der Meinung, wenn wir schon so schön dem Sündenerlass frönen, könnte ich auch meine zum Besten geben. Vielleicht würde ich Sie damit nur enttäuschen?«, kündigte er an. »Wäre es nicht bedauerlich, wenn Sie mit dem Gedanken sterben, dass ich nicht das Monster bin, zu dem Sie mich in den letzten beiden Wochen stigmatisiert haben?«

»Ich kann mit Enttäuschungen umgehen«, forderte sie ihn heraus.

»Was meinen Sie? Soll ich Sie vorher in den Bauch schießen, und wir hoffen darauf, dass Sie das Ende meiner Zusammenfassung noch erleben? Oder würde Ihre Aufmerksamkeit dann zu sehr darunter leiden, dass Sie in sich hineinhorchen, wie die Wärme des Lebens aus Ihnen entweicht?«

Auch wenn seine Augen tief im Schatten lagen, war sie sich mit einem Mal sicher, dass er seine Drohung nicht in die Tat umsetzen würde. »Ihre Entscheidung, Herr Schwarz.«

Der Mörder taumelte. Unerwartet. Fing sich wieder, ehe er mit der Kellerwand kollidierte. Er lehnte sich an. Mit einem Mal musste sie vielmehr befürchten, dass er zusammenklappte, bevor er sein Geständnis abgelegt hatte.

»Der Gärtner hat mich dabei erwischt, wie ich mir Egons Fett holte«, murmelte er. »Oh ja, er war äußerst entsetzt über das, was er beobachten durfte. Er vergaß nie, es mir bei unseren darauffolgenden Treffen in detaillierter Ausführlichkeit unter die Nase zu reiben. Eigentlich war er nur gekommen, um den Dreck wegzumachen, den die beiden Frauen angerichtet hatten. Wollte wohl auf Nummer sicher gehen, dass man seiner Frau nichts anlasten konnte. Oder um sich zu vergewissern, dass das Geld verloren war. Seine Frau hatte nämlich nach der Tötung ihres Arbeitgebers die Beute wieder zurück in den Safe gelegt. Sie fragen sich sicher, wie es überhaupt dazu kam, dass die Putzfrau das Kuvert an sich nehmen konnte. Ich kann nur die Vermutung anstellen, dass Egon in seiner Altersverwirrtheit einfach vergessen hatte, den Safe zu schließen. An das Geld kam der Pole jedenfalls nicht mehr ran, die Tresortür hatte seine Gattin sorgsam verschlossen. Trotzdem wurde sein Ausflug zum Osswald-Anwesen belohnt. Wie bereits erwähnt, beobachtete er mich heimlich bei meinem Schaffen. Ich habe nicht hinterfragt, auf welche Weise er mich später ausfindig gemacht hat. Er wollte Kompensation von mir, für das Vermögen, das ihm wegen der Dummheit seiner Frau durch die Lappen gegangen war.«

»Deshalb haben Sie Jakub Piecek letztlich getötet!«

»Ich würde behaupten, er ist unglücklich gefallen«, gab Schwarz zurück.

Kristina robbte sich zentimeterweise in Richtung ihrer Waffe. Soweit sie es im Zwielicht erkennen konnte, zielte Schwarz nicht mehr auf sie. Vielleicht schwächte ihn sein Leiden mittlerweile so sehr, dass er nicht einmal klar sehen konnte. Er glitt hinüber ins Delirium. Seine Schilddrüse kollabierte.

»Wie kam es zu dem Treffen am Wertstoffhof?«

Sie sah, wie Schwarz an der Wand zu Boden sackte. Nachdem er saß, fiel sein Kopf gegen die Steine. Diese Haltung behielt er bei, während er im Flüsterton antwortete.

»Jakub hat den Übergabeort bestimmt. In seiner Dreistigkeit verlangte er, dass ich ihm zur Hand gehe und ihm dabei helfe, Computermonitore über den Zaun zu schaffen. Er war nicht schlecht überrascht, als ich ihm Egons Spielzeug unter die Nase hielt. Ich scheuchte ihn damit auf seine wacklige Konstruktion, mit der er über Hecke und Stacheldraht hinweg auf den Recyclinghof gelangte. Dabei ist er letztlich gestolpert und aus drei Metern Höhe kopfüber auf den Asphalt geknallt. Ich bin kein Arzt, aber danach kam er mir reichlich tot vor. Also habe ich mir genommen, was er ohnehin nicht mehr brauchte, und ihn verbrannt.« Seine Stimme war sehr leise geworden. Erneut drehte Schwarz die Sache zu seinen Gunsten.

So konnte es nicht gewesen sein.

»Wir hätten Blutspuren finden müssen, wo Jakub Piecek Ihrer Aussage nach zu Tode gestürzt ist«, erklärte Kristina. »Auch auf dem Gabelstapler, mit dem Sie ihn in den Container bugsiert haben.«

Der Architekt behielt sich vor, darauf zu antworten, doch sie glaubte, ihn lächeln zu sehen.

Der Teufel lügt, das liegt in seiner Natur.

Konnte es sein, dass er sich seine Taten schönredete, um nicht mit Todsünden behaftet abzutreten?

»Als Nächstes wollen Sie mir weismachen, dass auch Carola Walz unglücklich in die Rems gefallen ist und sich dabei den Bauch aufgeschlitzt hat«, fauchte Kristina, während sie den Griff ihrer Pistole zu packen bekam.

Gleichzeitig wuchtete sie sich hoch, ihre rebellierende Schulter ignorierend und voll beißender Angst, sich eine weitere Kugel einzufangen.

Nichts dergleichen geschah. Der Remstalschlächter nahm es hin, dass sie sich hinter einer Gefriertruhe an der gegenüberliegenden Wand in Deckung warf.

Bruno Schwarz rührte sich nicht mehr.

Coma diabeticum, hatte es Arthur Lorenz genannt, und Kristina wunderte sich, dass sie diesen Begriff behalten hatte.

Vorsichtig erhob sie sich. Das Loch in der Schulter brannte, und die Taubheit im Arm kroch bis in die Fingerspitzen. Sie behielt die Dienstwaffe in der linken Hand und näherte sich in einem Bogen.

Wenn er auch nur muckt, drücke ich ab!

Den Gefallen tat er ihr nicht. Sie konnte nicht einmal erkennen, ob er noch atmete.

Am liebsten wäre sie einfach in dieser Haltung verharrt, bis Decher eintraf. Doch sie musste Ralf finden! Die Notrettung verständigen. Die anderen Geiseln suchen. Louise Osswald, Karl Mezger, Achterberg.

Daniel.

Sie wagte noch einen Schritt, dann stand sie direkt vor Schwarz und ging in die Knie, damit sie ihm auf Augenhöhe begegnete. Der Lauf ihrer Waffe war nun keine fünf Zentimeter mehr von seiner Schläfe entfernt. Sein kleiner, kahler Schädel lehnte noch immer an den unverputzten Ziegeln, die Lider waren geschlossen. Sie müsste seinen Puls fühlen, wollte ihn aber nicht anfassen.

Kristina schob die Pistole umständlich ins Halfter, um ihr Mobiltelefon aus der Tasche holen zu können. Das helle Klirren von Eisen, das über Stein geschleift wurde, ließ sie herumfahren.

Doreen stand vor ihr. Das Beil schwang knapp über den Boden. Kristina taumelte zurück. Das blaue Licht des Handydisplays beleuchtete das maskenhafte Gesicht der Frau. Ausdruckslos starrte sie Kristina entgegen. Doreen hob den abgegriffenen Schaft.

Kristina schleuderte ihr Telefon nach der Bäuerin und traf sie am Kopf. Nicht hart genug, um ihr Zeit zu verschaffen, die Waffe wieder aus dem Lederetui an ihrem Gürtel zu ziehen. Doreen kam unbeirrt näher.

Kristinas rechter Arm baumelte gefühllos am Körper hinab, Blut rann über ihre Finger und tropfte zu Boden. Sie machte einen weiteren Schritt nach hinten und ging in Grundstellung. *Tai-Sabaki* und dann ausweichen mit *Irimi ashi*, wenn der Angriff kam. Hundertfach trainiert, aber noch nie gegen einen Axthieb. Sie schluckte trocken, war bereit. Da legten sich eisige Finger um ihren Knöchel.

Wie festgefroren lag Bruno Schwarz' Klaue um ihr Bein, hielt sie fest, in der Absicht, sie mit in die Kälte der Hölle zu reißen.

Doreen Mezger holte aus.

Im selben Moment huschte ein Schatten an ihr vorbei und fällte die Frau mitsamt ihrer Axt.

20

»Weißt du, warum Schwarz die Wagen getauscht hat?«, fragte Daniel und schob seine Sonnenbrille auf der Nase zurecht.

Die Luft war kühl. Erfrischend. Es sollte ein schöner Tag werden. Nicht zu heiß, angenehm sonnig. Der erste Sommertag, seit der Sturm vor einer Woche über den Südwesten hinweggefegt war und einen Tiefausläufer mit sich geschleppt hatte. Kaltfeuchte Luftmassen, prall gefüllt mit Regen, den das ausgetrocknete Land gierig aufsog. Das Unwetter selbst war beinahe schon wieder vergessen.

Bei den meisten zumindest.

Nicht bei den Weinbauern, die über schwere Hagelschäden klagten, und auch nicht bei der Forstwirtschaft. Der Orkan hatte einige Schneisen durch die umliegenden Wälder gepflügt und regional schweren Holzbruch verursacht, der die Waldarbeiter noch einige Monate beschäftigen würde.

Davon abgesehen kämpfte man während des Sturms, der den merkwürdigen Namen *Klaus* bekommen hatte, vereinzelt mit überschwemmten Kellern. Entwurzelte Bäume hatten parkende Autos zermalmt, Oberleitungen an Bahnstrecken durchtrennt und Straßen blockiert. Längst waren diese Schäden durch die Einsatzkräfte von Feuerwehr und Technischem Hilfswerk wieder beseitigt. Es gab zwei Dutzend Verletzte, aber keine Todesfälle. Zumindest keine, die durch die naturgewaltigen Auswirkungen von *Klaus* ums Leben gekommen waren.

»Hast du was gesagt?«, fragte Kristina. Sie war seit der letzten Woche grüblerisch.

»Schwarz. Warum er die Autos getauscht hat?«

Sie schüttelte den Kopf.

»Sampo hat mich drauf gebracht. Sag bloß, er hat es dir nicht erzählt?«

»Nun sag schon.«

»Es ist ganz trivial. Osswalds Mercedes hatte keine Sitzheizung.« Er grinste.

Dann bemerkte er, dass sie ernst blieb, und nickte. Es war nicht zum Lachen. Nicht nach alldem, was vorgefallen war und was er am eigenen Leib hatte spüren müssen. Der Medikamentencocktail, den der Killer ihm injiziert hatte, machte ihm noch Tage später zu schaffen.

»Ich glaube, er ist verknallt, unser Finne«, sagte sie, wie um sicherzustellen, dass Daniel nicht weiter über die Toten sprach. »Schon während der Ermittlungen. Womöglich hat er deshalb nicht so sauber gearbeitet, wie ich es von ihm gewohnt bin.«

»Lass ihn das bloß nicht hören«, mahnte Daniel und schmunzelte. Er betrachtete sie. »Wie geht's mit der Lauferei?«

»Ich hab's an der Schulter und nicht mit den Beinen!«

Es war seine Idee gewesen, über den Sörenberg hinweg durch das Weinbaugebiet zu dem Parkplatz zu wandern, auf dem ihr Wagen parkte. Sie hatte es immer noch nicht geschafft, ihn zu holen. Abholen zu lassen, um genau zu sein. Deshalb hatte er sich angeboten. Anfangs wollte sie ein Taxi nehmen, doch er schlug eine Wanderung vor. Joggen war seine erste Idee, doch dafür waren sie beide noch nicht fit genug. Darum hatte er seine Wanderstiefel aus dem Schrank gekramt. Irgendwie ein bescheuerter Einfall, aber sie hatte zugestimmt.

Sie waren früh aufgebrochen, und jetzt marschierten sie auf einem der Bewirtschaftungswege mitten in den Weinbergen.

Kristinas Schulter war nach wie vor dick bandagiert. Die Kugel hatte einen Teil des Schlüsselbeins weggesprengt und war dann nach oben abgeprallt und wieder ausgetreten. Dabei hatte Kristina Glück gehabt, dass das Projektil durch den Knochen nicht Richtung Hals gelenkt worden war.

So hat jeder sein Fett wegbekommen.

Auch eine Redewendung, die er sich abgewöhnen sollte.

Es würde noch eine lange Zeit beanspruchen, um Bruno Schwarz zu vergessen. Wesentlich länger, als die Medien brauchten. Deren Aufmerksamkeit würde erst wieder geweckt, sollte es zu einem Prozess kommen. Auch wenn das zum jetzigen Zeitpunkt utopisch war. Bruno Schwarz lag im Koma. Die Hirnschädigung, die mit dem Endstadium seiner Krankheit eingetreten war, ließ aus medizinischer Sicht keine Hoffnung mehr, dass er noch einmal das Bewusstsein erlangen würde. Er war seinen Weg gegangen, aber er hatte die Distanz der Strecke überschätzt. Möglicherweise war er der Selbsttäuschung erlegen, wenn er daran geglaubt hatte, das Ziel vor Augen zu haben. Wie hätte es Achterberg formuliert? *Gott hatte den Teufel zu einem Spiel herausgefordert, das nicht zu gewinnen war.*

Das Problem aus Sicht der Ermittlungsbeamten bestand letztlich darin, dass der Serientäter keine Antworten mehr liefern konnte. Während der Mord an Jakub Piecek, oder der nach Schwarz' Aussage vermeintliche Unfall, weitgehend nachvollzogen werden konnte, ließ sich die Tötung von Carola Walz nur anhand der Indizien und vorliegenden Untersuchungsergebnisse rekonstruieren. Polizei und Staatsanwaltschaft hegten keine Zweifel, dass Bruno Schwarz der Täter war. Doch wie es sich zugetragen hatte, konnte nicht vollständig geklärt werden.

Die 30 000 Euro, die Kristina und Daniel in dem Schließfach im Stuttgarter Kunstmuseum sichergestellt hatten, stammten nachweislich von Egon Osswald. Der ehemalige Manager der Attpoes Corporation hatte drei Wochen vor seiner Ermordung eine Summe von 150 000 Euro von einem Liechtensteiner Bankkonto abgehoben. Ein Schwarzgeldkonto, das dem deutschen Fiskus nicht gemeldet worden war und auf dem sich noch weitere rund zwei Millionen Euro aufgrund eines nicht unerheblichen Zinssatzes weiter vermehrten. Das zur Seite geschaffte Vermögen wurde durch die Mithilfe von Louise entdeckt, die ihrerseits von dem Notar und Nachlassverwalter ihres Vaters darüber informiert worden war.

90 000 Euro aus der besagten Bankeinlage konnten laut Polizeibericht im Tresor des Pensionärs sichergestellt werden. Wo die fehlenden 30 000 Euro verblieben waren, ließ sich bislang nicht herausfinden. Die Vermutung lag nahe, dass Egon Osswald das Geld an eine unbekannte Person abgetreten hatte, die mit hoher Wahrscheinlichkeit auf der Liste jener vermerkt gewesen war, die durch die Geschäfte der Attpoes Corporation einst zu Schaden gekommen waren. Eine Reputationszahlung der besonderen Art, so wie sie auch Carola Walz erfahren hatte.

Tragischerweise hatte der Sozialhilfeempfängerin der überlassene Geldbetrag kein Glück gebracht, sondern vermutlich das Gegenteil bewirkt. Nachdem die Polizei sie wegen des Mordes an Osswald zur Vernehmung bestellt hatte, befürchtete sie wohl, eine Erklärung für ihren Geldsegen abliefern zu müssen. Diesen Moment der Unschlüssigkeit und des Zögerns musste Schwarz für sich ausgenutzt haben, um sie vom Polizeipräsidium weg hinunter an die Rems zu locken.

Darüber, wie der Täter auf die Frau aufmerksam geworden war, wie die Kontaktaufnahme und der darauf folgende Mord abgelaufen waren, konnte bis zum jetzigen Zeitpunkt keine plausible Aussage getroffen werden.

Gleiches traf auf die Tötungen von Dr. Arthur Lorenz und Werner Finckh zu. Der Arzt hatte vermutlich sterben müssen, weil er zu viel über Bruno Schwarz gewusst hatte. Im Gegensatz zu Werner Finckh, bei dem bedauerlicherweise vieles darauf hindeutete, dass er ein Zufallsopfer geworden war, allein ausgewählt aufgrund seiner untersetzten Statur.

Über ihnen kreiste ein Raubvogel. Die Weinberge waren ein beliebtes Brutgebiet. *Bussard, Falke, Milan?* Daniel senkte den Blick und sah Kristina an, die stier geradeaus blickend neben ihm herging. Sie hatte winzige Schweißperlen auf der Nase. Ihre Miene wirkte entrückt. Sie kam von den Ereignissen genauso wenig los wie er.

Sampo hatte gemunkelt, die Rote Zora hätte ein Gespräch mit dem Polizeipsychologen geführt. Weitere Sitzungen waren anberaumt. Vielleicht sollte Daniel diese Möglichkeit auch für sich in Erwägung ziehen. Immerhin war er es gewesen, der die Geschehnisse vor einer Woche beendet und damit ein weiteres Leben zerstört hatte.

Aber wollte er wirklich zu einem Therapeuten? Bislang quälten ihn keine Albträume. Er schlief zwar nach wie vor schlecht, aber das war auch schon vor dem Fettmörder so gewesen. Allerdings wusste er, wie unberechenbar die Psyche werden konnte, wenn sie erst einmal einen Sprung hatte. War er nach all den schrecklichen Ereignissen wirklich heil geblieben?

Als Daniel Doreen Mezger mit der Axt zu Boden gerissen hatte, war sie auf die nahen Treppenstufen geprallt. Der Sturz verursachte eine Halswirbelfraktur, die eine irreversible Querschnittslähmung zur Folge hatte. Womit Doreen Mezgers Zukunft und vor allem ihr unbändiger Kinderwunsch mit einer Endgültigkeit erstarben, die nicht weniger tragisch waren als der Tod selbst. Vielleicht hatte sie deshalb beschlossen, kein Wort mehr zu sprechen. Alle Verhöre, die nach ihrem Erwachen in der Klinik erfolgt waren, hatten bisher in von den Ermittlern oder vom Staatsanwalt geführten Monologen geendet.

Warum die Frau geglaubt hatte, durch das Töten der Polizisten, die auf der Suche nach dem psychopathischen Mörder in ihr Haus eingedrungen waren, alles ungeschehen machen zu können, blieb ein unbeantwortetes Rätsel.

Auch ihr Ehemann, Karl Mezger, den der Remstalschlächter mit Medikamenten ruhig gestellt hatte und der von den bedenklichen Vorfällen auf seinem Hof laut seinen Beteuerungen nichts gewusst hatte, hatte es nicht geschafft, seine Frau zu einer Aussage zu bewegen. So blieb ebenfalls unklar, ob seine Gattin den Pensionär Egon Osswald allein aus Geldgier oder womöglich auch aus Rache für den beruflichen Absturz ihres Vaters mit dem Beil erschlagen hatte.

Kristina und Daniel umrundeten den Sörenberg und wanderten schweigend durch die Streuobstwiesen auf den Korber Kopf zu, dessen bewaldeter Rücken mit den dunklen Fichten sich in scharfem Kontrast vom Azur des Himmels abgrenzte. Daniel konnte das monotone Rauschen der Bundesstraße hören, die diese hügelige Landschaft zerteilte. Bald würde auch der Parkplatz in Sicht kommen.

Daniel malte sich aus, wie Kristina sich anstellen würde, wenn er sich statt ihrer hinters Lenkrad ihres Heiligtums setzte. Ein Gedanke, der ihn aufmunterte.

Ja, es gab durchaus auch gute Nachrichten. Kriminalkommissar Ralf Winkler hatte gerettet werden können. Die beiden Axthiebe in den Oberkörper, die ihm Doreen Mezger versetzt hatte, waren trotz des erheblichen Blutverlusts nicht lebensbedrohlich gewesen, da sie keine inneren Organe getroffen hatte. Die Ärzte hatten eine völlige Rekonvaleszenz angekündigt, allerdings würde der Beamte wohl noch eine Weile ausfallen.

Sicher ging es auch bei Winkler nicht nur um die physische Genesung, sondern um die Traumabewältigung. Wer einmal einen acht Zentimeter breiten Stahlkeil zwischen seinen Rippen gespürt hatte, dachte gewiss intensiv über den weiteren Verlauf seines Lebens nach.

Ihre Wanderung führte sie nun parallel zur Bundesstraße. Einen halben Kilometer voraus war eine Brücke, die sie über den vierspurigen Fahrstreifen hinweg auf die andere Seite brachte. Schon nach dem ersten Kilometer war Daniel klar, dass er Kristina nicht dazu bringen würde, eine echte Unterhaltung mit ihm zu führen.

Er dachte an Hannes Achterberg, den man nach der Sicherung des Bauernhofs durch die Einsatzkräfte schnarchend in dem Kellerloch vorgefunden hatte, in dem Daniel erwacht war. Kristina hatte Daniel erzählt, dass der Biologe sich auf eigenen Wunsch in eine Entzugsklinik hatte einliefern lassen. Womöglich war dies auch eine Auflage der Staatsanwaltschaft oder eine Idee seines Anwalts gewesen, um eine Strafmilderung wegen seiner Mittäterschaft herauszuschlagen. Angeblich wurde der hochkarätige Anwalt, der den Alkoholiker vertrat, von Kirill Worobjow bezahlt. Das konnte allerdings auch ein Gerücht sein.

So kommt eins zum andern, bis der Kreis sich schließt, dachte Daniel. *Der Teufel lässt Hannes Achterberg nicht los.* Wie prognostiziert hatte der Fürst der Hölle nur erneut sein Gesicht gewechselt.

Der Kreis schloss sich auch für Ilona Piecek. Sie konnte nicht mehr umhin zuzugeben, dass ihr Mann Bruno Schwarz erpresst hatte. Ebenso wenig konnte sie noch leugnen, bei der Tötung von Egon Osswald zugegen gewesen zu sein. Um den Schein zu wahren, bis ihr Mann wieder auftauchte, hatte sie sogar weiterhin die Villa sauber gehalten, wohl wissend, dass der Hausherr im Garten vor sich hin rottete. Selbst wenn man ihr nicht anlasten würde, den Mord aus Furcht um das eigene Leben nicht verhindert zu haben, so hätte sie ihn doch umgehend melden müssen. Sie hatte von dem Verbrechen gewusst und trug damit auch einen Teil der Verantwortung, dass ihr Gatte ein tragisches Ende auf dem Waiblinger Wertstoffhof gefunden hatte.

Sampo hatte sich diesbezüglich an seiner Ehre gepackt gefühlt und den Tatort um den ausgebrannten Kartonagecontainer erneut nach Blutspuren untersucht. Schwarz hatte auf jeden Fall getötet. Selbst wenn Piecek tatsächlich durch einen unglücklichen Sturz sein Leben verloren hatte. Doch Sampo fand erneut keine Hinweise dafür.

Allerdings hatte er an der besagten Stelle kleinere Mengen von hochaggressivem Reinigungsmittel nachweisen können, das wiederum in größerer Menge im Verwaltungsgebäude des Wertstoffhofs gelagert wurde. Vor allem aber hatten die Löscharbeiten des Containerbrandes dazu beigetragen, dass Indizien unwiederbringlich vernichtet worden waren.

Wesentlich angefressener war Sampo allerdings, nachdem herausgekommen war, dass sein Mitarbeiter Holger etwas zu intim mit Vertretern der Presse geplaudert hatte. Den Kriminaltechniker hatten Geldsorgen geplagt. So war es eben. Die einen versuchten, sich wegen der unzureichenden Beamtengehälter mit Zweitjobs über Wasser zu halten. Andere schlugen vermeintlich einfachere Wege ein.

Nach zwei Stunden Fußmarsch erreichten sie den Parkplatz.

Kristina steuerte zielstrebig auf einen schwarzen BMW zu, der von einer grauen Staubschicht bedeckt war. Über Dach und Motorhaube war eine Katze hinweggelaufen.

Oder war es ein Marder? Hoffentlich springt die Karre an.

Daniel hatte keine Lust, wieder zurückzumarschieren.

Kristina entriegelte den Wagen, und er öffnete die Fahrertür. Die Hitze der Sommertage, die seit drei Wochen im Inneren eingesperrt gewesen war, sprang ihm entgegen wie ein ausgehungertes Tier.

Kristina sah ihn übers Autodach hinweg an. »Der muss erst mal in die Waschanlage«, sagte sie.

Daniel wollte ausholen und erklären, dass der Wagen noch über zwei Monate bei ihr in der Straße stehen würde, ohne bewegt zu werden. Hielt sich in letzter Sekunde aber zurück. Das war absolut kein gutes Thema.

»Kannst du damit fahren?«, wollte sie wissen.

Was für eine Frage! Als würde das Auto der Roten Zora nur unter einer besonderen Behandlung zu lenken sein.

Er setzte sich hinters Steuer. Der Sitz war heiß in seinem Rücken. Er spürte den Schweiß, sein Hemd war nass. Eine Erinnerung an die schrecklichen Tage, in denen der Mörder umgegangen war.

Der Wagen sprang sofort an. Daniels Blick fiel auf den Regler der Klimaanlage. Wahrscheinlich hatte Kristina das Ding noch nie benutzt. Sie machte ihrerseits jedenfalls keine Anstalten, sie einzuschalten, um die stickig heiße Luft aus dem Innenraum zu blasen. Die Verhaftung von Bruno Schwarz hatte nicht alles geändert.

Am nächsten Tag würde Daniels Anhörung vor dem Untersuchungsausschuss beginnen. Er hatte es den ganzen Weg über bis hierher geschafft, nicht daran zu denken. Hauptkommissar Linnemann hatte am Telefon zuversichtlich geklungen. Daniel selbst war es nicht.

Er fuhr los. Schon bei der Ausfahrt des Parkplatzes bemerkte er, wie Kristina im Fußraum mitbremste. Er beschleunigte auf die Bundesstraße hinaus. Es waren nur läppische drei Kilometer hinunter in die Stadt. Das würde er aushalten, genau wie sie es aushalten musste.

»Ralf fällt noch eine Weile aus«, sagte sie. »… und Werner …

na ja … je nachdem, wie das morgen für dich ausgeht. Ich habe mit deinem Chef gesprochen. Und mit Retter …«

»Ich darf dein Chauffeur bleiben, wenn sie mich nicht rausschmeißen«, vollendete er ihr Gestammel.

Danke

Mein Dank gilt in erster Linie Ihnen, liebe Leserin, lieber Leser. Ganz besonders jenen, die bis hierher durchgehalten haben. Wer Freude an dem Ermittlerduo Kristina Reitmeier und Daniel Wolf gefunden hat, dem sei so viel verraten: Die ersten Zeilen eines neuen Falls sind bereits geschrieben und bei Egmont LYX eingeplant.

Ich bedanke mich bei meinem Sohn Max, der bisweilen viel Geduld mit mir bewiesen hat.

Besonders danke ich Rainer Wekwerth und Thomas Thiemeyer – in erster Linie dafür, dass sie nie aufgehört haben, mir Mut zu machen. Und natürlich auch vielen Dank an die anderen Mitglieder aus dem Club der fetten Dichter: Patricia Mennen, Boris von Smercek, Uwe Laub, Hermann Oppermann und Wulf Dorn.

Ein weiterer Dank gilt Ulrike Gerstner, Christina Knorr und Alexandra Panz von Egmont LYX, meiner geduldigen Lektorin Kathleen Weise und meinem Agenten Bastian Schlück, die dieses Buch überhaupt möglich gemacht haben.

Ihr Oliver Kern
Waiblingen, 31. Juli 2013

Merete Junker

Ein Hauch von Mord

Ein Fall für Mette Minde

Kriminalroman

Die neue Stimme des norwegischen Krimis!

Skien, Norwegen. Im Wald wird die Leiche einer Frau gefunden – erdrosselt mit der Leine ihres Hundes. Auf ihrer Brust ein roter Ballon. Die Journalistin Mette Minde bekommt Wind von dem Fall und stellt ihre eigenen Ermittlungen an. Schnell wird klar, dass das scheinbar so friedvolle Städtchen vor verborgenen Wahrheiten nur so brodelt, und Mette Minde öffnet dabei Türen, die besser verschlossen geblieben wären …

Ein packender Serienauftakt mit einer überaus sympathischen Ermittlerin!

Band 1 der Serie
ca. 400 Seiten, kartoniert mit Klappe
€ 9,99 [D]
ISBN 978-3-8025-9274-4

---

www.egmont-lyx.de

LYX
EGMONT

Gefällt mir
Werde Teil unserer
LYX-Community bei Facebook
Unser schnellster Newskanal:
Hier erhältst du die neusten Programm-
hinweise und Veranstaltungstipps
Exklusive Fan-Aktionen:
Regelmäßige Gewinnspiele,
Rätsel und Votings
Bereits über 15.000 Fans tauschen sich
hier über ihre Lieblingsromane aus.
JETZT FAN WERDEN BEI:
www.egmont-lyx.de/facebook